明人别集叢編

鄭利華 陳廣宏 錢振民 主編

顧璘集

【下册】

湯志波 倪晨 點校

鄭利華 審定

復旦大學出版社

息園存稿詩卷九

五言律詩

都城春雪

白雪爾何意，經春猶漫飛。節移青帝令，寒逼遠臣衣。物態傷摇落，天心懼隱微。客居愁不寐，開閣望朝暉。

答鄭禮部繼之

寥落混風塵，憐君意獨親。同吟山郡雪，稍醉帝城春。海月通幽思，宫鶯咤遠臣。期尋石梁去，還待謫仙人。

同蔣參軍子雲七弟英玉登青龍山

躡履青龍阜，天虚四望幽。山河吴楚概，城郭古今愁。杯就高雲瀉，詩臨怪石留。多情紅葉樹，邀醉梵園秋。

同二子宿祈澤寺

寒宵宿古寺，愛爾且淹留。忽向蔣生逕，仍登謝氏樓。詞華依玉樹，行李敝貂裘。爲樂須閒散，那能待白頭。

龍女泉

神女乘雲去，靈泉滿澗清。蛟龍餘窟宅，雷雨變陰晴。樂飲來浮斝，勞歌對濯纓。還期明月夜，同聽珮環聲。

古銀杏

突兀蔽庭户，長繩那可量。掄材掩荆楚，問歲失蕭梁。雲實時堪結，雷枝半已荒。離奇難爾用，匠石轉神傷。

畫胡

歷歷塵沙貌，稜嶒怪爾殊。寒雲纏毳服，猛氣映虬鬚。萬里明王貢，群方混一圖。追傷衰晉末，無力斬休屠。

夏仲昭畫竹

石瀨涓涓水，風篁裊裊枝。塵途貪見畫，草閣夢題詩。枕簟横秋薄，樽罍過月遲。蒼林殊可老，朱紱果何爲。

聞邊廷實已有三男戲寄

商瞿四十後，已有幾男兒。滿目麒麟種，驚人鸑鷟姿。問名堪屈指，學語遂傳詩。想像提攜樂，閨中卧每遲。

贈陳魯南上陵

松柏西陵路，詞臣冷節來。衣冠瞻漢寢，弓劍拜軒臺。細雨春山濕，明星夜殿開。年年揮淚地，不得長蒼苔。

與太史魯南遊西山二首

城闕三千界，烟花一萬重。漫乘金騕褭，同玩玉芙容。景色傷心麗，春光引興濃。來遊乘暇日，佳處合從容。

浄域藏春遠，羈遊出郭遲。馬驕翻碧草，鶯老宿深枝。行樂浮生夢，風光故國思。謝君催曉發，垂老遂幽期。

飯普惠寺

緑樹邀行騎，青山擁寺門。不勞鐘磬響，久厭市朝喧。解帶榆烟午，鈎簾竹日暄。老僧鋤菜甲，隨意具盤飡。

登平坡寺

雲裏平坡寺，門臨碧嶂懸。山河迴萬里，日月會諸天。短杖扶吾老，空林續勝緣。去城纔咫尺，渾已隔人烟。

飲普福寺泉亭

夏木雙崖合，寒流一澗紆。雲高山路細，天遠草亭孤。看竹無車馬，浮觴即畫圖。吾儕乘興處，不與俗人俱。

遊花巖洞

踏雲尋古洞，風袂晚飀飀。花引三天路，山藏四月秋。金鼇扶殿閣，玉馬戲王侯。曲澗東流水，滔滔入御溝。

五月四日二首

午日明朝是，愁添早閉門。榴花新節序，芳草舊王孫。望澙迴鑾詔，名虛賜扇恩。幸除朝賀籍，高卧類江村。

客況無佳節，宸游尚故京。龍舟競渡遠，鶴髮倚閶明。南苑愁移仗，西江望洗兵。早聞班瑞罷，家慶拜昇平。

朱臨安僧舍榴花

北地花開少，紅榴五月繁。深叢偏弄色，落日故當軒。白髮羞春事，清尊惱客魂。莫教人散後，獨自憶家園。

懷周太僕子庚

伯冏脩王命，東巡遽未回。行臺卿月好，誰與對銜杯。虎旅方揚旆，龍媒正選才。千群閱清峻，留盼及駑駘。

送張含還永昌二首

去國虛春事，還山戀月華。鴻飛入烟霧，龍卧傍泥沙。文許諸儒列，家憐萬里賒。同臨嘶馬地，愁思極天涯。

漢道于今盛，君才過古人。少陵無近習，靈運有前身。鸑鷟生殊種，驊騮氣自神。司徒真不忝，朗譽接秋旻。

台郡元夜

夜景團花市，春愁豁草亭。燈輪銜海月，火樹迸林星。令節仍飄泊，狂歌幾醉醒。只思梅柳曲，歸卧故園聽。

春日病起十一首

抱郭青山麗，侵門碧草長。閑居悲物役，病起惜春光。看竹仍扶杖，臨花暫舉觴。莫嫌多意緒，蓬鬢已蒼浪。

治郡衰逾懶，辭家病更悲。清心五湖水，歸路片帆遲。絮舞過閑幔，蒲生滿故池。丁寧踏青社，已過落花期。

一月攤書卷，悠然識故吾。久懷滄海釣，猶繫赤城符。竹帛輸能事，丹砂却腐儒。攜家將白髮，吹笛洞庭湖。

幽興關生物，呼兒灌果園。海風春易盛，林日午增暄。影動葡萄蔓，芽香枸杞根。苦嗔雞犬惡，伐棘補籬門。

野情隨步屧，春色映羅衣。樹彩丹青雜，花香腦麝迷。雲疏吹片雨，江迴動斜暉。無限登臺興，猶嗟足力微。

谷口新晴景，山禽滿樹懸。翻飛清淺水，群噪豔陽天。挾侶争巢鬭，調聲學語妍。稻粱須自愛，林外有鷹鸇。

迢遞燕京道，音書海畔稀。幾年勞按劍，萬國憶垂衣。彩鳳梧桐老，驊騮苜蓿肥。中天看太白，亭午尚光輝。

久作天台吏，虚招地主名。雲深華頂色，春遠石梁行。藥草傳神聖，桃花脱送迎。荒涼劉阮迹，千古獨含情。盡攬群松色，聊分片石青。風烟兼萬壑，天地此孤亭。發興含蕭遠，吟詩動杳冥。廢興他日事，書記誤丁寧。

三月雷猶伏，愆陰奈爾何。土龍行雨少，海鳥避風多。瘴癘憂仍劇，安危望匪他。尚餘朱紱在，那忍議征科。

自怪山中住，邀人更寫山。爲期風雨夕，長對户庭間。雪片衝炎落，花枝積歲斑。殷勤謝真宰，煙景浪相慳。

歲暮

壠麥已青出，春風隔歲回。天時頻自换，人事轉堪哀。雪少冬全熱，雲昏晝且霾。儻聞關政理，調燮望鹽梅。

春雪

先臘望不至，經春何太狂。弄寒遲麥候，積素妒梅妝。客館狐裘敝，鄰家蟻醞香。今年好元夕，切莫負燈光。

陳中丞園

柏府辭朱紱，蓬山敝素襟。樓前得湖水，庭際散園林。霧閣穿龍窟，風箏咽鳳音〔一〕。花時多釀酒，能費幾黃金。

【校勘記】

〔一〕「箏」，金陵叢書本作「篁」。

道院齊樹樓

梧桐高十丈，虛閣正相齊。户敞龍飛入，簷垂鳥下啼。山光開畫障，人語落丹梯。夜有遊仙到，流雲濕暗題。

輓程良用侍御二首

結綬爲兄弟，通家及子孫。高才先見奪，天道竟難言。玉樹光埋没，江潮氣吐吞。傷心甬東水，猶有未招魂。

同年程柱史，抱道邁時賢。路絶青冥上，身摧白髮前。聲名天地老，魂夢死生懸。宿草芊芊遠，空歌薤露篇。

答徐昌穀博士

舊愛張廷尉，今知鄭廣文。高情疏法網，麗藻播詞芬。臺省爾何戀，交情殊有聞。南樓望明月，一倍惜離群。

會稽雜咏同周觀察作八首

滄海臨東極，稽山建國標。樓船三島路，玉帛萬方朝。舊迹開王會，清風徹使軺。如聞窮徼外，將獻越裳謡。

勾踐城何處，西施宅有村。山靈銷霸氣[一]，春恨倚香魂[二]。野鳥空啼血，溪花不解言。怒潮來往地，應愧到吴門。

王謝人倫表，風流異代師。能書垂典則，高卧繫安危。古木圍棋墅，寒雲洗墨池。蘋蘩何限意，誰遣到荒祠？

舊傳山水郡，未到問奇觀。禹穴靈文秘，秦碑古篆殘。夢魂飛月下，臺殿隱雲端。愛殺長康語，千巖秀色攢。

莫惜無飛雪，乘舟向剡中。聚沙春鳥浴，背日晚花紅。書卷追隨滿，詩人賦咏工。王郎儻同載，高興詎能窮。

春草孤舟遠，春波百頃開。鏡湖猶在眼，賀監不重來。酒换金龜去，身辭玉署回。文章真小技，跌宕見高懷。

城闕經營固，山河控帶深。絶憐南渡事，非復上都心。鐵馬沉雲海，銅駝委棘林。衹餘今古限，揮淚向登臨。

十日山陰道，青山應接重。泛杯虚酒興，拂幔惱花容。簿領回回亂，漁歌處處逢。支公如可訪，捐珮入雲松。

【校勘記】

〔一〕「靈」，金陵叢書本作「林」。

〔二〕「倚」，金陵叢書本作「憶」。

送陸進士伯載還京四首

明珠光照夜，因爾歎才難。紀事金書秘，尋真玉洞寒。衣隨行處敝，劍就醉中看。

去事天皇側，攀雲坐紫鸞。古寺層巖曲，招尋屢爲君。石門通細徑，江木冷遥曛。崛起真龍性，幽棲但鳥群。

歸朝留舊迹，泉壑借餘芬。路異行踪改，交親別思多。簪裾趨鳳詔，絲竹瀉驪歌。古道嗟翻覆，清言寄切磋。

西湖他夜月，千里奈愁何。禮就先朝典，行縈故國思。身將旌節返，文動廟堂知。准擬留司草，無勞賦采芝。

天光開鳳沼，春水正漪漪。

寄劉元瑞

苕水清如許，憐君得洗心。暫辭朱紱貴，來卧白雲深。芝澗多靈藥，茅廬一素琴。王程愧余急，相望阻相尋。

和七弟英玉始遊天寧寺

古寺堪幽賞，長歌醉却迴。巖虚留晚照，谷暗隱晴雷。對此忘晨夕，誰能數往來？池塘春草思，還愛惠連才。

雪中鄭少谷黄石龍過郡

大雪滿山城，驚聞屐齒聲。本非安道室，真接剡溪情。小閣梅花笑，寒燈秫酒清。相看興難盡，樓鼓下三更。

寄答孫太初

瀲灧西湖水，何如太白山。南峰燒藥處，石上錦苔斑。寶劍横星氣，霞漿換雪顔。題詩投俗吏，三復愧粗頑。

禱雨志感一首

露禱周群望，靈威儼在兹。黑風吹水立，白雨夾雲垂。喜溢農夫稔，恩沾造化私。不才叨郡紱，端合坐吟詩。

柬王存約司諫

司諫南遷日，還家草木香。海雲秋不散，何處望潮陽。奕有商山樂，辭無楚水傷。唯餘青瑣夢，萬里繞龍驤。

雨中送王存約司諫南行

千山風雨急，離況轉蕭森。柳色春難透，梅花冷不禁。誰嗟行路險，獨抱古人心。瘦馬藍關句，煩君細細吟。

息園存稿詩卷十

五言排律

丙子元日於郡齋作四十韻

南紀江潭遠，東風節序移。流年傷久客，多病負明時。稼穡功何補，鶯花興匪宜。嶺梅虚照眼，江柳莫摇絲。憶昔爲郎日，承親樂在兹。都城依斗極，晝省綴雲司。禄米供調膳，家園奉杖藜。閒情潘岳賦，燕喜魯人詩。棣蕚連庭發，槐陰拂地垂。書編長枕藉，酒斝亦淋漓。契合多良友，招邀慰所思。聲華傾座重，精白寸心知。松檜寒逾勁，驊騮老不羈。已堪徵道義，況更得師資。西漢才方盛，東周夢豈衰。立談期化理，傾倒絶猜疑。中路罹多難，專城試一麾。梁陳高賊壘，河朔走征旗。苦乏勤王略，空懷報國私。援抱臨矢石，飲血撫鰥嫠。僅免投豺虎，方思伴鹿麋。愚蒙仍觸法，覆載本含慈。斧鑕逃輕典，丹青發朽姿。恩波仍五馬，竄地異三危。水鏡開城觀，星躔壓地支。國風饒比興，民俗重耕犁。桃水居人樂，華胥帝載熙。頗容山簡醉，未釋賈生悲。信美非吾土，浮名已後期。形容麟閣遠，羽翼鶚圖卑。即事驚華髮，無階叩赤墀。大歡唯菽水，野性一茅茨。納履思投足，談經得解頤。文章關不朽，氣格許誰追。能事輪前列，洪鈞貴自持。陶鎔兼物類，渾樸斷人爲。郁郁希游夏，勞勞去管伊。行藏俱自得，筋力豈空疲。細雨衣襟浄，深山卧起遲。時尋老漁父，同釣楚江湄。

送蕭侍御提學南畿得於字

杜史巖廊秀，高名迥不虛。融心標禮樂，麗藻潤詩書。騁驥鞭何力，屠牛刃有餘。一飛横憲府，累疏掖皇輿。蹇諤驚劉向，精深仰衛蘧。周南分節鉞，孔道賴菑畬。宿霧披先路，文星下直廬。英流崇妙選，化理屬端居。時雨三千外，長風九萬初。神清衡鑑徹，心遠簡書疏。士習非鉛槧，人倫自里閭。醇儒終得效，直道果誰譽。五月西都餞，金盤膾白魚。三江南下舫，瑤水豔紅蕖。良契芳蘭密，新詩爛錦如。迂疏叨末照，何以答相於。

遊張公洞

風雷開洞府，傳自赤烏年。峭壁斜傾地，盤雲半覆天。林抽千挺笋，池綻九華蓮。螺殼迴旋入，蜂房芥蔕懸。虚窗通白日，奥室聚蒼烟。石髓滋璚蕊，丹爐閉雪鉛。吴山唯此勝，張老是何仙。輕舉應霞外，冥搜破物先。緬余問桃水，遂爾涉芝田。憩澗心方寂，尋真興已偏。步凌青嶂出，杯倩紫雲傳。落景幽襟積，飄蓬去路牽。永懷滄大藥，從此謝塵緣。

溪南别業

數畝溪南墅，林塘盛物華。逍遥居帝里，詰曲轉仙家。菉竹春稍並，梧桐夏葉遮。高人拜奇石，公子送名花。大隱宜居市，清吟屬退衙。望中雲嶠近，醉後葛巾斜。池繫山公馬，林藏邵子車。暢情酬日月，拓地占烟霞。雅抱元無累，浮生詎有涯。平泉多節目，梓澤漫豪奢。祇取祛塵俗，無勞後代誇。

贈嚴太史

皇風振休藻，夫子播清芬。興洽山水際，心將賈宋群。市朝思大隱，封域藉高文。講幄虚懷切，諸生待問頻。古稱兼善義，衆擬上公勳。莫學桐江叟，終身遠漢君。

壽許冢宰

肅肅群公表，經綸協大猷。高名懸白日，正氣凛清秋。遷謫君臣分，安危社稷憂。孤忠排衆楚，遠夢戀東周。郡化餘波溢，軍容古法脩。遲遲登汲黯，侃侃見韓休。薦德輿情共，圖王廟略投。艱難支厦木，契合濟川舟。赤舄星辰近，文袍彩翠浮。殊恩霑賜予，庶品屬甄收。禮樂恢天步，岡陵邁海籌。詞林森玉樹，鼎位入金甌。柱石人方倚，丹青地已優。願乘川至運，千載奉宸旒。

送田景瞻赴寶慶

漢署論交日，周京樂化年。春臺調玉燭，清廟協朱絃。北斗樞衡正，西都德教偏〔一〕。昇平歌有慶，典雅見多賢。自忝蚊虻質，俄隨鵷鷺肩。斷金深契合，奉玉慎周旋。斉對黄生恥，貧逢鮑叔憐。經綸精化理，藻鑑表官聯。默默長埋采，寥寥獨守玄。知音空四顧，立德眇孤騫。漫以文爲友，還因静擬仙。飛觴臨水飲，下榻對花眠。雪苑相如賦，春江太白船。高情隨曠達，盛事足留連。喜接披心概，驚違握手緣。明庭鸞詔下，大郡虎符專。聚散浮踪别，施爲宿望懸。萬山分楚道，五馬下湘烟。問俗悲填壑，推心戒察淵。艱難三户後，悵望九疑前。江漢東周夢，風波弔屈篇。古人應已矣，吾道固依然。即事看龍劍，臨分贈馬鞭。餘春生客路，積雨間離筵。膓斷雙輪轉，神馳尺素傳。丁寧兩鄉月，好向望時圓。

【校勘記】

〔一〕「教」，文淵閣本作「政」。

送費學士南試還朝

拜命臨黄閣，趨程下赤墀。徵才承漢典，奉使詠周詩。禹甸今王重，郄林夙望宜。龍光占劍出，漢影見槎移。藻鑑涵群品，文章得主司。朱衣窺暗燭，黄絹獎高辭。愛國唯崇雅，和衷更絶私。淚銷荆客玉，囊脱趙人錐。物論歸華衮，皇恩動錦旗。禮卑門士仰，興遠地靈知。謁聖瞻龍阜，懷賢訪鳳池。山河佳麗色，井邑太平規。行紀傳詩卷，離心對酒巵。城迴秋草遍，江迥暮潮遲。省俗舟沿泝，歸朝佩陸離。相將南浦上，空有折麻悲。

輓白司寇 代王中丞作

海嶽當昌運，星辰降碩賢。弓裘門下族，龍虎榜中仙。早擢留都輔，初從瑣闥遷。諫行焚草札，政洽示蒲鞭。大道風雲合，清暉日月懸。西臺分節鉞，東海靖塵煙。地峻忠逾著，天高眷獨專。股肱三聖寵，帷幄六師權。雅量涵群品，仁風動九淵。論全攀檻吏，才省治陵錢。借箸籌邦計，乘橇導運川。公才蕭相國，使節杜延年。執法尚書省，陳經太子筵。麒麟騰賜錦，鸞鳳翥封箋。疾病君王問，勳名孺子傳。典刑存柱石，契合應薰絃。老乞閒身退，歸持御墨鮮。煙霞貽鑑水，花竹訪平泉。菱美家依港，禾登義在田。親知疏傳會，詩酒白公禪。灑落尋園綺，逍遥問偓佺。年抛紅日外，夢斷白雞前。化鶴仍歸島，騎箕更上天。池臺餘月榭，旌旐展霜鉛。樹冷徐君劍，江空范蠡船。聖朝隆具禮，史閣綴新編。馬鬣孤封聳〔一〕，鼅蛛萬字堅。始終公事定，生死故情憐。莫聽山陽篴，臨風正黯然。

【校勘記】

〔一〕「封」，文淵閣本作「峰」。

詠雪和徐黃門宣之

密雪先春落，長風匝夜吹。亂抛和霰急，緩舞下雲遲。響散樓頭瓦，光摇殿角罳。澤堅龍背冷，樹重鵲巢危。梁苑初迎客，周田遂及私。清嚴天獨賦，皎潔物難移。表瑞恒居臘，憎炎不附離。凝華承賞鑒，知止釋窮悲。地下齊蝗避，山中越犬奇。顔心幾欲化，孔德竟誰緇。入野親簑笠，臨軒逐履綦。論功霖可並，望景月還宜。肅氣收玄律，豐年愜素期。騷人蘭儷曲，穆后竹申詩。郢唱今稱絶，賡成愧與持。

定上人院内竹

定公庭内竹，雨後色逾新。細韻兼僧梵，涼陰助酒神。修纖摇翠羽，瀟灑辟紅塵。盡日對君子，別家逢故人。去來期結夏，休厭扣門頻。

喬衡州母夫人

慨息夫人節，艱危烈士心。盛年孤影立，中路百憂侵。淚苦惟啼血，兒嬌況在襟。機絲秋壁静，篝火夜堂深。突爾看紆紫，終然慰脱簪。金珠收寵數，閫閤正規箴。轉歎君臣際，空爲板蕩吟。

湘中送榮老還永寧寺〔一〕

摇落三湘外，經年愛爾來。故人書總至，異域眼俱開。放逐憐親友，悲歡向酒杯。衲衣經雨暗，横笛伴秋哀。試問尋風洞，何如對鳳臺。寺幽詞客滿，松古老師栽。夢寐唯吾土，羈纍愧不才。江山孤興減，瘴癘暮顔摧。澧浦難捐佩，龍門異曝腮。相看移去棹，轉見脱塵埃。烟水滔滔地，隨緣易往迴。

【校勘記】

〔一〕此詩復見於浮湘稿卷二。

高司寇義塾

聖代人文備，名家義塾脩。先公垂典則，奕世衍弓裘。禮自儒門有，規仍古道求。移風期至魯，設教慕從周。造物開靈秘，揆方協遠猷。山川劃增勝，堂構焕相繆。子姓青衿集，詩書素業流。光儀歌振鷺，異種躍驊騮。瑚璉須追琢，丹青豈贅疣。有才終大用，唯哲善貽謀。禮樂關王化，貧窮匪士憂。頗聞絃誦習，今已遍東甌。

七言排律

上喬司馬

北斗樞衡控上都，南臺司馬擁兵符。河山地正乾坤位，雨露春融造化鑪。分陝雅推周有道，戍江應笑晉非圖。朝廷白髮元相倚，寰宇蒼生望已蘇。幕府訏謨趨老將，錦堂觴詠列文儒。心當大任何曾動，身致昇平得自娛。謝墅賭棋花正好，秦淮吹笛月同孤。王風佇聽歌麟趾，公子振振見玉顱。

息園存稿詩卷十一

七言律詩

寄和趙户曹叔鳴西寺游矚二首

水香花氣鳳樓西，宿雨初晴御苑泥。萬柳曉含蕭寺暗，五雲春壓漢宫低。行經繡陌啼鶯滿，迴望蒼郊遠樹齊。獨念江南愁病客，竹窗斜月卧聞雞。

遠公精舍禁城西，陂水芹香紫燕泥。齋鼓迴依雙樹起，禁鐘清度百花低。春陰海日光猶薄，地冷山萱葉未齊。向晚繡旗盈輦路，競看公子鬭回雞。

同潘朝貢分山題寺壁

江城南畔擁群山，野寺蕭條萬壑間。客逕遠隨寒澗入，禪扉長倚夕陽關。澄潭氣冷游龍伏，隅地冬深健犢閒。擬結静緣嗟未得，小橋羸馬共君還。

卧病寄京中諸相知

滄流翠巘故城隅，寂寂門無卿相輿。霄漢獨懸歸後夢，風塵誰寄病中書。春花遞映溪船遠，秋水平摇草閣虚。泰畤侍臣休薦引，恐無詞賦擬相如。

鄒水部監真州水利出餞不及因寄

桂楫夷猶緑水潺，離亭尊酒杳難攀。江頭别恨逢涼雨，天外詩情見遠山。驛馬深秋迎客健，庭花清晝對人閒〔一〕。遥知覽勝多新咏，好慰柴門病客顔。

【校勘記】

〔一〕「晝」，金陵叢書本作「酒」。

吴門懷古

南眺荒原思惘然，闔閭城古澹蒼烟。吴宫已没彈絲處，胥渚猶傷賜劍年。渺渺晴湖浮遠岫，萋萋春草下平田。長洲廢苑那堪問，落日祇餘麋鹿眠。

送徐憲僉成章飭兵河南

棘寺蜚騰慷慨名〔一〕，外臺風紀望澄清。龍章獨擅三司寵，虎竹兼分一郡兵。河水東浮通故里，嵩山西起作長城。到來申伯遺靈地，秋日蘋香野廟晴。

【校勘記】

〔一〕「寺」，文淵閣本作「矢」。

代輓程公子

青春提劍逐輕車，料敵非徒讀父書。李廣有功終不賞，馬援多謗欲何如。蠻方霧雨孤生後，故壘風雲百戰餘。安得漢家思舊業，爲開烟閣寫新圖。

清公山房

斜日高臺霽景鮮，共超塵界望諸天。虛檐直架長松外，古塔平臨落雁前。野燒山河千劫地，秋風禾黍萬家田。巖僧閱世頭今白，端坐蒲團説往年。

元夕和湯將軍

皇州春色媚良宵，燈火光連十二橋。佳麗山河元自美，昇平歌吹晚偏饒。千門皓月迎人轉，九陌穠花映客嬌。遥想宸游清禁裏，陽和先得應雲謡。

答徐昌穀

十年書札阻交親，忽枉篇章轉愧人。何日行臺堪倒屣，殊方離恨久傷神。揚雄總畏才難敵，王翰還要晚共鄰。肺病一春抛酒盞，問奇虚負故園賓。

憑虚閣送劉元瑞入浙校書

畫閣虚明瞰遠空，高秋釃酒對長風。青蓮法界炎蒸外，碧草離心悵望中。年少説詩推子夏〔一〕，家貧好事羨揚雄。歸依自是諸生願，莫以周流歎道窮。

【校勘記】

〔一〕「推」，金陵叢書本作「惟」。

述謝陳亮之邦伯時自廣平被召

銅章叨拜庶官中，先達從君見古風。鄉誼每勞開閤待，民情長許置郵通。才疏謬得淮陽召，身在應懷鮑叔功。已幸枳棲能脱迹，唯於離索歎西東。

匹馬今爲赴闕行，腐儒初荷一官成。圖書向客翻多累，城郭經年自有情。隅地桑麻歸昨夢，訟庭槐柳識平生。堪憐少小逢明主，未有前朝卓茂名。

都下送史禹臣赴南臺

草深洲渚鬱蒸天，南客移舟曉漲前。庭下學詩懷往日，臺中持簡及芳年。家支月俸供調膳，手采鄉風進奏箋。爲説里門諸父老，競看車馬過昇仙。

同劉考功送乃婿姚秀才畢婚還成都

羊車擲果見潘郎，鸞鏡同飛得孟光。采服辭家初作客，金屏移席並還鄉。東遊文物周京盛，西去風煙蜀道長。冰玉已看人共羨，門楣今更待君强。

卧病寄錢元抑

潘岳愁多病不禁，南樓高枕獨長吟。懷人更度西風節，望遠徒傷故國心。芳草捲簾空暮色，亂山回首正秋陰。遥憐積雨凋新稼，歲計應資賣賦金。

贈黄刑曹

楚水東來望舊京，參差宫闕麗秋晴。城隅古寺行應遍，湖上青山畫不成。官注閒曹如寄隱，地餘王化好明刑。南川況與慈闈接，早晚吴船得送迎。

喬奉常席上次韻别諸君子

别館張燈一鼓聲，詞林觴咏接高情。群龍喜奉雲中會，匹馬愁分雪後程。春盡鄉書先雁到，山寒歸路怕風生。江南回首瞻依地，明月蒼蒼滿帝京。

壽羅處士

芳草閒雲伴歲華，曾無名姓到公家。陳君座擁兒孫盛，費老壺懸歲月賒。金檢秘文垂薤葉〔一〕，玉樽春酒浸桃花。東風散滿枌榆社，處處看山到日斜。

【校勘記】

〔一〕「檢」，金陵叢書本作「簡」。

得郭侍御魯瞻書

豸冠高卧賦閒居，海上青山入座隅。歸去棲遲唯一壑，春來消息有雙魚。藍輿傍水尋僧寺，茅舍垂簾看道書。聞説申生方注易，莫教門外候安車。

答何舍人仲默

嚴城寒夜共聞笳，馬首西來客路賒。落景離心臨碧草，故山幽興繞黄花。高歌舊憶燕京市，多難今逢洛水涯。到處交親争下榻，魯人元自敬東家。

送王侍御子衡巡關中

經過故國逢迎處，忽憶先朝宴樂時。此夕寒樽須盡醉，明朝岐路又相思。風光不改長安陌，草色應連太乙祠。行部豈唯山嶽動，知君幽賞盛文辭。

送莊伯仁還彭城

千山積雪映朝暉，匹馬東歸舊路微。梁苑樓臺行處盡，輞川圖畫眼中稀。兵戈滿地愁看劍，桑梓何年對掩扉。懷抱向君輸未得，玉壺清酒重相違。

送時將軍平蜀寇

百戰曾聞静虜塵，七擒今見破黄巾。鑾方帥印提金虎，内殿恩袍刺玉麟。萬里風煙歸指顧，一生忠義屬艱辛。雲臺擬畫封侯像，銅柱無勞羡古人。

和少傅陳留公夏日野莊卧病之作二首

茅齋寄在古城邊，堂下猶存舊硯泉。芳草閒門無俗駕，亂鴉疏柳對秋天。艱危周勃安劉後，慷慨温公入洛年。聖主賜金堪養老，故山醇酒且安眠。

聞道裴公返近郊，野堂瀟灑自誅茅。城隅古道人孤往，門外新松鶴已巢。京洛上公時問訊，江潭漁父或求交。向來丹轂非吾願，白首談玄任客嘲。

贈臧懷慶瑞周

海内争傳國士風，梁園傾蓋意何窮。已聞德政過黄霸，更愛儒宗自魯公。客久授衣秋色裏，夜寒彈劍月明中。離愁衹隔長河水，莫遣雙魚恨不通。

早秋日宴宗伯喬公宅

南宫新第早秋凉，東閣延賓逸興長。蓮薦碧房浮玉碗，梧飄黄葉下銀牀。孟堅奕旨精玄理，逸少詩筵重罰觴。暫向門墻依北斗，預愁飄泊向炎方。

代范助教酬朱青州

海内朱輪俱赫奕，下賢誰是信陵君。能將直節全元亮，肯以私交負孺文。古道分明如皎日，世情翻覆衹浮雲。酬恩獨有詩堪寄，極目青齊雁影分。

寄寶應范老

竹杖紗巾映白頭，淮南耆舊讓風流。身閒對酒忻無事，禾熟逢人説有秋。花塢雲香歌扇動，鷺湖天晚釣船收。憐君住處堪乘興，擬傍清溪共飲牛。

和趙金華叔鳴除夕早朝

紫極開春御氣清，青陽臨午聖顔明。風前羽葆摇龍影，雲裏簫韶下鳳聲。蕃使總陪端笏列，近臣長傍禁堦行。腐儒謬接專城寄，慚愧來朝朱紱榮。

元日早朝呈同覲諸君子

宮雲拂曙金旟列，禁雪迎春玉殿開。禮樂總兼三代出，衣冠遥會萬方來。嵩呼共捧龍箋上，鎬宴還霑柏酒迴。同覲盛儀誰更紀，詞林獨有長卿才。

答徐昌穀廣文

揚子翛然居學省，閉門安坐日談玄。共嗟朝市留真隱，轉見風流勝昔賢。深巷馬嘶聞過客，古臺花發動韶年。逢君却愧塵埃誤，苦憶江南種秫田。

出京和殷伊陽文濟

白日浮雲暗鳳城，遠臣辭闕倍含情。愁經異域逢春色，忍別前溪對水聲。馬首東風猶自急，山腰新月爲誰明。與君莫近蘆溝宿，水冷沙寒雁鶩鳴。

見道上老馬

霜毛凋盡錦雲斑，落日長鳴大道閒。老去誰鋪金埒卧，戰時曾度玉門還。塵沙風斷三千塞，苜蓿秋空十二閑。願取敝帷終惠養，敢希枯骨動君顏。

過肥鄉東郭侍御于藩

曉風吹馬度清漳，遥指幽林問草堂。驄馬歸來成隱逸，黄鸝啼處有春光。愁多更厭干戈滿，别久應憐鬢髪蒼。獨愧腐儒無所用，報君將欲賦滄浪。

過廣平舊邑東孫令

春風舊邑經過處，城郭依然感客心。眼見故民多識面，手裁新樹已成陰。郊迎父老群相問，地主仙郎日對吟。聞道近來歌杜母，愧無前譽比南金。

贈陸良弼赴楚雄陸舊守雲南

京國逢君更送君，浮生離合類浮雲。長才出衆仍爲郡，久别生男已解文。滇嶲蒼山酬舊約，循良青史繼前聞。東曹故友無多在，莫遣音書滯雁群。

答張愈光留别

淮南阻絶兵戈際，冀北逢迎瘴癘餘。萬里知心仍此别，他時攜手定何如。荒臺脩竹經梁苑，匹馬孤烟度楚墟。彩服到家安穩甚，早揮潘筆賦閒居。

送池州施司理

長才竟失金門第，大郡聊懸黑綬行。斷獄好師于定國，賦詩還繼謝宣城。家山日送登樓色，江水秋迴繞郭聲。土物況宜調膳美，白魚青笋飯香粳。

同汪希會錢塘觀潮

使君駐節錢塘口，曾見江潮突兀來。雪影障天千仞白，雷聲喧海兩山開。孤舟簸蕩行難穩，往事銷沉去莫迴。南渡君王吟賞處，峰頭空指舊樓臺。

息園存稿詩卷十二

七言律詩

庚辰元日

諸侯玉帛會長安，天子旌旗下楚闕。共想正元趨紫殿，翻勞邊將從金鞍。滄江飲馬波先静，黄竹迴鑾雪正乾。北極巍巍天咫尺，五雲長護鳳樓寒。

贈玉枕山人

石洞霞生玉枕陰，下窺南極海波深。仙人築室虛無裏，俗子傳聲何處尋。終歲著書藏古穴，有時清嘯落空林。知君自愛逍遥樂，莫話人間出處心。

白羊口清泉次周太僕

碧澗清泉映地來，黄塵白草向人開。澄心不亂秋雲色，照影還牽獨客哀。曾洗甲兵清朔漠，擬浮舟楫望蓬萊。賦詩亦有臨流興，攬轡慚非躍馬才。

送徐登州用中

送君相對戀殘曛，鄉里衣冠最出群。手綰虎符臨海郡，腰懸龍劍動星文。行過泰嶽逢春雪，望盡扶桑隔曉雲。待到政成觀蜃市，新詩應許四方聞。

寄壽大司徒洪洞韓公

臺省巍峨一正臣，太行冰雪洗心神。雲霄羽翮迴孤鳳，丘壑風流接古人。臥穩朱衣長在篋，憂深斑鬢總如銀。諸郎籍籍專城貴，走送瓊筵壽酒新。

鮑太守新堂

鮑叔新堂泗水濱，虚簷瀟灑隔風塵。巧當竹逕開庭户，直取雲山作主賓。病起馬卿多懶慢，位高文子亦清貧。疏簾曲几觀書地，白髮投簪興更新。

宿香山寺

禪宫高起萬峰頭，曲徑幽林不可求。佛向海中移碧水，人來天上坐朱樓。垂垂星斗憑闌見，颯颯風雲對酒愁。借取西巖明月影，直依旌旆望揚州。

自香山往卧佛寺馬上作

馬首青山處處新，林間幽徑迴無塵。樓臺映水皆成畫，竹樹含煙不讓春。潦倒欲謀千日醉，昇平那送百年身。五侯歌舞歡娱地，野老憑高獨愴神。

送鄭繼之歸鼇峰

四月燕山雨雪寒，省郎多病復辭官。路經海上三神島，興在仙人九轉丹。玉洞桃花留笑靨，滄江秋水濕漁竿。爾家谷口空長往，安石東山望未闌。

與夏德澍遊戲龍院暮歸

城郭誰知澗壑涼，秋天何似野情長。烟峰九疊迎曛紫，雲木千章過雨蒼。滿地山花清俎豆，高飛溪鳥避冠裳。同遊況有天台侶，共繞流泉話石梁。

九日登巾子山

隱几朝朝愛翠微，佳辰來醉菊花巵。千門落照低秋影，萬里長雲接鬢絲。擊鼓每疑高塔動，臨崖方見古松垂。風光絕好鄉關異，北望長吟有所思。

寄趙叔鳴

澄江瀟灑散柴門，暫弄漁竿玩曉昏。九鼎獨增淮海重，數篇誰賦泰山尊。黄塵白浪歸心遠，藥裹書籤舊物存。與子同袍未同趣，高城吟望幾銷魂。

入康谷

巖巒崒兀步凌兢，時有人家住翠屏。磴路盤峰雲曲曲，山田開石水層層。高林落照懸餘靄，古澗流泉咽斷冰。不識前朝陵谷變，獨尋殘碣問山僧。

宿康谷曉歸

山寺鳴雞促曉騶，籃輿衝黑過峰頭。天低路向雲中落，霧重山如海上浮。竹葉隨時供野酌，桃花何處問漁舟。松泉滿眼行將盡，已動紅塵簿領愁。

寄陳魯南

羨子談經侍石渠，雞林聲動四方初。家僮可解呼君實，監吏無勞薦子虛。紫禁花深摇委佩，玉堂雲迴下公車。新詩寄我侵騷雅，潦倒泥塗愧不如。

春日遊永慶寺

城郭晴光蕩客車，古巖高寺切青虛。鶯花不斷人天界，龍象長依水竹居。雲裏壺觴吞海色，山中風物似秦餘〔一〕。靈踪咫尺長難到，莫怪歸遲月滿衢。

【校勘記】

〔一〕「秦」，明抄本作「春」。

遊雲峰寺

層峰行盡入巖扉，石上烟霞點客衣。雲净海天諸島出，雨晴山郭亂花飛。清歌送酒驚春鳥，緩步尋芳帶晚暉。聞道真僧長閉户，欲來談法共忘機。

謝答景伯時往歲見寄之作

移官東海已經年，長憶瀟湘灑淚篇。鴻雁獨能踰嶺去，梅花何意向人妍。艱危轉覺同心貴，懶散空勞衆口憐。景詩云「他年應自憶全州」，故云。齒髮似君情獨倦，只應歸種汶陽田。

閑居對雨憶欽佩

山館雨聲鳴不休，空階野泉交互流。已思吏散得高枕，無奈花發增煩憂。風波中座忽反覆，鄉關在望空夷猶。安得王郎共促膝，一寫幽抱登江樓。

補寄張司馬九月六日憶湘山寺舊遊一首

遥憶東山張太傅，去年今日共離觴。清江畫舫愁中别，古寺寒松夢裏蒼。黄菊再逢非舊客，白頭相見定何鄉。題詩欲寄衡陽外，目倚西風送雁行。

春憶野亭少傅

夷門回首限風烟，遥夜天涯有夢懸。頌德敢言三代下，受恩今憶十年前。安危海内占容鬢，貧乏山中倚俸錢。早晚上書辭郡紱，野堂還借片雲眠。

寄答陶世和

十年京洛事堪傷，歸卧稽山鬢髮蒼。祖德未忘陶靖節，鄉賢還見賀知章。龍墀舊疏今誰記，虎榜同人倍有光。珍重寄書秋又晚，夫容零落滿溪霜。

贈别冀承忠

摇落空山獨送君，十年多故歎離群。歸期夢隔淮南月，世事愁翻海上雲。共有深襟封舊恨，不勞寒燭引殘醺。神駒自昔非凡種，看取行囊寶劍文。

正旦雪

除夜殘寒結海雲，新年瑞雪曉氤氳〔一〕。梅花映閣參差見，竹葉臨窗淅瀝聞。色點朝衣隨拜舞，春生農扈啓耕耘。遥思聖主西征地，椒酒傳宣遍六軍。

【校勘記】

〔一〕「曉」，清烏格抄本作「晚」。

贈别舒廣文還湘南兼寄故人二首

曾下湘皋采菊英，漫勞朋舊記微名。軒車已作三年别，城郭仍含萬里情。海畔來同河朔飲，燈前驚聽楚歌聲。浮雲世事多翻覆，莫對青山意不平。

湘南山水最宜人，風物蕭蕭絶世塵。磐石江清見魚影，甲峰松古長龍鱗。幽棲問字吹藜火，爛醉迴船倒葛巾。舊種桃花今在否，相思煩爲賞餘春。

補寄張司馬戊寅九月六日詩

山城菊蕊兩逢秋，湘水夫容萬里愁。社稷猶懷宋司馬，神仙難覓漢留侯。詩成緑野人誰寄，酒散黄金客未憂。台海東邊尋舊約，不勝幽夢落滄洲。

侯城里〔一〕

萬壑千厓控海門，愁雲不散晝長昏。王裒枉積林間淚，荀息難招闕下魂。直以孤忠懸日月〔二〕，不勞遺草落乾坤。椒漿欲奠知何處，古木含風自吐吞。一點麻衣入帝庭，九天風雨晝冥冥。雲迷杜宇遊魂黑，草染萇弘野血青。四海衣冠收節概，萬年宗社屬神靈。英雄已去心難死，長倚南箕化列星。

【校勘記】

〔一〕詩題下，明抄本有小注「方正學所居」五字。

〔二〕「直」，清烏格抄本、金陵叢書本作「且」。

同李别駕登巾峰

臘月已去正月歸，梅花滿林飛漸稀。海峰積雪白壘壘，江樹映日寒輝輝。丘壑對筵須縱酒，朝廷旋凱正垂衣。台南物色殊堪賴，秉燭題詩興莫違。

辛巳元日回風亭作

元日東風花氣香，即看蝴蝶過茆堂。山含碧霧霏霏色，樹隔丹霞閃閃光。楚水旌旗收戰略，漢廷誅賞布王綱。何時柏酒開春甕，醉舞斑衣白髮傍。

春日與客宿金山二首

江上春山青可憐，角巾同泛過江船。峰尖仄起通人徑，海色平鋪到酒筵。烟月光摇洲樹動，風濤聲撼石堂懸。驅馳久恨妨清興，徙倚應知廢夜眠。

靈峰爲愛及春遊，冉冉風烟數倚樓。海上帆檣夷夏接，江間臺殿古今浮。行逢嘉樹韶華動，坐傍高雲客思愁。鐵甕不孤開大府，紫宫遥拱對神州。

答周觀察獨泊焦山

江心高嶂擁青鬟，羨爾維舟紫翠間。明月滿山春淡淡，長風吹浪夜潺潺。寒鼉下抱孤根宿，獨鶴遥横别島還。悵望烟蘿虚勝踐，滄波愁爲洗塵顔。

過揚州有感

前年客棹經芳甸，武帝龍旂爛錦川。此日蕪城仍對眼，五湖雲水共凄然。春光泛灧璚花月，旅思纏綿碧草煙。俛仰不堪陵谷變，白頭吟坐向江天。

飲淩谿新園

二月揚州淑景新，西園花月解留人。仲長樂志因逃禄，潘岳閒居遂奉親。行坐不離醒酒石，逢迎俱是問奇賓。看君種樹今盈尺，會見歊簷合抱身。

沛上懷古

漢祖還鄉歌大風，高臺提劍氣成虹。關西父老三章約，垓下河山百戰功。祇見枌榆生故社，屢聞雞犬變新豐。經過又是高陽侶，醉折桃花薦酒紅。

送牛總兵赴貴州

當朝郤縠最知名，開府西南握重兵。白社分茅專節制，烏蠻鎖甲避先聲。威行銅柱提封遠，官插金貂閥閱榮。更憶雅歌同讌語，儼然風度古儒生。

天津喜雨二首

赤旱彌冬復度春，今晨飛雨落江津。雷聲出地喧群蟄，雲氣行空走百神。即有鸕鷀矜水影，尚餘麰麥感皇仁。迂儒破悶開金盞，捲幔憑闌晚興新。

靈雨乍破風霾昏，灑空胡不即翻盆。林花一洗仍春色，川漲初來已舊痕。泝浪同時鷗泛泛，銜泥無數燕翻翻。群情共荷桑林禱，剪爪齋心慰至尊。

贈李一之都閫

將軍心膽向人傾，緩帶垂腰玉劍橫。韜略全過漢飛將，交游半是魯諸生。風江畫楫春同遠〔一〕，月席金杯夜更清。莫道腐儒渾落魄，醉深猶自索談兵。

【校勘記】

〔一〕「遠」，金陵叢書本作「醉」。

贈張含還金齒

上國遥攜愛弟來，人傳二陸總奇才。承家文學豈易得，失意天門仍暫回。馬色飛雲開萬里，劍光衝嶽照三台。堪憐南去風流遠，咏盡寒齋臘炬灰。

桐江夜行

畫舫懸燈一水遥，爐烟相伴坐良宵。江雲掠幔寒仍重，山月垂波静不遥。豈有風猷宣列郡，漫輸心膂答清朝。嚴陵灘上垂釣石，猶見殘星動紫霄。

重過嚴陵釣臺

千年釣叟披裘地，客子張帆兩度過。朱紱頻經風雨後，青山其奈古今何。松杉落落連祠屋，蘋藻馨馨滿澗阿〔一〕。歎息雲臺諸將相，幾人圖像獨嵯峨。

【校勘記】

〔一〕「馨馨」，金陵叢書本作「聲聲」。

衢州道中呈子賢憲僉

江上相逢衣繡客，青雲高況映霜天。玄談屢接清尊酒，麗藻初傳寶劍篇。長路群山催染翰，中流明月照行船。淮南桂樹空摇落，歲暮天涯共惘然。

雪後泛湖和周子賢

西郭群峰積雪寒，畫船湖上倚篷看。樓臺隱見青松色，蘆荻蕭條白雁灘。沉醉放歌新歲始，陽春和曲古來難。期君盡訪山中寺，細草微風石路乾。

登南屏山絶頂

霧壁霞岑路有無，下窺平地散江湖。青天咫尺星辰濕，滄海周迴島嶼孤。吴越向來悲粉黛，乾坤何處覓蓬壺？清尊坐接流雲飲，白日蒼茫對畫圖。

江西亂後侍御朱守忠檢勘公牘還會余會稽感事羡才敬贈短律

柱史西行早却回，觀風幾夜宿霜臺。江山滿目生春草，城闕傷心變劫灰。諫疏直論天下計〔一〕，班行真見古人來〔二〕。共知吴濞干黄鉞，祇恐無辜潤草萊。

【校勘記】

〔一〕「計」，金陵叢書本作「事」。

〔二〕「來」，明抄本作「才」。

寄許州七弟瑮

千官扈從羡能文，謫牧新聲天下聞。落魄吾家蘇季子，風流南郡小馮君。魚龍路怯黄河險，鴻雁聲愁碧海分。莫上吹臺瞻越嶠，五湖回首隔重雲。

同涂明府遊南明山石佛寺

背郭巖深洞户重，風迴雲竇裊寒鐘。相邀縣令飛鳧舄，同上僊人玉局峰。溟海倒空浮日月，台山分壑走蛟龍。期吟勝概題僧壁，倚遍前林四五松。

入雁山二首

落日雙旗度竹村，靈峰歷歷引輶軒。秦人避地空桃水，謝客開山自石門。松栝藤稍俱刺眼，斷崖巉壁易銷魂。捫蘿欲上招提宿，轉見雲深細路昏。

春歸幽谷見桃花，問訊安期海上家。石壁虚無通雁蕩，星河漂轉坐龍槎。林香定有千年藥，雲起皆成五色霞。且訪名山消俗慮，未論勾漏隱丹砂。

風洞

幽澗泠泠洞壑哀，靈風不斷石門開。鯨波直撼三山動，鵬翼遥搏萬里來。日落餘寒飄大野，酒醒孤嘯發層臺。披襟擬賦青蘋色，慚愧同遊宋玉才。

靈巖寺

削壁迴巒翠且重，寺門雲霧晝濛濛。銀河暗注蒼龍水，玉女高棲白雁峰。僧住寒巖殊寂莫，客遊春日倍從容。侵晨車馬還城邑，漫指層林憶舊蹤。

石梁寺

陰洞龍宫鎖石梁，寶珠中夜有虹光。千章古木藏風雨，六月飛泉灑雪霜。逝水年華流不盡，孤雲禪觀澹相忘。坐雲空翠清毛髮，絶勝醍醐灌頂凉。

能仁寺

竹樹煙生暮景沉，西巖高閣迴難尋。幽溪錦石垂花麗，古殿寒雲接海陰。荒徑散分燈火亂，春山數勸酒杯深。經過勝地渾難並，不負幽人十載心。

龍湫

龍湫之水從何來，崑崙倒注青天回。絶壁風吹動高練，暗潭石轉喧晴雷。終年野僧對閉户，暇日老翁來洗杯。酒酣且去莫狼籍，玄猿瞰客啼聲哀。

宋陵

玉輦横江一葦通，青山聊此鑿玄宫。兵戈不救長河外，劍履終沈瀚海東。末路强胡休自得，中興諸將果誰雄。當年定鼎虚籌策，千古愁雲泣梓桐。

登卧龍山閣

飛閣淩空爽氣清，半巖欄檻壓高城。天分嶽鎮千峰合，海坼江湖萬派明。共喜泛霞來送酒，便須乘月坐吹笙。仙人宛在金銀闕，不見秦皇石路成。

遊陽明山

澗道橫遮松柏林，紫泥遥護洞天深。香爐絶頂應須到，石傘遺銘尚可尋。禹穴久疑神聖迹，秦碑堪痛霸王心。往來身外無窮事，不及當歌酒滿斟。

岳墳

玉曆將窮宋鼎移，長江東下水如馳。皇輿播越胡塵暗，歲幣和親國論危。殿陛有讒難自拔，英雄無主竟何爲。厓山海色連天盡，精衛空銜萬古悲。

約遊天台不果緬懷周觀察已遂高躋用寄

不到天台古石梁，羽衣金節閉雲房。塵埃實少神仙分，藥草虚傳服食方。海日弄光開曙早，城霞懸采建標長。聞君直到華峰頂，倚醉題詩獻玉皇。

贈王唯忠赴江西左轄

昂藏雲路識英雄，薄俗浮沉恥見同。南楚蒼生今有主，中朝清論總歸公。松筠歷歷冰霜節，竹帛明明社稷功。白髮同袍悲聚散，一尊愁對海潮東。

乞骸後奉答周觀察子賢

燕河舟檝三春水，浙路旌旄十郡山。海内交情傾蓋晚，江南歸思乞骸還。青霄氣偃松杉老，丹壑秋深杞菊斑。祇恐遠遊辭膝下，敢云高舉出人間。

慶禮畢辭朝口號

曉漏遥辭丹鳳門，爐煙近對紫雲軒。金函拜表趨王會，玉饌宣筵識聖恩。宫花影轉千官肅，海日光臨九極尊。願使遠臣分岳牧，長瞻明主正乾坤。

贈大司徒秦公入朝

寰宇大名懸日月，台階高步絶雲霄。新遷天上司徒貴，重惜周南建節遥。劍履班齊黄閣老，威儀光映紫宸朝。從今晝省歌財阜，長倚薰風和舜韶。

遥和太宰喬公致政

赤寫飄飄别帝鄉，高風肅肅動朝行。天曹藻鏡還多士，國典蓍龜衹舊章。安石山中聊獨卧，温公天下竟難忘。唯憐杖屨追游客，各自烟霞老一方。

息園存稿詩卷十三

七言律詩

殘臘書懷復殷文濟

江上故園松菊荒，歸來高卧舊茅堂。頗憐脩竹新移雨，遂有疏梅迴破霜。原憲豈知貧是病，陶潛元倚醉爲狂。肯攜棋局時相訪，未乏清風助晚涼。

正旦偶興

斗柄東迴耀碧天，山林欣度漢文年。鄉風一醉屠蘇酒，王政三垂琬琰編。日抱海霞通曙早，花融城雪占春偏。已聞雲物書祥兆，野老從今且晏眠。

十三夜試燈和南原

畫障銀燈照夜初，月華如雪滿庭鋪。烟横巷陌迷行馬，春入池塘起睡鳧。文雅風流仍舊社，太平恩澤在皇都。衹慚勝日淹佳客，除却清歡一事無。

徐君敍宅與諸君懸燈賞梨花

銀燭高懸玉樹寒，素花流影晃朱闌。驚看月出層柯裏，惡説風吹一片殘。絃管横催春爛熳，房櫳斜見雪檀欒。明朝此樂知難續，莫惜殷勤醉後看。

和龍致仁秣陵山莊

負郭青青二頃田，荷蓑驅犢下東阡。貧資禾黍成婚嫁，老伴漁樵度歲年。陶令衹知歸去樂，嵇康無奈性情偏。悠悠一水東城下，已得吹簫夜放船。

壽趙雪巖

五月五日夏令分，白頭賓客壽田文。榴花弄色明深樹，竹葉邀歡到夕曛。棋局不輸安石墅，墨華長滿阿欣裙。江南賸比燕京樂，令子無勞望白雲。

過蔡九逵雞鳴寺客舍承詩見謝率爾奉答

高人學舍無官事，依舊幽棲坐碧山。永日讀書雲閣静，新晴開户蘚花斑。李膺未仕多推引，蔣詡何人數往還。桃竹詩筒勞枉贈，丹厓瓊樹迥難攀。

送伍中丞還石首

拂袖金門不可招，中丞清節楚山高。西江義旅雙龍劍，南國干城一豸袍。九鼎銘功藏石室，孤舟垂釣入雲濤。丈夫出處俱無忝，銀漢遥瞻彩鳳毛。

和文濟遷居二首

大隱何勞訪碧岑，帝城佳處即雲林。陰陰柳覆溪門静，宛宛鶯啼竹塢深。安石東山堪獨卧，孔明梁甫莫悲吟。鳳臺雪霽多佳景，不負扁舟五夜尋。

碧烟虚檻樹千章，最愛疏桐挂月光。勝地别開棋局墅，仙人新住水雲鄉。西鄰倏竹青稍細，南郭群峰翠黛長。閉户注書稀出入，莫言門外有風霜。

次華泉早春鳳凰臺

古臺誰見古人遊，臺下秦淮今自流。鳳鳥不來空故國，梧桐千載倚荒丘。雲間雪霽芙蓉殿，江上春生杜若洲。聖代登臨多樂事，側身天地更何愁。

送彭給事汝寔奉母夫人還蜀

灩澦霜乾石道微，南舟安穩奉慈闈。江魚白白供行饌，峽樹蒼蒼媚采衣。華國文章多麗藻，過橋車馬盛光輝。朝廷衮職須公補，且莫山中戀蕨薇。

鄭作至問訊空同

北里築居何歲成，南山種豆苦逃名。百年丘壑真長往，千里驊騮羨獨行。每見披裘過道路，漫聞揮翰動公卿。神仙竟合邀中散，婚嫁何勞問向平。

送林貞孚還閩

北闕上書何所求，南宮卧病倏經秋。祇緣禮樂須幽討，豈謂雲霄竟薄游。江漢趨庭宜彩服，乾坤高枕對滄洲。承家禾止今方岳〔一〕，司馬流風蓋九州。

【校勘記】

〔一〕「禾」，金陵叢書本作「未」。

送吴與成會試

瘦馬狐裘犯雪風，青年文藻動南宫。誰應避舍推蘇軾，已忝通家識孔融。燕市醉歌春未遠，吴門高論夜還同。臨行把贈干將去，共惜池陰老劍工。

次南坦同白巖公登蒼巖聯句

蒼巖高出太行顛，下瞰南州數點烟。海外忽來玄鶴駕，人間重見白雲篇。行藏玉雪誰相染，咳唾珠璣並可傳。不向山林瞻氣象，豈知臺省有神仙。

遊故相守溪公園亭 見中舍君新栽花木

丞相園亭舊數來，平泉花木後重栽。武陵桃水逶迤轉，太華蓮峰綽約開。月出衆賓俱酩酊，雲移高閣更徘徊。門墻惠澤思無盡，踏遍三槐樹下苔。

陳君汝璧自永嘉來南都省其伯兄總戎公且締新婚

愛弟新從東越來，塤篪聲徹鳳凰臺。他鄉棣萼生春興，故苑楊花攬別懷。幕府眠雲應共被，皇都覽勝幾銜杯。風流將種真無忝，看取金屏射雀才。

送祝時泰守思南

朱幡南去領提封，清代蠻荒聖澤濃。雲轉舟車通萬里，烟含城郭擁千峰。印臺地重蹲金虎，劍匣塵清卧玉龍。尚有經綸需大用，不妨吟嘯暫從容。

會陳亨父

西園虛閣對高林，閉户焚香養道心。勝地幾年頻悵望，歸帆千里一開襟。雲深獨鶴蕭蕭舞，海近寒龍細細吟。明月倚闌無限興，莫因人世歎浮沉。

十一月五日同子魚風雨舟往治平寺訪履約履吉

伍胥城東月映樓，越王橋下雨隨舟。石湖噴薄魚龍氣，水國霑濡鳥雀秋。竹逕松房人隱隱，酒杯香篆夜悠悠。平生白首相知侣，對宿空山興轉幽。

唐京兆應詔侍母夫人還楚

太君歸棹下青虛，京兆承歡奉起居。千里遥將春色去，一封偏荷寵光餘。桃花夾岸明衣繡，荇葉浮江簇饌魚。莫傍庭闈懷定省，都亭竹馬待還車。

送郗武庫元洪入京

三年帝廄閑驊駿，一日天書降鳳凰。時論同歸小司馬，朝班重識舊鵷行。風神玉雪窺清潤，文藻江山助渾茫。豪俊從來須大用，看君飛步入巖廊。

宜興謁東坡祠

學士祠堂傍水扃，蜀山蕭索向誰青。歸魂省識毘陵道，好事空傳楚頌亭〔一〕。萬古雲霄瞻氣象，滿林風雨護精靈。湖東月出光如許，照見燕山相國銘。

【校勘記】

〔一〕「傳」，金陵叢書本作「餘」。

寄陳宗禹中丞

暫下烏臺短鬢青，楚南新望少微星。書成自去藏衡嶽，月出時聞釣洞庭。江海澄清風憲體，松杉夭矯歲寒形。空慚叔夜非儔侶，漫點封章誤主聽。

送劉叔正憲僉入蜀

巫峽巫山霧雨蒸，繡衣持斧下青冥。從來直道非時好，況復高文絶代能。野鶴昂藏寒自警，海鵬寥廓氣彌騰。諸生鼓篋江南北，泰嶽雲高望不勝。

壽鄭户部唯東母夫人

北堂酒浮金爵光，東曹帶繫銀魚長。柏舟節操冰霜迴，翠翟威儀錦繡香。列鼎端居餘慶澤，稱觴詞客盛文章。從今老福如川湧，看列孫枝玉樹行〔一〕。

【校勘記】

〔一〕「看」，金陵叢書本作「著」。

對雪二首

千峰急雪灑茆簷，久旱微陰冷亦堪。獨賴諸公憂凍餒，不勞明主顧東南。高標一任寒梅得，餘潤偏宜宿麥含。薄暮倚欄看絮舞，鬢絲相伴兩鬖鬖。

孤城日落雲垂幕，大地陽回雪舞花。采石江濤冰魄碥，蓬萊宮樹玉橫斜。清光恍徹三千界，朔氣平侵十萬家。半夜兔園賓客醉，擁爐揮翰氣成霞。

贈王司寇乞養歸台南四首

王舊尹應天

千巖萬壑乞閒身，風節分明見古人。愛下更無包孝肅，戀親誰似范純仁。天顏咫尺傳優詔，海角逍遥理釣綸〔一〕。明發都城新雪霽，甘棠何限總含春。

抗疏曾聞動武皇，一麾迢遞過沅湘。青冥直氣干星斗，白首孤懷映廟廊。韓愈歸朝公望重，王陽辭阪聖恩長。行藏歷歷俱無忝，拭目台南皎日光。

脱身霄漢賦閒居，暫息鵬風九萬餘。母氏在堂思戲采，人生當路幾懸車。燒丹試鑿皇華井，閉户應脩禹穴書。料得晨昏調鼎味，長將竹笋膾江魚。

天台石梁天下奇，龍湫雁蕩碧逶迤。平生蠟屐今方用，向老奚囊每自隨。海浸樓臺雲五色，洞藏花竹露千枝〔二〕。知公此去能高卧，祇恐商王起夢思。

【校勘記】

〔一〕「角」，金陵叢書本作「嶽」。

〔二〕「竹露」，金陵叢書本作「露竹」。

贈張秋厓虞卿

柴門風雪印行踪，竹杖新辭雁宕峰。中散獨行如野鶴，老聃一見是神龍。英雄蹭蹬誰青眼，道德希微又赤松。欲撥紅塵攜手去，匡廬石上話從容。

送金子有陳羽伯春試

久抛鉛槧伴樵漁，二妙年來謝起予。粲爾鄉邦生鸑鷟，居然清廟對璠璵。辭家並赴看花約，理國無忘種樹書。天子祇今過舜禹，許身千古欲何如。

上遂翁壽和文濟二首

鵠立鵬搏五十春，玉階摇珮上星辰。黄扉大業關元化，白首孤忠動鬼神。壽亞璐公凡幾歲，名齊温國竟誰人。紛紛寒士歌恩澤，厚禄千鍾祇自貧。寶曆玉燭均調四海春，風雲嘉會慶兹晨。朝廷禮樂前無古，臺閣文章妙有神。天長遺大老，金門地迥隱仙人。休憐道貌殊清峻，夙夜常憂白屋貧。

與陳石亭雪後遊牛首山

隆冬季月歲云徂，策馬牛山興不孤。削壁倚空雲點綴，古松沿澗雪模糊。堂垂塔影傳靈怪，人轉巖腰學畫圖。形勝江南無可比，武皇龍駕合踟躕。

遊花巖

風林下馬叩龍宫，雪磴扶笻踏虎蹤。把酒峰頭看海月，開門庭際俯雲松。鐘聲夜傍諸天動，巖翠寒交萬木濃。苦説移家身已老，暫來猶自未從容。

和望之中丞春日對雪二首

春風拂拂自東開，春雪盈盈落鳳臺。江柳破寒先舞絮，宫花應候盡妝梅。霏微向日相矜媚，輕薄迎風却倒迴。野老茆齋方卧穩，叩門休報大夫來。

大蟿春生冰欲開，青皇將雪下瑶臺。先教潤澤甦原草，故送清寒勒野梅。鵁鶄雲高鴻影度，盧龍江動練光迴。東郊前日迎春侶，裘馬翩翩射鹿來。

己丑元旦和陳京兆祐卿

不上王侯典謁牋，獨吟風雪度新年。柴門絶迹無車馬，秫酒陶情謝管絃。却老自泥燒藥鼎，求閒何待買山錢。喜聞京兆寬租税，白日沉沉衹醉眠。

送姚文進秀才迎婦

三傳精華已徹微，少年文采眼中稀。龍駒得水呈圖出，鳳侣迎春入鏡飛。内館夫容生綉褥，後庭萱草待斑衣。由來骨相非凡種，日下人當薦陸機。

春日遊高座寺二首

佳辰聘望給孤園，白袷初成氣候暄。春日漸添風物美，空山真隔市朝暄。歌催酒盞當筵急，坐愛花枝滿目繁。眼底同君聊一醉，吴臺梁苑底須論。

花發其如逸興翔，春山釃酒惜年芳。臺高忽見江流近，寺古唯聞松柏香。並遊驕馬花邊去，獨囀新鶯竹裏藏。尋壑經丘共忘返，還憐白日轉添長。

和望之惜園花盡開之作

十日春晴花盡開，一年春事半莓苔。疏枝密萼相將盛，粉蝶黄蜂莫浪猜。漫舉金杯當月榭，誰吹玉笛傍霜臺。芳菲未忍隨流水，遶樹攀條意獨哀。

吴太宰新堂初成有鵲來巢

相國新開緑野堂，堂前靈鵲早呈祥。來依喬木營門户，欲傍青雲化印章。幽砌頗宜迎客噪，高簷何礙順風翔。雕梁畫棟相鮮地，最愛詩題素壁光。

春日顧吏部武祥張兵部惟静攜酒過息園重辱佳篇漫謝一首

清溪竹逕久荒蕪，二仲逢春試玉壺。即有荆花當户紫，更多萱草映堦鋪。衰顏屢喜依瑀樹，秀句時驚落蚌珠。高駕往來殊不惡，莫因疏懶厭潛夫。

壽姜節舉人父母

七十二峰如列戟，太湖深護隱君廬。家貧萊婦能逃禄，身老龐公不著書。生理剩栽巖畔橘，旨甘時薦舍前魚。青春令子方騰踏，雲路遥乘駟馬車。

贈朱銘甫還松江

太學賢名衆不如，九峰歸省老尚書。才華獨擅三都賦，門閥重高駟馬車。吴苑天寒收橘柚，松江霜落薦鱸魚。遥知彩服趨庭後，讀盡家藏萬卷餘。

送陳子文赴廣西

八桂西瞻岳牧尊，使君持節下湘源。星巖風洞山殊秀，雪片霜華地不喧。永日賦詩薇閣静，青春行部繡旗翻。從來遠地多名宦，銅柱猶聞頌馬援。

送陳京兆祐卿還南海

疏傅懸車緣底事，温公避位本初心。蛟龍遠適江湖性，鸞鳳高辭枳棘林。多病逢人求大藥，有懷浮海發孤吟。移家勿向羅浮住，使者來徵恐莫尋。

西爽草堂〔一〕

草堂寄在國門陽，西嶺蟠迴入户蒼。含雲洞壑泉臺迴，礙日松梧露逕長。歲歲采蘋脩俎豆，重重栽竹護垣墻。南州高士今難作，唯聽慈烏弔白楊。

【校勘記】

〔一〕「西爽草堂」，明抄本作「西爽草堂爲徐子仁作」。

送王文光宰定海

曲江落羽人皆惜，東海分封衆所榮。喜見疲民投父母，願因明主致昇平。花間草長逢馴雉，谷口春歸聽早鶯。看取漢家循吏傳，獨憐卓茂最知名。

孟中丞命酒息園集諸文士賦一首

山人避俗野園開，憲府邀歡載酒來。浮杯豈讓山陰會，授簡還徵鄴下才。暫遣閒雲依紱冕，更呼明月照池臺。錦筵爛熳唯須飲，畫燭闌珊未擬迴。

登清涼寺後西塞山亭四首

霄漢秋高烟霧開〔一〕，舊京西望一登臺。皇居迴映鍾陵起，海水遥吞鵲鎮來。半嶺顛風頻落帽，孤亭斜日更銜杯。乾坤轉盼皆陳迹，況復浮生白髮催。

晚上高亭對落暉，萬山寒翠濕秋衣。江流一道杯中瀉，雲樹千門鳥外微。古寺頻來僧盡老，重陽欲近蟹争肥。霜楓惡作蕭條色，故弄殘紅繞客飛。

山閣難禁宋玉悲，六朝遺恨滿殘碑。青山自擁蟠龍勢，玉樹空傳落燕詞。寒節授衣傷老大，醉鄉隨鍤愧支離。歌筵舞妓非前代，文采風流又一時。

劍化人亡有故城，東來海氣帶龍腥。煙花樓閣三千界，錦繡河山百二形。老托神京堪自隱，醉眠秋澗不知醒。長江只在朱闌外，莫遣哀歌動杳冥。

【校勘記】

〔一〕「霄」，金陵叢書本作「雲」。

梅開答孟中丞厭客之嘲

驄馬能過問野梅，柴門何惜向陽開。空勞野客巡簷笑，實少高人載酒來。地僻誰懷元亮宅，月明深負謫仙杯。須知竹下三三逕，本爲招邀二仲栽。

和許隱君游西湖

千峰萬壑斷飛埃，百頃湖光演漾開。大塊丹青隨意得，炎天冰雪傍舟來。不禁楊柳牽衣袂，況復荷花近酒杯。曾是君王遊賞地，采雲猶護舊歌臺。

拜岳武穆廟

水白雲青廟貌明，墓門喬木盡南生。天高竟吼三人虎，國破誰摧萬里城？望斷白龍無死所，歌殘黄鳥有餘情。海波東去厓山遠，精衛千年恨未平。

文徵仲翰院約遊西湖不至次韻奉嘲

懷君不見動經年，有約猶慳訪戴船。草閣自含懸榻愧，蓮舟終少聽歌緣。徒聞避俗稱高士，未必尋幽損大賢。落日倚闌空佇立，海山千點澹蒼煙。

和許隱君留别〔一〕

丹山碧水古王城，處處登臨滯客程。幽壑風煙須縱酒，暮年朋舊獨關情。勞生苦覺滄洲遠，别路空餘白髮明。客裏送君秋又至，臨岐休怪旅魂驚。

【校勘記】

〔一〕「和許隱君留别」，明抄本作「杭州和許隱君留别」。

天真寺訪薛尚謙因懷伯安王尚書

江邊寺裏爲君來，絶壁高亭對酒杯。萬里海波衝鳥落，半天風雨挾龍回。蒼松解引尋真路，宿草空傷濟世才。莫上書堂歌伐木，寒泉鳴咽使人哀。

湖寺觀雨

濕雲吹墨濺湖波，急雨翻盆落澗阿。江郭衆山當面失，寺門孤樹奈風何。浮生白髮餘高興，暇日清尊且浩歌。蓑笠醉歸還自笑，晴天曾得幾回過。

和劉光禄觀潮

江樓再上思前事，十度流年指一彈。滿目波濤還自至，舊時賓客不同觀。玉龍氣湧澄江動，雪練光摇大海寬。欲挽靈槎上霄漢，祇愁風露弄秋寒。

遊三竺後暮泛西湖歸城呈汪按察

風度疏鐘出萬山，天成樓閣挂巖間。松林落日暉暉白，石澗幽花細細斑。脩竹禪房堪載酒，亂峰雲樹暫怡顔〔一〕。蘭舟蕩漾西湖水，悵望嚴城暮始還。

【校勘記】

〔一〕「樹」，明抄本作「物」。

雲居送蔡武庫赴南曹有懷故國

雲寺迢遥來送客，松關繚繞不逢僧。堪憐把袂臨秋草，轉愧齋心對佛燈。旅況鄉愁依去棹，月華風影亂寒藤。高巖總是銷魂地，天畔危欄莫盡憑。

思歸和劉介夫中丞

寒月滿天鴻雁飛，中宵獨立明星稀。棲遲東省愧官俸，悵望西湖思釣磯。采服家園三徑遠，白頭天地一身微。才迂歲晚竟何補，早晚孤舤江上歸〔一〕。

【校勘記】

〔一〕「舤」，金陵叢書本作「帆」。

息園存稿詩卷十四

五言絶句

春日郊行三首

條風曳微雲，山色差可美。日出湖上行，春光滿湖水。

麥壠摇新葉，梅塘泛落花。前村天欲雨，雲裏見人家。

白石明春泉，蒼林暗春霧。馬蹄從東來，失却山間路。

寄楊太康

明月生遥岑，清光轉華薄。樓上憶君時，秋風動羅幕。

送客歸吴

草際日華淡，水邊雲意閒。翩翩五陵客，騎馬入秋山。

與陳魯南

浮雲澹秋水，落日横暮山。與子有幽抱，時在山水間。

幽人

竹静風已歸，亭虚雲自過。幽人了無事，坐玩閒芳墮。

詠扇畫寄諸故人八首

詠松寄喬白巖光禄

青松高千尺，知是何年栽？獨有憩陰者，時爲清風來。

詠山水寄易後齋進士

故鄉宛如昨，近郭多池臺。一别同心侣，無因數往來。

詠葵寄郭東厓侍御

花色亦何貴，畫葵愛葵心。豈無桃李顔，要非君所欽。

詠芙蓉寄張南園太常

旖旎芙蓉花，蕩漾木蘭檝。相思隔湘水，欲採不可得。

詠菊寄潘團山侍御

寂寞東籬下，幽花裛露黄。自緣寒節至，不是愛秋霜。

詠桂寄王陽明主事

明月皎如銀，中有丹桂影。懷人坐良宵，衣裳露華冷。

詠芍藥寄李崆峒郎中

春芳已摇落，一枝開庭陰。遲暮不自惜，東風詎知心。

詠菊寄何白坡中舍

寂寞三徑下，亭亭帶晨霜。行人愛嘉色，君子懷清香。

夜汎

四冥波浩浩，一葦向空渡。月近星斗寒，始識天上路。

憶殤女

愛盡哀還積，年踰恨未除。空堦殘日裏，愁見舊羅襦。

客裏維舟夜，懷中拜月明。邇來三五夕，見月倍傷情。

衡山雜畫二首

巖壑飛塵絶，孤亭壓水雲。偶來乘野興，非是厭人群。

雨霽春湖闊，扁舟坐不還。放情親白鳥，覓句贈青山。

葉澄雜畫四首

雪積千山素，行歌履迹穿。腰間有樵斧，猛虎莫當前。

釣竿青裊裊，孤影照雲汀。莫遣青天上，浮光動客星〔一〕。

古琴彈古調，今人誰愛聞。獨往山中去，因聲寄白雲。

平湖瀉明鏡，上有脩竹林。把酒對山月，誰同秋夜心？

【校勘記】

〔一〕「星」，文淵閣本、金陵叢書本作「心」。

和張水部雜詠八首

柳溪

春雨夜來急，溪流朝已深。柳絲摇淺緑，垂影到波心。

檜徑

蒼檜夾芳徑，葱蒨饒佳色。霜天獨不凋，然後知爾德。

看竹

水曹愛看竹，一日分幾時。峨冠不須著，美酒聊自持。

蕉雨

高葉戰風雨，歷亂不堪數。詩思與翩翩，坐深良獨苦。

荷風

峨峨紅粉妝，冉冉出清滓。風來忽倒垂，照見新蓮子。

水亭

清溪坐來澄，白鳥望中度。酒熟無人開，詩成有神助。

江樓

野望緬蒼茫[一]，海思坐超越。雲生鸛鶴林，日射蛟龍穴。

魚陂

朝銜新藻遊，暮託淤菹息。幸無涸轍憂，不望監河澤。

【校勘記】

[一]「緬」，文淵閣本、金陵叢書本作「面」。

和見素林公雲莊雜詠八首

英英巖際雲，相將庇幽獨。盲風自震蕩，慎勿撼我屋。
朝暮耕鮮雲，結子如黍密。煮作山中飯，還共山人食。

孝思亭

苦心日宛轉，九原竟寥寞。服盡淚隨盡，此道今人薄。
高風亦有隳〔一〕，明祀亦有匱。千秋萬古心，直與雲山對。

見素洞

白玉開洞房，藥田元氣濕。老龍雨四海，向晚隨雲入。

臨滄亭

隔海望三山，銀濤立青壁。神遊挾飛仙，玩弄扶桑日。

三影池

三峰峭而尊，凝神入虛靚。青天動光彩，滅盡浮雲影。

隱屏

石屏在巖幽，不習見冠蓋。時有明月期，散髮坐相待。

【校勘記】

〔一〕「風」，清烏格抄本、金陵叢書本作「才」。

贈嚴別駕

春到鶴林寺，川鵑花最紅。使君幽興劇，獨步問東風。

蕭侍御麗川雜詩三首

曾行麗川路，解道麗川景。山停鸞鳳形，水動魚龍影。

星巖七曜麗，風洞四時秋。玉壺摇小艇，日日醉中流。
群峰夾江流，十里餘百折。春來詩興多，鑿遍千巖石。

秋霽會王履吉朱振之諸君

良友四方至，秋月此宵明。斗酒集虚館，踟躕無限情。

秋海棠

陰葉翠瑶濕[一]，薄英紅粉香。絶憐秋苑下，復爾見春光。

【校勘記】

[一]「翠瑶」，金陵叢書本作「摇翠」。

蘭

幽蘭兩三花，清香暗中起。日暮望美人，盈盈隔湘水。

畫竹

陰叢含雨氣，燥葉領風聲。即是圖見邊，猶令客況清。

書畫上二首

平江浮夜色，遠雁帶秋聲。渺渺孤帆去，前山月正明。
微風被芳渚，菰蒲亂如髮。爲問紅蓮花，含香待誰發。

題畫二首

吴山碧相續，具區深不流。孤舟行薄暮，短髮照清秋。
野曠平巒小，雲寒古木垂。自緣詩思苦，非關歸騎遲。

雨山圖

雲滃雨翻盆，千厓互吐吞。歸人愁路窄，切莫近黄昏。

鳳仙花

碧玉青樓女，盈盈妝粉紅。不應試醮甲，翻令妒守宮。

倦繡美人幛

罷繡非關瞑，含愁詎爲春。祇恐燕臺下，花月解留人。

白蓮便面〔一〕

玲瓏白玉琹，置在翡翠盤。清池明月夜〔二〕，怪爾生秋寒。

【校勘記】

〔一〕「白蓮便面」，明抄本作「白蓮」。

〔二〕「夜」，金陵叢書本作「下」。

史知山納妾以翠珉罼爲賀

碧玉雕螭罼，鮮於翡翠毛。美人春夜飲，芳暈漬櫻桃。

定公房小畫二首

斲來東海骨，長惹老龍争。寫作如來供，猶含風雨聲。

洗盡塵埃色，湘江暮雨餘。誰將明月影，留照草堂虚。

對菊〔一〕

野客愛寒芳，經旬再舉觴。名花不在色，美酒獨宜香。

【校勘記】

〔一〕「對菊」，明抄本作「菊」。

七言絶句

阻淺撥悶十首

船腹沉泥尾生坼〔一〕，風日更燥莫禁當。鸕鷀鸂鶒喜川涸，灘上銜魚來去狂。

白晝風號夜不休，那能寸水爲人留。千艘並注江湖想，萬室兼懷雲漢憂。

上閘閉水絶涓滴，下閘水生輒復開。我舟公然閣平地，碧波銀浪曷從來。

七十二泉元自多，水曹疏導力如何。宋公不作陳老死，沙滿涓涓黑馬河。

尺水無奈衆相争，大官高艑鼓先鳴。估人漕卒且安坐，勿謂爾曹舟重輕。

萬方舟楫赴天門，表頌椒宫慶至尊。海若縱無波泛轍，雲師須遣雨翻盆。

三日不下一閘門，幾時端可到清源。老夫白飯尚堪飽，漕卒赤拳誰可論？

正月樓船發古杭，三春弭棹汶河傍。未愁緑酒追行樂，却恨斑衣遠故鄉。

吴苑出門春草萋，汶川行色柳依依。故園薔薇絶堪賞，候水阻風歸未歸。

岸頭古柳緑絲輕，傍石繫舟非我情。黄鸝不知客愁思，時來枝底送春聲。

【校勘記】

〔一〕「泥」，金陵叢書本作「沈」。

苦熱絶句十首

齋中五月暑太甚，縱到天南知不如。豈是衡山移岱嶽，東蒙分與祝融居。

作書海上訊龍公，耐可停舟烈日中。天外洗塵須法水，波心清暑借離宫。

家住江南古帝城，江風長夏遶門生。不知頭白緣何事，兩月官舟觸熱行〔一〕。

迎風觀上天如水，寒露臺前月似霜。好待甘泉新賦就，持歸此地獻君王。

原塵勃勃草全稀，林木炎炎鳥不飛。縱酒須逃十日飲，乘風那挂一絺衣。

赤雲西擁火爲峰，紅日東驅燭作龍。聞道峨眉多積雪，若爲飛去蔭長松。

周武殷湯在眼中，今王聖德古人同。禾枯即灑桑林雨，道暍仍嘘柳下風〔二〕。

西照人家晝掩門，船窗渾是暑風屯。清川沸作湯池熱，涼樾蒸爲火樹繁。

雲中夜滴金莖露，天上冬藏玉井冰。安得九重憐肺病，一時傳賜解炎蒸。

葵扇桃笙湘竹牀，捲簾高卧汗如漿。何如赤鯉澄波冷，不及玄蟬密樹涼。

【校勘記】

〔一〕「熱」，文淵閣本作「夜」。

〔二〕「仍嘘」，明抄本作「還揮」。

積雪樓上把酒四首

高樓映雪雪生光，雲外神仙白玉堂。枉殺相如新賦就，定從何處謁梁王。

雪滿空林萬木寒，玉峰巉嶰倚樓看。銀瓶酒緑狐裘熱，六六文窗夜不關。

樓上題詩滿硯冰，城頭殘雪晃疏燈。瑶臺月白青雲冷，下有寒潭漾列星。

啾啾寒雀拂簷來，榾柮爐深欲作灰。雪上紅纓高犬過，王孫西去獵黄臺。

公宇納涼四首

庭樹重重拂院西，更無殘日透簾闈。胡牀一片堪吟嘯，却付餘陰衆鳥啼。

散髮乘風怯病身，出門途路觸黄塵。每愁入夏妨高興，不似青春解著人。

跋涉山谿氣鬱歊，日中生恐鬢毛焦。南薰忽借閒庭爽，羽扇冰漿總不消。
不愁赤日遶簷來，但取清風灑面開。塵事盡抛心似水，使君何必愧無懷。

偶題

雲連樹色千章合〔一〕，雨挾泉聲一道飛。儘有山林堪送老，不知何事未忘機〔二〕。

【校勘記】

〔一〕「章」，文淵閣本作「嶂」。

〔二〕「儘有山林堪送老，不知何事未忘機」，文淵閣本作「儘有山林溪澗趣，好將佳境暢天機」。「未忘機」，底本原闕，據明抄本補。

舟入天津〔一〕

天際亂山横暮靄，水邊喬木起秋風。扁舟欲過聊停棹，明日京塵便不同。

【校勘記】

〔一〕「入」，明抄本作「過」。

村居

山回水合樹成村，不是桃源即鹿門〔一〕。但有扁舟能送酒，莫言人世五侯尊。

【校勘記】

〔一〕「即」，文淵閣本、金陵叢書本作「是」。

再過仲木舍對菊四首

舊摘黄花半已稀，重來相對莫言歸。瓷罌緑酒深如海，判取新霜點客衣。

陶令舊無栽秫地，杜陵新借浣花堂。白衣緑酒今重至，翠蓋金錢晚更芳。

歲寒心事特相親，莫怪留連倒葛巾。夜半苦吟寒燼落，錦屏愁殺按歌人。

露渚夫容次第殘，風林桂樹不勝寒。青霜素月蕭條地，獨有黄花耐晚寒。

月夜飲九峰山人快園二首

露橘霜榴接葉存，古藤脩竹覆階繁。誰家池館深秋後，能遣高歌盡玉尊。

桂樹檀欒蔭小山，夜深留客不知還。池頭月起光如鏡，更爲殷勤照醉顏。

麗江同蕭侍御作二首

笑共江妃拾采霞，錦袍乘月坐浮槎。桃花兩岸知何處，中隱秦人數百家。

聖主乘龍日好文，高賢簪豸起青雲。長才漸入麒麟畫，雅興猶懸鹿豕群。

同黄參軍登巾子山二首

上客牽蘿到石門，老僧分澗引匏尊。青山萬點浮東海，落日憑闌望不昏。

一上高亭野興幽，坐憑松頂瞰江流。海中樓閣三山霽，天畔風烟六月秋。

康谷道中見梅花

萬木蕭條積雪寒，空齋愁坐歲華闌。春風十日知多少，已得梅花道上看。

雞鳴寺訪錢元抑遇雨

觸熱尋君汗似漿，坐依高竹挂冠裳。濃雲忽送空林雨，人與青山相對涼。

夜泛罨溪

銅棺山月二更生，罨畫溪流百里平。一夜棹歌歌不盡，倚蓬斜坐到天明。

自荆溪問道往錫山

荆溪一水逶迤去，震澤群峰歷亂來。縱使路迷都莫問，秋光隨地可銜杯。

京城西湖漫賦

萬頃澄波浸太清，先皇開鑿擬昆明。錦帆不羨揚州路，楼艤誰誇下瀨兵？

寄李獻吉二首

一醉洪都金屈巵，再吟台海赤霞辭。梁王臺上青春月，共折桃花未有期。

太史論文戰國同，杜陵詩體次王風。即看今代詞林伯，未覺前賢采筆雄。

贈寄張童子合二首

羡爾伯兄來萬里，錦囊詩卷爛珠輝。今看十歲能長賦，何用從前咤陸機。

麟子鳳雛難可見，碧蹄丹喙定堪誇。詞源莫倚翻三峽，經笥還須富五車。

贈夏敦夫守惠州二首

問子胡爲到海陬，仙人合去住羅浮〔一〕。莫辭荔子開樽酒，無奈梅花繞郡樓。

欲採夫容贈使君，滿江紅錦漲秋雲。相思莫道音書遠，南海春來有雁群。

【校勘記】

〔一〕「合」，文淵閣本、金陵叢書本作「共」。

高吏部公次奏績自大江攜弟入荆州却赴京師

猿聲霜夜憶三巴，姜被凌寒路不賒。直到荆州始分手，將詩徐轉入京華。

送徐來秀才

日彩浮金丹闕曉，烟光凝翠碧山秋。長安舊路天西北，醉裏題詩送客遊。

送楊進卿入吴二首

茆堂寄在石湖西，麥壠桑田咫尺迷。愛爾通家好傾倒，放舟頻過越來溪。
出門隨意得青山，雲樹秋高滿目斑。一醉一醒堪潦倒，不須身挂利名間。

贈吴煦

緑樹涼生十畝陰，柴門永日少相尋。紈衫不礙跏趺坐，石硯聊隨散誕吟。

汴中逢殷文儀將赴蒲州省乃兄刺史二首

異域逢君感亂離，春殘何處見花枝。江南縱有池臺在，不似當年對酒時。
河濱垂柳繫行舟，坐對青春未解憂。池草萋萋千里夢，逢人先自問蒲州。

松泉

空林急雨暗蒼煙，松下寒聲落澗泉。滿耳塵埃湔洗盡，道人中夜不知眠。

美人幛子二首

晚多幽思不成妝，徙倚閒臺玉漏長。明月漸低天杳杳，梅花枝上有新霜。

霧縠微涼玉露清，銀河西畔水盈盈。桂香蟾影秋無限，一曲霓裳萬古情。

春燕

綠樹花飛半作泥，江南新燕已來齊。雨聲不與幽人約，暗送春光出小溪。

海棠花

嘉州名花香觸人，調朱弄粉淡含春。沉香亭上微醺處，可怪君王不忍嗔。

梨花

一枝繁雪亞墻東，千樹夭桃枉自紅。腸斷不禁明月夜，縞衣珠珮倚微風。

同文徵仲贈許隱君

一别西湖今幾秋，重摇蘭棹伴君遊。碧山樓閣懸明鏡，壓盡東南數十州。

送葉户部瑞監税還南都二首

杭州北關天下通，大艑小艓往來同。寬税幸逢堯舜理，無人不頌使君功。

北峰南峰夾西湖，煙景四時張畫圖。暇日使君摇艇子，新詩的的似明珠。

承朱臣策張汝益顧世安自松江送菊至東省謝以短詩二首

離披五色散秋容，三泖風流得坐逢。好語繁霜知愛惜，寒天留爾伴青松。

後圃香雲拂曉臺，吴船新送菊花來。深秋客思渾無賴，野興峥嶸特地開。

題周臣畫二首

疊嶂寒松護碧霞，一溪春水夾桃花。山坳若見漁舟入，莫問人間舊歲華。

石壁煙霏夏氣清，水光人影静分明。綸巾羽扇者誰子，來共沙頭賦濯纓。

六言

小畫二首

斜日雲横薄暮，空江木落高秋。雲外稻粱自足，人間矰繳何求。

澤葦江楓共遠，玄鳧白鷺争飛。借問漁舟安在，欲來垂釣忘歸。

息園存稿文

息園存稿文卷一

序

謝文肅公文集序

或問謝文肅公之文，璘曰：是醇氣之積也。夫文章盛衰，關諸氣運，而發乎其人，非運弗聚，非人弗行，豈小物也哉？昔周之盛也，文、武、成、康迭興，謨、訓、雅、頌之辭爾雅深厚，意若有聖人之徒操觚其間，何其若是善也。幽、厲以降，辭命寖繁，黍離、板、蕩之篇，氣索然矣。非行人史官矯誣眩衆，則羈臣棄士哀思悲鳴以紓其憤懣者也，即國家何賴乎是？故觀文體之險易，可以知氣運之盛衰，而人材由之矣。

唯我皇明聖祖神宗，體道敦化，至憲、孝二朝，盛矣。禮樂聲教之澤，醇龎湛濊，蓋天地一大運會也。時則有鴻儒宿學出乎其間，吐發正義，抒揚宏辭，以潤色治理，培植道脉，何其符合歟！如丘文莊公、程篁墩公、吴文定公、李文正公及謝文肅公，與今存者不述，皆館閣之望、儒林之宗也。考量德藝，其淺深厚薄何如哉？蓋不俟百世乃可知也。璘執此仰歎有年矣。

比來守台州，文肅之孫必祚見其遺文若干卷，蓋文正手選者。其文明健閎博，根柢經傳，以綱維人倫爲宗，以剖白事實爲用，以抑揚邪正爲志，以遺外聲利爲情。詩與文同致，合發情止義之則，鍛鍊馳鶩，莫爲有無，蓋其所負者獨遠大矣。

嗚呼！公居朝汲汲於爲忠，而常恐愧乎其禄；居家汲汲於爲義，而常恐愧乎其生。是以方進而輒退，既老而益勤，克其極〔一〕，雖周、召由是也。豈不曰聖人之徒乎？璘故曰：「醇氣之積，合世與人言之也。僭踰之罪，無所於逃，所冀同好之知我爾。」曰桃溪浄稿，仍舊名也，刻在學宫。

【校勘記】

〔一〕「克」，金陵叢書本作「充」。

司空羅公外集序

讀羅司空傳，夫然後知先皇作人之勤也，用才之允也，貽謀之深長悉也，先臣之效官不于其躬也，社稷不其有利哉。初，文皇帝開中秘之館，選二十八臣，陶鑄其間，非有所準于成事也。厥後鵬騫嶽立，駢迹而興，以表見于當世。如司空者非一士，豈皆定于天乎？抑亦砥礪激昂，有所感會云爾。

夫若司空，我仁宗自翰苑遷之御史，宣宗自御史擢拜司空，亦唯其才是任，其所疏闊於銓格遠矣，非上有灼知，下絶讒慝，抑何能議于繩墨之外若此乎？故司空居翰苑則文，居臺諫則諤，餉邊則敏而惠，使外則節而禮。易地異施，應給不乏，孰任匪職，俛焉不怠於其清濁散要之階，無幾微望于其間，亦豈非社稷之心乎？

夫帝王之代，官唯其人，人唯其功，是以百僚師師，九德咸事。殆于季世，越乃成憲，道用下衰，背公植黨之風競，方命離次之法沮，人臣之志，始藐焉於其國家矣。璘讀司空傳，考其際會行事，安得不爲之三歎乎！公之孫溧陽簿廷相，刻公外集以貽於世，其傳實存，故僭述如此。

公名肅，字汝敬，以字行，别號寅庵，仕終工部侍郎。其出處履歷具見斯集，兹可得而略也。

大司馬王公慎言序

天下之言夥矣，神解爲上。夫道緣率性，奚有於解哉？然物聚而類廣，時易而變生，位列而分别，由是幽深轇轕，不可究而原者，非自外至，皆道之實際也。惟夫狃常襲故，徒任口耳，是以汎而不洽，守而不化，學焉弗通於微，政焉弗周於用，幾何不爲説鈴已乎？爰有上知之士，澄心以濬源，窮經以植本，辯物以通方，體事以踐迹。斯乃鏤精内注，掞義旁通。敘學則達乎聖奧，謀政則貫乎王綱。融而宗之，不固前聞。約而統之，不詭物則。卓乎達神解之機，而成一家之言矣。

嗚呼，靈稟罕遇，管窺易蒙，旁求斯品，厥亦艱哉！頃者大司馬儀封王公枉余中林，接論弗逆，乃出所著慎言十五篇，俾相榷訂。閎深洞達，超詣玄精，上索乾樞，下該物變。人倫運世，學統政模，參伍選析，必要聖軌。至其原五行則先水火，辯性質則主緣生，論學術則貴經練，取施措則尚神識。殆所謂神解之機，不束曲教，而成一家者已。

璘也質闇學荒，何足以知之？昔王充著論衡，蔡邕得之，閟不肯傳，人亦異邕有得。今其書具存，特枝辭耳，乃猶霑被。若是，使是編出人間，其於來學發蒙脱梏，不猶揭日月以燭冥塗，孰不進于解乎？公奚閟之未傳也，願序以請。

嚴太宰鈐山堂集序

顧璘氏曰：余讀太宰介溪先生集，獲見古文之在今也。集既出而復閟，擬爲書報之。其略曰：

文章之道，與政同也，其具質文而已矣。質以立體，文以澤用，本末相維，貴適其中。然義有輕重，故取舍擇焉。質過則野，文過則華，與其華也寧野。故治先尚忠，禮貴反本。孔子之從先進，其義一也。道喪俗敝，然後色澤雕鏤之文興，豈不蠱哉？本之則無，卒歸浮僞而已矣。夫浮僞者，士之惡也，顧引以爲業也，何居？又爲大者曰六經。夫六經，聖人之學，不可以强幾也。有强焉者，浮僞之類耳，君子不視。嘗聞君子之教曰：騷賦期楚，文期漢，詩期漢魏，其爲近體也期盛唐。此數則者，文以質化，言由性成，古今同軌，斯謂適中〔一〕，豈非詞教之正宗，文流之永式乎？苟操筆者，斷斷乎不可舍此他適矣。今人士論文於宋、齊、梁、陳之間，率皆醜其不振。徐取其業觀之，則盡是物也，猶曰：「第師其辭，不師其體。」

嗚呼！辭既然矣，體又安所求哉？是罔人而已矣。粵自前元，襲衰宋之纖弱，世無文矣。比其亂也，賢者振於幽遯，醇氣醞發，昌運乃開。我高祖皇帝統一聖真，剷雕濯采，返之古樸。于時上倡下和，渾噩浤深，建皇極之典，則東浙諸公爲盛，蔓延熙洽之朝，過崇白賁，闇闇然幾於無色矣。弘治以還，作者翩起挺望，南北承學，翕然向風，宗爲領袖。南楚則介溪先生稱特焉，居翰苑三十年，窮究淹貫，揮翰成業，刊陳批俗，允蹈先格。其文以厚人倫、析事理爲典訓，辭尚明直，意歸敦大，儼然臨朝端笏之風；其詩寄興清遠，結體温厚，意匠妙解〔二〕，達乎天機，視慶曆諸賢，惟恐步驟之相及也。總其大致，所謂「文質彬彬，然後君子」，斯文運極隆之會矣。

或者乃曰：「日中則昃，木膏則蠹。文之所極，淫溢乘之，末學屢變，吾安知其底止哉？」夫清廟之音，一倡三歎，邃矣。代以濮上之繁節，則聽者駭耳〔三〕。温潤縝密，良玉之容也，珷玞雕鎪其前，則觀者瞪目。何則？凡情易流，邪道善眩也。如臨之以曠，質之以和，是非烏能罔邪？故先生之集一出，吾幸夫雅學之有規矩，末流之有隄防矣。乃聞閒者將復閟而藏之，豈憚夫呶呶之難調乎？夫絶浮存雅與撥亂世反之正，文與政責均也。先生未絶意斯人之溺乎，毋多讓焉。懼傳之不亟者，方衆書草具屬，委璘詮校其集，遂括略書語，綴之末篇。

【校勘記】

〔一〕「斯」，文淵閣本、金陵叢書本作「所」。

〔二〕「匠」，文淵閣本作「深」。

〔三〕「耳」，金陵叢書本作「矣」。

開國功臣録序 代作

皇明之興，高皇帝以神靈睿聖，不階尺土而統一海宇，再造華夏，帝王之烈，於是爲盛。于時文武之士崛起淮泗，翼奉輦轂，運籌發蹤，攻城野戰之功，不可勝紀。傳至于今，蓋百三十餘年，其顯融特盛、盟帶礪而勒金石者，人人習聞。其或未封先逝、或功高罪大因以相掩者，皆名隨身滅、功與爵亡，雖其子孫有不知其祖考之迹，況他人乎？是亦大可痛惜者也。夫食穀思稷，踐土思禹，君子謂之知本。今吾承平之人，去鱗介，即冠裳，離戰鬬死傷之厄，以游文明雍熙之化，庸非諸君之賜哉？享其惠不顯其功，凡知義者咸知恥之，況乎有道而生于其鄉者哉？

定遠黄君良貴生于聖鄉，今之所謂有道也。及諸公遺澤之未斬，慨然有作，攟摭搜羅，發微抉隱，詢諸耆舊世族之家，采諸殘碑斷碣之載，參之往籍，定爲一書。自某至某，凡得若干人，爲録若干卷。履歷緒業，一覽畢盡，將以傳域中而慰地下，可謂知本者矣。昔炎漢之初，蕭、曹、張、韓之功固偉然大也，非司馬氏述而傳之於武帝之世，其後班固之史何所考焉？夫紀事之籍，近則詳而實，遠則略而失真，愈遠愈失，其蔽也罔。然則黄君之作，固他日之所稽也，其可少乎哉！或曰：「開國之功甚偉，其事甚大，國史所載弗論也已。」其所遺逸，當時深山窮谷之中，豈無良史之筆倏而藏之，何待今乎？嗚呼！是不可得而知也。即有焉，詳略得失之間，所獲多矣。使其無有，則黄之作其可少乎哉！

家事録序

讀栗庵王先生家事録，其善於行禮者哉。夫禮也者，人情之本，軌物之則也。自天子達于庶人，不可以斯須去身者也，去禮則亂生。稽古三代，致治以禮，其制宜詳。尊卑隆殺之差，必有儀節，然後能四達而不悖。秦火以降，所僅存者多王國卿大夫之制，庶族賤品莫克舉之。

嗚呼，庶人與天子同學，先王之意，豈遂野鹿斯人已哉？其隆殺繁略之節，顧今無可考者，斯録之所由作也。存其本不泥其文，舉其實不備其物。孝弟禮讓之訓，若舉物號以詔盲子，諄諄焉唯恐弗聞也；流俗異端之戒，若作隄防止水之濫，惴惴然惟恐弗固也。故曰：「善於行禮者哉。」傳曰：「人域是域，士君子也。外是，民也。」夫苟知愛其身者，無亦士君子之勤，而民是遠乎？其曰家事録者，先生自謂云爾。先生名瑭，字良玉，以廣信守致仕，謹身篤行，得禮之本者歟！

會心編序

客有雜坐談古今文者，其一曰：「邃古之道，脩于仲尼，六經垂焉。六經者，禮義之統紀，文章之準繩也。以談道者探其精，以摛辭者軌其度，又奚取諸子之紛紛乎？」其一曰：「風隨世遷，簡繁成變，文由變生，古今成體。故才哲疊迹而承學，有由然矣。兹欲紀宴遊之迹，而上擬冠昏之義，不亦遠乎哉？文章異體，存乎世變，莫可廢也。」

新昌令洪都涂子者，從而平之曰：「旨哉二客之言，幾備已乎！文章之難，患之久矣。不根六經，無以成學；不參諸子，無以成體。諸子者，文之變也。上世之事簡而大，後世之事詳而纖。故文體由之，譬之衣服宫室，適今之制衆矣，何必强同古原，而令乖戾不諧也乎？反其敝，存其實，由今之辭，道古之道，雖聖哲不易也。」

或曰：「諸子太繁，奈何？」涂子曰：「才有近似，道有獨得。觀古人之書，苟有會於心焉，則鏤精而内注，神變而時發，雖守一氏，裕如矣〔一〕，何必多乎哉？語曰：『鼴鼠飲河，不過滿腹。』此之謂也。抑諸子之文，今體也，若猶未免爲今人也，安可廢乎？」二客遂去。

余適過新昌，游南明之山，涂子因間以告余曰得之。涂子遂以所讀韓、柳氏以下文若干首，請刻爲編，以著學文者之例。余因題曰會心編，謂存其所會，非選録也。併次第其語敘之。

涂子名相，字夢卜，以起家爲賢令，蓋稽古之力也。

【校勘記】

〔一〕「裕」，原作「俗」，據明抄本、金陵叢書本改。

關西紀行詩序

弘治丙辰間，朝廷上下無事，文治蔚興，一二三名公方導率於上。于時若今大宗伯白巖喬公宇、少司徒二泉邵公寶、前少宰柴墟儲公巏、中丞虎谷王公雲鳳，皆翱翔郎署，爲士林之領袖，砥礪乎節義，刮磨乎文章，學者師從焉。璘方舉進士，得從宴游之末，奉以周旋，竊見諸公契誼篤厚，切切以藝業相規，疑無猜嫌，雖古道德之世，無以加也。

逮今上御極以來，群盜並起，嚮用武力，學者恥言文事，加以逆瑾中害善類，好脩之士凜凜以言爲諱。然浮靡之習既昌，而忌疾詆害之意起，人務自異，不相輸衷矣，抑其勢然邪？

癸酉夏，璘赴湘南，謁白巖公於南京，示璘關西紀行一編，乃祭告華嶽日所與虎谷倡和諸詩，計同行旬日耳。大篇短章，如嚮斯答，凡若干首。正者準雅則，奇者抉幽險，君臣師友之義發乎胸臆，而靡所不同，前輩風誼，宛然復見，蓋不覺其羨慕之久，而繼之以歔欷也。嗚呼！文章與時運相盛衰，風俗之變，自賢者始。淳澆同異之間，矯而復之，顧不在吾徒也邪？遂懷而刻之湘南，俾後來之士得覽觀焉，匪徒以其文也。

東園雅集詩序

夫名勝者，天地之靈標；文章者，江山之藻色。遐阻不足以偉觀，故方域宗乎神京；微眇不足以大承，故川藪主乎世胄；徒大不足以振奇，故妙用裁乎幽抱；徒物不足以名世，故事實托乎雅言。蓋地隆則靈，族尊則顯，情幽則邁，言文則華〔一〕。具四盛者，其唯東園乎？

東園者，中山王孫錦衣將軍徐君申之所築也，在南都東城隅，去賜第僅數百武許，蓋别墅焉。疊山疏池，力奪天造；崖壑廣遠，囿在庭宁；嘉樹叢生，華構間起；疏密有象，采樸適衷；儷諸前古，豈曰無間。然曲陽引水而犯禮，奇章品石以宣驕，即玩成慾，於斯爲劣矣。當夫芳時令日，秩筵永讌，則有王公大人、縉紳先生與夫江海閒游之士，宴集乎其中。尊簋陳乎商周，殽羞備諸山海。交必以禮，言而成章。敍景則陶鑄極於崇深，舒情則放誕齊于沖邈。琅函緗帙，寶襲而錦呈，藹乎道德之腴，郁乎烟霞之馥。豈徒季倫金谷，托潘、陸爲絲簧；晉卿西園，藉蘇、蔡爲藻繢而已哉？誦斯知之，弗俟贅已。

噫嘻盛哉！唯我皇明之有南都，猶周豐鎬、漢西京也。龍山虎阜，長江大湖之勝。盤鬱滉瀁，控天下之上游。可不謂百二乎？維居守保釐，則中山孫子恒執其柄。飛龍羽翼，長夾輔於二南；磐石根砥，實衛翊乎九鼎。故江淮以南晏然永寧者，伊誰之功也？乃若瓜瓞之英，進未膺推轂之寄，退不得爲山澤之臞。抱明質以閒居，挺幽襟而特起。又安寄其高朗乎？是以東園之築，匪唯招名流，廣文賦，以潤飭於侯門，抑亦引昇平之渥澤，拓佳麗之奥區，用輔相於皇邑云爾。

古人有言曰：「名園之興廢，洛陽之盛衰也。洛陽之盛衰，天下之安危也。」亶其然乎？園有亭榭，並太宰白巖公前爲南司馬時所題。園曰「小蓬山」，敻哉仙乎，游諸霞外矣。堂曰「遠心」，迹近而神超，其大隱之德乎[二]？亭有六：曰「迎暉」，曰「總春」，順天之時，于山熙熙爾，陽而暢也；曰「一鑑」，曰「觀瀾」，察地之理，於水淵淵爾，陰而寂也；曰「萃清」，資之竹者深矣；曰「玉芝」，丹室所以全其身乎？歸雲洞，息也；拄笏峰，固也。司馬公所教于徐君者如此。

【校勘記】

〔一〕「文」，文淵閣本、金陵叢書本作「清」。

〔二〕「德」，文淵閣本作「道」。

新安唐氏永懷册序

璘聞顯姓茂族，有貽必先。豈惟基慶迓休，延及支裔，抑亦重統正方，得所似續云爾。新安唐氏，其茂且顯者乎？何其多賢也。初，璘爲廣平令，識今按察公於平鄉，愷悌宜民，遹駿有譽。璘退然慚之，幾不敢履乎其位。繼又聞其季氏起進士，爲名御史。繼又聞其群從殿元公以多聞崛起，至動鬼神，多所見奇兆，竟魁天下。其他子姓彬彬，繼起不絶，固心駭之。夫何唐氏得天之厚，稟性之良，萃兹一族也乎？非有道焉，不至是也。

今獲讀乃祖槐川翁墓表，且表仇太君之節，然後信璘之善觀人之世矣。槐川翁孝而能思，弟而能儉，任而安，直而義，處隱約而能理人。視其先世，若教授公之道詣、山長公之篤行、紀善公之牧愛，雖所遇罔齊，亦謂不替其範矣。仇太君之爲節也，力貧躬苦，撫孤安嫠，卒保其家，而興其子孫，有下國貞臣托孤之烈、守國之艱焉。

由是二道以内外範諸唐氏，以家則子，以國則臣，譬之飲食，習調劑也，而奚多賢之駭。故福禄顯融，皇天所以應德厚善，亦若磁砥在側，金乃就之，有不能以釋焉者，天人相與之符，何其昭哉！是故觀唐氏之先，可以知人道矣。詩曰：「貽厥孫謀，以燕翼子。」其先有焉，觀唐氏之後，可以知天道矣。易曰：「積善之家，必有餘慶。」其後有焉，觀察公思述祖德，彙其銘誄之詞，附諸家乘，璘故得而序之。

司馬侍御榮孝册序

夫孝子之尊親也，尊身爲大。謹行厲官，所由尊身之術也。志意脩，道義立，身處高明之域，德標群物之表。君上曰職，執友曰賢，後生學人曰師，遡所自生，而致隆於父母，豈非孝之盛哉！夫士莫難於厲官，仕宦而居鄉閭恒見格閡，御史爲尤甚，謂法吏也。法理尚刻，近暱尚和，取舍違則，毁譽叢發，吾鄉患之久矣。唯賢者道以一情，才以達政，然後平直公確，而兩順其常。

司馬魯瞻自擢進士，即授斯職，其來居之也，慮動慎交，是非不盡於口，喜怒不戴於色，中心縣辨，若衡稱物，剖別剸裁，順應而不留。入臨公庭，其體也肅肅；出游里門，其氣也雍雍。凡受聽斷者，莫不退悦而内服，三年譽於國中而達於四方。問其先君者，則感而歎曰：「何生德人而早亡，慶在來者。」問其母夫人者，則祝曰：「是宜鼎食。」

去年天子推孝覃恩，贈其先君愛芝翁爲南京廣東道監察御史，封母夫人吴氏爲孺人。告于墓，壽于堂，鄉人又莫不稱慶，過其門，忻忻如也。魯瞻則告余曰：「吾父績文礪行，求仕弗遂而爲醫，大有惠利於人人。吾母茹貧矢節，力教諸孤，以無墜門祚。皆天所篤，是宜膺天子寵命，慰諸存没，不肖唯忝于前德，是懼其何顯揚之有？」璘曰：「孝哉司馬君，脩其實不有其勞，斯其盛哉！夫國典，人所同耳，其或不宜於衆，而誚以爲負，適貽多慚。今吾子處難而得衆，際慶而致譽，可謂尊親之善，孝之成德也已。詩曰：『豈弟君子，神所勞矣。』此之謂也。」魯瞻曰：「某不肖，將謁諸大夫，聲詩以昭先懿，以侈君賜，願惠斯言於首簡。」璘曰：「諾。」

楊秀夫輓詩序

方予舉進士試事户曹，時壺關楊秀夫爲郎中，英毅朗潤，顏如卓玉，不以予爲不肖，遣子弟問經義，締爲道義交。既而吏部奏君拜嘉興太守，别去踰五年，以夔州太守入覲，會予都下，勞悴之餘，顏始蒼然黧也。又三年，擢兩淮鹽運使，道南都會予，而鬢已華矣。又三年，君任浙江大參，遂以訃聞。嗚呼痛哉！予多乖寡偶，海内知心如君者，不啻三數人耳。十年之間，甫三覿面，壯老異態，竟爲死别，其視斯世，豈不真若鳥之寄棲，來去倏忽無定哉！

君淵沉廣博，通知國家大體。嘗從遊擊許將軍征哈密，能言邊事，述山川險塞、夷虜種落，指畫屯田戰守便宜方略，如在掌上，使人聽之奮起。予心器君，謂旦夕且致公輔。其出爲郡守，固有忌之者也。及其經冒險阻，勞瘁困劇，乃能振舉廢亂，益大其聲名。其晉居大藩，是又有知之者也。忌者擠之，名乃日遠；知者揚之，壽乃不延。禍福反覆之端，烏能究之哉？其所不朽，又皆君所自致，造化且不能與其内也，況於人乎？予於是益有感矣。其孤江等以大夫士輓詞一卷丐予序，幸其有以出予哀也〔一〕，遂序而歸之。

【校勘記】

〔一〕「哀」，金陵叢書本作「衷」。

夔夔先生輓詩序

夫人欲相遂於死生之際，固未易言也。時順逆不常，事機或會與否，或先爲之約而不逢，或有其心而未之效，舉未可以言遂也。夔夔先生，吾鄉篤行君子也，中葆貞素，外脩文辭，事親孝，交友信。自進士起家，爲郎官有典法，爲郡守有惠愛。

視予晚末固陋之質，殆若騠駃之於駑駘，奚啻相去十駕間哉？顧睠睠下取不置，予忍終負也。

自予爲吏部郎中，先生以少子議婚弱息，且曰：「吾兒慧，吾老矣，不及觀其成，君幸教之。」予時惶懼，謝不敏，然意甚盛，不敢不敬承。正德庚午歲，予出守開封，先生固無恙。辛未夏，或得先生書，發椷，乃易簀時所托，曰：「某已矣，不復相見。喪葬豐儉，唯君喻之以禮。婿，半子也，君幸教之，吾目瞑矣。」字已弱脱失常，固端整不少苟。嗚呼，先生之視予豈不厚甚矣哉！死生之言，入於肺腑，每一念之，未嘗不泣下也。

于時盜亂境内，次且遣弔，而先生已殯且藏。所謂豐儉以禮者，不得贊一辭，所幸諸長老先生及諸子弟殯藏者，一舉於禮而無遺憾。在予，則固負之矣，唯所屬教少子者，冀得以殫吾心。今不幸又遠謫數千里外，妻孥不能自將，又安能挈人愛子，狷狷然赴嶺徼之南乎？此予所以痛心汗背而愧于地下者也。昔季札重徐君一顧之諾，棄千金之劍而不恤，乃予以葭莩之親、死生之托，獨戀戀於冠佩之末而莫之遂，亦獨何心哉！時有可不可，方俟其會，吾婿勖之，予日望之也。濱行，叔子璠以士大夫輓詩一帙屬予爲序，予不暇陳君之心，爰發予哀，標諸首簡，用明斯誼焉。

九日遊柳山詩序

九日登高，古云辟不祥也，後傳爲故事。至詞人學士，侈以賦詠，益重其辰焉。蓋九，陽數也，日月並得其數，爲君子所利。且序當三秋，節爽氣澄，萬物告成，尤於登覽爲宜。古人之意，或取諸此，安在辟不祥乎？正德甲戌是日，予與别駕朱君挈榼登柳山之巔，乃招楊、范二郡博，蔣、文、江三進士，共追斯樂。天日朗霽，極望幽遐，興合誼投，無不需醉，乃各賦四韻，用暢厥致云。

翫月詩序

中秋翫月，古也。昔人云：「稽於天道則寒暑均，取於月數則蟾兔圓。」不其然與？然風雨弗時，人事靡一，所遇既殊，而感慨係之。故良辰佳會，古今以爲難得也。維正德乙亥之秋八月十七日至十九日夜，天宇並霽，明月有輝。時家弟英玉與李君師文，陳君魯南、衛南，王君欽佩，咸在江南故鄉，於王氏淨香亭爲翫月之會。賓筵迭張，雅詠互發〔一〕，情景畢會，契誼交傾，斯亦文苑之勝事焉。獨予流滯湘南，不與斯會，而諸君臨文興懷，亦屢屢見諸辭矣。

嗚呼！吾從諸君游舊矣，或浪迹山水之事，或興言離合之感，靡不神情内契，惠然肯同。然自牛山賦詠之外，鮮克偕集。矧夫盈缺常度，歲僅十二，鍾情留賞，萃於數夕者哉！固有意適而歡，歡而生感，感極復悲者矣，此陳詩之大致也。越明年，予遷天台，過家獲誦其詩，追念是秋。予客灌陽，值雨，亦有詩二章，併録於後，覽斯卷者，庶有會於同心。

【校勘記】

〔一〕「詠」，文淵閣本、金陵叢書本作「興」。

東湖亭納涼詩序

正德辛巳六月六日，實聖主繼統之二月也。于時涣號自天，黔庶躍舞，屏奸進良，再啓康乂，何其暢哉！郡務旬暇，璘乃集嘉客尚書郎禮部陳君子直、吏部余君仲栗、刑部高君汝白、大行趙君弘道、秦君從熙，與諸僚俊納涼于東湖之浮碧亭。水花幽恬，林藪靚茂，快雨清風，蕩滌煩暑，脱巾行觴，如届秋序〔一〕，逮月出而後言歸也。

璘性好遊，昔在南曹，與陳魯南、王欽佩諸君盛追山水之樂。蓋自丁卯以來，十五年無是舒舒者矣，乃今復及見之，甚幸哉，吾生也夫！今王、陳各在一方，璘幸逐諸公于此，然陳、秦以使事過家，旋且别去，余君等亦彙進伊邇矣。若吾寮宷，固東西南北之人，非有定迹也。自今固知多樂，但不知此身復在何處，同會者復得幾人相對耳。盛衰聚散之變，豈不重有感於中乎？用是各賦詩以識兹會，庶他口誦而懷之，知哀樂所從興也。詩以「竹深留客處，荷浄納涼時」十字爲韻，客居前，璘以下主也，序諸後。

自得荷字：「近郭乘風出，幽亭引興過。涼雲停澗竹，疏雨響池荷。澤遠從天降，時清柰樂何。頓忘三伏暑，遥拜五絃歌。」

【校勘記】

〔一〕「届」，文淵閣本作「涼」。

静樂得言序

真州黄子致爲臣而歸，躬耕於江滸，日取其居官時賢士大夫所貽静樂之言，或居而讀焉以玩其義，或行而歌焉以驗其情。既樂静之樂，而又樂其言。兹將梓而壽之，以永其樂於無忘，屬余題其首簡。

余惟人動斯勞，勞斯戚，静斯逸，逸斯樂，樂之生于静也審矣。逸樂之極，苟無善言以養其心，則情欲撟起而或嚮於動，所謂勞與戚者，又從而代之矣，安能保其終乎？黄子先樂以静，繼樂以言，吾知静保於樂，樂保於言，黄子之樂，終無窮矣，於是乎書。

春江游燕詩序

嘉靖丙申春三月，南泠蔣子自真州渡江，訪余兄弟於清溪之曲。諸賢聞者沓至，並一時名德，或開筵以坐花，或命駕以覽勝，臨觴賦詩，咸中金石，非徒窮浹旬之歡，蓋將紹千古之風矣。蔣子將還，余爲集爲卷軸，内之行囊，以傳故事。

夫詩生於情，情生於慕，慕生於德。蔣子一税駕間，慕者之衆如此，真令德之夫也乎〔一〕！吾兄弟何幸而爲之友也。後之觀者，毋衹謂游燕云耳。

【校勘記】

〔一〕「夫」，文淵閣本作「風」。

贈吕涇野先生序

涇野吕先生，可不謂天下之士哉？非以其科名也。觀其言必由衷，行必由道，其事君也恥不若舜、禹，其交友也惟恐不竭其情。以善養人，人有不歸於善，愀然若擠之穽也。居江南，四方來學之士，户屨常滿。璘聞其教，曰：「孝弟以立德，志義以明操，誠篤以積真，入聖以標準。」嗚呼，使其道大達於天下，其去平康正直之化，殆庶幾乎！斯謂善爲人師也已。

今天下之師三：曰文辭，曰經義，曰道學。文辭者，選辭鍊文，擬量作者，掞國家之章采，誠不可缺。然其務華失實，不底於大義，使人蕩而忘本，君子所懼也。經義者，抱六藝之遺，尋繹衍説，涉獵支膚，不爲無助。然破裂聖真，假筌蹄以干利禄，一切不求之身，徒美口耳而已。道學者，談性命之微，别天人之分，雖未必實有諸己，然指示門户，部析幽眇，庶幾究大道之實際。及其敝也，立異尚新，不遵先聖之途軌，概持玄論，瀆諸孱孺，失區别之教，悖善誘之法，使人躐意高遠，廢下學而希上達。視前二端，取利差大，其害亦隨以甚。

孔子曰：「孰先傳焉，孰後倦焉？」又曰：「中人以下，不可以語上也。」豈有所隱於小子乎？等固若是也。是道也，可以自成，不可以教人。璘嘗曰：夫聖賢之言，或以教學，取諸切己，論語所記是已。或以明道，究厥始終，中庸所述是已。弟子者猶未知孝弟，而遽語以天命之原、篤恭之極，得無長其僞妄也乎？故一貫之教，非曾子、子貢不敢舉以告之，懼罔夫三千之徒也。璘爲是憂焉久矣，是以聞涇野子之教，及奉其心腹，恒樂爲之執鞭也。先生今奏符臺之最，枉過言別，曰：「吾且歸高陵矣。」璘恐東南之士，遂失所師，故具是説進之。先生果未履鈞軸邪？庶幾一來，以惠吾鄉小子，尚亦有據依也。

息園存稿文卷二

序

贈太子太保兵部尚書鳳山秦公歸無錫序

夫進退，人臣之大節也。所謂大臣者，其言行由乎道，不由乎俗，故其於進退也，聽於己，不聽於君。由乎俗，則因陋襲非以就功名，言行或非其正；聽於君，則牽前掣後以全禄位，進退或乖其宜。古之君子，德義範乎人人，聲光揚乎百世，自伊、傅、周、召以至韓、范、司馬諸公可數也。豈不謂其一進一退，光明潔白，如青天皎日之不可緇翳者哉！

自浮沉俗勝，典刑寖微，匪躬盛節，始若麟鳳之間見，君子每爲之寤歎矣。殆今太子太保、南京兵部尚書無錫秦公乃獨作起而振之。公奮郎署，陟藩臬，其所籌邦計，作人材，必尚大體，守道憲古，先國後身，言行所立，一以公輔自待，未嘗徇俗俯仰，而大業偉望，實成於撫綏鄂、漢之間。於是聖天子居興邸，簡在淵照深矣。繼登大寶，召置左右，先命爲南京兵部尚書，贊制機務，保釐靖謐，士民倚爲父母。旋入爲司徒，邦國賴之。議或弗協，歸而家居者數歲，復召起爲大司空。未幾，主上卹其憂勤，再昇留務。

公至之日，上下忭舞，如被時雨，謂疾痛有所號也。公又以年至請謝，詞動上眷，温詔優許，養以夫廩，遂其晚節。然則公之進退，可不謂聽於己不聽於君耶？視古諸君子無少愧讓矣。惟我南都之人，有位嘘歎，無位悲愁，莫不謂聖主徒卹老臣，而遺我臣庶，公徒尚完德而靳其後惠也。郊市闐闐，踰旬未已。

璘童子時，嘗見三原王公去留都，人情有此。數載後，起司銓衡，竟爲一代之名佐。公後來名位過王公與否，有天命在，何敢爲公慶，而獨人情所歸如此，深幸老成德愛之再見也，故不以悲而以喜相賀焉。公行之日，野人不能隨餞送之塵，六軍都統都指揮李光榮、指揮周平以下合若干人，追戀德惠，設祖帳都門外，而來徵璘言爲頌，遂書此其上。

贈少司馬莪峰潘公入京序

夫世家之興，以貴乎？抑以賢乎？是故將相鼎貴，履衡握樞，簪纓珪組，蟬聯累葉，貴之謂也。道以飭躬，業以輔世，詩書禮義，前後相承，賢之謂也。以貴則魏、晉門閥衆矣，而陳、荀、王、謝之族，珠淵玉穴，覩者豔羨，不以多賢爲之地乎？究觀漢、唐之世，關西之楊以震顯，河東之裴以度重，是則賢者有關於世系，又在賢不在衆矣。

今天下宦族之盛，不過數姓，其一爲婺源潘氏。潘氏譜牒，璘未獲見，聞自唐以來稱貴矣，乃再盛於明代。今則有司寇、司馬、司空三公及嶽牧郎曹諸君子，一時並顯，世謂之難得。然其德學行業，温醇敦大，莫不冠冕士林，豈不尤難得乎？璘無似，間得承侍其間，一望顔色，唯司馬莪峰公在南都獨密，時薰炙焉，以蠲鄙吝。今乃去此而遷之京，璘又烏得不增眷戀耶！

夫唯莪峰公，大賢也，是以任事而績效著，執憲而風裁揚〔一〕。居留臺，佐本兵，則屹然爲周南之偉望。明天子召而置諸左右，誠爲社稷計，自今出將入相，舉天下安危而繫之身，偕昆弟子姓，并樹功名，益大其家，以與古陳、荀、王、謝相甲乙。其於人才世運，顧不增九鼎之重哉！此天下之所共願，非璘所得顧其私也。

公之行，都指揮張侯輔以下將士合若干員咸願頌祝，造余郊居，請言上之。此又見公得人之深如此，遂不讓而爲之序。

【校勘記】

〔一〕「裁」，文淵閣本作「采」。

送順渠先生謝病歸武城序

夫儒者之學，脩身慎行，以安國家、平天下爲己務，視聖人之道有一焉不行於時，天下之人有匹夫匹婦不得其所，其心戚然，曰：「唯我罪。」故古之人，幼則務學，長則貴仕，誠志於安人也。傳曰：「三月無君則弔。」豈謂其急也乎哉？孔子、孟軻，大儒也。行不稅駕，居不煖席，以歷試諸侯之邦，果樂冠服、慕鍾庾然乎？閔王澤之不覃於時也。君子之仕，其急若此。然有不可仕者二，立乎人之本朝而道不行則虛位，身病焉莫脩其職則虛禄。焉有君子負其禄位者哉？故居常則進，有故則退，一龍一蛇，不失其身，斯謂之儒者矣。

武城王順渠先生學孔子、孟軻之道，而志於天下。筮仕正德間，以主上好武，弗克致用，乃請爲教職。未幾，召爲天官郎，以病謝去，家食十有餘年。當主上厲治，復召爲郎，擢置宫僚，道駸駸乎行矣，乃又以病謝去。旋即召爲南京國子祭酒，感激知眷，慨然以儒道教四方之士，雨被風動，罔不振發。然用志過勤，火自内作，或曠日弗克視事，曰：「士可以縻禄乎哉？」遂具疏乞骸，主上温然眷款，暫許歸養。於是六館之士怏怏失其依歸，其受講授者數輩，來問於東橋子曰：「道在身不在政，教在率不在言。順渠之病，何病于政乎？」諸生薰德而化，望景而從，雖閉閣而卧，教猶是也，何以去爲乎？其去也，或有所託，將立言成書，衍孔孟之道以遺百世乎，非取一時一官也。

東橋子曰：「否否。程日而受廩者，官憲也；計功而略迹者，私議也。居官而私議，不幾於自恕乎？順渠子病而廢日，必不安於中，不安必去，吾子何求之深？若著述，則仲尼六經，道之元氣不可無也。雖孟軻氏，殆亦六翮之一羽乎？至餘子腹背之毛，固不足有無矣。順渠子志於大，豈以腐後世口耳爲哉？吾知歸而静則必體平，平則聖天子必召之出，出且握天下之樞衡矣。復聖人之道，定四海之民，此其事也，吾請與子静觀焉，毋多談。」

送太常牛公歸南陽序

西唐牛公之爲南奉常也，齊明而閒處，肅恭而臨事。懋脩之績，不溢乎儀章；靖共之勤，不盈乎晷刻。屬四方多眚，上下交脩，公曰：「余位高功寡，不當然邪？」乃上疏請解印綬，以贖過愆，天子賜允歸第。

東橋子聞而歎曰：「諒哉牛公，何執義之固而責己之工乎？夫君子之仕也，效智竭忠，以期無忝其職，大小廣約，唯其所授安焉，所謂義也。力優地局，繫于職也；志勤事悖，懸于命也。君子義之與度，而奚二者之患？公之歸也，何居也？昔公居吏部，别才如鑑，試功如衡，視人材之在四方，猶指之掌。論者謂其有生生民、利國家之功，宜秉鈞軸以惠天下，直少需耳。顧乃爲太僕，爲太常，弗遑所畜，則恒下帷絶編，博極群籍，益自廣拓。遇諸縉紳大夫，論當世之務，援古究始，敷治推亂，俾鑿鑿可見諸行事。此璘所洽聞，天下所共望者也。今也遽聽其歸，豈聖天子謂尊官大吏與天爲近，或有譴怒，姑使避位遜禄以禳之乎？行且有意乎其後矣，不然公未宜有此行也。」

中丞孟公聞璘言，大解於心，遂書之，供帳爲祖道贈。

送太常少卿黄公歸南海序

國家因事建制，操諸一切之格，有當弗當，是謂官政。臧否是非，自一人達之天下，不謀而斷，不約而同，是謂公議。二者恒交勝於天地之間。官政所與，公議則奪之，君子弗榮也；官政所奪，公議則與之，君子弗辱也。衆寡廣狹之情，道所由出焉爾。

屬者災變荐告，公卿大臣率引咎還政，天子允賜則歸，不允乃復就位。太常少卿南海黄公與有賜歸之命，邸傳至，縉紳大夫咤曰：「以天子神聖，乃舍黄君，豈違遠弗徹耶？」閭閻小民視其裝出都門，則曰：「是公亦去邪？」凡隸奉常之役者，又相泣曰：「豈細民不造天，靳君子之澤邪？」

嗚呼！公何以得此聲於人人間哉？璘嘗聞諸給舍汪君，曰：「子任朝廷直臣，朋游益友也。曩者西戎之事，犯衆持論，豈不偉丈夫哉！」太史林君曰：「黄君前後在諫垣十有四年，凡權近祈請，必據法參格，或已行，則抗疏請止，必止乃已。用是爲左右所銜，三擬崇要，皆報罷，鯁直益厲。」太史倫君曰：「毅庵樂易誠直，論事必先大體，鋤奸剔蠹，不避險巇。君子斯勸，小人斯畏，可以爲大臣矣。」

由數君子之論，以揆今日人人之言，則公議所與，可謂同矣。書曰：「天視自我民視，天聽自我民聽。」若公謂宜於天乎？不宜於天乎？天子固神聖，公且必歸，恐不得高卧於羅浮之間也。

送應天尹聞公遷順天序

惟兹嘉靖二載，江、淮之間大侵，南都物價踴貴，四民困蹷，疫癘大作，道殣相藉，衆心摇摇，云昔未有。部使者謂天下根本，不宜弗固，飛章告匱，乞廣綏安之方。於是冢宰請于天子，乃命甬東聞公自南通政擢爲南京尹。是舉也，天子厚本而篤惠，冢宰簡任而進賢，賢人力勞以弘道，孰曰非治兆乎？公來入大府，愀愀然如不勝，皇皇然如有所失。公饔不御，私交不親，發藏省賦，緩征弛役，剗苛繁，剔奸蠹，任能布才，各效其慮。三月而市肆和，民乃底安。於是黄髮之老相與扶攜而歌於路，曰：「庶幾復見先朝之樂乎？在朝夕矣。」

今年八月之朔，忽傳言公移尹順天，吏民駭顧，如去慈母。夫南都，猶古豐鎬也。在昔二南分治，厥體唯均，匪若五服之列，而有所軒輊。今天子豈謂南都遠可薄，而必置公輦轂之間乎？抑今二京等耳，曷取數數於大賢之躬也？或者陟明之次，勢有相因然乎？如我公懿德，俾居天子左右以綏四方，則吾人之沐浴膏澤，又奚啻今日若也。彼私其惠利以貽安一隅者，斯婦人、孺子之慕，其何圖於邦家之有？

璘辱於君子者厚，固於其去也，不敢以私獻。戒塗之辰，台南王公既來代，過予而問所以贈公，遂僭陳此。

贈右方伯劉公赴河南序

聖天子入踐寶祚，釐正庶政，既罷去公卿大夫不任職者，乃選方岳長吏入參左右，又遞遷其貳以備秩序〔一〕。於是真定劉公自浙江右參政擢拜河南右布政使。𡁜吁稱哉！蓋至是，公既仕二十三年，更天下之故衆矣。夫皇天生才，與衆殊等也。其所培植成就之意，務厚且勤，豈緊有物以寵惠之，無亦俾更天下之故，練而廣之，以充其具也。譬之金玉，將俾爲干莫，爲瑚璉，必先鍛鍊琢磨，而後神明之器完，齊莊之用達矣。古者傅説、管夷吾，霸王之佐也，孟子歆其賢聖，而謂得於胥靡士師之窮。豈唯二子哉？雖文王、周公亦莫不有然者。考其涉歷可知矣，皆天意也。今之稱公者，咸曰天下之鉅才也，明毅簡肅，臨事如破，固天生之，而亦孰非天所成之。觀其居庠序之日久，則脩之遠矣。

既仕爲御史，當逆瑾之際，竭心固節，樹其義聲，遂拜太原太守。太原，三晉之會郡也[二]，供億浩繁，無爽應濟，遂拜浙江右參政。浙江當東南錢賦之半，比年之事急矣，條畫適宜，上不憂乏，下不告困。兹三仕者，皆仕之難，其時又有大難爲者，陳才以充具，積勞以就功，公皆易爲之，詎不可以觀天意乎？夫大臣輔弼天子，任天下之政，貴無失也。無失在練，公自此升矣。

璘敢不爲天下賀，且述皇天生才之意，以告諸稱公者焉。驪軒在塗，大方伯張公以下，設祖奉别，遂用璘言爲之贈。

【校勘記】

〔一〕「遞」，文淵閣本作「重」。

〔二〕「郡」，文淵閣本作「都」。

贈方伯潘公致政歸衛水序

大哉君子之行乎，觀於進退之際可見矣。夫進退亦大矣，號曰富貴貧賤，斯亦生人憂樂之分也。夫人得無甘苦其間，情也。有義焉，君子奚情之殉？記曰：「三揖而進，一辭而退。」言有難易也。蓋進主行義，所以正始；退主樂志，所以保終。難其所甘，而後無邪枉之行；易其所苦，而後有狷介之節。是以君子於進也，寧後時而不爲捷；於退也，寧悻悻而不爲濡。大道所貴，非所語於衆人也。叔世士大夫，不有附權躐資以干融峻，貿貿然夜行而不止者乎？斯君子棄之矣。孔子、孟子，大聖賢也，驅馳四方干數十君，而未遽委質，至色禮稍忤，則納履去之，唯恐弗速，豈不誠善進退者哉？

若衛濱潘公，亦猶行孔、孟之道而不失其方者也。公自舉進士入諫垣，凡十餘年，而後爲都給事中。人謂公卿可立致，乃以不附逆瑾，出爲漢中太守。瑾誅，始擢爲參政，無左右華要之交，竟淹兩考，始晉爲右布政使。又踰年，公竊笑曰：「知我者寡。」遂上疏乞骸以歸。視古致仕之期，猶八年未逮。吁，亦偉哉！

夫士唯無忘于富貴，故跕躧進退，而悖道從欲，猶之負販云爾。考公平生，凡進必靖恭遜慎，若持盈履危，擇地而蹈之，且猶蹊徑是戒，故若彼其難也。今其退也，朝請命，夕治行，若舉敝器、委腐壤，揚揚弗之顧也，豈非善處進退，真君子之行乎？詩曰：「庶幾夙夜，以永終譽。」公其有終矣。同官諸公仰歆高義，而莫之克從，屬璘昭序大致，揚諸祖次以贈。

贈嚴州太守盛君斯顯序

夫太守，吏民之表，邦國之幹也。任之農桑生養之政，使利民生；任之征繇庸調之政，使制國用；任之學校選舉之政，使育人才；任之法比鞫讞之政，使弼王化。所以佐天子，安兆民，守特爲重。使士大夫得方數百里之地，指麾五六縣尹，俾斯民飽德含醇，以游三代之盛，顧非所大願乎？

乃今有弗然者，俗累之也。體貌抑於上，毀譽怵於下，舉肘見掣，動唇觸諱，長才宏議，無所於試，豈國家設置之意端使然哉？固有執其咎者。間有特起之士，信於道弗惑於俗，脩于己弗求於人。煒煒乎策功而樹名，斯乃豪傑之士，百一之儔也。

今年大覲黜陟，兵部武選郎中盛君斯顯得守嚴州。人皆曰：「盛子不足於藩臬，而乃守郡乎？」璘曰：「噫！不然也。今天下之政，御史總攬于上，守令分理于下，藩臬殆枝指贅疣類也，守不猶愈乎？若斯顯，抑何患於守也？斯顯初在吏部，凡文吏清濁臧否，考察必以實。及其遷兵部，凡將吏清濁臧否，考選必以實。乖合毁譽，一切不置於心，殆所謂信道脩己，豪傑之舉動焉者也。執此以往，上知有國，下知有民，外知有職，内知有道。凡守所得爲者，畢力以舉之，而何有於俗累哉？矧嚴在兩浙稱易治，譬之舉鏌鋣割凝脂，無煩餘力矣。」

其伯兄大總紀值庵公，直道從政，當海内之重望。過家取斯言質之，必有告也，余朽人，何足以圖之。

贈鄭子唯東守德安序

三山鄭子將守德安，過東橋子曰：「淮不佞，嘗爲司徒郎。惡夫惰也而好舉廢，或失則煩；惡夫隱也而好直言，或失則激。亦既有懲矣。今且從外吏之後，將亦不利於斯道乎？」

東橋子曰：「惡！是何言也？事苟不廢，安常爲功，何尚乎首議？人苟無過，與善爲德，何取乎過論？君子之取舍，揆諸道而已矣，夫何容心之有？是故知其廢而不舉者，是見大厦之顛惜一木也；知人之過而言不直者，是見沴厲滋之以參苓也。陷人於敗亡，謂之不忠，況以從政乎哉？太守百度之綱，舉之猶懼其廢，況憚煩而安惰乎？承上臨下，言不直，則養蠹於政且流之民也，況畏激而强隱乎？子行矣，率子之故，與道爲徒，雖三公猶是也。至於毁譽利鈍，人作之，天成之，吾又何與焉？」

贈方君赴山西憲臺序

璘不佞，竊伏畎畝，不復與聞國家之政久矣。時士大夫枉存，道當今魁梧賢哲之行事，未嘗不歆羨焉。意謂仕者之有人，然後吾黨居者之獲安也。

前年客有惠鐸訓，敷言檢之，乃閩健庵方君令德清時所著以教民者，布利以厚生，敦本以崇化，其古之遺愛乎！今年又獲誦方君爲御史所著屯田事宜，原制申令，廣惠飭禁，蓋慮無不周，施無不宜矣。乃喟然向隅歎曰：「政唯罔圖廢厥先，患唯罔除敝厥後。使司政者皆若而人，布列中外，王政不足舉也。」

邇者大同悍卒戕主帥，負城通虜，震撼邊圉，衆惴惴恐。方君毅然上討正方略數事，當道韙之。無何，擢拜山西按察僉事，整飭兵備，用才也。夫天下事常患不得其才，才常患不得其用，以長才濟難事，君其快於所遇哉！是故植患有本，成功有機，唯賢哲遏亂於未萌，扶顛於既墜，此豈可與俗士言乎？如諸逆卒，本赤子也，至於反刃内向，胥爛鼎鑊，豈其本心哉？要之必有迫蹙其間，而莫能爲地者。今掃蕩削平，皆將帥力耳，以宗社靈長之慶，夫何足慮？

獨念夫平定以還，安其反側，疏其壅墊，作其親義，緐其生息，開其康樂，貽以子孫之澤，永保疆場。其有病乎此者，在上必糾之，在下必黜之，顧豈非按察事乎？此健庵所饒爲者，璘何容喙耳。雖老且朽，敬當傾耳聽於下風。留守左衛指揮許侯信等謁贈言於璘，輒書以復。

贈劉叔正守永平序

自文士鄙，郡縣不官，於是守令無高賢矣。守令無高賢，則治教無善政，斯民安得蒙其澤乎？此士人自便者之爲，非國家用才安民之義也。立功、立言，大小有差，歐陽子亦曰：「文章止於潤身，政事可以及物。」嗚呼！上天生才，豈欲其自潤已哉？既曰：「負天且自負也。」守令責兼君師，正患其難稱，而可鄙也乎哉？惟有道者乃異乎此。

東阿劉子叔正，負文譽於海内，先爲御史，遷尚書郎，並有駿聲。今迺擢永平太守，時人皆曰：「非所宜處。」劉子奉檄惕然，憂所以爲治教者，皇皇如不及。以璘嘗歷郡縣，款門問政，至再三不厭。夫劉子，今之文士，又高賢也。永平借以爲守，乃不鄙其官，而獨憂其難，不見己之有餘，而勤問於不足，雖治天下沛然矣，尚何患于一郡乎？璘喜自便之風變始于今，而高賢及物之政，國家賴焉者廣，於是乎贈。

補賀方矯亭先生擢浙江布政司參議序

矯亭先生初拜浙江布政司參議，兩浙大夫士仕南都者，爲徵賀言於人人，則皆辭曰：「方君雅望翹然，縉紳之特也，僅僅斯擢，猶然以爲華乎？」蓋無辭以名賀者。

踰年，東橋子歸，職方石窗子又以及焉，且語之故。東橋子曰：「過矣，夫士志道，宦志業，奚有於名位哉？余請賀之。」今夫天子之吏多地矣，内曰近，外曰遠，執權曰要，弗任曰散，藝文曰清，簿書曰冗，莫非士所居也。唯其所授，敬脩其共，是之謂業，而道存焉。夫苟樂其華而厭其弗若，將誰與任？大雅云：「予曰有疏附，予曰有先後，予曰有奔走，予曰有禦侮。」言文王之世，百職脩而王道成也，夫何間然之有？若夫論德而官，程才而任，斯太宰代工之責，君子弗與焉，奚爲無辭於矯亭也？

夫浙，東南之大藩，據天下之衝，財賦最鉅。參司者上貳方伯，爲諸侯之表，任固重矣哉。正己以率吏，弘化以導民，廣惠以裕財，展才以集事，君子之學其幾矣，而謂非上焉者，無抑習常眩俗之論與？矯亭淵而廣，易而厲，多聞而善藏，蓋文王之士也。其有所授，將道謀之不遑，於名位乎何有？余請終賀之。

居無何，石窗子訊曰：「矯亭遷矣。」銓司果不足於前擢，改拜山西按察副使，視學政，殆用其文焉。東橋子莞然曰：「銓司其明哉，抑其公哉，於矯亭乎何有？」請并以賀。

贈司空方君擢兩浙鹽運同知序

浮梁方君汝賢以都水郎中擢拜兩浙鹽運同知，衆嗛嗛弗平。陳君國華曰：「切玉之劍不以剖石，千里之驥不以服車。物有所宜，器有所長，此理之恒也。方君之才鉅矣，蚤以文學登上第，飏歷中外。司民而民懷，任事而事治，理棼割膄，何措匪宜，縱不得陟臺省，即藩臬何少乎？顧得一鹺司使，跼焉弗遑命，所會若是乎？」

敖君子發曰：「否，不然也。仕無中外，才傑則尊；職無華闇，績懋則顯。故銓人者，唯才是掄，而弗於其人地也。今國家之利仰於鹺，而鹺司在天下者五，淮最鉅，浙次之。豪奪姦蠹者，下之患也；賄償庸弛者，上之憂也。唯是銓司擢方君，將國家是務厚，而豈遑方君顧乎？矧陟明超雋，必先諸難，試難以發其才，越資以表其異，庸詎知非大用之階也夫？」

璘聞而告曰：「事有憾不足以咎天者，怨也；恃有餘以徼人者，倖也。怨則昧義，倖則僥功，斯二者非所以望諸朋友也。夫君子之仕也，非崇卑之患，而弗盡其分之難，盡其分則盡其道矣。其遇也，雖伊尹阿衡，吾與與爾；其不遇，雖孔子乘田，吾由由爾。矧方君所居，亦宜格宜然者乎？肅官箴，裕國用，軫民隱，率是而往，吾不知其他也。」二君曰：「然。」願書爲方君贈。

送夏惇夫守惠序

惇夫既拜惠州之命，枉吾廬問之曰：「某不惠，憂富貴而樂貧賤，嘗逃諸山澤矣。辱天子以郎召，懼忝嘉會，次且以來從事，固且奉成例，參末議，悠悠然居之矣。今乃領民社之寄，崇哉艱乎！吾恐不閑吏事，而將有罪積也。子嘗三爲郡，豈亦有以開我乎？」

璘曰：「道有所重，言有所偏，一乖一宜，難以兩喻。今吾子所謂難，皆易易者也。吾所謂難而人不可及者，唯子之心乎？沖乎遠，泊乎無欲，蓋蓦乎其上矣。今之吏，辯者競異，察者擿微，猛者重威，健者務作。競異則乖，乖斯離；擿微則刻，刻斯急；重威則殘，殘斯怨；務作則勞，勞斯竭。四者皆政之惡、民之禍也。其端生于不能無欲，以故干諸功名之階，出入機械之塗，而薦進於惡，其究至於喪德而隕位，殆甚矣。子嘗憂而逃焉，固去之遠矣。率所舉武，其何荊棘之見柅乎？故曰：正其本，萬事理，此之謂也。若夫郡政，則案牘問故，期會督吏，庶事課屬，庶政責令，舉綱視成，簡能汰惡。雖端居堂序之間，而治已四達矣，子又何問爲？」

惇夫曰：「政在是乎？吾將力之矣，抑安恃夫成心。」

贈戴辰州序

南京户部郎中戴君遜之出守辰州，姑蘇顧璘往而告曰：「君知夫天下之患之所由乎？夫患生於激，激生於敝，敝生於循。甚哉，循之害甚於水火，亡弗覺矣。夫剛柔之體，國家代行焉。循柔者廢，廢激乃剛；循剛者殘，殘激乃柔。剛柔，道也，循而究之，乃召禍亂。故善變者不循，亢則調之，抑則舉之，順成而不敝，和平而不激，謂之曰『盛治』。古之人若蕭何、曹參，懲秦酷烈，解弛禁綱，斯豪傑之獨智也，豈與俗士云乎哉？我孝宗皇帝御極，仁恩優渥，哺民于懷，痛恨任事之臣養蠹積汙，罔稱德意。逮今上赫然勵精，本意振廢而已，而郡縣之吏遂至淫刑暴斂，乖傷民情，此皆循之之過，明者所共見也。猶之爇燎于庭，擁薪灌膏，又從而風之，幾何不焚棟也哉！今荆襄寇盜充斥，主上以辰州授君，所望於蕃翰干城者甚重。君强健高明，執天下之事，猶衡權物，不爽其則，所謂豪傑者也。夫豪傑者，士民之表，恒離俗以致功名。今往矣，辰州之治果循而成之乎？抑變而調之乎？弛張盈縮，蓋取諸胸臆有餘也。璘不肖，何足以知之。」

翌日，見南都諸君子，贈詩一卷，言率同也，乃僭書前言爲之序。

送朱延平循良屬望詩序

夫長民莫先於道德，道德衰而後有教誨，教誨衰而後有法制，法制衰而後有刑罰。刑罰者，末也，道德三變而後至是也。太上安民，其次治民，最下刑民，刑民者極矣。古之長民者，有廉潔，有强幹，有慎，有寬，有循良，有汙黷，有酷，善惡之成名，不可以指數也。太史公作史記，立循吏、酷吏二傳而已，其他行不詳見焉。是誠何説哉？循者，道德之歸也；酷者，刑罰之害也。二者，善惡之準而取舍之趨也。是故長民者，有天之道焉，有父母之道焉。天道則生，父母則養，生之養之，取道德，舍刑罰，斯已矣，不可以多求也。多求則惑，惑則敗。班、范作兩漢書，紀郡縣之吏於二傳之外，亦無所加，誠知其極，無所復之也。故曰：「天生蒸民，有物必有則。」循良者，長吏之則也。道貴於當，何必高遠哉？故曰：「至圓不能加規，至方不能加矩。」此之謂也。

淮南朱君升之拜延平太守，治裝上道，璘與文學陳魯南、考功王欽佩徵詩贈之，亦唯取兩漢循良爲望，誠貴其當也。或曰少焉。夫升之自弱冠以來，即負海内重望，要其終，豈止以一吏自效？然居位謀政，君子之道也。過行則亂，過思則狂，過望則諛，不及則廢。吾鄭與升之交，離形骸，出肺肝久矣，知升之之不爲亂且狂審矣。抑又安能舍君子之道，而爲諛言也乎？人雖百疑之，固不可易也。因序其意，以置諸首簡。

贈安慶守陸君釗入覲序

徐君公敘備皖城，頃白事大都督府，過予論戌江險要之利。余曰：「止止，毋多談。兵上人和，由今之制，非子所得專也。」

徐君曰：「先生不聞郡守陸君之治民乎？聚其所欲，去其所惡，刑法唯恐殘其膚，征斂唯恐移其食。一年，民有私藏，官有庫實。二年而百姓歌之，老穉巷舞，婦女庭嬉，風行化孚，聞者易慮，士勸于學，吏勸于廉，過則内悔，不煩督罰。先生所謂人和，得無近之乎？」

璘聞而歎曰：「有是哉！奚惟即戎，抑可以贊皇化矣。夫民之弗輯久矣，不肖者爲殘爲廢，唯病之滋，其賢者乃飾吏牘以獵虚聲，亦猶爲之病也，其何冀於安堵乎？仁哉陸君，心無遺力，政無遺惠，默然誕敷，不顯其光，古所謂循吏，斯其然與？璘嘗聞陸君先爲駕部郎中，憫南都供御官艦師卒匱憊，奏立朋役之法，節其才力。蓋國家百餘年來，衆人知憂而莫知爲計者也。嗚呼達哉，其通變以宜民者乎。仁且達，雖微子之言，吾固知皖之不足理也，子其有賴乎？」

徐君既别去，越數月，陸君乃將入覲。徐君復走書詞林，俾歌其政，聞之當路，幸其不以崇階奪賢守也。謂璘言頗詳，退以爲序。

贈張將軍守浦口序

天下之大勢二，太行界東西之疆，大江限南北之塹。經野者立圉，用武者競利，古今同然，莫可易也。南都，國家之舊京，九廟百官同制並建，蓋控制六合之雄略，而形勝倚大江爲重。在畿内設四守備，曰浦口、儀真、安慶、金山，所以布爪牙，固干城，以共成四塞之險者也。疇昔之迹，黠盜覆于金山，逆藩敗於安慶，金鼓之聲不得驚鐘虡者，豈非列鎮爲之强幹乎？前守安慶有楊侯進之者，今登督府，守浦口有佴侯元素者，今遷閩閫，皆南都虎臣之俊也。今府軍左衛指揮張侯廷佐又拜浦口之命，實代佴而升。

嗚呼，何江左之多賢哉！抑自吴、晉之代，鷹揚虎鬭，英雄特起衆矣。如瑜焚赤壁，玄拒淮淝，固不可以猛力視也。余聞張侯領京營六軍，教訓簡練，具有古法，沉機捷辯，響應靡窮，本楊、佴之伍也。兹行也，增大江之氣，揚吾國之風，藩翰皇京，垂休竹帛，又豈於瑜、玄多讓乎哉？其友倪生國英輩，徵言散人，搦管長揮，用發群意。

送佴元素赴閩閫序

世言文武二道，豈其然乎？由藝則二，由道則一，君子不謂藝也。夫細思者短力，猛鷙者違方，標其所勝，名以類分，若手足之不相能，冰炭之不相入，雖智者謂其二矣。然聖人之道，體無不該，用無不利。故君子學以聚之，心以藴之，身以踐之，業以成之。以而經緯焉曰文，以而蹈厲焉曰武，會其所值，措其所宜，其何專藝之有？伊、呂脩于耕漁之間，而建弔伐之功，豈嘗試于桴鼓之側乎？是以君子學道以爲宗，應世以爲務，非剪剪焉偏長小成，以競諸功名之階而已。

國家設武舉一科，羅將相之才，然必主於文儒〔一〕，試以謀議。自弘治興行以來，往往豪傑由是出矣。吾鄉佴君元素，其一也。元素沉毅莊直，勇奮智藏，能讀諸經史及司馬兵法。蚤游學宫，應文舉不第，往就武舉，一飛沖天，非所謂傑出者乎？由能學道應世，故翺翔雲路，隨所去就，而易易若是也。初試事甘肅，習西北邊略，氣量拓邁。繼還南都，總水軍，守浦鎮，聲聞日流，乃今拜八閩都閫之命。

余聞元素始祖某公，布衣仗劍，從高祖奮起，爲都督府同知，固亦聞伊、呂之風而興起焉者。傳曰：「公侯之子孫，必復其始。」噫嘻，元素宣皇威於南徼，紹休烈於前聞，將不在兹行也乎？錦衣袁君世傑，篤君姻好，屬余贈言，請舉文武同異之説，爲二君承教焉。

【校勘記】

〔一〕「主」，文淵閣本、金陵叢書本作「舉」。

息園存稿文卷三

序

贈李元任序

夫士欲相謂知心，豈不難矣哉！璘觀古今人，才智相傾，權勢相軋，構讒飛謗，立興矛戟，若此者，是豺狼也，斯亦衆矣。下是嘻嘻愉愉，見善不嘉，見過不規，悠悠然若坐市門，視路人之往來，若此者，是牙儈也，滔滔然皆是也。有近焉者，揚其善，掩其惡，慎其禮節，恤其患難，斯可以爲友矣，未盡知心之道也。夫所謂知心者，淵然而合，泊然而親，知其志不俟其言，知其才不俟其功，旅犯而不怒，積毁而不惑，斯盡之矣。

嗚呼，其難矣哉！若李君元任於璘有是矣。元任於璘，生同里，業同術。元任先舉於鄉，璘先舉於禮部，蓋二十年友矣。其始見元任之容，質直少文，發言由中，曰：「坦哉中乎，其簡而易親者乎！」乃樂與之友也。既而見其文博洽而理，曰：「奧哉文乎，其深造者乎！」又久而見其固窮寡求，泰然其容，曰：「固哉節乎，其內葆其直者乎！」庶幾乎泊然親矣。

今年奉命理餉河南，見其疏通而核，不煩而輯，民忘其貴，士忘其功。璘乃歎曰：「簡哉政乎，其脩己而遺人以安者乎！」居河南五越月，終日相語，不移其初。由是，璘之視之，猶己肝膽。璘固簡陋無足取，元任視璘亦不覺其油油然深矣。若世之所患者，斯免矣。

夫以元任里閈之舊，踰二十年始洽。嗚呼，士欲相謂知心，豈不難矣哉？大梁諸生，窺元任沖然居公室之中，乃横經升堂，讎問疑義，五月之間，咸大有得。聞其事竣而歸，惘然若有喪也。瞻戀之不足，乃詠歌之；詠歌之不足，乃請予繹言之。予言豈能足乎哉？聊述璘與元任知心之概，使二三子觀之，今而後知有托也。

別鄭繼之序

晉安鄭子養痾武夷之下，杖策裹糧，東觀於海，返于天台，訪應、黄氏二子者語焉，莫逆於心，相與講道於委羽之陽，浹月而後出。

將至郡，余往逆之郊，見其容充充然，若富子歲飽膏腴而發其澤，其氣淵淵然若大人處密勿，既致理而燕閒其居也。歎曰：「異哉諸君，其浸漬窖奥，而嘗其深者乎？其晤言有融，亦既亡其積礙者乎？夫何其表之若是殊也？」遂止之幘峰精舍，與之談天地萬物之理，及古今天下事，是非成敗、人物臧否、屈伸之變，莫不犂焉的焉，漫焉會焉。雖予之心，亦莫逆於三子者之心。

居浹旬，鄭子且告行，余請曰：「子將致其所具而康斯人也乎？」鄭子曰：「未也，方且鏟精斲明，塗游於天下，以求名德之論，遽斯人之能康。」余曰：「抑揚揚忘人已乎？」鄭子曰：「吾烏敢忘任其會也！」余乃興曰：「璘聞古有達人者，居若遺之，行若性之，是以將有委焉，而功格于上下。伊尹曰：『農，吾老焉耳。』太公曰：『釣，吾老焉耳。』唯無求於世，而後世之求之者衆。凡今之人，喪于有求久矣。子幾無求者哉？行矣，吾將濯吾耳，以聞世之所以求子也。」遂與二子行觴以爲別。

贈别王道思序

夫天將興一代之文，必生天資絶出之賢，力學好古，以成其業，考之前代可見已。今余觀于海内，若王子道思其人也。道思弱舉進士爲郎，讀書過目成誦，文詞爛然。嘗主廣東試事，刻文甚奇，余以故志其名。

今年來爲南京禮部主客郎中，會余。余稱其試文，乃蹙然曰：「公罔某邪？某初學文，好擬古，最先六經語，已而學左氏，又之遷、固。試文，則是物也。殆揚雄所謂雕蟲技乎？近乃愛昌黎爲文，日見其難及，不知昔者何視之易也。」璘驚曰：「有是哉！今英賢並易昌黎文而淺晦庵於道，子睿質强氣乃遜志如此乎？」

再會，則又曰：「古之聖人必有學，後世或失其傳。故秦、漢而後，雖純德篤行之士盛矣，終不可以稱聖，豈所謂得其門者或寡乎？」余因斂衽向之曰：「子真絶出人也。今天下有大患二，異端惡德不存焉，學道務虚，學文務奇，其究至於蕩人心，傷國體，非細事也。夫聖人之道，自灑掃應對，以至精義入神，初無二物，在安勉之間耳。今學者遺躬行而索虚無，蓋不知聖人之静爲無欲，而以爲無事也。」顧又曰：「非佛老之玄寂非罔乎？至於文，則明道達意止矣。淺深大小，唯其所造。

六經異體，非群聖人之殊致邪？擬之雖肖，繪工耳，故君子醜之。」道思曰：「今之賢者，其言皆異於是，某請識之。」

又數月，道思乃拜山東督學之命，二者則其所從政也。諸公賦詩贈之，余遂書前説爲引。是非之衷，願君子終裁之。脩大業以承天意，其在此行矣。

贈楊子任監税蕪湖序

楊子子任將監蕪湖之税，病其雜也，憤而作曰：「吾聞襲芳者唾鮑肆，持潔者遠汙泥。財利之柄，高士所恧；政關聚斂，仁人蹙額。吾何事於此乎？吾寧納檄於省，乞骸於朝，潛伏以從吾好，安能抑志苦身，以蒙世俗之疑議乎？」

東橋子聞之，笑曰〔一〕：「異乎吾所聞，莫非政也。子取其清，孰處其雜？擇便而順私，此巧宦之所希也，而謂吾子爲之乎？君子務强夫己之所不可易，而不患夫事之所不可爲。故德成於獨立，功絶於群疑，夫然後謂之貞固。良玉磨而不磷，其質堅也；水華泥而不滓，其性潔也。伊尹放君，人益頌其忠。柳下惠昏夜懷女，人益信其介。非以己勝者乎？子之執是政也，公私别則官政清矣，義利嚴則中德固矣，毁譽置則浮言沮矣。若夫操籌而校，權金而貢，乃斯職之所有事也，抑何與於我乎？子節高而器遠，人方以公輔見期，幸毋淺焉自視，而令有道者闞子也。」

明日，子任遂束書裹糧，告行而去。

【校勘記】

〔一〕「笑」，明抄本、金陵叢書本作「歎」。

贈謝應午遷北省序

嘉靖癸巳，天子遷用在廷臣工，南京刑部尚書郎謝子應午乃調北省。人曰：「南北異乎？」東橋子曰：「職則均也。北近南遠，北讞，天下之獄，責益大，賢者固宜居之，斯選而調之意也。抑賢者自效，豈以遠近大小異哉？夫刑，民之司命，國之威憲也，不曰中正明決盡之乎？然有四善焉，一曰弼教本，二曰慎法守，三曰質經義，四曰達治體。夫事有致重，情有由來，執法傷教，不如無刑。古之人有行之者，王尊、卓茂是已。美陽則射之，密掾則釋之，斯裁寬猛矣，故曰弼教本。法歸於當，雖天子之令不可從，權貴之勢不可奪。古之人有行之者，張釋之所持於廷尉，烏能動之哉？故曰慎法守。冒天下之道在經，正天下之情在律。情無窮，道有定，故法有所遺，則準經以制刑，孰有加於聖人之道乎？古之人有行之者，黄冒竊戾園之名，衆且惶惑不疑，舉春秋之法繩之，雖戾亦瞶耳，故曰質經義。刑以定國也，刑一人而國亂則尚輕，縱一人而國衰則尚重。古之人有行之者，公孫弘論誅郭解，俠氣奪；谷永論釋梁獄，懿親寧。豈操縱之微權乎〔一〕？故曰達治體。夫先王議事以制，不爲刑辟。刑書者，後世之事也。應午毋執一焉，則官守善。或又曰官守者，守之則已，非若言責可議也。噫！是非知道者之言也。治天下有道，行之爲官守，議之爲言責，不粹於天德，不合於先王，謂之非道，非道可謂善乎？使應午有言責，亦猶官守也。謂異焉者非吾所聞也。」

【校勘記】

〔一〕「谷永論釋梁獄，懿親寧。豈操縱之微權乎」，文淵閣本作「谷永論釋，豈非所以深明刑罰之微權乎」。

送判府王拱之閩南購大木序

正德己卯，皇帝重建乾清、坤寧二宫，徵才海内。使者莅浙藩，檄判府王君拱之往購大木於閩南，徒御在門矣。余與耆舊大夫設祖贈别。耆舊大夫曰：「武夷，天下名山也。東海，天地之壑，至大水也。判府君往則入名山斧大材，歸則乘巨筏以臨汪洋浩瀚之浸，亦天下之壯觀矣乎！其尚毋歲月之淹，以闕我民望，則吾郡之惠也。」璘曰：「國家需材成巨室，分命及子，子知材難乎？夫木猶人也，古之人貌恭色莊，以僨人家國，非一姓矣，子所悉也。木之不材，其何以異？是故有膚挺而理邪，外固而中蠹，巋然輪菌而液樠是病，肖梗、梓、豫、章，而實則樗、櫟之弗若，皆不材類也。舉足以僨宫室，斯選者之咎，子其慎之哉！」判府君再拜曰：「敢不嘉大夫之榮，而兢兢吾子之訓。行雖劇，請書而懷之，以善斯役。」

贈沅州學正舒道徵序

舒子道徵既領沅州教事，過金陵，宿于予而有請。余視其容春温〔一〕，其文波湧，其何有於一學職哉？進且未已，竊亦願有告也。夫君子之生也，仕學兩端而已。今兹仕之始，以道教人，則學之成也。始也貴端，成也貴大。是故君子謹禮而篤，是以有莊敬之容；履道而固，是以有忠信之教。徒和則媚，徒順則隨，凡仕咸病，奚止於教乎？是故君子之爲文，達於既盈，斂於既慱，去其查滓，存其神明，刊其枝葉，立其本根，斯文之大也。故讀之者可感，傳之者可法，毋徒取繁縟而已矣。繁縟者，飾也，六經之文不飾。子行矣，諸生將於子乎取法慎，毋示其飾哉！

【校勘記】

〔一〕「春温」，文淵閣本作「温春」。

送馮子静序

北郭馮子静氏拜柳州融縣令，撫軍梁子材曰：「人亦嘗言梗柟隆棟，珪璋特達，其然乎？其不然乎？吾觀子静之少也，資穎才俊，儀冠卓玉，吾黨器望之，謂至今且樞鼎矣。乃逡巡庠序，殆四十始隨計得遠方令，事固不可以逆覩耶？」

東橋子曰：「吁，不然。人患無具耳，蚤暮奚足以定之？公孫弘垂白，牧豕山東，一老農也。及應賢良，登金馬門，遂陟丞相，封列侯，傳之後世，豈謂遲晚乎？今之仕，唯貢近古，即周鄉舉里選，與漢郡國歲薦士耳，所得實行居多，視科目較一日空文，不論平生者，相去遠矣。矧天子方鋭情復古，諄諄以詔有司，而士且彬彬然興乎？子静孝弟温良，言必顧行。此行也，率悃愊之素，以趨功名之會，則吾黨昔所器者，斷可期矣。子將謂梗枏棖户，而珪璋苟以贄御也，世豈有是理哉？」

已而，吾諸弟璇也告曰：「仕者鄙遠民而蔑禮教，獨不曰居夷桴海，何心乎？」子靜曰：「子厚之俎豆于柳也，何以不敢不圖也。」瓚也告曰：「惰多遺，忽多謬，子其勉旃。」子靜曰：「傭惰則逐于主，行忽則蹶于途，况食人之禄，而泄泄以負責人也忍之乎？」璪也告曰：「女淫士汙，大醜也。人言遠方毋潔，潔則生禍，猶言野可倮也，而世無不衣之人，願子飲冰而食蘗可也。」子靜曰：「吾知辨于舜、跖耳，足至則心至焉，何謂遠近乎？」

東橋子聞而復于子材曰：「吾子何惑乎？子靜言必道也，法必賢也，歸必聖也。它日徵明堂清廟之具於西南者，必子靜也。」夫吾數人者，相與祖而餞之，遂書斯言，以爲左券。

贈博羅令羅君唯昭序

泰和羅君唯昭，故司成冰玉先生之子。初，以蔭授南京刑部檢校，遷都察院照磨，以勤慎聞。今擢博羅令，尚書郎李君某等徵言爲贈，璘竊有感焉。

夫任子者，抑猶行古之道乎？雖三代之盛所不廢也。昔者先王先君嘉心膂股肱之佐，延賞選勞，以及其孫子。諸侯世國，大夫世家，用衛于公室，是謂政典。其子孫之有國家，亦罔不曰：圖報於我先王先君，懼弗克忠；圖嗣於我祖考，懼弗克德。是故世禄之族，代有令人，獨不觀伊、吕、周、召之後，與春秋列國公子之炳然者乎？豈其報禮之重，象賢之勤，是以敏德效功，少所顛墜也。世降道衰，上鮮爲公，下鮮由禮，舉公器以賞私勞，而天下弗勸。然其賢而特者，固唯古昔之慕，君子謂其忠且孝焉。若今羅君之守官，幾可語於古道矣。

初，冰玉公仕於成化、弘治之際，與文正李公、文肅謝公及當時三數名流爲道誼交，譽望隆起，海内擬爲臺輔。而公早世，厥施未溥，將不在其子孫乎？夫博羅者，嶺南巨邑，去京師遠甚，不爲衆惠久矣。君兹行，振令典，師古哲，酬天子之厚施，敷先臣之蓄美，沛曠澤於遐遠，永終譽於方來，博羅之民，其將有瘳乎？昔杜少陵贈魏鄭公孫爲交廣少府，既舉其先烈，終必致公侯復始之望。余敢引以祝君，君幸毋卑州縣也。

送楊郡博宣成書院講易序

夫聖人之道，廣矣大矣。孔子雅言詩、書、執禮，又其言曰「興於詩，立於禮，成於樂」，「加我數年，五十以學易」，春秋實所自作。孟子曰：「春秋，天子之事也。」由是觀之，六籍者，豈非學者本始哉？經解别其教昭昭矣。後世儒者往往盛推其功用，自漢以來，列之學宫，各立師授，有以也。故學者博識詳説，不考信於六藝，謂之不經。國家以經取士，積習累葉，旁暢曲達，言義理者，析秋毫矣。而通辨之士，乃或掇華廢實，苟罔資位，仕宦績效，日替于前，有道者以爲懼。

巡按廣西監察御史莆田林公按治之初，偕藩臬大卿議集師儒〔一〕，講五經同異於宣成書院。于時聘經師五員，召諸郡成材生員，至者三百人，甚盛舉也。全州學正楊君葦以易師聘且行。予唯六籍之教，脩身以達之天下，匪徒以文也已。師儒之職，傳道解惑，育德達材，正之以行，糾之以刑，率三年六年，視其成否，以進于王國。其法具在周禮大司徒，亦匪徒以言已也。君兹行〔二〕，萃諸生俊秀者，相與繹義、文、周、孔之道，以求其心，斯古之教也。蠲故習，圖新功，俾底于大成至當，以無忝于學士，其爲國家利博矣哉！如此，則我林公亦懋有休澤，以流于粤之人，以光副天子之寵命，唯君等惠。其或恃言以設教，餙位而鮮功，則諸郡邑之學固完，而奚取道路之僕僕乎？吾知楊君必不然也。爲我語諸君與諸來學之士，舉大者不安小成，否則名罔也，又徒言之，不若幸勗之，庶幾有成焉。

【校勘記】

〔一〕「儒」，明抄本作「生」。

〔二〕「行」，明抄本作「行詣」。

送陳于岳序

吾嘗慨三代以後，學者之業不專，故下無成材，上無善治。古者六德、六行、六藝之教，本大而目詳，雖俊秀之士，終身脩之，有不能盡，奚暇外慕乎？漢興以來，昉有科目，求于士者日淺。韋褐小生，挾數册書，閉門强記，皆足以射聲利而釣官職。其穎異過人者，才智有餘而名譽不足，安得不爲支離汗漫之習乎？出於異端則入於技藝，出於技藝則入於貨殖、游俠之邪，能者倡之，不肖者和之。此士習所以日分，而人才所以日降也。

吾蓄是説，不敢以語人，其居教人之職，又無與予深交者，無可于托。今年吾友陳于岳親老請禄，得掌麗水縣學教事。于岳和粹高明，業專材成，且與予同志，非罪予者，疇昔鬱鬱之懷，安得不一吐乎！

行登麗水之堂，爲我語諸生曰：三代之教，故典斯存。今科目之學雖不可易，而學之有道焉也。經未明乎，則專于經。既明乎，則六藝之習，專其一以致用。唯德與行，則專心遜志，俛焉以終其身。有爲支離汗漫之習者，則大司徒造士之法，吾不汝假。如此積三年六年，三代之教，將不自麗水始乎？

于岳之門人負其師之爲親屈也，謁予請言，以勸其舉進士，激厲焉爲御史。此在吾于岳易事也。予方惡學者之志不專，故不要其後，而獨論其職。

送藍本和掌教遂昌序

吾少讀書，至孔子曰：「善人，吾不得而見之矣，得見有恒者，斯可矣。」嘗疑待天下若是薄也，乃今始知其難。夫謂有恒云者，豈不曰：「見諸言如其行，施諸事如其心？」行與心一，言與事符，則終身由於道而不變，雖聖人君子無難至者，況善人乎？吾所友於鄉國四方之士，亦既衆矣。始而得什五焉，徐而察之，得什三焉，又久而驗之，得什一焉。乃知有恒者之難得，而歎聖人不我誣也。

吾友藍君本和，魁岸凝毅，言論侃侃，遇事義形于色，不作矯僞，庶幾所謂有恒者與？以易學擢應天鄉舉，今拜遂昌縣學教諭，且舍予去。夫求友甚難，得君焉，而又遠去，得無戚戚其間？然君去，以教人爲職，予既不得留，乃幸予私懷得有所托也。

今天下之俗患在於少誠實，脩文詞而忽德行，喜遊談而廢道業，貴浮華而賤樸淳。士脩於家率如此，故其出身致用，見勢則附，見利則眩，見憂患禍害則惴惴然以恐，而無所不至。波蕩草靡，不復知有善人君子之事。國家率受其禍，此則無恒之過也。使得吾藍君數十輩受師儒之職，彬彬焉錯列於天下，俾後生小子聞其言，見其容貌，觀其所行事，日改月化，相漸以誠，而消其不肖之習，其於國家之利，豈曰小補之哉？予失一友，一方得一師，余又何戚戚也。

送蔣汝正入京序

汝正，御史中丞梅軒公之子，大宗伯敬所公從子也。大宗伯未有子時，嘗以汝正爲後。今以前少宰之勳當任子，故以汝正往入冑監，服天子榮命，宗伯公之意厚甚矣哉！汝正英年篤學，故人親戚愛者咸曰：「子務敏學績文，以策上第，爲門閥重，毋畫於是，是不足盡子也。」余聞之曰：「善哉言！亦故人之私，非天下之公言也。」

夫論士於三代，曰禹、稷、契、皋陶、伯益、伊、傅、周、召，下及百執事之臣，詩書所稱爲聖賢、爲君子，或頌其德，穆穆師師而已。未聞曰某出世閥，某出徵舉，瑣瑣然以登進之路爲重輕也。兩漢以後，乃有對策設科之制，所取於士者，策文、書判、詩賦、經義，大率言語類也。嗚呼，士果可以言語盡哉！其入仕也，以内外爲輕重，以遠近爲散要，以繁簡爲清濁。士大夫之心，日逐逐於得喪榮辱之間，且猶不可繼，何暇議德行之淺深乎？此人材所以不逮古昔，後來者日寥寥也。

今時若梅軒、敬所二公，自爲諸生時，已毅然以道德爲己任，言必稱先王，行必本仁義。鄉人望其家，莫不曰德門，士大夫觀其舉動，莫不曰社稷之福。其文章之美、爵位之隆不與焉。汝正前居中丞公膝下，聞詩禮之教稔矣。今往侍宗伯公，唯日孜孜脩德象賢以克肖。世美如伊、召，子姓盛矣。若夫登甲乙、取青紫，凡明敏藻飾之士，皆可能之，何足爲子願乎！汝正勉旃，勿以予言爲迂也。

贈周鍼醫序

殿講石亭陳先生長子曰時萬，士族之佳子弟也，鄉人好之。丁亥正月小疾，醫汗之過，陰耗而火炎，眩掉格塞，呼莫應，飲滴瀝，莫下咽，目瞠視，手足木强。諸醫墻立無措，氣翕翕向絶，委之弗救。諸見與聞者，莫不惶痛。時石亭使于楚，余與半窗羅君任其托，乃爲召客議凶事。客有許君彦明，引金君載陽至，且視之，載陽曰：「脉未宜絶，劫病起死，莫速於鍼，盍延周君圖之？」

余兩人躍然，遂騎迎周君，至則秉燭矣。周君曰：「殆甚矣乎，吉凶立決，其誰承之？」余兩人要之曰：「死，分也；生，功也。吾儕固存，勿重厚慮。」君乃啓囊探鍼，審病測脉，刺諸人中之穴，炷火而守之。衆環視，莫敢出氣。有頃，鍼蠕蠕動，孟錫乃微咳，若且有覺，目瞬體柔。夜既半，吐凝涎半盂，遂索飲。將旦，矍然曰：「吾夢其寤乎，不知向者何之也。」遂索糜食，衆莫不踴喜，自親戚上下傳之公卿大夫，一日殆遍。

顧子曰：「甚矣！聖人之生斯民，術幽微矣。究腑臟之經，悉榮衛之運，察其治亂，調其損益，而行之鍼火。是以應天之化，循氣之紀，功應若神，厥後俞、扁，述而傳之，駭異變幻，震動耳目。嘗或疑其無有，乃今信之矣。若周君者，襲其器數而妙應若此，況其深乎？聖人不作，斯民之夭閼又何可勝道乎？此一事耳，余有以知天數之不可强也，人謀之不可廢也，醫之道神，而聖人之去凡人甚懸絶也。」

石亭還，將往謝周君，命余述其顛末，以告諸人人。

壽光禄陸儼山先生序

稱生人之福，恒曰禄位名壽，夫亦有辯矣。禄位命于君也，壽命於天也。惟名則自己出，名立而禄位隨之，斯壽有光榮而享於無極矣。名也者，人道之精華，士林之標望，所謂無翼而飛、不火而照者也，斯非人情所同好乎？孔子曰：「君子疾没世而名不稱焉。」蓋貴之矣，何耶？是故道德以爲本，才力以爲幹，文章以爲華，功業以爲實，名之所起，豈易易云然哉？夫自一鄉如千人而得名爲士，又如千士而得名爲才，又如千才而得名爲賢，亦褎然特矣。自是進而一國天下，稱名曰賢，其度越人倫，又不知如千萬萬也。夫苟至於名天下賢，豈非福之至大至大者乎？

余登朝四十年，周旋海内，人士衆矣。其以天下賢名者，僅可屈指，吾東南不曰雲間儼山陸先生其人乎？先生發解於鄉，登第於朝，職史於翰苑，造士於司成，肅教於外臺，宣化於行省，所謂文章功業者，緒見時出，而名各炳炳，皆自其道德才力者致之，非徒致也。詔進光禄，則天子之下卿也，禄位駸駸乎盛矣。天下之望先生者，莫不怏怏然，以爲論德之階，懋功之具，弗稱乎其名。然則聲光之所震動，不亦廣且遠乎？由是陟三公，極臣位，然後乃可厭群望也。是先生之名，既榮乎禄位矣。

去年壽六十，居蜀，表弟顧世安氏不獲捧觴致頌。今及其過家，乃謁余爲詞補之。夫以衆人所取於禄位者如彼，則夫祝先生壽者，固若鳲鳩之詩，雖萬年不足也。名之所以爲壽榮者，又何如哉？世安祝先生以壽，余獨頌先生以名。昔者伊、傅、周、召以及孔、孟皆是物也，謂壽至今永可也。先生謂余言然乎否乎？至於禄位，君自命之，天下自望之，在先生則土苴耳。此諸福輕重之辯也，頌於是至矣。

補壽簡翁六十序

簡翁者，印岡羅先生六十請老時所自號也。璘曰：「何居？」翁曰：「某治兖，銓司論曰宜簡，乃移鎮陽。治鎮陽，御史又論曰宜簡，再移石阡。然吾鎮陽之治簡矣，慮無以應石阡也，遂請老而歸。今且惛惛以居，泯泯以游，抱吾之簡，樂之終身，故甘斯號也。」

璘曰：「君子哉，善受人言。抑人言翁簡，豈誠有之乎？璘方效德不遑，而翁見蹟，命之不可强也如此。翁少力學，博而有要，探本六籍，證義百氏，罔不注乎其心。聽其論天下之務，至辯而弗窮，至理而弗濫。爲莆司理，其政察；爲南臺御史，其言謌。其治兖也，舉二十七屬之政，若錯堦序之間，令之風行，禁之防止，吏不覿督責之威，民不奉號召之格。方武皇帝南巡，兖居繁會，自車馬糗糒之外，不載供藉。監司問以佃游之備、近幸之餉，曰非守宜職，是以有鎮陽之遷。」

翁曰：「鎮陽鄙而夷，適用吾簡，於是因俗設教，罷出苛令，庭無諍辭，則讀易演騷，衎衎如也。率其所操寬然，優於郡國，雖天下之大，不足理也。彼課功論才之司，動以簡詘，豈仲尼所稱子弓非邪？」

余求之，不得其説，故以歸之命。翁無所怨尤，且引以爲規，又安取於余言？抑老子有言曰：「毋勞爾形，毋摇爾精。」此簡之至德，山澤之士長生久視之要道也。翁今有得乎，吾不知其所終矣。歸既越歲，踰六加一，諸鄉大夫即其誕辰舉觴追壽，而以辭屬璘，遂述斯言爲祝。翁既不得彼，其必得此也。

壽印岡先生七十序

嘉靖甲午，印岡先生行年七十，神充體强，無有衰相，距丙辰筮仕，蓋四十年矣。同榜官南都及退家食者僅四人在，不亦難得乎？四人者，圖所以壽印岡，宜有深於人人者。

大司空紹興何公曰：「唯天降福於大人，視其功德以爲隆替，隆莫如壽。公初爲推官，明清庶獄，入爲御史，執憲以忠上。若豫發寧藩奸逆，不黨衆誣巇司馬張公濴，事尤卓卓。再出爲郡守，寧犯天子之威，而不忍耗民財，仁心直道如此。位乃不盡其報，其意殆隆於今日乎？」廷尉南海洗公曰：「石剛故存，水柔故散。人之節固者，體故宜永乎？印岡自外吏入内臺，人曰達矣，而公不加盈。自會郡遷南鄙，人曰抑矣，而公不加歉。所謂確乎，其不可拔也，夫安得而摧毁乎？」按察江左龍公曰：「吾聞壽者得於静。印岡之歸田也，泯泯而處，蛇蛇而行。手不理箋記之牘，口不議公府之政，目不視黜陟之條，耳不納毁譽之聲。形無或勞，精無或摇，其年又孰得而或撓也？」

璘乃進曰：「善哉！三公之祝，美矣盡矣。何稽之天，洗徵之物，龍取之身，印岡之功德節行，罔不宜壽矣，璘又何言哉！雖然，不可徒賀也。願衍其説，以附諸稱觴之後。夫人生由氣，候有盛衰，氣强由志，志强由道也。古之至人，持節以御氣，守道以定志，夫然後鍊氣保生，而體無老少之殊，是以長永焉。記言之：君子嚮道而行，中道而廢，忘其身之老也。印岡先生動而效功，定而矢節，静而葆真，不以其身一日或懈于道，守道不分，物乃難侵。傳曰『道生萬物』，况于一身乎？苟謂養生不本於道者，豈足語天人之微乎？印岡行年七十而無衰相，可以覘守道之力矣。三公之祝，美矣盡矣，不可以有加矣，璘又何言哉！」

壽攝泉隱君序

余嘗聞長老言，宣、正之間，吾鄉先輩丈行醇愿質木，好行古典，恥言人過，何其厚哉！吾每以不親見爲恨。今涉世五十年，所以朋儕執友之際，苟得若人焉，未嘗不愛慕繾綣，樂與之披心。今攝泉許隱君，其一人也。

隱君之操行也，棄末俗而從舊風，肫肫默默，有古篤行之遺軌。吾何以觀其然哉？世俗詭文飾貌，厭常自奇，輯威儀爲羽翼，駕聲譽爲笙簧，其脩身有如此者。隱君則擇言而言，擇地而蹈，知白守黑，居進若退，信古昔，尊先王，如蓍龜鬼神之不敢侮，故其肺腑之奥無隱慝也。世俗聚貨競奢，喜名盛大，吉凶之禮，簡情而煩文，輿馬僕從，外内必備，其植家有如此者。隱君則臨財戒得，處豐戒盈，器服必稱其用，婚喪賓祭必顧其力，食不謀肉，出不謀馬，族戚知舊，不使怨其不親，故其户庭之邇無溢行也。世俗勢交赫如，利交綢如，匿怨而市好，朝親而暮讎，飲食宴私，人莫之間，而忻戚不與同情，其交友有如此者。隱君則以善相求，以心相原，合不見其密，離不見其疏，憂人之憂，急人之急，如在其身。與余交三十年，而未嘗聞其言人之過，故其交友之衆，無怨言也。

由是觀之，吾不知宣、正諸老翁，其操脩醖藉，竟孰爲上下也邪？是又不敢論其世也。隱君愛攝生，聞攝山多藥草，可養性命，每每逃隱其中，故自稱曰「攝泉居士」。老子曰：「善攝生者，陸行不遇兕虎，入軍不被甲兵。」言自全之極，物無所投其害也。由前所疏，無隱慝、無溢行、無怨言者，其自全孰大於此？物莫能投，壽固安可涯涘邪？今年壽六十，國人來稱觴者，多舉神仙瓌瑋之物，唇腐莫畢其説。余請以隱君之德，自爲隱君壽之，故申之以老子之説也。君有令子曰穀，以文薦於鄉，孫亦殊異，得天且然，物尚何言哉？

壽梅南君序

梅南君與予友幾三十年矣，始見于南濠之上，君時未三十，讀書好談詩〔一〕，褒衣曳履，退然一儒生也，人猶侵易之。又十五六年，余竄湘南，過吳，再見君。君握重貲，爲魚鹽大賈，日執牙籌坐中堂，僮僕累迹，頤指目令，奔走從意。州郡有大舉動，必召君計畫，動適幾宜，人尊之曰「丈行」。又六七年，余自台州入朝，過其家，盡傳家事付兒輩，已築園種樹，作虚閣眺望湖山，日談范蠡、陸魯望之幽事，曰：「古今人貴同趣耳，何拘形迹哉？」嘉客時至，傾壺敍歡，官政市聲[二]，一切掩耳。鄉閭愛而依之[三]，四方賢士望其廬，歡然如歸也。

嗚呼，梅南君其善居斯世也哉！夫人生亦大矣，雖出處有命，苟不自樹立，而泯泯碌碌，屈體人後，徒羞賤貧者，真亦自負矣乎！君少而慎脩，壯而强立，老而静藏，善變若龍蛇，順代若四時，衆犯之不加貶，衆附之不加溢，君真善居斯世者矣。每見士大夫僥利倖得，訑訑奮張，莫克自制，至臨利害，則首鼠兩端，持禄若錮，鐘鳴漏盡，貿貿焉往馳而不止，其視君賢，不肖何如也。

前年，君壽五十，衆皆賀，余不及賀。今年還郡，始克敍平生之概寄壽之，俟百歲時，當與再定，君必無替於今言。

【校勘記】

〔一〕「詩」，文淵閣本作「時」。
〔二〕「聲」，文淵閣本作「井」。
〔三〕「閭」，文淵閣本作「里」。

壽張翁序

翁鍾山隱者也，少不治文字，淳懿敦信，尚邃古逸民之節。附郭有田二頃，以耕爲業，或漫遊湖湘淮揚間，托商以自資。與家君愚逸翁締交五十年，凡更利害患難均任之，不巧於自便，財貨有無相通，弗校彼我。家君兄呼之，兩姓子弟呼伯叔，唯敬唯愛，一如族家體。婚姻慶問，内外壼榼，往來續于道，自中表姻連而下，其恩義禮節之密，什伯不相逮。

夫道義之喪久矣，親戚友朋之家，悦則親，弗悦則疏，相拂焉則傾奪以讎，豐己而儉人，薄中而厚外，睚眦生隙，矛盾覆宗者，不可勝數。故晏嬰見稱於孔子，而朱育、劉孝標歎惜痛恨於季世，豈不謂是哉？家君凡所交内必推誠，其負而背去者亦屢屢見矣。若翁者，忘形篤義，久而彌親，豈斯世易得者哉？易曰：「天之所助者，順也；人之所助者，信也。」翁宜得天人之助矣。

今年壽七十，顔渥髮蒼，形神壯王。子經與予同齒，而誕月居後，予謂之弟，謹朴有父風。童孫嶷嶷如王，諸婿若甥並良俊，所以亢宗風、成宅相者，蓋已浡然其不可遏。然則謂天道無知者，豈不大妄乎？誕日，諸子婿置酒張樂，集故老宗姻，申誕慶以餉歲事，賦聲詩以侑觴斝，固隱居之至趣，莫齒之嘉樂也。璘執爵其後，不可以無言，爰述親誼之所由始，俾覽者知翁厚德云。

壽李君唯漢序

洪唯我皇祖，握劍起濠上，爲天下王。一時附會風雲之侶，何其雄哉！非天意不至於此，非獨當世其躬然也。至其子孫，亦往往傑出，與常人殊。余家南都，數游諸世族間，見徐、沐、湯、鄧群公子，氣岸幹局，志烈才藝，率磊落融朗，有英雄之流風，視閭里寒躢之習，大不相近。每心醉焉，樂與之交，無厭也。譬之麟子鳳雛，其鱗介羽毛即墮地已絶於凡禽，何必高步長鳴而後爲珍瑞哉！

嘗與四桐子論茲事，四桐子曰：「子亦見吾南郭李公子唯漢之概乎？請舉其大。唯漢者，太師韓國公之後，臨安公主五世孫也。自乃祖不知何自削籍，貴閥華胄，於是乎在。君開明倜儻，樂與豪俊游，手致千金之産，視義施散，不甚顧惜。早喪兄，事嫂盡禮，成三孤姪，嫁孤女於吾兒繼文，不啻己出。年甫五十，即以家政付諸子，築別墅於牛山之陽，浪迹登臨飲奕之際，游無遺地，樂無失時，古所謂逸民者，殆庶幾乎？」

余聞而歎曰：「韓國事皇祖，帷幄有留侯、衛公之勳，而帶礪早替，每爲之慨然。聞斯固樂其有後矣，天道豈終謬哉？徐、沐之世，屹然同休；湯、鄧繼興，乃在孝代。語曰：『公侯之孫子，必復其始。』然則復韓國之舊以昭慶緒，將不在斯人也。天審若君言，天方寵錫之厚，抑又何賴夫人爵也？善語李君。」

余方結侶林壑，且求之乎南郭也，乃丙戌仲夏之望，四桐子忽款吾廬曰：「前所稱李君，今之日，其六秩之誕也，敢與子賀。」余方有家冗，且憚暑而不能出，遂書所願者先之。

寄壽王母吳太宜人序

嘉靖戊子春正月，客過東橋子，曰：「屯田永溪王君母太宜人壽八十，其誕則三月五日，里俗以歲首稱慶，盍往焉？」既旅進脩儀而退。未幾，王君負誇還吳，乃及誕日，申慶於故里。客復告東橋子，且纂言爲祝。東橋子仰而歎曰：「盛哉，宜人之祉幾備矣哉！」

曩戊寅之歲，壽七十，王君爲處州別駕，吾在台州，聞其舉賀也，太守朱衣捧觴前跪爲壽，倅貳以下序進致祝，縣大夫、博士以及耆長史胥列拜階下。酒行樂作，慈顔爲之一粲，觀者嘖嘖稱盛。時則未有封也，雖榮而未貴。今也翟冠象服，曳佩而坐，堂上户外之賓，鳴騶飛蓋至者，皆公卿郎將之貴，綺繡雜沓，觥籌逶迤，其視前舉，益盛矣。

舊聞太宜人語人曰：「使我飲建業酒，何如閶門水乎？」謂子姓親戚相遠，雖貴未適也。比歸故鄉，則凡所愛念，咸拜膝下。賀者入門，皆姻婭内子，體便禮儀，耳熟音聲，口慊殽羞果蓏之味，良與老人爲宜。然則視前舉又孰多乎哉？夫君子之脩身，苟求其是而已，匪計諸得喪。其事親也，苟求其安而已，匪要諸有無。

永溪礪德如玉，守官如女，然以謗去位，而士大夫益稱其賢，所壽乎宜人，抑既多矣。矧其歸也，又宜人之所安乎？由此而耄慶、期慶，不知樂事，復當何如？永溪宜有味於吾言也。

壽葉母太孺人九十序

太孺人，吾台某邑令葉君守正之母，侍御一之之祖母也。諸耆大夫爲余言：「葉太孺人行年九十，容貌充澤，視微翻堅，有童子能。家倚中峰之麓，日常弄孫曾以嬉，下上亭榭間無休武。有小憊，則飲巵酎即愈，不藥石。殆古所謂地仙者流與？」

璘聞曰：「異哉！吾郡之祥也已，奚仙之足云。唯邃古民俗顓蒙，不競不慆，故天真弗鑿而人獲壽考。季世蕩焉，湛于酖毒，於是髮弗華者始衆，豈獨氣數然哉？唯深山長谷之間乃有不然者，吾台其一處也。台居東海之濱，崖阜巉阻，不通都會，小人力穡而儉享敦恪，嚮方君子，强義勤禮，亢節概以爲風聲，論者謂有古之淳風焉。風淳則其氣龐固而弗散，弗散則永宜，其民之多壽考也。矧葉氏世脩其懿，以鍾于太孺人之躬，而令尹及侍御君服教象賢，勿替引之，所以培德續休者益篤，又豈諸人所易及乎？夫邃古之風徵於台，而葉氏者獨有承焉，斯謂之祥也固宜。余又聞終南中有老人，年至數百，若吾天台委羽間，不啻過也。太孺人倘其人乎？且將觀令尹君，黄髮擊壤以弄雛左右，或可幾也。殆且將觀侍御君蓍龜人國以享五鼎養，亦或可幾也。所謂仙人者，烏足云云。此吾黨樂賀意也。」

壽趙孺人序

顧子之仲息，嬪於俞季子璉。於是夔齋大夫即世三年矣，趙孺人勤撫惠以樹其家聲，隆隆然亢乎其先。今聖天子改元之歲，孺人甲子五十，春正月某日，寔維始降。余内子沈將賀之，請于余曰：「某不佞，篤懿親之義，馳信使越數百里，以踐孺人之堂。緊我婦人之饋，不越乎榛栗棗脯之實、刺繡組織之工已爾，其微錙銖而可云獻乎？光昭孺人令德以表于内外，唯夫子之言是賴。」曰：「内德唯婦寔聞，請舉其類。」

内子曰：「吾聞之仲息，孺人悼俞大夫之逝也，黜華哀豐，以禮自閑，凡祭必罄哀。其處尹恭人易居均享，戒諸子姓曰：『不以我視恭人者，有如皎日。』訓二孤以義方，必俾克立。今既有年所矣，叔璠登于國庠，季璉選於京庠，猶日孳孳課之，猶社師之於幼子也。至御臧獲，則恤其饑寒勞苦而煦育之，不使怨乎不具。此其概也乎？」

余曰：「至矣備矣，婦德盡於是矣。執德不忘其夫，貞也；居富不忽其長，敬也；愛其子必謹其教，義也；懷其下必恤其私，仁也；體貞率敬，執德廣仁，善之積也。易曰：『積善之家，必有餘慶。』吾知孺人之慶，不唯于其身，而且于其子孫，纍然至矣。今之壽其始乎？」

内子曰：「善。」於是緘牘裹饋，肅拜者再，召使者授于門外，以登諸塗。

息園存稿文卷四

記

瞻辰堂記

天以北辰爲樞，樞居其所而運大儀，四時正焉，百化流焉。故辰爲中爲極，象大君也。聖朝都燕居北，上應辰極，四方戴爲宸居。余家南都，實北向，先驗封公名正寢曰「瞻辰」，不忘尊也。公之言曰：「安天下者，天子也。三公以道格心，六卿以政贊治，百司群工各以其官脩其職事。一人既正，庶績咸熙，斯天下樂其樂矣。否則責在有位，而天下亦同其憂。」

方今乾樞，正萬方共矣，此聖主任賢，百僚承德之嘉應也。吾儕野人，征繇不及，官政不闕，安棟固宇，飲食衎若，顧乃優游朝夕，罔惟所自，無乃闇陋已乎？天清辰明，玄夜方寂，端服望拜，歸我帝力，復爲之歌曰：「紫極巍兮瑶光明，萬姓歸心兮四海清。我畊而食兮壽且寧，皇澤蕩蕩兮安能名。」

於是諸孫受之，教諸會歌而肄焉。璘在膝下，謹識册書，以傳諸家乘。

義範堂記

義範者，我先毅皇封先臣驗封公制也。不肖臣璘謹拜首稽首，揭名堂顔，上侈皇賜，下昭世訓，兢兢念哉。迺召孫子蒲伏末階，申諭若曰：

若等知先公得此於先皇者乎？夫義，天之制，人之執，所以别於利也。國不義則無衆，家不義則無親，士不義則無友。其爲道也至重，利以間之，而能施者寡矣。我先公不占一命，義施于家，而不被于遠觀。其總家政五十年，友三仲父，若飲食，若衣服，若婚姻，必相均一，不殖私藏，不辟子愛。伯大父既異居，顧養靡替，恤二姑之孤之衰，咸假有家，可謂施父族矣。奉舅大父于家，養其老而厚其終，可謂施母族矣。勤母氏兄弟子姓之喪葬婚姻，凡十餘舉，可謂施妻族矣。至其脱急振乏，己責滅券，力人所不肯力，忘人所不能忘，又可謂施及朋友有衆矣。凡是四端，皆樂之中心，行之永久，而無矯飾，是以孚于邦國，達乎天子，以有今王言之華，國人誦之無貶辭，子孫寶之無慚色，我先公亦何忝於厥世哉！顧余謭有禄仕，孳孳俛焉，而弗克嗣續於萬一，所謂不肖之行，無足言已，若等其懋脩哉！其仕與否，有天命存，均之人也，均子孫也。富貴貧賤，唯其所逢，必義是蹈，而罔規于利，庶幾逭我于罪，且不徒爲先公之羞。況夫好義者昌，好利者亡，先訓炳如也，若等其懋脩哉！是爲記。

松塢草堂記

我顧氏，蘇人也，自曾大父府君始葬金陵石岡之南，今四世矣。其山自石岡崒立，横亘東騖，支分蜿蜒，而偃踞於此。旁爲曲阜，南紆以環，前對若几焉，都人往往詡爲勝域。其勢窈合成塢，東坳砥平，余乃遷故廬其上，以脩祀事，以託隱棲。四山皆先二世植松，不啻萬本，巨植鱗皴，穉枝羽箠，即雲連幄，因風鳴竽，慘舒異觀，忻戚殊念。余每來居之，情有所屬，戀戀不能去，題曰「松塢草堂」，懷先澤也。復爲記曰：

吾子孫來居斯堂乎？修時祀已，榱桷瓦甓，毁則新之；樹木竹篠，敗則易之。

或秉耒而學稼，或藏脩而績文，一舉手措足焉，必曰：「吾何以紹先人？」又其上者曰：「吾何以光先人？」由是，行墟墓之間，以游廊廡之下，汔可無靦顔者。其或挾群小以朋游，貯聲色以淫泆，多其木伐以爲薪，美其地貨以爲利，斯謂不仁不孝，閭里弗唾焉矣。玷名教，辱宗祊，不亦甚乎？然則今之輯是堂者，斯顧氏罪人也已。

息園記

東橋子築園居室之後，袤五十武，廣半損之。中取纖徑通步，餘盡蒔植，以延叢縟。脩竹後挺，嘉木前列，周除芳卉美草，期四時可娛。予嘗曰：「疊山鬱樹，負物性而損天趣，故絶意不爲。」中亭曰「愛日」，本以奉先驗封公日養，天乎今無及矣。

虚窗浄几，宜飲宜讀。西有謀道齋三楹，置諸孫讀書於中，佔畢可悦耳。作載酒亭，以待夫問奇來憩者。東有小軒曰「促膝」。諸故人至，解帶密坐，談農圃醫藥之事，恒至移日。相向爲緣率室，居則掩視納息，存吾元和，起則觀童子理圖史之帙，合而名之曰「息園」。時寄雅抱。

其南乃有廣圃連數十頃，頗雜池沼、屋廬其中，達于清溪，非盡顧氏有。按志，當爲謝尚、江總故宅，今廢爲墟，而齊民業之，闤闠間所絶無也。樫榆蒲葦，掩映森蔚，風静鳥鳴，音變巧慧。夏鶯好飛移往來，擇蔭暫息，倏爾逝去；鷺散立青蒼中，皎若積雪，時驚起，翻迴水上，久乃復下。居人多蒔蔬養魚，雜治生業，或星散居，皆有徑可往。吾園開户向之，籠取其勝。時與二三子曳履周游，無異深林窮谷之趣，此又鄉鄰所以息我者與？

夫息之義，止也，生也。形貴止，神貴生。動而不止，形乃日敗；静而不撓，神乃日生。一止一生，壽乃長久。然則息也者，寶形養神之道具是矣。造化遺我以年，先人遺我以地，鄰里助我以勝，我顧糾纏外物而不知形神之爲貴，殆莊生所謂倒置之民乎？

屏山小隱記

凡居恒藉山水爲勝，山以屏，水以鑑，非徒爾也。屏于山，則端凝尚體，峭厲尚節，而吾有得於實；鑑于水，則量以容廣，智以澄别，而吾有得於虚。若夫日月烟雲之麗，草木禽魚之生，晦明慘舒之變，以達其用，以成其文，一皆有助於德，此真知山水之情者然也。

吾南山之居，遠水而獨近山，故唯屏焉是賴。山北環而南正，北如駝如象，勢若奔湊者爲小石。大石迤東，伏而忽起，曰戴山。特高且奇者曰牛頭、花巖、祖堂，三大峰透麗南迴，其上佛宇紺碧可覩。正南與吉山對，獨立不倚，形凹突如筆格。諸山旦暮異采，紫翠交映，雨作則吐雲蒸嵐，因風蔽虧，或有或無，不可辨。過是，岡巒連延弗斷，然不甚高，而亦無名。西南蒼林，鬱然而近，曰廟山。西山高者在江北，卓青横黛，隱隱來赴，如人知心，夢寐潛達。吾廬處其間，藐焉迴丘之麓，顧左左見，顧右右至，前瞻後矚，皆莫避去。或角巾杖履，出户四望，山所露見，悉爲我有使。吾舍城市而婆娑于此，凡以屏故，故取以名吾居。

有笑者曰：「牛頭、花巖，名阜也。游者沓至，至則得之諸山，則此方之人所環居也，子獨屏之，何邪？」子諭之曰：「凡言得者，以心不以目。余强盛時，志在四方，每欲抉雲漢，攀日月，垂光旂常之上。時一至山，率目寓心，往弗能有之，而山亦不吾與。乃今動躓神恧，度無所用其愚，然後一篤于泉石，始駸駸入今無間矣。儻諸人猶吾少心，則固有勝者在也。雖家山中，殆天壤哉？亦遽曰屏焉屏焉，吾不之信。」

清曠亭記

東郊課畊之廬，臨淤田，翳灌木〔一〕，居之鬱鬱，夏月尤病。乃相後圃，有丘突然，且高且明，四顧甚暢。於是誅茅而亭之，删繁理秀，風自遠至，氣爽意開，不識炎暑。南盡天印，北盡鍾陵，東盡青龍，西盡都城，以至幕府，皆金陵名山也，一坐間得之，可謂不勝乎？

客以「清曠」名之，取靈運詩語也。顧子起謝曰：「善哉名亭，教我矣。抑知斯亭之所以清曠乎？由地高明耳，唯人則亦有然者〔二〕。夫不溷於物之謂清，不牿於物之謂曠，古之聖人皆然，不然不足以言聖，第今未可造次論也。後之人有陶元亮者，吾慕其爲人，觀所著五柳傳與歸去來辭，何其灑然異哉！究厥所操，不事二姓，蟬蜕一世，志先爲之地也。人唯用志卑暗，則富貴貧賤干其情，毁譽利害束其動，跋前疐後，日蹙蹙然窘矣。君子知道義之貴，履而樂之，以有諸身，超然立乎萬物之上，是以可欲弗欲，可憂弗憂。環宇内性外之物，舉退聽於千里之外，靈襟湛然，以道取舍，孰敢溷而牿之？無溷無牿，不亦清曠乎？故曰極高明，極則過人遠矣。吾作亭，得進德之方，敢不謝客之教。」

【校勘記】

〔一〕「翳」，明抄本作「蓊」。

〔二〕「亦」，明抄本作「以」。

載酒亭記

東橋子學圃多暇，時有好事之賓，命駕載酒，款于息園，討論古文奇字，辨義析疑，日樂其趣，殆且薄芻豢而鄙絲竹矣。無所于憩，乃結竹覆茅，作亭西隅以展游息，未知所名。客有遺俞紫芝小篆「載酒亭」額者，若指揚子雲問奇事，適與意會，遂揭之楣。

嘗考子雲生漢季，清静淡泊，逡巡執戟，踰三世而不遷，篤志太玄、法言之文，以傳百世，烏可謂不賢乎？然浮沈濁世，不擇所託，至其晚節，投閣以歆累，符命以莽喪，又何其憊也。多聞將焉用之哉？或曰：「雄非愚人也，欲苟生成書耳。」生既苟矣，書於何有？此又惑之大者也。嗚呼！見不明則志亂，志亂則交瀆，交瀆則胥溺，並喪以没于邪，雖它美，莫之贖，不亦可懼也夫？

郡圃秋佳軒記

余家江南，有亭臨池曰「秋佳」，荒蕪無足愛。自余謫湘中，離親戚，去閭井，日思返乎故鄉，雖是亭，亦未嘗忘于懷。郡圃故有池，乃作軒其上以象之，慰歸思也。疏竹前挺，芙蓉後耀，杪秋揺落，蔚有佳色。時釋簿書而來詠歌其中，油油于于，若使吾身周旋故園之側，去其離索者，不亦大可樂邪？或曰：「湘中山水甲天下，當以金陵諸名勝，或莫上下，又何一池一亭之足慕乎？」余曰：「不然。人情懷土，君子重去其鄉。漢太公養以天下，不忘新豐。謝安石位太傅，道行廊廟，且猶築丘以象東山。古人之情有同然矣，矧予羈旅之吏乎！」由是言之，則斯軒之可樂，雖等以湘、柳諸名山，余不知孰先後也，因爲文以識東壁，俟夫知余懷者。

雨遊花巖牛嶺記

牛頭山與獻花巖對峙，並金陵勝地，在郊南二十五里許。陳氏孔彰居相近，故主予輩爲是遊。自春凡三易約，乃定於四月十又二日，曰：「雖雨必往。」至日，晨風颯然，纖雨斷續，余與錦衣徐君君敍策馬出郭門，徑趨花巖，時避雨道旁農舍。

比至寺，雨益急，侍御王君士招行後五里，假蓋野人乃獲至，衣盡霑濕。南昌守羅君質甫先宿方山別墅，濘不得至。時孔彰食具亦阻于途。

予三人躡屩登夫容閣，高倚空際，雲霧生自下方，疾風橫過，開闔明晦，倏忽萬狀，木葉滴瀝，懸澗泉落，四壁嘈然，莫聽人語。相顧歎曰：「霽遊者安知此奇哉！」下飯僧寮，君敍以太夫人無宿命，荷蓑笠而去。孔彰始攜二子，負尊罍至，歡然共酌，夜分乃已，遂連牀卧談古今，且寤且寐，不知倦憊之去體。雨竟夜有聲，衾枕皆潤，薄寒襲人，殊異城市，其實身卧雲霧中也。

晨起，宿靄抹半峰間，遠近崖崿，如人新沐，畢露情采，興不可遏。遂乘馬沿嶺背爲牛峰遊，至則殘雨復落，不可登陟。小飲天闕丈室，徘徊睇望，神遊萬峰之間，乃誦杜工部詩曰：「盪胸生曾雲，決眥入飛鳥。」殆爲今日設乎？雨既止，日亦且暮，遂别寺僧出山。夫兹遊值雨爲勞，然情景奇勝，亦復相稱，乃知憂樂之方，得失之迹，固不可以意校也。所得詩凡若干篇。

萬松山始開石路作三亭記

萬松之勝以石，石乃在莽間，不可以步。嘉靖庚寅，璘長東藩，適觀察使池陽汪公珊、樞使台南李公節同在三司，休澣登焉。顧瞻群石蒙翳，埋汩標見而秀弗逞〔一〕，乃相與歎曰：「地有材而俾弗見，非吾黨之過與？」於是乃議疏抉之役，召吏鳩工，厚之直餼，斬荆棘，芟蓬蒿，凡延蔓爲石障者，去之必盡。然後平險通礙，蜿蜒石間，因高卑爲之徑，夫人始得步觀焉。見石之端偉壁起者，若正人立朝，巖巖然有不可犯之色。磊落廉厲，陳奇獻異者，若衆士布列，效其功能。其瑣屑參錯，四散不可窮者，又若方聚群分物，物各安其居也。嗚呼勝哉！

翌日，僚佐諸公林壑高逸，咸來賞視，又相屬曰：「功則偉矣，非有臺榭爲游憩之所，則迹少而徑將荒，安知來者不如前之蕪没乎？」衆皆曰：「然。」於是相地面勢，作三亭焉，路自書院門西而上，達山顛留月巖，凡若干丈。又自山半而下達圭石，凡若干丈。前山之亭曰「振衣」，璘作。後曰「池陽」〔二〕，汪公作。李公作於山麓，曰「秀水」〔三〕。於時僚佐布政使司則具官某某，按察司則具官某某，都指揮使司則具官某某，並一時勝品，或謂與地靈相感會云。

是歲冬十月望日，左布政使姑蘇顧璘記。

【校勘記】

〔一〕「埋汩」，文淵閣本作「漂泊」。

〔二〕「池陽」，底本原闕，據文淵閣本補。
〔三〕「秀水」，底本原闕，據文淵閣本補。

臨海縣學講堂記

余始遷臨海縣學於北山之麓，郡民周臣捐百金作講堂半山間，平挹諸峰，俯瞰闤市，具得郡之勝。落成之日，余往勞之，乃進諸生謂曰：「學聖人之道，自講習始，必有恒居焉。而後師友聚於斯，朝夕業於斯，無涣散荒怠之習以墜其學，庶幾有成焉。然非静深無以寧志，非高明無以發慮，此其區也乎？居其區不事其學，事其學不務明其道，雖堂堂乎衣冠孔氏，余則曰非孔氏徒也。譬之兹堂，前此惡壤耳，經營締構之工具，而後庭阤輪奂，煒煒若此。繼是苟不輯，又將塗以汙濁，塞以荆棘，復荒爲惡壤，可立俟矣，可不懼乎哉？」諸生曰：「謹受教，請刻石堂壁，以無忘斯言於耳也。」

應天尹王公生祠記

應天府居國家留都，職任政教，率同郡格，而統體差大，内供御府監局，外承百司，徵求毛委，率同順天府。然去天子既遠，權力差損，尹尊官大臣遷自卿寺與藩臬之長，苟厭事自崇，受成邑令，則勢詘弗支，悉貽艱於我民，厥唯病哉！病之大有三，曰冗役、濫費、亂賦，壞爛莫視久矣。

南渠王公來任斯職，躬視庶務，不自愛其體力，知則必爲，爲則必盡。嘗曰：「仁心上溢而澤不下究，財力下竭而情不上達，唯我責。」故蚤夜皇皇，以圖康濟。一政不得其理，一夫不安其居，若止于棘。居任三年，疏請于上者，凡十數事〔一〕，牒申臺省、檄布屬邑者，吏厭于書，我民歌頌，至今歷歷在口。其革諸監緣入神帛堂新匠一百八十有九户，歲竹匠一百六十有八人，銅匠三十有二人，守庫夫一百二十有八人，部薪夫長三百一十有六人，花園夫若干人，皆裁役之冗也。減齊庶供應制中使浮餼，籍記縣司所糜丁錢，使諸司不得恣取。及罷去本府一切無經之役，皆以節費之濫也。議罷京邑種馬，議發内庫絲供織神帛，議輕荒稅以甦流亡，議料田出賦使貧富適均，議鹽賦出納以銀不必易錢，皆以理賦之亂也。此余所謂三大病者，爬梳滌濯，咸破舊憾，至若政教常惠，競爽循良，又未易一二録。

嗚呼，公其我民之父母與？抑前諸政，其間忤内旨，撓權近，犯衆怒，冒浮議，皆政人之所諱爲，非公立政以心，立心以誠，急民而緩位，先國家而後其身，其孰能必舉，且至累十數無倦哉？嗚呼，公真我民之父母也！公既擢少司寇，請養太夫人去位，民懷其德益甚，相與立祠肖象，俎豆於聚寶山下。璘上元人也，適請養家，居聞公政與民心如此，乃爲撰記勒石，傳于永久，敍曰：

公名熿，字存約，台之黄巖人。初舉進士，授給事中。事武皇帝，以直道貶嶺南。今上超致大位，今其還也，天下日夕望爲公輔云。

【校勘記】

〔一〕「十數」，金陵叢書本作「數十」。

南坦子埋佩刀記

南原王子既没，葬諸國南之野。南坦劉子自越來奠，解所佩滇南刀埋之墓前，曰：「南原子嘗顧斯沾沾爾，吾何愛爲哉？」顧子曰：「南坦亦猶襲古之義也與哉！昔季札使魯，過徐，徐君愛其劍，未與。既還，徐君亡，乃挂劍墓樹而去，與今南坦子之事，何其類也。夫君子行己之情焉爾，何謂襲云乎哉？襲而强之與嫌而靳之者，皆僞也，君子無僞。夫朋友之交，篤其義也。篤其義，斯浹其情；浹其情，斯通其財矣。是故求而弗恧，與而弗有，施而弗惠，無間於死生焉，斯義矣。生諸而死違，可以謂義乎哉？南坦子之所操也，達諸天下，確然信矣，敢不識之。」

處州君省吾齋記

正德庚辰，璘與處州君會朝于京師。處州君先至一月，璘乃至，蹙然謂曰：「子亦見大都之情乎？吾不勝愛憎交於前面，毁譽之言聽聽也，豈若處山澤之幽，可以曳吾履乎？」璘曰：「子方憂人甚乎，吾幾釋然矣。且人情亦何取衷哉？吾嘗被華裘而適市，其子弟蠱予而要之揖，長老憚予恧也，避之户内。夫裘則華矣，而好惡移諸其身，人情亦何取衷哉？吾聞之：人道至大，一心至微，百年至速也。以至微盡至大，而祈定於至速之間〔一〕，日有孳孳，且猶殄闕是懼，奚暇役役然，以愛憎毁譽之故，效犬馬馳哉？」

處州君曰：「不已悍乎？」璘曰：「否。忘己曰悍，忘人曰專。故君子有省躬之憂，而無徇衆之戚。是故可欲莫如善，愛與譽係之，抑有否者？君子省諸己焉，不謂非惡而遽安也。孔子曰：『衆好之，必察焉；衆惡之，必察焉。』不徇衆之謂也。孟子曰：『有不虞之譽，有求全之毁。』省己之謂也。夫徇衆則貳，貳則遷；省己則專，專則勇。以此爲善，則德日固而有成；以此去惡，則過日遠而有功。君子之學如斯而已矣，而奚暇憎愛毁譽之爲憂。」處州君曰：「約哉脩身之道，未耄以上，敢不服子之言。余嘗以『省吾』名齋，未有言也。願書子言爲之記。」

【校勘記】

〔一〕「定」，底本原闕，據明抄本補。

靈徵記

柴墟儲文懿公，正德癸酉以吏部左侍郎告終于南都，子灝扶柩歸海陵之第。丙子，塗毬攢于墓舍。丁丑十月，啓而葬諸制域。發視，棺上變生黝墨，成繪畫文，具畫家鱗皴烘染之法。前則奇石枯松〔一〕，旁出二篠，莖葉咸備。左則梅株夭矯〔二〕，稍綴數花其杪。右如左，而樹差短，全無花。古雅蕭散，非俗工所能爲。後有文，隱隱未就。吁，亦異甚矣哉！殆有鬼神爲之其間者。家人驚愕，走聞州大夫，馳駕來視，削而究之，深入木理。於是四境喧詫，觀者填溢，莫不駭歎，以爲神異。灝乃拂楮於上，模其大都，藏于家廟。余聞未信。

今年灝來吊余堊室，乃示且問曰：「是何道與？」余曰：「靈所徵也，非異也。夫靈氣寓於兩間，生人爲聖哲文秀，其發於天地則爲卿雲景星、麟鳳芝草之祥。彼此更見，無有定質，龜龍呈文，是爲圖書，果孰使之然哉？昔公孕天地之靈，端方秀睿，燿諸德藝，天下祝其萬年，以遺楷式，乃不登於下壽。其精華之所藴蓄，固宜有未盡也。殁而歸諸大造，必且爲神靈，精爽昭著，或體物而示象，蓋理所宜有，無足怪者。譬之椒蘭之澤，漸物成芳，嘉種下腐〔三〕，蒸且爲菌，謂公之靈不能爲此，豈達於天人之際者乎？或曰：圖書爲祥大矣，是固非祥也與？夫祥以和致，大者關百世，其次天下，其次家國，未有徒至焉者。謂是爲公家之祥固宜。」

璘特本其徵見者爲之記，餘則不暇論也。

【校勘記】

〔一〕「奇」，文淵閣本作「倚」。

〔二〕「矯」，文淵閣本作「嬌」。

〔三〕「腐」，文淵閣本作「符」。

東山君記

靖江某王幾世孫中尉君生有雅抱，好巖壑幽勝之事。嘗拄笏望國東諸山，曰：「吾几席巖巒，飲啖煙霞，足了一生。」賓客相從者因號曰「東山君」，無涯子孟洋爲來請記。

璘曰：「善哉，東山君之心足以保其家國矣！三代之際，同姓伯叔夾輔王室，功登太常，名施到今。當其時，鞠躬戮力，奔走附疏于王所，罔敢或豫。周公，大聖人也。行有不合，坐思待旦，以致其勤，況其它乎？自漢以後，因事更制，同姓有國者，皆令縣官治其事，諸王食租衣税而已，國家持此隆親，親制海内，得以兩全。由是，宗戚之功烈罕見于世，賢者無所于施，率篤意于古書、雅樂、泉石、圖畫之事，蓋專一其好，以禁其邪心，抑其勢然也。東山君居宗室藩輔之尊，錦衣玉食，其爲可樂者甚衆，而獨樂乎此，可謂能自擇矣。夫爲可爲於可爲之時，以效其功忠也，其致智也；樂可樂於可樂之地，以謹其度智也，其致忠也。智且忠，庶乎君子之道，而永保其國家矣，君不既賢矣乎？吾又聞君讀古書，樂琴瑟，與賓客賦詩，恒絶出。若是，則東山之樂，由其中，不由其外，益可重也已。」是爲記。

曲林祠堂記

夫祠者，盡敬致報之道也。曹子何爲生有祠哉？厚施於弟，其弟即所樂之曲林，俎豆而奉之，所以致報，且垂諸後也。傳曰：「鄉先生祠於社。」禮固宜然與，且曹子何樂乎曲林？曲林者，陶隱居之故棲也。曹子抗霞外之志，方赫赫爲御史時，即懷引退，覩中館遺墟，萃三茆之勝，遂購而有之。于時雖未獲周旋其中，恒寤寐在是矣，故自稱曰曲林子。仲氏曰：「吾伯子之樂具是，則像焉以寓其志，因而傳之百世，願無替也。」

君子謂之禮何與？夫祠之繫於典法也，親親尊尊賢賢，必有居也。故祖考祠於所生，鬼神祠於所主，聖哲祠於所法，皆以致報而盡敬，禮之經也。其大者也，達而廣之，其等雖有差，苟無傷於教，亦猶典也。故曰禮可以義起，豈天造地設而致然乎？

夫曹子之居家也，事父母孝，處兄弟友。弟某少孤，鞠育成就，恩至篤厚。嘗有危疾，輒潛禱於茅君，願損年以延弟，余前所謂厚施者指此。推而及諸族，則捐金以卹貧，置田以廣義，立家約以戒不淑，由是同姓之親，無不歸其德者。其爲御史，脩職之所宜，言人之所訥，其所劾巡按不職及輔臣誤國二事尤峻直。無何，陞廣西按察僉事，乃覼然笑曰：「吾言果不當然耶？吾不以曲林易惠文也。」遂挂冠歸，益修睦族厚鄉之義，由是一邑之人，無不歸其德者，此所謂鄉先生之行也。

故曰：祠之亦典也。夫末俗繁文亦衆矣，事有出於情實，附於禮經，可以奬善興仁，昭諸來世，固先王之所不廢，又安取於刻覈之議乎？此余所以記祠堂意也。

曹子名銓，字時範，句容人。登正德戊辰進士，事孝、武二宗。今壽考居于曲林。

迎敕軒記

軒何從名？侈榮也。榮不可侈，樂乎親，雖侈奚病？唯天子踐祚之歲，敕秋官大夫三衢方子豪平讞齊、魯之獄，七越月而牘具。既郵報内庭，乃取道歸省其封君，煌煌鸞書，昭賁里閈，而華構適成。封君歡然喜曰：「歸來乎，兒生斯氓耳〔一〕？乃斯士耳。今兹還也，乘大夫之車，爲天子命，使司祥刑，功澤溥洽，儀觀韡燁，乃若以蓬藋之室，迎金泥之書，藏之篋笥，方氏不大有榮乎？善乎，張柱叟名吾軒，吾無敢辭也。」姑蘇顧璘記曰：

若生子，教之義方，貴有成也。若考在遠而從任，貴有榮也。夫豈特軒冕旌鉞之飾以耀諸觀瞻，要亦有名德之實，以爲之本耳。本具矣，以飾則華，而歆豔者衆。苟無其本，雖飾何觀。今大夫有才焉以濟繁，有文焉以昭遠，有節焉以立軌，有識焉以明刑，有仁焉以惠衆。五者不愆，而守之良易，謙卑之懿可謂具矣。故宦成名立，不愧乎其親也；食不浮德，不愧乎其官也；肯堂有終，不愧乎其居也；推孝達忠，不愧乎其事也。率五本以遂四安，斯軒之名，祇見其榮耳，何嫌於侈乎？璘不佞，請書爲記。

【校勘記】

〔一〕「氓」，文淵閣本作「泯」。

晚静閣記

璘自開封謫湘源，過故鄉，訪九峰徵君徐子仁，游于曲池之上。仲秋水澄，芙蕖菱藻，靚麗可悦。有閣屹起，梁而登焉，淵沕無塵，坐語忘返，閣名「晚静」。客有誦工部之詩曰：「君淹留嘉賓於此邪？」君曰：「然，抑有寓也。」屬璘記之。璘曰：

夫日出爲旦，旦則興，是故動静分焉；日中爲午，午則事，是故吉凶生焉；日入爲晚，晚則息，是故憂樂泯焉。息也者，静也。此天地之定氣，人之所歸也。

君自少濯礪文行，志當世之務，年未三十，名滿人耳。又好工諸家書，超古蹊徑。海内好事者，操金幣及門，幾絶其限，駸駸乎嚮于動矣。深嫉巧毁之人，從而媒蘖厲階，競以禍君。君曰：「吾早不爲馬少游，幾與柳子厚、蘇子瞻爲犬馬矣。苟不止，且覆吾宗。」遂杜門息交，絶意斯世，蒐蘿前聞，以藻術業。及今二十餘年，道明心愉，養和守固，家之所儲，悉以輯池觀草木之玩，日與賓客從容其中，不出軒序而具山林之樂，不鏤鼎彝而獲百世之名，孰非静所得乎？宜哉，益樂於晚，且咎其往也。君曰：「静乎静乎，不撓吾精，不匱吾神，吾斯與歸矣。又何用役役輿馬之間，與造物爲奴隸也？」

夫璘方躓於動，有離群遠適之戚，慕君之志，遂書是言於閣，以訂終好。

來雨軒記

知山君有軒居叢竹之間曰「來雨」，東橋子游而息，仰天而嘯，曰：「事有同行而異情，知山君於杜子，果若是同乎，抑亦何校於客也？昔杜子四十無位，卧病長安，賓客棄遺，青苔及榻，故閉門竊歎。其客曰：『舊雨來，今雨不來。』誠有感於貴賤之際也。」

知山君二十賓興，三十登庸，入金閨，司衮職，日月獻納，功加上下，丈夫康濟之願，庶幾焉盡之。一拂其衷，解帶脱綬，退歸故鄉。家本公族，兼素侯之奉，崇禮範，飾藻業，傳之雲仍。及其暇日，則旁究彭籛之學，期與大化終始。由斯言之，進亦樂，退亦樂，非所語於盛衰者，非唯客莫擇君，君且將擇客矣。故客唯其人，則命駕以訪，置驛以迎，唯所施報，無乎不可。苟非其人，雖閉户以拒可也，又何校於其來？若杜子之歎，非所以歎君也，皆翟公罷官書，門人多狹其語。

余請署君軒扉曰：「嘉客雨來，幽軒洞開。惡客來雨，吾莫爾主。一闔一開，乃適予懷。一納一拒，道固其所。」君愕然曰：「有是哉！」相顧大笑，記壁而别。

介壽堂記

東橋子請養于田。初，問諸南原子曰：「璘去閭里久矣，年鈞以上，則舊所周旋也已，誰哉後之英乎？」南原子曰：「庠序之間，彬彬如也，蓋多有其人焉。有若陳生鳳者，秀而淵，粲而且理，可語於游、夏之業矣。」

居無何，陳生執經奉贄，盤辟以造吾門，乃與之講道析疑，踰年而不懈。沛然若決江河，下注而不止也；森然若陳武庫，矛戟畢見而神惴肅也。表吾國者，其鳳也乎？問嘗請曰：「鳳也有父，行年七十。孝義敦固，鄉黨稱逸老焉。褐衣藿食，無斗粟之奉，鳳也恥之。乃築室於淮水之上、虹橋之東，藝圃而蔬，樹菓而薦，潔爾肴漿，怡爾昕夕，將適吾親以解于鳳之私，同門之士號其堂曰『介壽』，夫子其何以教之？」

東橋子曰：「異哉，二三子之壽人親也，抑視諸眉睫之間哉？夫孝子之事親也，脩之以德義，和之以心志，敷之以文辭。夫然後功烈以表之，名譽以昭之，故能保其爵禄而大其家邦，此之謂盛節。此之不務，必曰華宮侈服、旨味備物以爲養，是猶養生者遺其精神、理其藥石者也，安在其知輕重之分乎？生也天下之才也，基道構藝，何脩而不至，以是介諸逸老之壽，雖曾、閔之行，其何以加于此，二三子顧以爲遠乎？」璘不佞，願書以勖，非敢竊比于孔氏也。

中白記

永嘉王生偉立築巖洞而居之，内含石耀，外映天光，榜曰「中白」，國人遂稱曰

「中白子」。問義於松塢山人，山人曰：「白者，無色之謂，又分辯也。中不可以言色，其無欲乎？無欲則清，清則辯。天下之物，如别黑白，奚有於差謬乎？要不越乎是非邪正兩端而已。辯乎此，則所執必中，所由必義，道自己出矣，夫無欲亦難矣乎？學之道一曰審義，二曰信命。如知夫是非邪正，如薰臭之不可亂，則凡天下之所同惡者，皆不妄爲矣；如知夫富貴貧賤，如寒暑之不可强，則凡天下之所不可希者，皆不妄思矣〔一〕。爲無妄爲，思無妄思，幾無欲矣，中不既白矣乎？中白，則外自辯矣。易曰：『敬以直内，義以方外。』其斯之謂歟？」偉立曰：「謹受教。」

【校勘記】

〔一〕「妄」，原作「忘」，據文淵閣本改。

南可堂記

英德朱君道叔佐予守全，悃愊無華，能外得失以自適。予與之深，嘗屬予曰：「吾英在嶺南，多佳山水，山有奇石，天下致以爲玩。某家邑南有堂三間，得地之勝。吾往年罷官家居，角巾宴坐，隱几而觀之，凡漁舟雁鶩，煙雲竹樹，舉不出軒序，而見諸目睫，因名『南可』，先生幸記之。」

余曰：「凡物當其理之謂可，適情者亦云。然理寓於物，故一定而不可易；情發於吾心，隨所寓而無不得，奚以南北云乎？故情有所適，則環堵蓬蒿，浩然與天地萬物周游上下，凡山川魚鳥之類，悉吾玩具，要不足爲有無也。若有所累，則雖山川映發於前後，魚鳥出没於左右，猶置牆壁之中，一無見矣。乃若吾子之情，沖夷澹泊，雖無是堂與英之山川魚鳥，固樂也。顧獨以南爲可，不亦狹乎？」

君答曰：「余固即所居者言之也，使吾居果北，或且東西也，余安得不以爲可乎？」余乃囅然大笑曰：「達人遺物，至樂無方，所寓則殊，不失吾常。彼擇地而居，待備而足者，烏足以知吾黨之情？」

重脩湘山柴侯廟記

湘山之東有柴侯廟，代著靈應，郡祀之嚴。兵荒以來，廟圮不治，大宗伯蔣公讀禮時始捐金，率鄉人輯之。予至之明年，廟成，具狀請記。予典侯祀，夫將安辭。

侯之靈應，前志多傳之，是以不論，論其所由神。夫天地間一氣而已，幽爲鬼神，明爲吾人。嶽瀆山川，氣之所聚，必有精也，是之謂神。猶血氣生人，而精發乎其心也。人之死也，氣反爲鬼。聰明强正，則魂魄之精合于大化，妙應而不泯，亦猶嶽瀆山川之神，無形而有靈也。故古者忠孝義烈之士，其死往往著神應於世，吾於柴侯，夫何疑乎哉？

按志，侯仕唐守邢州，棄官來居覆釜山，從寂照法師，脩無爲之道，没而爲神，民祠至今。要其避世捐榮利，必有大過人者。志又稱郡人初作侯廟時，有巨人至，引掌自言，嘗用此掌鼓衆，遏黄河逆流。夫邢，黄河迤北郡也，豈侯任官時有治水績邪？傳曰：「用物精多，則魂魄强。」其此之謂歟？宜其精爽神應，與湘山之靈恒洋洋也。廟本在大陂，宋隆興元年，敕賜顯祐廟。嘉定十一年，復封爲威信侯，此固其行祠。今號曰湘山柴侯廟，其曰湘山王者，則法師遺文所稱述者也。凡今次輯廟姓名并金穀之目，具刻于碑陰。

息園存稿文卷五

墓銘

浙江按察副使李君師文墓誌銘

嘉靖二載甲申夏四月十日，浙江按察司副使李君師文按部于定海暴卒。踰旬，訃至南京，余往哭於其家，仰天呼曰：「國之貞臣也，命止此乎！」

初，李君爲御史，當正德初，太監劉瑾等始亂國紀。君抗章請誅，犯衆怒，矯詔繫錦衣獄，庭撲三十，罷歸，髀肉盡銷，不死，瑾猶銜之。踰年，復擿舊牘，得君名，文致微過，詔於南京，庭撲五十。囊舉而出，人謂死矣，已而膚附骨生，竟活。意其有神相乎？瑾伏誅，廢者率起，君獨以先擊刺貴要多，抑不得用，家居一十六年。

今上御極，乃起之守饒，甫遷今官，遽已。嗚呼，君得氣之貞，會命之厄，人將奈何哉！君將葬，葬宜有銘，余事也。且金君明卿列狀至，乃序而銘之。

君諱熙，師文其字也，先世蘇人，入國朝始爲上元人。父昊，浙江布政司左參議。母王氏，繼母趙氏，俱恭人。君清夷簡重，才行脩美，孝於親，友于兄弟，交友以胸臆。初，仕爲將樂令，不以少而鋭。既起守饒，不以廢而倦。意所注錯，準古條格。去官之日，玩無奇石，器無精瓷，君子曰廉。爲御史，居桑梓之間，執憲行法，親戚無敢請謁。居家時，杜門息交，雖公卿存訪，僅一往謝而已。居飲虹橋側，時輩稱曰飲虹先生，亦況其負氣而善藏也。喜賦詩，所存有尚友集、明農稿。初娶羅氏，贈孺人，參議羅公仲祥女，明慧柔則，既貴而殁。生一女，適明卿子昆。繼娶王氏，封孺人。無子，以其弟默之子瑞爲之後。君生于天順乙酉某月某日，生三十一年，登弘治丙辰進士第，今年甫六十爾，壽邪夭邪？葬在鳳西鄉李家庫祖塋之次。銘曰：

爲龍爲蛇，有列者存。匪氣斯幹，而道則根。靈光融融，視諸墓門。

陝西按察副使徐公墓誌銘

嘉靖辛卯秋八月，璘休居，有鳳陽徐氏兩生來謁。視狀，則故同榜徐公兒也。與之坐，問其家，僅僅度歲。蓋廉吏子孫，率然無足怪者。已而起拜，出其從兄進士行健所撰尊公行狀及維揚鄉進士馬君馴所撰傳，請曰：「於是大人歿且葬十有八年矣，墓尚未銘，凡以恕等弱且窶，故遲遲殆今。」嗚呼！徐公在吾榜特著，尤推心於璘。矧其子孝思若此，銘安忍辭。敍曰：

公名聯，字成章，長淮衛人。其先本南豐人，曾祖梅始籍於衛。父景春，以功陞百户，進階武略將軍。嫡母李氏，母高氏生公。沉毅簡遠，學詩補郡學生。弘治乙卯舉鄉試，丙辰第進士。言必法，行必端，不苟交接，爲衆嚴憚。拜南京大理寺左評事，明習法比，獄多平反。嘗率同官劾罷刑曹舞智亂法者，一時無敢故高下手。歷九載，轉左寺副，尋遷右寺正。乙丑陞河南按察僉事，整理信陽兵備。其地當四省交會，多山谷，盜匿爲奸。公静鎮仁煦，察見善惡，不知難治。以母喪去位，百姓遮泣，郡縣致賻，咸不受。己巳服闋，復授前職。得巨盜，盜賂鎮守太監廖堂求脱，公執不變。廖欲中以他禍，竟不得間而止。陞陝西布政司右參議。時吏部尚書張綵當權，有欲爲營私第者，假官政檄取帑積，公擲地不從。陞按察副使，理肅州兵備。適有邊警，乃置家口於鞏昌，單騎即戎，指授方略，虜不敢近。由是謹斥堠，厚糗餔〔一〕，精簡閲，軍聲大振。乃禁諸將侵漁，及絶入貢哈密、土魯番諸夷私覿，内外帖服。方經畫遠圖，辛未得瘖疾，遂乞致仕。清修苦節，視平時加峻。居五年，卒于家。蓋正德乙亥九月九日也，年五十有七。

公爲人孝友忠信，篤厚倫理。喪嫡母，毁瘠如喪武略公時。少受學從兄訓導公海，終身師事維謹。同母兄繼以詿誤戍威遠，公遇於逆旅，畢力贍護，攜其子女赴官教育，子即行健也。及請老歸，復遜故居，與兄友愛益篤。寡嗜好，仕宦垂二十年，圖書之外無長物，每去任，凡有司器什，必按籍檢還。信陽嘗有小罌貯藥，出藥還之。爲文有典，則晚益深造，非御公牘，手不釋卷，所著有畏齋稿若干卷藏于家。娶田氏，封孺人。側室張氏、倪氏。三子，孟行恕、仲行義皆府學生，季行己。三女，其二適陶鎮、沙柏，一尚幼。嗚呼！天下之業成于志節，顧世不易得，吾榜得公，乃不踐公輔，竟廢于疾，天何可詰哉！用是歃泣銘之。銘曰：

孰鑄大鼎，庸烹小鮮。中道而顛，又孰使然。以欽以悼，千載之下，咸視斯阡。

【校勘記】

〔一〕「餔」，金陵叢書本作「粮」。

武略將軍劉公墓誌銘

武略將軍劉公者，西安知府劉君麟之父也。初，璘與劉君舉進士，俱弱冠，竊見劉君行己若處女，應事若大人，上書言事，犯天子顔色，馳其聲于四方，心甚偉之。一日，得拜將軍于邸舍，論議諤諤，禮甚恭下，其教束劉君，猶若社師導蒙兒然者。退乃即劉君問故，君曰：「大人教家固嚴。麟生五六歲，即置膝上，口授古詩及古名言，步趨必準規矩。成童授四書史略，廢課限即笞。大人早備行伍，每四鼓輒起坐，讀所録將鑑，即呼麟起立，誦所授書。聞教場鼓節嚴，乃進糲飯，率三四器，即躍馬去，歸必冠帶。不入市肆飲，或月一肉食而已。母無故不令歸寧，麟無故不廢書，不入于市，諸女無故不聞户外。麟未就外傅、諸女未適人時，凡市井果餌器什，不識也。」璘歎曰：「有以哉，無惑乎劉君生世胄，獨褎然也。」竟相與爲莫逆交。正德辛未，璘守開封，劉公守西安，忽徒跣過郡舍，哭且拜曰：「吾大人亡矣，今奔葬，需子爲銘。」時大盜劉六亂境内，璘方治軍旅，未遑也。越二年，謫全州，乃得承命。

按狀：公諱蒼，字伯春，行春一。先世本南陽白水人，宋開寶中有諱正卿者，依兄興仁監正常卿來家安仁，始爲饒人。傳五世，至俊康行康三者，洪武中率萬人來歸高皇帝，命爲山西朔州衛正千户。傳孟庸，失之。孟庸子甫復以武功授副千户，改南京鷹揚衛。卒無嗣，以孟庸弟孟雅孫曰輔、曰翼、曰亹者遞繼。亹即公父，生公九歲見背。公自安仁來授官，十五入武學，能讀孫、吴諸家兵法，學趙松雪書，食禄五十年，不聞其過。務行長厚，僚佐有文軍糧誤浮本數當抵法，君適不與，乃自補署文案。事白，人異其故，公曰：「某素謹，且吾兒方稱奉法吏，人信爲誤，若諸君何以自白？」嘗督軍採官冰，天未別色，一人或仆冰間，衆不避，蹂踐幾絶，公遮絶挽活之。又嘗得遺牒于途，乃遠方人入糧户部所給者，公往候其處。三日，一人號頓至，且曰：「某家坐此死獄者五六人矣，復失，奈何？」公還牒，其人出金帛，謝不受。成國莊簡公守南京，置公幕下，記校將吏功過，黜陟咸當，人莫知其由。

公終廣洋衛副千户，誥封武略將軍。初娶胡，無子卒。繼娶蔣，亦先卒，江陰衛指揮忠之女，生子一，即麟，娶南莊公主曾孫女。胡女三，長適南京留守後衛指揮楊泰，次適南京國子監孫助教長子遷，次適福建按察司彭僉事長子慎之。繼娶曳，生子一，曰鳳。女二，俱未婚。孫女一，聘兵科周給事中長子詩。孫男一，曰牖，聘長興處士吴琉孫女。公生正統甲子二月十有三日，卒于正德辛未八月十日。其葬也，以壬申六月十有八日，墓在吴興夏駕山石鼓之南第三隴上。銘曰：

維蘭有華，爰視其根。維豹孔武，乃變于文。矯矯虎臣，善飾其身。復淑其後昆，名以永存，式昌其門。

明故仁和縣令陳公墓誌銘

顧璘曰：甚哉，郡邑吏之鮮才也。理棼以達，惠窮以仁，勝侮以强，剗蠹以廉，四者備而後無闕職矣，何其艱哉！若吾鄉仁和縣令陳公，豈不濯濯然稱乎是已。仁和居東南都會，財賦重困，且附省城，藩臬司臨轄，使者道出，旁午迓見，廚傳之節，率日數番未厭。公爲令，戴星出入，案無停判。然篤意愛民，不以毁譽禍福置慮，雖政出監司，有戾民者，必請更令。歲旱，請減民租什五。監司曰：「二亦足矣。」公曰：「災應如此，奈何厲民以豐國乎？」卒守前議。方冬，發民築海隄，民多凍死。公曰：「邀遠利以蹙近害，民何以堪？」遂罷役。有權璫至杭脩梵教，謬聲張爲侵斂，公執義辯折，竟免濫耗。其它政由己出者，悉豈弟有則，協於群心。踰年政成，野有歌頌。乃興庠序之教，毁尼舍，增飾學宫，建社學十許所，導迪詳至，禮俗日振。凡御史歲巡，罔不旌禮之。嘗上御史吴公一貫時政十二事，曰愛民力、正風俗、崇節義、戒侈靡、惠良善、屏豪惡、育人材、厚彝倫、懼刑罰、長仁愛、謹出納、清囹圄，蓋推己效之績達諸人人。吴公薦之銓司，將擢華要，忌者以飛語中公，遂去位。乃買田南郭，竄迹養恬，終身不言仕進之事，殆今老且卒矣。嗚呼！民失父母久矣，有良如公，而卒莫大施，天固靳王澤於斯人耶？何其不幸也。卒之六月，將葬，其子府持鄉進士李曉狀，丐銘于璘，其何辭。

按狀：公諱榮，字仲仁，其先括蒼人。始祖朴，元湖州路通判。二世祖德一，元中書省丞。高祖尹嘉，國初贈奉天觀察使。曾祖道成，湖廣左布政使。祖某，以閭右實京師，始爲上元人。考某，妣吉氏。公生而穎異，器幹偉岸，爲諸生即有令聞。中成化甲午鄉試，拜斯職。孝友恭信，孚于内外。配張氏，克謹婦德。子男二：長即府，張出，今年中禮部高第，值公喪，歸娶鹽運副使李公用文女；次庭，側室高出，娶鬱林守王公勛女。女四：伯適刑部左侍郎朱公銓孫雲，先逝；仲適撫寧尹徐公夢麟子鳴璵；叔適御史鄒公子轉；季早逝。孫男二：長南齡，娶羅氏；次東齡，娶童氏。公生正統丁卯二月一日，卒于正德庚辰四月二十三日，年七十有四，墓在李家庫山之陽，從先兆也。銘曰：

有龍矯兮，欻沛而雨。帝慳澤兮，中乃處。靈之藏兮，今返其所。茂士怏怏兮，惋爾中古。

故崇府左長史黄君元質墓誌銘

君諱琮，元質其字也。先世本撫州樂安人，系出山谷後裔。大父伯夷公，有四丈夫子，其季曰度浩，君父也。娶柳氏，居樂安，既生二子，曰瓊，曰瑛。成化間，應閭右之役來南京，觀都會豐熾，曰：「此弗宜居乎？」乃附籍上元。已而曰：「吾忘吾鄉乎？」仍號「望雲」以見志。故上元之黄氏自公始。

居六載而生君，穎秀絶出，逸而多韻，補應天府學弟子員。間作平蠻、金陵二賦，文譽騰起。舉弘治乙丑進士，遣纂脩湖省孝宗實録，歸拜青田令。時逆瑾擅國，秕政蔓作，君舉意高遠，不規規與俗俯仰。遭忌，謫長樂學諭，劃然歎曰：「所不足於縣令者，果予也。夫教，吾所樂也。」乃陞堂講授，期以其學傳諸弟子。及瑾誅，吏部檄君爲郯城令。時盜寇山東，城惡弗可備。君至二十日而塹成。又三十有四日，門圜完，民恃無恐。謂山東之困弊於馬，著馬政二篇行於官。作問官，祠祀孔子及郯子，自爲記，大抵欲學者知孔子之聖由問學至也。陞横州守，益練牧惠之體，民無隱瘼。得秦少游海棠橋址於荒墟，乃拓置堂宇，以風起夷俗。擢拜岷府左長史，以柳夫人年高，再疏乞養。侍奉之暇，灌園藝圃，泊如也。及柳夫人卒，致哀盡禮且痛。

望雲公先喪時，貧不得爲悅，合窆爲若堂之封。服闋，值今上繼統，謂王傅宜重，故君復有崇府之命。方抉汙振頹，輸其嘉猷，昊天弗吊，中道摧殞。嗚呼哀哉！夫文與政弗兼久矣，君抽思則藻，展事則練，其可謂通才者與？然用不副才，年不副用，斯天之靳也，唯文熚熚可以永世。所遺詩文若干集，曰宗説，曰求志稿，曰行義稿，曰楚征日録，曰青田稿，曰謫遊稿，曰郯城稿，曰嶺南日課，曰續課，曰東歸稿，曰乞養堂稿。生于成化庚寅十二月十九日，卒則嘉靖甲申二月十七日也。配燕氏。子二：伯畊，娶任氏；仲牧，娶丁氏。能世其學。女三：孟適張昂，仲適江鎧，季尚幼。孫男二。其子自汝陽奉柩還上元，卜今年月日將葬君於夾岡祖塋之次，乃持尉氏學諭丁孔章狀乞銘于余。余不得哭君，殯葬而銘也，奚其辭。銘曰：

駿乎駿乎踽靡馳，銜以瑶珥爲世儀，斯名允嘉千祀垂。

攝泉隱君許彦明墓誌銘

彦明許隱君，耿介沉默，處富不盈，居賤不詘，人鮮與合，獨與姑蘇文徵仲、南都陳魯南、王欽佩及余四人爲密友。四人者亦愛隱君，無他，樂爲傾倒，時時賦詠相酬和，攄展情素，不相較淺深工拙也。其子穀從余游，嘉靖乙未舉禮部第一，聲動海内。南都公卿貴人咸走賀隱君，隱君唯唯，無幾微矜張色，莫不擬其福量之遠。乃丙申六月，疽發之背，却藥安卧。家人强之醫，則曰：「我命在天，不在醫數。誠盡藥，將奈何？」比劇，自制棺，起卧其上，曰：「牀第，暫也，依此爲長。」召魯南及余訣别，但言負負無可報，了不及他事。遺穀書曰：「我亡如風月清明，絶無罣礙。居官當師古人，喪葬從儉，亦無他辭。」是月二十二日竟卒，得年六十有八。嗚呼，不暱生，不戚死，可不謂達也乎哉！踰三月，穀歸自京師，哀且定，卜丁酉正月二十二日葬隱君於安德鄉王家山祖墓之次。持御史謝君少南狀乞余爲銘，徵仲書，石魯南篆題其蓋，並先好也。遂不辭爲之。敍曰：

許氏，本福建侯官人。國初徙實京師，始占上元縣籍，今爲南都人。父榮，讀書精醫卜，樸直成德。母黄氏，生隱君，克肖焉。君名鏜，彦明其字也。外龐中理，事父母，能備色養，堂室几杖，必適所欲。二老並壽，與樂俱終。伯兄不事生産，積逋見困，力爲償復，略無顧吝。寡姊貧，迎歸奉終，厚其殮葬。其他姻屬賴以生死者尚衆，故終老無餘貲。平生不言人過，雖遭侮謗，不兢不怒。謀事精慎，不失人任。雅好山水，金陵名勝無不至。樂與禪宿游，清齋玄論，坐以終日。嘗因事南游三茅、虎丘，以躡武林，汎西湖。北渡淮涉沛，歷齊、魯至燕，覽西山諸陵之概，賦奇吊古，往往寄懷其間。登攝山，愛其泉，因自號「攝泉居士」，樂養生也。晚乃買田東海上，期扁舟往來，效張志和、陸魯望之樂，孰知一試遽止耶！詩務道情，不爲奇險語，曰：「作室不固基而繡其棁節，非吾所能。」有嘉會齋稿若干卷藏于家。欽佩嘗曰：「昔韋中有瀟散閒曠之趣者，僅一攝泉。」今亡矣，吾黨哀可知已。初配汪氏，繼賈氏。生子男一，即穀，初授户部主事，旋改禮部。女一，適福建布政司經歷王君經之子延祚。孫男四：曰恒吉、元吉、貞吉、逢吉，貞吉三歲而夭。銘曰：

唯仕匪易，隱也亦難。不亢不隨，居道之間。有翹者男，載振其翰，泉室其永安。

明故鄉貢進士張唯忠墓誌銘

張君唯忠，諱翊，本姑蘇長洲人也。洪武初，易置海内編户，徙其先世於上元，遂爲京師人。君以上四世皆善人，不顯。父諱晟，倜儻有風誼，嘗憤憤思大其家，謂儒者取青紫在詩書，非真天人也，吾老矣，責在兒輩。乃大購古書，藏於家。君性沈遠，知父志，力脩學業，能讀歷代史記及國朝典故。居常非定省及父召，不逾户限。或出過市，里人不識爲張氏子也。家本在市，凡俚語玩劇，一切不通曉。每對客自尋奥義，謾不知客語云何，唯唯而已，人多以爲癡。嘗從司勳陳宗之受尚書。

弘治甲子，以應天儒學弟子員中鄉試，再上禮部，不偶。其勤學，在館如家，在舟如館，不奪於可欲。及家，家人問京國事與所過城邑，皆不知也。試事大理，日取獄案勘詳輕重曰：「用世貴知律，否則腐學究耳。」其學雖天文、地理、星卜、草木之書無不涉獵，非以干禄爲也。今年夏，夢神語曰：「金公請作調。」覺而愀然曰：「金，秋氣也，調與吊同音，秋人將吊我邪？」一日往别墅，有自城中來者曰：「某坊火。」君曰：「吾里也，恐燬吾萬卷。」急馳馬歸，馬羸多頓，遂得疾，竟以九月六日卒，生纔二十七年而已。

嘗補蘇伯修名臣事略缺遺，纂定元名臣言行録四卷，又采宋史臨莫大臣之禮爲一編，曰臨莫録，示大臣宜厚也。夫六籍道衰，學者率汩意於利禄，自子夏高弟且曰「出見紛華盛麗而喜」，況下者乎？唯忠五歲露芒穎，太常陳公師召呼爲德美而不名。七歲屬對過人，十三知讀書，二十二舉鄉進士。世所嘗言，聰明者易流，而君恂恂謹愿如此，豈所謂篤信好學者非邪？惜乎！未見其止也。母周氏，前母羅氏，配鄭氏，與君居年久耳，熟文義，至能屬辭。男曰鶴齡，女曰淑賢，皆幼。君疾革，遺言屬執友陳魯南爲狀。十月某日，將葬君于建業鄉張家山之原，其弟翱持狀來請銘。銘曰：

顔氏好學，以夭終也。噫！兹有同志，夭復同也。噫！豈曰斯道，不可宗也。噫！天乎天乎，莫得而窮也。噫！

華亭何隱君墓誌銘

余前耕秦淮之陽，聞華亭柘林有兩何生出，曰良俊、良傅，文詞爛然，如晉二陸氏，四方驚且豔之。余曰：「柘林下里安得生異材如此乎？」華亭人曰：何氏，故法家。勝國末，有名某者，判雷州。國初，其弟廣爲御史，有聲殿中。歸徙去上海，餘子孫留華亭陶宅里。傳四世，曰復者，贅柘林李氏，生泉，以剛方見憚。生二子，長宗胤，次宗本。長君淵塞善謀畫，次君倜儻，籌策有文理，内外夾助，騰起鄉邑中爲豪雄人。然不獲遇合，展拓才抱。故教二子以儒發科，非徒其資異也。未幾，兩生以文學優等拔貢，入國子監。朝夕過從吾廬，知其賢益審。今年二月，良俊衰絰來見，且乞銘其父墓，余何能逆。良俊實次君生，而以爲後於兄。

按狀：君諱嗣，宗胤其字也。兄弟相友愛。初，次君氣軒舉，意狹柘林，莫肯居。君曰：「自曾大夫徙此，雖未有恢廓，世不墜義問。兹土南負海，北枕廣原，種藝不憚水旱，且魚鹽可賈，民俗椎魯，易興事見功。吾兄弟拮据其間，何患不大？」於是殖豐美田産，多買奴僕，芟辟灌莽，廣其水利，無風雨寒暑，身自臨視，其下人人效功能，生息遂十倍于昔。乃構堂宇，立廟寢，參準古禮，脩喪葬嫁娶、燕聚問遺之儀。自是華亭人稱柘林爲仁里，郡中賢豪及隱淪之徒聞隱君兄弟名，争來内交。賢者得合，不賢者多見却謝，亦不怨。次君又好圖史、小學諸家，好事者亦多游從，時時具酒食相歡樂不倦。咸爲語曰：「人中磊砢有二何。」又曰：「仲子英英標出長。」

公好顧養貧乏，遠近待以舉火者凡若干室，舉貸度不能償，輒毁其券。嘗督里中賦，里中人稱平。見禮於郡公與縣大夫，時輩莫敢敵等。年踰五十，輒歎曰：「死生旦暮耳，政使百年，吾已過强半矣，安能傴窄自苦以需短漏乎？」於是寶儉守默，或終日無一言，自稱曰「訥軒老人」，惟種樹養魚，自怡而已。郡公延鄉飲，及奉詔加力田冠服，皆不就。兄弟未嘗異財，見子孫既長，乃曰：「木大則支，水溢則別，吾不忍子孫他日有言。」乃營别室處良俊，令良傅與其兄良佐居舊宅。

比疾劇，遺令良俊曰：「施德自親，廣愛惟衆，善睦父母之族及姑姊妹之家，毋虐僮僕。此外，賓里鄰，敬長老，不皎皎先物，吾目瞑矣。」良俊涕泣拜承教。越數日卒，寔嘉靖乙未九月二十日，享年七十有九。配張氏，不愧其儷，生三女，其婿爲費勉、俞介、褚悦。初育翁氏甥賓爲子，先卒。良俊實母側室衛氏，又育次君一女，適顧應録。孫男五：懋學、懋才、懋德，賓出；玄、白，良俊出。白繼良佐之後，即其家友睦可見已。君以卒之年十二月二十八日，葬于半岡東祖塋之次，逮今丁酉春三月朔，始克銘之。銘曰：

不落落爲奇，居賤而身弗卑。究其報，視其兒。墓前孔道何逶迤，後若干歲石馬施。

陳府君亨父孺人王氏合葬墓銘

府君諱蒙，字亨父，其先汴人，徙吴爲吴縣人，以醫鳴。自從父太保公鎰、從弟按察僎貴，屹爲望族。曾祖佶，祖澇。澇二子，考權，妣張氏。府君實生於伯校，而爲後於權。體貌魁岸，夷朗有大度。少孤，生業中落。弱冠後，即拮据振起其家。遭疾病訟獄，與諸讒怨叢集，撥捩排抵，氣益安裕。里中長老人驚曰：「此陳氏巨棟！」既累資至萬金，乃笑曰：「吾分素薄，安用厚藏以媒禍乎？」於是内脩仁讓，外重交結，不復以積貯爲意。布衣逶迤，退然若儒生，然好義重諾，翩翩國士之風也。没之日，其從弟文藝狀其行曰：

申嚴家廟祀規，特建太保公祠，刻其遺文。飾閭門，脩先墓，皆傾困爲族人倡。沉毅善謀，凡賢豪貴游，樂與談議，守宰見之必禮。至去，爲公卿，猶問遺不絶。嘗監脩郡縣學，并建金鄉侯祠，如營居室，用闕輒自繼之，不言于官。以故學士歌焉鑿鑿，皆實録也。俗敝，無賢不肖皆有號，殊厭人。府君種梅别墅，亦自稱曰梅南主人，吴及四方人則樂稱曰梅南。梅南不舉其字，即知爲衆所好矣。素敬鬼神，歲己丑，往祠武當山，病歸，十日卒。若府君可謂善人矣，乃死于祀，將謂鬼神何哉？

孺人姓王氏，同邑望族，性嚴肅，内政嗃嗃，賓祭之奉，不煩府君，無不脩潔，先府君三年卒。府君生于成化庚寅六月十四日，以嘉靖己丑四月九日卒，享年六十。孺人生于某年某月某日，以某年某月某日卒，享年若干。子男一，曰鰲，温良可繼府君。末歲復得一男，命名曰埛。曰鰲，未有子，善育之，旋夭。女一，適錢帛。孫女三，長適劉琯，次受王科子有齡聘。鰲今生男一，曰實，爲府君冢孫。初，鰲於己丑十二月二十有二日，葬府君於吴山上金村新阡，即屬余以志銘。乃余憂病相仍，今五年矣，始克成諸，所恃府君知心，必不怏怏泉下也。銘曰：

脩於獨，聞於國。宜於人，甚於神。維兹玄宅，以永安乎二德。

樂稼火君國用墓誌銘

火君諱城，字國用，揚州人。倜儻有器度，家饒於財，能逡巡謙約以下儒生，諸儒生多與厚善。故太子中允景伯時自窮時相交知，數向余稱其爲人，余以伯時方貴，盛游者固自厚，不甚入心。比伯時卒，遺孤孑孑，門户衰落，曩時親昵人多不相往來，獨火君顧念益篤，時時遣人過江問遺，踰於生時。伯時有遺文數十卷，火君出百金梓行之，曰：「吾不忍故人精華遂殞於地。」此庶幾貴賤死生無替交態者乎！余與尚寶卿吕仲木敍景文，頗著其事，意傾愛之。乃嘉靖辛卯九月七日，火君卒，其孤鈞卜葬於甲午某月某日，乃奉户部右侍郎葉公狀乞銘于余。

按狀：君先世本朔北貴族，勝國時南徙，其支系居里皆莫詳。入國朝，高祖諱某，有翊從功，始授揚州衛左千户所副千户。傳至父晟，高才能官，晚進指揮僉事。母張氏，封宜人，有三男子，君爲仲。少無童心，長而豐顱重頷，儀觀凝整，沉機善慮。其父官政與諸族人外内事多咨決，人所難措畫，能數言盡其肯綮。由是名騰起徹大都，凡尊貴人及豪賢士，皆樂過從談議。

早賈鹺益富，視鹺賈華侈，慮不足善後，乃買湖田若干頃，躬蓖蔉穫刈之事，如農夫勤，自稱曰「樂稼」。或問曰：「君樂乃爲稼，抑稼而樂邪？」則笑答曰：「吾勤斯穫斯，妻孥食於斯，子孫業於斯，不知其它。」遂大書「足矣」二字揭于堂，示無他慕。

性損儉，篋無華衣，庖無兼肉，酒不甘味，居不飾采。嘗輸粟，膺冠服矣，非公謁，不施于身，唯治親喪葬務，周於禮。教子延師友，則歲費百金不愛，人咸服其豐儉有度也。又能憂人之憂，急人之急，族黨婚喪不能給，輒補其乏。嘗恨無位惠窮困，值江淮疫癘，乃合良藥施諸病者，全活甚衆，其仁心緒見類如此。

距生成化己丑十月十有五日，享年六十有五。配饒氏，繼張氏，林氏、劉氏、黄氏，鄔于孫，側室也。男子三：長鉞，先卒，娶葉氏；次即鈞，府學生，能力學待問，娶黄氏；次鎡，聘張氏。女三，婿太學生陳銓及喬堅、沈俸。孫男一，小字重陽保。孫女三，俱幼。墓在城西雙墩之原。銘曰：

履盈若虚，提提其居，家步用舒。友也崇義，乃敦既世，薄俗是厲。彼峨者墩，有閟其壙，昌于後昆。

明故隱翁姚用恒墓誌銘

姚氏，金陵著姓，先世本仁和人。明興，以閭右遷實京師，始爲上元人。初，文玉有弟文俊最良，二兄卒，身獨當户，家累萬金，恒自御布，素好施賑，人以匱急赴告，多寡無不應。以故義聲洋溢，都人號曰「三老」，士大夫稱曰「樸庵處士」，年殆百歲始殁。文敏生宗啓，以子源貴，贈南京中軍都督府經歷。隱翁實其次子，名淇，字用恒。少孤，奉母汪氏孀居，克篤孝愛。十歲治尚書，十二能文，最爲樸庵君所器愛。擇同里周彦清女妻之，與之對室居，朝夕規誨，三歲不聞夫婦步語聲，益知其謹厚。乃傳家政，令與其子宗旻共治之。翁持鉅貲商江、淮間，出納明慎，内外歸心。凡家婚喪，悉準禮法，不殉時好。克勤儉，廣恩義，無改樸庵之風。嘗植竹於庭，自稱侶竹翁，曰：「性直心虚，我庶無愧耳。」太僕王欽佩稱其有士行，司業景伯時謂爲姚氏白眉，邦人以爲確論。應天尹黄巖王公，正人也，特賓之鄉飲。

年八十有七，能於燭下作小楷，筆意清勁。寢疾彌留，言語不亂，臨終喻子孫扶掖，沐浴易服而逝，蓋嘉靖己丑九月二十八日。即隱翁所養若此，以考見樸庵家範之遺，姚氏之興，夫豈偶然乎哉？子男二：長桂，周出；次楫，側室汪氏出，今爲樸庵孫用深後。孫男四：曰勳，曰焕，曰燧，曰點，並穎秀，而焕早卒。孫女三：長適府學生羅楠，今寡；次適徐敔、譚翀，皆太學生，有文譽。曾孫男一，曰應壽；女一，尚幼。皆桂所生。楫孫男二，皆幼。將以是年十二月十四日，葬翁於安德鄉岙山祖塋之次，桂持户部員外郎楊君諫狀來丐余銘。乃銘曰：

姚之先，興以義。維良孫，紹其世。昭祖德，綏福履。祔玄堂，永安只。

姚子東墓誌銘

子東，吾江東茂族也。江東沿吴、晉流風，舊多國士，其衰則殖富作雄，傲睨賢德，爲四方恥。乃若子東，娟秀特出，異夫人人。子東沖而章，廣而能下，親賢樂善，惄如飢渴，八舉弗第，礪業彌堅。初居應天學，一鄉之名士樂與爲友。既入太學，天下之名士交履其門。喜賦近詩，意興閒遠，作字務師古人，不好服玩，獨愛藏法書名畫。客至，鑒玩移日，意豁如也。嘗見鳳凰臺東有老栝，蒼鬱可亭，遂購得其地，作候鳳堂，因號曰「栝原居士」。今年夏忽自歌曰：「高臺峨兮蔓草生，鳳凰不來兮栝且傾。」四月三十日遂以病卒，鄉閭涕泣，無間貴賤。將以十月三日葬于岔山祖墓，弟軫持文學管子山狀乞銘于余，子東厚余者，今弗作矣，銘惡忍辭。

按狀：子東姓姚氏，諱奎，其先浙之仁和人。父蘭，母尤氏，生子東於成化戊戌十一月十日。孝友仁惠，動則形見。服父喪，致其哀也；勤母養，致其悅也；友愛弟，不私其躬也；撫孤甥，不私其家也。善先友後，忠所親也，施及流人，溥其德也。孔子所謂富而好禮，非斯人也乎？配陳氏，有婦道，無子。側室高，生一女，子東卒之夕，亦死。今且孕，人皆曰：「尚有天道。」且子東有言曰：「使吾弟嗣吾，終不嗣，何病乎？」君子謂其厚。銘曰：

慶源繩繩，於爾振乎。生也或嗇，遺爾娠乎。毋謂天遠，視其人乎。

洞庭友樸陸君墓誌銘

陸君之先，本江陵侯遜之苗裔，子孫散處三吴，代有顯融，其嘉遯者，乃居洞庭山中。元季有諱泰五者，軒舉不群，意隘山澤，乃挈家往客淮西，富雄中原，值亂，復還于山，樹業如故。五傳至伯良，爲友樸君父，亦負四方之志。當路議廣江南馬政，發憤上書，極論弗便之狀，事竟獲寢，衆歸其力。生友樸君，體幹魁梧，性度淵厚，以醇謹著，尤脩孝弟之行。伯兄均顯蚤亡，君懼傷父母心，服勞承歡，就養曲備，護二女殆踰己出。父母忘失長子，豐財而力義，多智而守雌，不峻獨行，不府衆怨。

弘治間，秦、晉大饑，願輸粟往賑，授承事郎。歎曰：「損益盈虚，天道也；出有濟乏，國章也。顧煩君上榮我乎？」乃遣子豸補郡學弟子員，冀效世用。久之，弗第。遣入太學，曰：「吾豈固爲門庭圖，將昭祖德以酬國恩，非仕無階耳。」暮傳家政，獨與耆舊大夫觴奕爲樂，稱其山棲也。嘉靖癸未六月九日寢疾卒，將以乙酉某月某日葬于蔣塢先墓之次。豸乃乞鄉進士嚴君瀾脩狀，屬姜生節來南都謁余，請銘其墓。

按狀：君諱奎，字均昂，友樸其别號也。生于永樂癸亥，享年八十一。配王氏，慈順壽康，範諸其家。子男二：長即豸，次象。女四，其婿曰朱繼瑆、葉瓏、張節、葉性。孫男四：曰元臣、元爵、元兆、元士。孫女三。銘曰：

有貽者先，嬗乎爾延；有承者後，貽乎爾遘。隆隆蔣塢亦孔厚，後百斯年作崇阜。

金處士墓誌銘

處士諱純，字尚德，其先姑蘇吴縣人。國初易置海内，曾祖某隸籍錦衣，遂爲金陵人。處士坦夷諒直，能委心任物，凡世俗陰詭矯飾之事，一切剗去之，不留於中。能與人交，故終身無怨敵。嘗曰：「吴俗浮，故京俗夸，皆吾土也。生而沿之，如草木焉，服其土，奚取於吾人？」其刻厲如此。商于青、齊、燕、趙、吴、楚、甌、粤之間，青、齊、燕、趙、吴、楚、甌、粤之人日與之爲市，不見其争。及其久也，爲之主者，忘其客；爲之僕者，忘其富。家居，客至輒止飲，不厚供具。值興盡，客或欲去，不强爲悦也。善成人之謀，紓人之急。客有賴處士脱於難者，懷百金爲謝，迺正色揮曰：「非純之心，室中潛盜，出有皦日。」蓋天性固然也。

有三丈夫子，仲子輿服家政，伯子軒、季子輊治周易，與璘同師，志廣業精，咸負遠大具。雖伏未仕，鄉人望處士之閭，固已隆然矣。論爲善之報，必曰：「曷視諸金君，薄其身而厚其子。彼陰詭矯飾者，往往夭絶，至其子孫，或什伯不相逮，又焉所用乎？」正德三年十一月十九日，處士卒。將以是年十二月某日，葬于鳳西鄉孔家山之原。軒等持吉水知縣淩君雲翰狀，乞璘爲墓銘。銘曰：

莫非土也，兹原維處士之藏。以德而名，以貴而封，處士將兹原之光。伊誰兆之，允成其臧。

明故周君用謐墓誌銘

君諱寧，用謐其字也。其先廬陵人，自大父子昌始籍上元，居南都。父端，母劉氏，家素饒。君生而早孤，能强立不墜，節縮冗費，杜止華習，非衣食之物，不以入其家。視里中游閒子弟，避之唯恐不遠。治家甚嚴，諸子居常侍食，未嘗命之坐。諸女未有家者，不得踰壼限。嘗教之曰：「家政，猶國也。非勤弗獲，非儉弗聚，非嚴弗齊，三者闕一焉，家其替乎？」於是授諸子生業，俾各事事。乃買良田自耕，寄情樹藝之樂，作静室，扁曰「隱齋」，志息喧也。今年嘉靖甲申五月一日以疾卒，距生成化乙酉十二月初八日，春秋六十。

配沈氏，克相内理。生男子三：孟曰溥，娶胡氏；仲曰洋，娶蔡氏；季曰濟，娶朱氏。女子三：適郭樞、張濟、顧嶠。嶠，余兄子也。初，伯兄擇婦，語媒嫗曰：「吾家近市，不習爲農。少子弱，弗克攻苦爲士，將令學賈，婦翁得良賈，乃可依。」嫗曰：「上河周翁謹恪能教家，宜托郎君。」於是周之季女歸於顧。溥等將卜月日，葬君於鳳西鄉孫家山之原，持鄉進士沈君觀狀乞銘于余。乃銘之曰：

躬嗃嗃，正厥儀。居末業，家政施。後而良，奕且垂。閟幽宅，安于斯。

故太子太保兵部尚書王公夫人田氏墓誌銘

夫人姓田氏，諱某，金陵人，贈太子太保兵部尚書竹堂王公敞之妻，處士仲實君之女也。生有貴狀，處士君慎擇宜歸，聞太保公才譽，遂嬪于王氏，婦德茂著。璘舉進士時，太保公方爲兵科都給事中，厥後累遷至太子少保兵部尚書，璘以里閈後進，獲游門下。公融朗樂易，交友務盡厚。凡鄉之貴賤人至京，必召與飲，殽醴豐旨，僮僕侍奉謹恪，門内秩秩，大不類尊貴家聲勢。太保公語人曰：「吾畢力於官政，凡此皆夫人相我也。」及謝政屏居，歲時伏臘爲酒饌，以召親戚知舊相與娛樂，視仕宦時無替。太保公又語人曰：「吾倦勤於人事，凡此皆夫人樂我也。」是以人咸知夫人之賢。

太保公殁且葬，殆十有八年矣，爲嘉靖壬辰十月十一日，夫人卒。仲子仝將次年三月十七日啓窆合葬，來乞璘銘。乃又讀吾友荆州太守姚君原學狀，云夫人孝謹慈惠，善處盛衰之際。初，太保公以從子蔭補國子生，當官盛時，即乞骸骨。二事並高行，夫人勸成之力居多。若然，則校義取舍，明決不吝，豈不毅然如奇男子哉？長子會，夫人出，蔭錦衣衛百户，先卒。次仝，并二女側出。二女之壻曰劉芳、白雲。孫鎮，聘贈光禄少卿蔣公孫女。孫女三：長適吕應登，餘尚幼。墓在上元縣東山之原。銘曰：

維盈若虚善偕行，嗚呼柔順德乃成，玄室共藏其永寧。

王太安人吴氏墓誌銘

嘉靖甲申，吴楚大疫，人多死者，乃若吾友王欽佩氏，横罹其厄。初，三月内君張卒，欽佩喪之哀[一]，乃病。太安人憂甚，遂亦病，四月二日竟卒。欽佩曰：「天乎，奚生！」扣地求絶者三，舁卧棺下，蓬跣嗚嗚，吊者莫不哭。吾執友二三子，奪遷之室，日進勺粥，數月而痞。見醫曰：「疾名伏梁，鬱其甚矣夫。」踰年竟槁死。

嘗屬余曰：「子必銘吾母之墓。」璘悉母德而哀君之孝，曷敢辭諸他人。志曰：

太安人吳姓，以欽佩貴封。其先山後人，胡元時大顯貴。入國朝，祖諱良者，以武功拜五軍大都督。父政，母馮氏，生太安人於南都。夙備四德，能讀孝經、列女傳諸書，不輕許嫁。既笄，乃歸竦齋公。公方嚴難事，太安人内不見惰容，外不聞言聲，獨見賓禮。事楊大姑以孝，承徐夫人以恭，接諸媵娣以惠。凡壼政内議，聽制明截，屹然爲家主。公以給事中言事，謫普安判官。太安人從行，跋涉艱瘁，恒有嘉容，蓋知有榮於遠竄者。生欽佩穎異，教育成就，每取陶、孟故事爲則。好瞽誦小説，使家人女婦聞賢孝之概。嘗論魯義姑事，曰：「婦人内夫家，後子而急姪，禮與？誰哉義者[二]？」虔於奉佛，薰供必親。竦齋公有疾，輒灼肱請禱，公没而值忌辰亦然，凡灼百餘瘢。

太安人性多畏，日恒兢兢，老彌甚，故欽佩乞歸以侍，然卒没於憂也。母子慈孝之際，何其哀哉！太安人春秋七十有五。子一，即欽佩，舉進士，以脩正表見當世，歷官河南提學按察副使，請養太安人。既没，擢南京太僕少卿，踰年亦卒，自有志。公二女：咸母太安人，長適湖廣參議方公子宏綱，次適都察院右副都御史劉麟。孫男一，曰逢元。女三：長適南京刑部右侍郎張公子恕，次適南京户部員外郎李君子芹，次適徐應坤。逢元將以丙戌二月二十九日，啓竦齋公之窆，合葬於祖堂山之原。璘乃銘曰：

夫君乎履忠，暨厥子乎孝且恭，猗夫人乎允承其中，宜萬年乎息幽宮。

【校勘記】

〔一〕「喪」，文淵閣本作「哭」。

〔二〕「誰」，明抄本作「維」。

顧孺人墓誌銘

顧孺人者，史處士之妻，御史良佐之母也。生而貞慧，長而恭默，習事通道，不煩姆訓。其所聞於人人，悉不類常婦女爲也。純皇初，詔舉天下經明行修之士，有司奏處士名行應舉，下郡吏趣上道。處士少孤，獨養老母，行止且弗決。孺人曰：「夫何疑哉，夫何疑哉？人盡臣也，子實無二，顧養而廢仕，其誰曰無君，子曷辭焉？」處士遂辭不就。既而歎曰：「甚矣，疑之生禍也。微子言，吾幾失進退之衷哉！」後良佐拜監察御史。今天子踐祚之二年，以言事忤旨，遣錦衣使者械繫入京師，城中竦然。良佐辭就執，告以無恐，孺人曰：「是非，義也；死生，命也。視義以行，視命以終，事莫不然，矧于君臣。汝今蓋吾君之臣矣，吾弗克汝愛，又何恐之有？」獄成，奏御天子，赦爲齊民，歸拜孺人。孺人洒泣曰：「德薄寵厚謂之不祥，吾不意汝之來矣。荷聖慈活汝，使更爲母子，惠莫大焉。退修汝德，毋怏怏以益過。」

烏乎！婦人孰不欲貴其夫？孺人稱孝焉，弗有其利也。孰不戚其子之禍且失位？孺人稱德義焉，弗有其害也。古稱老萊子之婦、范滂之母善爲婦爲母，若孺人者近之矣。今年秋，以疾終于常州次舍，良佐舁柩歸，屬璘作狀，乞考功王欽佩銘。欽佩疾，復以屬璘，其何能辭。孺人年八十，生爲宣德己酉十一月十有五日，卒爲正德戊辰八月初四日。子男三，爲良輔、良佐、良弼。子婦三，爲郭氏、李氏、龐氏。女一，婿爲朱氏子綱。孫男二，爲崇簡、崇古。葬之地爲鳳西鄉向山之原，葬之日爲十一月日。處士諱瑋〔一〕，字元昭，號緝熙道人。銘曰：

柔也婦，剛也男。孺人之行也，吁其難。

【校勘記】

〔一〕「瑋」，底本原闕，據文淵閣本補。

徐母湯孺人墓誌銘

湯孺人者，雪樵徐處士某之妻也。初，吾友太僕少卿王欽佩有愛女，願擇善人爲婚，聞處士賢，且孺人内則整整，遂以女歸其仲子應坤。應坤果端恪有行，因事余爲父執，余家亦與其兄弟相婚姻，知其家世爲悉。今孺人卒且葬，應坤以墓銘請，夫安得辭。

孺人本金陵望族，父貴，母沈氏，生而静婉，早知孝敬。既配處士，事舅姑如其父母，生事死祭必盡婦宜，柔巽勤恭，克主家政，條其所成，若謹儲備以裕用，脩儀節以立範，周乏絶以廣仁，戒華腆以慎禮，皆女婦之令德。自是處士家聲大張，而徐氏益重於國，多孺人助也。及處士膺末疾，適會炎月，湯藥扇浴，備效勞苦。及其殁也，慟絶至再，喪盡其禮，忌盡其哀，中誠所發，匪干外譽。每訓二子曰：「謙損接物，寡怨之道也。凡爾臧獲，宜子視之。」處士先娶褚氏，早卒，未有主。比處士終喪，乃命應坤並設主於祠，曰：「豈以我故而令若父亡禮邪？且示吾隘也。」其明大義類如此。長子應乾，先卒；次即應坤。女二：長適張憲，次適梁鏊，亦先卒。孫女二：長適孫鉞，次適羽林右衛指揮伍永昌，俱應乾生。孫男一，曰某，則應坤所嗣再從兄斆季子也。生于天順戊寅十月二十九日，卒于嘉靖庚寅十月二十三日，壽七十有三。將以辛卯某月某日，葬安德鄉石湖西村，以合于處士之封。乃爲銘曰：

爰古家國興以婦，吁嗟徐宗有湯母。石湖之封並丘首，億萬斯年宛相守。

劉介婦喬氏墓誌銘

東橋子耕於國門之東郊，有孺生褎衣逡巡款衡門，訝之，山澤間安得斯人？視其削，則大司馬紫巖劉公仲子承恩，固貴介也，而循雅乃若此。既見，出狀，以其妻喬氏墓銘請。妻又故太宰白巖喬公從子，於璘皆有世誼，遂不獲辭。次且數月，劉生歸晉，舉鄉試第二人，復以書至，曰：「今日之倖，固我世德之庇，吾妻實亦有相之力也。歸土有日，願卒慰諸幽。」乃按狀志曰：

婦名松，樂平人。曾祖毅工部侍郎，祖鳳兵部郎中，俱贈少保、吏部尚書。父宗，光禄寺卿，太宰公兄也。劉、喬俱太原世族，姑夫人某與其母淑人黄居京師，通家往來厚。時婦方八九歲，見其温淑寡言，舉動異常女，愛之，喬亦愛，生穎秀，遂爲婚姻。未幾，光禄公卒，無子，婦喪之哀毁，事母盡孝，母忘未亡。比當歸劉，沾沾不能出。時太宰已致仕家居，乃拜懇曰：「吾母老無依，唯叔父是賴。」泣數行下。既爲婦，敬順莊睦，未嘗見疾言遽色。資裝雖有金綺，非歲時見舅姑不服。姑在南都，念長子及三女不在側，意恒怏怏，輒抱幼孫嬉戲于前，以相慰樂。有疾，調膳嘗藥，衣不解帶，姑視之，儼然一孝女也。

生常夜讀，則執女紅相伴。稍倦，即以廢學爲諷。生以茂才選入河汾書院講學，即勸之行，曰：「遠去庭闈，樂明公造就，幸甚。願毋內顧，專精道業，爲世名儒，豈不偉乎？」每生與諸生講會，則親執中饋，以厚館穀，雖中夜，必兀坐中閨待之，曰：「子能夜以繼日，吾忍安席？」及生鄉試下第，恥見之，乃迎慰曰：「士知積學耳，遇不遇有時，顧乃鬱鬱自損邪？」其明達有辯多類此。生兒甫能言，即口授小詩，動以安詳恭敬爲訓，少縱即訶之，不徒爲慈也。甲午正月，舉一女。忽疾作，暴卒，實二月一日。無何，女亦没。得年二十有三而已。子名珙。

嗚呼，劉氏之婦，何懿德夙成如此哉？良由世家，詩書之澤，入耳薰心，以成其習，非獨天性然也。今考其行事，於姑爲崔孝婦，於夫爲樂羊之妻，天假以年，使壯且老，則教子範後，雖陶、孟，非難幾耳。既生之，復奪之，天意胡可原邪？墓在某地，即劉氏制域之次。銘曰：

　　玄黄由漸，匪天則然。瓊玖易折，匪躬斯孽。既大其偶，有昌在後。赫赫方來，于彼泉臺。

雷州知府易君妻王崔二安人墓誌銘

　　嘉靖乙酉冬，後齋先生歸自雷州。甫二旬而崔安人卒，先生哭之慟，曰：「天喪内君，吾奚以家！」乃拜執友南昌守羅君質甫爲狀，敍其德懿，拜璘銘諸墓石，且曰：「先妻王安人葬亦未有志，子其併紀之。」璘與先生居比舍，悉二安人，其何辭。志曰：

　　王安人諱淑方，里中王隱翁女，莊嚴沉簡，不妄言笑，年二十歸先生家。方困，誦讀刺繡，嘗共一燭，率至夜分不寐。嘗辦姑養，捃摭家累，力任其難，而俾先生專志於學。及膺戊午鄉薦，三上禮部不第，家益索，安人持之愈力。且慮先生無子，慨脱簪珥聘一妾，其事嘖嘖在人口。弘治乙丑八月五日，以疾卒。

　　崔安人諱慧英，守禦浦口鷹揚衛指揮崔公鉦女，生七月而孤。少有秀質，母儲難其配，故以繼室先生。歸二年，先生登戊辰進士，歷官中外，殆今服金紫，可鼎食矣。安人素衣疏食，以儉率家，若不出紈綺族。先生初慮雷州遠難往，安人曰：

「遠獨非郡乎？唯貧乃明夫子之操。」及被構致政，安人曰：「歸與歸與，夫子之命也，人乎何尤？」初，王安人有長女，適南京通政夏公崇文子弘濟。後還湘陰，側室關氏生子一曰同，女一。安人懷遠撫近，一如己出，教同讀父書，爲聘婦姚氏。比病彌留，曰：「同兒長矣，速娶婦來承我宗祀。」及見新婦拜牀下，環珮鏗然，曰：「吾瞑矣！」夫明日遂卒，蓋十二月十三日也。

嗚呼！二安人之歸先生，王一十七年，崔二十年，終姑之養，成夫之宦舉，不可以云促也。勤而居貧，儉而履貴，錚錚然操賢媛之節以聞諸鄉閭，亦何負於斯世乎？安人之號，俱以後齋刑部主事初考拜命，葬同窆在某鄉之原。後齋姓易氏，名蓁，字士美，本吉安人，今籍居南京。璘忝通家，故舉其號稱先生云。銘曰：

愒兮懟兮，不可以處匱。慓兮憑兮，不可以處盈。二媛迭偹兮，厥家用成。幽魄並棲兮，玄壤其寧。

贈承德郎南京刑部浙江司主事野全謝先生同繼室贈安人湯氏合葬墓誌銘

國朝詩至成化、弘治間再變，維時少師西涯李公主清婉，尚才情，吏部郎中定山莊公主渾雄，徵君白沙陳公主沉雅，並尚理致，名各震海内。吾金陵有二才子曰謝氏子象、徐氏子仁，凌踔詞苑，陶冶其模廓，謝得其雄，徐得其婉，名亦不細。

初，謝公八歲善詩，客命賦暮秋，援筆立就，至「紫塞風寒雁叫霜」，客驚歎，呼爲奇童。稍長，從工部郎中吴公元玉學，見其詩曰「深林下馬蒼苔滑，野寺入門秋爽多」，擊節鑒賞，謂雖長宿不易逮。自是日就深博。吏部侍郎柴墟儲公静夫爲南考功，作檀園詩社，引與諸文士聯句，往往出奇絶衆。器局儁朗，才情綺麗，負氣自好，不與俗伍。與達人高士論古今，商文藝，據案高談，如倒囊櫝。或酒酣，引紙命辭，常屈一座。兄弟四人，各善詩畫，風流清邁，時擬謝庭諸郎。公侯貴人往候，與之分庭抗禮，藐不加意。每應舉，率用古文字作經義，累十舉不第，乃擲筆於地，曰：「吾本不樂爲此，奈何效老驥跼蹐車下邪？且鵷鸞其儀者立朝，鹿豕其性者居野，吾乃今知既往之誤也。」退耕國門之南，自號野全子，鄉人稱曰野全先生。又以其美鬚髯，行九，稱曰髯九翁。所著有采毫録、東村稿、西游録、在客稿、日得録、廣陵雜録、湘中漫録，總若干卷。臨終囑其子少南曰：「爾能貴我，乃圖志吾墓。弗能，毋以士題墓門，吾所厭也。」

既葬若干歲，少南乃舉進士，任南京刑部浙江司主事，遇詔恩贈公如其官。以文行茂異，尋召入朝，改監察御史。今年妻亡，乞假護子還，得拜墓下，屬進士陳君鳳具狀，并載母氏湯安人懿行，請余合銘之。嗚呼！先生魁岸磊落，苟得勢，發所停畜，振起頹政，轉移卑俗，譬若舉羽。顧今齎志長逝，而使吾徒永歎于梁木，今且忍銘之哉，且忍不銘之哉！敍曰：

公姓謝氏，初名璿，字文卿，一字子象。夢神授其名曰承舉，遂行焉。先世贛人，國初徙金陵，後從文皇駕還于京。三世烈考諱芳，仕終永州知府，致仕歸南京，始籍上元。妣張氏，封宜人。公生于天順辛巳十月二十有八日，卒于嘉靖甲申三月十有七日，春秋六十有四。安人湯氏，厥考文玹，東甌王四世孫。公初娶李氏，禮部郎中秉中女。繼娶貫氏，錦衣衛貫指揮女。再繼安人，生于成化丙戌四月十有一日，卒于正德庚辰九月六日，春秋五十有五，卒後受今贈。生有令資，精女工，備婦德，爲謝氏壼内法，詳見任子仲脩志語中。墓在江寧堈墓村前，二安人皆葬祖墓壙内，公改卜今阡，唯安人祔焉。子一，即少南。女一，適府學生劉階。孫男二：長曰懋坤，次懋垣。孫女四：其二已納聘，乃光禄卿王公以旂、太學生徐君敔之子；二尚幼。葬于乙酉十二月四日，至乙未十二月二十五日始克埋銘石也。

銘曰：

昊天弗雲，龍伏爲蛇。矯矯揚采，其光滿家。生子于飛，澤彌四宇。雄雌偕藏，永安泉户。

息園存稿文卷六

墓碑

明資政大夫南京都察院右都御史張公神道碑

公諱琮，字廷獻，江寧人也。其先本蘇郡吴縣人，國初始徙今籍。曾祖豫以伯祖文僖公益封徵仕郎、行在中書舍人，祖晉贈通議大夫都察院右副都御史，父翱贈資政大夫南京都察院右都御史。前母高氏，母李氏，俱贈夫人。公端凝静恪，弱不好弄。既學易於方伯吴公彦華，遂厲問學。見東萊讀書記，悟曰：「吾乃今知學非過目成誦爲奇，抑在爲之不厭耳。」立限誦讀，日造弘博。好親仁賢，切劘於德義，在鄉如故副都御史陳公鎬、按察副使陳公欽、太僕少卿王公韋，在太學如大司馬彭公澤，咸所友善。恒自歎曰：「人於己喜聞善，於人喜聞過，反是思過半矣。」

成化丙午舉鄉試，弘治庚戌登進士第，任工部都水主事。三年，調禮部儀制主事，歷員外郎、郎中，凡十餘年。陞陝西布政司參議，丁李夫人憂。服闋，值太監劉瑾亂政，以先在儀制，停晉邸紹封事，降知濟寧州。拔遷山東道監察御史，巡按甘肅。尋陞湖廣按察司副使，撫民襄陽。遷貴州按察使，歷四川左右布政使。正德己卯，丁父憂。服闋，補廣西左布政使。嘉靖壬午，陞都察院右副都御史，巡撫湖廣。甲申，陞南京工部侍郎，旋改刑部。丙戌，陞南京都察院右都御史。己丑，以疾乞休，疏四上，始得請致仕，仍歲給人夫，月給禄米，以示優厚。

公操執簡重，臨事不輕發，深思詳畫，務當禮法，故大小官政冰清岳立，人不敢以私意請，亦不能以浮議奪。居儀制時，孝廟不豫，免賀長至節，東宮、親王如故事。公白尚書曰：「東宮禮再議，親王斷不可舉。」已而，有旨如公議。占城世子見請封〔一〕，有憚涉海者，倡議止行。公曰：「占城自祖宗以來遣使就封，無故止之，何以示信？」卒行之。提調掌行國家吉凶大禮及藩邸封典，稽古準今，損益與奪，不失尺寸。大學士南海丘公濬、洛陽劉公健咸謂公器識可任遠大。知濟寧一月，地當水陸孔道，日省民供給錢數千，至今頌不輟口。巡甘肅，當安化叛後，正法廣恩，抑强植弱，舉賢吏，劾不職，人情帖然。深履虜酋營窟，示以威福，莫不震戴。此皆御史巧宦者不肯爲，公易易行之。爲按察、布政使，各有大體。巡撫時，值修繕顯陵，綜理精密，民不告擾。又活飢民數十萬，平德安、芒部等處妖逆數十輩，皆不煩餘力，績用丕著。總憲南臺時，當考察庶官，公曰：「進退人才，大事也。古人云：『恩欲歸己，怨將誰歸？』」於是察覈慆邪者咸見罷黜，士論允服。

庚寅九月三日卒于家。訃聞，天子閔恤，詔賜葬祭有加，迺今殊典也。夫大臣上近天子，體大責重，以安民濟世爲才，格主守道爲德，凡煩苛躁狹，非所語于其職也。公自爲諸生及小吏時，已見端緒，雖躋崇峻矣，施用不竟，豈非天命哉？男七人：恕，舉鄉貢；志，京學廩膳生；悊，國子生；餘雖長少異觀，並世德善。墓道既成，法宜有碑，恕等委之小子，再辭不獲，遂序而銘之。銘曰：

唯臣承天，大乃佐輔。匪篤忱恂，職罔克舉。稽古名世，有煒其輝。治亂異績，厥道同歸。穆穆張公，秉德不二。山嶽端凝，基自小吏。工虞裕用，儀曹慎典。執憲西巡，厥操蹇蹇。奪藩典州，崇卑何尤。廚傳弗飾，民瘼用瘳。外臺巖巖，正是岳牧。弼教宣猷，以奠王國。帝曰良憲，惟女紀綱。出貞吏治，入振王章。寇亂是彌，愉黷是黜。豈不蘽恕，畏曠司直。群望方崇，公曰止且。鑒于天道，榮保懸車。

邦人弗惠，耆德告哀。王室雖遐，言卹慭遺。惇大篤誠，今也則鮮。末俗疇希，先進斯遠。孝子顯德，式圖永遺。唯石弗朽，刻此銘詩。

【校勘記】

〔一〕「子」，底本原闕，據明抄本補。

四川參政葉公墓碑

公姓葉氏，名天球，字良器，婺源人。其先出春秋沈諸梁葉公之後，居南頓。漢季，太中大夫望始渡江居丹陽，至都統公績始遷歙，承直公林秀遷婺源之中，平細三公夢志遷今外莊環溪。夢志生友，友生亮，亮生炳，炳生朝宗，朝宗生玄否，玄否生觀武。玄否爲公曾王父，觀武爲王父，皆隱力善，稱長者。父兆允，多聞善詩，以子貴封文林郎崇仁縣知縣，贈中憲大夫東昌府知府。母游氏，封孺人，繼贈恭人。生四男子，公行三。幼穎解，從封君商坐肆獨吟誦，乃遣從仲兄饒州公天爵授禮經于崇仁，不任貴勢，與寒士攻苦，大通其學。選充邑弟子員，輸粟入太學，並試高等。

癸酉，中順天府鄉試。甲戌，登唐皋榜進士第，授户部雲南司主事。動謹道揆，不怵禍福。監京城太倉，有巨璫縱卒索運官錢暴甚〔一〕，公縛卒寘之理。督運宣府，力寒就道，其納郡縣輸，不爲贏羨，曰：「足斯已矣，何必厲民？」植官監淮陽倉，設格室中貴賄孔。比還，中貴賄以金贐，且謝曰：「辱拜寡怨之賜，敢以此報。」公却之。去之日，官場有薪芻，餘直甃石步，民頌其弗私。監居庸倉，適武宗北巡，費巨而儲罄，畫上招商策。尚書猶豫，公馳見，請曰：「事已急，非此莫辦。」公主於上，某持於下，必濟，毋多疑。」乃簡約順情，固閉託冒，減常價三之一，趨者麇至，凡得芻粟十餘萬。一日，道榆河，突傳駕至，伏謁。上望見，遣問報者，曰：「主事葉某。」即疏乞回鑾，并劾郭太監者，上頷之去。己卯，遷江西司署員外郎，受知大司徒，委攝諸它司事。庚辰，遷福建司署郎中。時南巡多故，能參決群議，相于國家。辛巳，陞東昌府知府。郡號衝劇，公至，詢民利害，期與更始，善總條綱，授僚屬以事，故自處整暇，百度聿舉。

初，立團甲法，籍民丁業出入，民莫爲邪。差州縣瘠沃爲三等，準定繇役輕重。茌平遷民苦賦重，謂地兼於土著。公白當路，即縣鄉履畝料賦，灑然趨平。流亡來歸，廣給牛種，俾服作業，税不以逋告。壬午、癸未饑，爲請蠲貸，廣儲備，處流亡，勸分弛禁，民得免死，且弗爲盜。尤篤意風俗人材，旌孝節，正文體，大有改化。餘若脩廢拔强，辯獄止盜，特出經綸緒餘，未易一二録。嘗愧外吏工阿上容，亡丈夫氣，故東昌所操，一如户部時。

昭聖太后北上，或備所過供具。公曰：「聖善廣照，南北異宜，難相學也。」乃率禮脩儀，卒克畢事。郡武吏故任俠逞，首劾桀黠罷去，餘悉斂手。監司執三囚罪死，公按法當釋，卒論出不顧。漕卒怙勢閉水，聚毆津吏，闗市騷動，公縛杖數人始定。督運都御史過郡，怒問：「郡杖吾漕卒邪？」公曰：「知治不法，不知漕卒。」都御史銜其戇，比掌内臺，乃風出按御史，奏移登州。太宰喬公曰：「東人殊，宜葉某。」遂格不行。丁亥，進河南布政司左參政，管郡事。旋實拜四川右參政，民涕泣遮送。公素羸，加之憂勤，七月至京口，疾劇。時子玢以南京户部主事監倉鳳陽，還侍側，瞠顧曰：「死吾安也，報國維汝。」端坐而逝，得年四十有八。

公學術醇實，讀書務得意，不襲成説，詩文典雅雄渾，由乎其衷。嘗謂古人尚行，故内外符；今人尚辭，故言行背。事求無愧於心，每以清談虚立門户爲深恥，是宜孝友信義，孚洽倫類，人無間言。所著有上谷稿、淮南稿、硯莊稿、荏山行稿。娶汪氏，封孺人，加封恭人。子一，即主事君，學行並有聞。孫一，懋之。孫女二。

己丑五月，葬於來安鎮後山之原，制宜有碑，主事謂璘與饒州公同榜，交知爲深，屬爲之銘。銘曰：

葉氏之先，實始南陽。歷歙徂婺，支蕃以昌。爰毓封父，有特斯男。二美競爽，迭爲邦翰。穆穆東昌，曄其如璧。筮仕司徒，秉道獨立。經國理財，曰唯惠民。掊克是杜，訏謨用勤。强禦靡叓，鉅費靡匱。遹駿其聲，干旄旆旆。侯于東服，作民父母。以哺以鞠，罔俾失所。歲饑我食，賦亂我理。附我頌我，死弗它徙。濟濟髦士，行歌采芹。展也政成，視爾作人。方岳甫遷，大命用顛。厥施罔究，天也則然。孝子永懷，述事昭德。勒銘女堂，百世有烈。

【校勘記】

〔一〕「璠」，金陵叢書本作「瑫」。

張氏世德碑

世家鉅族之興，夫豈徒哉！其始也，必有敦固忠厚之本爲之基，故種德累行而燕翼之業垂焉。其後也，必有敷施藻潤之度爲之飾，故席寵亢宗而門閥之澤弘焉。

莫爲之始，則源淺易竭。莫爲之後，則炎微易泯。今夫豫章生七年，而後可知其本大也，荆玉琢磨而質乃見，其理密也。是以西京秺侯，篤慎開國，其孫涉乃以明經見稱；東京好畤，按劍拔起，其孫秉乃以博學自樹。文武濟美，前後交映，揭雲霄之望，掞龍虎之章，當代仰其世業，後世歆其胄華，巍巍乎莫之及矣。

余讀温州張氏譜牒，觀其上世聿興與今都指揮浩所承傳，未嘗不歎羨於斯也。直侯固今有文者，稽昔始祖百户公諱四本，河南光州布衣，沈毅好義，慷慨有略。直太祖皇帝駐兵廬州，遂仗劍從附，陷陣突前，屢預克捷，授所百户，洪武二十九年卒，葬通州。子貴嗣，亦勇壯多智，遹紹父風，從太宗皇帝起兵靖難，自雄縣至渡江入京，攻城掠地，大小凡百餘戰，並著上功。洪武三十四年，陞山東大嵩衛正千户。永樂九年，乃從英國張公南征交趾，屢犯險固，勦殪夷酋，進大嵩衛指揮僉事。居英國幕中，來往交趾，撥亂解紛，勞勩日茂。宣德六年，奏遷温州衛，乃世繼焉。曰鵬，曰鋼，侯祖父也。代領海防，並礪官箴，有華勳系。逮侯而家世益大，詩書之藝，賁焉潤身，折衝之略，屹而敵愾。正德壬申，誅江右逆寇有功，進指揮同知，榮問日流。由是都御史陶公琰，監察御史王公堯封、鮮公冕連章推薦，進浙江都指揮僉事，分符秉政，大沛厥施。

煌煌乎，炳炳乎，虎臣之特也，功崇禮重，遂得誥封。祖考皆明威將軍、上輕車都尉，祖妣宋氏、江氏，母葉氏，皆恭人。人道允脩，天寵攸協，上光義方，下裕似續，兹非有啓有承，積仁流慶，而能暴興若是也歟？然丹青之飾，增輝素樸，枝葉之蔭，庇及本根。君子謂張雖舊爵，其業維新矣。侯惟簪組其延，孔澤有渥〔一〕，而金石未鐫，世德罔耀，咎在厥躬。乃礱貞珉，爰樹墓道。璘也不敏，仰承雅託，嘉此孝思，弗克終遜，敬勤銘詞，用告罔極。銘曰：

於赫高祖，奮旅逐胡。率土有傑，靡不應呼。桓桓張侯，握鼎超距。聿款轅門，來佐神武。雷奔虎騰，奄有戰功。策勳承家，用亢厥宗。孝子孔力，克紹克濟。翊我文皇，載振先緒。南征交夷，贊籌統軍。朱紱煇煒，乃來于溫。唯孫及曾，振振弗替。官著允脩，衍于來裔。卓哉玄孫，璆琳瑶琨。武烈既抗，爰飾于文。建節執樞，門閥有爛。譬彼巨材，青黄是焕。乃顧乃懷，兹唯世遺。肆今弗圖，後胡迪斯。靈塗皇皇，穹石如峙。不顯唯德，百代攸視。

【校勘記】

〔一〕「孔」，文淵閣本作「先」。

碑

茅山重脩玉宸觀碑

夫道，其邃古之事耶？以虚無清静爲宗，以因應神化爲用。其静也天，其動也神，無爲而民自化，無欲而民自正，非邃古之代，不可以行之也。以之御世，則淵默和平之化成，黄帝軒轅氏是已；以之治身，則葆性全神之道脩，廣成、老聃是已。豈惟三聖哉？自盤古以至三皇，率是道也。逮世再降，民僞滋而法制出，安得以無爲治之？故帝王之治，貴德不貴政，雖不獲盡用其道，而不能不用其情，以道爲生人之本，不可舍也。下至漢代，文帝用以小康，曹參假以寧一，而黄石、蓋公，隱君子之流，猶各負其所得，以高一世，豈不信然乎哉？末世言道，乃一切流於神仙輕舉，與夫鬼神符祝之説，訢訢焉希於禍福之塗，良可鄙已。

句容雷平山玉宸觀者，世傳高辛時展真人脩煉之地。歷周、秦、魏、晉以還，有姜、杜、楊、許繼起。至梁天監中，陶真白居之，稱「朱陽館」，立昭真臺，道業爲之一張。夫晉以前，諸君非史傳所載，不可考已。若真白脱屣濁世，遊神八極，豈非蓋公之流亞乎？使得其君任之，則粟陳刑措之化，庶幾可致，未可謂斯道之弗效也。歷唐而後，太宗以桐柏棲真，改曰「華陽觀」。玄宗以玄静脩經，改曰「紫陽觀」。至宋太宗祥符，乃定「玉宸」之號，至今傳焉。所謂金陵地肺，華陽洞天，此其奥區也。不然，何群真過化，歷代褒崇，靈貺昭繼若此也乎？傳至國朝，禋祀靡替。嘉靖間，遭鬱攸之厄，殿宇煨燼，名碑古柏，燬斷幾盡。道士鳩材營構，再火再空。

有揚州山人張□者，夙稟清虚，行業精白，爰棄妻子，脩道勾曲，乃竭皈依之誠，奮興復之志，廣募磚甓，洞建石宫。於是少傅魏國公徐鵬舉、太監陳公林傾囷爲倡，衆心歡同，不數載而大工告成，爲□殿□間□殿□間，壯麗敦固，冀垂無億。又鑄銅象若干軀，永肅瞻嚮，措其餘財，復構諸宇，廊廡齋廚，焕爾一新。可謂希情無上、圖功不朽者矣。夫道有興衰，時也；業有成毁，數也。謂道無衰，寒暑曷因代謝；謂業無毁，天地曷因開闢。善振其衰而後玄風恒流，善營其毁而後靈區永奠。然則崇慕清真，飾舉廢墜，不能不有望乎其人也。山人之功，不其偉哉！於是衆信歸誠，咸願勒石紀成，以詔來裔。余嘗躬踐名巖，目覩勞績，遂秉筆特書，不事多讓焉。復爲銘曰：

勾曲神皋，是曰洞天。展真鍊化，玄教開先。於穆茅君，發迹漢炎。帝降九錫，靈嚮弘延。琳宫玉府，群方具瞻。孽火肆烈，遭運適然。鞫哉幽士，秉志維虔。謂木易燬，易之甓磚。崇垣屹屹，穹宇言言。金像儼設，神兵拱旋。大壯斯固，回禄永蠲。玄風惠暢，天子萬年。澤及九有，富壽無愆。

墓表

長洲楊處士順甫與其配吕孺人墓表

璘去蘇三世始還，嘗問鄉國氏族於中丞毛公，圖所宜近。毛公既歷敘縉紳大夫諸名貴，次及隱淪之儁，曰：「有楊處士順甫，少窮經，爲士不振，懼失養，遂棄去，服田事，又賈湖湘間，大拓貲産。慷慨高氣岸，不與俗諧，疾惡如讎，見不義輒面斥，不相貸。性好賦詩，結澧湖詩社，感時遇事，喜怒悲適，言意所不盡，一發之詠歎。積十數巨帙，曰吟秋稿，曰湖湘紀行，頗傳於人。」璘曰：「異哉處士，古人言窮然後能工詩，何處士富迺能乎？」毛公曰：「處士有婦吕孺人，善治内，若能吏之治官。耕織務時，家無遊童逸妾。謹賓祭，牲酒葅醢，必精必備。教子若女，咸有法宜，大約歸諸勤儉。門内井井，故處士應征徭、接賓客之外，無所顧慮，得一盡力於詩。」璘曰：「婦德之益如此哉！」又二十餘年，與其子中和等姻婭往來密，益口悉其家政。處士及孺人先後卒已，中和等乃持其姊夫汀洲太守劉君絅狀來請表其墓，其何容辭。

按狀：楊氏，長洲舊族。處士生景泰辛未某年某月，考諱舜民，母某氏。正德辛巳三月十三日卒，年七十有一，葬宅西錦藤巷新阡，太僕少卿都氏穆志其墓。呂氏，亦長洲人，居黄埭。孺人生景泰壬申六月十一日，考諱岐，母陸氏，年若干歸爲處士妻。嘉靖甲午八月九日卒，年八十有三，合于處士之窆。翰林待詔文氏徵明爲志，其所序德善，大略如毛公言。又載處士有寡姊無告，迎歸養之，厚割膏腴田若干畝，入郡學供釋菜。孺人善待側庶，視其所生如己生。處士每以侃直見讎惡少，孺人輒暗爲遺謝，俾無深銜。此數事世俗所難，非二老能見大義，不及是也。有三丈夫子，長即中和，次元儀，次元仁。孫男女合二十六人，曾孫六人。

蘭馨玉采，薰映閭閈，嗚呼盛哉！惟吾蘇以多賢跨天下，德藝彬彬，如鄧林之難爲木，蓋其大者衆也。以處士之所操執，名僅馳於鄉井，身不顯於位著，豈非地勢使然哉？觀其别白清濁，見義勇爲，刑家裕後之道，舉足爲浮競硎範，使居他邦，豈特未見已乎？凡今過墓下者，要亦欽其風誼，思所嚮羨，毋但校諸隱顯出處間也。

行狀

通議大夫南京吏部左侍郎儲公行狀

公諱巏，字静夫，别號柴墟，本毘陵茂族，元末始徙海陵。曾大父諱某，字仲文，倜儻負義，嘗隆冬載布數乘入遼，遇警道阻，人多凍死，遂立市門散之。又嘗行道中得遺金，歸其人，其人分謝，悉不受。此其種德所自，夐哉厚矣！大父諱玉，字景榮，以公貴，贈通議大夫户部右侍郎。父諱信，字宗實，累封至通議大夫户部右侍郎。母王氏，繼母董氏，俱贈至淑人。

公生而穎異，六歲讀書，過目成誦，九歲善屬文，選充州學弟子員。十六食廩，應鄉試，名聞京師。成化己亥年二十三，王淑人疾，祠藥不愈，乃刺股救之，延數旬卒。時尚未室，宗戚强公娶，公頓足號天，足指俱碎乃已。淑人遺命「勿葬先兆内」，家貧無資，公極力别營墓域。每旦伏哭塚上，夜則苦誦讀，以圖顯揚。

癸卯，舉應天鄉試第一。歸至儀真，即號泣赴家，痛母氏弗及見也。甲辰，會試禮部第一，廷試賜二甲第一，觀政吏部。太宰濟南尹公欲選爲屬，公懇求便養，遂授南京吏部考功主事，尋陞郎中。弘治甲寅，太宰鉅鹿耿公奏改吏部考功郎中。公留意人才，考注臧否，無不曲當，一時人士竦然戒曰：「儲君陽秋可畏。」居南部時，考察庶官，有悍吏肆暴不法，或憚黜之生亂，公毅然贊罷之。北部當朝覲考察，雖執政親戚不職者，咸無假借，天下服其公。丁巳，擢太僕少卿。次年，遭董淑人喪。辛酉，起復，仍補舊職。行部禁吏迎送，除民苛費及馬政積弊。

乙丑，陞本寺卿。首舉馬政便民者四事疏于朝，語在奏議中，悉見施行，譽望日重。性狷介寡合，執政不相悦。奏擢都察院左僉都御史，總督南京糧儲，釐革倉庾宿弊，裁省供費，及條陳應議四事，多所惠益。正德戊辰，擢户部右侍郎。己巳，遷左侍郎，督京儲。其莅政一如南都，沉静端毅，中貴同事者咸見嚴憚。時逆瑾用事，大臣多爲屈損，稱公爲先生而不敢慢。

庚午春，以疾乞休，詔賜乘傳還，仍敕有司候病痊，奏聞起用。同事太監蔡用素重公廉，餽白金五十兩爲贐，辭不受。冬十月，仍起爲左侍郎，辭不就。壬申春，復起爲南京户部左侍郎。時四方多故，京儲虚耗，公籌畫深遠，務善後圖。癸酉正月，改吏部左侍郎。時方望其大用，遽以疾終。

公體貌清羸，若不勝衣，端默簡重，凝然具臺閣之器。爲文簡古多思，尤深於詩，沖澹沉蔚，兼晉、唐之風，士林寶之爲訓。好賢惜才，凡海内知名之士，無老少遠近，咸見推引。阨窮弗達者，必思振起之。辟遠非類，不惡而嚴，未嘗有不善人至其門也。初，璘舉進士，今司徒無錫邵公嘗相語曰：「子持身當以柴墟爲方，終不爲非人累。」其見推重如此。每與學士大夫語，必政事、文學等事，否則端坐終日而已，人莫敢言其私。居常與家人言，亦恒引古賢孝貞烈故事爲訓，絶無燕昵語。

事親至孝，侍郎公年八十，在堂少有違遠，凡飲食衣服之養，顧慮周至。兩蒙恩賜綺幣，悉製衣以爲悦。自主事至侍郎，四奉敕誥推封，每臨母淑人忌辰，必齋戒祭祀以致思。平生鬚髮爪甲，不敢棄遺，藏至數大裹，竟以殉斂。其謹身慎行此可類推已。晚爲朝廷倚重，故誥辭稱其雅操不群，長才傑出，學有本原，志存貞固，簡在固已切矣。易簀時，召璘與車駕主事王韋屬以後事，至不能語，猶舉筆作「國恩未報，親養未終」八字，泣數行下，無一語及其家事。非素養堅定，烏能至是哉！

公初娶周氏，十有七年而卒，誌稱相夫多賢，累贈至淑人。繼娶朱淑人，實應封御史朱公之女，通古經傳，惠妾媵，育遺女，咸稱於人。女三：長適陝西按察使仲公子承佑，早卒；仲適泰州守禦所千户周沐。皆周出。季未適，側室嚴出。無子，以從弟崐子灝嗣云。生於天順丁丑九月二十一日亥時，卒於正德癸酉七月十一日未時，享年五十有七。所著有柴墟文集若干卷、奏議一卷，駉野集一卷，其傳世式後無疑也。

璘淺陋，辱公不鄙，誠不足以知公其所知者，文又不足以發。且將適湘南，程期迫急，焉能圖不朽之事？第心已許之，又慮失此無以報公，故掇拾爲狀，十不具一。所恃廟堂鉅公爲其心交，闡幽發微，垂之金石，庶大賢之迹，來世有貽云爾。

僉事潘君宗節行狀

曾祖恪不仕，曾祖母楊氏。祖岳，雲南道監察御史。祖母徐氏，封太孺人。父積，四川布政司左布政使。母王氏，繼母許氏，封夫人。潘氏居廬之六安州，六安當淮、淝之衝，世亂多兵火，故上世譜牒無考。五世祖諱霞，元末千户總管。總管生萬一，萬一生仁三，仁三生恪，恪生岳，有子五人。其三曰積，舉進士，仕天順、成化間，累官四川布政司左布政使，亦有五子。其二爲僉憲。君名鐣，字宗節，能言即解記誦。七歲賦詩，輒出奇語驚丈行。十歲能讀史略，論古成敗。十六侍布政公入京，公疾，不脱冠帶而養，周防僕御，内外無失，才行已緒見。十九娶單孺人，甫四十日，憂布政公赴蜀道險，力請侍行，居三歲始還，實成化丙午，遂舉應天府鄉試。逮弘治丙辰，登進士第，授滿城令。

愷悌子育，不設厲禁，凡徵輸善量緩急，常獲寬省。邑有巨猾張某者，好敗官政，或諷君殺之，乃笑曰：「獨非民邪？吾知自檢而已。」丁布政公憂，去任治裝不滿一車，父老與諸生遮道泣送，曰：「乃今見古廉吏。」相隨數百里乃捨去，樹碑頌其遺愛。居喪，哀毁骨立，殮葬有禮。

服闋，除滑縣知縣。滑爲畿輔大邑，賦重民玩，前令率坐廢。君下車，首聽滯獄，風行雷斷，五日而囹圄爲空。乃理逋賦壅蔽者，曰：「民猶水也，塞則潰，疏則流。」於是解棼剔蠹，犂然有條，人人以爲惠，争先輸納。閲三月，而租入大集，郡守韓公歎曰：「民豈不可化哉？何滑民昔狡而今良也！」縣籍口賦，里胥故多爲奸，君誓諸社曰：「所不惠於民者，神有顯殛。」籍成踰月，忽有抱策愬庭下者曰：「某等負公作奸者盡疫死，某幸生，願正此籍。」因許釐正爲式，人謂君誠信通於人神。初至滑，前令擅移官帑銀數千兩，籍亂不可稽，君曰：「殆哉！殞身非予，其誰掩此？」乃檢括規畫，俾充其數，竟不令前令知也。被徵去，府人出羡金二百爲贐，君曰：「欺人不誠，黷貨不貞，吾豈以毫末而敗吾素？」令籍之庫。父老請立石以識，君曰：「無庸，第無忘今日可也。」

甲子，拜四川道監察御史。首論時務大計四，曰：審大勢，權時宜，重將權，倡士氣。太監高鳳蔭從子，君曰：「此王振、曹欽之漸，不可長也，請加黜罰。」奉命勞軍遼東，廉公有威，邊將斂手。歸上備邊五策，曰酌戍守之宜，憫戍卒之苦，處將來之用，豫未然之戒，革科斂之弊，皆中肯綮。一日，北風寒甚，思許夫人年老闕温清，上疏請養，得改南京湖廣道。無何，内降削籍。明年秋七月，詔罷黨惡，君與焉，蓋正德丁卯也。家居以御史罪，前後輸米三百石，鬻產供命唯恐後。

庚午，詔復冠帶。文安賊寇六安郡，人視君爲去留，君謂子弟曰：「我世臣也，當爲國捍患，若等宜避地以存宗祀。」遂與守臣設策拒守，城被圍者三日，竟得不陷。癸酉，起授廣東按察司僉事，持法平恕，人不以爲冤。有縣丞楊某者，以貪見黜，辭去，泣下不已。太守李君歎曰：「焉有奪人官乃感泣者哉？吾不知潘公何以致此。」有知縣黃某者，懷百金見謁，君曰：「與尹處，及期而不見信，是吾不德也。若暴尹罪以章己廉，吾亦不爲。」黃慚，謝去。

廣山猺摽掠爲近鄙患，君奮計率兵，夜擣其穴。諸公首鼠兩端，君曰：「我任之，毋憂公等也。」功成不失一矢，衆咸歎服。有韋氏兄弟，爭財久不決，君開諭義利，自相引伏。乙亥，君年踰五十，乃歎曰：「顛毛種種矣，猶俯仰逐人後，志其終不可行邪？」遂上疏請老，銓司下檄慰止。御史丁君濬曰：「請小屈以易腰帶。」君笑曰：「歸敝廬後，當卉服與野人俱，帶且棄去，何有於金？」復上疏，不待報而行。蓋入廣，往返僅一年耳，歸五年，遂不可作矣，豈非天命乎？

君孝友之誠出自天性，事繼母許夫人曲盡顔色，寒燠饑飽，躬自慰問，珍菓名醖，獻而後嘗。謹於祭先，非疾病不敢不親，尤重立春之祭，曰：「謂有僭於禮乎？非此則祧與殤不血食矣，吾其忍諸？」祭畢，會宴昆弟子姓，務盡歡愛。凡臨父母忌日，則素服屏居，不御酒肉。善事孀姊，俾安其節，處諸昆弟及兄弟之子，內不吝情，外不吝力。推至宗黨及母族妻族，雖親疏有差，無不各當其分。性寬大明坦，能恕人所不及，忘人所不道，與人交不設城府，久益誠信。

其爲學有源委，不事枝葉，嘗曰：「古人之學惟求此心，今人外心以爲學，故汗漫無歸。」凡與學士談聖賢之道，如啖飴蜜，甘而有餘味也。文尚氣骨，下筆輒千百言，奇正變化，具有繩度。作詩沖淡爾雅，酷愛陳拾遺及韋、柳古詩，故擬古之作恒得其髓。初號石湖，後田于團山之間，更號團山野人。所著有團山集十卷，藏于家，示兒編未成書而卒。生成化乙酉冬十二月十八日，卒于正德庚辰八月二十八日，春秋五十有六，卜葬于望江之原，去先兆一里。許配單氏，封孺人，先君十四年卒。繼室黄氏。男女子六。單出者四：男曰子嘉；女孟適指揮使劉定；仲適庠生江稷，早卒；季適指揮僉事喬志道。黄出者二：男曰子壽，女在室。女孫一，聘指揮同知□□之嗣子笏。

君葬既久，子嘉學于甘泉先生之門，懼先德無徵於將來，乞銘納諸壙，來請爲狀。璘念團山之交，非特同陛已爾，實相知心焉。蓋同爲畿輔縣令時，得之至深也。唯吾榜當孝廟景運，號多賢哲，方釋褐通籍，時如某君某君數十輩人，已擬爲公輔之器，團山其一也。逮逆瑾擅政，摧折正直，諸君流竄輪作，遂多喪亡。其不遇焉者，亦自凋謝滅没，而其存者，今可數矣，何其落落邪？雖禍自逆孽興，然天道舛錯，亦往往相符，誠可怪也。若吾團山乃復奪於厭亂之後，安所歸咎哉？璘詞筆淺薄，不足以狀高明而發精微，其所深知者略見言表，唯先生神會，其致勒之不朽，以慰幽明，是非璘所及也。謹狀。

傳

長沙通判陳公傳

公名鋼，字堅遠，南京人也。其先本建安人，宋昭化節度公申之，實丞相秀國公升之之弟。有子澤，以言青苗，貶明州，遂籍爲鄞人。國初有名珤者，始以醫徵籍太醫院，家南京。子某，實公父也。醫有奇效，京師語曰：「陳君劑何待二。」生公穎異，太醫公曰：「兒學醫，當復入神。」公不愛學醫，獨愛讀儒書。寓書族伯都憲公濂勸太醫公，乃遣之從儒，師金克明授詩經，遂舉成化乙酉鄉試。舉進士不第，授黔陽知縣。

公性豈弟，治事通大體。初至縣，稽民丁税多寡，均定徭役，招復流離，闢磽田數千畝，給無業之民，置養濟院，衣食無告，積義倉粟，俾民不怵荒歲，省刑抑訟，杜吏爲奸。居一年，庭無煩冤，野無凍餒。公曰：「民可教矣。」乃置社學，脩孔子廟，興孝弟禮義之教。楚俗居喪擊鼓夷歌，乃諭歌古哀詞，民知嚮風。老者語子弟曰：「微陳公，汝其終于夷乎！」公曰：「民可役矣。」

沅、湘二江合流縣城下，數決，壞民居。公作小舟數十舠，募民采石甃堤，自南門抵西門，亘千丈，水乃不溢。縣南山間有三里厓，路狹甚，石堅不可鑿，辰、沅諸路軍往戍靖州，夜每墮崖下死。公督郵兵積薪烈之，淬以醪醯，拓廣其路丈許，外繚以索，行者不害。掘地得古義士張捍碑及宋令饒敏學寶山書院碑，乃建書院於赤寶山下，祀二公於後寢。將圖新縣治，忽大水漂木數百至，乃底績。又建面山草堂，休沐讀書其中，以考得失。凡興作，民如子來，知以佚道使也。

公病，民憂惶禱神，雖老羸者，亦拜稽竟日，曰：「願以餘年報公。」病愈過市，婦女子望之皆曰：「公貌得無少損邪？」鄰縣猺夷與民爭田不決，監司檄公往，公開譬切至，咸踴躍服輿公出山。嘗過他縣，道旁小兒捕雀爲嬉，問知公名，兒相顧曰：「公必惡我等戕物命。」悉縱雀去。官滿當代，民上狀乞留，監司不許。公行，駕小舟送於江者數百里，爭獻蔬菓，公品取少許還之。殺羊豕，設祖道，禮成頒惠，無不攀泣。歸爲立生祠，豎去思碑，曰：「以無忘仁人於世世。」

拜長沙通判，察吏民所苦，苛禮冗費，悉刊除之。決疑獄，出冤民，民祠于家。

監修吉王府，程工節用，倍省其費。王嘉公忠廉，屢賜金帛，皆謝不受。議復岳麓書院。初渡江，有僧來迎，公曰：「安知迎予？」僧曰：「夕夢緋衣使君來訪書院故址，是以來公。」喜掘砌得故甓，識曰「陳某造」，適同公名，益大喜。乃白吉王，得故殿材成之，祀晦庵、南軒二公於中。

弘治丙辰，奔繼母喪歸，得疾卒。長沙人聞之，無不泣下，乃請諸監司從祀於岳麓書院。公居長沙，黔人歲遣子弟一人來問安。卒之數月，鄉人過黔者云公卒，黔人痛哭罷市。後邑令以春秋祠山川，後一日祀公於祠，歲爲常。至今長沙與黔人來南京者，多就其家，乞公像拜哭之。公弟鏡，官亦終武昌通判，以廉謹聞。子四，長沂，文學、行誼並有聞。

論曰：人嘗言叔世民誕，不可率以德，一切刻深爲治，何其薄哉！通判公循循守道，遲久化行，而漸於匹夫匹婦之心，要不可以智襲，廟食百世有以也。士大夫學道致身，與卓茂侯、魯中牟並傳盛矣，何必高位哉！

南原王先生傳

先生姓王氏，名韋，字欽佩，上世自睢徙江浦，再徙金陵，子孫遂爲南京人。父徽，强直有大節，成化間爲給事中，劾大權貴，忤旨，謫普安州判，謝歸。弘治初，三原王公爲吏部，起爲陝西參議，以直道處巡按御史，不合，遂乞致仕。先生既負異禀，復閑家訓，德器遂蚤成，不爲不義，不交非人。自諸生時，屹然有公輔望。莆田林公俊、海陵儲公巏並引爲忘年交，又與陳沂、顧璘友善，切劘爲古文辭，獨愛唐風，意興蕭遠，士林往往稱服警語。

舉進士，選充庶吉士，以才第當授翰苑。顧參議公年高，請南便養，授南京吏部考功主事。考課功行，及舉五年考察之典，力持公論，不少假借，百司並見嚴憚。從弟由國學生試政，欲言文選，求閒曹，乃正色曰：「安有身爲銓司，爲兄弟擇利便者乎？南曹權輕且然，使居北，當何如也？」竟不以言。後居憂，服滿，改除南京兵部車駕主事。所攝有快船者，主薦方物，領以中貴，故擢卒之長，率被誅索，破蕩無所排救。先生厚其資給，損其班列，嚴其節制，害遂減半。陞儀制郎中，政與國學相關。舊格以諸生衣冠流，一切姑息，其一二事目，頗傷禮教，先生曰：「政尚法不尚情，苟以情選，何所不至？馭民以刑，馭士以禮，禮有弗協，於士何觀？」於是釐正條布，雖喧閧，終弗少動。擢河南按察副使，督學政，迪以禮法，綏以恩義，士咸歸心。以吴太夫人老，不能迎養，遂乞致仕。值憂，擢太僕少卿，卒於家。

先生性純孝，其奉參議公，禮恭氣和，養豐惠備。故公在晚暮，清不知乏，老不知衰。吳太夫人性多恐，左右就養，未嘗有大聲遽動。其喪之也，適病在牀，哭必慟絶，水漿不御。數日，遂毁損至槁以没，四方聞而哀之。子逢元，亦有時名，先生嘗曰：「生兒貴佳，不必仕宦。」故逢元精究文藝，不應科目。

論曰：吾登都城，望鍾、印諸山，鬱鬱葱葱，隆偃闢翕，興雲霧以敷澤采，何其龐厚邪？是宜生人之多賢也。若王氏父子，文行卓卓，燦然麟鳳見諸郊藪，豈徒然揚哉！而卒不獲大施海内，殊爲可怪。及觀大江洶湧，日夜泄尾閭不息，又慊然憾矣。不然，如近時李按察熙、景中允暘，器中瑚璉而卒早喪。文學金子琮、謝子承舉皆有文，不第以死，抑又何説哉？聞諸人言，如使都城左右有大澤，比吳洞庭、五湖，庶幾鍾水豐物而氣不散越，黨亦有輔相之宜乎？或曰：「天地之英，率難鍾而易散。」此又物理消息，無容置意也。

東園金先生傳

先生名賢，字士希，江寧人。上世本籍永平，曾祖洵，國初始徙江寧。先生性資穎敏，魁岸闓達，有巨人度。少學易於吳公彦華之門，窮探妙解，有聲庠序。於時晉江蔡氏著易説行海内，乃與董生林輩推衍傳授，盡其精微，以之發科，登進士第，乃歎曰：「聖人精蘊盡於易矣，而妙用見諸行事，則在春秋。學者不通春秋，終不達聖人之用。」遂取三傳及諸家之説，研究異同，發所未發，著紀愚若干卷。其自序略曰：

昔壺遂問於司馬遷曰：「孔子何爲而作春秋哉？」遷曰：「周道廢，孔子知時之不用，道之不行也，是非二百四十二年之中，以爲天下儀表，達王事而已矣。」夫平王東遷，周室雖微，遺法尚存，禮樂征伐，尚或自天子出。及齊桓主伯，天下宗齊，而禮樂征伐自諸侯出矣。溴梁之會，群臣主盟，降自大夫出矣。陽虎作亂，季斯見囚，又降自陪臣出矣。此春秋之大勢，天下幾於無君，經不容以不作也。若其誅亂臣，討賊子，内中國，外夷狄，崇仁義，黜詐力，尊君卑臣，貴王賤伯，程子所謂大義數十，炳如日星，衆人皆可得而知之。至若有功者或不録，有罪者或見原，如齊桓違王志而令世子反或許之，鄭文承王命而背首止，乃致譏焉。晉厲弑於臣而書「國」，蔡昭弑於臣而書「殺」。晉昭徵令，欲示威也，而或取其功。吴師從蔡，欲謀楚也，而或進其爵。桓公無王，定公無正，權衡獨裁於聖心，是非不徇于衆見。此則程子所謂微詞奥義、時措從宜者也，學者非深於道，其孰能識之哉？

或曰：「仲尼之意發於傳，左氏述事，公、穀研理，廣發於諸儒，大備於文定，盡矣。紀愚何謂而作也？」曰：「今夫山，草木生之，而樵者不能盡採；今夫水，魚鱉生焉，而漁者不能盡取。聖言淵微，義理弘博，傳者雖多，而各有所得。探之益深，推之益廣，譬之飲河者，各充其腹而源不竭。此紀愚所由作焉。」

夫先生之學，識其大者如此，故其達於政事，恒以王道爲心，不殉俗矜張以希近譽。初，爲仁和知縣，事上以誠，接賓以禮，御衆以義，莅事以勤，文而無害，寬而不弛，竟與杭守楊孟瑛疏復西湖數百餘頃，民賴其惠。召入爲兵科給事中，時閹瑾擅國，流毒薦紳，先生獨持大體，不亢不隨。嘗勘淮安獄，正知府某罪，明周給事自殺之冤，雖拂瑾意，而莫之能害。他如論宗室寘鐇逆謀，議圻輔平寇利害。于時，都御史有治軍無狀、濫殺無辜者，並見奏黜，君子謂之有識。

服父喪，再起，轉右給事中。時瑾既伏誅，錢寧繼起亂政，以事見銜，求補外避之，遂出知大名府。下車以後，清淹禁，止横政，繩長吏之桀驁，辯黠盜之牽誣，民以安堵。乃繕城浚池，興舉百度，脩子貢祠，又以狄梁公、寇萊公有惠於郡，爲建祠置祀，刻元城劉公語録，以興學者。地瀕黄河，民罷障塞，乃建議請疏支渠，分殺其流，俾無泛溢爲害，臺臣是其議而不果行。郡藏有羨金三千兩，不登于籍，吏言之先生，先生曰：「吾不忍厚私以負國家。」遂白御史，籍之官。入覲，言官有不悦者，漫詞誣劾，乃改知福建延平府。先生曰：「官非吾志矣，不往則迹不明。」因之郡，受事者七日，即上疏乞骸，不俟報而歸。

旋得請致仕，日與朋舊爲樂，公卿不先加禮，未嘗往見。孜孜以興起後學爲念，講析疑義，終日不倦。讓舊業於諸弟，仍出歸橐之餘，治其家室婚嫁。其友王太僕韋歿，嘗貸白金百兩以上，往哭之，即曰：「嗟嗟欽佩，毋念吾逋，以恤而後。」於是義聲重一時。

嘉靖戊子，大禮成，推恩進亞中大夫，年七十一，卒于家。子男四：大車、大輿、大輹、大軏。大車，鄉進士，有文行；大輿，府學生，善詩。並稱于鄉。

論曰：六經道之綱也，苟舉其綱，萬目咸正。今仕者治經用世，往往棼糾耗亂而乏治理，以文不以道也。金先生學易與春秋，皆盡其微，斯身心與之化矣。故治民則惠，司言則直，豈非綱舉目正之效耶？夫然後知六經可貴，而聖人之道果濟於世用，不誣也。

謝孝子傳

謝孝子名廣，字志浩，祁門人。系出南唐銀青光禄大夫詮之後，由大嶺三遷而居王源。由詮公十六傳至忠，是爲廣父，母汪氏。父性涓逸，出賈梁、宋，聞神仙遐舉事，志竊慕之，遂遊名山，求至人以圖不死，不歸其鄉。

廣幼，母教之學。年十六，授春秋於從祖方伯廷憲公。讀潁考叔遺羹事，廢書泣曰：「古人一羹不忘其親，余有父，失養不顧，獨何心哉？抑聞朱壽昌失母，求之五十年，竟獲。廣不生空桑，乃忘父母耶？」顧母氏無他兄弟侍養，即納婦李。入門七日，決計出行，纏擔簦，誓周四方，以冀必見。次大梁，得父於小窑旅邸，號泣抱持，如得再生。父摩其頭曰：「兒孱孱遠來良苦，今與兒歸矣。」

相依旬月，戀戀顧慕如嬰兒，信父已變前志。顧乃紿廣往汴，北取浮貲，云同歸。會伯龍起偕兄禄自魯山來會，因託二人代侍。緣父惑彼道深，得間即脱去，滅迹矣。比還，蹀踊幾絶，莫知所適。忽傳父在魯山，即匍匐往尋，弗得。有郭駝氏者，儒生也，哀之，因館穀爲圖計。諸儒生來唁，盡憐愛之，欲挽留就學取科第，云：「爾父聞之，必來。」廣以書復諸生，其略曰：「舜不得親，雖攝天子之位，猶怨慕而懷憂。若余則失其親矣，乃欲務虚名，沮實念，是誠何心邪？仕以求忠，安有不孝而可爲忠乎已矣？吾求吾父矣。」辭旨懇款，諸儒生不能强，咸歎曰：「孝子，孝子！」聽其辭去。

歷陳、蔡、鄭、衛之墟，達于荆、襄，反于河上，皇皇如追，戚戚如喪，舟涉陸跋，弗御酒食。夜則稽顙北辰，以控精懇。凡諸寄宿之舍，輒勸人脩孝弟行，感動甚衆。人亦每每導送，窮索幽險，渺不得彷彿。母在家病作，族黨寓書召之歸。歸乃持母泣曰：「天何乎置我於蹙蹙間邪？人有襁抱稱孤者，毒矣，我幸有父而不得見。有列鼎調膳者，福厚矣，我徒有母而不得供菽水。雖謂非子可也！」仰天大號，聞者酸鼻。

既侍母疾愈，聞武當有道人影響類其父，即銜哀辭母，以死爲誓，嚴戒步拜以往。腰貲販賤，營給口食，至則非是。又聞終南山中多學仙侣，乃衝暑雨，躡冰雪，歷風濤崖磴之險，深入窮探，艱苦萬狀，足痺且跛，竟不得遇。匍匐河汴，又十餘年，形羸髮禿，悵悵待斃而已。家又報母大病，倉皇籲天，挽輿兼程，歸至家，跪牀下，泣曰：「兒罪當誅，求父弗得，復棄母養，天地不覆載矣。」於是躬奉湯藥，衣不解帶，唾涕必手承之，踰三月而母安。

又數月，乃復逡巡進曰：「兒初意父志神仙，索居方外窮矣，事久不可料。嘗聞河埠館人云：有徽商每二三年駕巨舶一至，貨盡即去。述其容貌行事，儻而翁乎？兒因置行篋在彼，計今秋冬當來，欲往候之，天其或者遂此也。」母許之，乃輿痺往候。踰年又不至，彷徨計無所出，長號而歸。母亦老且病矣，日維率妻子竭力供養，結樓日北望，冀父來歸。又以意繪像，朝夕哀臨。或夢挽父裾不能留，則號哭達旦，至動雞鳴。凡飲食及其所嗜，輒投筯不食。

殆母氏以天年終，乃具父衣冠招魂以窆焉，哀慕之心，至老不替也。年六十有九，忽疾作，且起命製衣衾，仍口占曰：「正氣還元造，餘辜積厥躬。一生行止定，千載是非公。」遂卒。卒後二十年，其子祚録其孝德，委悉成帙，謁余爲之傳。予讀之移晷，乃盡訝焉。踰年未敢捉筆，問其鄉人，曰：「信然。」乃作傳，著其概。

論曰：父母所由生也，是謂之親。生致其愛，死致其哀，豈待慮而能哉？其或事變外迕，弊精殫力，以濟所願，固亦天性之自然，非有加乎其外也。唯夫世教衰替，耰鋤德色，往往路人其親而後孝子得著其譽，吁，亦痛矣！如謝孝子之事，間關險奧，憂愁疾苦，亦云窮矣。而持念專篤，至於蓋棺猶抱遺憾，斯天性純良，無慚於薄俗者乎？其可謂篤行士矣。

周汝衡小傳

周汝衡，蘇人也。上世善陰陽星曆之學，國初徵隸欽天監，遂徙家金陵，又以醫行。至汝衡資絶人，見世工率習近世脉訣、方書、諸雜家説，不究本原，即見病，莫知從來，一切揣度施治，乃悉屏去衆習書，獨取内經、本草、難經等書，徹晝夜讀，務窮精奥。

初，爲小兒醫，輒有奇效，聲稱歘然。時有楊茂者，學古大方脉醫，群工視爲迂怪，背笑之，獨考功王欽佩與余等數人尊信之，時時賴其效。汝衡好其論議，獨相與往來，講究甚密，益歷閫域，由是吾黨並重汝衡。後楊茂死南都，病家獨争迎汝衡。凡汝衡至，診病立方，多與衆殊指，諸富貴家所饋金錢，恒倍它工。汝衡獨知斯道深永，或失手則殺人，重於用藥，遇有故輒不赴人召。及赴召，或見病疑，輒不投藥，大率如倉公所設意。凡以重故，諸人弗測所操，或謂其難致，汝衡終不言。又善談名理及神仙幽怪家説，每過士大夫，言即移日，多失諸富貴人召，故所獲金錢，反不逮它工。士大夫久益愈重汝衡。余家人病無貴賤，必迎汝衡，汝衡無不至，藥亦皆應手效。

余嘗問之曰：「若子於醫，可謂入室矣乎？」汝衡曰：「噫嘻，言過矣，言過矣。夫醫者，聖人之學也，非盛德莫能操其慮，非明哲莫能通其説。如銓者尚未能瞥藩籬，安敢望堂階乎？是故士有能知草木、金石、昆蟲之藥，辨類審性，析經致能，弗乖其宜，弗亂其忌，是謂知物，知物者巧。士有能知人之疾病，淫於四氣，薄於五臟，動於七情，見外知内，按微知巨，占始知終，執生知死，由是以審施湯液醪醴、鍼砭按摩之治，是謂知證，知證者工。士有能知臟腑之所表裏、經絡之所離會、榮衛之所輔勝、命脉之所消息，選物設方，制於未形，體微發慮，決於衆惑，是謂知生，知生者聖。士有能知天地之情、陰陽之本、變化之因、死生之故，立教布法，使人專氣含精以握樞機，汰穢葆真以固根柢，疾疢不作，神乃自生，是謂知化，知化者神。夫神聖者，上智之能事，未易冀及；工巧之道、術學之所造也。醫不臻此，不足以名業，請借事實譬之。是故不知藥理，盲投鈎試，是將兵者使人以弓刺而引矛盾射也。察病不定，揣摩施治，是相國者昧國所患而寬猛倒施也。尚焉得爲將相乎哉？此敗亂所以接迹於天下也。銓爲此懼，是以聞召如赴難，臨病如對敵，探匕握勺，兢兢如不得已，心有所重也。今怒者乃以慢詆，安得户説而家告乎？已矣，已矣！盡吾之心，慎吾之術，苟餬吾口而已，請勿以醫名我可也。」

東橋子斂衽謝曰：「仁哉汝衡，知道之難而不輕治人，其所全活可勝量哉！昔者齊桓公欲相鮑叔牙，叔牙曰：『如欲霸天下，必管夷吾可相。』秦始皇欲以二十萬卒伐荆，王翦曰：『非六十萬不可。』此真知將相之道者也，故卒有功於人國，汝衡之於醫殆類此夫。」余患世之人終不知汝衡，爲作小傳。

祭文

開封告山川社稷禱雨文

璘懈職鮮仁，忝于命吏。神鑒弗豫，移罰我民。東作告興，雨澤弗降。甫甦之衆，復懼捐瘠。璘食其力，實深憂愧。謹滌躬自薦，願當明殛。早霈甘澤，以安庶人。唯神聰明，璘言不縷。

祭大司馬静庵胡公文

唯公廉厲端執不爲融通，明白坦洞不爲隱匿。秉節如嶽，雖危不欹，嗜義如食，雖老不怠。故其歷官也，剸繁劇其若割，臨鄙夫而見化，履外臺則逆夫寢謀，立中朝則佞士卷舌，所謂蹇蹇匪躬、國爾忘家者也。璘嘗語人曰：「矯哉胡公，若久處中臺，必能使志士大行，懦者有立；久處邊圉，必能使士馬精强，中國安固。古所稱社稷臣，非其人乎？」

嗚呼！恬心易退，率爾拂衣，再召司馬，逡巡弗就。蒼生方憾其高卧梁木，遂至於永壞，抑獨何哉？四海興嗟，曷其云已。公之生也，不以璘爲不肖，南都被召，俯焉下問，許其契合。及其没也，璘適造門，甫聞疾作，握手相顧，遂成永訣。璘何人斯，而叨此宿誼於公側乎？公殯無期，璘去伊邇，生芻白酒，來瀉哀私。公神洋洋，冥漠如格。

祭喬衡州文 喬溺于皖

屈原被讒，懷沙楚湘。太白沈憂，汨没佯狂。猗我喬君，身尊道昌。事既弗類，天胡見殃？嗚呼！君爲子則孝，爲臣則良，於民則柔，於己則剛。處濁弗玷，玉則珪璋；任重弗撓，材則棟梁。何壽乃不稱其善，事有大戾其常。天豈假君爲江湖之神，化蛟龍之祥，奠厥海嶽，以安四方。不然，則奇崛之氣，文采之精，震蕩勃鬱，何所發揚也？君有賢子，善服義方，君有賢配，善事高堂，勿憂垂白之失養，而齠齔之皇皇也。故人之義，永乖隔矣。幽明雖殊，宛同此傷。衷寄于言，淚寄于觴。精爽伊邇，來格洋洋。

祭王南原文

維年月日，友人某敬具殽羞清酒，頓首跪獻王母吴太安人柩下，乃獻于亡友太僕少卿南原王君與其配張安人之前，再拜哭曰：

嗚呼痛哉！茫茫天壤，積此疚哀。二世三德，纍然並摧。有孤煢煢，乳孫去懷。孰使慶門，而罹百災。嗚呼痛哉！君稟茂質〔一〕，金純玉粹。立德行仁，始于孝弟。耿介所操，位賤身貴。擢之匪光，抑之匪墜。厥考有烈，克紹克類。秉鈞敷化，公望攸企。卿階甫升，遽爾顛蹶。嗚呼痛哉！嗟余小子，謬曰同心。葭以間玉，材固匪任。君弗鄙我，契托彌深。善必加礪，過必加箴。庶幾夙夜，以奉德音。居既比屋，樂亦共襟。孰有美酒，不爾同斟。君今已矣，心迹俱沈〔二〕。素車載發，黄壤斯臨。遺恨千古，悠悠自今。觴豆言別，知君我歆。詞所難既，尚鑒于陰。

【校勘記】

〔一〕「稟」，金陵叢書本作「秉」。

〔二〕「沈」，明抄本作「陳」。

祭王履吉文

嗟嗟履吉，粹德弘器。孝友温恭，不習而利。顔曰近仁，黄曰化鄙。學道夙成，庶幾媲美。嗟嗟履吉，弱歲多文。金聲玉色，四國流聞。鄉豈乏才，鉅細有倫。徐祝既喪，今逮于君。有識興歎，謂大運存。嗟嗟履吉，竟失禄仕。云何弗能，屢黜於試。譬之驊騮，搏鼠非技。顧此域中，事亦多悖。浮沈小物，曾是足齒。嗟嗟履吉，朋友之良。文蔡丈行，乃輸肺腸。璘室則遠，義猶一堂。言誓白首，今也則亡。嗟嗟履吉，慈父仁兄。奄爾永棄，孰侍孰從。有孤濯濯，孰撫于成。莫仁匪天，胡忌哲明。化者長已，尚恤其生。嗟嗟履吉，非子誰慟。死生之情，於斯爲重。喪也莫奔，斂也莫睸。緘詞致哀，空言誰控。唯子神明，鑒此潛痛。

祭羅敬甫文

嗚呼敬甫！憶與君别，君病在寢。遭罹大痛，泣涕沾枕。余撫君牀，默焉中傷。伶仃弱質，豈勝百殃。每逢黨里，首訊必君。往覲在都，忽以哀聞。

嗚呼敬甫！英年懋學，如駿之駒。騰踏雲漢，何遠弗如。人孰無終，嗟君太早。

豈無騃愚，皤然俱老。薄俗寡義，君敦孝友。庭中雍雍，世德彌厚。雅道弗振，君博前聞。下搜稗史，上括皇墳。吾鄉晚後，望君爲英。君今已矣，山川失靈。緬念同心，唯四三人。愧君於予，獨託懿親。不鄙孱子，委以令女。固曰非偶，骨肉實齒。易簀之念，屬予不忘。聞言内隕，益切慚惶。君母吾母，君子吾子。親故之懷，乃在生死。

祭祖母太孺人文

正德五年九月七日，璘在開封，聞大母太孺人陸訃至，爲位哭踊，五内如割。越十日，遣吏人還，致牲醴之奠，乃泣血頓首，稽首而致辭曰：

吁嗟乎天邪！吁嗟乎大母，撫我孫子，恩何篤邪！方其幼也，見嬉則喜，聞疾則悲，日欲其笑，不欲其啼。及其長也，士也恐荒，商也恐蕩，日撫而祝，俾勿予喪。鞠我哺我，疾病藥我，飢勞有容，覘我恤我。凡我孫子，或在或夭，凡三四十人，吾大母憂煎而及老也，恩何篤邪！璘自筮仕，恒懼遠遺。唯我大母，亦遠之悲。一載在朝，請告而還。三載在邑，遷秩而南。五載在舍，既樂且耽。孰曰無酒，菽水其甘。維夏告行，載撫載憐。云何在郡，甫三月而以訃傳也？

天邪大母，今永捐矣。大恩恢恢，報無緣矣。何其痛邪！吁嗟大母，孝讓慈良，根于秉彝。閭里孩孺，無不知也。恭儉端肅，爲家儀刑。内外女婦，無不師也。今兹逝矣，云誰不悲。凡我子孫，悲何如之。林林孫子，哭踴于堂。璘獨何爲，在天一方。悠悠蒼天，仰愬維默。瞻望於南，我淚維血。遣使南行，長跪陳辭。大母慈我，下鑒哀思。

祭三叔母馮安人文

維嘉靖九載庚寅六月，璘起家守藩。甫三月耳，家人匍匐來告叔母之喪，心摧骨崩，痛何可任。唯我父叔之世早喪，其季叔父以上，皤焉俱存。邇歲不造，先慈見背，今春降割，奄及仲父，胡忍復聞叔母之訃邪！既哭虚位，遂載牲帛，遣吏歸奠，乃申告曰：

唯吾叔有家，造于崩析；唯吾叔有子，賢聞四方。相之教之，母德寔厚。貞慈惠柔，崇其德也；明斷詳則，崇其言也；端飭雅儉，崇其容也；組繡綴製，崇其工也。鄉國咸矜，況我家族。倏爾永棄，伊誰弗悲。且我令弟，有行如玉，有文如錦。方顯輒沮，既困且災。謂天道不謬，吾不之信也。哀哀叔母，姑享此忱。謹告。

祭五妹文

唯我兄弟，爾生最晚，親心則憐，有家獨遠。良人少孤，舊業日零，爾善處命，中壺唯寧。克孝克順，是曰女德，唯良弗慧，時遺爾極。扶櫬西江，翹望言旋，天胡降割，遽以訃傳。嗚呼痛哉！生也戚戚，獨遠父母。没也煢煢，復去鄉土。人誰弗悲，矧我同氣。少者先凋，痛裂五内。遣奠致哀，享爾牲醪〔一〕，竟爾有知，慰此迢遥。

【校勘記】

〔一〕「牲」，原作「性」，據金陵叢書本改。

祭亡妾文

昔甲子之歲五月廿二日，予始納汝。逮今丁卯之歲，汝亦以是月是日棄予而死。孰主張是而爲是？可訝也，數亦有心於其間哉？生甫二十年，爲婦甫三年，來日悠悠，汝去不享，身無遺孩，死不見母，生人之悲，莫毒於此。嗚呼，痛甚也已！

汝本燕女，予本吴人，相去數千里，孰使之合，又孰使之離也？其數短遽若此，曷不爲造物者不爲是離合，而使予與汝無是長恨也。幽者以爲戲，明者以爲苦，殆造物者之咎邪？

自汝從予，面無嬉嫚之過〔一〕，背無踰犯之請，刺綉剜綴之業，目覿手應，予内多汝淑而不以言，恐汝之驕而弗汝假也。憐汝去父母兄弟，寄身於予而弗汝厲，使汝將予忠也，是皆思終身之規而過計若此。今也若漂萍落葉，暫聚即散，回念前事，可勝悲邪！汝病向愈，予念已釋，在公忽忽，忽爾告變，維此大病，寔有幾微。予不能早詧而亟藥，使汝竟死，是予慢也，痛何可言！汝今合化歸真，氣必有靈，宜邪枉邪，謂之何哉？入室莫覿，出野見柩，壺漿豆饌，來寫此哀。

【校勘記】

〔一〕「嫚」，金陵叢書本作「慢」。

息園存稿文卷七

雜銘

約庵銘

正德庚辰之歲，璘來京師，太僕少卿周君見於舍，曰：「吾竊幸乎子來，吾方有解於中，未以語人，請質之子。始吾論學，恥弗博也，故統覽聖經，汎涉群言，多識廣思，唯恐或漏。今也多言而患支，多誦而患馳，苟有會焉，兀兀終日而已。始吾論才，曰震瑣。作爲文章，既被雲漢，囊山岳，且而慊慊焉，羞其鄙奮爲雄，曠朗爲特，剸裁巨細，弗見棼糅者，斯天下之通才也。古之人廣謀若平，宏辯若誼，吾甘執鞭其門。今也覩沉默淵密之士，外木而中理，動簡而節周，有餘味矣。服今吾取其素也，味今吾取其薄也，居室今吾取其適體也，交際今吾取其不廢禮也。推之百物，靡不以約爲尚，乃築庵稱約，志吾警焉，豈釋故即新有游於道階乎？抑氣衰志頹，將戔戔自居，齷齪以苟終乎？物有自蔽，道有自疑。故目不視面，燭不輝跋，明所弗逮也。乃今願得承教於子。」

於是璘乃正容起賀曰：「善哉先生之學乎！所謂黜華掇實、舍凡而執要者也。按約之義，爲省，爲束，爲要，均道本焉。是故大饗之玄尊，大路之素幬，省也；服之用大帶，射之用拾，束也；稽數以籌，張網以綱，要也。匪省則華，華則濫質；匪束則散，散則淫志；匪要則泛，泛則隳功。故君子之學，省焉而後質固，束焉而後志莊，要焉而後功篤。三者既脩，聖人之道具矣。然則先王之務約也，又何以加諸？璘不佞，無以復高明，願脩銘于庵，以相厥志。」乃銘曰：

道本一原，物始大朴。維皇建則，貴順惡鑿。澆風既澶，繁縟紛錯。士尚彌荒，靡所止託。君子孔憂，遡懷渾噩。爰究道真，統茲守約。内存必專，外動必確。豈無多方，匪我攸學。

率性堂銘

於維人心，其静曰性。率厥善端，動罔非正。或誘于物，乃淫于私。以匡以直，教訓是資。維我民斯，亦罔咸覺。先民孔憂，爰迪于學。選秀肄業，臨兹高明。民之聽之，絃誦洋洋。維子允仁，維臣允義。慎厥大閑，百善從類。余罔有識，言則聖謨。有來斯覿，毋謂爾誣。

育德亭銘

泉決于汙〔一〕，乃釋其蒙。胡斯人斯，抱闇以終。

【校勘記】

〔一〕「泉」，文淵閣本作「乃」。

逵池銘

有源乃來，乃盈乃流。君子學道，胡不是求。

省齋銘

人心難持，譬彼奔馬。銜橜或弛，幾敗乃駕。持之維何，反聽内觀。善邪惡邪，貴察其端。孔曰慎獨，湯曰檢身。維聖斯惕，矧余士人。參也則魯，道續厥躬。考德絜義，三省之功。夢夢百爲，省則有覺。持志弗遷，立德乃恪。靈府淵沕，鬼神其森。匪曰既聖，孰敢從心？

全懿堂銘

婦德莫大乎節，從一守貞，節之體也。妻不貞於夫，猶臣不忠於主，是謂之悖，其何語于懿乎？安吉陳安人都氏，年二十七，喪其夫君，備歷艱難，執節以終，斯無忝于妻矣。矧其爲女則孝，爲婦則敬，爲母則慈。邵宗伯撰其墓誌，乃言與行皆中閨之令式。王國有典，既表其節，以風天下。大夫耆老曰：「令人多善，泯不盡彰，鄉國之恥也。」又即其堂顔曰「全懿」，上昭備美，下訓來世。其子禮部郎中良謨，聞人也，事母稱孝，圖闡先德，乃謁姑蘇顧子，請爲之銘。銘曰：

唯人秉靈，性備五常。婦德匪一，承夫爲綱。晉酳既同，爰矢生死。罹變則它，禽心是恥。王澤斯微，凱風興尤。不有貞操，内則曷脩。矯矯令人，金玉其衷。曰嬪君子，夙履敬恭。昊天弗慈，猗蘭中伐。豈愛我生，有孤孑孑。弗膏弗沐，辟纑夙夜。教爾伊何？云慰泉下。困心瘁射，嗜荼如飴。豈無逸豫，懼隳天彝。令人孔善，爰始童孺。以婦以母，德罔弗舉。天子錫命，既旌其節。具美弗昭，群心則闋。中堂言言，標曰全懿。匪以榮觀，風教是曁。孝子克念，寔永其思。孫支繩繩，視此銘詩。

贊

左丘明像贊

序曰：仲尼作春秋，討亂賊，以匹夫之賤，執天子之刑，何其峻哉！非微文隱義不可以行世，斯淵然奥深矣。乃有左氏罔羅史氏舊章而悉焉，俾學者得所考見，故曰丘明素臣也。至其命辭爾雅，建百代之則，抑非偉丈夫然乎？錫山二泉宗伯相公嘗命燕杜董氏繪春秋故事，丘明列焉，璘爲之贊曰：

周京東遷，皇統乃闋。不有素王，三極奚列。惇典討罪，春秋斯赫。既明且玄，譬彼日月。乃有作者，潛精采擷。比事析疑，發凡啓格。唯深唯幾，罔不昭晰。豁爾雲天，作我羽翮。文垂世模，有永稱傑。

中丞周約庵野服像贊

寵辱既捐，故能泯于物我；内宇既泰，故能樂乎山林。非夫達人大觀，君子樂天，其孰能與於此？故觀中丞約庵先生，神氣充王，風儀蕭散，其所處於出處之間定矣，乃爲之贊曰：

道勝乃肥，神充故泰。高視物表，獨見其大。手補衮闕，身爲國楨。爲而不恃，孰知其成。張弛維時，一龍一蛇。菑畬樹藝，施於有家。温國洛涘，安石東山。群望孔棘，我心寔閒。

少司空何公子元像贊

堂堂司空，王國之望。維學淵微，維志忠亮。弱冠登朝，逮兹華艾。謇謇匪躬，靡勞弗瘁。執鉞滇嶲，秕政畢刊。復爾郡邑，反側以安。歸貳銓府，衡鑑斯朗。拔幽揚陋，四海均仰。宗禮廷辯，如鍾如砥。豈不爾隨，萬世攸視。維象嚴恭，瞻罔弗竦。矧聆讜言，胡不震恐。貞臣在中，社稷允賴。我儀祝之，億萬斯載。

又贊

中興之運，南衡之靈。生本神契，德以道凝。學標士則，議正國經。侃侃良輔，王室以寧。

少司馬雪洲黄公贊

少司馬儀真黄公，好古敦道，百行咸輯。至於表物範俗，廉節尤厲。當其總轄湖藩，衣大布之衣，飯脱粟之食。及進尹留京，晨興徒啾，浹旬再肉。士林苦其過峻，公甘而行之。兩陟臺省，終始如一。嗚呼！士德淫於侈溢久矣，公澡雪汙泥之中，以白自見，要欲有所風示，烏可與封己厚享，苟適其生者校其勞逸也哉！清範如存，九原弗作，乃歆盛美，贊而揚之。贊曰：

肅肅司馬，秉德維清。茹苦服介，守白居貞。儉以厲廉，爰自筮仕。豆羹或盈，赧顔興恥。厚禄曰富，吾履吾素。崇階曰尊，吾義是敦。百用斯經，群吏斯飭。我躬罔裕，四方其式。維昔阿衡，一介弗取。魯相子休，園葵是去。先民有則，豈不爾希。巍巍令譽，千古同歸。

大方伯平軒李公像贊

浙江左布政使平軒李公仕於憲、孝、武三宗之廟，與其弟贈工部尚書舫齋公聯第甲科，蜚聲郎署，朝端謂之二鳳。公温文廣朗，領袖縉紳，後以直道迴翔方岳，感事懸車，正首林壑。璘早奉周旋，受教多矣。既亡二十年，嗣子原性乃以畫像示觀，屬題頌語，蓋併夫人韋氏共爲一軸，因敘淑德焉。

方伯蔚興，於明治朝。金鏘玉朗，冠彼郎曹。二鳳接翼，揚輝煙霄。乃遷方岳，旬宣允勞。公輔伊邇，雅志難招。一辭而退，滅影林皋。婉婉淑德，内範齊標。孝子繪像，百祀其昭。

教諭舒君朝舉像贊

坦坦心宇，飲醇者慕。諤諤言鋒，逆耳者怒。慕以徵道，怒以徵操。四海寥寥，庶有同好。

楊遠林像贊

莫撓者性，莫競者心。儀刑孫子，嘉遯山林。玩世則奕，陶情乃吟。景福攸集，洋洋德音。

義夫馬仲叟贊

馬仲叟者，姑蘇鐵瓶里人也。質木沉毅，有篤行君子之風。於其伉儷，貧不食盟，喪不繼室，從一而終，若女子於丈夫然者，斯亦人情所難矣。或以禮規其過厚，幾以其所易以便乎從薄者哉。余從而贊之曰：

桓桓馬叟，執義維烈。天降有貞，俗染罔涅。女也從人，之死靡他。士也二三，揆衷則那。睠彼鴻雁，不二其逑。胡斯人斯，乃弗爾侔。有男翹翹，有孫濟濟。無乏我後，奚亂我配。先民有作，曰曾氏賢。維叟懋德，亶乎與肩。

蓮華石贊

柳山逕旁數石，有文如花，大類組繡所爲。侍者曰：「此石蓮花不常有之，有宜爲祥。」因以名石，併爲之贊曰：

湘祇秉靈，擢秀于石。鏤霞抉雲，詭變呈質。精腴中弸，暈結膚華。服名垂休，永禎邦家。

説

政説

凡位皆爲下也，政也者，效于其位者之事也。弗戾乎下，斯可以爲善矣。是故雨露下濟而萬物生，霜雪下肅而萬物成，天之政也，匪時而動則憾之。豈樂利惡害者，固凡物之大情也邪？

政之所出，詭道拂情，民用不堪，謂之虐政。虐政之所號者，災必逮夫身。古之人求免夫虐政之號、災身之由者，無他焉，積衆人之思，以殉夫細民之情而已矣。周禮内史、外史、御史之官，掌四方之志，以達于王。小行人采詩四方，以觀民風。官師瞽御，各執藝以諫，士傳言，庶人謗于市。于時周公位冢宰，勤吐握之節，以延天下之士。幽隱纖悉咸通于朝，上無弊政，下無窮民，率是道也。末世人賢其才，弗顧其下，而用言之道廢。用言之道廢，而天下無刑措之治矣。

振廢侮强，自持曰剛，其弊也暴；優柔撫懷，自持曰仁，其弊也廢；勤事樂舉，自持曰能，其弊也亂；疏幽抉隱，自持曰明，其弊也察；沉潛玄默，自持曰靜，其弊也隳。五者自賢而不用人者之過也。欲善其位，不亦難乎？是故先王之政遠矣。

爲政者，誠使細民之情通于守令，守令之謀信于岳牧侯伯，岳牧侯伯之職辨于冢宰，冢宰之慮盡于天子，其庶乎言無弗庸，而政之戾乎下者鮮矣。然則其戾乎下者，吾無惡夫人之自賢也已。

讀書圖説

遼陽王生持杜堇氏所繪孔子讀書圖請於予，曰：「古者聖人立言以成書，書自聖人有也。然則孔子之所讀何書邪？」予對曰：「六經是已。孔子曰：『我非生而知之者，好古，敏以求之者也。』伯魚過庭，教之學詩、學禮。晚年讀易至韋編三絶。斯舊聞所記昭昭矣。蓋易、書、詩、禮、樂之文，伏羲、堯、舜、禹、湯、文、武、周公所傳也，是天地之藏也，民物之則也。孔子雖至聖，安得不師之邪？中古無百家雜説之言，師舍是無以教，弟子舍是無以學。故業專而道明，天下之治定，獨慨夫今之學者與古異矣。始丱角爲童儒，未燭大義，負其高明，馳意於荒忽詭誕之技，取莊、騷、揚雄氏之言，而影響刻畫，艱文奇字，讀者不能句，朋徒相譽，號之曰才。舉六經之文以教之，則曰是學究所習，非所以爲文。然往往上第進身，爲時所華。後生相師，不悟其非，而伏羲、堯、舜、禹、湯、文、武、周公之道日晦。故予嘗爲之説曰：六經重，則聖人之道尊而天下昌；六經輕，則聖人之道喪而天下亂。惡師之不正也。王生將求仕者也，則習一家之言，舉足以眩俗而干名。如欲學聖人之道、爲孔子徒，則不可不自六經始。生之尊君長史公，予同年有道之士也，其過庭之教必正矣，王生勉乎哉！」

靖江奉國將軍思聰字説

奉國將軍怡桂君乃輔國將軍止庵公仲子，靖江莊簡王之孫，高皇帝四世孫也，賜諱曰規晤。宗英之間，字之曰思聰。嘗介國賓楊仲佩以來，屬璘説其義。璘唯晤聽也，耳之職也聽，耳之德也聰。不聽則失德，失德則失職，失職則謂之聾，烏以耳爲哉？

夫聽抑何以爲聽也？書曰：「聽德爲聰。」傳曰：「耳不職德義之言爲聾。」凡人靡不然，而王公大人爲甚。蓋王公大人位尊養備，隱居深宫之中，金石筦絃之聲，僕御嬪妾之言，日接于耳，易惑也。苟非悦詩書，親方正，以自審於德義之經，則雅鄭是非，雜進交奪，鮮有不亂於聽者。亂則聾，弗亂則聰，其相去亦遠矣。君其可以不思乎哉？

抑聞怡桂君家居孝友，謹於嗜好，而獨樂花卉泉石之事，尤愛植桂，故引以爲號。城東有雉山，作萬卉莊其中，游衍嘯傲，冀遠塵俗。山有數巖，而莫勝於虚谷，故又號曰「虚谷子」。由是觀之，則君之審於德義久矣，其進於聽也，夫何遠之有？

故説之，以爲成德之端。

雲心子説

滁陽于大夫昔隱于瑯琊之山，學伊、吕卷舒之道，見巖岫出雲，朝游廣宇，夕宿幽澳，合而雨，離而霽，燥濕幽顯之宜，於是焉出，殆有心乎爲之。然倏忽無常，有無化遷，超虚軼靈，以合諸大空，卒莫知所以爲心也。乃歎曰：「符我乎雲心，請師之，以代吾名，且名于世。」

客有聞而嘲者曰：「夫物有生而後有質，有質而後有精，有精而後有心，有心而後百靈聚、萬變生矣，惟人爲最。是以下至於跂行、喙息、肖翹、蠕動之微，苟有牝牡之合、利害之慮，舉可以言心。至於雲，則陰陽之蒸、天地之氣也。風噓則行，澤竭則止，湊則異變，漓則寢泯，惝恍滅没，幾不可物，而曰心哉心哉，誣甚矣乎！」

大夫劃然笑曰：「吾嘗聞視短者不可與望莽蒼之色，聽重者不可與議窈眇之音。今客無乃似之乎？心藏于身而弗達其情，吾闇不至是也，願爲客談。夫思發於心，而思有爲思者私；慮審於心，而慮有爲慮者亂。易曰『天下何思何慮』，貴無心也，矧出處之大致乎？客徒知鳥獸之不可以無心，而不知獸陷于穽，鳥囚于囮，魚槁於餌者，皆心爲之賊也。戚戚者憂，憧憧者困，甘丹轂之榮者，貽鑽穴之羞；奮旂常之約者，蹈赤族之悔。此世所謂機心者云爾，何足知雲心之義乎？乃從而歌曰：『神哉斯雲，任無成心。舉之無上，潛乎至深。彌天廣幬，膚寸甘霖。和兮表慶，怒兮示祲。符同玄造，應合君臨。』所謂寂然不動，感而遂通天下之故者，斯君動静之箴歟？」

客聞而慚，汗發浹背。大夫乃用其道，以游于世，幾三十年而未嘗少躓。信哉，無心之用大矣！

介立説

汝陽林子，意古行潔，特立遠視。西望太行之支，有山曰「介立」，曰〔一〕：「此吾志也，盍往居焉？」門弟子遂稱之曰介立先生。或誚曰：「林子欲立乎？請毋以介爲也。介者，辨也，察於幾微，校於毫釐之謂也。介則審義，審義則違衆，違衆則顛仆之不暇，何立之能希？故太上不德〔二〕，伯陽上容，務同其塵也，獨不見堂階乎？廉隅則先刓矣。原憲餓於魯，屈平逐於荆，其何能潔且忠乎〔三〕？」

東橋子曰：「君子計其是非，細人計其利害。同擊而異響者，殊器也；同慮而異趨者，殊道也。林子之所謂立者，豈通塞之間已乎？夫立也者，基於道，定於志，固於操，敦於仁，不隕穫於富貴，不餒屈於貧賤，不摧沮於死生，夫然後謂之立矣。其始本於介也，不介則不審，不審則趨於惡。惡之所趨，無所不至焉。昔者孔子攝相於魯，尊位也，膰肉不至，微罪也。孟子食萬鍾於齊，厚禄也，言之未行，庸態也。若可猶猶然，次且俟之。二子稅冕弛服，決然去之而不可挽。豈審始於介，固知終之必敝乎？是以矩立於中正而不隳，道抗於百世而不貶。後世雖有穆生者，烏得而議諸？矧夫詩、書所稱，古之達者，若伊尹之致三聘，傅説之來夢求，脩於耕築者可知已，豈阿世苟容、强作之合而能致然乎？君子内道而外物，謀己而不謀人，林子之立，必非通塞之謂也。」

它日，林子聞之，曰：「東橋子之言，吾志也。」顧書而懷之。

【校勘記】

〔一〕「曰」，底本原闕，據明抄本補。

〔二〕「德」，明抄本作「得」。

〔三〕「忠」，明抄本作「志」。

静樂説

或問：「天地善代，萬物轇轕，其趨動也。人生而動，五官百支與接俱鬭，弗能一息静也，樂安從生？乃若司徒黄子自稱静樂也，何居？」

東橋子曰：「噫，非此之謂也。人之生也，有形有心，形不能不動，心固宜静也。子惡形動，將無木石吾人也乎？凡人之形，動之地十有九，静之地十有一。東方作矣，萬物同興，五官綦於聲色臭味也致欲，四支綦於運動也尚用。迹交情觸，則機應而大馳，不言而喻，不勞而成，所不動焉者，唯須臾寐耳。然魂夢所乘，天飛而淵涉，百勞爲之潛萃，其果静矣乎？此皆天機之所必生，人事之所必有，不可除也。按是求静，所謂訪禮於市，索芳於鮑魚之肆也，不亦遠乎？抑有心焉。天精所歸，宰百體，御萬物，大小無量，出入無時，顯微無象。烏乎動？烏乎静？神乎神乎，總兩端而握其機，不可以物名也。吾苟欲其静焉，則定以止之，虚以澄之，大以居之，明以通之，使其沖夷澹漠，與天游息，五官四支，各順其令，好惡不凝於物，憂喜不棲於情。形静固静，形動亦静，静爲内主，動無間入，至樂於我乎備，斯德全矣。若夫形骸之末，偶静偶樂，猶金貝暫寓於室而遽去也，曷足以言有乎？吾又聞黄子有江墅，嘗往居焉，則不聞朝市聲，人故號之曰静，不知此乃吾所謂動之地也。如吾之説，則黄子之静，雖朝市，恒在焉。」

翌日，黄子聞之，謝曰：「善哉先生之説！吾静也，其誰撓之哉？願書以喻吾意。」

雜説五章

天下之道多術矣，不究其説，不可遽非之也；不習其事，不可遽易之也。是故君子窮理而尚行，則邪説亂行，無自而入焉。

天下之無公好惡久矣，非偏則私。兩善異趨而惡其異，兩善同蔽而樂其同，是偏也，君子之過也。見人之善，名相形而惡生焉；知人之不善，情相比而愛生焉。是娼疾黨匿之私也，小人之大惡也。君子成過，小人成惡，欲天下國家之安且治，得乎？

夫仁義必有令聞之施，君子弗幾也，小人則汲汲矣。譬之朝植者，夕過而望蔭，顧其樹猶萎然，則棄之矣。或問富民曰節用，問教民曰脩身，曰已乎，曰未也。已節而後禁，無不止也；已脩而後令，無不行也。其法則周禮盡之矣。善哉孟軻氏之告滕文公也，其王道之綱乎？

顧子居湘南，見山川之美，仰而歎曰：「大哉天地乎，人烏得而盡之！」足迹有未逮，耳目有未及，遽以量天下者，皆淺夫也。始吾之未至，顧安知湘南之山川若是其美乎？雖聞不信也。然則吾之所未至者，其美夥矣。

今夫天下之才，以吾之鄉黨、師友、親戚見聞之間，吾固知之矣。然天下褒衣而趨，吾不識其顏面、不知其姓名者，不知幾千萬人，安知人人不有邁乎？吾所交者蘊其中邪？而今而後，過三家之市而不知軾焉者，譬之惡人，其猶桀、紂之愚也。

解

天解

世儒多言天道，吾惑焉。昔者子貢曰：「夫子之言性與天道，不可得而聞也。」夫子罕言天道，世儒乃多言，何哉？或曰：「世衰教微，愚不究理道，一切僥倖於利害禍福之際。儒者患之，故言天道以斷其疑，止其欲，使不至於猖狂無極也。」亦孰知愚者難悟，併爲善之意亦復衰止乎？故王莽曰：「天生德於予，漢兵其如予何？」此説天者之害也。

愚謂天道之本，質力功效，因量召應者也，言自然者亦近之。主宰之謂帝，賦與之謂命，其實一也。率其當然，無所因就，是之謂道。適然而然，莫之致而至，是之謂數。數也，有道焉，君子不謂數也。馬必以乘，牛必以耕，刀必以割，繩必以束，舟必以浮，車必以載，克任則勝，不克則敗，此天道也。其或有顛蹶折絶、覆溺之禍者，皆數之適然，非吾所能慮，吾慮其克與不克焉爾。顔淵之夭，盜跖之不誅，失其常者也，若天地之怪變然。故儒者數稱焉，弗可以自沮也。

書曰：「惠迪吉，從逆凶。」易大傳曰：「積善之家，必有餘慶；積不善之家，必有餘殃。」此天道之本也。文王係比之象曰：「原筮，元永貞，无咎。」此言自審有德，乃免咎也。周公係履上九爻辭曰：「視履考祥，其旋元吉。」此言自考无虧，乃得元吉也。此君子承天之意也。談道行義，而欲外大禹、文王、周公、孔子之教者，吾不知之矣。

月塢癡人解

永昌張伯子學道於太保之塢，好月而忘世。余聞之久矣，與之解后於京師，乃解之曰：「奚爲好月而忘世者乎？請以月喻。夫日月，陰陽之精也，行天而遞明。月軌緩日，不及日者十三度有奇數，視日離合而光虧盈焉。一離一合，時乃望朔；一虧一盈，化乃晦明。夫孰使然哉？蓋日陽主動，厥數有餘；月陰主靜，厥數不足。有餘不足之數錯糅乎其間，夫然後寒暑晝夜之變生，而歲功成焉。誠使月並日軌，與天齊度，則莫晦莫明，莫望莫朔，而陰陽之數膠矣。數膠則動靜息，動靜息則天地幾熸乎？今子之忘世，靜也；獨靜而廢動，膠也。故聖智不膠。夫君子之於道也，虛則聚之，實則宣之，通則沛之，塞則括之。聚以崇德，宣以效材，沛以廣澤，括以實貞。顯晦不執，適從其時而已。是以龍蛇其生，而曲士莫究其變，謂之曰神。故曰：陰陽易施，天地之宜；動靜殊慮，聖智之趣也。今子誦説詩、書，腐齒脱頤，以貯之肺腸之奥，亦既有年矣。君弗得以爲丹青，民弗得以爲雨露，是爲簡册輿隸，而徒以發憤於麋鹿也。聖人之教，果若是乎哉？譬之好月，即晦索魄而不覩即望之昭昭，可謂盡月道乎？」

伯子蹶然起曰：「昔者知月有明晦，今而後知動靜猶是矣。嘗有至人名余癡，其殆謂此乎？非子言，吾幾於膠也。」

辯

道術辯

司封郎中顧子武祥出參東藩，問於東橋子曰：「聞之通人曰『吏道貴術』，圭也顓，得無患於是乎？」東橋子曰：「夫道，貫萬物、正庶事者也。吾子以守道聞久矣，乃以術患，何哉？夫以道事君，忠也，術則競巧宦；以道接人，禮也，術則飾諂容；以道御吏，信也，術則紛窾言；以道臨民，仁也，術則隱殺機。道也者，聖人之塗也。術也者，世俗之岐也。吾子志聖學者，而奚世俗之惑？惑世俗者，俗而已。吾聞君子不汩于俗，乃通于聖，吾子以斯言爲然乎？」

雜辯三首

或問曰：「鬼神，陰陽之氣也，烏乎靈？」顧子曰：「氣之所聚，精必歸焉。精也者，宰萬物而善應者也。故山川土木、風霆雨雹之應通乎人道矣。」又問曰：「雖精，亦氣也，惡乎能靈？」曰：「人之生，固二氣之聚也。血肉凝而爲心，淵然中處，精者居焉。故具衆理而應萬事，其神廣矣。及其死也，則精者散焉，復爲槁木也已。謂鬼神爲氣而弗靈，亦將謂人心爲血肉而弗靈也，可乎？是故氣聚必有精，精斯靈矣，靈則無不宰也。雖聖人復起，不易吾言矣。」

世嘗指士大夫通塞曰命，豈不信然哉！抑予嘗爲知道者言，人生有命，一通一塞是已。若國家之興亡，則一時人士所概禍福焉，不可以人人徵也。漢高之興，吹簫、屠狗、販繒之徒悉位卿相，豈其五行皆當拔興之數哉？故太史公曰：「高祖功臣之興時如此云。」蓋究此義也。及其亡也，黨錮之禍遍天下，非必諸君，亦會其凶度若是同也，蓋國運繫之矣。國之將興，福逮乎天下焉；國之將亡，禍逮乎天下焉。大舉小從，天之道也。譬之火炎都邑，斯都邑災也，而欲切切焉户推其厄，豈不泥甚矣哉？聽者然吾言。

或問：「湘山浮屠之中，有唐僧真骸，至于今存，蓋數百年矣。土人祠禱輒應，若是其神乎？」顧子曰：「人之身猶木也，生則氣附，死則氣離，氣且離矣，靈將安附？夫梗楠杞梓，其伐也，能使材充棟、梁備器用已矣，顧安能使其枝葉扶疏而上出乎？彼人者，今亦槁木而已，人固嚴之，而謂其有靈者，愚也。」或又曰：「禱而應，何哉？」曰：「子不視其所託乎？山川之靈，是謂鬼神，四海五嶽是已。湘山之在南粤，興雲雨，蕃草木，育禽獸，百物成化，萬民歸心。化之所成，是謂神靈；心之所歸，是謂感應。彼託而居之，其智固遠，而南方之人無賢不肖，嘵嘵然舉造化之情而歸之槁體，豈非大惑矣乎？今夫聚土木之像而禱祠應者，精發乎其人也。夫既有若湘山者，雖無若人居之，吾固知其靈矣。」又問曰：「其骸之不壞，何也？」曰：「若今之皮革然，率不信宿而壞者也。苟法存而器藏，可歷數十百歲無壞。」曰：「其始能自存之，何也？」曰：「彼道也，聖人所不語，吾烏乎聞？」

對

野亭對

客有問於璘者曰：「人道之經，有號有名。名以制義，號以别稱，人各異趣，貴當其情。若太宰劉公托號野亭，何名實之背馳而顯晦之逕庭乎？夫大人之生，應運輔世，以德爲根，以行爲植，以言爲華，以功爲實。名震四海而不爲夸，位列台輔而不爲溢，錦衣繡裀而不取於布被，鳴鐘列鼎而不屑於藿食。蓋澤在生民，功在王室。故皇天降之以命，王者寵之以秩，鬼神佑之以福，百姓奉之以力。若報施之宜然，匪推讓之虛迹。故大舜之受百官，神禹之總百辟，尚父之受玉璜，周公之履赤舄，皆偃然安之矣，若夫野云。野云者，乃江海閒遊之地，田㽒鄙劣之習，誠細民之攸行，非大人之宜及。是以相鼠之刺無禮，虎鞹之譏徒質，有由然也。公乃引以爲號，誠非某之所識。」

璘聞而笑曰：「固哉，子之見也。語九垓八埏之廣者，不可以示虻蚉；述往古來今之運者，不可以訓蜉蝣。不通道德之源，難以言大人之謀矣。璘請放而言之，可乎？粤觀往紀，乃帝乃皇。混沌未鑿，肇啓洪荒。綴羽掩體，茹毛實腸。法令不設，民罔弗臧。視商、周之際，有若顓蒙而淳龐者，此代之野也。九域之内，疆分界畫，乃有廣壤，不置城郭，草木蕃廡，田塍鈎絡，質任自然，匪以智作，視市朝之間，誠有若閒淡而寂寞者，此地之野也。四民居方，則有農夫，任力作勞，食其公餘，以薄爲養，惡衣敝廬，不尚禮節，終身晏如，視冠裳之流，有若朴質而騃愚者，此人之野也。在人又有厭棄詩、書，脱略儀章，言出無文，貌動不揚，應物舉事，椎魯莫當，蠢蠢碌碌，不狷不狂。若此者，皆野之類也。

「以客觀之，太宰公睿哲通神明，德行擬金玉，謨謀動風雷，節操凌霜露。登金門，入瑶室，翼商、周之聲靈，履朝堂之邃密，抉文史之精華，標冠裳之軌則。論思聖猷，經綸皇極，蓋三十餘年，而未嘗承簿書法理之責。非天下之至文，孰能與於此？如前所陳，客固疑其不屑也。客曰匪盡棄之，固亦有焉。禮失則求，謀小則獲。稽之往訓，僅以時措，若徒野而已矣，無以文爲，則相鼠無禮，子成徒鞹也，豈其然哉？嗟乎！執名而不詢義，是童觀也；論迹而不求心，是瞽説也。如客之言，所謂知其一，不知其二者也。

「是故蒙莊，戰國之散吏也，憤世疾俗，放言馳議，至欲剖折斗衡，滅棄禮樂，以還華胥之域。曹參，炎漢之良相也，尚清浄，遵畫一，笞諍子，狎醉人，而欲一切罷其苛律。彼皆厭文法之弊，思大道之反，發孤憤於群迷，負小善以争遠，其志猶若此。況夫大雅淪沉，人倫表異，又豈無通變宜民之感乎？客不見夫道德隱微，百邪勃興，刻畫虛器，張皇不經，智勝者富，資重者榮，農惰其力，士輕其名，商濫其貨，工淫其能。上薄三光之明，下汩萬物之情，雖智者左扶而右持，祇益其敗而莫救其傾也。

「故太宰公崛起寰中，高視物表，慨采章之喪質，憂江河之瀾倒，乃浩然而歎曰：『使我揖讓商、周之庭，手畫典章〔一〕，比迹姬召，豈若渾渾默默，與道爲化，而奉無懷大庭之神教乎？使我被繡鳴玉，出入象魏之闕〔二〕，足不踐土，豈若仰奉茨室，端侍土階，而共天下脱奢泰之苦乎？使我徵才拔雋，吐發英華，以光大國家，豈若孝弟力田，各保其躬，而令愚智不相加乎？故曰：麗物若僞，醜器多牢，華璧易碎，金鐵難陶。言多方者，中難處也；動饒術者，要難求也；意昌博者，情難足也；性明察者，下難事也。通士以四奇高人，必有四難之患。故士不貳其主，國不疑其臣，上不有其法，下不備其君。吾將剷吾文理，黜吾聰明。無將無迎，履野爲庭；無器無形，守野爲城。俾皎皎者晦，戛戛者寧，叫叫者默，忽忽者貞，合千古而比德，舉四海而依仁，從尼父之先進，協文王之同人。然後守吾之野，反吾之亭，問耒耜而教稼穡，以相忘於大均。』此則太宰公之志，璘之所嘗竊其毫分者也。若夫晏嬰之固，仲由之勇，周勃之强，汲黯之戇，又皆狹局淺中，效野之紛紛者耳，曾何足以擬倫哉！」

客乃肅容正襟，起而謝曰：「大哉野乎！大人之能事畢矣。微子之言，幾於鄙倍矣夫！」

【校勘記】

〔一〕「手」，明抄本作「刻」。

〔二〕「闕」，明抄本作「閾」。

述卯素翁對

卯素翁居于國南之里，德和而神康，行年六十，有嬰兒之色。東橋子曰：「何居？」曰：「吾觀吾始生，審天地之德，究人物之初，得所養身焉。吾始生于二月，其時仲春，其位卯。卯者，冒也，言萬物冒茆以生，乃有質也。有質無色之謂素，列子曰『太素，質之始』是也。卯曰生，生曰質，質曰素。茆者，化之達，天地之德和焉。素者，質之本，人物之初具焉。德不和則性情乖，初不具則醇樸漓。既乖且漓，形乃用伐。古之聖人，愛利萬物，含真抱一，比於赤子，達此道也〔一〕。吾涉于世也，因卯悟生，因生悟質，因質悟素。故吾將懼馳騖以浚吾生乎？寧塞兑而沃淵，將拓仁乎？善親親而容衆，將達施廣類、肖于生生乎？居善藥以兼濟〔二〕，將惡多文以飾僞乎？恒汶汶没没以居，將恬兮自愉、汩兮自好乎？深藏晦息而弗顯其色，凡此者，皆所以存吾素，達吾卯也。卯以生生爲德，仁由以施；素以寡用爲體，義由以制。仁義脩而吾養具矣，又孰知其它？」

東橋子仰天而歎曰：「淵乎微哉，叟之道乎！蓋古之聖人長生久視之旨也，何示人以非象之象，而令里之老稚久眩瞀乎？吾聞叟居家刻白兔而弄，乃語人曰：『吾卯素若此。』誠有之乎？」公撫掌大笑曰：「先生謂吾兔，幾若軒轅之龍虎、莊生之鷗鵬乎？殆非與？蘇長公有言曰喻瞽人日，曰類而燭，類而槃，遂有扣槃捫燭之誤。里人之言，無乃近是與？吾不敢以告先生。」東橋子唯唯而退，遂述其説，以喻諸里人。

翁姓馬，名鑑，字大昭，善讀本草、素難諸書，蓋隱於醫者。有二丈夫子，曰應龍者，深於易，將文翁之素而達之生人者也，君子謂之良子。

【校勘記】

〔一〕「達」，原作「遠」，據明抄本改。

〔二〕「藥」，明抄本作「樂」。

述

荷峰公述

高安荷峰公以御史中丞節撫南畿，踰年政成，頌聲大作。野史氏曰：「公之莅政也，精明果斷，日照雷擊，植善如滋，屏惡如削，墨吏秕政，濯櫛殆盡，寬征嗇費，民忘凶年。侃侃然以報天子、安蒼生爲己任。然中扃洞如，己事弗留，故人安其嚴而懷其惠。說者謂其媲文襄、儷三原，才節乃交勝焉，亶其然耳。」

東橋子曰：「璘支離畎畝，不敢與聞政人之績久矣。若中丞公之休懿，日震燿于耳目，其誰曰弗歆？謂休運淳氣之所鍾，固也，又何必高安云乎？詩曰：『維嶽降神，生甫及申。』意其鄉必有高山大澤，儲靈發祥，以生斯人也。何奇偉之特異乎？」

野史氏曰：「旨哉子言，信有徵乎！高安之野，有大山焉，巃嵸糾邃，標南筠之雄鎮。舊傳有靈僊集峰下，池荷盡花，遂名荷山。公世家其阿，族系繁衍，詩、書發解者相屬，而甲第翹出自公始。邑故多臺省華要，階三品，陟上卿，亦自公始。然則謂公非降神於兹山，可乎？不可乎？故鄉間學士稱公曰『荷峰先生』，匪我誣也。」

東橋子曰：「氣有感會，瑞有徵符，天地儲精，陰陽成化，山川孕靈，乃發才傑。一啓一承，互體交變，語曰『沃土人肥，丹穴人智』，此之謂歟？璘未覯荷山之巨麗，敢於公乎徵焉。端凝敦大，徵於體；峭厲峻截，徵於節。發育徵於用，畜納徵於量，變化徵於政，華縟徵於文。是公於荷山，軀其巍然者，而表之四方也。詩曰：『節彼南山，維石巖巖。』謹端拜于階墄之下。」

野史氏曰：「辯哉，説盡於是矣！」請録爲荷峰公述，附之郡乘。

問

東岡問

東岡先生流觀東海，息駕赤城之溠。姑蘇顧璘執贄館下，有間進曰：「先生所稱東岡子者，其義可得聞歟？意者先生高朗卓犖，塵穢斯世，且將陟蓬萊之椒，躡扶桑之丘，以放意乎至人之道，而爲是遠舉也。抑亦登太山，臨日觀，視日月所出，以窺造化之根荄者乎？非先生異人，不足以應是號也。」

先生笑曰：「烏有是哉？直卑卑耳。吾高密之東，有岡隆然，其下沃野可田。先司馬公誅茆爲廬，種樹爲藪，思以樂志而息躬，卒乃藏焉。子孫保之若社。吾乘軒出入者三十年，夢寐以之，蒙以爲號，存吾常也。如子言，豈不大有徑庭也乎？」

璘曰：「噫嚱！吾聞大人龍變，曲士守丘，稽古才士，被褐衣而懷天下，居窮巷而志萬里，標勝列奇自干青雲者，指不勝屈，實亦微渺非倫也。豈若先生之才爲世雄乎？爰自弱冠起家，翱翔省署，軒翥藩臬，恒駕人上。既陟中樞而復邅迴外臺者，適也。天下汲汲然興霖雨之望，乃若器遠而言近，光崇而處卑，豈欺我與？」

先生曰：「異乎吾所聞。君子視不下帶而道存，思不出位而業成，所以貴近也。士有放心狂馳者，謂之夸節，故終身蕩然，不知其所歸。昔伊尹之志不越莘野，傅説之志不越巖下，雖阿衡左右之勳，光昭異裔，夫豈介乎二子之衷哉？子初言若誕，誕則荒志，再言若矜，矜則喪節，皆非進退之義也。吾進而行焉，望吾東岡，其思也依依。退而藏焉，處吾東岡，其樂也泄泄。非東岡，固不知所托也，幸無以易吾志。」璘於是再拜，唯唯而退。

篇

定成一篇贈何司空

夫學博斯精，精斯明，明斯定，唯定也，故獨立而不懼，功大而不疑。何謂博？廣覽群義，參伍異同，總其端也。何謂精？窮神研幾，靡微弗析，辯其介也。何謂明？中清慮察，物至斯照，通其用也。何謂定？舉之無大，履之無危，成其業也。定也者，萬事之幹，其大人君子所自樹者乎？是故伊尹建桐宫之議，周公執管、蔡之伐，非有已事鑒也。苟置小疑于上下昆弟之間，其何勝於流言乎？

夫小夫不可以大受，其慮揺也；枉士不可以直道，其心蔽也。故木揺者，風拔之矣；目蔽者，足蹜蹜矣。内不先定，奚望其外乎？是故砥柱當大河之衝，深柢乎九淵，大蟠乎孟津，洑流下激，洪濤上蕩，貫萬古而無損於毫末者，豈藉異物相維持哉？有諸己而已矣。故天下之務，非定不立。凡顧瞻攜貳、首鼠兩端者，烏可以臨利害、決死生哉？

璘觀少司空燕泉何公之道其定成者，夫公之業在四方，簡策不可勝書，請論其大者，若繼統議，復永昌郡，討十八寨之寇，三事是已。夫尊親之禮，苟隆宗廟不知其他也。疆場之事，苟利社稷不知其他也。事孰非臣哉？而或有不然者，其故有十：寡聞者闇，自任者偏，沮難者怯，循故者苟，揣主志而曲承者佞，射利而自封者汙，知之不爲者罔，爲之不力者偷，專顧己之利鈍不恤君國者奸，蔑視民艱厚養以安樂者忍。此十者，國之癰疽，畜毒必潰，其原生於不明，不明由不精，不精由不博。故曰：「知者不惑，勇者不懼。」

噫嚱！何公其知勇大矣。知宗禮有大防，何憚乎主威；知邊圉有隱福，何安乎故常；知國梗宜亟拔，何恤乎師旅。夫苟以死生爲患若者，孰知夫道之不可違也？夫苟以利害爲校若者，孰知夫君之不可負也？由此言之，非道非君，厥志不存。如其道也，如其君也，白刃可蹈，而況於禍患乎？詩曰：「我心匪石，不可轉也。我心匪席，不可卷也。」斯何公之謂矣。

視度一篇壽周中丞

璘聞先驗封公之教曰：「相樹視土，相人視度。度者，受物之量也。大度則大受，小度則小受，豈唯名位是徵？雖福德壽考，罔不於是焉繫。」璘持是以觀鄉國四方人士，十不失二三也。今中丞約庵周先生，其最明著者。

方璘爲吏部郎，始識先生於今司空劉公元瑞。坐許時，賓客盛集，約庵方爲鄉進士，禮恭氣閒，談古今，論經史，如發囊啓匵，繹繹不絶，略無幾微見於窮達之際，璘心偉之。未幾，舉進士，給事諫垣，論議天下大事，洞見條緒，舉賢擊佞，一以國家爲心，不置好惡。然謙謙自牧，恒若不勝其憂畏者，此其心豈有炫鬻於其職哉？拜太僕少卿，太僕馬政猥冗，剸裁勤輯，弗厭其劇。進僉都御史，初撫延綏，再移宣府，皆今邊陲難居地也。禦外安内，舉偏振衰，二方戴如父母。以讒去位，人之望之者，唯曰不置，先生乃忻忻然歸卧毘陵，若將終身焉爾。

夫士居窮率餒縮，及踐華要則聲張自多。其仕宦，每不樂冗瑣，或功大而抑，又怏怏不堪處。此皆度有所不足故也。先生被褐而泰，履顯而夷，理棼而敏，居難而振，及其違也，則由由于于，不知其去來。此其廣心浩蕩，烏可以時俗窺測哉？

璘不知先公之言何從授，嘗比量事理，見其不可易者如此。往居湘源，視湘水出興安，容杯耳，至全、永，則勝舠矣。衡潭之舟，乃可千斛，由洞庭而下，雖艨艟，一羽也，豈非水愈大則所受者愈重乎？它日，又至台而觀于海，凡涯涘之艇，皆前艨艟類也。巨舶自遠至，則巋然如山，其舵非百夫莫持。夫人之度，苟海也，其所受，豈可以稽數乎？若先生名位、福德、壽考之數，璘固不得量其後也。一日，舉是説告諸親戚子弟之秀，陳生時億起而請曰：「公所視於吾舅者，誠然也。吾舅今年壽六十，億將往稱觴焉，而不得其辭，願揭于軸，以喻夫來賀者。」

引

重刊湘山事狀引

宋進士蔣擢撰湘山事狀十二卷，載寂照法師顛末甚備。蔣君儒者，何慕爲此邪？蓋法師事，世俗所傳多不類，人用益惑。必有紀者，乃可論其有無，非直爲彼道資也。板久壞，郡人重刻于寺。余過而見之，因題此爲觀者告。

附驥集引

璘守湘源既二年，索居無徒，舊學日墜，徒惴惴耳。乙亥冬，大司馬涇川相公致政來歸，不謂璘爲不肖，弘之大雅，剪其荆棘，示以周行。雖駑蹇局促，莫企高步，庶幾知所鞭策乎？太史公曰：「蒼蠅附驥尾，一日而行千里。」貴有依也。璘所得與公倡和者，何以異此？既彙爲集，遂名「附驥」云。

桃源書屋引

桃源，秦人避世地也。方暴兵横鬭，亦莫至其處，静可知矣。台郡治負大固山，而司法之第尤邃。齋閣深窈，不聞市聲，林巖霏靄，旦暮在户，故昔人號曰「小桃源」。余生侍尊翁司法君來讀書其中，因以名屋，樂境之静也。生方英年，吾常憂其惡静而好動，乃今寓志如此，可謂知矣。武侯曰：「非寧静無以致遠。」言心静，非言境也。生知境之静，則心之静不遠矣。嗚呼！境静者兵莫戕，心静者欲莫亂。然嗜欲之害甚於兵也，生毋易哉！

喬衡州哀辭引

邇時四方多故，百姓迫饑寒，多起爲盜，削刈數年乃已。朝廷營内殿，括用諸道，取材楚、蜀，事亦甚鉅。天子思得賢人居郡縣，以寬舒其民，故於賜賚拔擢之命，往往崇厚不甚惜。嗚呼！賢者當此時，宜有以自效，垂功名於後世矣。夫何俗習恬愉，惰棄民事，甚者豐己瘠下，仇視所部，如璘輩則又選愞弗振，無益利害，馳虛心耳。才難不其然乎？

若吾衡州喬君，真可謂之賢者矣。衡州去吾全五百里，璘又與喬君相善，知其政持詳。君平易近民，在郡五年，興廢舉墜，吏無所干，民無所議，大略與漢黄霸治潁川事相類。至於暇日，焚香閉閣，與諸生談經賦詩，則又有韋應物之風，霸所不及也。烏乎，真賢者哉！

今年三月，以書抵全，云報最吏部。璘喜躍者累日，謂君之賢乎於上下，必且引擢卿相，如漢故事，以大厥施於天下也。既而其子棟乃以訃來，謂君以四月十八日道卒舒州，且遭水厄焉。於乎，天豈不欲斯人被仁厚之澤邪？何奪吾喬君之速也！既痛哭，乃爲文寄奠，以寫余哀。後思所以永君者不得，作哀辭二章，以代執紼，併書此爲引，俾凡知喬君者，咸致哀焉。於乎！豈徒哀喬君，寔哀衡民，且哀天下也。

李別駕東征八詠引

儒者以詩書發迹，居常治理建議，恒出所素蓄，易易耳。若夫軍旅金革之事，未之多學，則宜有所詘，此固武人所常呰笑也。今觀李侯濟之從王中丞討寧藩事，何其雄偉不常，而又武人萬萬所不及。何哉？蓋君子之學無所不該，其於兵家者流，所謂六韜、八陣、穰苴、孫武之書，固常誦説其文而概之乎心。不幸有事，主之以忠義，發之以智勇，以身先衆，何兵不强？以順制逆，何敵不克？又奚小醜之足云云乎？乃知不經事變，誠不知儒者果足濟用，而闇忠義于大閑者，雖習兵無益也。嘗聞少司馬王公薦李侯等疏曰：「義重勤王，引兵策應；心堅討賊，誓死效勞。」可謂得功業之本矣。書爲東征八詠引。

息園存稿文卷八

書啓

謝劉少傅書

璘不敏，辱守大邦，貽害民社，不能早自引退，以謝神人，乃又悖昧自好，不達時宜，竟致禍辱。此天降罰，非若等所能爲也。日月鑒臨，實無怨悔。行時蒙教言，勉以大義，鄙人綿力，兢兢自誓，幸保不墜，往復更無及此，論者益仰大君子涵養之力。到家事定，兒輩又言門下隨有十金之餽，厚恤妻子，汗背驚骨，無所措躬。唯不肖從役本郡，三年于兹，未嘗有毫髪禮遺，奉報僕御。乃今奪聖主養老之惠，及于僇人，施報不類，何能爲心？緬惟前事已往，不足更言。初欲極陳底裏，申間闇之痛，明冠紳之節。繼念上無相知之人，相與暴白，徒怨結禍深，孤立無與，老親在堂，憂鬱可懼，遂隱忍就竄，甘爲兒女子之行，甚可醜也。恐高明未悉，輒復覼縷，惶愧惶愧！向所委九老圖無恙，然不甚佳，欲更尋一圖，題詩寄奉，不敢久負也。去路日遠，書問難數通，北望涕泪無已。離汴時，聞台候違和，知是舊恙，會當平復矣。參奉無期，伏乞慎起居，善藥食，自愛。

啓楊邃翁

伏承遜避大位，堅閉户鑿坯之節，天下增仰。我公赴邊日，璘嘗獻書，有功成身退之議。其時主上止以邊事見召，故爲公深計，亦唯始終使命而已。今聞主上虚端揆之位，傾心見託，側席以待，此又一時也。且朝著之間，情志乖隔，士夫隱憂，如膏藴火。此非有耆德重望者，主張消弭於上，後事固未可知。我公素任天下之重，固當捐己奉命，就弘濟之大業，奈何謙謙凝滯，與一節之士論尺寸邪？可以仕則仕，可以止則止，孔子不過若此。璘恐天下望治者遺咎，前啓輒盡鄙言，公幸勿以爲佞。侍老母疾，不能多文，然語亦止此，伏冀早決行計，天下幸甚。

啓張司馬

近者家父書至，云門下眷念渥厚，至不能承。使不肖感激，不覺泣下也。不肖愚戇觸法，投萬里之外，棄捐菽水，甚非父母老年所堪。故去秋家父病疽，亦緣憂鬱所生。比來親戚故人，見璘久棄，顧視老親，多不逮舊，此人情之常，不足云及，祇恐老人覺之，損其歡趣。門下乃獨施恩於涸轍寒灰之中，真大人盛德也。又聞門下威德大著，京師内外，望旌旄之出，莫不動色相喜，所謂走卒知司馬也。仰戴仰戴！不知高明何汲汲以辭榮謝累爲念，至上十餘疏不已，璘竊惑焉。璘，都人也，自少聞三原王公參留務時，閭巷小人日談其德，如稗官野史稱説古人之事，琅琅可聽。于時不知世事，不能追求其故。自有知識以來，歷見名公居此，或乏此聲。按求其因，蓋緣王公加志，小民苟有惠利，雖取謗觸怒，亦所必行，故人樂稱之。

今傳聞相公之迹絶類王公，惜在遠地，未悉施爲之詳耳。然璘向在閭里，頗知鄉人所苦諸事，大抵軍苦占役納錢及做工之弊，民苦内府供億及勾補班匠班錢，商賈苦工部陪納之淹滯，凡此必皆相公所已擘畫〔一〕，今諸人喜頌由起者也。冒昧具上，用備采擇。漢人云河南帝城多近臣，故不可問。宋以開封爲京兆，多假重臣守之，故包孝肅公著聲，亦以權貴斂手爲政本。今應天即漢河南、宋開封也。京兆權輕往昔，故假鎮於大司馬。唯相公耆德重望，天子眷注既如此，軍民仰戴又如彼，凡百舉動，少爲留意，則祖宗恩德可長存於根本之地，宗社幸甚，斯民幸甚。正不必辭榮爲潔，解累爲安也。冒瀆死罪。

【校勘記】

〔一〕「已」，明抄本作「以」。

啓白巖太宰書

先民有言：「大臣以人事君。」言天下至大，任天下之責至重，非一人所能獨理。故君望之我，而我望之天下之賢，皆所以承天意，爲生民，非可以私意于其間也。古者四岳僉薦，禹、益、夔、龍讓拜于庭，其來久矣。春秋晉祁奚舉賢，內不避親，外不避仇，君子與之，其他不可勝道也。後世用人，專責之宰相，國家則專付之冢宰，蓋其職也。

璘不悉當代之故，其於賢冢宰姓名，不能盡知。所知者，若西蜀蹇公義、河間王公翱、濟南尹公旻、三原王公恕與吾鄉倪公岳，皆執公方之節，懸明睿之照，有道之士所共推服。璘竊謂冢宰用天下之才，必協天下之論，而後足以服天下之心，斯天下之善名歸之矣。然天下之論不齊，至於有道者乃定。最下者取合小人，其上兩端，又其上取悅豪傑，最上乃求合有道之士。蓋有道者，非求而合之，道同則無不合也。唯公以間世之器，收海内之望，非一日矣。自璘居門下，非不久且密矣，未嘗見公有惰慢之容、毁譽之言，端嚴惇博，如嶽之重，如海之涵。蹇、尹、二王，璘不得而知之，若倪公，則嘗奉以周旋，公寔類之也。

兹當新主御極，適有數客會于璘所，咸舉手相賀，謂皇天篤眷社稷，誠得某公遷居某位，某公起居某職，則天下之勢一變，可復祖宗之盛，再變可追唐、虞、三代，皆無難者。烏乎，公負天下之望如此，璘安得不爲公賀，不爲公懼，又敢不爲公告哉！緬思孝廟之世，公與邵二泉、儲柴墟、王虎谷諸公並起一時，皆公輔之器。今數公或已老病，或先下世，唯公巋然當軸，任國家蓍龜股肱之寄。方當群凶用事之秋，公獨留守南京，養高全晦，脱然不爲所染，豈偶然哉？璘唯上天之厚國家與！公之答天意、壽國脉者，皆莫大於人才。雖公所藴，萬萬高出璘等，璘之拳拳效忠者，固不敢舍此他言也。蓋群才既敍，則百政自熙、事事而理者，非大臣責也。宋陳同父曰：「有察舉而後有銓選，有銓選而後有資格。」其意蓋謂世道既降，大公爲私，一切任法，猶爲可行，此亦有激云。然璘謂行資格而不失銓選，行銓選而不失察舉，行察舉而不失鄉舉里選、僉薦拜讓之遺意，然後稱有道之舉動，而不繆天下之公論也。天生才局，品類自別，代天命德，烏可混施？國家五爵九級之階，配之人品，或乃宜然，殆類天設。然則後魏中正九品之法，固不可著之曹例，獨不可存之心鑒乎？山濤甄別人倫，載之啓事，千載以爲美談，何後世之不可行也？凡言不可行者，皆私耳。豈有上承天意，下受國託，近繫公議，遠垂令名，而可以毫髮私意干之者乎？唯門下自通籍以後，居銓曹逾二十年，凡今之公卿岳牧，皆嘗揣摩而度量之熟矣。取諸胸中，若分五色，辨四方，雖百舉無一失，此天下所以未事而先賀也。

璘恒常於公，止以文藝小技進瀆，不敢言及兹事，謂公未履此位，恐以爲諛。及今迫然至矣，一旦命下，禮遂懸隔，又不敢冒以此言進，有懷不吐，非所以爲忠也。展轉旬月，寧坐近諛之嫌，而不敢取不忠之罪，唯冀照察，幸甚。舊著治原一篇，謹録併獻。暑甚，勒狀不莊，又恐公旦夕北上，不及奉覽。潦草殊甚，無任惶悚戰慄之至。

啓敬所蔣少宰書

先民有言，太上立德，其次立功，其次立言。君子之道，信無踰此三者矣。五帝之臣，渾然同化，三王之臣，除亂致治。故當時蒙澤，後世稱聖，蔑以加矣。春秋而下，賢人君子不能以無爲爲德，又不能有爲以樹功。於是引先生之道而推己所志，載之空言以垂後世，若孔子、孟軻以至揚雄、王通之徒，皆是也。言雖有鉅細醇駁之殊，其心一也。孔子曰：「吾志在春秋。」桓譚謂嚴尤曰：「揚雄之書必傳，顧君與譚不及見也。」王通亦曰：「帝制絶，元經興。」斯一聖二賢之心略可見已。唐、宋以來，韓愈、柳宗元、歐陽修、蘇軾之屬，抱道游世，或竄逐囚錮，不究其志，各發爲文章，斐然成家，固已下立言一等矣，然亦傳之，至今不朽。由是觀之，君子之道，不在彼則在此，章章明矣。

璘少舉進士，得從先生長者游，聞先王之緒論，竊亦有志於當世之務，於今蓋二十年矣。三爲郡縣之吏，力不逮志，徒勞無益。恥飾廚傳，以稱過客，而不能奮然遠于俗態。閔轉死之民，思以仁之，而不能釋鞭箠征科之格。食人之食，厚遺其憂，不辭其名，而悉去其實。故刑禍流竄，皆天之所以降罰也。雖去，更效一官，亦若是止耳，是天之降才本殊也。今已曠父母之養，捐子女之愛，煢煢一方，吊影而處，此固非得行其道者也。程量所有，其賦命原薄亦審矣，其不可與於功德亦明矣。傳不云乎：「俟河之清，人壽幾何？」

幸今齒髮未墮，耳目之聰明猶可肄講習，若碌碌待耄，曷若退而深藏，從東南隱君學士考三代、兩漢之書，以上窮堯、舜、禹、湯、文、武、周公、孔子之道，學爲文辭，得少比揚雄以下諸君子之下列，生無忝於父母，死不與草木同盡，不猶愈於已乎？唯門下愛璘過甚，即魑魅之齒，奪而置之衽席之上，是不忍璘之身遽滅殁也，而況於其心乎？況於其道乎？顏淵曰：「子在，回何敢死？」夫子之身，固門人小子之所依也，璘之視門下蓋若此。昔者房玄齡問立功立言，文中告之以「量力」。夫力者，才之限也，時與位亦存焉。量其固陋，策以終始，在門下察之而已。近所作雜文數首，方有事期會，不得繕寫，謹上古詩十四篇呈覽，可進與否，幸賜教誨，願次第以上，期有霑益乃已。死罪死罪，頓首頓首！

啓見素林公

璘自髫年聞公姓名，若與司馬温國、范文正齊等，及長，始知爲今人。奔走宦途幾三十年，道路違左，不獲一拜階下。承奉教諭，長恐溘先朝露，使後來者追笑無窮。去歲脩學之役，本有司賤分，林學職不量彼己，輒以上干尊重，不意謙光逮下，竟拾微名，置諸不朽之後。覲還，始克覩之，喜懼累日，每過石下，流汗浹背。古人云「伯樂一顧，價重十倍」，此豈特一顧已哉？感激誠不能已已。張教諭去便，謹狀具謝，伏唯照察。

啓見素公

伏承台候萬福，聖眷殷注，天下幸甚。頃者參從過杭，璘適從驅馳之役，不得伏候起居，死罪死罪！以平生瞻依之勤，顧不使一望眉宇，此天靳薄劣也，敢不省惕。荷留書爲念，抑豈晚後所堪，唯深感激耳。臺府清肅，久不敢冒進箋謝，諒蒙照原。恭審道施治朝，近論內豎乞匠之疏，凜然大防，何啻萬鈞九鼎之重。誠使前時之事，思患預防，有公如此，何至泛濫莫救？乃知公居林下，若許其久，皆皇天眷祐宗社之厚意也。悚畏悚畏！

璘方主上御極之初，竊不自揣，亦嘗擬著一疏，意謂朝廷莫大於體統，天下莫大於風俗。體統者，大臣之責，在廟堂必有至計，不宜小臣輕言，故專論風俗一事。

繼見言議紛然，恐有干名之嫌，遂爾中止，心實耿耿。兹敢竊録原稿，布露左右，儻少裨坐論緒餘，采納注錯，非獨末學之幸而已。僭妄死罪。

去歲張學職附下手翰，不久始得展誦，所諭夏銀臺篤行，鄉評皆然。疏漏之罪，獲奉指教，祗服無已。

啓幸庵彭公

自公之西，天下之人莫不惋歎而翹望者。至若受知抱德之徒，則又倍萬其情，亦非有所私也。近日獲見所寄葉侍御一之萬里神交卷，其於兩河往年之恩，戚戚動念，一誦一泣，嗟何以堪。乃知大君子推心汲引，往往如此，真秦誓所謂「休休有容」者也，師仰何已！伏惟聖君更化，天意將興太平，必先召公。天下所望，必有以相副，公之所自許，必有以比德伊、傅，使後學小生知賢聖由人，不多讓往古也。無任馳戀之至。

啓彭宫保

往者河南之盜攻城壞邑，吏民懍懍，莫必其命，荷門下受鉞而臨之，一鼓殄滅，頌功之士，咸謂其邁絶今古。此固英雄之長略，賢哲之異才，出於尋常萬萬之上，乃克致此。下視璘等齷齪尾瑣之流，奔走厮役之吏，不啻蠕動小蟲，何足動視？若璘等，亦惴惴奉職，祈得免罪謝譴足矣，抑何敢望階墄之末光乎？唯執事海納日照，纖細不棄，視璘孱懦尸位，不以爲不才；捍禦無效，不以爲不武。飲至之日，達于聖明，薦于冢宰，謂璘可任。于時璘方獲大罪，拘圜扉之中，故舊親知莫肯相近，恐禍之速及。獨門下昌言如此，使垂淵之命，增九鼎大吕之重，非唯得緩刑殛，又得一命于善地。父兄妻子之感，雖九死不忘，豈能報之？直銜之耳。

四月已抵家，得見父母。南風方作，未得赴任，俟秋後乃可行。西望勤拳之際，聞余錦衣有南使之便，少布區區，伏唯照察。側聞蜀寇之平，又在旦夕，益仰大賢之才，歷試至難，無不底績。它日國家大事大疑，係屬天人之意，固已定于是矣，欽慕無已。五溪淫熱，軍務多勞，伏唯爲天下珍愛，幸甚幸甚！

啓孫九峰公書

伏唯我公還朝，社稷幸甚。夫司徒大位，非唯均節國用，省薄民賦，以惠澤天下，其豐儉貞衺之則，匡輔君德，尤爲切至。方龍飛之始，海内望公，不在冢宰，則在此位。既見邸傳，莫不舉手相賀。蓋純德篤行，聖主簡在特深，以之效忠，視諸公固易爲績，非佞非佞。前後勸學二疏，師保大忠，無踰於此。孟子曰：「人不足與適也，政不足間也，唯大人爲能格君心之非。」格心之要，務學爲急，道明德立，何治不成？是以末學下吏，益用尊仰。新政方肅，不敢瀆上踐敬，延後至今，實非門下之體。伏乞垂鑒悃素，不加重罪，幸甚幸甚！

與左憲王子衡

國家之有憲臺，猶天之有雷霆，無則不震；人身之有筋骨，無則不强。其政則舊典與今令甲具之，無俟言者。然自開國逮今，先臣善是職者，亦僅僅數公，豈不至難稱哉？近者主上以此職召公，士無賢不肖，莫不踴躍，意謂貞度肅僚云者，公素具而優爲之，天下當一大振，誠是也。

璘於其間，獨爲公憂，而於國家之憂又有大者。公此行有三難，臺政不與焉。主上神聖剛健，萬幾咸自宸斷，然小愆機宜，臣下莫敢言。公不格而正之，則職有所闕，天下安危繫在二三執政，協恭和衷，尚慮罔濟。今聞之道路矛盾時有，公不孚而調之，則勢有所沮。御史，執法也，一不由禮，則法隨以隳。今俗陋甚矣，持矜亢傾苛爲憲體，工報復誣訐爲風力，侵冗雜細瑣爲才幹，不知自誰作始，而沿習膠固，莫覺其非。雖總紀居上，一不相容，則衆怒群攻，必解其柄而後已，是誠何道哉？公不率而革之，則體有所妨。此三難，在公者可盡，在人者不可必，璘以爲公憂也。

度公之心，必曰：吾知以道事君，不可則止而已。持是説也，使三者有一不達，皆道之不行矣。公投劾而出，納履而歸，夫何難哉？璘所以爲國家大憂者，正在於此。夫國家凡用幾十都憲而始得公，天下有志紀綱者從來凡若干人，而公始得此位，上下凡若干年，而今始遇大聖人出，幾會之難，千古一遇，若乃易易棄之，豈可復得？以此思憂，其大可知。韓愈氏曰：「聖人畏天命，悲人窮。」乃知道之言，非好仕也。靜言念之，其輕重難易之分，誠宜苦心極慮，反覆思惟，以求必得其當而後可。如昔者久庵所論納牖遇巷之説，真格君輔世之機，行道立業之本，不可但以枉尺直尋爲喻而直拒之也。

璘非爲諛者，世俗之事唯恐其不直，公之事唯恐其不婉，誠爲斯道與國家計也，唯熟冀而深存之，幸甚幸甚！

復浚川司馬公

辱示詩文百廿二篇，皆庚寅一年所作，何其多邪！公至南都，舉十數大政，宏規既張，積弊悉剗，皆前十餘公所不能足矣。乃出緒餘，又及此事，並臻精到，豈徒多爲也？顒仰顒仰。詩文綽有定力，在士林亦自有定價，朋友之誼，不貴相諛，姑未贊敘。所論名理諸文，脱落拘攣之見，獨往獨來，蓋秦、漢以前作始立言之學，非近世學究沿襲誦記之習也。璘也淺陋，不足與聞，今既承命矣，勉復數語，以佐商確，是亦請益之願，若曰麗澤相滋，則何敢附大方爾。

啓浚川

公台鼎爕理之器，暫局今任，此天遺留都軍民之福，甚幸。然以職在本兵，二年以來，爬梳洗滌，軍衛遂獲安枕。若謂有司事體稍遠，遲遲未議，故疲民闕然興望。緣公所任，即古分陝留後之責，保釐之惠，何限軍民。本朝此任，初但推六卿有望者相授，故廣宗崔公恭以太宰參贊。後因軍衛之事多涉兵部，遂專用司馬，非謂民事本不相關也。三原王公恕無事不統，無弊不言，至今京民有俎豆之願。厥後諸公漸失本務，可惜耳。惟青谿倪公岳於朔望議事之際，嘗受諸司愬詞送查，或咨行處報，一時爲之翕然。

公遠繼周、召，近邁王、倪，當勵精之朝，視極敝之會，安忍惜舉手之勞而不活垂死之衆乎？禹、稷視民飢溺，咸若由己。伊尹以一夫不獲，爲己之辜。蓋知天之所任在我，故不得不受其責。今天既以留都之民任之公矣，又安得辭其責乎？前承面教，仰見體國之忠，保民之懇，輒敢以鄉民所疏者投上，伏冀采察。近聞當官者苟以報府數目上塞尊指，蓋恐府縣嗔罪，此又蒙蔽之害，與不究何異？若乘其來愬，即委人押取見季使用底籍一檢〔一〕，則某事所費幾何，某物所值幾何，具得事實。然後利害可明，興革可議矣。畎畝病夫，誠哀鄉鄰之困，上禆清聽，不知避忌，萬萬隱秘，勿令知自璘出，爲惠尤大也。

【校勘記】

〔一〕「季」，金陵叢書本作「年」。

啓嚴介溪侍郎

屬吏至，獲奉手誨，温慰教導，感激爲深。若望璘以舉兩浙之政，則今衰矣，無能爲也。初念君相遠照，拔璘廢退之中，弊精殫思，研究百度，冀酬恩遇。三月之後，遂至掉眩外作，結閟内壅，幾至大病。即今程課功效，萬分無補，乃知民窮財匱，非大豪傑圖回斡理，安可期早成之績邪？如璘者，但當歸鋤百畝，供奉老親，是其分也。圖去未得，不敢多談，郵吏入京，謹上狀奉候起居，略陳梗概，伏唯照察。

啓唐漁石中丞

璘蹇拙跧伏，無所比數，自分填壑久矣，乃聞高明不鄙，謬見引薦。初聞丹扆、大理之傳，自量非類，必無此舉。昨復聞之東溟參戎，雖過情可愧，然不敢不之信也。猥瑣小工，門下何取引以代大匠斲邪？古人有言：「少也不及有爲。今老矣，無能爲也。」璘今已及其時，望門下勿以爲念也。自門下入京，璘倏辱恩命，遂叨此任此，必門下以不肖誤當道之聽。今既數月矣，弊精殫思，冀以酬知己之遇，畢既衰之懷，如理絲益亂，割蔵益閡，竟不得其條緒，中其肯綮，無所短長之效，已可見矣。非敢不忠，力不足也。旦夕當且引去，供養老親，願門下勿以爲念，恐損大智也。因郵吏上狀，略陳區區，以申謝悃。萬萬照察，不罪遲後，幸甚幸甚！謹狀。

啓聞石堂侍郎

璘侍德範，奉明教之日久矣，荷門下知照，亦已深矣。躬耕畎畝以奉老親，陶寫丘壑以安短用，乃璘平生之分，不知門下何取，每每以致用見期。今果引置貴藩之長，非門下謬見推引，何遽至此邪？悚汗悚汗。今既數月矣，亦欲弊精竭思，畢既衰之志，然才力不逮，竟無條理。或者職任不明而僚屬未修本務，權力不專而樞機未由斡旋，斷割懼傷群情，變革懼生浮議，凡此皆璘之才力選愞，不足以勝此也。每每自歎，終將付之無可奈何而已。惟有引去榮養〔一〕，復其本業，乃所安也，何敢終負教愛邪？因郵使之便，奉候動静，輒陳區區，伏冀照察，幸甚。前賢郎回，獲奉温慰，謹附謝不備。

【校勘記】

〔一〕「榮」，金陵叢書本作「營」。

復許函谷通政

讀公著述，復見古人讀書窮理之意，信心而不信耳，大要歸諸至當而已。左傳所載諸家卜筮賦詩等事，各具一義，義理圓融，切於制用，不徒誦説而已。雖秦火之後，不復聞聖賢説經之詳，今諸書散見孔、孟所引詩、書之言，亦多斷章取義，不拘拘於章句。蓋義理乃其精微，文辭特糟粕耳。至宋儒始守師説，泥章旨而立主意，雖於文字之際有所發明，卒使六經之旨拘牽執滯，而無曲暢旁通之趣，實訓詁之學爲之害也。

公獨得之見超脱群疑，尊仰何已。詩考多宗小序，古人固言之。小序雖未必作於子夏，大抵去孔氏不遠，必有源流授受之因，豈千載之下，可逆探而輕改也？辱垂教，極感開導。僕侍老母疾，日從事藥餌食飲之間，不得奉復。使者數至，草具鄙意，先上詩考，併封還周易。蓋賤子本經尚有一二疑義，容再請益。餘唯照亮，不具。

復黄仲實

承點教鄙文，開發蒙蔽，幸甚。友朋尚諛久矣，乃獲高義於君子之側，殊用尊仰，非止文字之益也。尊道篇三「視」字，鄙意本謂即流以求源，推所自以明所出。「視」字之義，若反「觀」云云也，務語新，意反不達。誠如尊諭所疑，欲改定本字，又似節次相生，太極、天地、人道遂分前後，殊乖義意。不如「觀」字，似或渾涵高明，謂何如邪？若謂太極，非可視之物，則「觀」字亦恐未當。但古文觀理觀心，悉以立義，或亦可通。望曠然終教，勿事姑息也。

別謙篇蓋憤薄俗，誤以諂諛退避爲謙，動執惡盈好謙之説，以惑承學。故以「别」名篇。因先儒訓謙曰「有而不居」，故衍發其義，以申矯枉之辭，意所切激抑揚，不能無過。其餘定志、鄉正諸篇，皆有此蔽。此分量所及，不敢强辯。如下藥，姑取適病，未暇他論耳。若夫君子之言，周徧而不遺，公平而不頗，豈所敢望乎？承命更轉數語，恐於本意相戾，衹服固多矣。數日值家冗，裁復遲後，幸不以護疾見棄也。

復蔣中丞書

辱手書，慰諭温至，衹拜厚情，特奬借太過，非所敢當耳。僕荷聖主厚恩，出之赭衣之下，復置民上，雖萬死不足報謝。況諸公生全知遇，亦非疏微後學所可易得。古人云士爲知己死，璘豈草木類邪？仕宦者嘗負於官，官何負於人？況僕所居不卑也。禹、稷思天下有飢且溺者，謂由己致。何也？身任其事，故不得辭其責耳。

僕已任一郡在己矣，閭閻田野之間，不得其所者，不可稽數，豈敢以一郡爲不足邪？此甚狂誕者之意，不敢效也。但老親在家，去秋發一疽甚重，今雖幸愈，甚非人子之情。有少女即今納婿，乃故南安守俞勉誠少子。勉誠易簀時，實有託孤之責於僕，今遠地不能教之，負其地下之望。且妻妾子女在家，委累老親，既不能養，又不能安之，是禽獸也。故屑屑求去，意蓋出此。若向得近地，苟遂此數者，雖抱關擊柝，古之大賢，不恥爲之，況僕乎哉？竄逐之人，於尊官達人之前，不宜及此，恐涉有求。蒙書詞見諭，懼不察下心，且謂狂誕，乃重得罪於名教。故略陳梗概，伏唯照察。

啓廣西二司諸公

璘情事迫切，文牒覼縷，煩瀆門屏，悚愧悚愧。大巡先生之愛，深厚委曲，使人感激不能言，而苦切愈不能已。然璘之求退，非苟爲激切可以中止，蓋亦籌之熟矣。夫士君子之進退，出可以建立，入可以爲榮，其親悦之，則進以爲乎君；出不能有爲，入可以爲養，其親欲之，則退以爲乎親。此大義也。

璘闒劣無狀，聖主不忍加刑，薄示竄罰，恩至渥矣。古者得罪黜罰之臣，多一歲半歲，以病自免，所以上全朝廷之惠，下保性命之期也。今聖朝於大罪之人，不即罷斥，僅置遠地，正使諸人自爲之所。若復冒利干寵，不能自擇，豈人臣守身奉上之道乎？況璘有父母在堂，鍾愛甚篤，屢有書來促璘致仕。事變無窮，親年有極，與其希難至之寵，孰若圖易盡之養，爲足以盡其心也。

且璘係守土之官，别無公幹可以省親。歲月悠悠，後事難料，所以晝夜痛心，而必欲求去。正坐於此，又違遠兄弟，離棄妻子，群憂滿腹，百病集體，伶仃弱僕，飲食莫調。屋廬蕭然，霧雨莫衛，萬一填棄溝壑，祇令旁人見笑。古人云「死生亦大矣」，其可不念？大巡先生臺城尊嚴，不敢輒以書上，唯門下見察深至，故敢再瀆。乞爲轉白此心，俾璘早還故鄉見父母，瞑目無恨。

謝唐應詔

璘蹇拙寡用，邅迴郡符，爲親竊禄，極知無補，荷臺下納汙拾朽，不賜黜罰足矣。昨得邸報，乃置薦剡之末，感愧切中，汗慄無已。夫采賢取善，不遺細微者，賢者之達智也。慎微保終，固執平生者，鄙夫之小節也。今以小節之陋，過蒙獨智之賞，璘之感德，實倍衆人。臨書倉卒，言莫能既。前日省下，聞老親有疾，張皇趨視，失長者之約。昨離南京，會寇京兆，又知節鉞先駐新河頗久，竟以不知失候，罪積丘山，即解謝無益，聊明鄙人之心而已。南還，道體想益佳，伏唯眠食加愛，起贊新化是願。

與王伯安鴻臚

自覯時相別，至今已五閲歲，僅僅一通書問，痛念人生能得幾回别也？璘往年過杭，不欲與達者將迎，因止湖上寺中。後聞執事在城中，亦不敢復通，執事或不知璘在外也，遂失良晤，于今爲悔。謫來頗與静便，唯思親一念，唯日耿耿。正思執事往日談滇中之樂，于時漫爲悲喜，迺今始知其味也。南都甚優裕，第長才重望，不得久安。即今諸相知幾人得聚？遠方不相聞，亟欲知之。家尊書來，道執事下眷甚勤，感不可言。家弟璟亦稍知所嚮，倘得侍左右，何任通家之愛也〔一〕。

【校勘記】

〔一〕「愛」，文淵閣本作「慶」。

復蔣車駕 淦

得令弟送到手書，并小弟家信，感慰無量，獎諭過厚，抑何敢當。僕頹廢以來，神志乖阻，乏振厲疏濯之氣，甚負貴郡，汲汲求退，正以讓賢安民而已。苟得衣采弄雛於老親膝下足矣，夫復何念？來教乃欲引之古循良之列，徒令汗背耳。

郡志嘗欲要宋卿脩之，以郡中無歷代全史，恐建置沿革與守令鄉賢姓名事迹無所于考，若舊志則徒勞也。楊郡博所脩名勝紀亦草草，蓋山形水源及阨塞險夷、陂澤磽沃，所關於民生吏政者甚重，彼特具名勝一端，姑爲貴郡發藻色耳。此事須在京諸公分任一目，窮討極論，總定於相國手筆，然後爲不刊之書也。萬萬留神，幸甚。

與田景瞻

黄府主過州，始得詢動静，聞太郡君奄逝，不勝悲痛。荒僻未緣奉慰，心恒如割〔一〕。即辰已近小祥，唯損哀强食，爲尊君色養，幸甚。璘不肖得侍左右數年，銷剷鄙吝，少窺古人萬分之一，實荷弘益。于時宴坐雅談，不知人間有憂患之事〔二〕，竟不知請益，自今追念，真孩童耳。

别去開封，兵戈倥偬，百責交萃，率以鄙心應之，不知所裁，竟陷大戾。待命非所獲，聖主曲照，賜之更生，其中憂戚萬端，兢兢自持，幸免敗壞。此景玉所見，不俟盡言。投荒今已二年，違父母，捐妻子，獨二僕相隨。時得家書，神氣俱殞。老父去歲瘍患幸痊，近者家難崩析，又有無家之累，需璘爲計。屢乞歸田，臺司不察人情，類以好語相慰。

欲拜疏求去，説者以怨見，恐又不敢舉，無可奈何。正思執事往時舉意堅決，得釋無窮之患，幾微之際，愧不相及，遂至此耳，夫復何言。聞家居頗安已，嘗有奏薦者，大抵非當路相知，度可有爲，斷不必出。即今若子和、升之諸公，亦陷墨白之間，誰爲相理？此可浩歎耳。公今在塋室，未敢多談，臨書不勝惘惘。

【校勘記】

〔一〕「割」，明抄本作「焚」。

〔二〕「患」，文淵閣本作「危」。

與劉養和

承執事以佳楮二番索不肖舊詩，甚荷。不肖詩不中法度，不足陳。且今日天子召執事，非特文章小技而已，事有至大者，不肖又未敢談，姑舉至切一事言之。

今南方盜起，江西有王承二，四川有藍四，唯鄖陽劉烈最盛，聞其衆已十五萬人，雖未必然，大約成聚矣。又聞其賞降納叛，各有條約，妄稱尊號，改元建官。此雖狐鼠之態，然亦動摇小民之心。又聞部遣賊魁，分攻郡邑，旗幟以不殺一人爲號，傳檄四境，張誣朝廷之失，以無爲有，用激聞者。昨燒絶岳州城陵磯，又入夔州府，又殺應援官軍，聲勢烜赫。今聞所過市井，畏其荼毒，皆設香花牛酒迎拜，心雖非降，迹亦可醜。風聞逆黨潛至鳳陽，又播狂言，欲取金陵，雖宗社靈長之福，足以撲滅此賊萬輩，萬萬不足憂。

然在我之事，多可寒心。以今南都形勝都會，城郭宫闕，爲天下之根本，凡百逆寇，誰不側目？甲兵糧餉，執事所知，握兵之將，謀事之臣，又執事所知。今狂賊皆據上游，倘武昌自保，九江失防，艨艫連艘，一夜而下，將何以應之乎？今城中言者皆曰其事尚遠，不知繕甲兵，積糧餉，簡精鋭，部偏裨，可一呼而定乎？亦積歲而後備乎？若積歲而後備，則及今爲之亦已晚矣。

古語曰：「天下雖安，忘戰則危。」安不忘危，恐非過計，不肖孤陋，無可告語。執事此行，廟堂諸公必有以南方之事相問及者，此事非細。論都會，則北都爲南都之頭顱。論事勢，則南都爲北都之命脉。然賊寇視北都地遠勢堅，未敢指議，如少得志，必走南都耳。萬一隻輪不完，一矢失利，東南之事險不可言。故此方之患，不宜置之度外也。

至於賊勢猖獗，亦未聞吾黨有消鑠之術。鄙意謂撥亂之法，當自所萌。往者賊起，以征誅繁刻，民心失望。今日兵興，又用其民，復食其税，如火益熱。宜以往者掊尅之財，濟今日征調之費，災傷剽掠之地，悉蠲其租〔一〕，民心驩然，賊氣自喪。仍諭賊黨能斬劉烈降者，賜以千金，爵以侯封，如此則人人懷疑，此賊孤立矣。此皆常談，不足爲執事舉者，言及遂言之耳，幸善秘，毋爲有略者所笑。途次加愛，千萬留意，國家大事，報超異之知，副豪傑之望，幸甚。

【校勘記】

〔一〕「蠲」，原作「觸」，據明抄本、文淵閣本改。

答徐伯雨

初，得太平除目，謂必畿輔，嘗奉一狀，不達。後傳今郡，甚疑。繼得其故，亦不復怪，所謂「不容然後見君子」也。日夕望過荒城，昨得魯南書，云公由嶺路上路，今果得到郡手劄，愴快成泣耳。道路甚苦，幸至郡，承太夫人及閤内俱安，餘無足論。殊方飲食難近，久當安之。素夷狄行乎夷狄，古人既行之，吾輩亦何患也。

郡民久習夷狄，今且撫之，數月後可制婚姻宴會之禮，順流與之更始，此輩從化感德，過于中州之民。蓋近世仕宦以夷狄待之，無真德實意相及耳。觀韓、柳二公，遺愛潮、柳，豈無故邪？然執事何待僕言，恐高才見抑，因且鄙夷其民，或至懈怠，輒用縷縷，亦友道宜然耳。南中氣熱，若使人中滿而下弱，調攝之道在節飲食、忍嗜欲爲第一。璘居全十五月，竟不生疾，或亦獨處之功，望珍重幸幸。南都自十一月後，亦無書。王欽佩已轉儀制正郎，朱升之復督滇南學政，差爲快意，餘無故人事可報也。

答潘宗節

春間得執事去歲七月書，教愛極至，特責不當罪，不敢默受，且傷鄙拙之懷，至不爲高明所悉，況復它人？或中情已亮，但借文加譴，則不肖幸甚。未悉高明果出何意，不能不言。不肖官極閒散，然辰入午出，被衣冠，對吏人，一切與冗局同狀。又居故鄉，親戚友朋，吊慶賓祭，不敢廢禮。家人滿百口，喜慶疾病，悲歡代至。性好出遊，又樂與人談古今嘉事，恒奪吾暇日精神目力。執事可度而知者，畢此數事，所餘幾何？加以病懶膏肓，睡亦不足，尚何望文學之業乎？雖有所作，並是酬酢祇應之具，苟以遠罪而已，豈足陳于作者之側也。所以三命三違，直坐此弊，豈於知己更萌它情？執事乃謂愛博情分，大有可懼。

昔韓愈以此意責陳給事，吾不知給事何如人，是必任勢養交。如今時熟爛不情之流，執事何忍加之不肖乎？幸發之不答，文字事中薄乎云耳。然已與若人同觀矣，痛恨操行不白，爲高明鄙外如此也。執事引盧、李險怪自況，以取善不廣責之不肖。若執事所示雅作，實大聲閑正〔一〕，今之韓愈，不肖所求爲師者，何乃云云邪？此直文字中往來之語，非真以此望，不肖不敢深辯也。拙作數篇呈上，乃知往日之慢，直爲愧耳，非有所吝也。承夏來已續絃，孔嘉之慶，如何可言？容賦一詩爲賀。賤子今歲又得一兒，餘併如昨，不一一。蒲履一對，扇一柄，漫往。蓋久欲奉寄未得，失時可笑，餘唯爲道加愛。

【校勘記】

〔一〕「閑」，金陵叢書本作「閦」。

復喬衡州

掾吏至，辱手書，兼之多貺，鄙人何敢當，第深感激。初，謂遠竄炎方，遺老親之憂，既應詔旨，便當乞養，實非有擇於仕宦。逮今屢圖不遂，且計入覲在即，遂已安之。抑恐戚戚旅居，嬰霧露之疾，增不孝耳。承以李士脩事見慰，安敢謂裕如者。若憂戚玉成，進長尺寸，不敢不勉也。敝州誠衝要，以蚊負山，誠有不勝。所恃毁譽得失，久矣無情，故不覺甚苦耳，此未易以書盡也。舊業日荒，神志不逮於昔，少陵、柳州之事，一切絶念。捧覽來椷，詩辭書法，直逼古人，益愧凡陋耳。

與蕭東之

邇來歸念日劇，百事無悰，久缺裁問，多罪。僕已蒙大巡朱先生准擬應朝，昨具稟離任，蒙以科場之役，不許早行。聞命以來，憂苦殊切。僕之情事，嘗控諸監司轉達，視璘微陋，莫肯相恤，爲一啓齒。故覆盆之懷，不得不抑于門下，萬勿以不入公府之節，嚴拒固絶，幸甚幸甚！

僕初赴任，與老親相約，應命之後，即請歸養。不意孤羈三年，百圖不遂，此執事所知。去年老父因憂發疽，瀕危幸復。又以家難崩析，舊居推讓諸父，今老親與妻子僦屋而處。璘命蹇惡，又喪一婿一女，在家子女迫臨婚嫁，因不孝遠放，此累俱在老親。聞璘應朝，二月間已遣家人至武昌諸處相迎。近書來云望璘不至，中夜起坐，殊方聞之，中心如割，恨不飛越，以慰其情。

夫一物失所，仁者惻心，況大巡先生仁恩廣博，萬物仰澤。若璘獲罪之臣，失養之子，永廢之人，而久衰之命，又竊鄉曲之後，冠裾之末，安得不少垂憐乎？第諸公不肯爲璘一言，璘在下僚，又不敢以狀徑達，是以下情未獲伸耳。且璘方寸久亂，日對吏民，直如土偶，縱使執役場屋，萬萬無益。況連年乞休就養，今已有便可歸，又復逡巡不請，强逐諸賢，追附榮名，宗族故人，必生短議。

璘此行求退決矣，不敢多言。冒犯尊嚴，萬乞委曲數辭，得獲矜釋，上安老親，下善歸計，結草剖心，不足爲報。

與應元忠

久闕瞻奉，既苦鄙吝之萌，且傷離索，何如爲懷？比來道況想佳，采養足樂，非如塵途煎迫可鄙也。輒有瀆啓郡江中津橋，判府王拱之重新已成，敢乞左右，記事于石。蓋此橋本有歲租，充脩治之費，職此者或惰或私，遂廢前惠。王君乃肯舉此，宜特書表之，使後來有勸，非爲渠張虛聲也。專遣黄學諭齎狀奉白，萬唯不拒，幸甚。

息園存稿文卷九

書啓

復陳魯南

家人至，辱手教，慰甚。榮僧去，道僕事過情，故蒙過獎，彼所謂肉眼安能别世尊邪？聞京兆白公延執事與子仁脩應天志，甚盛舉也。本府自吴、晉以來遂爲都，其諸公遺事與本鄉人物關係，大與他郡不同。公等必有大觀，何俟僕言。若輿置沿革，及山圖水經，一考可見，不足煩公等耳。近代吾鄉人物甚寥落，不知公等作何條格去取？諒不似班固九品人物表疏謬也。韓退之懼作史，有人非鬼責，此言去取難公耳。李習之言作史須筆力高簡乃可傳，自謂不讓班固、陳壽，此言文章之難耳。志，亦史類也。由李公之言，公等自有餘；由韓公之言，不可不察。

僕近作近言十餘篇，中有鄉正一篇，述近時賢者以教子弟，亦不敢多及。茲欲寄覽，恐啓紛紛者之議，姑已之耳。何幸乃得聞博洽君子之議，庶於晚年得所取裁也。近時蘇、松二郡志如何？嚴唯中袁州府志、都玄敬黄山圖經、李懋卿東莞志、邵國賢許州志，各自起意例，須取參訂。璘收有長安舊志一本，惜不得到家檢奉，子仁收天下志甚多，想不乏此。

作志不難，正唯發凡起例爲難耳。又本府若上元之明道書院、溧陽之水堰，皆厚生正德大事，須檢尋遺迹，就請白公興復，蓋百五六十年，方遇明公一舉。若又空言無施，不獲實惠，賢者難遇，幸勿失此機會也。又稅糧後當具供億一日，查内府及諸司供億，近年與國初多寡之目，庶仁者有惻憫之意，此不爲徒作也。巡撫東谿鄧公，直道君子，璘前在開封，深知其心。此數事若請白公，白而行之，皆無難者。梅損齋、羅印岡、王南原俱曾一講否？必集衆思，庶無遺憾，言不能悉。

與魯南書

昨得家尊書，云執事有書，先付它郵，雖未獲領，知必有以教我也。到家已幾時，宅眷想並安勝，且歎且慰。夫今天下學者，誠莫盛于吾東南矣。執事翹楚吾國亦久矣，舉其所得，以應今科舉之格，雖裒其什伍，有餘也。奈何垂翅而南者，至三四不已乎？夫吾國之賢者，行如師文，屢議而不徵；文如執事，屢舉而不拔。非運命蹇惡，則士氣淺薄，不足以兩勝然耳。凡後進之士，飭行績文者，莫不有怠心。然君子之自信，則有不然者。凡謂之有餘者，皆例觀于有位者之行與得舉者之文。若二公，豈不贏矣乎？雖婦人女子知之也。

然僕則謂聖賢君子之道，六經、諸子之文，亦非仕與學者限於禁而不得爲者也。奈何排其户，不歷其奥乎？乃所願二公操脩濯礪，月求增，歲求益，其進與止，一視于道，而不例觀于今之人，其不徵不拔者，天也，人之罪也。其在我者，固將與顔回、原憲、孟軻、揚雄之徒，抗顔而不愧，豈非豪傑之士哉？此固難與俗人言也。璘竊見方今進言者，當故人親戚阨困摧抑，往往舉時運好惡之説，投其憤以解其志，是諂諛之道也。竊甚羞之，唯執事照察。

寄陳魯南

數月不得公書，馳念爲勞。前此嘗數奉問，次第想達。人回，俱望示報。深山遠海，絶無足音之及，幸相恤也。聖主西巡，賢公卿論議必確，扈從必衆，此無煩遠臣憂者。所慮民不勝役，府庫不足供餉，奈何奈何！公未嘗歷外，在外之事，尚有不及知者，璘備嘗之矣。今吏治頹廢，民病已在膏肓，非盡去害治之物，雖伊、皋不能化，斧鉞不能禁。今萬乘一旦臨幸，督以征伐，恐失期誤事，關係非細，此則遠臣所不能安席者也，奈何奈何！

與陳魯南

春來數奉教札，知簿領意淡，烟霞興濃，固高人之本致。璘忝相知，又在林下，何必隆虚獎而拂實念？然執事事體有未同於虚薄者數端。璘早仕宜早退，物理也。仕宦悉在冗局，非就林壑，幾誤此生，於身宜退也。又疏直之性，與人多忤，無大過惡，動輒遭謗，身非木石，不能不動於中，得失輕重何如哉？於人事宜退也。官已至京臺，京城出入，得免貴達呵辟，分宜退也。

執事高才晚達，群望屬心，未宜退。久處玉堂，方試旬宣，下膏澤於斯民，宣風猷於列郡，未宜退。盛德廣容，所至尊仰，所謂在邦必達也，未宜退。黄閣伊邇，引退衡茅，家在京師，出御款段，貴勢辟除，不避耆老，雖汪度不校，甚非尊賢老老之體，故少需一遷，以成雅觀，非徇俗也，未宜退。已與賢郎輩諄諄言之，想道詳悉，萬萬垂聽。

承寄下先君輓詩，就墓泣讀，何任悲慟，交情世誼，感刻肺腑。璘今春長居墓舍，舊時草堂移入山中數舍，四面竹松，號曰「松塢」。前通古道，可步尋諸寺，有福全、古雲、果斌諸僧，談禪和詩，皆有能事。後有崇岡，飯後一登，南對牛峰石嶺，西望大江，令人灑然忘慮。去公別業，僅可三里，仲子亦嘗步造。它日與公樂事無窮，只少耐耳。胸臆之語，不敢不盡於左右，萬萬不以爲陋。

前手書承道所不遺故舊數事，及寄劉邦直書，此公至性，在僕何待今日。乃知士大夫以心術爲根本，以倫理爲植榦，以學問爲菑畬，以事業爲結實，以文章爲花葉，雖不能備，不可不勉。近來習俗，直以聲勢相加，面目可醜，謹閉門退讓，更復何言？東原近衰多病，視之令人損歡。許彥明最宜數造，閭里後生譏評不已，幾至生禍，可發浩歎。文衡山老性寬涵，畫品精進，秋間欲迎來，傾倒數日〔一〕，世如此老，亦無幾人。王雅宜病後，詩律甚暢，但柴瘦可危。吾鄉印岡諸公俱健，但少來與僕共談耳。因和詩奉復，漫至此際，勿訝勿訝。參對未有期，伏冀多愛是慰。

【校勘記】

〔一〕「傾倒數日」，文淵閣本作「數日傾倒」。

寄李元任

公前年留浙，因與諸監司少合。僕傷於虎者，故特遠嫌疏問，想不訝德安之拜，知公必宜於民而乖於俗。後聞果然，敢不謂知己耶？昨羈寓京師，士論咸與僕同，乃知君子貴在脩己，毁譽禍福，誠不足輕重。十月至台，見周同寅，稱公行節政治，並儷古人，益增同袍之仰，願有告者。時人之情，與古道殊絶，居今之世，行古之道，必大同小異，而後推行之遠。所謂智圓行方，則其大略也。公方寸具有尺度，鄙懷所畜，漫以請益，如何如何！晚休聞周公子早發，呵硯草草，言不能盡，餘唯保愛是願。南坦山居甚適，昨當道，又將置諸羈紲之間，造物戲弄如此，良可笑也。

與金仁甫 少作

自四月上浣奉辭，足下命駕故鄉，五月乃至。墟墓榛蕪，裸獻無所；九族凋匱，禮廢莫舉。顧之悢悢，不能爲悰。然内無廩餼之餘，外不可邀郡邑之助，含痛忍情，以俟來日，知如何也？東吴名區，雅稱偉觀，僕性疏野，以賞爲好。先圖陟虎丘之顛，泛震澤之渚，訪僚差之宫，弔離胥之墓，窮搜陳迹，下達韋白，招要豪傑，演繹風雅，勒名紀文，傳之百世，亦何偉哉！然至樂難遘，佳期不常，遂使俗態忤心，天弗佑意。既鮮仲叔含菽之愛，徒有孟公閉閤之困。未沾仲舉下榻之恭，已蒙子思溝壑之辱。

僕負野氣，豈能堪之？兼以炎溽相仍，將迎困劇，故歸念遄疾，賞趣潛沮，沛然言旋，寔非悻悻。所幸接諸友生，多所茂異，若文璧、蔡羽、徐禎卿、邢參之徒，藻詞成章，雅論合則。雖方古作者，未能卓然，而碩學茂才，固今之雋傑者矣。每一接席，款語移日，逸氣遐志，頗協鄙心，勞勞遠征，負此爲得。傳曰：「見賢思齊焉。」詩曰：「珠玉在前，覺我形穢。」外覽諸賢，内察淺薄，豈勝自喪？用是負形穢之恥，亟思齊之心。兼旬以來，愧近毫楮，紀行之册，緘白而還。歲月且逝，盛名難立，唯僕與足下及賢子弟共勖之耳。

初歸，老母在病，方悔遠遊，且弱軀畏暑，未即出見。臨風草草，聊述下情，鑒察不宣。

答友人論文 少作

僕聞達者痛乎卑俗，狂士亟稱古人，雖傲睨淩厲，廢中和之經，然曠志峻節，固一世之雄也。僕度德程力不逮懦夫，豈敢望此事哉？然思不弛心，語不輟口，著之毫楮，呈之友朋，至再三而不厭。冀豪宕之士一進乎此，使已攄懷古之幽情，釋悼世之積忿耳，何必在我邪？夫文章，士之業也。孔子脩六經以建百世之則，而百世弗能述，蓋折衷理道之極，經緯天地之章，子淵不能得其止，游夏不能贊其辭，身殁嚮絶，亦其然耳。下是左氏蜚聲於東周，莊生逸響於蒙土，靈均哀鳴於漢上，太史建議於西京，誼、舒、子卿、淵、雲、襃、向，揚芳擷藻，前後相屬，而漢之文章，炳然於金馬、石渠之署。雖純疵相形，遐邇異趣，要皆作者之殊列也〔一〕，烏可訾之哉？

僕雖殫力竭智，不敢望其下體。然仰探六經，下逮數子，未嘗不拊膺擊節，悵然遠懷。執事之才，百倍于僕，其於古人，皆可超其躅而拊其背，頃者獲讀拘虛集，所載才麗學侈，誠今聞人也。惜其選義沿近習，體物乏沈辭，比量作者，尚出其後，豈殉俗之趣，未盡納諸古哉？獨長書十餘章，宛悉情事，讀之悢悢〔二〕，填詞數闋，軏諸宋人，吾愛之重之，而不爲執事稱者，先其大耳。

夫今之同志寡矣，同志如執事，才且茂異，復爾乖刺，誰能默然？蓋登危者駭步，入静者疑影，今之視古，豈特危與静已乎？吾恐既疑且駭，則必反走而下趨矣。執事不棄譾陋，惠然下問，僕亦不揣本末，謬進不慚之言。蓋友道貴直諒，君子之愛人，非苟爲姑息而已。昔劉季緒才不如諸賢，而好詆訶文章，曹子建論其非，吾固謂子建失論也。今有南威、西施之容，畢妝而鑒焉，鑒之所不及，在側者能誨之。豈在側之容固美于南威、西施哉？妍媸都鄙，其辨一也。如有不自美其容者，僕能效在側者之勤矣，執事毋内罪之。

【校勘記】

〔一〕「列」，文淵閣本作「别」。

〔二〕「悢悢」，明抄本作「琅琅」。

復趙具區叔鳴

自金山别後，尊仰日切。見吾兄精修力學，不知老之將至，益愧淺陋，虚生無益也。承示二典會注，用心良苦，然補得朱子未了之業，爲千古一大快。望決意成此一書，更正得禮記注，尤於後學有益。所恨賤子居相遠，又在都城，爲人事所累，不得少侍講授耳。二典注未得細看，亦未有復，皇恐皇恐！前王都司、殷石溪回，俱道吾兄相念，感佩何已！

遺七弟英玉書

四月十八日，鄉人謝鉞者馳傳至州，始知吾弟得舉進士，殊爲喜溢。父母兄弟在家，當復喜甚也。書生之事，且脱章句之習，爲快何如？念唯吾祖宗以來，隱居吴中，躬耕山澤，勤苦淳厚，不侵于物，不戕于天。昨過展墓，會諸族人，尚不識城市之態，即可知前人矣。祖父二世遷京師，富而能散，循禮敦義，此爾我所親見。世積之慶初發，小子德誼淺薄，不克負荷，故踣蹶屏逐，至於此極。天其意者在吾弟乎？

朱、張、顧、陸，乃吴中大姓，公侯之後，必復其始，要在有道者乃能振揚。吾姓不顯久矣，近始有二三人發於鄉曲，雖派系不可別，要爲宗人，吾弟可不勉乎？吾弟行業固宜取上第，然交遊中祝希哲、陳魯南赫然其聲，又復落羽，文、蔡諸君尚失鄉舉，此豈可謂非天乎？天之所厚，必有其由，順之則吉，逆之則凶，大可畏也。

嚮予入官，少於英玉，不知仕途情狀，徑意直行，至今二十年矣。雖復低眉斂衽，趨走堂下，指其項者猶衆，過誠在我。古之君子盛德，容貌若愚，況予德未盛，而貌又非愚者乎？婁師德不拭唾面，王文正不發過于僮僕，推而廣之，何事不忍，何人不容？有容乃大，有忍乃濟，理勢所必然者。予經憂患，始克覺悟，願强其志，姑弱其氣，非教吾弟諂也。景前谿，吾友也，嘗友視吾弟，今已爲座主，吾弟直當居門生之列。蓋昔者之友生於予，而今之座主生于吾弟，固自有賓主之别，不可苟也。若已誤，當即改之，此名教中所重，勿徇其私。朝中諸聞者，多予故人，徐宜請見，勿與抗禮。古人云：「大賢吾師。」又曰：「事其大夫之賢者。」此成德之資，脩身之要，不可不勉。

進士無職事，慎言動，勤朝參，戒嬉遊，脩文藝，此其大都，諸不能盡，前谿必能教之。所患吾弟聽之不察，行之不力耳。珍重。所欲抄崇雅文類，今更名古文類，書吏少善書者，後當抄寄。然此書亦未定，正俟勘詳也。即今且取五經、六子、史記、漢書、離騷及李、杜、王、岑諸公詩，晝夜諷讀，更進一格，自見得别。文選且緩看，魏、晉以下，枝葉太繁，恐爲所蔽。同榜中有三原馬理者，聞其爲有道之士，宜朝夕與游，且致余意。四方名士，予不及知之，吾弟善交之，併報余知也。廣平都進士及開封李川甫諸君，全州陳、蔣二君，宜與篤厚。蓋三方之人，視余不薄，報施欲相稱耳。

余居此，風土不苦，但遠違父母，少音問，征徭訟獄，無惠於民。久在仕途，今復僕僕飭廚傳以稱過客，舉鞭朴以急催科，大不得于中耳。若可遣，且苟禄俟之，如更拂意，便乞東歸矣。既有吾弟，門户不墜，余可釋負也。嶼兒已知向學，舉業舊文望寄付之。

與陳鶴論詩

與足下一見即出，郊居野人，歲計牽繫，不能不然，無足爲高明道者。念所論詩説，衷臆耿耿，未盡略爲一談。國朝自弘治間，詩學始盛，其間名家，可指而數。今亡去有集傳世者三人：李獻吉、何仲默、徐昌穀。三人各有所長，李氣雄，何才逸，徐情深，皆準則古人，鍛琢成體，純駁優劣，可略而言，大抵皆作家也。今雖後賢翹起，孰不同聲歸許哉？然三賢皆余友，嘗共講習而商訂之者，知其淵源所自，未嘗不擇法於古人。李主杜，何主李，徐主盛唐王、岑諸公，皆因質就長，各勤陶鑄，是以立體成家，咸歸偉麗，夫豈苟然而已哉！

詩之爲道，貴於文質得中，過質則野，過文則靡，無氣弗壯，無才弗華，無情弗藴。杜宗雅、頌而實其實，其蔽也樸，韓昌黎以及陳后山諸君是也；李尚國風而虚其虚，其蔽也浮，温庭筠以及馬子才諸君是也；王、岑諸公依稀風、雅，而以魏、晉爲歸，沖夷有餘韻矣，其蔽也易而俚，王建、白樂天以及梅聖俞諸君是也。

嗚呼！諸君並名代之才〔一〕，而學詩之蔽猶至於此，詩可易言乎哉？余又有説。今世論詩者，言風、雅則妄耳。上漢、魏，次李、杜、王、岑諸賢，今賢雖衆，儔能訾議，則詞林之規矩在是的矣。舉六朝則曰靡弱〔二〕，舉唐初則曰變體未純，雖承先生之常談，其實確論乎？外是謬矣。奈何臨楮灑翰，率就其所非而棄其所是，綴疊雙聲，比合五色，雖呈燦爛，實昧性情，豈中道難從，而偏長易勉乎？抑新奇易以驚世，乃違心以騰名乎？杜子曰：「文章千古事，得失寸心知。」此當要諸後世，不可苟悦於目前也。或者謂揚雄太玄可覆醬瓿，桓譚以爲必傳，顧吾與子不及見耳。斯所謂良工獨苦者乎？

余老衰不能復振，幸皇運之休明，慨英賢之太過，抑遏莫語，安得不盡於足下哉？載觀前代之文，弊萌於所勝，變生於所窮，盛衰相因，關係非細。漢承亡秦，縱横之餘，建武一變，文章爾雅，其季乃至委靡不振。唐變六朝，開元之音，幾復正聲。宋變五代，元祐諸賢，遂倡道學。及其季也，各有纖瑣繁蕪之陋，文盛則運盛，文衰則運衰。莊生曰：「世喪道也，道喪世也，世與道交相喪也。」可謂洞見幾微者矣。國家今日之文，不知一變而盛乎，再變而衰乎？不可不深長慮也。

足下示教新編，雅志高邈，將以揚風、雅之墜緒，故辭旨氣格，直追李、杜而上之。展讀再三，終夜忘寢。特其間六朝、唐初之語，時亦有之，余竊疑焉。豈風俗之變，賢者不免，或衆耳難偕，苟爲同聲與？是二者皆非足下所宜有也。間稟獨見，必有定說，千萬開教，以祛茅塞，幸甚幸甚！

【校勘記】

〔一〕「代」，文淵閣本作「世」。

〔二〕「弱」，明抄本作「麗」。

與葛惟源

前承手教，益見銳情，斯道甚幸。比日方治殯事，不克裁復，恐足下謂僕自是，乘間輒盡區區。足下謂前二詩皆明真心，非虛辭比。僕誠不能通解字義，難究旨歸，似所引用，多用内典梵語。然吾儒讀内典有法，先須勘定是非，然後取所論真妄、有無大限，以證吾心虚靈之源，或有參悟之益。若博引强記，務襲梵語，以易華言，則馳心外妄，不唯失真空之本，且增一障矣。足下謂非虚辭，又增一障矣。經云：「口有四惡，綺語其一。」此非綺語類乎？

夫道，則華夷同也。其梵語，即皮衣腥食之類，不可施於中國。足下將舍中國膏粱紈綺之美，而從彼衣食乎？必知不能，奈何獨欲襲其言語乎？韓愈有言：「非三代、兩漢之書不讀，非聖人之志不存。」僕甚尊信其言，學苟得韓氏，亦有基矣〔一〕，毋甚高論。先正所謂「大軍游騎，出太遠而不知返」也。足下鄉國後來之英，僕恐涉賢智之過，故數數以此進，交淺言深，極知不宜，要亦好賢與善之誠，非有他也。唯不以戇直見罪，幸甚。奇書不必搜訪，所謂玩物喪志，亦在此等。唯一意五經，日漸月漬，餘書自覺無用矣。内典姑俟近老讀之，用消塵念。今方有四方之志，恐爲其頹墮耳。不盡不盡。

【校勘記】

〔一〕「基」，明抄本作「塞」。

與王汝重

邇來教學者，輒談性命，不務躬行，亦是大病。或曰驗天理，或求良知，乃省身體道之密功，非教人入德之始事也。論語曰：「子以四教：文、行、忠、信。」又曰：「性與天道，不可得而聞。」則聖人教人以踐履爲實地，而不以玄虛爲空談。今人務名而不務實，故倡此論，姑自論語、大學中求之，當自有得。若厭卑近而務高遠，反近於僞，終不可入道矣。

議

擬上風俗議

竊唯風俗者，治道之標準，本源君上，化成於下，其汙隆治亂，視以權輿，非國家細故也。故堯稱比屋可封，舜稱群后德讓，雖神化至治，舍此何稽？前代願治之主，觀風考俗，反身自脩，一有未醇，皆爲德累。恭惟陛下以孝皇從子入繼大統，聖神文武，天縱全德〔一〕，即位一詔，宏綱大法，具布端倪，疵政匪人，罷革殆盡。加之廷臣獻納，日浸詳密，誠無待於疏遠小臣僭言而冒進者。然風俗一事，私憂過痛久矣，安忍今日不一陳之？

竊念國家風俗，當祖宗時，道德齊禮，醞釀醇誠，無可間議。近年以來，因恬於承平，縱侈於貴近，頹靡於卑佞，壞亂於小人，人心波流，士氣掃地，傷害治體，虧損國脉，有識之士，咸所痛心。臣請得一一悉數于後。

往者法令昭明，宫室衣服，各遵禮制。今權門勢宅，雄據坊衢，佛寺生墳，費踰陵寢，盈朝横玉，染及縉紳，下賤錦衣，倡自京輦。雖明詔已去泰甚，臣恐根株未拔，日滋蔓矣。往者餽遺飲宴，通情成禮，斗酒幅帕，可薦王公。今自劉瑾肆行賄賂，廖鵬横恣驕奢，苞苴金帛，士類公行，玉食瓊筵，貴臣相學，貪鄙成風，廉節日喪矣。往者交結近侍，懼蹈明憲，依附權倖，猶知自恥。今候門望拜，不俟昏夜，苟得交納，夸挾旁人，甚至禮奴僕如賓客，延估販入内室，委身溝瀆，全無顧惜矣。往者官司承接，各有體統，上不貴淩，下不貴諂，公事是非，得相辯析。今藩臬重臣，緘口俯躬，態如女婦；郡縣長吏，庭趨巷跪，願比奴隸。爲之撫按者，不劾其佞，反賞其恭，誤事誤民，臣不知其紀極矣。往者書狀體式，尊卑異施，彼已稱謂，亦有限格。今尊人務於無上，卑己務於無下，緋箋謾刺，謂曰致敬，書帕通行〔二〕，謂曰免怪。聖朝以禮讓爲國，臣下所習如此，臣誠不知所謂矣。昔也尚德，今也尚情；昔也務厚，今也務薄；昔也貴儉，今也貴奢；昔也取誠，今也取佞。

臣自弘治丙辰入仕之初，先輩已歎風俗之變，然猶是非明白，士知趨嚮。自焦芳居内閣，行擠排援引之術，士皆務奔競而恥廉退；張綵居吏部，用飛揚捷疾之才，士皆尚虚華而鄙道義。江河之變，日趨日下，榮利所誘，人誰不從？此臣所以私憂過痛不能自已者也。夫春秋行法，自貴近始。京師者，四方之極，近臣者，遠臣所望也，今禮制施行者乃如此。風俗之變，始于賢者。士夫者，時人之領袖，方岳郡縣者，吏民之表率也，今俗尚習染者又如此。雖今閭閻惡俗，甚多可革，上猶未也，下復何言？此在陛下變之甚無難者，貴在必行祖宗法耳。

臣謹按：祖宗之法，凡官民房屋不許造五間九架，及墳塋碑石各有品級。今京城第宅墳寺踰僭未革，何可責四方也？祖宗之法，玉帶本一品服。今尚書未進師保，皆二品官，太監則四品耳，一概濫服，未見繳還，何可責小官也？竊意陛下昨者明詔，所以不盡革此者，重失臣下之心耳。陛下欲興唐、虞之治，奈何輕祖宗之法、重臣下之心乎？若欲遂臣下嗜欲之心，臣恐他日不止此事也。即此推行，何弊不革？伏乞陛下俯覽臣言，敕下該部，斷然施行，則帝王至治，可徐議舉行矣。

【校勘記】

〔一〕「天縱全德」，明抄本作「天賦全得」。「縱」，底本原闕，據文淵閣本補。

〔二〕「行」，明抄本作「贊」。

策問

三道

嘗謂伊川先生曰：「學者先要會疑。」乃知疑者所由，進學之門也。不疑則不思不問，不思不問則義理無得于中，達諸天下國家之事，莫之適從矣。豈所謂窮經致用之學乎？顧以愚所疑者質之諸君。夫未明求衣與衛士傳餐，勤政同也，何以別其異？旁求俊彥與無遺壽耇者，用人異也，何以要其同？君臣大閑，有猷則宜入告。彼當群后廟見之際，遽發三風十愆之訓，似傷於直。兄弟至親有過，則宜爲諱。彼方受命東征之初，遂有致辟之誓，似近於忍。君臣相同，自古爲難。而侍對端臺者乃曰：如「以水濟水」，「戎狄是膺」，詩固云爾。而諫征犬戎者乃曰：耀德不觀兵，建章華之臺，本備游觀。而進言者敍曰：若於目觀則美，縮於財用則匱，則經始靈臺，文王固非歟？希后妃之幸，方鄉學術，而納説者屢陳：建九女之制，求窈窕之質，則不邇聲色，成湯亦非邪？太子，天下之本，不可不慎。知諫議者疏十九上，鬚髮爲白，何急遽也。賞罰，天子之大柄，所宜獨斷。貶道州者，詣闕乞留，至二百七十人，何比周也。均輸榷税，始元大夫，以爲安邊足用之本，而賢良文學一切罷除，無乃近廢食之愚？入直藏劍，至和天子欲宥門監守卒之罪，而御史力乞法外重行，無乃類吹毛之刻？近臣在車不下，縱不可宥，至引至朝堂，欲處嚴罰，豈所謂不齒路馬之義乎？佛骨迎入禁内，雖非所宜，至比之梁武，言及國祚，豈所謂納約自牖之體乎？凡若此類，未易悉舉，是非可否，願著確然之論，以相長也。

問：禮之可以爲人國也久矣，與天地並，謂其禁淫慝，辨名分，齊百行，序萬物，君人者不可以一日無也。古者聖王率由是道，以臻至治，記傳言之詳矣，其大經大法，可略而言之歟？降及後世，外風俗而務政事，不務天下，回心嚮道，而專責於簿書期會之間，識者固已歎之矣。乃若有志之君，宗祀明堂，議定冠冕車服之制，與夫詔行鄉飲酒禮，當時治號小康，斯亦可驗。然亦有升車正立，善脩容儀，或召僭亂之禍，建圜丘社稷，行朝會大禮，無救國勢之削。視夫禮文未遑與變革六典之説，彼此治效，相去遠甚，爲國果不貴於禮乎？請著其説，以定國家取舍之辯。

夫士大夫所以立斯世者，進、退、死、生，四者而已。故處之貴盡其道，使進以干禄，生以苟活，退以忘世，死以干名，是謂求利也。求利者，庶人之事，非所語于士大夫之行也。古之人起草廬爲相，奮布衣封侯，與莘野、傅巖之事，均之爲出。挂冠東門，鑿坏而隱，與首陽、渭濱之隱，均之爲處。直諫剖心，於今爲烈，而抉目東門、懷沙湘水者，其死何異？佯狂爲奴，大聖稱仁，而檻車就縛、投閣求免者，其生何殊？然論者固已辯其是非矣。故士大夫閒居講學，必務討論之精；臨事應變，必務操持之力。毫釐不差，終始無玷，庶幾炳炳烺烺，與道合一，中古今而特立，參天地而俱存。

連珠

四首

蓋聞商金應乎旻霄，鷙乃秋厲；日火舒于暘谷，雞故晨號。氣必先事而召，物以同類相招。故后夔德和，執柷於戛擊之廟；惡來性悍，秉鉞于炮烙之朝。

蓋聞兔營三窟，習狡乃得全生；狐伏千年，化妖遂至害物。虹久遏而氣淫，蝎再螫而尾毒。故浮沉馮道，更數主猶立于朝；譎詐曹瞞，傳二世乃竊其國。

蓋聞海濱逐臭，難與語沉水之芳；漠北被氊，豈復知齊紈之麗。異道不可以同謀，成性固難於中徙。盈朝好佞，比干發紂惡而剖心；舉世希榮，巢父厭堯言而洗耳。

蓋聞鳳凰以瑞彩應圖，搏擊短于鷹隼；蛟龍以神化澤物，跳梁拙於狙獮。故大人貴在廣運，君子難以小知。寄命託孤，顧訥於錢穀之對；謀王斷國，不屑乎簿書之期。

跋題

跋龔襄時望所藏文徵仲邵二泉書二首

泉翁書初臨魯公，晚乃飭以己意，骨氣突兀，令人不敢褻玩。翁端凝恪固，純孝發于天性，固亦有相類邪？時望幸語後生，求前輩見重之本，毋但指字畫云也。近時人多善書，如衡山沈著痛快者絶少，蓋於魏、晉法書無不臨搨，是以得其骨髓。時望所藏千文，與吴中石本結體小異，觀者雖識其神情，然後可與論師承也。

跋寄程惟信卷後

余書此卷，欲復惟信，未得便郵，而凶問隨至矣。嗚呼痛哉！壯者先凋，老人益用感歎。矧夫美玉毁碎，楩楠摧折，重爲清廟明堂惜邪？揮淚重題以歸惟時，既報冥漠，且存永慨，又不在拙書云云也。

書衡山歸田詩後

衡山先生負邁往絶俗之氣，小試院職，意有弗樂，即拂衣歸田，其所樂於丘壑者如此。假令强顔低眉，苟積歲月得失，視此何如哉？士大夫居處自有餘地，人貴自擇之耳。

書儲公行狀後

公既没之十年，爲嘉靖二載癸未，禮部請謚曰「文懿」。又五年，爲嘉靖七載戊子，吏部請廕嗣子灦爲國子生，皆異數也。國朝大臣謚，皆出特恩，三品尤難。今甲任子以三品以上嘗考績者爲限，公雖久涉卿階，所歷未踐是限，非名德表著，爲衆所推，二典皆不可冀也。嗚呼，亦天道與？

前事贊成于刑部尚書莆田林公俊、吏部尚書太原喬公宇，後事成于大學士京口楊公一清、吏部尚書廣信桂公萼。夫天道協，公議歸矣，使無當路者推挽其間，則停閣報罷者〔一〕，非止一二，璘於此安得不爲公慶幸哉！古者進賢受上賞，想達之幽明間然。今年灝來南都〔二〕，奠我先驗封公，敦世誼也。屬予録前行狀，因併書二事補遺，以爲信史張本。

【校勘記】

〔一〕「罷」，文淵閣本作「部」。

〔二〕「灝」，原作「灏」，據上文及通議大夫南京吏部左侍郎儲公行狀、靈徵記改。

書吴文定臨懷素自敍帖後

文至莊，詩至太白，草書至懷素，皆兵法所謂奇也。正有法可循，奇則非神解不能及。觀文定所臨懷素此書，用筆結體，譎誑恍惚，幾不可爲象矣。若真迹，不知又當何如耶？令人遐想無已。

書蘭亭卷後

檢書苑菁華，唐何延之記蘭亭四十有一人，内有支道林，不知龍眠作圖何據，除去亦不損前數云。又不知今所增一人爲誰也，豈厭支老緇流邪？舊傳其好養名鷹健馬，云愛其神駿，其勝韻何必減士類耳。若參置其間，更覺遠俗人。各自有見，姑識之，以俟博辯者。

題王子新所書蘭亭卷後

蘭亭禊會，人物藝文，並風流之勝品，重以龍眠之畫，其傳益盛。真本今不可得，紹興與周府石本特傳其彷佛耳。吾國王子新，英年遹起，遂擅海内書名。或者議其真書稍肥。余謂莊厚沉著，脱去佻巧，獨得鍾繇遺法，賞愛爲極。故命工模蘭亭石本圖爲地，意不在畫，乃索子新悉書詩文其上，真行雜出，自發天趣，實無模倣於前人也。吁，亦超逸矣哉！百世而下，考定禊帖，當以子新所書自爲别本，不得謬相比擬，强加雌黄，徒使知者笑耳。

跋石亭陳子所書心經及觀音普門品經

心經是圓覺妙義，徹上徹下道也。不識此義，不可稱佛弟子。普門品乃攝世化度之説，菩薩以上果矣。妄攝思念，則墮誑業。石亭翁書此二本，遺寧海達老，設意有因。達老精修白業，宜量力進步，徐登十地，勿便涉水救人，失却自家脚也。

跋衡山詩卷

徵仲七言詩愜當飄逸，唐風宋語，兩相融化，自是一機軸也，海内可多得邪？此卷字多而精於彦明，尤見友義。

跋馬原明所藏石亭詩卷

石亭居士好遊，遊必有詩，乃其胸中磈磊之氣，遇江山奇處輒發，非求助於江山也。每遊，余多同，詩亦多同作，才情不逮遠甚，然甚賴其激昂。此卷原明屬予録數詩於後，貂文爛然，何取狗尾之續邪？今予兩人俱歸林下，俟它日倡和，倣皮、陸松陵集中故事，重書一卷，付原明諷詠何如也？

題秋原游矚卷前

嘉靖戊子之秋，余與攝泉居士集吴中諸賢，爲碧峰僧院之遊。是日也，論心覽勝，接坐交歡，賦詠畫圖，成於宴次，不可謂不勝也。又五年癸巳，居士乃聯之爲卷，再以示予。予唯人生宇内，聚散離合，如游塵落葉，倏忽無定所，唯託諸文詞之間，則後來可以永觀，交情事變，因之有足感慨焉者。此會至今方五年耳，貞夫、子南舉進士居京師，履吉諸君星散在吴，石庵户部則已爲泉下人矣。獨余與攝泉相對故里，豈無慨於其中乎？不知更五年後觀此，又當何如也？然則近故舊不相娱樂，及以細故絶舊歡，或相訾怒者，可謂善居斯世也乎？

題饒介之諸賢懷古詩卷後

文以立意爲宗，辭乃色澤耳，正惡其勝本。此卷自饒、倪至吴、吕諸公，皆吾東南前後巨擘。其詩寓精深於簡古，驅故實於議論，有一唱三歎之風。若使今人和之，辭華不啻倍此，而格律意致，吾不知其誰勝耳。近時英流，至云「雖盛唐亦不及齊、梁」，正所謂「先進於禮樂，野人也」。因書卷尾，以復衡山翰院，能無感於時變乎？

跋枝山所書古詩十九首藏文壽承家

書法初見筆陣圖，至孫過庭、姜白石盡矣。大抵拘則乏天趣，縱則無法度，加之矜持，又生俗氣，不可觀。須完字具於胸中，則下筆之際，自然從容中道。今人唯祝枝山、文衡山得此法，知音者希也。今觀休承所請枝山書古詩十九首，爲之憮然，自恨骨格已定，愛之不能學，在休承諸君勉之耳。

跋周别駕所收吴偉楊妃春睡圖

余於别駕午谷君所見楊妃春睡圖，是吴偉筆無疑。偉資超放，落筆即脱凡界。此圖有小慊，乃是講授未至。其勁健飄逸，俗匠安可望其藩籬邪？後題乃繁昌徐元定書。元定初名傑，字興之，舉成化甲辰進士。豪岸不羈，仕爲淄川令。落職，遂以字行，更字元定。文辭俊拔，風神爽朗，放言負氣，意不可測。雖於道義匪宜，視齷齪突梯之流，雖千百何用耳。文徵仲性狷介，文詞不作豔語，乃有此篇。又注意作章草，要亦有取於二子。然與觀者當鑒於驪黄之外，毋但指點形似，使駑駘竊幸也。

緩慟集

緩慟集序

女亡，余哭之慟。人曰：「甚矣。」余曰：「豈唯天性之親、孝養之篤不可舍哉？殆失吾一高第弟子也，今而後居内有言誰語哉？」思所以緩吾慟，乃志其墓，以著明淑未已，又録其善言，且綴詩十三章哀之。吾聞後有傳者爲不朽，不朽者，雖死不死也。稽古孟、陶之母儀，樂羊、皇甫之婦道，緹縈、曹娥之女德，雖大小不同，均之有傳也。吾女小善，豈能希蹤於前美，使其片言單行，撰女史者或采焉，是亦可以不死矣。吾慟不其少緩乎？遂不避而梓之備焉。

時嘉靖庚子中秋日，東橋居士顧子華玉序。

緩慟集

俞介婦顧女墓志銘

女諱敬，字静媛，南都人，工部左侍郎顧華玉長女也。生十四年，嫁爲惠州知府俞公勉誠季子璉之妻，十九而寡。伉儷甫三年，婿得奇疾，扶侍者二年，食餕其餘，未嘗就案；卧蹲其側，未嘗就榻。夜則沐浴露禱，傾懇鬼神，備諸辛苦。婿卒，誓不再適，立兄子峴爲後。姑趙氏難事，能盡孝，曲致其歡。

居十年，姑喪，峴幼，遂還顧氏。時俞氏有田千畝，女僅取百畝，曰：「養生送死，具矣。」餘聽婿兄璠均養諸子。事父母篤孝，温凊定省無或廢，供奉飲食，或疾病湯藥，兢兢唯時。凡菜果，父母未嘗新，雖得之，不食。悉毀金珠文綺之具，舉義惠貧，咸有恩禮。力勤茹淡，經營郊墅，曰：「吾父好田，居治此以待其休。」奉佛甚虔，絶葷習静，遂悟空寂。余間叩所詣，時臻妙義。

初，誕於廣平縣舍，沈淑人無乳，官次憚置乳母，遂哺育之，故単羸，至是益弱。己亥冬，余督工承天，久因迎之來。既見，神采秀朗，攻書史，精女紅，差强往時。庚子五月，忽疾作，醫胗之曰：「榮液内竭，不可治。」余始怛恨無及矣。其心唯以不逮終養爲憾，餘並灑然，至分給衣物，與諸人談笑揮之，略無悲色。至七月二十三日未時，沐浴易衣乃卒。耳目鼻舌，精明如常，自始病至屬纊，善言尤多，有别録。距生弘治辛酉閏七月二十一日未時，年僅四十。嗚呼！吾女明貞孝義，宜成德長，世爲家範，乃先吾卒，其苦慟何如哉！訣云：「墳墓願近父母。」遂卜於彭城山原，以□年□月□日葬而銘之。銘曰：

靈胡豐，年胡嗇，有其宰之。貽我惻鬱乎，糾纏永無極。

遺思 凡十一則

吾女明慧善慮，整厲能決，然制於壺内之儀，毋自遂焉。吾察觀行事，得其微，每憾其不爲男子興吾家也。吾嘗病，諸子至夜既退，女潛留不去，衣不解帶。吾遭先喪，擗踊日〔二〕，女執糜時進，以哀致懇，需食乃退，見其孝。内外親屬貧窶者，捐私藏以助衣食，哀老者，率衆備其衣棺，見其義。方吾召起，女獨邑邑曰：「仕過時矣，苟嘗其榮，宜早退也。」覩吾遺後無厚藏，則慶曰：「吾家之後可無大敗。」見其廉。聞人之災，必憫其何由致。見被毒禍者，則忿所加之人。好活物命，凡跂行喙息之微，雖觸不害，見其仁。至其廣施厚捐，曰「種德造福」云云者，雖其崇佛信鬼之誠，亦仁慈之性偏也。若語人倫政理，於道多暗合焉。往言忽之泯矣，今録病次之語如左，曾子所謂其言也善也。

病次，聞余賑，遣流民還籍，示令投牒給發，女曰：「恐有病而不能赴告者，不如按户悉索，庶無所遺。」果再得數百人。

聞工次施藥，曰：「藥品一不備，則反傷人，宜驗而後發〔二〕。」

病且革，歎曰：「富貴功名，一切皆假也，唯三寸氣真耳。吾今是也，父辯之，宜早休。」

又曰：「父嘗教我曰：『出嫁女無夫與子，服制與在室同。』吾雖有嗣子在俞氏，然復歸顧氏十年矣，不可謂非家。没後，請以少弟峻設一姊主祀，吾别室終身，何如？」余允之。

病食蓮子，取諸李宫監所。一日或後，余將速之，女曰：「但速於主者，勿聞李公，恐貽其責，是重吾愆也。」

屬纊之前一日，或薦一女道士行按摩法，女覺其不效，晨附余耳語曰：「吾殆矣，此人以醫名，宜早遣還，若及吾没，則不知者歸罪其身，敗其業矣。」至未遂絶。彌留之際，用意若此，何其仁明哉！

卒之前七日，形已羸甚，强侍者易去紗帳錦褥，曰：「非吾澹泊所宜。」又三日，索藤牀藉之，佯對余曰：「適涼耳。」潛語左右曰：「將便沐浴也。」及殆，先命櫛髮額面，次浴，猶視且語曰：「佛氏側卧而終，吾今患利下仰焉，殊褻也。」易中衣乃瞑。

初，迎二醫議藥，既數日，辭曰：「以吾一婦女，遠集二醫，不已甚乎？且廢二氏生理，尤不安也，請却其一。」

每父母視疾，必先止，曰：「毋悲，徒相增慟。且死者雖百年，不免嘗憶，内典云：『撒手縱横，何爲復牽繞乎？』」命開篋取衣物，分給家衆有差，戒曰：「勿謝。」至絶，未嘗涕淚。

遺戒妹曰：「宜戒驕傲。他日舅姑一不見譽，即辱父母矣。勿精組綉，女人能成三衣，乃實用也。」戒弟曰：「弟似慧，當率父教以紹科名，吾九泉望之也，終身勿廢吾祀，至子孫則任之耳。」又告余曰：「女察賓姪醇謹，期育而成之，今不遂矣。

歸求嚴師，遣就郊居，勵成其學，毋徇膏粱之習。」將瞑，余問曰：「金剛經尚能記否？」曰：「雖發揮皆了了于心，但力不能誦矣。」

餘見墓志。

【校勘記】

〔一〕「日」，金陵叢書本作「□日」。

〔二〕「發」，金陵叢書本作「醫」。

哀曲 凡十三章

幽明間長途，欲覯兩無因。平時骨肉子，一旦化參辰。影響不可即，況覯形與身。器服委空室，書史積流塵。舉目增哀思，怛然隕我神。

父子情至戚，矧重孝義兼。既嫁失所從，歸養踰十年。定省無爽候，食飲以時躅。余衷苟有拂〔一〕，左右善承顏。以兹樂生理，桑榆得相延。溘然舍我去，哀息何由全。

死生同一體，達士妄傳稱。我今撫旅櫬，五内自摧崩。形毁重臨視，遺言忍爲聽。中堂出几筵，白日曖孤燈。凶語不復諱，素帷列丹旌。最憐顧弱弟，丁寧托嘗蒸。顧非木與石，一慟誰能勝？

迎爾故鄉來，入門百憂釋。客居雖草次，聊爾樂昕夕。盲風何從生，變故一朝積。粲粲璚樹枝，零落委泥澤。安得海國香，薰爾返魂魄。泉臺無朝陽，長夜何時白。

爾生閨中英，罕至大門前。余宦越千里，相攜涉山川。風波既愁苦，旅喪何煩冤。溷爾清浄念，重冥歸我愆。千秋郢春樓，結恨沉荒烟。高空耿素月，澄水漾青蓮。鳴珮去逍遥，一洗諸塵緣。

采采巖際花，纖纖庭陰草。植此非閒娱，延芳媚余老。微物甫華滋，弱質竟先槁。幽亭儼如昨，愁踐上山道。憑盈氣填膺，直以徹蒼昊。

爾善合爲佛，爾靈合爲仙。二途設無就，彼道亦徒然。濟物逮纖眇，研精達幽玄。茫茫恒河界，女婦幾相先。世無少君術，致爾問因緣。願因西王母，招引登九天。

窮矣寡婦賦，强哉女貞篇。天道有厄會，我心無轉還。爾生四十載，二十喪所天。五歲僅相保，半世鎮憂煎。華飾既久卸[二]，滋味亦長捐。物理苟相準，壽命宜少延。羅此毒禍極，誠憾天地偏。

廿載稱未亡，得亡復何怨。雖違養親私，適獲從夫願。百年同一終，所貴名德建。顔冉古賢人，脩短未足恨。以我親愛情，慰藉窮尺寸。强言終謬悠，聊以舒憤懣。

築室依淮壖，南山在庭户。榆柳蔭前堤，花竹羅後圃。俯釣清流駛，仰耕平田膴。云將待吾休，棲遲盡衰莫。區畛今已成[三]，菽水竟誰哺。他年涕淚潸，縱横漬叢樹。

秋蟬酸悽吟，蟋蟀嗚咽鳴。物生有常候，感愴自殊情。中林衆鳥集，百爾無和聲。念爾病時語，遺音恒怛驚。低頭展轉憶，心刺如刀兵。我生諒能幾，此恨應同傾。

吾愛老氏言，良賈善深藏。涉世苦煩囂，閉關守吾常。觀心想神聚，遺物希慮忘。舉目知者寡，入門爾同方。慰我塵勞還，却掃即焚香。清言託虛寂，萬有頓銷亡。雖難徹玄理，且得掃粃糠。不知從今去，孰詣無何鄉。以兹痛生理，終老銜悲惶。

上智秉神照，履霜洞幾微。疾疢窺未作，調劑斡天機。齊侯愚蒙子，扁鵲空繁辭。二豎窮膏肓，藥石復何施。爾病亦有初，積歲隱傾危。闇余乏先覺，弗察形神離。燎原勢忽熾，杯水已後時。搦髓固無及，況無華陀師。日月罔終極，懊恨永難追。

【校勘記】

〔一〕「苟」，金陵叢書本作「既」。
〔二〕「卸」，金陵叢書本作「却」。
〔三〕「已」，金陵叢書本作「既」。

琴操四曲續製

女亡踰月〔一〕，思其苦言，不能解於心，掞爲琴操四章，伺善絃者譜而聲之，庶幾一倡三歎，有以託吾哀也。

思終慕之操

女曰：以子喪親者順，以親喪子者逆。吾無慕乎斯世久矣，天胡使我復罹此逆，而至此極乎？

父母生我兮，積勞爲恩。仰天匪高兮，跼地匪深。繄圖報之兮，既女其身。所期奉終兮，竭力以攄。勤罹茲顛倒兮天何因，我不獲於天兮負吾親。

遠將歸之操

女曰：我死，魂魄當歸故鄉。然以一女子，何能獨往耳。願且留此依父母還，慎勿先遣，令倀倀也。

江湖迢遞兮，有神司疆。女魂孑孑兮，孰禦其强？吾親既留滯兮願亦棲旁，居高明兮食馨香。王事成兮歸故鄉，蘭橈桂楫兮從之以翱翔。

安大命之操

女曰：身之不禄，命也。醫云薄味致羸，妄矣哉！匪兹損養，慮且蚤折矣。又諺曰「陰德延壽」，亦誣。女無微弗衄，幾二十年矣，顧不可以爲德乎？命云命云，可以塞諸怨矣。

物生兩間兮，大命爲機。殀壽不貳兮，修身以俟時。多仁莫爲永兮，鮮味莫爲羸。顏冉大賢兮，何行之疑。嗟無奈於化鈞兮，親毋我悲。

樂養存之操

女曰：違養，大憾也。淮壖之墅，樹藝構築成矣，凡爲父母作焉，願今朝夕樂之，吾雖死而養存也。

原田膴膴兮，淮水泱泱。我廬其塏兮，載墾其荒。冀承二親兮，黄髮是將。天不見祐兮，去高堂。維兒有忱兮，豈間幽明。願佐杖屨兮，終桑榆之光。白骨雖塵兮，養猶常。

【校勘記】

〔一〕「女亡踰月」，明抄本作「琴操四曲，寡女静媛慧善孝節，從侍郢都，遽爾夭殁」。

附録

詩

陳洪謨

司空動哀歌，問之何以因？庭闈有貞女，惜也生不辰。舉案僅三載，即作未亡身。虚窗失白日，鸞鏡重生塵。尚餘黄鵠篇，詩史争傳神。

孝義古所重，嫠婦今復兼。猶冀淑門子，庶以延餘年。鉛華久卸却，心志恒明蠲。雅意在親側，朝夕無戚顔。持此孝與義，暮境宜久延。天乎竟難諶，福也奚吾全。

處世若大夢，昔人嘗著稱。自非金石軀，安能無騫崩。彭殤一夢幻，此言良足聽。慧靈已洞識，委質隨風燈。分義炯冰雪，青史垂褒旌。即可祀鄉社，何勞計嘗烝。郢歌時展讀，感愴誰能勝？

英英女中師，膝前那可釋。左右所益言，足以慰朝夕。讀書本天性，几案牘堆積。閨閣昔毀容，無復論脂澤。白日倏無光，花神先隕魄。昌黎瘞滂文，重臺夜生白。

顔蹠壽之異，已賦有生前。天地同過客，韶華等逝川。睠彼林中鳥，啼聲如有冤。幽蘭豈無芳，栽培嘗或愆。機杼罷朝織，繐帷生暮煙。垂垂湘川竹，蕭蕭玉井蓮。氣味固相感，無乃酬宿緣。

人身何所同，輕塵棲弱草。人心何所同，天地一朝老。睠彼園中花，未秋先已槁。所貴遺清芬，修短無復道。終焉跨青鸛，徜徉泝穹昊。

娟娟園中花，其名爲水僊。肌骨自冰雪，豈曰凡卉然。朝榮忽夕悴，此理殊杳玄。化工或戲劇，已露幾緘先。所寶在明德，胡肯隨塵緣。不覩月娣神，清光時燭天。

刻意事纂組，餘力及詩篇。此心貫金石，那計歲歲遷〔一〕。所歸既已失，有父即有天。殷懃執子道，怡愉無憂煎。庭闈自慰藉，豈意中道捐。英魂渺何所，楚□空招延。瑶池亦云樂，化工非真偏。

未作百年人，先成百年怨。視死已如歸，常存亦非願。高風激頹波，赤幟還自建。獨餘事親心，九原有遺恨。何翁垂至言，字隻鴻折寸。我懷通家情，展讀增愊懣。

尊翁昔罷鎮，謝客常閉户。宿好敦詩書，無意話場圃。有女何昭明，每謂仕已膴。殷勤營菟裘，思以慰朝莫。松竹漸成陰，雞豚日就哺。悠悠百歲心，夜雨滴秋樹。盧扁藥不入，親心徒震驚。化機自反覆，平地森矛兵。曷觀昂霄木，夜雨忽摧傾。鸞鏡久不展，冰絃嘗自鳴。雖遠伉儷願，實遂孝養情。憫瘵已在躬，不聞呻吟聲。汎覽古今傳，有善不可藏。矧兹女婦德，夐然異尋常。斷髮失天日，世慮已真忘。楚畹植蘭□，灌溉自有方。采擷動盈把，佩服生餘香。懿行古所重，身逝名不忘〔二〕。況復精内典，豈止得粰糠。法華契宗旨，超然無爲鄉。涪陵著奇迹，予懷增彷徨。昔一女子嗜法華經，願來世作文士，後果託生爲黄山谷，事具涪陵傳。薤露已零落，晨光猶熹微。六駒駛缺隙〔三〕，吾口洞先機。鬱鬱此生恨，昭昭臨終辭。造化拂常理，修短如逆施。自分莫景樂，豈期中道危。由來賦仙骨，形與塵世離。笥篋啓羅襪，猶憶凌波時。貞珉布遺烈，寫照煩畫師。卓哉曹陳輩，高風良可追。

【校勘記】

〔一〕「歲歲」，文瀾閣本作「歲月」。

〔二〕「忘」，文瀾閣本作「亡」。

〔三〕「駛」，文瀾閣本作「騁」，金陵叢書本作「駛」。

楊琥

長惜曹大家，一朝失所因。辛勤綴殘史，寂寞踰芳辰。猗與顧氏媛，無乃前後身。幽蘭味滋畹，弱草驚棲塵。仙寰杳難即，孤月疑傳神。

癯然一女士，何哉衆善兼。蚤持柏舟矢，待盡未亡年。頓超悟空寂，五藴膏火蠲。稚齒敦孝義，鬒婦爲厚顔。群生逐大化，孤英能少延。耿耿茹荼心，斯今竟玉全。

仙袂倏輕舉，遺言良足稱。頹波欲力挽，狂瀾借迴崩。重城暮笳發，凄惻胡忍聽。回風帶素帷，哀猨起殘燈。長編寫餘慨，女史行復旌。花晨雨黯黯，月夕雲烝烝。此意莫復道，千古恨曷勝。

撥悶展天問，風簷手不釋。奇詭直古今，變故祗旦夕。安得群疑亡，頓瘳我憂積。媛誕時冀方，仙舉忽楚澤。巫陽空費招，月窟藏靈魄。高秋碧海頭，露滴桂花白。

厥賦匪人後，厥化胡人前。代序若轉燭，飛景同逝川。湘妃理瑤瑟，促調爲陳冤。明慧洞無始，淑慎期罔愆。傷哉千里櫬，慘淡迷蒼煙。乘化詣何有，九級臺生蓮。應後天地老，絶彼蜉蝣緣。

葱葱帝陵樹，萋萋王孫草。大火正西流，厭世嗟未老。蕙殘香猶存，玉汗枝就稿。想象凌虚初，先去烏使道。凝睇望九闕，叫閽愬蒼昊。

習静謝氛垢，風神姑射仙。懸名隸金母，躡景何儵然。應招蕚緑華，鳴佩趨重玄。步虚按雲謡，縹緲相後先。方憶從肯口，苦海流浪緣。旦發辭閬風，暮歸宴壺天。

少聞誦三百，不違將父篇。依郢憚千里，承顔曾境遷。微言冀弘濟，嫠憂良衈天。識超意彌愜，五内虞相煎。青鳥忽朝下，白璧中道捐。所貴逾百代，芳譽知孔延。沉冥造化機，未必生成偏。

哀哉黄鵠歌，天乎敢萌怨。菽水期百年，四十輒違願。屬纊殊精明，綸祀懇爲建。親愴諒何及，首肯俾無恨。吁嗟形雖亡，不亡者方寸。世人知不知，能不爲憤懣。

慨昔房杜男，不能繼門户。所嘉志悦親，暇日營墅圃。區畛既分明，映帶亦脩膴。槐棘會倦趨，桑榆可娱莫。何物妒其賢，烏私奪而哺。他時對青山，含酸更佳樹。

化機孰激之，群動乃爾鳴。蘧廬信若寄，芻狗夫何情。芳蕤委道側，過者爲吞聲。孤蓬暮猋急，傷羽虚弦驚。浪云愁城堅，立破煩酒兵。載賡郢中曲，腸斷湘月傾。

襄郢比勤役，豐歲無厚藏。明公恒畛念，自奉只尋常。特簡艱且大，夙夜未敢忘。奄忽失鍾愛，幽明奈殊方。活物抱夙性，禮佛崇瓣香。終然證玄典，定力昭垂亡。大千諸纏縛，等視眯目糠。感兹倍惆悵，況復在他鄉。冉冉墮月珮，於焉抒悲惶。

屈信妙相感，玄宰司其微。向非古至人，能燭浩浩機。媛兮鑑亦洞，却醫頻致辭。未亡者軀殻，匕劑勞復施。況非金石堅，灑灑竢就危。所恨惟膝下，永作千秋離。歷歷弟妹語，圖立須乘時。語中含諭諷，膏粱子可師。有涯會有盡，歎息將安追。

王格

凄雲蔽層崗，重泉見無因。人壽百歲期，何遽逢茲長。珩珮委虛室，羅紈不及身。昔爲蘭與玉，今爲灰於塵。搦轡一匍匐，惻惻動我神。

女生本陰質，孝誼難所兼。嗟嗟此淑子，嫠寡當盛年。舅姑事既畢，父母養亦蠲。苦空悟玄理，恬淡頤素顔。天道苟無爽，年命宜可延。如何更脆促，一往形不全。

南國有淑媛，籍籍多懿稱。薰膏易消歇，雲巫遂去崩。哀聲揚中野，四座慘難聽。湲湲漢水涯，弟妹守昏燈。悠悠金陵側，妯娌望歸旌。顧余郢鄙士，一藻無由蒸。登龍感上宰，淚下難自勝。

萬劫素所空，千慮更茲釋。逝水無由收，朝陽欻已夕。花寢伊威生，鈿釵埃塵積。靈柩寄他鄉，孤魂翔故澤。何時還金陵〔一〕，重扃閟芳魄。秦淮有清波，長以奉真白。

我昔遊金陵，徘徊雙闕前。賢哲識士女，龍虎見山川。今聞之子逝，使我心煩冤。生年不稱德，皇天有其愆。無乃吹簫去，九陽淩紫煙。楚人罷里舂，吴姬輟采蓮。寶劍良可贈，道遠無因緣。

春秋更代謝，嚴霜委蔓草。念茲蘭茝質，馨香未衰老。如何九畹滋，一旦遂枯槁。故鄉渺何許，愁雲迷遠道。招魂不可得，嗽詞愬有昊。

鉛華久不御，養素事飛仙。教典攻昕夜，性靈何炯然。神皇授道要，身毒契心玄。三尺雖徂化，蕊珠諒攀緣。丹旐耀人代，白楡種在天。

盛年執高節，潛心在内篇。如何松鶴姿，奄忽隨物遷。南枝悲越鳥，箕風厲楚天。人命固有常，兹憂大相煎。羅袂寂無聲，與世長相捐。靈輀託漢裔，願得少遲延。山傾梁木萎，造化良舛偏。

自古皆有死，伊人獨無怨。藉手見良人，靡他獲所願。婦道及女儀，凛與天地建。所悲堂前翁，麟傷抱長恨。達士識大道，諒不守尺寸。我歌薤上露，聊以解憤懣。

羅襪生紅塵，虚房閟幽户。明月鑑前庭，落葉依後圃。我聞秦淮水，曲高原何膴。膴墓一似拱，萬古遂長暮。悲鳥叫中林，口噤不能哺。賴有烈女篇，燦燦遺所樹。

端居觀元化，爲爾一悲鳴。國風詠鳩誼，仲尼傷麟情。誰謂江漢永，湍流助我聲。誰謂天地寬，凄風爲我驚。履道遘夭枉，大運有戟兵。撫心起長歎，涕淚同泉傾。

健婦持門户，貞婦事修藏。女生豈丈夫，無儀乃其常。兹人已陳死，孤蹤永難忘。柏舟誓皎日，婉静不易方。玄默禮金聖，掃室坐焚香。朝露視區代，萬慮俱滅亡。罄折府中趨，有似處糟糠。何意忽隕化，營魂寄他鄉。皇佐撫孤櫬，焉得不悽惶。

步出郢東門，曀霧何霏微。還望顧氏樓，清夜罷鳴機。中閨振鼓鐸，齊聲蒿里辭。言采漢濱蘩，欲薦無由施。生死固有分，嗟爾罹兹危。靈輴雖暫滯，骨月慘已離。日月有重輪，江海無歸時。但遺内中則，燁燁皆可詩。傳語後來人，逸範宜相追。

【校勘記】

〔一〕「還」，原作「黄」，據金陵叢書本改。

顧　玠

叔姪雖異體，天倫本夙因。哀尔蘭蕙質，歲厄龍蛇辰。長眠竟不起，殞絶千金身。龍象掩虛室，篋笥流荒塵。訃書自千里，悵然傷我神。

生離常戚戚，況值死别兼。浮生能得幾，況復四十年。我兄宦千里，忍聽中路躅。空堂弔孤影，低頭思舊顔。曾聞海上仙，有術能招延。使我骨肉情，夢魂或相全。

煢煢少年婦，允矣賢哉稱。良人一夭折，號泣山可崩。有臂或可斷，柏舟誓同聽。空門託清淨，形影惟孤燈。忽作江漢遊，遂爾迴丹旌。傷哉白頭翁，五内痛不勝。

結廬在田野，閉門學梵釋。匪徒著節名，亦以慰朝夕〔二〕。從兹入湖南，雲封塵暗積。松蘿覆空壁，龍蛇沉大澤。關山路迢遥，何以致魂魄？生車近不虛，須使居業白。

爾爲驥中英，駑駘豈及前。微言析至理，湧若決百川。豈無上池水，二豎相仇冤。他鄉作新鬼，苦毒增重愆。悠揚散朱魄，浩蕩凌蒼煙。風撼庭前桂，霜殞池中蓮。夜臺寂不開，永離塵世緣。

紅凋臺榭花，碧萎牆隅草。萬物有始終，痛爾年未老。恒思廢寢食，形神致枯槁。他鄉旅櫬歸，依然隨故道。薤歌曲未終，愁雲滿蒼昊。

窈窕深閨女，人稱寰中仙。已遂從天願，孤飄自依然。守身立大節，悟理見真玄。雖無繼其後，足能紹其先。膏肓卧不起，了明三生緣。賢愚同泯滅，公道誰云天。

詠罷關雎詩，載歌柏舟篇。有山或可移，此心非可遷。結茅依淮壖，孝養終所天。造物有忌奪，三尸苦相煎。神樓徒爲施，蓋棺竟長捐。芳名播中外，旅魄相綿延。百年未滿債，莫測其中偏。

千里本相期，適以招哀怨。少弟主烝嘗，瞑目亦遂願。人生必有死，曷若芳名建。白頭有餘悲，黄壤終抱恨。司空壽禄高，復使縈方寸。哀歌表縉紳，庶以舒煩懣。

孀居僅廿年，竭力應門户。繞屋植桑麻，開軒面場圃。侍親賦歸來，團圝豁心膴。世路多坎坷，虞淵竟不暮。風狂花落地，枝折鳥辭哺。新阡彭城山，有鶴依叢樹。

犬出雞爲哺，兔死則狐鳴。物類有顧戀，何況中人情。吾家道藴氏，少著共姜聲。郢南尺素書，驀若雷霆驚。虎頭骨肉多，獨慘阮步兵。窮老何所託，縱横淚若傾。

處世真如寄，百年終歸藏。爾於世不久，即歸返其常。善言爲女則，采之備遺忘。吾聞釋子教，巍巍依西方。灑沾楊枝水，種植返魂香。此道真虚謬，善人早淪亡。哀怨徒擗踊，窀穸還糟糠。清魂涉渺寞，素魄飛南鄉。畫堂留遺容，躑躅空悲惶。

日入尚返照，造端始達微。哲人妙至理，曷先露鋒機。辛勤二十載，滋味相捐辭。津液已窮竭，參术安可施。豈無青精飯，何以續傾危？心勞衆疾攻，穀神亦乖離。脩短固其數，亦當慎其時。芳華委泥滓，治禱羞巫師。東流逝滔滔，一去不可追。

【校勘記】

〔一〕「朝」，原作「早」，據金陵叢書本改。

王應芳

浪説綱常世已湮，瓊枝雖萎色猶新。堅持直欲通天壤，默禱還聞動鬼神。讀罷曹碑知孝行，閱殘陶傳見天真。他年大史收真烈，西掖吾能字字陳。

黄濟

金陵匯佳氣，大者爲興王。其次自磅礴，流注亦異常。一門萃元老，遂育古共姜。共姜有盛德，四十年不長。造物果何心，令人增悲傷。

月無竟夕輝，花無百朝妍。妍輝自花月，造化猶爾堅。豈關造物心，花月本自然。物理固如此，奚疑人壽年。仰觀達者作，生幻一寒蟬。

淑質天所令，懿德有常執。女道擅貞静，法門悟結習。守此未亡義，心已淪灰濕。晚依何橋翁，操妙臻六入。奄忽棄人世，一笑明苦集。

平生令德多，墓誌言未力。公復識不忘，十一表女則。哀哀十三章，吞聲語咽澀。至情天所鍾，一年無終極。翻作琴中操，千載人傷盡。

阿淑生不幸，大幸明公生。生有膝下教，卒爲鳴不平。千里依親傍，寒燈照孤貞。苦心寡暢懷，榮液竭無盈。精魂駟玉虬，聖母攜上征。

公昔撫全楚，再遷尚書侍。帝敕皇陵工，濟竊留守寄。經年拜恩貺，迺附古肉義。親承慟女顔，時亦揮長淚。願珍天眷身，鼎席方虚位。

黎　奭

閨中節孝昭天道，吴下才能仰父風。水月已逃浮世界，乾坤不毁舊簾籠。嗚嗚郢些司空淚，繞繞春樓杜宇紅。我亦有懷思痛定，至今長望此江東。予以庚辰年喪冢子于南京官舍，故云。

商大節

女史精靈世本稀，芳年持節動南畿。長看日月憐孤影，早委身心學息機。建水鳥翔鄉路遠，石城雲暗旅魂歸。古來汗簡收冰玉，不在吹簫跨鳳飛。

羅　英

橋翁有至慟，遺我緩慟篇。斯慟豈能緩？割情昭女賢。十四偕伉儷，二十違所天。誓死未即死，念兹膝下緣。悟空臻妙義，所願豈長年。思翁久王事，輕帆來飄然。侍養苦未幾，遽爾隔重泉。翁慟顧何爲，此女仁孝先。愴神製哀曲，并録善言傳。哀哀曷維已，託之琴上絃。千古幽貞意，陋彼金石堅。

牟　盛

嘉言猶在耳，淑行總難名。了了知三教，飄飄逝九京。人須憐節孝，天殊忌聰明。風雨蕭蕭夜，誰堪父子情？

王　紝

金陵有幽芷，託根大江涯。江流白浩浩，沃飫良獨宜。弱穎霧雲覆，初蕤零露滋。白日忽云暮，青天夜氣隮。柱足□寂蔑，娟娟鬱自持。清影逾蓬勃，廣都爲延咨。云胡迅飈至，凝霜來不遲。大造亦何意，亭亭肅孤萎。惡木猶未樾，神理豈余知。焉知大化改，不爲蘭與葵。蘭馨被浚谷，葵舒迎赫曦。飛光滄江上，吴門重陸離。

劉　逵

貞女端居四十霜，稜稜冰雪對寒芳。清宵事績仍分漏，白日看經不下堂。湘國游魂凌碧落，楚天歸櫬照蒼浪。更憐顧況揮毫日，皓首哀思繞鳳岡。

誓死寧親趨柏臺，婺沉一夕出塵埃。終言獨感慈天慟，掩玉難消異地哀。雲擁金輿仙駕渺，霜寒水鏡令儀開。遥知飛旐臨江滸，鶴舞猿啼草木摧。

孤高抗節出人群，習静齋心無一訢。在室已傳冰雪操，居孀常著苧麻裙。精靈迥入瑶臺月，魂夢空歸湘水雲。請看貞風干正氣，青娥素女侍高墳。

《易》曰：「婦人貞吉，從一而終也。」静媛有淑德懿資，乃寡而弗壽，若可慟矣。其一二終也，又何恨焉！

婉娩閨中姿，蕭然林下風。結髮事君子，宛如雙飛鴻。中路一失侶，哀鳴意何窮。人生易速化，奄忽向泉宫。豈不重夭傷，託身良有終。

芳華何易棄，生年逢不辰。譬如葉上霜，朝日難相親。短促豈足歎，但念堂上人。昔爲玉與珠，今爲土與塵。白首苦涕淚，摧折傷心神。

悲風江上來，折此瓊樹枝。瓊枝苾且芳，凋零良有時。荆榛迷道路，一望何靡靡。天意渺難測，物理忌大奇。傷哉窈窕女，負彼廊廟姿。殊材與壽命，安可以同期。

陶嬰賦黄鵠，姜女誓柏舟。永歸信所適，久生安足求。泉路既杳杳，長夜亦悠悠。旅魂不可招，逐彼清江流。朝發郢水曲，夕返石城頭。鬱鬱連理枝，千古同原丘。

江　銳

懿德從來里閈聞，如何一疾竟沉淪。于歸未久桃夭樂，獨守猶知節操真。正氣稜稜昭白日，芳名籍籍動儒紳。司空集上誰爲慟，天敍人情一體親。

黄　漳

南國有淑女，窈窕稟天資。笄歲配君子，早夜盡婦儀。相端淑且慎，懿德肅簾帷。殷勤時舉案，白首以爲期。不意相棄捐，中道永别離。抱心常化石，每詠柏舟詩。淹忽乘雲馭，杳杳蒼天涯。嚴君思無已，排遣成哀詞。佳人命靡常，今古長歎吁。嗟哉木天存，脩短亦何疑。

劉　祚

仰觀上有天，俯視下有地。嗟哉節婦心，成此一個是。不必刳爾肝，不必割爾鼻。唯盡人道常，内省自無愧。二十餘年間，苦勵柏舟志。機杼有餘功，深究内典理。充養純粹資，女中顔氏子。德豐壽不延，天乎何乃爾。我爲作詩歌，悲咽無從涕。

陳　鳳

伊昔適荆楚，彩鷁乘長風。今兹返鄉國，素旐揚春空。去時父母歡，歸來旅櫬從。孝養一以違，悲思浩何窮。愁雲爲我結，明月爲我慟叶。俛仰平生親，哀吟空附膺。割彼掌珠愛，棄擲同塵埃。琅琅垂絶音，流輝照千春。臨淮既有堂，淮壖亦有田叶。空餘可憐意，不見承歡身。迷津得寶筏，懸解資勝因。超然生死塗，庶以慰所親。

程宗舜

姑蘇千里月，西役楚天秋。鸞影三春夢，蘭芬百代愁。翠娥傳窈窕，朱瑟託清幽。願采吴風古，重將列傳修。

李　濂

有鳥南方來，口銜一札書。開緘試疾讀，我淚忽滿裾。金陵有孝女，隨父郢中俱。十四俞家婦，二十乃孀居。歸來侍父母，孝養聞里閭。經營淮壖墅，面山結茅廬。外藝花與竹，中置琴與書。遲去聲父解組還，可樵亦可漁。云何溘先逝，老父悲欷噓。雖輯緩慟篇，此慟恒如初。

弔客且勿諠，聽我孝女篇。父爲天下望，母兮里所賢。家教亶足徵，閨秀宜其然。貞淑本天賦，女誡奉周旋。夫亡永歸寧，侍養踰十年。鉛華卸弗御，葷肉咸棄捐。齋心通神明，内典悟言詮。修短信有命，善行況可傳。緹縈與曹娥，千載堪比肩。所嗟父母老，淚下如流泉。

王　顒

直木頻先代，甘井不後竭。嗟哉令人生，心鐵骨如碣。蓁蓁桃葉幾何時，一片花飛子無結。蓮房露冷窅然空，石可轉兮志難惣。三復柏舟詩，一死矢靡越。鶗鴂聲先草木秋，杜鵑血染金陵月。抱恨歸寧歷幾春，晨昏定省儀無闕。嗟哉玉質絶塵埃，春蚓秋蛇筆端發。讀書不效大家疏，制行何如蔡琰蹶。脊梁石勁負綱常，心孔天寬納齮齕。嗟哉！女生十四始見夫，奈何十九甘沉没。君不見，東家有女膚如雪，去年嫁城南，今歲適岸北。又不見，西村婦髮如漆黑，嚴阿受秖悟，烏鳥不相識。試看姑蘇臺上客，笑殺浮萍隨風擊。任他滄海桑田變，贏得芳名萬古烈。人情非獨憐珠翠，因知節義在感激。吾觀丈夫心，何用自沉溺。蒼黄反覆墜天柱，忍使令人遺皎潔。

琴操

朱　衣

衣讀東橋公所爲緩慟集，悲其女静媛慈慧貞順，乃寡而不壽。或謂女依公，竟逝郢中，不知廿年之久，千里之遠，不能去俞季子一日也。爲作悲鳳操，悼古者取而弦之。

有鳳凰翱翔而下，得非季子静媛乎？梧兮竹兮，江之左兮。鳳兮凰兮，維兹之妥兮。鳳逝矣兮，凰奈何兮。梧竹槁兮，其孰與我兮。松兮柏兮，非不可兮，將適其所兮。

解

吴　惺

緩慟何也？大司空東橋翁録其哀女之詞而名之也。情見乎詞，莫非哀也，哀且濊乎深矣，慟曷甚也。乃自名曰緩慟焉，何也？夫父而慟其女之亡也，天性至情也，欲自已得乎？奚容緩也。矧茲女氏之良，其深於理要，有士君子所不逮者，是所宜尤慟也。而翁固緩焉，何也？悍作而歎曰：此可以見翁情之正、性之真也。

女氏之造，茲録之述也，概觀其微矣。植真固之幹，稟粹白之節。體孝敬之情，適順逆之數。通造化之由，達生死之分。言惠行協，識微潛遠，全歸暇豫，直與化游。於其訣也，翁哭之慟，慟無所於寄也。於是類則以表之，長歎以詠之，布操以悲之，皆所以哀其聞道也，死可無憾矣。女孰無死？如此而死則鮮也，慟不可緩乎？此其得情之正也。觀此則哭之喪明、哀之不絶者，蓋不能以理自節也。雖然，翁之慟女也，特不爲號號迫裂之氣，以同于婦人女子之情，而其所述緩慟之詞，一言一字皆由中戚而溢于言外，有無窮之戚焉，慟則緩，哀實切也，天性之真則然耳。故緩慟者，慟之至也，否則無所事緩矣。

嗚呼！慟者，翁之情也；緩慟者，翁之情也。夫女氏之終也，自知之而不以自悲，誠有見於道也，所謂齊彭殤於罔覺者，非耶？翁之不以過痛，蓋亦以女氏之心爲心也，是惟翁之於女則有之，乃作解。

嘉靖二十歲次辛丑仲冬朔，知承天府事吳悍。

艾孟午

慟胡緩乎？有慟而自解之辭也。大元老東橋翁長女静媛氏以元氣還造化，翁思其遺淑，哭之慟，録其則十一事，且繼以哀曲十三章、琴操四曲，昭淑也，志不忘也。孟午讀其則，復其曲，竊歎曰：静媛氏，翁可以無慟矣乎！夫人生天地間所不能全者，節孝而已。静媛氏事親爲孝女，居孀爲節婦，且樂義、尚廉、敦仁，視古之賢烈有加焉。觀風者采于女史，以風貞静媛氏將爲天下完女，雖死猶不死矣。翁慟可以無，奚其緩？乃作無慟解五章：

微孝一解

貞元失經不有親，丈夫尚爾虧天真。静媛事父攄至誠，視疾終夜忘卧衾。執縻時進輸哀忱，需食乃退何慇懃。行當采實招汗青，與古孝女齊令名，翁無招魂揮長吟。

全節二解

惠州太守季子逝，季子婦年剛十九。青年高聳綱常肩，香閨獨操冰霜守。季子含笑九原下，婦風懔懔南金價。孝姑立後節孝兼，聞者遐邇增長訝。嗚呼！節婦亡命在天，列傳之後增新編，翁胡作曲伺善絃。

樂義三解

顧家有女捐私藏，親屬貧窶資衣糧，衰老率衆備以棺。古今賢女渾無雙，女史紀義乘不忘。昭昭青譽馳四方，翁無墮淚陽春傍。

尚廉四解

天下之女樂厚藏，胡爲慶家無所遺。天下之女愛父貴，胡爲幸父宜早退。嗚呼！静媛之心幾聖賢，見與玄暐之母無後先。天胡不慭俾永年，而翁託操思慕篇。

敦仁五解

憫人之災見惻隱，忿人之禍知正氣。拳拳一片生物心，合與乾坤相匹配。有天堂，子必登；有地獄，子不入。悠悠造化歸無極，厥銘無愧他山石。

誄

李汝楫

金陵顧氏静媛俞令人，乃我東橋翁老先生長女也，嘉靖十九年七月日以疾卒承天郡邸，士林哀之。旬日，蒙示緩慟，於是奇服瑰言宛然在目。皇天胡辜，善人不穀。早華中零，朝聞夕没。修短隨化，流雲飈駛。秉彝好德，曷其已矣。紓軫幽懷，示此哀誄。惜誦致愍，以備女史。誄曰：

鬱邑淑女，生此南都。山川佳麗，文物名區。系源右族，裔出詩書。曄曄令儀，惟德之隅。奄夙稟於天，岐嶷雋如。曲成於人，乃軋鴻儒。二七而笄，大禮既閑。宜室宜家，壼則是閑。奄及三祼，遂失所天。立子以嗣，期矢黄泉。繼姑趙氏，竭誠以旋。何有何無，黽勉從焉。家道遂殷，再踰十年。姑氏以喪，罹咎克艱。中外禔福，婦道以全。緊於斯際，嗣子未成。形影相弔，孑立煢煢。復我宗族，坐茲不經。權而得中，以禮馭情。堅珉勵金，何如我心。之死靡他，白首如新。羨田不恡，分業不磷。千取百焉，廣我至仁。事父如嫜，事母如姑。温凊定省，罔易厥初。侍疾嘗藥，侍喪進餔。衿纓綦履，容臭不殊。茹薺斷葷，託迹浮圖。沉潛空寂，皭然不污。無事文綺，悉毁金珠。淡朴自甘，以俟亡夫。女紅婦訓，保傅在躬。既文既博，令名無窮。赴難睦鄰，并切瘝痌。飲仁服義，沕穆是崇。人倫政理，上下異同。時有啓發，顔閔之功。務茲稼穡，書數旁通。小物不遺，造詣洪濛。嗚呼淑女！瀚海波瀾，詞林枝葉。軌躅彝模，宜範宜則。時大淵獻，依父母側。郢中聚首，而愛斯愜。乃語困敦，季秋之月。一疾嬰懷，二豎爲孽。芳桂賁秋，瑶華斯歇。何辜於天，中道以折。頮面更衣，有符易簀。尺度不爽，垂死烈烈。嗚呼淑女，沙麓之靈，嫠婺之精。塵海何緣，景命斯傾。膏以明銷，翠羽殃罹。文藝才猷，造物所忌。鳳不可縶，麟不可羈。杜秋窮老，姆傅何爲。嗚呼淑女！木蘭之孝，共姜之賢。班姬警悟，大家沉酣。雲軿摇摇，鸞翥翩翩。帷荒在旅，忍覩遺編。靈修數化，玉樹埋香，肖貌乾坤。大烈耿光，遷遊不返。帝遺巫陽，招此英魂。無滯他方，嗚呼哀哉！

祭文

祭俞令人顧氏文

李汝楫

猗與鍾山，神靈歆歔。毓兹淑媛，爲世璠璵。賦姿窈窕，稟性温愉。肆力於文，博極群書。既瞻爾才，抑優德腴。嬪於大族，孝敬斯譽。天胡不弔，及笄孀居。姑嫜既淪，門祚遂墟。終天不渝，依我父母。益懋靈修，婞節今古。滋蘭九畹，樹蕙百畝。儀刑于家，仁愛斯溥。嗟彼黄鵠，七年不雙。宛頸獨處，不與衆行。尅面矢心，嫠耳自方。懔懔霜操，百世之芳。嗟嗟令人，士女之行，坤道之傑。既毖爾有，爾壽斯嗇。天者難沈，神者難測。揮涕呑聲，摛思惻惻。嗚呼哀哉！

國寶新編

國寶新編序

人具天地之能曰才，才者，一心之精，萬事之幹也。鴻儒營道，志士殉功，學人纂言，慧者創制，雖鉅細異裁，均以利用，豈非真宰之手足、生民之紀綱乎？是故國家得之謂之寶，朋友資之謂之澤，咸有賴於弘益。知才而不知愛，若得几杖而棄之，必失所依，君子謂之聾瞽。

璘生陋劣，無足比數，薄游四方，投分賢哲，霑被切磋，僅免失墜。逮今齒髮摧豁，索居林巖，指數交知，凋謝半盡。暇日檢誦遺文，潸然淚下，豈唯感子期、惠施之先我，實亦興嗟於邦國也。所不可存者，既已往矣，安得不求諸言乎？諸官盛業大如邵宗伯寶、儲少宰巏諸公若干人，國史他日自立傳，璘得以略。乃録李子夢陽以下，或仕或隱，合若干人，敍其名字爵里及其行業，大都爲一卷，名亡友録。諸所無交者寔多，其人不敢妄擬。傳曰：「名譽不聞，朋友之罪也。」矧今亡矣，後死者奚可不任其責哉？因即余家所得諸稿，與家弟河南按察副使璟詮次其詩，共若干篇，集爲□卷，附諸録後。俾觀者按文思才，冀有得余悼慕之心焉。文多不能録，非有軒輊也。集成，門人請更曰「國寶新編」，遂以傳云。

嘉靖丙申陽月朔旦，姑蘇顧璘序。

國寶新編

亡友十三人

江西按察副使李夢陽

李夢陽，字獻吉，本關中人，從父宦，遂寓大梁，仕至江西按察副使。朗暢玉立，傲睨當世。初讀書，斷自漢、魏以上。聞人論古昔，有不解事，即曰：「豈六代以還書邪？」蓋不之讀，故其詩文卓爾不群。晚始汎覽諸家，益濟弘博，或失則麤，抑矯枉之偏，不得不然耳。夙尚氣節，當孝宗朝，上書言事，意翕翕，希賈生。代韓司徒草奏劾諸閹，危矣，賴武功康子海脱其難。視江西學政，文教鬱興，不能與俗俯仰，躬陷縲絏，誠亦負氣之過。卒使讒毁叢積，擯棄終身，伊誰咎哉！空同集六十三卷，可謂富矣。姑蘇黄省曾詮次，至以辯獄等辭亦錯其間，衹點之耳。

贊曰：黄初響絶，詩道中微。唐興二傑，大發厥機。世豈不遠，知繼者希。桓桓李君，生也實後。上泝風雅，志則多有。一鳴驚人，千古爲友。

陝西按察副使何景明

何景明，字仲默，信陽人，仕至陝西按察副使。少有神解，弱冠入京，身不勝衣，馳才長賦，便凌作者。時海陵儲公巏、錫山邵公寶領袖文苑，咸加賞歎。和粹沖夷，人樂爲友，撓之不濁，澄之不清，衆目爲台輔中人。然性簡意寬，不善事樞要，遂出爲校文之職。以勞致瘁，弗臻大成。咎在政人，不在其身也。夫文章之道，初慎師承，乃能立體，馴臻妙境，始自成家。觀其與李氏論文，直取舍筏登岸爲優，斯將盡棄法程，專崇質性。苟爲己地，固非確論，賦詠著述，互見短長，自古恒然，匪徒今日。若乃天才騰逸，咳唾成珠，實亦人倫之雋乎！

贊曰：辭尚體要，矩矱式陳。異稟拔萃，乃貫天人。立訓範世，俾也可循。穆穆何君，學緣宿解。源出自山，委折歸海。既濟視筏，弗舍胡待。

應天通判祝允明

祝允明，字希哲，蘇州人，仕至應天通判。超穎絶人，讀書過目成誦，鉅細精粗，咸貯腹笥，有觸斯應，無間猥鄙。學務師古，吐辭命意，迥絶俗界。效齊、梁月露之體，高者凌徐、庾，下亦不失皮、陸。玩世自放，憚近禮法之儒，故貴仕罕知其蘊。真州蔣山卿嘗見所撰建康觀雲記，吐舌下之曰：「文不在兹乎？偏才曲學，真河伯未離龍門，難與言水也。」余特賞其知言。書學精工，自急就以逮虞、趙，上下數千年變體，罔不得其結構。若羲、獻真行，懷素狂草，尤臻筆妙。本朝書品，不知合置誰左。

贊曰：漢隱方朔，明玩祝子。傲睨冠紳，游戲文史。蓄之海匯，發也雲蒸。騰踏藝苑，孰敢爾陵。

國子博士徐禎卿

徐禎卿，字昌穀，蘇州人，仕至國子博士。神清體弱，雙瞳燭人。幼精文理，不由教迪。著交誠、感暮賦諸篇，詞旨沉鬱，遂闖晉、宋之藩，凌躐曹魏，長宿驚歎，稱爲文雄。筮仕武皇，朝厭司法，比請移學職，斯亦可窺其雅識矣。專門詩學，究訂體裁，上探騷、雅，下括高、岑，融會折衷，備兹文質。取充棟之草，删存百一，冀成一家之言，傳諸來世，至今海内奉如珪璧，所謂「雖多，亦奚以爲」也。其所研索，具在談藝録中，可謂良工獨苦者與？

贊曰：博士清資，冰淵斯濯。遺編熒熒，鳳羽麟角。唯寶貴奇，匪以其多。有文弗粹，山委則那。

雲南參政朱應登

朱應登，字升之，寶應人，仕至雲南參政。孝友性成，篤厚人理，愷悌無甚，刊夷町畦。故能善下仁賢，兼容謭劣，綽弘大賢之度，職錢穀則政理，飭教化則才興，斯忠信基之矣。特詞華彪發，泉湧錦燦，或當人落筆，一掃千言，旁觀者往往奪氣。萋斐攸興，此唯芽孽，然高舉闊視，眇然不爲意也。及其拂袖歸田，益窮詞奥，以彼易此，又豈娼嫉所能知乎？今觀其文賦，敍綴瞻麗，森張武庫，殆且伯仲潘、陸，奴僕元、白，有餘地矣。羽儀斯世，其兹數人也夫！

贊曰：仁哉參政，不遺其親。異類廣含，矧我同人。天授藻心，讒夫側目。白璧永輝，蠅罪何贖。

山東按察副使趙鶴

趙鶴，字叔鳴，江都人，仕至山東按察副使。文性淵奥，吏道精覈。主覆户曹，屢籌大計。督學山東，誓清膠庠。其甚乃舉郡邑弟子十六汰之，士始洶洶弗任，毋亦矯枉過其正乎？詩恥凡語，於古愛謝靈運，於唐愛孟郊，於元愛劉因。嘗曰：「此道不宜淺，淺則庸茸下矣。」善乎嚴滄浪有言「劊人直取心肝」，喻於立命處殫力耳，毛膚焉足試乎？後登泰山、金焦諸篇，言言自作，更不隨人，真淩駕千古膽也。晚注五經，考論歷代史，刊正先誤，自信彌篤。或者以爵位駭按察，不知正腐鼠等，烏能驚動之哉，烏能驚動之哉！

贊曰：文尚己出，襲乃稱賊。江都奮精，群譟靡惑。言曰法後，政曰正邦。志所嚮往，迅雷長江。

驗封郎中鄭善夫

鄭善夫，字繼之，福州人，仕至南京驗封郎中。氣秀巖谷，發情聲詩，雖才韻弗充，而古色精言，高映霞表，飄飄然有逍遥遠舉之志。好游名山，嘗入武夷、雁蕩，峻陟冥搜，都忘内顧。養痾自遠，逡巡郎曹。樂負高標，殆輕人爵。時與衢州方豪同好，意泊如矣。嘗與余期曰：「明年海上有紫氣東來，是吾觀化至矣。」赴官留省，中道奄殂。吁，亦奇怪也哉！

贊曰：靈運樂游，嵇康慕僊。超矣驗封，千載同然。南海孕靈，陽春呈響。鵠性鴻情，永遺遐想。

太僕少卿都穆

都穆，字玄敬，蘇州人，仕至太僕少卿。清修博學，綱羅舊聞，考訂疑義，多所著述。好遊山水，雖居官曹，奉使命有間，即臨賞名勝，騁其素懷，所得必撰一記，輯成巨帙。又廣録古金石遺文，爲金薤琳琅集。齋居蕭然，樂奉賓客，銜杯道古，以永終日。不植生産，或至屢空，輒笑曰：「天地之間，當不令都生餒死。」日晏如也。文簡古有法，詩雖過爾沖泊，竟非俗韻。

贊曰：詞士摭華，技陋雕蟲。雅儒慕古，力紹揚雄。懸磬非貧，玄酒非薄。自顧充然，疇測其樂？

太子中允景暘

景暘，字伯時，流寓南京，本儀真人，仕至太子中允。事母至孝，目盲數歲復明。昆弟不遠，故舊不遺，人歸其德厚矣。夷曠有度，無競無傲，仕既融達，好學無怠。法左氏、馬遷，爲文不尚鉤棘，字順語圓，具有繩準。詩主盛唐，蕭散遺俗，庶幾高卧北窗之懷，體固所緩言矣。余器重其人，每言必正三事，乃弗陟五階而逝，其命也夫！善書，初工真行，後師周伯琦小篆，頗得風骨。

贊曰：文以體正，詩以興奇。昧者志怪，乃蹈支離。中允端士，德厚氣直。詞鋒沛發，靡不中的。

太僕少卿王韋

王韋，字欽佩，南京人，仕至太僕少卿。孝德純備，喪母，毁瘠卒。父徽，憲宗朝給事中，直諫有聲。少卿承志執節，屹有稜範，歷仕留署，匪云要樞，確明職司，金石不撓，不曰孝思維則者乎？論詩專尚才情，其言曰：「唐風既成，詩自爲格，不與雅、頌同趣，漢、魏變於雅、頌，唐體沿於國風，雅言多盡，風辭則微。今以雅文爲近詩，未嘗不流於宋也。」故其詩婉麗多致，雋味難窮，或者謂爲纖弱，豈知所操之殊向哉？

贊曰：王子維介，明辨義利。千金可捐，一諾無替。詞流別代，力紹唐風。涵情獨遠，執象奚工。

解元唐寅

唐寅，字子畏，一字伯虎，蘇州人，舉應天鄉試第一，坐事廢。坦夷疏曠，冥契禪理。弱居庠序，漫負狂名，著廣志賦暨連珠數十首，跌宕融暢，傾動群類。青谿倪公見之，亟稱才子。以故翰苑先輩，争相引援，驕妒互會，竟媒禍胎。棄落之餘，益任放誕，邪思過念，絶而不萌。託興歌謡，殉情體物，務諧俚耳，罔避俳文。雖作者不尚其辭，君子可以觀其度矣。今司馬袁袠所刻，僅僅數篇，則其絶詣也。

贊曰：嗟嗟伯虎，孰廣爾志。登臺則流，牖下斯滯。生滅既一，寵辱奚驚。上善若水，是生令名。

山人孫一元

孫一元，字太初，不知何許人，自云關中，長寓吳、越間，卒于湖州。風儀秀朗，蹤迹奇譎，玄巾白袷，混遊貴賤。常以鐵笛鶴瓢自隨，遇所會心，輒一傾倒，蓋隱淪之高逸。性好吟詩，初談導引，人疑其僊。晚嬰婚娶，入司空劉公湖南雅社，援進儒術，皆非其本色也。詩辭極備苦心，所乏天才耳。

贊曰：宦達無施，愧彼塵鞅。山澗考盤，乃嘉高尚。龍笛吟風，鶴瓢酌月。皎皎太初，江湖之傑。

大學生王寵

王寵，字履吉，蘇州人，貢入太學，卒。清夷恬曠，與物無競，人擬之黄叔度。尊官宿儒，忘年友善，罔不樂其温醇。詩辭刻尚風骨，擺脱輕靡，陶鎔李、杜，汰滌情文，既正體裁，復滅蹊徑，可謂後來之高足。惜乎天不假年，進而未止，學士覩其汗血可也。諺曰：「瓊玖蚤折，白石巖棄。」豈不信然哉？行書疏秀出塵，頗得晉法。

贊曰：有美吉人，温其如玉。既安孝友，亦泯清濁。揚芳詞苑，先軌是程。心遠節促，斬其大成。

續亡二人

江西按察副使田汝耔

田汝耔，字勤甫，祥符人，仕至江西按察副使。勁直好義，不殉俗爲工。任給事中，持正執論，糾彈不避貴勢。出爲江西提學副使，以氣節立教，繼李獻吉之後，風稜相競，不墜道範，官亦坐是不達。詩宗漢、魏，文簡古宗司馬氏，力洗脂澤。璘在開封迮權璫，被逮赴京。初脱錦衣獄，侵夏止一緼袍，勤甫解葛衣相衣，又爲具單布中衣，舉酒送出宣武門。會何仲默、崔子鍾諸君即席賦詩相贈，自製一序立就，慷慨動人，其於斯世何如哉？勤甫每飲酒酣，輒擊節論時事，一無避匿，賢豪以此見高，忌者益側目矣。家食以後，環堵蕭然，蓬蒿不剪，人比之張仲蔚云。

贊曰：稜稜勤甫，吐氣成虹。衆且雌伏，獨翹爲雄。解衣惠困，古烈同風。環堵終身，樂兹固窮。

江西按察使周廷用

周廷用，字子賢，華容人，仕至江西按察使。才稟超融，文鋒迅湧，兼能博涉强記，培滋詞本，故援筆長賦，爛然成章。氣倜儻豪岸，不宜于俗，獨下意名品。爲御史，言事多觸時忌。及爲監司，每不善遷合，失權近意。罷官之日，浚川王公在南司馬，以片楮訊璘曰：「子賢黜乎？惜哉！」其受知當世大人深矣。有酒量，飲終日不醉，或放口論諸人淺深，略不旁顧。余每勸之曰：「阮嗣宗不言人短長，嵇叔夜服其遠害，幸吾子加意。」然卒蹈之，乃其天性剴直不回，固一德也。

贊曰：按察人豪，闊視放言。揮斥塵濁，吐握仁賢。文藻性成，早垂鉅篇。史才斯詘，德譽長延。

近言

近言

尊道篇

或問天地之道，曰：視太極。問人之道，曰：視天地。問聖人之道，曰：視人道。曰：盡乎？曰：盡矣。然則異端之教紛然譁于天下者，何哉？曰：流妄也。古者包羲氏作，始畫八卦，泄天地之秘，類萬物之情，於是文字興焉，而道統之傳立矣。可以修身，可以治人，可以養生，可以利用。孔子所舉十三卦制器尚象之例是已，烏覩所謂異端哉？其後黄帝、堯、舜、禹、湯、文、武、周公迭興，守而傳之，教明法立，無有異説奸乎其間。於時怠棄三正則有誅，讒説震驚則有刑，雖有暴行邪説，不敢起也。周之衰，聖王不作，處士横議，百家衆氏之學始興，孔子、孟軻起而闢之，卒不得絶，無其位故也。

後世之害，佛老爲尤甚，儒者世議而日排之，亦勤且力矣。惜乎不揣本原，獨舉吾先王之緒言，瑣瑣然與較曲直，彼且嘵嘵然交辯而求勝，卒使聖人之道降而與之爲敵，此吾儒之罪也。盍使之觀天地之所生、包羲氏之所作，果孰始乎？是謂本也。物無二本，則吾儒之道源遠而至當，獨尊而無敵。異端之道，皆後世流妄者也。執斯言也，雖有悍夫，不得不屈，雖有孺子，不能不覺，吾何以多言爲哉？且佛老之師，聖人之罪人，道之妄也。今之爲佛老者，又佛老之罪人，妄之妄者也。吾儒者不稍寬其始，而務急攻其末，故其辯滋甚。聖人曰虛，老氏曰虛而無；聖人曰寂，佛氏曰寂而滅。學道之偏，其流妄固至於此。

老氏起於周末，其始或亦本於隱君畸士逃山林、養性命者之説。佛法當漢之衰，始入中國，本生於西夷，無文字之學，直達本原，其始不甚相遠也，百家亦皆有之。申、韓之慘刻，儀、秦之縱横，其始固亦本於刑名者流、大行人者之説，其流妄之禍，至於殺身滅國而不能已，後之人懼而息焉。二氏之不息者，其禍隱也。秦、漢以後，先王之教既衰，塗之民不見吾仁義禮樂之澤，而異言者又無禁，於是其徒駕其寓言，奸智詭術，愚不明之民，以罔衣食，廢人倫，竭財用，滅聖誣天，肆行而不忌。顧其師之言，則虛無寂滅止耳，其道則苟私其身止耳，豈顧其害若今之甚也哉！

故曰：今之爲佛老者，佛老之罪人也。堯、舜、禹、湯、文、武氏作，必取而禁之，不息則必誅之。今使其徒但明而心，見而性，鍊而神，養而生，守其師説，不以亂民，則固山澤枯槁自好之匹夫耳。若務光、許由之徒，何山不容，吾又何以多言爲哉？故璘之意曰：佛老非遽可誅者也，其妄者可誅也。去其妄，則其説自微，微則息之不難也。

富生篇

三代之後，天下蹙蹙然入於貧也，將何所極乎？數口之家，少長待傭而後食，壯夫鬻子以供官税，盜者竊銖兩之利，棄其首領。四五月之間，新穀未升，雖非凶年，羸者枵腹而乞于市。嗚呼！斯民也，聖帝明王之所與共康樂者也，而孰使至於此極乎？

吾行且半天下矣，凡農民免乎此者，一市之中無十室焉，一國之中無百室焉。外是則勢家富族、豪賈遊士，高墉若城郭，廣堂若公府，輕車肥馬，漿酒藿肉，田不稽畝，身不踰户限，貨利罔之四方，奴婢累迹，擊鐘而食，子弟既抱哺，不辨菽麥。吾然後知斯民之窮，皆若徒者爲之蠹也。抑又有大者焉，凡吏于其土者，率貨視其下，旦暮之所思，公私之所求，耽耽然睥其室中之藏，若烏鳶之攫肉，必獲乃已。至天子之寵臣，則名徵而禍剽之，吮其髓且椎其骸，不至於糜滅不止也〔一〕。其所以奉其身體，養其子弟妻妾者，又什百於前之所疏者焉。

嗚呼！天地固不加大於古也。五穀之生，五材之用，古之人以均布其民而惠養之，今之人恣民之奸而不之禁，奈之何不貧且盜也？嘗觀孟子論三代之治，必曰：「井田之法，一夫授田百畝，餘夫二十五畝。五十者始衣帛，七十者始食肉。」又曰：「諸侯之取於民，猶禦也，教之不改則誅之。」夫家無侈業，民無厚養，取民者抵盜刑，蓋古之制也。古今異宜，通其宜，不失其本，豈非善治天下者哉？由孟子之言觀之，過制無禁，贓賕無誅，雖百堯、舜治民，不可使富也。

【校勘記】

〔一〕「於」，金陵叢書本作「捨」。

本法篇

嘗讀莊生之書，貴黄帝而賤三王，謂民性之僞，自法令始，故著馬蹄諸篇以咎之。嗚呼！莊生静者也，果惡夫世之擾擾者，則亦取管仲、商鞅之書，火之足矣，何至舉仁義衡斗而搥提之乎？將寓言以反世，則失言也。若由乎其衷，則妄且愚。昔者夏禹見罪人而泣曰：「堯、舜之民，皆以堯、舜之心爲心；寡人之民，各自以其心爲心。」夫有罪而加刑，禹方哀其弗静，又豈好立法以亂之乎？勢不得已也。

夫情與僞並生者也，猶晝夜然。先王因民之昏於夜也，故燎而燭之，使夜之明猶夫晝然耳。先王豈樂於燭燎之煩也哉？今而曰三代之法不如洪荒之無事，是知晵明燎於夜，而不知夜之必用夫燎也。由今觀之，長短亂而後度生焉，輕重亂而後權生焉，權度立而猶有奸於長短輕重之則者，然後議刑辟以威之，而天下不敢大亂，此三代聖人之功也。

夫天下之生久矣，三皇之世渾如也，三皇同之而不離；五帝之世醇如也，五帝順之而不擾；三王之世辨如也，三王齊之而不亂。是故民之情猶水也，流而不已必濫，故三王爲之防焉。法令者，民之防也。考之春秋，君臣往來辭命，必舉先王之法以繩之，是以五霸樹功焉。孔子曰：「微管仲，吾其被髮左衽矣。」夫管仲，諸侯之小臣也，孔子尤賴其功。禹、湯、文、武、周公之數聖人之法，而莊子猶譏之，豈不大可哀邪？或曰：莊子忘天下者也，故其言僻。使莊子果忘天下焉，無惑乎不知禹、湯、文、武、周公之心矣。

學益篇

大哉君子之善，正身以植體，安民以廣用，如斯而已矣。二者莫要於明道，道明然後行立，行立然後政行，故君子必務學。夫聖人之言海也，萬珍萃焉；往古之行事路也，廣狹邪正之迹昭昭焉。泳海而窺其藏，故小物不能動也；睹諸路而別其岐，故道言不能惑也。故天下之言學者，經史而已矣。若稗官小史之書，與末世之詞賦，吾以爲説鈴云耳，奚其學哉？

書曰：「監于先王成憲，其永無愆。」孔子曰：「信而好古，竊比於我老彭。」夫既聖矣，何慕乎先王？抑聞之師曰：往事之興，不可稽數也，其悖謬滅也，偏舉者時廢也。試於累世，傳於人人，乃其至當。至當者也，百千之中，存其一二焉，雖聖人復起，不能加之矣，豈易易然謂古昔云爾哉？世儒涉道淺迫，負小識，詭時好，棄師説，背道真，憒憒焉興議而改制，曰：自我作始，孰曰非聖？故商鞅立教，李斯焚書，桑弘羊興利，王安石變法，味非自任，使先王之道掃迹於天下，縉紳大夫哽咽而無所發聲也。嗚呼！子産博物，癘鬼乃息；雋不疑明春秋，黄帽就誅。不究大義，不詳古始，而欲協物理、厭人心，難矣哉！

近民篇

安民之道二：一曰定法制，二曰敦教化。法制曷歸乎？曰衣食。教化曷歸乎？曰孝弟。其政莫良於簡，莫不良於繁。繁則郊野之民纍纍然填官府，蹌蹌然爲道路奴，雖有惠，將安享之？故肴羞醇酎，天下之美味也。號于人曰：百拜而賜一啜，則人皆反面而走。古者政繁莫如秦，商鞅佐孝公，法令猥細，逮于棄灰，天下視之如牛毛蝟刺，不能指數。至李斯佐始皇，罔又加密，腹誹偶語，與大逆等死，小民舉足觸法，遂逃死而畔秦。故漢高帝吐空言，定三章之約，自匹夫五年而爲天子，衆心趨也。

古今不相遠，即秦事觀之，凡民之心，樂簡易而惡煩苛，雖百世可知也。今之爲民牧者，率好繁其令，匪以干利，則以干名。以干利者，賈販耳；以干名者，是驅赤子而獵虛聲也。亦獨何心哉？吾覽前代之政，於漢高、文之際有取焉。其舉於民曰力田，曰孝弟，特先諸條。夫爵禄者，導善之旌也，導民以歸實，王道其有興乎？厥後黄霸爲相，設三條課郡縣。張敞詆之曰長僞，是可謂知治民者矣。或曰：率子之言，其廢矣乎？曰：政有厚衣食、勸孝弟者，斯行之矣，是興也，烏乎廢？曰：妨于簡。曰：察民有不便者輒去之，則日簡矣。政簡而民不樂者，自古及今未之嘗聞也。

勖廉篇

詩曰：「高山仰止，景行行止。」言賢人之道，可仰而遵之也。余讀史記，至公儀子休去織婦，拔園葵，未嘗不垂涕焉。夫葵地毛織，女工所自勞作也，其究乃妨民之利，而非真奪其貨也。君子且猶惡之，況盜者哉？君子之仕也，行其道也，非以干禄也。人君之禄，士取諸民以給養也，非以爲富也。既取以爲養，又從而掊之，非盜也乎？上逸下勞，上富下貧，勢也。天所不能平，姑假焉以安之。故上不能安下，謂不當天心，乃又逸其逸，勞其勞，富其富，貧其貧。己且盤游，而婦子敖以溢焉；民且勤動，而婦子悲號以死焉。以是而求免於鬼責也，不亦難乎？

王制班爵禄，下士可食五人，其上寖廣，不過共祭祀聘饗之禮而已，故曰禄足以代其耕也。後世之仕者具曰爵禄分也，又摽而奪之以爲常，當其身不足，且思及其子孫。嗚呼！是亦奪諸其民之子孫者以有之也，能無哀乎？弗思甚耳。晏嬰相齊，豚肩不膴，狐裘不易，給士之貧者七十爨。孫叔敖聽楚國之政，楚之賢者悉貴，死之日，其子行薪於市。兹二賢者，學士大夫猶然小之，而其行事卓犖如此。太史公曰：「晏嬰若在，吾爲之執鞭。」意有所切激然也。諺曰：「虎易戡，克己難。」學者猶不足廉謹，何必道周、孔哉？

定志篇

道有仁義，質有陰陽，致曲成章，德乃可立。故因資而追琢者，易成器也；立範而陶鎔者，不失其形容也。觀古人之成德，有由來矣。非其君不事、非其民不使者，伯夷也；不羞汙君、不卑小官者，柳下惠也；五就湯、五就桀者，伊尹也。質有所近，抱一而終，窮達不能入其心，死生不能易其操。名譽之成，猶白之謂白，皂之謂皂，苟有目者，莫不别色而舉號焉，其致素定也。故推嫠女於伯夷之門，則怒矣；側冠倒裳於下惠之側，則漠矣。所操殊致，安得不異施乎？

世之學者，不通大方，不程己力，游意汗漫，無所專執。語人曰：吾孔子之徒也，無可無不可，吾誰欺，欺天乎？夫梓匠輪輿，其藝均也。其斧斤之器、斵削之法均也，其攻于木又均也。不專一師，不守一法，終其身不可以稱工，況君子之行乎？夫孔子之弟子，皆學于孔子也，自顏淵以至子夏之徒，皆大賢也，論語乃列爲四科。若金玉珠貝之寶，不相假名，苟無其象門，人安所區别乎？由是觀之，大道無方，聖人無名，中賢以下，定志不早，執德不一，汎汎然摇惑滅没，而無所附著，譬之草木，其猶飄蓬也夫。

别謙篇

謙何生乎？曰：道不可究，功不可全，衆人不可兼。君子兢兢焉，恥其不足也，是以謙生焉。是故堯、舜古之有道人也。以堯爲父而丹朱傲，以舜爲子而瞽瞍頑，是不得爲慈父孝子也，道烏乎究？禹、稷古之有功人也。禹平水土，視天下不能無溺也；稷播百穀，視天下不能無餒也。功烏乎全？仲尼古之神聖人也。禮不如聃，樂不如襄，稼不如老農，圃不如老圃，人烏乎兼？由是言之，五聖人者，勖其所遺〔一〕，憂其所短，退退然以下於人，而猶恐諸人之予棄，尚何矜之有哉？

今之爲謙者異於是，釣名以從學，飾貌以親賢，事君不以心，報國不以力。所求乎身者既僞矣，彼且柔口傴躬，繁儀下節，舉凡人之行，無大小是非，一切遜避其後，曰：我將爲謙。若是者何與？其心曰：人道惡盈而好謙，吾謙焉，福斯集之矣，弗謙則禍。嗚呼！挾大僞以要福，是取聖人之道而重爲罔也，凶於傲德甚矣，何福之能幾？書曰：「象恭滔天。」此之謂也。

【校勘記】

〔一〕「勡」，明抄本作「察」。

内治篇

家之義大矣哉！君子修倫理，易風俗，莫大乎齊家。夫家道久則衆，衆則異，異則離。異者，家之害也，故君子必和其情。弗以正，雖僮僕不可使也；弗以厚，雖子弟不可調也。正則衆議服，厚則衆心親。正也者，修身之謂也。厚也者，其要慈孝恭順，其次勿争利，其次勿争言。薛包兄弟分財，田廬取荒頓者，奴婢取老且病者，勿争利之謂也。張公藝九世同居，明皇問其故，乃書「忍」字百餘以對，勿争言之謂也。

信能行此二者，則群志一矣。群志一則家道和，家道和則禮義生。由是制爲烝嘗薦獻之儀，使之知有孝也；唯諾坐立之分，使之知有敬也；慶祝宴飲之會，使之知有親也；冠昏餽享之度，使之知有節也。如此則恩義篤，禮教彰，鄉人莫不慕之矣。鄉人慕之而風俗不興者，未之有也。

不能齊其家者有五蔽：厚私養，惑婦言，遂己性，棄衆愚，溺子愛，是之謂衆怒。有一焉必離，二則怨，三則仇，四則戕，五相滅也。夫家人，親也，吾祖考一體也，猶腑臟相附而保其命。或至於戕且滅，謂致自我，可不畏乎哉，可不畏乎哉！

治原篇

夫國家之正，由君體也；功崇化流〔一〕，大臣端也。三代之治，匪專君聖，莫不有誠臣焉。誠臣者，太平之基，百福之門也。善哉我孝宗之御天下，沖泊寡欲，隆意遵聖，不玩異物，不狎倖人，恤小善，敬大賢，海内又安十有八年，民無愁歎，士無怫鬱。升遐之日，婦子相對而泣于室，豈不謂至德哉？然亦由誠臣焉，敷理弘化，不可誣也。冢宰三原王公恕，夾輔大始，心在王室，興事以利而不思其禍，用人以賢而不私其親，身退且没，賢者繼興，是以遺海内以大順也。

大哉誠臣之功，在德不在才，在遠不在邇，在實不在名。故矜小智則典章紊，私暱親則賢才沮，玩細藝則道德疏，喜新功則浮躁進，務苟容則國體卑，執偏議則民病急，樂諛言則過罔聞，崇虛行則士習薄。此八者，人臣之癰疽，國家之水火也。其微也，猶弗之覺，徇而極焉，舉足以召亂而喪邦，比之奸邪貪黷，尤爲可懼，以其忽之也。

【校勘記】

〔一〕「崇」，明抄本作「從」。

鄉正篇

諺曰：「近朱恒赤，近墨恒黑。」信斯言也，質亦從化遷哉！夫鄉黨之間，言語異音，衣服異製，則不可以居。然則耳目之所由習，性情之所由安，邪正繫之矣。孟子曰：「王豹處於淇，而河西善謳；緜駒處於高唐，而齊右善歌；華州杞梁之妻善哭其夫，而變國俗。」鄉黨之化人深矣哉！孟子幼習遷于埋鬻，曾子至行不踐勝，毋俗尚之汙人，賢者且猶惡之，況吾徒乎？

吾鄉大都也，生人之性，亢朗沖夷，重義而薄利。風俗之美，喜文藝而厭凡鄙，得天地之靈懿焉。其蔽也，乃或樂虛淫，習侈豫，無麻衣、蟋蟀之風，士緣以喪節也。時有哲人，抗志獨立，風我後進，用是表而列之，示矜式焉。

大宗伯童公軒，擇地而蹈，擇言而言，吐辭濡翰，必軌其方。慎哉愿乎！參議王公徽，事君以忠，行己以義，亢而不徇，困而彌貞，矯矯乎疆毅君子矣。太僕李公應禎，氣直行廉，義有不合，一介不以取諸人，一介不以與諸人，文翰之精，譬諸銛戟利劍，掉以淮陰之雄，其鋒莫當矣。其介且有文者乎！通判陳公鋼，愷悌宜民，死無餘藏，而故民懷思，冉冉有桐鄉之風，蓋古之遺愛也。自餘鉅公大卿英名駿業，珪璋家國，雖吾鄉風氣之所優，非吾敍列之意云爾。

與隱篇

夫君子之道，達則雨沛，窮則淵渟。雨沛者，廣澤也；淵渟者，潔而已矣。君子奚取於自潔哉？時不可得也。伊尹居莘，太公居渭濱，遭二代之季也。及其遇湯、文，則沛然矣。孔子説七十君而不煩，孟子以湯、武之道説齊、梁之君，不謂其不肖，貴行道也。志不可達於君，澤不可加於民，道不可直於身，則偃然退藏，修其説以教後世，何必吾身行之哉？

乃若詭道以求合，借交而立功，襲陋承汙，無益於盛衰休戚之數，是干禄而已矣。此枉尋直尺，孟子之所以哀通人也。韓愈氏栖栖然曰：「畏天命，悲人窮。」至三上宰相書，而猶曰非枉。烏乎，以爲枉哉溺也？

近時有陳獻章者，隱君子也，吾有取焉。論議不詭於道，行誼不詭於人。其辭仕也，以養親爲解；其教人也，以存心養性爲法。故嶺南之士化之有孝弟之行，恬淡之風焉，其愈於徒仕者多矣。故道可大施則貴仕，志有小屈則崇隱。倖功者非仕之貞，希名者非隱之情。君子有守道之仁、審時之義，是故無終身之譏也。

敘志篇

敘曰：

人極廣博，根柢大正。馴履聖奥，慎始厥塗。譔尊道第一。

皇皇聖哲，黔首是植。棄衆罔恤，虞咈帝衷。譔富生第二。

正行繩慝，率軌于法。厥綱或弛，人道乃隳。譔本法第三。

罔聖棄訓，群視其矇。舉武弗忒，允鑒先迹。譔學益第四。

四序舒慘，厥機潛施。約法弗煩，民乃樂生。譔近民第五。

頽季媮漓，豐己瘠民。弗鑒古廉，疇燭厥咎？譔勖廉第六。

大道紛紜，致一乃凝。譬彼射夫，視的命中。譔定志第七。

大人無我，既有弗有。習僞誣天，祇喪厥初。譔别謙第八。

睦爾服親，萬化伊始。易象風火，慎厥幾微。譔内治第九。

巖巖端揆，輔帝斡樞。股肱或傾，國步斯蹙。譔治原第十。

宓生資魯，厥由造賢。擇善靡詳，爰懼胥溺。譔鄉正第十一。

樹德既隆，厥施洋洋。鬱而弗宣，嚮晦遠辱。譔與隱第十二。

愍予瞽言，聿懷殷憂。爰申厥旨，庶喻同好。譔敍志第十三。

東橋集

東橋集

詩

迎鑾曲 再至承天作，改工部左侍郎。

羽葆葳蕤出絳雲，蕭韶聲在九天聞。荊襄御氣通千里，萬户焚香候聖君。
純德園陵輦路寒，裬恩蘋藻孝思攢。松楸北望開金殿，雨露東來濕寶鞍。
千隊龍旂簇錦章，五文雲騎按神方。金笳隔嶺聲先到，寶鼎排宫路盡香。
鑾車鳳駕逐行宫，玉氣椒香步步同。傳道上陵初展謁，女官陳禮月明中。
武文分導仗前行，十里金戈肅禁兵。帳殿日移元有所，鑾輿晨動寂無聲。
岐周襟帶舊山川，天子重臨萬象妍。荊嶺出雲彌六合，漢江承日照重淵。

太乙旗開見六龍，赭袍端拱百官從。鵜冠具帶中人服，珠履瑶簪上客容。
五十侯封列懿親，入疆飛勞手書頻。郊迎劍履榮三接，殿宴歌鐘飫八珍。
飛騎中宵下郢川，皇君金榜一時懸。雲龍殿聳高宸極，日月門開啓洞天。
千年漢水過城流，五采卿雲抱日浮。皇帝南巡乘玉輅，萬方冠佩會諸侯。
南狩明堂詰旦開，自天威令赫風雷。已看即墨承先賞，那許防風落後來。
郢都何羡小新豐，陵頌還聞陋大風。穆穆絃歌清廟上，周成殷武古今同。
武功湯沐頌唐恩，豐沛歡遊漢典存。今代躅租兼設教，玉碑雙起照天門。
玉趾逶迤歷舊封，自操璇鏡定玄宫。山川拱衛相前後，天地歸藏共始終。
紫殿彤墀切慶宵，百官晨候外庭朝。金鐘迴自雲邊動，玉燭新從漢上調。

以上東橋集詩卷二

中白洞室題寄王偉立

華蓋三千丈，蜿蜒壓甌城。白雲晝長擁，赤日夜早明。蓬山若對峙，洞天敞容成。玉皇集群仙，敕賜中白名。王君負靈骨，手把芙蓉旌。丘壑授管領，烟霞憑主盟。玄文五千字，兀坐潛幽情。肺腑化金石，出口琳璆鳴。有時戲下界，掉臂金門行。猿鶴守巖户，虎豹不敢驚。石髓積瓊液，秋菊餘落英。脱屣重歸來，采掇資長生。

以上東橋集詩卷五

省署雜興

郢春樓

結樓非求高，因山出雲表。漢江流前楹，城郭掌中小。卧榻對明蟾，吟窗入飛鳥。蘭臺在東岡，披襟風渺渺。

夕佳亭

西嶺横黛色，落日多餘姿。雲霞粲錦組，欲挂青松枝。細數還巢鳥，朗詠陶公詩。家人候晚飯，徘徊下山遲。

大隱巖

仙人隱金馬，乃有東方生。吾慚食禄鄙，竊禄郢陽城。出處兩無得，虚干臺省名。金陵薄田在，曷歸事躬耕。

藏春塢

春來遍九域，春去餘一丘。野花間芳草，萃此中庭幽。觀書夕照永，舉酒纖雲留。吾心適無事，何異華胥遊。

脩竹軒

脩竹無俗韻，色與閒庭宜。東巖月初起，素壁光離離。解席罷塵案，枕書卧遥帷。煩暑驅未盡，正耐清風吹。

月華泉

中秋月華清，石井泉正盈。嫦娥顧我笑，遂爾錫佳名。一歃齒頰爽，再酌毛骨輕。守之不輟飲，庶以冀長生。

以上東橋集詩卷六

贈蘄州寫真翟生

瓦棺如來久失真，通泉壁壞白鶴湮。古來顧薛不復見，丹青乃屬尋常人。蘄陽翟生資性美，天機愛畫自崛起。填胸丘壑吐高詞，漫興煙雲亦盈紙。蹇驢謁我郢城曲，對面神光溢雙目。拈毫爲寫土木形，欻使衰翁出縑軸。吾聞壺丘示機相者逃，長康强益裴公毛。風神在意不在貌，枉指口鼻論纖毫。翟生寫神真有道，一見迴身便揮掃。形容舉止盡叔敖，觀者如山皆絶倒。老翁於世何有無，負爾心力傳斯圖。英雄異骨百代仰，行路相逢着意模。

六月陸中丞再至承天司同諸公廬園納涼作

三月熊幡下郢城，盧園花枝如錦明。六月重臨署方酷，槐陰邃席千蟬鳴。人生歲月不相待，聚散須臾成半載。不見蘭臺作賦人，至今漢水東流海。蹇余少壯好遊盤，曾把黄金市牡丹。千鍾緑蟻長謀醉〔一〕，十畝青山輒棄官。于今白雪垂雙鬢，風塵作吏誰招引。强役精神理簿書，空持腐朽慚英俊。年年土木滯興都，累月何曾近酒壺。非君爲啓風流社，竟作窮愁一老夫。月塘將軍才且武，袁傳貴公皆好古。絡繹珍廚送膳羞，聯翩錦隊呈歌舞。樂極情長未遽休，曲池斜日更張油。圍棋笑睹山陰墅，杖策行經元亮丘。一醉一醒嗟雨散，離合明朝成轉盼。重來須趁黄花節，莫待寒林飛雪霰。

【校勘記】

〔一〕「緑」，原作「禄」，據詩意改。

贈中丞戴龍山入蜀采木

諸公遭逢洽雲雨，龍山先生多齟齬。諸公轉盼登赤墀，龍山先生官獨遲。十年臺省互翻覆，進寸退尺人皆疑。古來直道不易達，淮陽汲黯非云癡。即今持節入西蜀，秋風瑟瑟吹雙旗。君王孝道崇九廟，將求大木須工師。吾聞大木瑰磊如大賢，求之不篤不自前。顛厓絶壑躡屩至，黄金如山須亦捐。又聞蜀人執斧手重繭，萬牛瘡領足偃蹇。操舟馭衆理則同，三峽波濤古稱險。石城别酒落日曛，醉中苦語漫呈君。明年巨筏下江左，早寄音書慰我聞。

以上東橋集詩卷八

恭題

宣皇墨雁，爲傅常侍作。

宣皇昔日御宸極，萬國歡娱樂生息。含毫金殿有餘閒，盡使禽蟲霑帝力。嗈嗈鳴雁毛羽微，飲啄隨陽得所依。輕箋淡墨聊彷彿，千年靈囿承光輝。一笑回天賜近臣，至今傳作内家珍。臨圖願誦劬勞詠，長惠昇平與萬民。

以上東橋集詩卷九

漢江泛月行 有序，乞同遊諸公賦詩。

天府新都，氣長江山之概；秋期望夕，景宜風月之襟。漫開畫鷁之筵，盛集登龍之客。地因人勝，事賴文傳。顧瞻千古之石城，借重諸君於綵筆。黄州赤壁，幸遇東坡；采石青山，寧慚李白。既縱披裘之興，何辭釃酒之章乎？先倡岳音，用希璚報。

漢南七月秋風生，天高露下江水清。幽懷對此坐不釋，邀客乘舟觀月明。楚中二子文章伯，豪氣偃蹇吞滄溟。天宫貴人雅好士，揖之上座肝膽傾。御史清襟灑冰雪，中書健筆騰鯤鯨。滿筵賓客總雄俊，西園金谷虚傳名。樾陰初筵夕陽紫，下馬胡牀羅素屏。手傳野酌示真率，絲竹且莫呈新聲。戲呼小隊試角觝，舉鼎一躍何狰獰。須臾東方月輪出，玉鏡直上青天行。金波晃漾照毛髮，笑爾燈燭徒熒熒。此時興起欲狂叫，酒杯飛度紛縱横。艫頭鼓角動高調，下徹水府江妃驚。北方妖童弄瑶瑟，潭底亦有龍微鳴。中流轉柁櫂謳發，忽遣吴音摇郢城。老夫衰殘久頽隨，不覓四體如風輕。憶昔神禹疏此水，鬻熊建國禍伊始。伍胥恩怨太分明，屈原詞賦終華靡。睠爾千秋萬歲名，岸邊破冢知誰是。況復章華百尺臺，蔓草何人識羅綺。古今成敗皆空紙，樽前有酒清且旨。勸君痛飲但高眠，識取此中藏妙理。

中秋漢江再泛歌

繡衣御史郢門客，約客中秋玩明月。海雲忽變漢江陰，不令豪興空然發。明月陰晴人莫期，漢江千古逝如斯。起唤樓船駕雙艫，中流白日傳金巵。篷窗窈窕如洞房，飛雨斷續江風涼。宛然坐嘯華屋底，玉簫錦瑟紛成行。破瓜剥棗恣歡謔，山色飛來勸人酌。坐處鲂鱅手能攬，醉死接離頭不著。何人咳唾落珠璣，漢女如將雙佩遺。少陵渼陂動哀思，東坡赤壁空凄其。男兒胸次有舒卷，落魄不受天拘管。試從此事論翻覆，嫦娥雲外應羞靦。向君索酒且放歌，萬變瑣碎如吾何。願呼李白坐在席，共盡長江鴨緑波。

以上東橋集詩卷十

夜雪登天池寺

雪蹬千盤滑，雲巖萬仞高。木危摩峻極，逕黑慎纖毫。本暢登攀興，俄成跋陟勞。更闌上臺殿，如喜出波濤。寺倚青冥上，人穿夜雪來。水從千澗落，門控九江開。把火看詩壁，澆寒勸酒杯。窮高冰棧絶，興盡且須回。

以上東橋集詩卷十一

自武昌過南京舟中雜興　時遷吏部侍郎

吏道茫無補，瓜期倏已臨。愧生傳印日，事負讀書心。多病虚皇眷，孤忠祇素襟。伶俜螳臂力，車轂豈堪任。

回首武昌郭，隔雲春樹微。食魚元不惡，簪豸事多非。年衰厭客路，才薄愧朝衣。北上酬恩畢，還尋舊釣磯。

黄州千古郡，遺事説東坡。赤壁詞誰繼，玄裳夢已訛。江空明月小，春淺暮寒多。不遇吹簫客，徒懷桂棹歌。

匡廬天下秀，積雪更崚嶒。雲霧相扶白，松杉間雜青。香爐遥見影，瀑布不成冰。好待炎蒸月，邀余赤脚登。

挂席過湓城，樵風趁客情。向春芳草變，背日遠波明。倏轉牙檣影，偏流玉笛聲。江神知有意，破浪信吾行。

蒼茫彭蠡口，萬石聚危峰。風浪撞空竅，噌吰吼大鐘。孤亭晴望遠，落日水煙濃。無限江湖興，坡仙不可逢。

巨浸群流積，高峰一柱孤。雲帆分遠影，水府壯雄圖。日照黿鼉見，風飄雁鶩呼。長年矜利涉，轉盼失番湖。

江行無別累，去住自爲家。散帙邀窗月，鈎簾問浦花。舟分喧客犬，廟近報神鴉。可信風波際，翻令逸興賒。

久客歸舟樂，春流緑樹新。別家疏酒伴，輟棹及花晨。老怯形容改，思牽夢寐頻。人間真樂趣，除有對交親。

江動石尤風，船牽上瀨同。天心何順逆，世路遞窮通。夢想三山色，春光二月中。過家饒賞興，休妒杏花紅。

采石水波平，龍江半日程。到鄉舟若緩，觸景眼偏明。南郭浮屠影，西州白鷺聲。忻忻相慰藉，俱有故人情。

冒雨赴孫南江秦莊之遊

孤悶久無賴，因君初出城。不辭衝雨去，且作看山行。麥隴凌寒緑，松林罷霧明。病多疏酒盞，今日愛頻傾。林壑開寒景，笙歌愜晚晴。風嚴裘得勢，座狎酒含情。積歲天涯客，通家海内盟。他時鴻雪迹，多説郢陽城。

初春往遊焦山謁九峰公墓

輕車凌曙靄，短角噪霜空。訪勝名山遠，懷賢舊德崇。地形標楚望，柳意試春工。一覽郊坰色，幽情便不同。

泛鮑塘二首和顔漢東

地接蓬瀛近，水從天漢來。玳簪凌曉集，鷁舫倚風開。樂動遊魚出，商清候雁回。歸時山簡醉，莫遺路人猜。

帝里恩波溢，仙池道氣清。柳陰邀繫纜，荷葯送飛觥。菊醑驚初薦，葵羹喜間烹。期終和夕興，同待月華生。

謁濂溪祠

荒祠雲壑畔，拂雪禮靈筵。宿翠猶寒草，清流亦澗泉。圖書千古秘，俎豆二程賢。無限匡廬色，齊浮几案前。

東林寺

舊社蓮何在？今遊雪更奇。千山雲黯慘，百里玉參差。憩駕東林寺，興懷惠遠師。高風渺難即，松影照清池。

以上東橋集詩卷十二

和答石屏李貽教司馬 四首

詞林元挺秀，世路早遺榮。道繫文章遠，官從靜退輕。青山隨短步，丹竈託長生。翹首天南路，時聞鸞鳳聲。

李聃龍性異，到底薄王臣。篤行今耆舊，清風古逸民。池蛙喧野吹，巖瀑挂天紳。自有棲山貴，空悲待漏人。

衰遲嬰紱冕，奔走效山陵。天日叨臨照，淵冰切戰兢。號烏空有痛，捧土竟何能。鬱鬱乖初念，徒令老病增。

兀坐從春盡，閒愁與客俱。無功慚宦達，多病感年逾。花鳥吟懷減，江山去路紓。漢南原上柳，三度見榮枯。

戴中丞入臺道出承天會予用其遊太嶽韻賦贈四首

裊娜使君旌，雲開驛落平。問津潼口水，覽勝石頭城。劍拔雙龍迴，舟攜一鶴清。西臺網紀重，持簡得人英。

聞道東征日，還遊北極天。緩行清澗外，長嘯紫峰巔。坐石疑前世，攀雲愜盛年。獨憐燒藥侶，偏乏攬衣緣。

躡履太和峰，招邀柱史同。龍泉餘井在，鳥道與天通。仙隱留丹竈，人來臥玉宮。待君康濟畢，同此候張翁。

鄖南宦蹟奇，新刻大觀碑。藥石才能濟，江湖量莫窺。醇醪吾已醉，大璞幾相知。客路臨歧別，無言盡所私。

以上東橋集詩卷十三

登大洪山絶頂靈濟禪師道場

慈忍禪師不可逢，祇林高擁萬山重。昆侖别現西方景，窣堵曾經古代封。人履飛雲頻度嶺，石棲靈洞欲爲龍。白頭未盡林泉興，又寄空門半日蹤。百轉飛輿到上蒼，雲邊猶敞古禪房。群公相顧盡褫魄，四海一窺難辨方。半壁鳴泉傾仄澗，經年殘雪凍陰罔。平生悔被塵冠誤，負却乾坤幾道場。

初夏遊傅常侍所築龍泉寺

白雲飛處碧山濃，聊屈東迴第幾峰。古木林深無虎豹，清潭泉湧有蛟龍。風花已逐春光盡，石髓還容俗客逢。解組期來往蘭若，爲君沿澗種青松。

以上東橋集詩卷十五

彌陀寺後山同諸君玩月至夜

平時見月多幽興，每到山中色轉妍。玉鏡照人蓬鬢短，金波浮酒桂香鮮。誰能醉舞歌三五，況踏禪峰玩大千。夜久莫嫌風露冷，瑶瓊萬頃正堪憐。

再疊寺玩月韻

漢川東下山盤鬱，月底參差翠黛妍。雲氣各依林共宿，星光遥與水相鮮。風流孟客秋重九，潦倒陳王酒十千。此景此宵吾輩得，野僧終歲不知憐。

再疊玩月韻

静夜空山明月好，人間天下兩清妍。高林鳥定危巢寂，古殿燈寒佛界鮮。大地鵬程風九萬，故國蟾影路三千。嫦娥不隔浮雲色，妙舞霓裳獨可憐。

雪中同少室楊憲使遊廬山

廬阜盡誇天下勝，幾人曾向雪中看。嶺侵銀漢雲兼白，路夾冰林氣轉寒。翠竹蒼松相鬬麗，短裘輕馬不知難。合從五老邀明月，飛上天池夜倚闌。

雪後樓上

獨上高樓野興生，凫鷺争喜漢川晴。烟中漁艇悠然逝，雪後皇居分外明。十里荒原揺細麥，誰家新酒動深觥。老臣謬奉山陵役，愛聽閭閻説太平。

大雪

郢春樓高雪滿天，郢城臺殿玉鮮妍。清江隔樹明寒練，密霰搏風結素烟。凍餒伶俜憐絶粒，關山留滞愧窮年。東來兒女音書至，凄斷長途野泊船。

晏起

山城積雲萬家寒，高卧閒齋愧素餐。甘菊有靈神枕秘，木綿無恙故衾安。窗間攬鏡形容老，江上移家道路難。塵世欲抛抛未得，仙人空説紫金丹。

清溪秋水没漁磯，歲歲天南老未歸。客歎揚雄玄尚白，道疑尼父是邪非。郢城日月開金殿，漢曲風煙化素衣。肉食想來徒自飽，不堪民事日摧微。

以上東橋集詩卷十六

登黄鶴樓飲後作

黄鶴仙人身姓誰？·空傳崔顥舊題詩。雲荒赤壁周瑜壘，江遶青山夏禹祠。浮世古今堪灑淚，高臺歌舞幾銜卮。天寒月白孤鴻遠，徒倚危欄送目遲。

登元祐宫三洞閣疊韻呈諸公

丹霞遥映赤欄晴，上界回攀日月行。風度半空人語落，雲連千里客愁生。高飛鷹隼看翻下，絶出峰巒畫不成。欲往三山期種玉，誰招黄鶴爲余耕。

將别郢都再過紅厓有感

丹厓碧渚野光晴，游騎經年兩度行。眼見山桃承雨發，心驚原麥抱霜生。孤裘蠹盡歸程遠，鶴髪乘來晚計成。一自征車隨物役，幾回江郭廢春耕。

以上東橋集詩卷十七

别王稚欽

郢中作客多羈思，林下逢君説道情。雪鬢相知經兩世，風波多故笑浮生。蛟龍性矯稽中散，鸚鵡才高彌正平。此别還家多釀酒，期來赤壁聽江聲。

以上東橋集詩卷十八

和顔漢東盧園泛觴之作

古園脩竹暗郊園，鳥語蟬吟不厭喧。客有名流居上座，地無塵俗惱清樽。尋花問路迷秦代，汲井流觴引漢源。醉聽道人歌海唱，不妨斜日卧雲根。

贈李黄門徵入京

郢門九月天未霜，漢川柳條凌露黄。胡人犯邊烽火急，客子憂時秋夜長。獻疏赤墀須賈誼，洗兵青海憶陳湯。征帆北上休濡滯，決勝由來出廟堂。

答陳高吾贈別二首

四方霖雨同懷日，九極風雷歷試餘。直道獨當天下重，古人誰謂眼中無。清心照耀璠瑶色，懶性蕭條木石居。慚愧同袍叨麗澤，每霑江海到杯盂。

郢川南接桃源水，喜有雙魚尺素通。悵望暮雲迷遠樹，苦吟明月共高空。雲霄税駕身方健，草木知名道本隆。只恐東山卧難穩，幾多枯朽待春風。

以上東橋集詩卷十九

送宗伯温托齋京山崔岱屏護葬顯陵還朝

四海傾心大孝君，尊親備制絶前聞。龍宫鑿石開雙窆，鳳輦歸天駕五雲。文武崇斑嚴典禮，忠清明德映人群。山陵閟後還朝劇，極目鵷鸞漢影分。

酒隱次七弟英玉二首

次公堪怪醒而狂，醉白曾聞狎上皇。賓井轄投吾且止，公車茵污客誰償。黄金瞥眼真如土，墨汁濡頭亦滿墻。明日擬扶花外杖，深囊聊有百錢藏。

地下誰論蹠與丘，人間輪却醉鄉幽。深杯已薄千年事，病骨猶禁五月裘。莫讓陶潛稱獨步，還招王績與同遊。閒雲白石皆衾枕，何物朱門是列侯。

再次酒隱寄七弟

誰將仙藥謬呼狂，堯舜千鍾號聖皇。天上有愁聊與寄，人間多債不須償。傷春每惜花經眼，去舍渾忘字在墻。此物從來堪托迹，莫從良賈學深藏。

阿朝門外麯成丘，翻遺吾家興味幽。百歲祇憑鸚鵡盞，千金何愛鷫鷞裘。談經坐處看温偉，棄米歸來厭薄遊。鳳德不關醒與醉，誤將衰老笑周侯。

答皇甫子循司法

行省蕭條懶報衙，不勞昏曉鬧群鴉。山亭返照懸丹壁，花塢餘芳貯彩霞。土木微勞虚竊禄，妻孥新聚遠爲家。秋來旋鑿巖前井，日飲寒泉漱月華。

雲引枌榆列帝鄉，天開川岳抱皇堂。門翔五鳳都城迴，山掩雙龍聖脈長。扈蹕遥隨春殿仗，建陵虔奉夜臺香。飽食江湖無所獻，空將朱紱綰金章。

次韻陽峰宗伯謁顯陵一首

宗伯齋心拜玉壇，軒皇橋殿此重觀。南山啓隧雙龍合，北斗當天萬象安。松影深秋寒石道，露華清曉濕金盤。仙顔一笑開冥漠，應念訏謨出舊官。

恭賦章聖太后南祔輓詞一章次韻

澄江如練浄蛟涎，文母仙舟下九天。雪柳千枝風掩抑，雲帆十幅路延綿。龍宫碧海離還合，鳳輦丹霄去復旋。天子孝思能錫類，郢人恩澤荷當年。

寄和諸兄弟家園賞花詩四首

牡丹

東君不分歲華殘，乞與花王九轉丹。國色妝成臨寶鏡，春酣扶起憑雕闌。家藏異種休充貢，座接連枝稱合歡。明歲紗籠須愛護，老人歸去要同看。

芍藥

芳園開向帝城中，芍藥迎喧滿砌紅。未説調羹供大藥，且看摛錦應薰風。多情欲挽餘春住，向夜偏宜淡月籠。傳道弟兄遊賞樂，不勝歸興繞芳叢。

荷花

庭院埋盆種碧蓮，花開渾勝華峰妍。飛觴爾對西湖水，佩印吾抛負郭田。慢喜緘書傳妙句，何如散髮共涼天。獨憐郢國風霜後，閉户凄然補和篇。

菊花

元亮休嗟菊徑荒，謝庭還報遶籬黄。年豐幸有杯中酒，節勁何嫌雁後霜。同氣芝蘭元自合，誰家桃李敢言芳？深根保取年年盛，百歲吾曹樂未央。

以上東橋集詩卷二十

題物

牡丹

京國花時賞，千金罄一歡。堪憐洛陽苑，零落任春殘。

芍藥

草花皆瑣細，芍藥逞容殊。可是揚州地，隋家剪錦餘。

山茶

曾向台南見，丹砂雪裏鮮。寶珠名最盛，的的火齊圓。

瑞香

龍腦薰肌透，鸞綾簇錦濃。書齋清供地，何減蕙蘭蘩。

夫容

白露湘江畔，亭亭照碧波。豔陽桃李樹，車馬奈塵何。

玫瑰

粲粲赤瑛盤，穠香狎紫檀。可憐妃子醉，未及倚闌看。

百合

玉面淡塗黄，冰肌散異香。正須饒國色，元自有仙妝。

梅花

瘦影横溪淺，幽香度雪遲。調羹身外事，莫與道人期。

秋葵

慘淡寒籬下，傾陽獨有心。風塵幸無染，霜雪任相侵。

茉莉

荏苒水僊馥，清冷玉蕊姿。道人烹石鼎，風味特相宜。

繡毬

天孫雕白玉，裝作素雲毬。抛向風裏〔一〕，朱門得浪收。

【校勘記】

〔一〕「抛向風裏」句，底本原脱字。

以上東橋集詩卷二十一

風起

風起春江白浪高，一時空港聚千艘。看花似妒家園樂，不放珍珠滴小槽。
久客還鄉已鄉〔一〕，楚江偏比漢江長。唯應不誤桃花月，要踏城南蹴鞠場。
鬢鬢聊存墨數莖，持歸鄉國傲餘生。東風莫送維舟悶，盡遣霜華一夜成。

新晴乍喜浮雲散，急吹還排巨浪來。天意卷舒渾不定，人情悲喜漫相催。

三十年前曲港邊，柳條曾繫阻風船。重來老樹垂垂盡，何況人生雪滿頭。往年自全州還，嘗阻風東流港，今再至有感。

【校勘記】

〔一〕「久客還鄉已鄉」句，底本原脱字。

以上東橋集詩卷二十二

育庵居郢治塔院延二老衲諷經余偶得此畫風景彷彿因題贈之

群山倒寫碧芙容，塔院高僧夜打鐘。覓得漢江漁艇子，月明潭上看降龍。

以上東橋集詩卷二十三

詞

漢宫春 生日作

六十光陰，筭三分遊宦，强半爲農。前輩峥嶸事業，何貴雕蟲。移山有志，從結髮、妄效愚公。歎中歲，風波屢變，久拚丘壑長終。　東郊築室，辦低低醉榻，短短吟笻。豈料天門飛檄，樂事成空。山公過舉，贊簫韶、借聽於聾。慚惶殺，才微任大，功少酬豐。

西河 壽文衡山七十

耆舊録，東吴幾許人物。梁鴻老去更何人，行如金玉。承家節操既殊倫，高辭落紙驚俗。　金門薦，非所欲。塵冠信是唐突。浮雲過眼念尊鱸，返棹何速。柴門深鎖闤闠煙，客來休問茆屋。　王書趙畫萬萬軸，風流揮灑難足。四海儘教私淑。向横釣艇，上方僧舍，高唱商山紫芝曲。

長相思 和桂洲公四闋

天悠悠，日悠悠，珠苑璚林獨耐秋，爐烟玉案頭。比瀛洲，勝瀛洲，宫闕高寒風露愁，黄金十二樓。

世豐盈，袖青萍，長撫薰絃和舜鳴，炎蒸天下清。風泠泠，流頌聲，元凱西南方得朋，泰階佳氣生。

聽猿啼，過九疑，又向荆門伴秭歸，羈懷芳草知。歲如飛，歸轉遲，白浪横江無盡時，長風吹燕磯。

吴山悠，楚山悠，吴楚蒹葭一片秋，陽春臺上頭。隔江洲，憶河洲，渺渺秦淮明月愁，仲宣休倚樓。

如夢令 寄馮子和

渺渺江流千里，人卧東山未起。霖雨久愆期，孤負蒼生凝睇。天意，天意，休遣謝安衰矣。

臨江仙　雨中得竹鶴公寄詩册至

開遍薔薇清晝永，疏簾香雨霏霏。午窗睡起篆煙微。庭槐團嫩緑，時見乳鴿飛。　紫府仙人傳妙句，開緘滿目珠璣。武昌回首舊游非。無功慚憲府，多病負朝衣。

二郎神　四月將過，與客飲廬園作。

誰家墻角，忽地見、海榴紅透。看細雨蒸梅，涼風催麥，漸過清和時候。正怪浮生飛梭急，更無奈、紅塵搬鬬。二月還吴，三春歸楚，豈堪馳驟。　今日何緣，暫出城闉，况追隨、兩兩同心，緑陰深處，閒對笙歌送酒。滿飲莫辭，遲歸何害，難遇兩眉無皺。君請筭，過去悲歡離合，幾多生受。

以上東橋集詩卷二十四

文

贈監察御史姚君還南臺序

嘉靖己亥冬十一月，詔省諸方清戎御史。蓋聖主自是年幸承天還，益悉閭閻民隱，臨政如神，固有是命。古者兵出于賦，各於其鄉，無調發謫戍之勞也。以居則民，以役則兵，何其安且簡哉！國家初用師旅定四方，屯戍防禦，因以爲藉，率非本土人。人情懷土，安得久而無竄逸乎？於是勾稽簡括，積煩成廢，而使者始出矣。法亦烏能終勝其情邪？正統以還，尺籍凋耗，郡縣始制民兵，有警往往賴以敵愾。然法意弗著，條格靡詳，民苦其艱，未見其利。聞之君子曰：「與其强羈滯之情，曷若建守望之制；與其從紛紜之擾，曷若按畫一之常。」所重變制，不易議耳。非明主獨觀千代之上，其疇與通變之方乎？今日盛舉，或出於此。

璘耄矣，何足以知之？莆陽幘山姚子來按全楚，持憲甚肅，而達於政體，察於民情，行之一年，官不知煩，民不知擾，固有得於法令之外也。今且還南臺，敢舉而質之，酌古今之宜，以贊廟堂之議，端於子乎是望。

以上東橋集文卷四

壽九峰徐先生序

夫名何爲者哉？華澤人倫，震輝群志，非是物不可也。不假羽翼而翔四海，不資勢力而冠右列，夫人孰不豔慕而欲得之者乎？然不可以幸而致也。陶於性靈，濯於履操，振於事業，藻於文章，勉而無營，積而有永，然後翕然隆起，若火炎薪而不可止禦，名之所由以貴也如此。唯貴也，故患隨以生。天持是嗇其施，人持是厚其怨。世不云乎：名者，衆人之寶也，身以之祟；百代之光也，當世以之尼。故子淵無年，孟軻見毁，處天人之争也。然後世賢人學士樂取焉，而不之辭，吾誠不知其故。

九峰先生，今時之名人也。丁年肆爲文辭，判落塵習，大蜚其聲於四方，負匡主翼世之略，視公卿大夫舉之握内，人孰不曰江左夷吾也乎？由是讒詬輻至，擯落不弟。乃絶意敷施，研精書翰，升右堂奥，爲世所宗。由是金帛禮遺，户屨恒積，養生樂志，與素侯等，人又孰不曰北海李邕也乎？是禍福榮悴，反覆不可以意幾也。名則固自取之，亦自有之矣。

壽今七十，賀者盈堂，若聞嘖嘖，猶以禄位爲歉然者，名果爲累乎？果不爲累乎？東橋子曰：公等執仲尼禄位名壽之論，乃不足於先生所乎？先生貧不類子淵，而年加長；位不如子輿，而毀差少。壽享之身，名享之世，天施亦不甚嗇矣，人於何有？彼禄位者，苟不得行其道，則亦富貴之謂也。誠使富貴之徒與先生度長絜短，較其有無，奚翅尺寸間哉？吾請舉其一以當其二。先生壽固無窮矣，然則賀者當何從也？

壽王敬之六十序

南都，國家定鼎之地，視前代蓋豐、鎬、長安比焉。聲教俗化，爲四方之極，故大家世族，流風遺範，與遐外殊。邇年乃若少替于舊。璘嘗夷考其迹，往者衣尚絅，器尚樸，萬金之室，或無異藏；今少者被錦于途，家無玩麗者，斥之曰鄙。俗得無少奢乎？往者篤行之老，言無文，動無儀，而舉足必蹈孝弟；今甘言綺辭，聽者改容，是非或失其實，厚黨友，疏懿親，亦時時有之。俗得無少偷乎？故儒者究風俗之變，每曰前之人，前之人，蓋有歎乎今也。苟有居今不替於舊者，君子謂之德門。

余所知于姻婭間曰華氏，華君廷軒又亟稱於余曰王氏。王氏有敬之者，其先本仁和令族，今爲上元人。少學易，既通其道，已而歎曰：「吾已知危不如安矣，顯又何如晦邪？」遂毀鉛折槧，貿遷自給。事親交友之餘，蒔花藝竹，由由如也。業冗而氣閒，財饒而用約，言動注錯，一如前輩遺老。二子治生業，諸孫就鄉塾，咸有家範。里人稱其善，不稱其富也。夫薰蘭者芳，佐饔者嘗，善人之里，必多美俗。以吾鄉厚德，傳于王、華諸君不衰，則夫振流風以長激，迴狂瀾於已濫，將不在諸君之身與其家乎？璘於是有厚望也。

他日，敬之壽指使，正月既望，届其誕辰，廷軒將往賀之，謂儀物不足以爲重也，乃謁息園，請曰：「願借重于吾子之言。」璘應曰諾，遂敍述如左。

以上東橋集文卷五

刻高逸編序

高逸編者，其文述太白山人之行，清泠子受之南坦公，刻以傳焉，東橋顧璘乃標斯名。彼讀者孰不謂奇崛過甚，意述者或相爲增飾，以璘所親見，行事殆未究也。

正德癸酉間，璘貶湘南，過錢塘，與鐵橋公、石亭子宿于西湖僧寮，時山人居南屏山中。夜，余三人立水滸，望湖上有扁舟，篝燈熒熒，横波而渡，輒呼余三人，顧愕曰：「誰與呼者？」比登岸，乃山人岸玄幘，衣白袷單衫，高步闊視，如神仙人。因剖甕飲之，酒敗，山人曰：「詎已已。」遂引所攜鶴瓢酌酒，且遍酌余三人，皆醉，舉鐵笛一弄別去。明日〔一〕，投詩贈璘，獨引柳開遺愛事相望，義歸諸正也。觀兹事，則諸文所稱述何過哉！南坦、空同與殷給舍其言且將不朽，愛山人賢而哀其早死，故以此震耀其行。百世之後，知隱淪有山人者，非是編也乎？

清泠陳氏良謨，吴興人；鐵橋黄氏衷，南海人；石亭陳氏沂，鄞人。餘各已敍見。南坦、鐵橋今並仕至上卿，改稱公云。

【校勘記】

〔一〕「日」，原作「白」，據文意改。

刻批點唐音序

余弘治間舉進士，請告還江南，始學詩。一意唐風，若所批點唐音，乃其用力功程也。唯本朝開國初，遺老率能於詩，自祖宗以黜華反朴設教，至宣、正間質矣。成化以來，李文正翔于翰苑，倡中唐清婉之風，律體特盛。其時羅、謝、潘、陸從而和之，聲比氣協，傳爲聯句，厥亦秀哉！弘治初，儲文懿公巏爲吏部侍郎，以清裁雅識領袖縉紳，始取則楊仲弘詩選，分別唐代始、正、中、晚之格，指示後進，的有準繩。乃揚州趙鶴與璘宗之，學唐詩。又有姑蘇陳霽爲六朝詩，武昌劉績、關中李夢陽爲杜詩，各競其争工聯句，遂衰諸染翰，駿發雖多，其人或雜出不專。自是信陽何景明、姑蘇徐禎卿、關西康海繼興，而詞益暢。厥後隨顔木、亳薛蕙、揚蔣山卿之流，紛然輝映，不可名數。而皇明風雅卓然，掩諸前古，不可尚已，大抵自前數公爲之變始也。

今四方學者各從所授，而杜學居多，或澀厲詭刻，不足以諧金石，夫豈詩之本然也乎？唯吾蘇之詩，代襲人傳，大小殊科，莫不以唐風爲準，余每以爲是也。或謂余習焉私之，余弗之信。批點本往年攜在開封，遭禍失去。今奉役承天，有王生康忽持見還，意甚惜之。洛陽温生秀讀之雅合，請梓于襄陽，遂題此語付之，俾來學者知所蹊徑，或籍爲筌蹄云耳。

芳園雅會詩序

夫兄弟，人倫之大，自父子分也，不可重乎？其見於詩甚悉，棠棣喻其親，塤篪喻其和，鶺鴒喻其義，是居常和樂以及死喪急難之情，固非他人可比而同也。古人名能友愛者，百世之下，讀其書，傳其事，僾然增彝倫之重。至如雅文之徒，則靈運池草、太白春園，又皆形諸詠賦，敦同氣之好，頌而歌之，至今使人興懷。嗚呼，可多得哉！

吾家自祖父以來，以孝友重于鄉，至吾昆弟群從，不減十餘輩。雖仕隱靡齊，豐嗇有間，因心漸教，斯誼咸篤。余前解組家居，歲時宴樂，殊愜本情。自戊戌召起撫楚，繼奉山陵之役，不得同者四年矣。六弟名玉，晚肆園池之興，益崇家範，每花時具酒集兄弟爲會，子姓亦與焉。諸能文者輒賦一詩紀事，彙爲巨册，寄來承天，邀余補作。是册也，脩先德謂之孝，親同氣謂之弟，愛景光謂之達，樂文藝謂之雅。有弟如此，可以訓子孫世世矣，不亦樂且慰乎？遂和韻而倡詠菊一首寄還，俾諸弟及子姪共和之，且書其義爲序。

故太子太師户部尚書九峰孫公像贊

唯王立政，弼在上卿。萬化影響，四國樞衡。厥道伊何？所止忠誠。淑乃恒吉，忒罔弗傾。穆穆司徒，挺秀南楚。望隆萬夫，學包千古。容德有濟，貞操匪苦。蚤登銓司，九流唯序。庭有懸魚，人不至户。嘉譽遹起，崇階屢遷。太常持節，固圉于邊。光禄制用，庫溢餘錢。東曹再貳，南省非淹。四鹵旋折，八座斯峻。人倫是依，邦計攸慎。風清蝨蠹，惠在饑饉。哲人炳幾，易退難進。聖皇御極，安車乃來。劉向抗議，疏公請骸。東流之性，萬折靡回。九峰窈曲，樂爾巖隈。末季以還，全德者希。利欲濫觴，大道幽微。於唯盛節，終始無虧。焦原木拱，吾誰與歸。

以上東橋集文卷六

郥陽大觀樓記

嘉靖庚子，都察院右僉都御史漳南戴公持節握符，來撫郥陽。闢重門，坐廣堂，文武將吏，趨走階下，日布所藴，以圖未究。衆莫不踴躍效慮，期贊新治。不數月，政肅風行，遐邇改觀。公乃歎曰：「我知之矣。郥，闕、蜀、梁、楚四省之盡地也，凡大吏政教不易及，萬山巄嵸，林薄幽阻，流冗托以淵藪，易倡禍亂。自英、憲二代時，劉、石作釁，大費斤斧，亦其地勢使然也。嗣是遂議開府於此，即道路之衝，扼其吭，深蹈窟穴，處其腹心。夫然後吏治有戒，不至狂噬，民隱有愬，不至鬱遏，亂無由生。萬一有不逞者，則影響輒覺，芽孽輒芟，烏得跳梁爲患猶昔者哉？故司馬原公某建議於是深遠矣。今天子授吾鍵鑰於此，而吾不能衽席其民，豈所謂代大匠斲乎？將條吾紀綱，俾吏戢于位，宜必靖；寬吾節目，俾民適于野，宜必安。」

於是一切以簡約仁愛之道日煦輯之，果無不得其意者。旬暇周行城堞，顧瞻形勝，則見夫漢水迴匝，萬山內向，而城西北隅特騰起爲脊，一轉盼間，千里之內，險易順逆之勢列諸掌上。公曰：「使吾人宅中圖外、燭遠以發慮者，將不在是也乎？」地有舊樓敝隘，遂檄下所司新之，益壯其制。人神並相，工用夙成，棟宇崇敞，簷題翼翼，兹方之概，於是爲最。按察副使江君匯請榜曰「大觀」，且端書揭之前楹。公來燕喜，上下胥慶。公又相其下地塏夷，乃作射圃，建堂舍，令文武士習射其中，爲折衝備。又病東城卑下，連嶂斷缺，揆諸設險守國之義，有未周協，因增脩城樓爲十仞，與大觀對峙，氣勢競爲雄勝。且闢重門稍北，延山川之固，以張地利。

夫政人之有位也，大小必有事，事以變令易德，或不出乎筐筐簿書之間，抑末矣。必有豪傑之才，乃能張弛卷舒，以自得於文法之外，類非常情之所能及也。若公者，因事圖遠，勤民以利，不迫不荒，則于德義，豈不與前原公之開邦域異體同貫者哉？君子曰：「見其禮，知其政。」公固非常者也。諸君屬紀斯役，璘敢闡其微隱，告諸來者。

協是議者，布政參議鍾君雲瑞，都指揮李君時、張君坦、劉君節；領其事者，同知白濬、指揮馬南；任之者，經歷張南陽、百户孫鏜。樓與射堂廣袤高下及工費多寡、作止月日之數，並刻于碑後。

以上東橋集文卷七

應天府學義田記

天下之治，刑以糾惡，教以漸善，各有歸也，而功效淺深由之。是故先王之行道也，施法制禁令以繩天下，必有仁義禮樂漸摩乎其間，豈非天地生人之德哉？非若後世莅官任事之臣，翹翹然曰：「吾吏也，一切委諸文法，約束鞭撻而已。」忠厚煦育之澤，蕩無復存。斯草菅其下者也，又況夫學校之間哉？古者學校職於司徒，匡直陶成之法甚詳，意亦甚厚。夫學校，人材所由興，風俗所由正也，烏可以不後哉？

吾乃今見監察御史蘄陽馮君某，視南畿學政，深有獲於余心焉。君博雅而文，清恪而正。考諸生之業，陟降與奪必以法，曰：「吾懼以私亂官常。」處諸生之事，夷險小大必以情，曰：「吾懼以忍俾人弗獲其所。」二年之後，諸生敬之如神，愛之如父。吾應天府學生某嘗請曰：「都人無恒産，其子弟志學且力者，苟未底于成，不敢冀進於廩食，奈將廢業何？又有婚喪、患難、貧而無告者，毋亦發憤呼蹴以至顛擠也。先生其幸憐之。」君謂然曰：「此國家首善域也，不可以不厚，曷不例諸書院置田租以贍吾士乎？」於是括公帑鍰金得若干兩，買田若干畝，歲收租若干石，貯于學倉。且令于官曰：凡事貧未成、夙夜力業未懈者，業既成、婚喪患難無告者，各給穀若干石，皆官會諸生議于堂，協乃給。有失實者，官議以法，追諸附和者以償。於是官士師師，莫不敏德而向義，風俗且歸厚，人才其有不興乎？

嗚呼！古者教興，比閭卒黨之間，守望相助，疾病相扶，於是親睦之化，四達而不悖。矧夫士群于學，以禮義先庶民，恝然不相忻戚乎？於是見監察君真能以禮爲教，善行先王之道矣。願書爲記，以爲鄉國慶。其施行條格與田之方所、租之歲額，具列於碑陰。

以上東橋集文卷八

蘆泉劉先生墓誌銘

先生名績，字用熙，别號蘆泉，一號龍牧子，武昌江夏人也。父興福，四川什邡縣訓導。其母余氏，嘗夢婦人抱兒付之曰：「戴履皆我有，所求鞋耳。」已而，卧室内産靈芝，先生遂生，蓋成化戊子十一月六日也。幼潁異，七歲能屬對。年十一喪父，還即知勤學，爲顯親計。十五，山陰薛公志剛試其文，補儒學廩膳生。鄉舉下第，遂讀書黄鶴樓下，三年足不出户。

己酉，舉上第。庚戌，遂舉進士。當道欲妻以女，旋得家報聘奚氏，遂力辭之。觀政吏部，弟子從學者甚衆，鉅鹿耿氏器重之。以年未三十，例不得爲臺諫，除户部主事，監京儲，剗革奸蠹，見銜於中貴。或勸之瓦合，曰：「通塞，命也，可改吾常？」甲寅，謝歸，葬伯兄綸，藏脩於武當宫，三年如一日，雖居會省如深山，人不見其面也。丙辰，吏部移文取赴京，復除户部浙江司主事。監淮安倉，滌革賄政，上下一清。有大豪虐殺人，久匿不發，忽有鬼物夜號于署，遂蹤迹事實，爲正其法。

庚申，調吏部稽勳司主事，旋陞員外郎。會將考察京官，先生上疏言當自本部始，遂犯衆怒。甲子冬，出補鎮江知府。至即正淫祀，出淹獄，代補逃糧，追復金山寺占田，奏免坍江糧。不數月間，所舉皆郡大政，民用懷服。乙丑三月，以母病乞養歸，士民追送不及者，設主祭之。舟行遇大風，幾覆，人悉震恐，先生獨籲天曰：「績有仕不爲民、歸不爲親者，當盡此水。」言訖而風止，人言德通于神矣。

居家執母喪，克盡情禮。服闋，遂不起，大肆力于著述之事。嘗避地岳州，守令請主岳麓書院教事。講説經史，率行道德，不屑屑於科舉文字。所著有禮記正訓、儀禮切用、周易集訓、春秋左傳類解、大學注，凡若干卷。都御史吴公獻臣賑濟湖省，見其禮記正訓，特疏薦進，謂其引證詳明，考據精切，去踳駁而會指歸，能發先儒所未發，過於陳澔舊注，請下禮部檢詳刊行。會武廟上賓，遂寢。癸未冬，歸自京師。乙酉二月五日，以疾終于家，春秋五十有八。

先生孤介自遠，不爲遷就苟同，造詣超邁，直視千古。所究經義，多出妙悟，擺脱俗儒故習，故著書若前其富，餘有淮南子、管子、賈太傅新書注，三禮六樂圖及蘆泉文集，並可窺見藴蓄。末年亦罕作詩文，有則不徒作也。留意神仙沖舉之道，所得人弗能，則不穀食者殆六七年。及其終也，又安知其所就邪？今考其始終，蓋已挺乎兩間，獨不諧于俗。初，母夢固兆此矣，將奈何哉！配奚氏，先卒，繼沈氏，俱無出。子二：長箕；次箐，鄉進士。女四：其三已歸知縣李珍及張煌、徐晛，其一聘某。墓在烏石楣梁山原，葬後産靈芝數十本。又十七年，箐乃乞銘補埋之。銘曰：

天乎毓靈發斯奇，生也没也兆以芝。古道幾絶續者誰？楚國劉子揚其麾。歷千百祀道允熺，墓門俎豆來綏綏。

明故前監察御史石君南仲墓誌銘

前監察御史石君南仲，名金，黄梅人。登正德辛未進士，爲行人，擢四川道御史。風裁凝整，慨然以當世之務爲己任。時江西按察使副使胡世寧白發寧藩反狀，逮繫錦衣獄，上下噤不敢語，君力辨其忠。出按兩浙軍政，且校刷卷牒，摘發藩司奸伏無少貸，爲有力者反誣下獄。值今上登極，乃得釋，遂與理正德間諸權惡亂政事，持法正，固有廓清之功。繼按江西，凡中外書記，先送按察開閲，然後受覽。無何，引疾歸，再起爲浙江道御史，按廣西。值内庫大閹奏下采珠，君抗論不可，得罷。與都御史王公守仁撫剿叛夷岑猛，多出奇畫。還臺，譽望益峻。當路方以臺省擬之，乃丁父喪歸。服闋，復起爲御史。時天子未有儲嗣，大臣居吏部者請廣設醮祭爲禱。君與御史喻尚禮上言：「當節勞葆和，以兆麟趾，不宜要諸鬼神。」於是下錦衣獄，謫戍宣城。君慷慨就道，無苦容。旋遇寬詔放還，杜門謝客，不通刺有司，隱入白蓮峰，博極郡書及天文、地理、醫卜之事，號曰蓮峰居士。留意神仙沖舉之道，頗得静理。

余舊宦浙，嘗辱君知己之分，遂相善好。戊戌二月，赴承天，會語竟夕，羨其神氣充王，期它日相從山谷中，共究玄學，以遊塵表。庚子，再發書訊之，而君已殯於堂矣。然則神仙果不可學得邪？何厚積而静養若君者，猶不可幾也，將何稽於天道哉？其子將以今年冬葬君，持廣州太守胡君鳳狀來請墓銘。余既哭之，乃敍曰：

君世家黄梅，上世皆業農爲善。父迪，母管氏，生公幼穎，與童子行語，輒曰：「丈夫得志，當經濟天下，不徒裘馬揚揚，取市兒憐耳。」簡重寡言笑，孝事父母，養生送死，咸有禮則。好友賢豪，取法古昔。凡世俗怙權勢、矜名譽之習，絲毫不有於身，如其少時言。配洪氏，永寧尹盛之女。子溥，國學生。孫男三：曰徹啓、徹緒、徹奇。孫女二。生成化丙午之十二月二十三日，卒於嘉靖庚子之八月二十三日，享年五十有五。墓在本縣長腰山祖塋。銘曰：

烈烈而仕，不樞衡其權。泯泯而隱，不金石其年。嗚呼斯賢，而藏斯阡。唯後嗣之炎，乃徵其天。

以上東橋集文卷十

明故江西南安府知府何公墓誌銘

嘉靖壬寅四月六日，南安府知府何公卒。其弟庠生宗周率其子以楷等，將以其年月日葬公於安德門外之雞籠山，乞余銘其墓。余唯何公自弱冠時與余同舉易於時齋李先生之門，公敏而淵沈，臨事善慮，儕輩許其器中公輔，當大建樹。一舉起于鄉，竟失進士第，仕至太守而止。比歸，而居究攝生之道，飲食起居皆有法則，形色豐潤，舉止捷健。余冀其年當甚長，今又七十而逝如常人。二者余皆不滿於天道，尚何忍銘。然有友如公，而吾不銘，奚取友也，故不敢終辭。

按同年友魯府長史宇君賓狀曰：君諱宗伊，字任甫，别號臨山。先世本故昌國縣人，國初，先祖福成者被調從戍，遷南京龍江右衛，生得倫。得倫生裕，裕生瓛，公父也。生三子，公其長，業經早成，中應天乙卯鄉舉。會試禮部，六舉不第，謁選吏部，除廣平府同知。長子緒發，具見條理，當道稱能，薦剡交上。三年考最，封父如其官，母陳氏、妻陳氏皆宜人。正德戊寅，陞南京刑部廣東司員外郎，即丁父憂。服闋，復除廣西司。未幾，丁繼母張氏憂。起復，除浙江司，俱員外郎。

公居本鄉，治獄每自懔懔，燭情處法，人不以爲冤。時年已五十，未有子，乃立宗周子爲後，即聘中允景公女爲婚，重嗣也。嘉靖戊子，陞南京工部營膳司郎中。時工曹尚刻立名，人不堪命。公程工市材，一本公恕，稽實切用，略無浮竄。庚寅，陞江西南安知府，發其素抱，傾注於政，去蠹除苛，民用大悦。壬辰，入覲。無交於上下，言官引公工部之政爲劾，吏部遂奏罷其官。南安之民聞之，悲哀奔訴，如失慈母，爲立去思碑於郡。中丞梅國劉公爲文，曲盡歎慕焉。

公歸，復奉恩詔致仕。閉門自重，不與富貴人交。植竹蒔蔬，徜徉家園，而屢空亦甚，唯於人倫必强爲厚。江北有先世墾田，爲弱族私售於人，遂毀及先墓。公與弟竭力圖贖，以全塋域。晚年得二子，仍復其嗣子於弟，曰：「毋貽他日争端。」第資其誦讀婚娶之費，終初念也。陳宜人極有婦道，側室孫氏能而賢。公初無子，時爲廣求良娣，郭氏、王氏爲之副。孫且亡，曰：「吾無以報公，願請于鬼神，俾公多後。」已而，果生二男子：曰以慎，郭出；曰以恂，王出。女子四：長適庠生劉熢，宜人出；餘三並郭、王出，尚幼。距生成化辛卯閏九月二日，春秋七十有二。公之卒也，無衣爲斂，比殯而葬，典屋以給用。使謗者聞之，吾不知其何以爲顔也。銘曰：

官不盡其才，年不副其養。天既負其往矣，後有興者，宜終其享。不見何氏之子，並秀而朗邪。

以上東橋集文卷十一

九峰隱君徐子仁墓誌銘

自前元趙孟頫亡，書學遂微，篆法尤失正，迨至周伯温始復振，本朝少師李文正公乃獨續其緒。時則吾鄉徐君子仁出，以其超穎之姿，妙達精奥，蚤尚雄雋，晚益樸古拔俗，綽登妙品，餘若真行亦皆入能。碑板書師顔、柳楷法，題榜大書師本朝詹孟舉，並絶海内。四方操金幣走其門求書者，恒滿賓館，名聞夷裔。朝鮮、日本使臣入貢，購得其書者，藏以爲寶。以故有豪士樂志之適，如古李北海風。夫士亦患無聞，類草木耳，如君可謂成名矣哉！嘉靖戊戌，年七十七，以七月二日卒于家。訃聞于郢，余惋慟累日。時太僕陳君魯南亦卒，甚傷鄉國雅文之凋喪也。又一年，其嗣子基乃緘禮部主事許子穀狀至，乞銘其墓。余嘗受君託，欲銘其母孺人之墓而不獲就，安可再負哉？

按狀：君先世本蘇之吴縣人，曾祖蔚州守伯時始遷松之華亭，祖子益以事謫戍南京，考思誠仍居松。君六歲見背，寔從兄震來南京。前母蔡、母沈禱于南禪寺，夢神僧投見，有娠將誕，復夢登浮屠，墜而寤，遂生。君廣面長耳，體貌偉異，機神夙解，不同常兒。五歲日記千餘言，七歲能賦詩，九歲作大書輒成體，通國呼爲奇童。奉母孝，事兄如父，各致歡愛。年十四，補弟子員，即肆筆工文章，聲譽大起。督學御史浮梁戴公珊、山陰司馬公亜，每試必稱曰：「奇才，奇才！」然任放不諧俗，刻忌者每側目待之，竟遭誣黜落。君曰：「已已，士固能自貴，豈專在青紫邪？」由是博極群籍，究作者之情，嘗曰：「詩文以意致爲宗，達斯乃登大雅，否則雖金鳴錦爛，祇浮藻無益也。」故平生不易下筆，每一篇出，人競玩誦，王公大人迎致賓禮，屏障得其揮灑，重踰金玉。武宗皇帝南狩，近侍上其詞翰，詔見行宫，愛之，兩幸其宅，錫一品服及雜器，命扈從還京，將授美官。會武皇崩，竟徒還，不可謂非命也。

性好游觀聲伎之樂，築「快園」于家，廣數十畝，其中臺池館閣之盛，偉麗有幽況，卉木四時不絕。善製小令，得周美成、秦少游之雋，又能自度曲，棋酒之次，命伶人侍女每傳弄其新聲，蓋無日不暢如也。所著有端居集、遠遊稿、北行録、古杭清游稿、快園詩文集，共若干卷，藏于家。以系出華亭，自號「九峰居士」，或稱「快園叟」，人羨其美鬚髯，又呼爲「髯仙」。老益豐潤，行步若飛，雖寒暑，劬書不倦。忽病遂逝，或慟其無官，許子曰：「藝擅一代，名震八極，兹其人可多得乎？」其敍述於行狀者甚盡其風概，九原可瞑矣。娶趙氏，無子，以基嗣，與兄堂共治其喪，皆震子也。將以某年月日，葬君于祖墓之次。銘曰：

有形峨峨，不屈于俗。有聲隆隆，達于四國。靈濯濯兮往而復，千秋萬歲兮爾金爾玉。

秋林翁墓誌銘

秋林翁者，鄉之遺老也。沖夷簡率，年八十有五，不杖而行于鄉。善賦詩，學趙松雪，得書得其蹊徑。鼓琴奕棊〔一〕，與俗士殊調。每與仲兄參議公徽、從子太僕少卿韋游從，里人尊慕之，謂有荀、陳、王、阮之風。璘嘗乘月與石亭陳君沂、朱君應登及韋扣門訪翁，翁酌酒談讌，出古尊罍圖書，賞訂終夕，今時富人鮮見此況也。好讀古史，論治亂邪正之迹，亹亹有緒，其於國初事尤詳。晚勤吐納之術，飲食起居，不異少壯。衆方以爲有得，乃忽告逝。豈斯道真不易知，抑厭世而觀化者宜然邪非乎？其子韜等將葬翁於江寧泰寧鄉某山之原，乃持僉憲殷君鏊狀乞銘于余。

按狀：翁姓王氏，名轍，字尚信，别號秋林。其先睢之考城人，勝國時徙江浦縣，洪武間入戎籍，貫錦衣衛，遂爲南京人。父寧，贈貴州普安州判官，母楊氏，封太孺人。生六子，而翁行四。幼學，長商，老乃脩隱遁導養之事。端謹孝友，節縮自奉，而腆於賓祭，爲賢者重。生正統甲子九月二十有九日，卒於嘉靖戊子八月二十有八日。先，遇今上優老，受冠帶之典。娶陳氏，繼娶肖氏。子男四：長韜，次□。□□：長適陳昂，次適朱文，□出。孫男六：逢寅、逢辰、逢堯，餘尚幼。孫女五，其二已有婿，曰宗嶽、□□。舉其墓合於陳氏之窆，銘曰：

生邪賢，歸邪僊，翁乎天邪泉，子孫萬年保兹阡。

以上東橋集文卷十二

【校勘記】

〔一〕「綦」，原作「基」，據文意改。

皇明通議大夫南京兵部侍郎陳公神道碑

唯我明之王天下也，高、成二祖，聖文神武，定制建極，陶鑄斯世，深厚有本。歷宣、英、憲、孝四宗，仁恢義篤，德澤醇龐，釀成忠厚之化。于時縉紳大夫敦道尚行，耻爲澆薄。逮吾榜弘治丙辰間，正盛時也。耳目所接，老成耆耇，皆師師德讓之風，故道義所漸，典刑具在，及今復五十年所矣。嘗歷數榜中諸名公所行事，能無歎惋於今兹也乎？屬莆田陳生翰請余表其先公南京兵部侍郎石峰陳公神道之碑，遂唯唯執筆，無敢後。

公諱琳，字玉疇，别號石峰。其先本河南人，晉散騎常侍潤始遷閩，又三世都騎邁遷莆。厥後仕隱不一，多聞人，載在家乘。至國朝，徽州知府彦回，公高伯祖也，勤王以節著。曾祖伯奇，祖廷俊，皆不仕。考顯，字崇著，以字行，隱德甚高，鄉人稱爲陳古道。祖考以公貴，累贈通議大夫、都察院右副都御史。祖妣龔，妣林，皆贈淑人。

公生而有器局，寬博忠實，爲兒即異諸凡兒。爲諸生，已有公輔望。弘治壬子，中鄉試第二。丙辰，舉進士，選爲翰林庶吉士。時太學士文恪公莅教事，不輕許可人，獨遣子從公學，諸執經請業者席恒滿。戊午，授雲南道監察御史。公曰：「此何職哉？」乃正色立朝，遇事侃侃，無少避。未幾，都御史戴公珊遂薦督南畿學政，科條品第，一以陶育開導爲務，不尚威嚴，諸生愛戴如師保父母。嘗念言責爲本職，不可以教事自諉，上疏陳端本脩政十三事，大略以爲正心莫先於講學，致治莫要於用人，宜講求帝王之治爲龜鑑，務躬行以崇聖德。數廷見大臣以諮政事，及言章疏有不可行者，宜下所司寢議，不宜留中以啓外疑，革去通政司副封，以防壅蔽與幾事不密之患。其他多切要可行，論者韙其識體。

至正德初，群閹亂政，少師洛陽劉公、少傅餘姚謝公皆以顧命大臣去位。公抗疏力争，謫揭陽縣丞。諸生戀慕遮留〔一〕，如唐陽城去太學故事。佐揭陽及貳嘉興，且爲守，皆有仁政。辛未，遂擢山東按察司提學副使，其養士一如南畿。朝廷用御史言，增俸久任，洽其教澤。兩推大理少卿及國子祭酒，皆不果。乙亥，遷河南布政司右參政，總理賦税，征科有法，民不擾而國用足。撫按憲臣交薦其賢，歷廣東左右布政。

辛巳，今上登極，遂拜都察院右副都御史，巡撫江西。適寧藩始平，兵荒交病，公請蠲租賑乏，民獲更生。改南京大理寺卿，用法仁恕，獄多平反。遷南京兵部右侍郎，復攝大理寺。寺踞廨舍遠甚，公日一往，雖風雨不輟。值嬰疾，或勸少休，公曰：「吾豈不知圖安，獨不念繫者之睊睊乎？」竟以勞瘁增劇卒，實嘉靖六年四月七日也。距生天順六年十二月二十四日，享年六十有六。訃聞，天子哀悼，命有司諭祭，遣進士陳京往治葬事。墓在惟新里木蘭之眠牛山。

公孝友誠信，與人交，坦夷温款，洞見底裏。人有緩急之，必力爲排解。口不言人過，凡教子弟、處親故，一本於忠厚。歷官三十餘年，清亮之操，至老益厲。自居大理及兵部，嘗兩疏請老，皆被温旨不許。平生無嗜好，唯喜讀書，無故不去手。所著詩文醇雅明暢，觀者知爲君子之言。集凡若干卷，嘗自述紀年一帙，凡平生應酬事具載之，即日自檢可知矣。初配吴氏，繼王氏，贈封皆淑人。子男二：曰會，以蔭補國子監生；曰翰，以郡廩生例升國子監。女八人。孫男三：曰詡，曰諷，曰謙。孫女四人。其婚姻皆莆縉紳大族，凡以鄉國樂公德義然也。公逝後，舊仕之地皆以名宦崇祀，吾應天其一也。而人士愛公尤深，故墓道紀德之銘，翰以委諸璘。銘曰：

陳出舜裔，德源温恭。漢啓太丘，醇厚流風。子姓遷閩，爰自晉始。隱顯靡同，代有令譽。有斐司馬，質任自天。沉浸古道，象其考賢。巍科秘學，簡秩内史。養士以仁，弼主以義。左斥非屈，超晉非伸。視道直否，弗親其身。臺憲外肅，廷尉內平。輿望帖帖，曰宜公卿。兵樞甫貳，大命云訛。天不憫世，人其謂何！嗚呼盛德，一往莫招。不有君子，孰懲刻澆。土厚則隆，惟削乃圮。人也一身，關于運世。我銘公石，有涕其潸。悲風永結，莫究哀端。

【校勘記】

〔一〕「慕」，原作「墓」，據文意改。

衍慶阡表

粵我顧氏，始受姓於越，衍於吴，代以厚著。厥後支系繁庶，譜諜散亡，莫可考。雖四方有顯者，大抵自吴、越徙也。吾宗本居吴縣横涇，自高大父府君通國初以工繇徵赴金陵，遂籍上元爲都人。曾大父府君海嘗喟然稱曰：「吾家世勤農工，皆以力食於天地，無刀筆筐篋之能，然受吏暴納豪侮者，蓋非世矣。天道苟有還，後其振乎？」卒葬金陵石子岡南，即今衍慶阡東壙中冢是已。伯大父府君謙、從叔紀祔焉。

大父今贈工部左侍郎兼都察院右副都御史誠，爲曾大父次子，方嚴忠確，見憚親黨。居家每引席當户坐，則内外子弟無敢出入，懼以過斥。有男子四：伯紋，即顯考，以璘貴，初封南京吏部驗封司主事，今贈同大父官。融朗弘大，以拓其家；孝友媚睦，以保其族。廣仁强義，以揚其名聲；尊賢樂交，以成其子弟。具載禮部侍郎吕柟所撰墓志中，巋然爲鄉國長者。仲綱，嚴整如大父，能以官府之範範于家，至今子孫無大過，由肅其教然也。叔縉，以弟河南按察司副使瓛貴，封南京兵部職方司主事，與季紳並醇謹稱善人。四父皆有子孫傳于後，列葬西壙，祔大父家也。

今年，璘以工部尚書治顯陵成，乞過家上冢，將營兆域，鐫贈制以侈先榮，遂拜南京刑部尚書。既獲展事，乃申告於我群後曰：易謙大傳歷敘天人幽明之際，皆由謙致福，即盈召敗，如影響也。然則道固貴謙，忌於盈哉！觀吾曾公之所歎，顧氏之先，實以顓愿還儒，爲强梁所下也。故自天閔恤，而以收於不肖，至顯且崇，凡今子姓，亦與履其盈會焉矣。唯盈則虧，變惡害之忌，且將隨之，烏可謂徒盛也乎？是宜勖脩謙以冀有終，庶幾克副祖考之承、墳墓之守，儻幸免於禍敗也，此璘夙夜所兢兢者。敬表之石，爲子孫炯戒云。

石岡阡表

大江東西，唯古吴、楚故壤，多豪俊行義之士。聿觀三國、六代以來，非獨王侯將相英烈可稱也，至隱君畸叟，挺奇標異，立範于當世，揚譽於後來，如徐孺子、陶弘景之倫，往往不乏其人。璘生也後，不及多見之，猶幸覯樵隱羅府君之所操執，每與後生子弟論鄉國先賢遺行，未嘗不擊節斂衽於斯人也。

府君諱富，字宗弼，生江西泰和之蜀江。周晬，隨父素行府君來南京。十二三即以奇文見賞於鄉校，從伯兄鄉進士宗謐學禮經，充應天庠生，有聲。四舉鄉試不第，遭家難，引疾舍業。時浮梁戴莊簡公爲督學御史，重其才行，寬假文法需之，竟任家政，不復出，付用世之意於其子。府君立德本於人倫，方父喪，兄弟繼没，母病在牀蓐，二嫠娣娣居室，既竭力喪葬畢，營給俯仰，必周必厚。又供養異居伯叔兄弟與其子孫，不減數百指，樵爨婚嫁，悉待以舉。有不善，撫教無怠。死亡不能喪，則棺斂之。其處外氏劉拱所之家亦若是。又及諸友朋，隨厚薄以相惠顧，如梁信、樓浩、李宗善者，則皆同其忻戚。梁遭疫，出入其家候視，手斂其七喪。李既亡，爲殯，其母老而無歸，迎致於家，共飲食者九年，終葬之。

凡與人交，雖貿易及往來報施，必謹諸禮，歸於忠厚。有蕭貴者負貸，願薦女爲侍，府君曰：「吾其利色賤而子邪？而贅婿自依可也。」是以新河里居千餘家，覿德者改行，聞言者服義，禮讓大行，皆曰：「是唯羅君之化。」府君嚴毅莊偉，氣不可屈，義之所在，辯若懸河，雖達官貴人，不假辭色。吉之縉紳，前後爲公卿於南都者，皆折節内交，咨詢政業。大司空蕭公禎狷而寡與，獨重府君一人，臨去猶戀戀不能別。性不信鬼，每遇巫門，巫必避之。一日，偶至蕭公祠，神方憑巫語，遽曰：「羅先生正人。」命巫捧觴壽。既出，猶嘖嘖贊慕。自是里人益見憚，曰：「神且嚴之，況吾人乎？」

平生不刻意爲詩文，率情吐發，輒出意表。有自守集若干卷，藏于家。配劉氏，柔而能立，明而有制，凡府君所施于家者，拮据成遂，俾無徒然。子男四，其二早夭。長鳳，以文行聞世，舉弘治丙辰進士，任興化推官，治獄無冤民，擢南京浙江道監察御史，剛明蹇諤，恢于憲體。出爲兗州知府，以直道見擠，調鎮遠，再改石阡，屢疏乞致仕。先是，封府君爲監察御史，劉爲孺人，貤恩當薦崇而遽止，是蓋服義方致，然其榮燿固有不在彼者，今幽明各無憾也。次子鶴，能讀前史，善議論，有文。鳳二子：曰相；曰材，早世。有孫曰𡗗，爲庠生。鶴有子二：曰楷，曰棣。以前德占之，尚其有興者哉？女一，贅高价于家。甥曰遠，今守汝州。

兗州君葬府君與淑人於石岡之南，木拱矣，亦既有吏部侍郎圭峰羅公、布政使翠渠周公各銘其墓。二公當世名筆，其傳必不朽矣。兗州君於是年將八十，謂墓道無表，皇皇焉日圖於不肖，而懇迫踧踖，若一日不安於居者，豈所謂終身慕邪？嗚呼！府君行成於人倫，志見於著作，化移於閭里，誠孚於鬼神。士生天壤而立身卓卓，如是可謂無負矣。

璘追念初從宦時，侍府君於末座，儀觀端偉，聲亮如巨鐘，訣别事理是非若指黑白，使人了了不惑。其責人不善，至面赤頳汗或頭搶地而不敢脅息，真古國士之風。圭峰擬之曰陳、郭，予曰徐、陶，皆即其時地言之也。設使其生當風雲之會，操樞軸之要權，則籌畫帷幄，折衝俎豆，後先吕、陸諸公，以樹王霸功烈，將不在斯人也乎？今迴覽鄉邦，流風求逝，何其索然。表而識之，用爲敍耆舊者告也。

以上東橋集文卷十三

少保户部尚書孫公傳

序曰：公卿國之幹，人士之表也。德操風誼之所漸沿，國運世道因之盛衰，不可以微細觀也。璘仕弘治初，猶及接見英、憲二朝之先進，至于今有遺慕焉。所受知尤深者凡六七公，户部尚書九峰孫公其一也。今璘奉役顯陵，乃在其本鄉，每登其堂，禮其墓，問其母老宗族，訪求其行實，作私傳。

公名交，初名蛟，鄉試舉人，太學丘文莊時爲祭酒，大見器重，爲更今名，字志同。其先本廬之合肥人，五世祖銘，方高祖兵起，兄弟六人迎於采石，旋以功授湖廣安陸衛正千户，弟淮、連，皆白户。天下既定，銘卒，子虎、炳入見，高祖撫之曰：「吾部曲兒也。」虎讓官，炳陝西西府右護衛，自居安陸，故今子孫爲承天人。虎生毅，毅生盛，盛生忠，忠生公。後公貴，贈祖考皆資政大夫、南京吏部尚書。

公舉成化辛丑進士，初任南京兵部車駕主事，器已緒見。尚書王端毅公轉北吏部，即薦陞稽勳員外。尋調文選，樂與謀議，甚合。陞驗封郎中，乞歸省，遂丁父母憂。剋執喪禮，以孝稱。起復，補稽勳郎中，調文選。前後居吏部十四年，留意善類，多所援引，飭躬厲行，不計恩怨，人莫敢干。弘治辛酉，遷太常少卿，提督四夷館。上遣經略黄花鎮諸邊隘，賜金綺以行。公親歷險要，指畫方略，增墻塹，廣樹藝，俾虜騎不得馳突。請罷邊衛柴炭折銀以甦軍困，銓衛學教授以訓武官子孫，併條陳邊務數事，皆見嘉納。

正德丙寅，擢光禄寺卿。時權倖横濫，公操縱節縮，得免大匱。戊辰，進户部右侍郎，提督倉場。時内外紛紛置宦豎，漕卒大困，公上疏極論，得裁其半。己巳，改吏部右侍郎。逆瑾驟用陝人張綵爲尚書，更張躁妄，人無敢言。公累引王端毅故事爲諷，綵銜之，調公南京吏部。瑾等敗誅，進南京吏部尚書。辛未，召爲户部尚書，賜玉帶麟服及中禁書。會錢寧等復幸，與諸佞倖奸請鹽引，蠹撓邊計，公拒止，極爲憂勤。時燕、齊、河、洛及三蜀之間大盜並起，召諸邊勁兵入討，劑量供饟，遠近無乏。

初，上用言者議，改故妖僧繼曉永昌寺基爲太平倉，命公董治。已而，改賜倖臣朱德。公上疏言：「積貯，天下命。是地毀民居數百家，費官銀十餘萬，已傳聞四方。昔田蚡外戚請考工隙地益宅，漢武尚怒不許，德何人，可輕畀此？」遂已。雲南銀坑領于鎮守太監毒民，御史請屬有司。公言滇南夷方大利所興，恐後遺患，封之便。沮抑權貴，類此者衆。諸豪因誣上，令公與禮部尚書傅公珪皆致仕，朝著駭愕。給事中李陽、御史原軒等與南臺諫並上疏，謂二臣人望，不宜聽其去，不報，時癸酉六月也。

居無何，今上繼統，召爲户部尚書，固辭不獲，乃起，慨然以天下自任。首論京道倉增置内臣太冗，蠹剋漕卒，且以閹豎預邦計，非祖宗制，乞一切剗革，責成户部，上裁其半，著令其勿增。次論御馬監内臣宜遵祖訓，專管蕃牧，不宜臨莞輸納芻豆，宜令户部通知馬數，杜其侵耗。上林苑監本以牧牲植蔬，今内臣奪其地，役其人，百姓重困，乞革去内臣，歸地于民。皆從之。又請革廣東採珠内臣，論安陸皇莊租課宜付有司。不報。大禮既定，希合之徒上言請遷獻皇帝陵，公極論山陵事重，我太祖初欲遷仁祖於鍾山，慮泄靈氣而止，具載皇陵碑。今宜斷自震衷，凡紛更私議，悉勿聽寢。竟公前後居户部時，值國用告急，多方節裕，尤慎於鹽法。至若權宜輸粟，唯生員入監一途，執不肯行。

壬午，以三載考績，上遣中使賜羊酒。癸未疾，遣醫視療，命中使賜珍膳。既愈，上疏乞休，有曰：「臣恐不獲生還，復如毛澄矣。」時禮部尚書毛澄乞骸，道卒。上聞惻然，允其請，手詔加太子太保，令子編修元侍歸，並給傳。有司時加存問，月給食米，歲給夫隸，復賜寶鏹爲道里費。公辭謝，不允。戊子，恩詔進光禄大夫、柱國。壬辰，壽八十，乃十二月四日，以疾終。

先是，元以四川按察副使請侍於家。卒之日，風霾先作，日月赤晦，遠近悼慟。

訃聞，上爲震悼，輟視朝一日[一]，賜諭祭者九，遣官塋葬，遠近弔誄至衆。工部侍郎滇南張公志淳爲祭文，敍述其平生，時稱實録。可不謂生榮死哀、始終全節者乎！公詳慎恭遜，處物樂易，就之如春。至中心執義，則耿介不可奪。自奉清約，燕居有禮，暑不袒露，鑒别涇、渭，親疏不爽，然絶口不言人過。嚴敬先祭，祭器不以他用。厚於故舊，或無後者，猶及其家人。慈仁天至，人所莫及也。至若室無婢媵僮僕，不以奴斥，又其餘耳。

性好山水，郡有雞籠山，去家百里，九峰並峙，築室讀書其中，自號「九峰居士」。所至見竹樹叢秀，或不能爲臺榭，則設木根石磴，時往眺詠，或茗椀對之，亦自暢適，不求備也。嘗曰：「仕宦淹速，皆數命一定，莫可前却，造物特假手于人耳。」故平生無求于世，有司爲營坊表，輒謝止。都御史潘公旦嘗移檄曰：「公學必師乎聖賢，行唯約乎道義，清介絶俗，明哲保身，宜表里閭，以彰不朽。」致罰金若干兩，徐俟潘遷，竟還所司。其廉静可推已。

所著詩文有九峰退藏稿，奏議有憂勤録，在吏部有銓曹衡鑑，太常有内閣紀聞，邊關有經略紀聞，他如國史補遺、春秋博約、安陸郡志，共若干卷，藏于家。子男二：伯即元，初任温州府推官，擢監察御史，改翰林院編脩，陞四川按察副使，文學器識不替前武；仲京，以蔭補國子生，未仕，慷慨有氣，殊常人。孫若曾，能世其家未艾云。

論曰：嘉靖初，天子富於春秋，興道致治，卓然以三代爲準。時則召起浙謝公遷、閩林公俊，楚則公。二三故老，雍容廟堂，不大聲色，而寰海内外，日嚮於治平矣。無何，咸以病去，君子惋惜痛憾於天道云。嗚呼！若數公，所謂老成典刑者是也。今按其姓氏，想像其形容，若商敦周彝，黯然不見其色，而何使人追慕之深也。然則天下之治，果不貴於赫赫者乎？

【校勘記】

〔一〕「輟」，原作「輒」，據文意改。

怒蝨解

顔子唯喬怒蝨之噆人，著戮蝨賦罪之，作此爲解。

客有怒於蝨者曰：「虎豹搏噬，吾戒巖棲。蛟鱷糾吞，吾嚴水嬉。物巨惡顯，衆人可知。避匿有道，安見嶮巇。爾蝨最陋，萬族特微。命始濕化，行如糠秕。胎蘊木瘿，蠕動水蠐。假息有聲，托翼而飛。乘暗竊出，爲鼠爲鵖。利人膏血，蚤虱是希。侈名白鳥，混迹醯雞。纖喙箴芒，慚愧穎錐。在物雖不可比類，而毒人則不能預爲隄也。若夫王侯冰室，貴媛風帷。瑶璧浄滑，蘭膏有暉。簪御如林，且撲且揮。爾避弗暇，云胡敢窺。唯我儒素，窮處茅茨。榻臨湫牖，體被疏絺。力卑勢便，乃肆群欺。舒爾利口，來毒柔肌。雖無腹心之害，頗遺疴癢之災。又其甚者，使志士輟誦，工女下機。體僵孝子，筋露貞姬。此汝罪之不赦，神人所共非者也。人稟勇德，豈曰無施，今將聯我巨箠，簸揚爲箕。煎熬餳飴，廣布膠黐。裹以蝠腋，網以蛛絲。灼硫薰兮稿爾爲腊，灑鰻膏兮虀爾爲泥。空室廬以掃蕩，盡一鼓而夷之。爾將誰咎哉？」

顧子聞之，笑曰：「蝨固不德，客亦多機。夫生族有性，物變有時。化至者動，序代者歸。來固莫拒，去亦罔追。雖小蟲之睢于，悉大塊之爐錘。善惡同盡，讎愛畢齊。子知蝨乎，厥賦乖宜。殘賊天成，莫爲而爲。請息子怒，徐觀其期。寒露且降，商律凄其。龍蟄咸蟄，么麽豈違。沈影滅迹，尚何有遺。」

客曰：「有是哉。理有發蒙，言有解圍。聆子之論，則蝨之毒我，所謂流言之謗周公，叔孫之毁仲尼也。而今而後，不唯不爲之怒，而且爲之含悲。」

以上東橋集文卷十四

祭先文

維年月日，玄孫通議大夫、工部左侍郎兼都察院右副都御史顧璘見奉皇帝命於承天府顯陵督工〔一〕，謹致書命雲孫嶼謹陳牲醴庶品，敢昭告于高祖考處士府君，高祖妣夏氏，曾祖考處士府君，曾祖妣陸氏、張氏，祖考贈通議大夫、工部左侍郎兼都察院右副都御史公，祖妣淑人陸氏，顯考贈通議大夫、工部左侍郎兼都察院右副都御史公，顯妣贈淑人楊氏神主曰：

唯我顧氏，自吴邑遷南都五世矣，懿德醇仁，鄉稱長厚，繼繼如一。雖居吴迤前，乘牒莫傳，而流風積習，固有由來矣。上天篤祜於吾家，豈唯今兹哉！嗟璘無似，沐浴餘澤。叨起科第，以踐貳卿。兹承聖皇建儲，廣恩有位，推封我祖考處士府君、顯考驗封府君俱爲通議大夫、工部左侍郎兼都察院右副都御史，祖母陸氏、顯妣楊氏俱爲淑人。逮璘及妻沈氏並進榮階，孫履祥亦蔭爲國子監生。一時四世均荷殊錫，可謂宗祀之盛福、家邦之流慶也。

追念世德，益慚菲躬，惟圖保終，五内怵惕。羈役郢都，未遑展祀，謹命雲孫嶼恭陳牲醴庶品，用申虔告。謹以伯祖考諱謙處士，伯考諱純處士，叔考石岡處士、廷信處士，職方雙榆府君廷用處士，亡兄方玉，伯祖妣葉氏，嬸妣薛氏、潘氏、嚴氏、趙氏，安人宛氏、馮氏、李氏，亡嫂楊氏，配食謹告。

【校勘記】

〔一〕「璘」，原爲空格，據文意補。

光禄少卿史君巽仲誄

嘉靖五載丙戌十月十四日，執友史君巽仲卒。嗚呼哀哉！君諱後，溧陽人也，系出漢陽侯崇之後。少負雋才，起擢甲第，拜給事中，言事慨慷。旋厭冠簪，屏處林壑，以諸公論薦及輸粟賑饑，有急國家之義，詔拜光禄少卿，進階朝列大夫，致仕仍舊。世胄鉅族，饒於貲財，頗廣園池臺榭之事。外馳文賦，内蓄聲技，雖希古雅文之高致，而怨甚所興，固已衆矣。乃中飛語，逮陷圜扉，語曰：「潔士聞穢，其庸致思乎？」遂發憤暴卒。嗚呼哀哉！璘知己也，深痛禍非其罪，壽負其德，乃術前典，爲作誄焉。誄曰：

桓桓徹侯，肇基炎漢。冠冕蟬聯，閱代靡間。唐以某振，宋以浩衍。公侯復始，于茲來彦。君纘遥緒，亦孔之昭。學粹三易，文呈九苞。弱冠戰藝，言奪其標。鵬運斯邁，横擊丹霄。帝曰爾諤，俾司獻替。留都匪遥，天聽攸寄。乃達民隱，乃持國是。豈無豺狼，胡敢吞噬。飄飄沖襟，有懷希夷。蘭佩以釋，蓬室其依。陶感還烏，莊悟塗龜。曠哉遐軌，千載同歸。謂山匪深，載積其石。謂林匪幽，載繁其植。規拓平泉，名溢梓澤。雖曰雅悰，亦既成癖。鄉國多眚，發粟拯饑。陋彼忘世，視秦瘠肥。臺司交薦，綸命下貤。爰進光禄，寵以金緋。廣廈曲房，鐘鼓絲簧。晉闢西園，融啓後堂。于以偃蹇，爲樂無量。豈不聞言，樂極爲殃。怨府其興，禍穽潛布。三人之言，晝市成虎。晝地不入，況逮幽圄。侃侃望之，仰天自殂。嗚呼哀哉！君有令德，孝友温恭。君有清言，皇雅國風。虚懷屈體，周急賑窮。他人有憂，若在其躬。凡此百善，有衆攸好。謂天盍仁，而俾弗邵。遺孤翹翹，世德唯肖。疇昔未殫，必食其報。素車既祖，玄壤長違。同心異路，涕淚交揮。罪非自致，年豈夙期。千古緘感，視諸誄辭。

以上東橋集文卷十五

楚三子詩評 有序

夫詩之品，誠高下矣，上關代運，下本才倫，則大體攸分矣。故評之衡鑑，無以易此，彼指摘字句之間校量工拙，何異塾師之於童子，未窮大致，姑課諸屬對之乖合哉？未可與言評詩之方也。孔子於詩曰删，固去取乎其間矣，此評之所由始也。今觀四詩之旨，厥義安歸？所不貴於字句之細，灼然見矣。秦、漢無言之者，魏丕典論，略及其人詩賦之能否；厥後鍾嶸之詩品、王通之續詩，皆因言觀人，因風觀國，而商定之大都，豈不略可窺哉？至唐以詩設科，主司進退之格，不得不求於文字。故議論日繁，而殷璠、姚合之徒乃攘臂伸喙，雌黄於詞苑矣。宋詩不逮唐風甚遠，而評品益富。余嘗取其言讀之，大抵遺忽命脈，洗索瘢痂，宜其綴緝愈勞，神情逾喪，益其見不逮也。今之論者顧諉曰：「宋詩尚事實而略情景，於唐爲劣。」嗚呼，豈確論哉？抑不見夫雅、頌多陳事實，漢古詩無風雲月露之辭，乃今獨稱絶藝，何邪？蓋有説焉。

夫歷代之詩，猶之風氣。三百篇，唐、虞之醇也；漢、魏，夏、商之忠質也；晉，周之文也。六代則靡矣。至唐之盛，則刊靡還醇，故彬彬文質焉，何怪乎其表後世乎？誠不在乎情景事實之異，與夫字句之末而已。觀夫李逸杜雄，同稱詞傑，高、岑、王、孟，方駕先馳，而體裁各殊，言其有大存也。若執小文以希前美，譬諸刻木以求言笑，剪綵而冀生活，終身豈可得乎？或曰：大烏乎在？曰：其入也在雅俗，其成也在淺深。過此以往，非余之所知也。

余客承天，有三子者曰顏唯喬氏、王稚欽氏、王汝化氏，楚之傑也，皆以文雄海内。聘纂都志，會於賓館，數與言詩意合，各出一編，授余品定。余玩而繹之，反復究之，皆所謂得其大、不屑其細者也，雅而深者也。竊不讓著論以效鍾生之勤，俟文中者出采而續焉，難與俗論也。評曰：

顏唯喬：剛毅善任，舉意宏遠，苟利人國，不怵死生。及其玉碎而還，博窮六藝，遂將龍蜕塵垢之外，漠爾斯世焉。詩文以秦、漢爲準，其爲樂府若干篇，皆假託古題，直瀉衷悰，體裁所就，雅麗兼陳。若選辭構意，一趨奇脱，不襲前軌，斯亦可彷彿其操執矣。

王稚欽：異禀高明，矯矯龍性，蚤年稍辱泥塗，遂跳躍去之。釣澤以來，窮學海之大方，益宏虚受，卓然名家。詩八卷，皆五言，上包建安，下獵天寶，務絶近代之軌轍。神解天成，藻繢自足，詭妙所臻，其殆與王、楊之駕相後先者乎？文尚奇古，此方舉其詩，未遑敘也。

王汝化：淵沉有志，妙悟達微，覽觀往籍，悉洞旨要。故染翰取則，神情即自己出，允哉馳騁六藝之林矣。詩諸體皆有，雅而暢，華而有思，其風人之致乎？楊仲弘曰：「取材於選，效法於唐。」子詩之謂也。

議增承天一道守巡以重陵寢事

竊照承天府原係安陸州，恭惟聖主乘龍御天，睿宗獻皇帝陵廟在邸，改陞爲府，舊屬下荆南道，轄於鄖、襄撫治都御史，特蒙恩旨，命屬巡撫湖廣都御史統轄。仰窺聖謨深遠，似謂陵廟事重，祭祀修理經費爲繁，故宸斷特出，真明見萬里，非臣下所能及也。

臣去冬巡歷其地，竊見下荆南一道所屬鄖、襄、承三府，相距五百里，鄖陽居萬山之中，流民聚嘯無常，關係至重，守巡二官不可久離。上年都御史王學夔奏，要於竹山、房縣再設兵備僉事一員，雖該臣等覆議免設，然豈可使守巡常久離也？襄陽府有太和山，我成祖文皇帝建設真武捌宮，并各觀廟在内，不下數十餘處。臣親歷其間，觀其土木壯麗，金碧輝煌，一殿一堂，盡精極美，悉與内庭工程無異，駭目惕魂，不可殫述。聞之當時，用五省軍民二十餘萬，營造十數餘年，所費金銀萬萬不貲。功成，乃專敕參議一員提督脩理，撥佃五百餘户，田二萬餘畝。今道士在山者不下五六千名，專設參議一員提督，不與他政。其後不知何年將參議兼管分守，職任遂至不專。今再加承天事重，經年不得入山一視，香錢被所管尅落，齋糧被佃民拖欠，宫殿不得以時修葺，漸有傾圮。斯蓋議者不知此地多務，輕改參議職守，殊有負於文皇建設之初意也。

據臣愚見，兼采衆論，今承天本在漢東，與鄖、襄隔絶，陵廟脩理，事體隆重，祭告行禮，命使不絶，宜令守巡長在整理。然鄖、襄事情重大如彼，亦難偏廢。今一道兩轄，奔走無停，甚妨公事。況承天東接武昌，一道所屬乃有武、漢、黄、德四府，地方廣遠，一向守巡苦於巡歷難遍。合無將承天府並鄰近德安、漢陽共三府，改置承天一道，專設守巡官員。其分巡僉事，已有先年添設下江防僉事一員，合將江防事務並與武昌道僉事帶管，其官另給分巡承天道印信一顆，於沔陽州駐扎，往來提督。承天所屬堤院，再設參議一員，專管分守，就於承天府駐扎，一體請給敕書，與分守太監行事。如此，則陵寢重地既有專官守護，規模崇重，可垂永久，而鄖、襄邊務及先皇崇奉仙真香火舊制亦無所失，誠爲兩全。

再照承天府附郭鍾祥一縣止一十三里，民少差繁，累苦已極。見該里老某等呈訴到臣，要將本府荆門州割分十里輳併，亦經批行分巡副使江匯勘報相應。且荆門州見有七十三里地方，千里素苦，管攝難周。馬良地方等十里之民，去荆門甚遠，而至鍾祥相近，彼僻此繁，合與裒益。又查石城驛止有站馬十五匹，迎接不敷，致累鍾祥縣十排年里甲出馬一百餘匹走遞，民愈不堪。相應於驛再編站馬二十匹差用，將鍾祥十里之馬革免，以甦其困。緣此湯沐之邑、枌榆之民相應稍加優厚，以示恩澤。乃今偏苦如此，恐傷聖朝篤近之仁。隨該臣案行都、布、按三司會議，各准掌印左布政使徐乾、按察使吴允禄、都指揮僉事李經勘議相同，呈覆前來。據此，不避煩瀆上請，如蒙乞敕該部詳察臣言，再加勘議，早賜施行，誠爲一舉兩得，官民不勝幸甚。

以上東橋集文卷十六

復王陽明論學書

前謁記室，獲奉緒論，甚幸。近時學者務外遺内，博而寡要，吾兄特倡「誠意」一議，鍼砭膏肓，誠大惠也。然恐立説太高，用工太捷，後生師傳，影響謬誤，未免墮佛氏明心見性、定慧頓悟之機，無怪聞者見疑。

所論知行並進，不宜分别先後。此固中庸尊德性、道問學之功，交養互發、内外本末一以貫之之道，然工夫次第不能不無先後之差，如知食乃食，知湯乃飲，知路乃由，知衣乃服，未有不見是物、先有是事者。此亦毫釐倏忽之間，非謂截然有等。辰知之，巳乃行之；今日而知之，明日乃行也。又謂真知即所以爲行，不行不足謂之知，此爲學者喫緊立教，使務躬行則可，若真謂行即是知，恐其專求本心，遂遺物理，必有闇而不達之處，抑豈聖門「知行並進」之成法哉？愚謂知行自是二事，非力行不足以爲真知，非謂行即是知也。

承示所釋大學古本，謂致其本體之知，此亦孟子盡心之説，朱子亦以虚靈知覺爲此心之量。然盡心由於知性，致知在於格物。聞吾兄教學者，乃謂朱子即物窮理之説，亦是玩物喪志，又取其厭繁就約、涵養本源諸説，標示學者，指爲晚年定論，此亦恐非。蓋人心體本無不明，而氣拘物蔽，鮮有不蔽，非學問思辨以明天下之理，則善惡之機，真妄之辨，不能自覺，任情恣意，其害有不可勝言者。

吾兄教人以致知明心，而戒其即物窮理，誠使昏闇之士深居端坐，不聞教告，遂能致於知致而心明否乎？縱令静而有覺，稍悟本性，則亦定慧無用之見，果能知古今，達事變，而致用於天下國家之實否乎？其曰「知者意之體，物者意之用」、「格物如格君心之格」等語，雖曰超悟獨得，不踵陳見，亦恐於道未爲脗合，益重聞者之疑也。

吾兄又謂致知之功，將思如何爲温清定省〔一〕，即是誠意，非别有所謂格物，此亦不然。蓋道之大端易於明白，所謂良知良能，愚夫愚婦可與及者。至於節目時變之詳，毫釐之差，千里之謬，必待學而後知。今語孝於温清定省，孰不知之？至於舜之不告而娶，武之不葬而興師，凱風、小弁之怨否，曾參、曾元之養志養口，與夫後世小杖則受、大杖則走，絶裾過坂，割股廬墓等事，處常處變、過與不及之間，必須討論是非，以爲制事之本，然後心體不蔽而臨事無失。吾兄謂可瞑目緘口而得之，璘固不敢信也。

大抵吾兄之意，專爲救正俗學之蔽，然語意抑揚，不無大過。今謂大學格致之説專求諸心，猶可牽合。至於六經、四書所載「多聞多識」、「前言往行」、「好古敏求」、「博學審問」、「温故知新」、「博學詳説」、「好問好察」，皆明白求於事爲之際，資於論説之間。雖其止歸約之身心，而用功節目固不容紊。此大學之教，所以必以格、致、誠、正四端爲明德脩身之事，兼脩並進，確乎不可易也。率吾兄之道，止辨博之病，固爲有功。抑恐時人之情，樂清虚而超徑約，使凡遊門墻者，皆習静養恬，掩書謝事，問以古人之迹、當世之務，則閉目摇首曰：「吾方明心，不事此事。」則其爲害文，豈辨博之比哉？

然格物之學，本非務博，蓋欲求明善惡真僞之實，以篤誠正之功，非如今人强記博聞，摛詞肆辨，而謂格致當然也。不然，面墻坐井，倀倀奚之，名曰體道，而於楊、墨之爲仁義，鄉原之亂忠信，堯、舜、子之之禪讓，湯、武、楚項之放伐，周公、莽、操之攝輔，漫無印正，又焉適從？且又於古今事變、禮樂名物未嘗考識，使國家欲興明堂，建辟雍，制律曆，議封禪，又將何所致用乎？故論語注云：「生而知之者，義理也。」若夫禮樂名物、古今事變，亦必待學而後有以驗其實也，此則可謂定論矣。

吾兄所集朱子之論，亦爲先有此見定于胸中，因其會心而采其警語。今全書所載知行致格之論，縱横曲直，尚多其緒，豈可皆謂未定之見乎？蓋朱子之病，亦在著述太多，好辨太過，或爲盛壯好勝之習所累。晚年見道已定，悔其多言，且見末學紛紛，恐其滔溺，故有此論。至其别白理欲，開示工程，真足以繼二程而承孔、孟之統，雖百世可師也。豈可舉其偏辭，遽欲廢其成學乎？愚謂吾兄今日之見，蓋自童習舉業，博會群書，旁探佛老，曲證精旨，更涉變故，動忍心性，樹立功業，恢拓力量，然後約之身心，而欲去其渣滓，用其神明。是己之所得，固皆自博趨約、兼外成内之道，乃欲舉其成功，授之初學，是猶孺子學步，舉之千仞之高，其不陵躐傾墜者幾希，此璘所以斷斷乎以爲不可也。

又序有曰：「合之以敬而益贅。」此乃先儒得力之地，又不敢不辯。蓋大學、中庸言誠意、誠身，未嘗言敬，程門教學者乃以敬始。其曰「涵養須用敬」，又曰「以誠敬爲入門」，又曰「敬者，聖學成始成終之要」。璘自中歲知學，反復體驗，固已真知此説之有益，非徒托諸口舌而已。蓋誠者，敬之成德；敬者，誠之始功。一息不敬，則非僻之心、惰慢之氣乘間而作，誠安能存？與其統言誠意、誠身，不若直指「敬」之一字，使學者有所致力，其實亦非有兩事也。聖人之教，舉其格目，程、朱之訓，指其功夫。開示後學，甚明且切，烏可訾其贅而閉其從入之門乎？

辱不以舊知見棄，款然下問，輒敢附麗澤之義，冀有切劘，言所搪突，罔知避忌，方困案牘，草草無次，千萬垂亮示教，不與攻擊者等罪，幸甚。

以上東橋集文卷十七

【校勘記】

〔一〕「清」，原作「淸」，據文意改。下文同。

啓許松皋

璘腐朽溝中之斷也，辱門下念以同袍之故，收備馳驅，無所建立，負累高明多矣。日唯待黜，乃今復荷引置朝列，位重人微，益增懍懍。切念同年垂盡矣，得門下碩果成終，又推餘光，被及淺薄。餘如陳宗禹、楊介福、陶世和、董壽甫、蔣景明，各清强家食，其才十倍於璘。更望左右廣不棄賤子之心，推及諸君，則丙辰人物尚可收之於桑榆也。因懷輒及，僭妄死罪。

啓光化王

光化孝德殿下：再辱書貺，祗領感仰。蒙委撰先簡王墓志，璘忝受三世惠愛，敢不效勞，特懼有礙於例耳。雖長史司查有楚府故事，乃係在外二司之職，非京朝部院官也。仰重純孝，即欲奉令，反覆念之，恐須奏請而後敢爲。故寧方命，而不欲有累盛德也。禮幣事狀，乃付差官齎還，伏希垂鑒，不罪幸甚。謹狀。

啓桂洲閣老

不奉清範有年，比者獲待密坐，竊覩經綸之方，披心腹之素，尊仰忭躍無已。自總大政以來，風采丕變，固已占志意所嚮，太平有期，乃今灼知無疑矣。神明内蘊，應發如響，力定理融，一畫萬全。雖往古名相，璘不具知，若目所覩，則無出左右之上者。以此宏才，際遇聖君，又無所掣撓于前後，何事不成，何道不達乎？天下幸甚，天下幸甚。程子嘗言：治天下之本，在立志、責任、求賢。今門下信任已極，若上輔明主稽古之志，下求天下守道之賢，在一加意而已。時得矣，才具矣，此千載一會，復何所待，不畢平生之願，建百世之功乎？璘受門下知愛，無可爲報，冒昧進言，謹拭目傾耳於千里之外也。伏冀照察，不備。

與松皋太宰

不奉已二十年，幸獲侍教於扈次，古人心事，先朝典刑，一旦饒於應接，慰仰何言？風雨晦冥，雞鳴不已，歲寒慘慄，松柏後凋，豈可復以流俗喜怒爲意哉？故家流風，蓋國脈所繫，唯左右固持之，宗社幸甚。璘賴庇得循例以封蔭上請，因脚色底本不在行篋，文移甚疏脱，量公案亦止此，但恐以簡略獲罪，實不得已耳。伏乞照察。

與浚川總憲

扈次冗穢，幸獲侍奉，復聞緒論，如濯塵埃而服軒冕，徹淫哇而聽鈞天，何其樂哉！古人心事，先朝典刑，不意復見于今，所謂靈光巋然獨存也，仰慕何已。璘無似，猥奉重命，夙夜黽勉，苟得免罪足矣。已開園種樹，爲數年之計，亦去接小孫來此，延一學究講易，如二泉居惠山故事，與之日了一義，將不可優哉游哉，聊以卒歲乎？有便時惠教音，幸甚。餘不多悉。

啓張玉谿少宰

璘不肖，驅馳土木之役，日坐囂鬨，遂缺裁候，尊仰實無替也。春會松翁，云聖主命虚舊員以待，不肖初未敢信，今見久焉不補，或有之矣。竊謂何職非官非事非政，人臣苟竭筋力，無負於禄位，雖抱關擊柝，皆所當爲，況其大乎？蒙聖主以便利之意體下臣之心，而又曲爲之所，璘雖不肖，其敢萌此念乎？戰慄戰慄！嘗亦以此面告松、桂二翁，託其論思之際，請推賢以補前缺，少明鄙志，不知肯爲垂意否？唯左右深亮不疑，幸告松翁，因事爲申此情，俾聖主下鑒，臣工無自謀之私，爲惠甚厚。臨書無任懇悃，伏乞照察。

啓南泠

居楚四歲，鬚髮盡白，往年豪興消磨無餘矣。思欲與高人更登鳳臺，臨淮水，釃酒賦詩爲樂，不知今生可復遂乎？爲之憫然。上年陳生大壯持手教下及，即欲作答，參差未果，渠竟憂去。是後多故，再罹喪女之哀，遂成荒廢，想不深訝也。函山亦以門生仕楚，得通音耗，西原近乃聞其凶信。聚散死生如此，世界亦安所樂乎？公江莊想大適，蘗谷未起，宜及時追歡。望之有言，哭笑均爲一日，良可痛心。詩文大損精神，苟有少作，可以免俗。老年無事，祇須静坐，養此元神。今客中頗嘗此味，勿以爲戲也。家人東還，因書漫及，千萬照察。工事今冬可畢，已無北上之興，儻惠晤語，殊勝封侯。不備。

啓東郭

五泉公至，獲拜手書，兼承起居爲悉。興古太學之教，以行聖人之道，此左右素志，今果見矣。世道何幸，今士風敗壞極矣。外則脩卑諂繁縟之文，内則存貪兢邪枉之念，求前輩簡直敦樸之行已不可得，況聖人之道乎？匡直轉移，其上在吏部，其次在太學。始望左右毅然力任，自其日用顯行者，以導必行，以禁必止，歲月之間，必有改化。若夫微言玄論，俟其有覺而自求得，不必譊譊然提耳以費詞説也。不肖積憤有年，不得不一發于大賢之側，幸勿以僭妄罪之，悚仄悚仄！璘晚出無施，徒以畚鍤之勞，濫叨廩食，乃以古道責之朋友，多見其不知量。然才有大小，地有順逆，失之於己，得之於人，或亦大道之公也。唯左右亮之，幸甚。諸所寒暄并庇照子弟之惠，姑未陳謝，統希鑒原，尤荷。謹啓。

啓中白

自左右仕南都，推尊公同袍之誼，凡所以庇照寒門者，無所不至，所謂國士之風也，朽劣何足以承之。兒嶼書具述令弟司寇之愛，尤切心膂，敢不痛省。左右視小子，豈嘗以傲薄之行施之朋友乎？凡百但不敢爲卑耳，若爲高，則平生所厭薄也，敢自蹈乎？不知取此者當由何事。按事而論，則罪必有所分。道不相謀，志不同行，若欲一一詭合，恐近鄉愿之操，亦萬萬無是理也。僕晚出無施，謬承天子大孝，從事畚鍤之役，已非平生。今又以恩獲進高位，非循資望，甚愧鄙心。苟得退耕東郊，於分足矣。執事愛我無已，豈不量鵬鷃之分，各有止極乎？感謝感謝！但恨僕拙之性，不能應變旁行，甚負厚情，爲之奈何！倘蒙指擿所失，俾改圖從善，爲幸何大。草率裁復，言涉違忤，千萬照察。令弟幸致謝，俟專啓也，罪罪。

啓涵峰

自公南拜，凡所以庇照兒輩甚厚，感刻何言。然不獲時奉候謝，亦以哀餘多病，少近楮墨而然，想不深罪。近聞林屋隕逝，鄉國之間失此老成，遺文已傳，後事長寂，可以爲慰乎？衡山清强踰壯少，大可慶喜。南峰不戒忿慾，踰八望九，行步如飛，豈別有養乎？諸故舊安否？消息後便希一批示，暮年殊戀友朋也。漫洛吾蘇至正間，有俞石澗琰注參同，頗造玄理，不知此公後竟何如，壽若干歲？幸問之衡山、貞山，必知不惜見報，亦畜德體物之一助也。工事幸漸就，若無後命，今冬可遂晤語矣。未聞萬萬，寶嗇是顧。

以上東橋集文卷十九

顧璘集補遺

顧璘集補遺

詩

蘇公堤

蘇公去已久，芳水宛如昔。眉山荒涼白日微，西湖春水年年碧。長堤已作往來道，上有垂楊下芳草。淫濤不汎水靈慈，種田長稔溪農飽。龐眉父老長子孫，家常報祀頌公恩。男兒生世爲遠略，豈在薄頌酬公門。使君朝莫堤上行，認取千秋萬古水。

上海博物館藏《詞林雅集圖》

宿寺次升之韻

遠從塵外結幽期，馬首風煙憶舊詩。絶壁啼猿多古木，荒園棲蝶有殘葵。山深落日逢人少，路轉長林入寺遲。總謂六朝禪誦地，碧雲無處訪湯師。

翠壁丹臺豈厭憑，西風寒露晚難勝。雲中石影懸樵逕，樹裏經聲見佛燈。物象迴看殊世界，禪心已覺近山僧。不知捐佩重來日，許借花宫第幾層。

獻花巖志卷末　明萬曆三十一年盧陵歐陽應校刻本

送馮御史還朝

君來衹見衡山動，君去猶聞漢水清。公輔眼中頻屈指，別離江上獨關情。霜飛征路秋仍肅，日麗中天道正亨。當宁若逢明主問，楚人皆喜罷南征。時議征交趾未果。

道德録卷一　清抄本

題兩溪草堂圖

遠樹淡無色，崇岩赦欲飛。幽居自堪老，何事未言歸。味水軒日記卷七　清嘯園叢書本

澮柳山泉

清湘有寒泉，乃在北山頭。靈竅本神鑿，化原乘氣浮。昨日泉水涸，今晨泉水流。借問通塞故，云屬無人謀。所以大易旨，蒙者貴敏求。願言鑒兹泉，夙夜勤厥修。粤西詩載卷四　清文淵閣四庫全書本

柳山諸詩

甲峰亭

遥望城北郭，巃嵸兩三峰。宛如碧海上，秀出青芙蓉。披霧凌絶頂，飄飖御虬龍。自非神仙人，可望不可從。

寸月亭

青山何稠疊，中有澄江灣。恍疑一片月，挂向林樹間。秋雲斂新霽，弄影時忘還。安得謝玄暉，高詠相解顔。

粤西詩載卷四　清文淵閣四庫全書本

覆釜山

紫蓋浮空萬嶺低，秋風扶策上丹梯。金仙莫厭紅塵客，只借烟霞一夜棲。

粤西詩載卷二十三　清文淵閣四庫全書本

曉自牛首望獻花巖聯句

牛山信宿尚多情，曉向花巖更問程應登。下界日光疑世隔，半天雲氣近天行沂。自憐病骨緣崖怯，轉覺秋懷入寺清璘。共起題詩滿巖石，摩挲寧獨感三生穆。

獻花巖志附録　明萬曆三十一年盧陵歐陽應校刻本

至花巖寺聯句

天高地迴萬山開，騁望龍宮坐不回衷。真境獻靈花欲雨，高僧傳偈鹿還來應登。林穿石窟臨飛閣，路入煙蘿接古臺沂。況有醍醐相對飲，一杯同洗十年埃璘。

獻花巖志附録　明萬曆三十一年盧陵歐陽應校刻本

與王考功欽佩華玉升之己巳歲重游花巖宿大觀堂聯句四首

溪口入松蘿沂，危橋下馬過。到門蓬客少韋，倚閣見山多。興遠渾忘病璘，心清漸伏魔。徘徊遲月華應登，延賞樂如何？

石徑緣雲上璘，長林選樹休。山深秋氣早應登，洞古夕陽幽。飛棟依巖起沂，危闌擁砌周。回顧望城市韋，塵迹愧淹留璘。

天宇澄無際應登，秋生萬壑中。雲歸巖樹斷沂，月照石林空。道念依蓮葉韋，閒情託桂叢。浮生更何事璘，擾擾逐飛蓬應登。

待月坐東嶺韋，清光欲上遲。開軒納秋色璘，吹笛起涼飔。諸品隨僧寂應登，孤情與世違。惟應珠樹鶴沂，長與結幽期韋。

《獻花巖志附録》　明萬曆三十一年盧陵歐陽應校刻本

芙蓉閣

萬壑蒼煙積顧，諸天白日低。祇花秋自放朱，靈鳥晝常啼。撫景懷佳侣顧，留歡待後題。睠兹巖洞杳朱，何羨武陵溪顧。

《獻花巖志附録》　明萬曆三十一年盧陵歐陽應校刻本

小飲白雲方丈

兩日山中坐，塵心覺頓銷。饑烏當食下顧，驚雉去人遥。把酒還飡菊朱，留詩謾折蕉。從來戀丘壑顧，終分老漁樵朱。

《獻花巖志附録》　明萬曆三十一年盧陵歐陽應校刻本

訪達上人不值

落葉滿山寺顧，禪僧初出關。蒲團虚一榻朱，竹户鎖雙環。久擬留衣别顧，何當乞食還。道心方自悟朱，玄論底須慳顧。

獻花巖志附録　明萬曆三十一年盧陵歐陽應校刻本

將出寺作

乍與青山近顧，翛然世味疏。芳菲塵外相朱，清淨佛前書。欲去還憑檻顧，重來擬卜居。村墟寄花竹朱，還似上皇餘顧。

獻花巖志附録　明萬曆三十一年盧陵歐陽應校刻本

飲郭侍御宅歸途馬上聯句

客豪夜歸遲應登，醉面北風暖。情多快途長顧璘，思澀戒行緩。雅歌如振鍠應登，贈答若披窾。投桃愧乏珍璘，倚玉慚非伴。素交貞石礪應登，歲質清流澣。睠彼伐木篇璘，眇余窺豹管。一斑自不見應登，勺水豈云滿。鴻軒借高風璘，驥附托深款。川潛蚌珠胎應登，樹保鳳巢卵。多才貴含章璘，群口忌誣讕。至白涅豈緇應登，同心金可斷。謙盈易象分璘，利命子言罕。唐風本休休應登，周道方坦坦。乘時勵明德璘，聊用紓中懣璘。

元夕飲貝子嵩宅觀燈

小閣夜開筵陸相，華燈夾座懸。珠星光乍炯璘，璧月影交圓。輪轉分歌扇應登，杯深罄酒泉。千金論刻漏相，群玉綴詩篇。醉憶傞傞舞璘，狂消黯黯眠。殷雷花外鼓應登，流水意中絃。梅調空相答相，蘭膏每暗煎。風煙開帝里璘，節物遲韶年。望遠還迷霧應登，臨高迴得仙。古臺飄鳳吹相，香闕散龍涎。照耀偏朱户璘，驕奢快錦韉。草承迴輦處應登，塵近落釵邊。折柳驚時變相，聞鷖感歲遷。臨觴歡不足璘，賦就一欣然應登。

華玉宅詠珠燈聯句

何哉此奇觀，照眼爛澄碧應登。蠙胎辭海嶠，龍光耿春夕璘。碎采分日精，良工得神役顧璟。鮫人淚猶明，神女珮初摘應登。昭回五星聚，瑣屑千葩積璘。垂旒屹如向，疊暈森相射璪。蜃樓霧凝黃，魚目珠間赤璘。照梁揺斧藻，燭地敷金錫應登。添燈助熒煌，蔽月隱膏澤璪。知時本含章，極賁乃存白璘。心虛徵内朗，魄冷謝外炙應登。席暗燼葳蕤，堂空影蕭索璪。牽聯倚交絲，静定賴承石璘。即事笑技淫，呈歡感年易應登。報瑶非吾能，聊爲寸陰惜璪。

凌谿先生集卷十一　明嘉靖刻本

莫愁湖餞別都庫部玄敬

駐馬莫愁湖相，高林日欲晡。離觴臨水泛王韋，征舸信潮趨田嵓。草色餘春興應登，煙光帶暝途璘。帝閽辭閲歲韋，客路慎多虞相。行李將書重應登，雄心與劍孤嵓。歸朝知不遠相，何用詠蘼蕪璘。

凌谿先生集卷十一　明嘉靖刻本

應登將赴官延平顧勳部席上承魯南欽佩同餞聯句五十韻

眷眷將別情，忽忽欲暮歲應登。寒檠耿孤照，冷褻積雙淚璘。俄分歎蓬飄，兀處念匏繫陳沂。來憂紛無端，往事眇莫計韋。疇昔結豪英，矢永資德藝沂。朋簪憐晚合，文苑慚同詣應登。芳茹各分芝，幽襟共遺蕙韋。投交重悃愊，赴約輕迢遰璘。開襟幸多暇，散髮忻初霽應登。紓情蔓縈柔，豔語花逞麗璘。歷勝竭蝸涎，凌虛化蜩蛻沂。遥瞠負眸瞭，險躡惡形贅韋。抨弓落驚飛，揮絃激清唳璘。禽巢護蠕墮，蟲網釋囚綴沂。舁泉漱甘冽，摘果啖芳脆韋。憐萌課園灌，惜落戒庭篲應登。窮涯架竹通，駛景然松爇韋。莊遊識魚樂，孔歎悲川逝璘。行歌擇芻言，坐悟答蓮偈沂。晚屧近芳立，暄蓋就陰憩應登。雪蹊遠鳴屐，月浦徐蕩枻璘。嘉林頌楚橘，幽巖賦山桂韋。寒室擁薰鑪，暑院散風砌沂。工歌促繁拍，越舞孃長袂應登。酒罰徵李規，詩禁舉歐例韋。拔兔舉翰材，解龜抵沽契璘。棋談溢誇辭，鬮戲深黠弊應登。豪論諷拘儒，雅坐斥喧隸沂。無言寂於禪，有誡肅如制韋。辯疑泯聚訟，角勝軍策勣璘。摛詞互點竄，鑑古競品第應登。清歡帶謔浪，小詠寓信誓沂。占祥每陳夢，觀智時射謎璘。遊多增足繭，卧少成目翳應登。遺榮等塵輕，紬思入毫細沂。挹爽卻羽箑，承温覆毛毳韋。兒業試家學，婦贄出閨製璘。變褻存禮恭，箴慾聽言厲韋。斂華深賈藏，報李速郵遞沂。金爾音所懷，玉汝成砥礪應登。端居侈進脩，畏途簡名勢韋。自晦忌文揚，互薦恐賢蔽沂。解機習鷗恬，掉語恥鸚慧璘。冥鴻附群騫，駑馬發孤勵應登。俱忘形爾我，敢謂才兄弟韋。逸氣競飄飄，令儀歌棣棣璘。行藏重茅茹，聚散輕萍蒂沂。御今存中堅，希古悔前鋭應登。身知逸在老，心將道爲際韋。遠別難爲期，久要豈終替沂。

凌谿先生集卷十一　明嘉靖刻本

文

完山記

完山者，州城東北隅山也。巍然負郭，三江匯流，其下爲州之鎮，視今蔣氏大中丞梅軒暨少宰敬所二先生之居實相拱。山形圓，弗陷又弗峭，安若覆盂，士人號曰「鉢盂山」。夫山川降神生人，其勝也，乃以人顯，若孔子之尼丘，申甫之崧高是已。兹山孕秀，二公既大顯聞，斯名弗雅，曷足以傳四方？請更名曰「完」，象山形也。夫人德行政藝，修於己者也；禄位名壽，錫於天者也。體薄者用塞，道缺者不備，皆弗可以稱完。若二公者，其何不具哉？舉斯名之，蓋人與地兩無愧焉者也。衆咸曰然，遂立石以識，俾後來者知所始云。

粵西文載卷二十　清文淵閣四庫全書本

柳山清湘書院圖記

予作清湘書院成，因觀山石圖迹，其堂宇多湮廢不存者，乃歎曰：「非圖，乃今曷由知之也？」於是命工繪柳山圖，刻石以傳諸後，凡池澗之經流，堂宇亭臺之面勢，與其古今所稱名，咸具焉。夫柳山者，固郡之北山，以宋刺史仲塗居之故名曰柳山。巃嵸秀卓，帶山環阜，泉自高縈下，石之奇怪者皆聳峙道旁。登其上，高爽軒豁，三面而望，各數十里外，皆峰巒削立，參差起伏，平若列嶂。雖巧者設之，未易得其遠近之宜若是也，四方來遊者，咸謂鮮見。昔人嘗稱山水甲天下，豈不然邪？自刺史始建書院，因時廢興者屢矣。始予之至，鞠爲荒墟，度吾力所及，復二祠宇，以無墜先正之迹。庸詎知賢士大夫及吾民之好義者，協然來同一新其地之至此乎？詩曰：「民之秉彝，好是懿德。」信爲懿焉，斯同好之矣。是天理之在人心，唯其所化。眇予小子，聞道淺薄，不能弘之以禮樂，故僅止於此。苟有賢者作，舉先生之道以道之，又何三代之治之不可臻乎？因記斯圖，併志予愧，以俟夫將來者。

粵西文載卷二十九　清文淵閣四庫全書本

露勝亭記

余始謫全州，愛予者輒以得遊湘山爲賀。至則徵徭訟獄，日絆於庭，不暇出城郭，惟望其蒼然者心動而已。越明年正月，太守曹君德容期方伯蔣公及公僚飲於光孝寺之雷音堂。既午，乃登山觀飛來石。歷磴道至半峰間，奇石錯列，若虎豹虯螭躍伏左右，使人愛之不能去。乃就石布坐，盤桓平砥之上，舉觴而遠望焉。時雨新霽，諸峰雲氣映靄出没，草木向春，濯濯有容，一山之勝，畢露於此。諸君且飲且詠，忽不知其醉而忘返也，因名其亭曰「露勝」。夫山川美惡殊質，美者致愛，惡者致惡，猶人之賢否然也。夫苟至兹山而不知愛之，是亦見夷、齊之行，屈、賈之才，而不知改觀焉，所謂無目者也。是日蔣公賦詩留石，余與諸公次第賦而列之。

粵西文載卷三十二　清文淵閣四庫全書本

應泉説

天氣之將至，厥符迺見。故陽生則灰動，霜降則鐘鳴，物理所徵，無足怪者。柳山故有泉，邇者書院廢圮，池涸湮塞，泉涸不流。正德甲戌二月八日，璘與中丞蔣公及諸賓僚來訪遺址，遂議興復。是日命山人浚池，即得舊所甃石龍首，泉涓涓自口出，不數日遂循徐而流至山下。郡人莫不喜曰：「泉固有知也哉！」璘曰：「不然，天地之氣運諸玄間，以時盛衰，其徵在三光、山川與人物爾。湘南之氣，於今爲盛，若太宰涇川張公，中丞梅軒、少宰敬所二蔣公秉鈞中外，自餘方嶽郎署之賢，聯輝接迹，蔚然並興，斯固元氣之積而發焉者也。泉之至，不其然乎？」泉舊名「達」，乃更曰「應」，蓋表其靈矣。

粤西文載卷五十八　清文淵閣四庫全書本

題敬所相公考全州科第補遺説後

全州自秦、漢以來屬零陵郡，其地居九疑、蒼梧之間，蓋帝舜所嘗巡行，漸被禮樂聲教之懿，固已久矣，莫可究而原也。歷代爲縣爲州不一，國初始自永州割隸桂林。正德癸酉間，璘出守於是，按其山川形勝，融朗清峻，宜多賢人奇士生乎其間，即今觀之可知也。顧前代文獻疏闕，志記多所遺脱，豈非守土者之咎與？觀相國敬翁所考，賓衙翁、陳孟賓諸賢皆表表者，且復遺之，斯闕略固多矣。璘嘗欲檢歷代史作清湘人物志，以表見地靈，值遷任未就，今固不能不望諸交承君子爾。

粤西文載卷五十九　清文淵閣四庫全書本

跋敬所相公奉總制陳公請賑書後

右相國敬翁奉總制太保陳公請賑本州書也。既而折糧發粟，咸如所議，饑民賴以全活者甚衆。傳曰：「仁人之言，其利溥哉！」殆謂是也。璘聞朝臣言相國居禁密，惴惴焉恒以四方弗靖爲己任，憂形於色，此人人得而見之。然其圖回和輯，敷之百司之間，而成之廟堂之上者，人安得知之哉？此其鄉國一事，其懇到委曲，必期萬全如此，可以觀相國之心矣。璘故與今守章君諍刻於石，俾邦人世世以無忘篤近之仁也。

粤西文載卷五十九　清文淵閣四庫全書本

談藝録序

談藝録，亡友徐昌穀所著。吾三復其言，未嘗不歎其才也。嗟夫！詩之爲道遠矣，自三百篇以還，上下數千載，名能斯道者，可指而數。豈其體裁情理之致，有難會識其裏者耶？陸士衡云：「非知之難，唯行之難。」善乎吾昌穀曰：「既云行之難，安得云知之非難乎？」古之人敍述斯道，有陸士衡文賦、劉勰文心雕龍；敍作者之等，有鍾嶸詩品、嚴滄浪吟卷，均謂精鑑博識，深詣閫奥矣。若昌穀兹編，超融群義，發所獨得，約而言之，窮括其理，又豈非知行兼能、與古作配者歟？初，昌穀弱冠時，會予於吴下，見其所作交誠、感暮賦，遂爲莫逆交，殆今十五年，而昌穀名滿海内，爲詞林來者之望，不幸今夭。餘姚王伯安與予書云：「昌穀臨終不戚，驗其有養。」濟南邊廷實過汴，予告其事，相向大泣，因出是編，委予刻之。昌穀之不朽者不在於是，是亦不可以知其概也。

正德壬申五月，開封知府姑蘇顧璘序。

談藝録卷首　　明正德十五年刻本

徐迪功集序

自吾友迪功君之亡，未嘗不臨文與哀[一]，爲國永恨，使存至今，復何見古人哉？今所傳談藝録一卷、遺文六卷，混涵造化，陶冶風雅，斯一家之名言矣。關西李獻吉乃云「守而未化，故蹊徑存焉」，豈其然與？豈其然與？嗣子進士伯虬屬余贊述于墓銘卷後，適有眩疾，不能構思，乃書此歸之，併録舊所往來詩三章，用存幽明之好云爾。

前年共飲燕京酒，高樓雪花三尺厚。酣歌徹夜驚四鄰，世事浮沉果何有？一爲法吏少書來，心結愁雲慘不開。昨傳學省移新籍，坐嘯空齋日几回。

舊愛張廷尉，今知鄭廣文。高情疏法網，麗藻播詞芬。臺省爾何戀，交親殊有聞。南樓望明月，一倍惜離群。

揚子翛然居學省，閉門安坐日談玄。共嗟朝市留真隱，轉見風流勝昔賢。深巷馬嘶聞過客，古臺花發動韶年。逢君却愧塵埃誤，苦憶江南種秫田。

嘉靖七載戊子秋，東橋居士顧璘書。

【校勘記】

〔一〕「與」，疑當作「興」。

劉函山先生文集序

徐昌穀全集卷首　明萬曆四十七年松濤閣刻本

夫文，華國之章也，而詩以言志，名家尤難。發乎情，止乎禮義，斯得之矣。輓近論者腐唇稿舌，厭聞欲付祖龍。予弗深於道，而蠡窺其概，當自諗曰：詩文當以自得爲宗，無格次之，模擬煅煉最下。

自漢、魏以至有唐，名家非一。然文則宗典、謨、訓、誥，而秦、漢爲巨擘；詩則祖風、雅、頌，而騷、選以下，堇有取於陶、孟、韋、柳之和平，李之逸，杜之雄，外批頰遜矣。學者徒索諸章句體裁之間，不亦戾乎？何也？凡稱作者，貴自得也。夫所謂自得者，非率意也。養深則憂爲之，高才曠度，亦往往然合，固不在鉛槧蹊徑也。

吾友濟南劉希尹氏，學洞九經，才澂三昧，發爲文章，登之卷帙，更僕未易數也。且也清才卓識，氣蓋一世，蹈厲權衡之司，衆咸望之公輔。無何，被讒娼出外，僅貳觀察，位不副德。蓋天將豐其後，申命用休，純其嘏以無疆之錫也。今觀其詩文，内境舂融，神遊太古，樂所樂，無芥蒂於得失，我者去而聖人者來，其所養可窺矣，宜其詩文超越尋常飣餖表也。夫文，心聲也；心，福基也。希尹心聲若此，福曷可量哉！

嘉靖庚子長至，工部侍郎姑蘇顧璘序。

函山先生文集卷首　清抄本

蔣南泠詩集序

詩也者，夫人日言之道，果何若哉？其本發乎情，其則止乎禮義止矣。諸餘腐唇蠹紙之談，皆藝士之技習，非可語於本始也。古詩皆被於樂，樂亡而存乎歌詠，其歸以感人爲用也。不可歌則不可以感；不可以感，奚取於詩云哉？故音節爲重。三百篇至漢、魏，文順而旨明，至易讀也，故可歌詠之。去古不遠，其道未失故耳。至顔、謝雕琢其辭，而後情病又極於沈、宋，爲律體，情幾盡矣，然猶穩順聲勢，令人可歌，顧敢廢其用哉？至盛唐李、杜、高、岑諸君子，乃用其體以還其情，温厚和平，讀之使人興起。雖有雄渾清逸，氣調不同，各繫其資性而然，其致則一也，烏在於古今之殊製乎？

余嘗有言曰：「詩以自得爲宗，正之以氣格，和之以音調，其要也，模擬者最下。蓋惡夫雕琢牽綴之辭，遠於斯道也，抑安得見斯人與之暢斯意哉？」吾友南泠蔣子雲氏，深有得於余心同然者，集其所作詩若干篇，寄余商評。開椷快讀，凡三昏旭而不能去手，乃作而嘆曰：「大雅盡在是矣。」

子雲天資邁明，爲學與政皆能洞覽古今，而得其樞要，故所就恒絶於人。其爲詩也，深探本始之原，而博究作者之趣，神會默成，不涉意構。或下筆千言，才情横發，朋輩每爲斂手。今讀其詩，逸如鮑明遠而辭不蕩，淡如陶靖節而氣不寒，寬平如盛唐諸公而語不易。至其藻麗對屬，有它人閉户經旬而不能就者，率飄然得之，若不經思，可歌可感，不爲徒言，真詩人傑出者哉！願由是傳之四方，使將來者見之，則凡餖飣其字、雕刻其文、艱深其思、拗曲其體、不發於情而並氣格音節亡之者，皆可怛然省矣，有切於斯道非淺。是爲序。

皇明嘉靖壬寅仲冬長至日，南京刑部尚書姑蘇顧璘撰。

蔣南泠集卷首　明嘉靖二十年喬佑刻本

陽峰家藏集序

客曰：「文至樊宗師，詩至李長吉，不亦奇可尚乎？」璘曰：「文辭、道德，其揆一也，明而正焉上矣，烏用是譎狂爲也。」曰：「然則元、白詩與宋儒語録諸文近與？」曰：「『言之無文，行之不遠』，俚則不可以法，不可以法，奚傳乎？」夫典謨，文之祖；三百篇，詩所由興也。載政事，發情性，其本也，其言所謂明而正也。學貴乎知本，道貴乎得中，何取是末流之弊，以蹈太過不及之失哉？

吾嘗遊楚矣，登諸衡嶽焉，見其崇高尊大，峻極太虛，而視寰海於掌上，雖峰巒叢立，絶無齟齬峆岈、靈巧纖細之觀可駭而愓者。然玩之莫能窮，言之莫能狀，行之莫能至，所謂偉觀也。再登武當月巖，則奇峰幽洞，蓋有雕刻所弗能逮，直造化之劇戲耳。若他方坡陀培塿，可舉武盡者，又瑣瑣陋矣。此大地之文然也。至於人文，則亦有然者，大抵大人之文明而正，曲士之文或奇或俚，可以觀小大之分矣。

禮部尚書石首張公赴召北上，出其所著陽峰集，授余校閲，且屬爲序。於是莊坐而讀之，又三復而繹之，固莫窺其微。然見其文直而雅，實而有章，不煩雕刻，而悉事情，洞理奧，蓋準乎典謨而爲之體要者也。其詩平夷廣大，用盛唐諸家之情，尚混成而簡色澤，意匠所會，自造幽深。雖殊三百章句，而縱横六義，無不馳騁其間矣。所謂山嶽之氣勢、大人之威儀，未可以與曲學小道觀也，蓋不覺其斂衽而敬，擊節而歎焉。

唯公稟異質，登巍科，居翰苑禁密三十年，拜兩都大宗伯，贊禮樂制作之柄，至大且重，所以恢弘識量，陶汰神明，夫豈尋常淺狹可擬倫哉？若詩文乃其緒見也。抑斯義也，心可得而知，口固不可得而言矣，要之百世而後可定，璘何足以知之？所謂小大之辯，竊不佞自謂窺其一二矣。因公聊發其愚，抑又聞今世論文家，淺歐、蘇而易昌黎，果爾。則又不知春秋之與左氏，孟、荀之與揚雄，孰爲雌雄也？請公第傳之用待矣，夫方來之論之者。

嘉靖癸卯冬長至，資政大夫、南京刑部尚書姑蘇顧璘撰。

陽峰家藏集卷首　明嘉靖二十四年世恩堂刻本

書爾雅翼後

予向嘗讀宋羅鄂州集，見朱子敬服其文，以爲南渡以來文人之所鮮有。近復得鄂州所著爾雅翼於其遠孫惟美，則又以見鄂州之學之博，而非人之所易窺也。爾雅，博物之書也。天下之物廣矣，一物之理未窮，則一物之知缺焉。學者之意，豈不以一物未窮，若無害乎其學而不知學之疏淺，未必不自兹而始也。孔子生知之人也，其入太廟，每事復問曰：「我非生而知之，好古，敏以求之者也。」此聖人之所以爲聖也。是書之於格物詳矣，學者能復熟研究，由是而進大學之道，蓋無難者，則是書也固將與雅並行，有不俟後世之子雲而知之矣。

正德己卯冬十月，知台州府吴郡顧璘書。

爾雅翼卷末　明正德十四年刻本

書重刻遜志齋集後

先生王者之佐，于時以彼其才易服就列，宜致卿相之位，究厥謨猷，顧豈與唐王、魏者等？先生不此之顧，悲楚抗激。至磔身沈族，而氣不少回。凡以存君臣之義，爲天下防也。嗚呼忠哉！抑有功於昭代深矣，雖報卹闕然，而遺文盛流，斯固列聖之惠與。文始集于趙學諭洪，至禮部尚書謝公鐸、工部侍郎黄公孔昭益廣搜之，得若干卷，刻諸寧海。木今漫矣，乃會黄參軍綰、應吉士良、趙大行淵，删定僞謬，重刻斯編，以行于世，俾知夫奮大忠者本如此云。

正德庚辰仲冬朔，守台後學姑蘇顧璘識。

遜志齋集卷末　明正德十五年刻本

凌谿朱先生墓碑

先生姓朱氏，名應登，字升之，揚州寶應人。世譜綿邈，見李子夢陽墓志語中。父訥，成化間聞人，嘗爲鄞縣令，甚宜其民，獨不媚當邑權貴人，抑調長陽。監司察其異才，復薦知江陵。憂還，遂不仕。先生生而犖奇，童而穎解。年十五六，誦經史百家之言，下筆爲文章，馳騁横放，鋒不可嬰。江陵公教以古今文體之變，乃就矩矱。

年二十三，舉進士，英聲譁然，玉光錦爛，京師人咸目之。時當路好以意上下人，不愛奇士。除南京户部主事，籌計精績，爲諸曹指南，益矢餘力，底竟藝極，作申臆賦以見志。拜延平知府，惠政隨手出。無何，京口楊公一清掌銓，收拔名望，遂擢陝西按察副使。督學政，教法清整，士知嚮往。然本性高朗，不善瓦合，時時失人意。嘗在宴次賦詩，有客在側，竟日不得交一言。故一時飛語自顯貴騰起，影附聲和，各快讒嫉，竟例調滇翇。獨修撰康海爲文唁之，舒其幽憤。尋陞布政司參政，又遭僚友見妒，布置矛穽，繹繹不輟。先生長嘯乞骸，遂得請罷。年五十卒于家。

嗚呼！屈子沉流，賈生外傅，並以高文卓行取讎于子椒，不偶于絳、灌，古先所歎，今又何怪乎？皇朝文尚淳厚，自成化、弘治間，質文始備，翰苑專門，不可一二數。其在臺省，初有無錫邵公寶、海陵儲公巏等開啓門户，自是關西李夢陽、河南何景明、姑蘇徐禎卿、維揚則先生嶽立宇内，發憤覃精，力紹正宗。其文刊脱近習，卓然以秦、漢爲法。其詩上準風、雅，下采沈、宋，磅礴藴藉，鬱興一代之體，功亦偉乎！然皆位不至公輔，天年早終。蓋天既畀修名，遂奪諸福，揆諸損益之數，無足過慟，徒平生故人，仰天長號耳。

先生孝弟通於神明，禮讓洽于鄉黨，抱義明金石，親賢若饑渴，委志學海，弗達弗措。其致仕居家，考律歷，正運數，精思玄詣，務見底奥，詮校前史是非，舉百代於指掌之上，世短事悠，命也奈何！既没之五年，其弟應辰子曰：藩懼先緒寖遠，流風或替，圖紀盛美，表諸墓門，謂璘同心，宜任斯役。用是銜哀秉翰，敍而銘之。銘曰：

大儀既位，二曜流光。蒸爲雨澤，百物用昌。哲人命世，體用咸具。言也日昭，行乃雨澍。異哉司契，乃惎其華。碩果弗薦，蔽于邦家。於維先生，苞鉅洞玄。浩浩嶷嶷，用之則宣。邦訃雖夥，克明克正。臨民斯和，作士斯競。顯顯令猷，抑者謂何。君子有行，厥績寔多。鬱而弗達，乃篤于文。爰究道本，以博前聞。會中建則，與古作配。薄海滂流，如水斯沛。維皇有運，寔敦固之。匪澤物采，苟張羽儀。稽古董韓，令名罔誣。孰曰夫子，非今之模。

凌谿先生集卷十八　明嘉靖刻本

景伯時暘行略

景公諱暘，字伯時，别號前溪，其先揚之儀真人，父宣爲廣東市舶提舉吏目，遷布政司照磨，徙家金陵清溪之上，遂爲上元人。公生而聰警秀發，五歲即能屬對，十歲業應舉，文有聲。布政使劉公大夏一見甚器重之，曰：「子必爲端人，不但登上第而已。」

公至南都，以易學鳴。同舍之士何宗伊、宇賓、方宗顯相與績學，見公速化，深自推遜。弘治乙卯，顯、伊、賓舉應天鄉試，曰：「伯時不舉者，俟六翮耳，六翮成，豈我輩能頡頏者邪？」戊午，公舉鄉試，及試禮部，不第。授弟子經於儀真、江都間，學益宏博，以重實去華、略文貴行爲訓。門人有異向者遣之，莫不憚服。

正德戊辰，舉進士第二人，除翰林院編脩。時經筵，必越宿齋沐，曰：「覲君之禮，不敢不慎。」適逆豎劉瑾擅政，陵轢文儒，見公儀度端整，更爲尊禮。及教内書館，嘆曰：「君子無棄人，矧此輩爲近君者邪！」每引時事諭之。於正會試爲同考試官，閲士文卷，凡數夕不寐，文唯縟而不復、侃而不激、新而不麗、深而不刻者取之，所得多佳士。丙子九載考績，國子司業缺員，少師梁公謂公曰：「三考當爲侍讀，今國學不可無子，曷少貶以待超陟，何如？」公曰：「朝廷官人必因其材，豈臣下可自擇邪？唯不堪是懼耳。」由是遷國子司業。公與六館諸生講解，不憚寒暑。典簿餽公廩，私益以斛，公知之，歸其益，切讓之曰：「吾雖貧，何相賊也。」懼謝而去。二年，太孺人思歸，上疏乞南補，上命改左春坊左中允，管南京國子司業事。南方之士，習競便利，故多請託，公一切不行，士習因之一正。辛巳，太孺人以疾卒，終喪，北上道。舟止儀真，家人病疫，公染疾竟卒，春秋四十有九。

公生平仁孝篤至，太孺人中年喪明，以公能得其歡心，年經八十，雙目復明。及承恩封，里中相傳以爲異。有姊蚤寡，奉與母俱，其子女爲之嫁娶，從兄弟無不皆然。門生有謁，未嘗受餽，故舊徵文之幣亦不納。爲文多宗遷、固，詩效唐人格律，書法晉，尤妙于篆，有前溪稿若干卷。

顧華玉曰：伯時自窮時與維揚火城相知交，爲中允時，數向余稱其爲人。余以伯時方貴，盛游者固自厚，不甚入心。比伯時卒，遺孤孑孑，門户衰落，曩時親暱人多不相往來，獨火君顧念益勤，時時遣人過江問遺，踰於生時。伯時有遺文數十卷，火君捐百金梓行之，曰：「吾不忍故人菁華遂殞於地。」火君可謂貴賤死生無替交態，而伯時之知人未易及也。

國朝獻徵録卷七十四　明萬曆四十四年徐象橒曼山館刻本

嚴嵩像贊

淳風既邈，士德斯易。行餙青黄，文有枝葉。穆穆太宰，履道爲則。慨然遠想，舍華撰實。志軌先民，學苞群籍。温恭有儀，小心翼翼。行顧其方，言慎其格。罔有城府，弗作險棘。爰葆中和，成是正直。狂瀾砥柱，清廟珪璧。官著屢昭，帝眷有赫。風彼四海，永歌平格。

鈐山堂集附録　明嘉靖二十四年刻增修本

大中丞顧公書

近會王道思吏部論古今文章之士，道思推足下與常州唐太史順之為後來之特，更無出諸右者，尊仰何已！承寄示郊社諸古詩，爾雅深厚，振脱近習，宜陵三代，建意甚盛。愚見竊有未安，文章之不可復元古，猶衣裳之不可爲深衣袵褎，飲食之不可爲汙尊杯飲矣。若刻意效之，必成刻棘之苦。如作四言，則韋孟諷諫，張華勵志，淵明停雲，皆詞苑之高則也，奈何必取雅、頌而步趨之？蓋上古之文簡而主理，後世之文繁而主辭。宋、齊以下，辭之敝也。漢、晉之間，固猶彬彬，學者尚之足矣。僕亦自恐老憊氣衰，爲此卑論，質之道思，頗以爲然。敢告之足下真以爲然否邪？選伯虎集甚精，廣志賦與連珠奈何遺之？尚尋收梓之，免餘憾也。

袁永之集卷十九　明嘉靖二十六年刻本

尺牘

一

僕久在山野，不知政理，凡所圖回，不適機宜，多不可行，甚不得於初心。又不忍袖手瘝曠，今爲楚中作總會册一部，正所謂博而寡要、勞而無功，它日用覆醬瓿耳。外寄論語類抄，有志躬行者可爲近思録根本，比舊本較頗易讀也，如何如何？璘拜言。

二

丁酉除日，道州無事，漫調倦尋芳漫一闋，録寄與槐儒宗笑正。鄉里諸先生念及，出此見況，冗次不能一一書上也。

閒窮往古，萬變榮枯，總歸無有。樂善安常，本是自家操守。馬革功名蕉覆鹿，雲臺畫像芻成狗。太虛中，看彩雲濁霧，誰工誰醜？　堪笑殺、子蘭譖毁，廉藺交歡，枉多生受。坎止流行，物理本無紛糅。天日清和聊散步，風波變動須回首。

牢把定，此心中外，一生前後。

東橋顧璘再拜稿。二月四日宗寶慶書寄。

三

久不作詩，近偶賦三首，録寄宫端與槐先生，並轉呈諸鄉厚，用見近況如此耳。七弟號酒隱先生有二詩和而寄之：次公堪怪醒而狂，醉白曾聞狎上皇。賓井轄投吾且止，相車茵污客誰償。黄金瞽眼真如土，墨汁濡頭亦滿墻。明日擬扶花外杖，探囊聊有百錢藏。

阿朝門外麯成丘，轉覺吾家趣味幽。百歲衹憑鸚鵡斛，千金何愛鷫鸘裘。談經坐處看温偉，棄事歸來厭薄遊。鳳德不關醒與醉，誤將衰老笑周侯。

積雪宴起：山城積雪萬家寒，高卧閒齋愧素餐。甘菊有靈神枕秘，木綿無恙故衾安。窗間攬鏡形容老，江上移家道路難。迎小兒女久不至。塵世欲抛抛未得，仙人空説紫金丹。

十二月望前東橋顧璘再拜稿。恭甫居本非小子所堪，但中道改約，不知何也。其銀望留館下，若有房小而多者，望成一所。諒辛丑當入京矣。有寡女欲另居，小孫欲延師，故不得不求寬耳。今工部俸皂，望併取用之。草草，不盡。

四

豆豉方、飲膳正要幸示，易外別傳若覽過，亦希付還。顧璘頓首。

五

前見通政樊子，云北河無水，公難脱手。生在座聞之，乃默察此人與韓子同一城人，想共有議。幸得兩洲入，生以北河每年四五月無水常事之説告之。此老連日正持此説，乃陰破其説也。又訪聞韓子每疏多出此人之手。倘有本咨入，須分付來人，妨此人左問也。火之。東橋頓首。

上海圖書館藏明代尺牘第二册

附録

附録一　碑傳

明故資政大夫南京刑部尚書顧公墓志銘

文徵明

嘉靖二十四年乙巳閏正月十有八日辛巳[一]，南京刑部尚書顧公以疾卒於金陵里第。先是，公以考績還自京師，道聞長子嶼卒，驚惋得疾。抵家疾甚，久之，竟不起。嗚呼惜哉！

公諱璘，字華玉，别號東橋居士，世爲蘇之吴縣人。國朝洪武中，高祖通，以匠作徵隸工部，因占數爲上元人。曾祖海，不仕。祖誠，以公貴贈資政大夫[二]、南京刑部尚書。考紋[三]，號愚逸，初封承德郎、南京吏部主事[四]，後加贈資政大夫[五]、南京刑部尚書。祖母陸氏、母楊氏，俱贈夫人。

公以應天府學生領弘治乙卯鄉薦。明年丙辰，舉進士。庚申[六]，授廣平縣知縣。甲子[七]，徵入爲南京吏部驗封司主事，進稽勳郎中。正德庚午[八]，陞河南開封府知府。癸酉，謫授廣西全州知州。丙子，起知浙江台州府，陞浙江布政使司左參政。嘉靖改元，册立中宫禮成，奉表入賀，道陞山西按察使，以親老辭，不允，尋以病免。庚寅〔九〕，起爲江西按察使，未行，陞浙江右布政使，轉左布政使。壬辰〔一〇〕，召爲都察院右副都御史，巡撫山西。上疏乞終養，忤旨，落都御史，以布政使致仕〔一一〕。丁酉，再起爲都察院右副都御史，巡撫湖廣，兼贊理軍務。己亥，陞刑部右侍郎，尋改吏部。會顯陵肇工，改工部左侍郎，領山陵事，進工部尚書。事竣還朝，改南京刑部尚書。公於是歷仕三朝，閱五十年，歷十九任，積階自文林郎歷十有一資爲資政大夫〔一二〕、正治上卿。

公融朗闊達，精於吏理，能激卬任事。初莅廣平，年甫弱冠，或易視之，而公闒決敏利，擿伏若神，拊循道利，靖而不煩，而飾以文學，有古循良之風。及爲開封，益更練堅決。會盜起燕、薊，流劫中原，攻圍城邑，所在繹騷。兵部尚書彭公澤奉詔疏捕，領兵壓境上，簡公自輔。公亦悉心展措，練兵飭甲，轉餉傳飱，取具呼吸間，而解難折衝，謀畫居多。在郡期年，隨事經理，多所緒正，而彊執不撓。鎮守中官廖堂，恃逆瑾黨援，圂奪自恣。公摧抑捍蔽，每折其萌芽，不令得肆。瑾誅，廖罷去，而錢寧用事，羣閹方熾。王宏者尤詩謾慓疾〔一三〕，繼廖出鎮，乘權席寵，氣焰讋人，一時有司或屈節自容。公故不爲禮，有所徵需，一不荅，歲時展謁，長揖而已，用是積忤宏。宏方恃寧爲援，矯詔逮赴錦衣獄。獄吏問狀，公據理執誼，抗言條對，一無所承。寧無已，遣邏卒陰探郡中，無所得，乃文致他比，以竟其獄。獄成，鐫三階，徙全。

全即古零陵郡，越在嶺嶠，僻遠荒陋，公不鄙夷其民，而翊以文教，道化更革，誠心拊綏。

久之，民用乂安，而士興於學。甫三年，而有台州之命。台爲東南劇郡，武衛錯居，俗獷而喜訐。胥吏並緣其間，縱横饕詖，更數政不治。公至，爬疏剔抉，求得其弊端與利源所在，次第興除之。故事，武衛諸城，郡爲修築，更費浩穰，率爲主守者乾没。恒一歲二築〔一四〕，築輒壞。公鈎考得所侵漁，悉没入爲城費，檄義士經理而程督之。故他城易墮而台所隷三城特完。郡瀕海，有鹽筴之利。貧民業鹽自食，苦䇿榷煩苛〔一五〕，每迂道轉輸，而邏卒乘是爲奸利，至相賊殺不可止。公爲弛禁，俾得負販出郡下，而薄其税入，民用便利，而國課亦登。故時軍餉不時給運，軍往往稱貸以需，而駔儈得肆侵牟。公支放有期，而勾稽維審，軍皆給足，而奸民無所牟利矣。郡南瀕江，卑下多水患。地有中津橋且壞，公修復之，因築石隄而樓其上，凡數十楹。人初莫喻其旨，已而夏潦，水猝至，居民得依樓以避，所活以千計，乃服公先見云。

公既久於台，悉浙中事宜，繼以參藩，遂得舉而行之。雖不及久，而宏規碩畫，功緒爲多。及以左轄重臨，益諳練宏達，而意復周審，展采錯事，惟志所爲。而釐革積弊，若賦發科謫，調補吏胥，皆利蠹蟠結。前政所不敢問者，公排根振蔓，絶不少縱，而畫一以守，要束章程，咸正而核，吏不得緣以爲奸。事緒雜襲，文牒糾紛，隨事剸裁，司無留政。御史按浙者，往往袖手，無所事事。然積不能平，乘其解任，而躡尋過誤。一時雖横被口語，而素履明潔，望實在人，卒亦不能有所汙衊也。

起撫湖南，益事振植。湖湘遐曠，提封數千里，撫臣尊重，受計坐理而已。公不躡故迹，軺車省循〔一六〕，徧歷州郡，雖偏鄉下鄙，莫不臨莅。跋涉險阻，蒙犯霜露，不少厭却。故事，巡歷所在，必以藩臬守臣自隨。公悉謝遣，軒車簡易，傔從斂約，供頓次舍，才足周用，民按堵不知爲勞。念荆、湖沃衍，而流庸墮弛，地利有所未盡，科輸煩擾，期會迫促，民日益貧，公私交病，故所至勸農振業，平繇復税，而擿伏省微，軌迹夷易，民用安集，而歲亦比登。在鎮逾年，多所建白，首言：「地瘠民貧，兵食不足，而藩府賦禄無制，後繼爲難。」又以「湖湘控扼邊徼，地大事繁，御史按部，歲一更代，勢不得周。欲乞添差御史，分莅湖南北，以廣詢謀」。又言：「外屬臣僚，多有宏才碩望，足充任使者。比歲限以藩府戚屬，不得内徙，此非祖宗舊制。乞越例推選，以收滯才。」所言凡數十事，皆當時利病，深切治理，雖不盡施行，而論者莫不韙其言云。顯陵之作，役大事繁，經費不貲。公既長於料簡，而程省弗懈，調發有制，視他所營率損費十五，而功實倍之。規制宏偉，翬飛赫奕，而民不告病，有司不以爲煩，其經理施置，有足多者。然此特出其緒餘耳，而非公所用以爲才也。

及是雖典邦刑，而留司務簡，亦不足以盡其用。且鄉里所在，父老姻戚，不能無望於公。而公執志堅定，不肯骫骳以徇〔一七〕。苟罹於辜，必以法繩之。豪植强禦，咸不得肆，而怨讟興矣。言者因得假以爲辭，肆言醜詆，而素所忌嫉之人從而醖釀之。公雖内省不媿，而不勝浸淫之辱，竟鬱鬱以殁。嗚呼！公論不明，是非失實，使瓌奇卓越之才，不獲究於明盛之世，必有執其咎者，君子固有竢於百世之下也，然則公復奚憾哉？公素長者，不虞人詆欺，而直諒自信，不肯脂韋干譽。出入中外，垂五十年，一時新進，多非曹耦。公既前輩自處，論議之間，陵轢奮迅，侃侃自將，每下視諸人，人多不能堪，往往傍睨切齒，而公不知也。其得謗受禍，殆亦以此。

平居事親孝，愚逸公病疽，公時已五十餘，與同卧起，吮濯扶掖，舉身親之，肉血淋漓，十指皆潰，曾不肯自佚以委勞於人。初，公以親故，一再解官，其後出入靡恒，而二親之亡，公適皆在告，皆得親奉含斂，殆不偶然者。處羣從兄弟尤極友愛，從弟英玉，繼公起進士，官按察副使，仕歸而貧，而介潔自將。公雅知其志，雖日與親接，而不輕餽遺，然而中心相乎，不殊同胞也。少學於李璠先生〔一八〕。李死，一子不立，妻萬不免饑寒。公在官，每分俸資給之。既又爲其子植産，旋植旋廢，而其子卒困以死，乃迎養萬氏於家，死爲斂葬，而給其孫如子，終其身不衰。友人胡欽死，妻方氏食貧養姑，公俾里中上其事，請表於朝。凡推核深究、文牒往来，咸具於公，而一切更費，咸自公出。至於里黨族屬婚喪緩急，亦多倚成於公，其於倫誼至重也。

爲文不事險刻，而鑄詞發藻，必古人爲師。見諸論著，雄深爾雅，足自名家。詩尤雋永，雖矩矱唐人，而劖除陳爛，時出奇峭。樂府歌詞，不失漢、魏風格。問學博深，既有資地，而才敏氣充，足以發之。自其少時，已有名世之志，既舉進士，即自免歸，大肆力於學。時陳侍講魯南〔一九〕、王太僕欽佩皆未仕家居，皆名能文，與相麗澤，聲望奕然，時稱「金陵三俊」。及官南曹，曹事甚簡，益淬礪精進。居六年，而學益有聞。自是出入中外，所雅遊若李崆峒獻吉，若何大復仲默，若朱升之、徐昌穀，皆海内名流。一時詩名震疊，不啻李、杜復出，而公頡頏其間，不知其孰爲高孰爲下也。然李、杜位皆不達，又皆盛年物故。公仕最久，官亦寵顯。所歷若沅、湘，若天台、雁宕，若衡岳，皆山水勝處，雖簿書鞅掌，而不忘觚翰。所至領客燕遊，感時懷古，臨觀賦詩，風流文雅，照映林壑，委蛇弛張，有古高賢特達之風。及是將解留務，往来吴門，尋鄉里舊遊，期于盡遊諸山，以畢其平生。而事左心違，竟成乖越。烏乎！而今已矣，尚忍言哉？

公所著書曰國寶新編，曰近言，曰顧氏七記。詩文曰浮湘稿，曰山中集，曰息園集，曰憑几集〔二〇〕，曰登衡小記，總若干卷。其生成化丙申七月七日〔二一〕，享年七十。娶沈氏，封夫人。子男三人：嶼，歲貢生，娶羅氏；峙，娶陳氏；峻，尚幼。女二人，適俞璉、趙念。孫男八人：履祥，蔭爲國子生；次賓祥、元祥、耆祥、應祥、楚祥；餘幼。孫女二人。曾孫男三人。履祥等以卒之明年丙午三月廿七日葬公上元縣彭城山之原。前事奉公門生太常少卿許穀取爲狀来乞銘。銘曰：

於穆孝皇，立國用明。孰言翊之，允維邦楨。烈烈顧公，維時之彦。爰外而中，式敭用踐。扶起家民牧，弗奪弗違。言飲之德，既去而思。豈德則周，亦堅厥志。志植靡移，乃言有濟。扶微興壞，樹之風聲。載躓載奮，卒偕以升。維靖而恭，乃剛弗折。式遄其歸，峻躋華列。出將使指，入典邦刑。以翼以貞，以莫不經。爰飾用文，富兹述作。迺古有訓，仕優而學。其學何如？亶言華國。敷章帝猷，詠歌明德。在孝皇日，羣獻英英。發藻攄詞，式章用明。翺翔後先，公實曹耦。德音洋洋，維學之懋。烈烈顧公，既瓌既奇。學爲文宗，政爲吏師。維學維政，鮮兹兼德。繄名之高，斯毁之積。烈烈顧公，連蹇在是。豈不顯融，迄屯厥施。彭城之原，公兆於斯。尚後有考，視此刻詞。

【校勘記】

〔一〕「十有八日」，甫田集三十六卷本作「八日」。
〔二〕「政」，甫田集三十六卷本作「善」。
〔三〕「紋」，原作「文」，據墓誌拓片、甫田集三十六卷本改。
〔四〕「南京」，原闕，據墓誌拓片、甫田集三十六卷本補。
〔五〕「政」，甫田集三十六卷本作「善」。
〔六〕「庚申」，甫田集三十六卷本作「己未」。
〔七〕「甲子」，甫田集三十六卷本作「壬戌」。
〔八〕「庚午」，甫田集三十六卷本作「己酉」。
〔九〕「庚寅」，甫田集三十六卷本作「戊子」。
〔一〇〕「壬辰」，原闕，據墓誌拓片補。
〔一一〕「使」，原闕，據墓誌拓片、甫田集三十六卷本補。
〔一二〕「政」，甫田集三十六卷本作「善」。
〔一三〕「慓」，原作「慄」，據墓誌拓片。

〔一四〕「一歲二築」，墓誌拓片、甫田集三十六卷本作「歲一築」。
〔一五〕「辜」，原作「估」，據墓誌拓片、甫田集三十六卷本改。
〔一六〕「軺」，原作「輅」，據墓誌拓片、甫田集三十六卷本改。
〔一七〕「骫骳」，原作「骳骫」，據甫田集三十六卷本改。
〔一八〕「璠」，甫田集三十六卷本作「璞」。
〔一九〕「陳」，原闕，據甫田集三十六卷本補。
〔二〇〕「曰憑几集」，原闕，據墓誌拓片、甫田集三十六卷本補。
〔二一〕「七日」，墓誌拓片、甫田集三十六卷本作「二日」。

吴都文粹續集卷四十五　清文淵閣四庫全書本

顧璘傳

陳　沂

顧璘，字華玉，南直上元人。體貌修異，聲响清逸，以進士知廣平，論断如老吏。歷知開封，與鎮守中官廖堂忤。及王宏代堂，堂語宏必揖璘，責下拜，視賄。璘上記巡撫鄧璋，曰：「王宏非法索賄、責拜，損士大夫體頸。」棄官歸，璋固留。例謁冬至，璘見宏，長揖而已。宏遂誣璘怠慢敕書，賄錦衣朱寧，矯詔逮獄，鎮撫張瑾責璘伏狀。璘曰：「禮迎敕不跪。且群屬共之，何獨璘？」瑾曰：「然則誤逮君乎？此太監時也。」璘曰：「舍曰國法，乃言時。」瑾無以難。寧復遣校尉即開封，按其它事，無所尋，竟文致慢敕，鐫三階，知全州。擢台州府，去台之日，巷哭失聲。

嘉靖中，歷右副都御史，巡撫湖廣。故事，巡歷必藩臬從之，示重。璘僅從簡約，輶軒四迄，下邑故不知都御史来也。所至劭農振業，平徭復税，摘伏察隐，軌迹夷易，而憑軾誦讀，撰著亦復不少。歷吏部右侍郎，上治顯陵、承天，改工部，領山陵事，慎簡料，費少功倍，晉南京刑部尚書。璘禮數簡率，高步闊覽，會一時同事者多新進，而璘猶前輩臨之。坐是怪謗並興，爲言官所醜指，意鬱鬱以卒。

璘居恒言士大夫當以心術爲本根，以倫理爲植幹，以學問爲菑畬，以事業爲結寔，以文章爲花蕚。初巡湖廣時，見張居正毁齒中，呼爲小友，語同座：「此子將相才也。」解帶贈之曰：「表吕虔意耳，他日故不止此。」因出其少子峻相揖。後居正當國，竟敍録獻陵功蔭峻。初，璘與王韋、陳沂稱「金陵三俊」，沂以正德中進士，官編脩。嘉靖中議禮，獨不見罪，以山西行太僕連忤執政，致仕不復出。

論曰：璘嫺治術，學有原本，不徒以傲物爲高，文行咸脩勵，不敢怠。至其抑心小友，識之毁齒時，則又是觀人一法。沂，鄞人，父鋼，判長沙，有惠政。

顧璘傳贊

王世貞

顧東橋先生者，諱璘，字華玉。其先吴縣人也，徙家留都爲江寧人。先生二十一成進士，爲詩歌，與劉麟元瑞、朱應登升之齊名，曰「江東三才子」。由郎署出守開封，坐累謫，入爲南京吏部郎。復守台州，歷藩臬，所至有聲實。自山西臬再遷浙江左布政使，轉巡撫山西右副都御史。引疾乞休，吏部言其太驟，以布政使致仕。

先生居閒無事，多縱游山水間，觴詠自適者十餘年，而始起家巡撫湖廣。入爲吏部右侍郎，以督顯陵工，留爲工部左侍郎兼都御史。陵工成，進尚書，兼脩承天大志。先生開局，聘楚故名士宦廢者王廷陳、顏木、王格分任之。書成，乃不稱旨。遷南京刑部尚書，被論致仕，卒。

所著有息園諸集若干卷。先生詩富才情，格不必盡古，而以風調勝，往往膾炙人口，文小弱，然亦宛宛雅趣，延接名流，如恐失之。有弟瓌，以按察副使謝病歸，才不能如先生，而峭厲過焉。

贊曰：弘正之間，天昌厥辭。李何倡之，邊王翼之。跐跋中原，江左其誰？昌穀後勁，公乃先馳。綿麗才情，紆徐矩規。六季風流，鮑庾庶幾。

弇州山人續稿卷一百四十八　明刻本

南京刑部尚書顧東橋公傳

馮時可

公諱璘，字華玉，世吴縣人。國初以匠作徵隸工部，占數爲上元人。弘治乙酉，舉鄉薦。丙辰，舉進士，授廣平令。時甫弱冠，開爽敏利，摘伏若神。擢南京吏部主事，進郎中。正德己酉，出知開封府。盜起燕、薊，流劫中原，所在驛騷。兵部尚書彭澤奉詔領兵兩河間，引公自輔，簡閱轉餉，畢殫方略。賊平，澤還朝，薦公功第一。鎮守中官廖堂席逆瑾勢，圂奪自恣，公每摧抑其萌芽。瑾誅，廖罷去，而錢寧用事。諸閹方熾，王宏者尤慓悍，繼廖出鎮，氣焰讐人。公不爲禮，相見長揖而已，有所徵需，一不應。宏不堪，刻公怠慢敕書，無人臣禮。寧助之，矯詔逮赴錦衣獄。獄吏問狀，公抗言争對，一無所撓。寧乃密遣邏卒偵郡中事，無得，僅以細故文致成獄，鐫三階，徙全州。甫三年，擢台州。故事，修築城垣，率屬武弁，多乾没，築輒壞。公悉鈎考没入爲城費，檄義士經理而程督之。故他城歲一隳，而台所隸諸城特完，經數歲皆如故。郡南瀕江，卑下多水患，有中津橋沮壞，公復修之如故。因築石堤樓其上，凡數十楹，人莫喻其旨。已而夏潦，水猝至，居民得依樓以避，所活以千計。

辛巳，擢浙江參政。未幾，晉山西按察使，尋以病免。戊子，太宰方獻夫薦起江西按察使，未上，遷浙江左轄。庚寅，擢右副都御史，撫山西。乞終養，忤旨。適御史按浙，躡尋舊事，横被口語。吏部明其無他，特以太騾，落都御史，淮左布政，致仕。

居閒無事，多縱游山水間，於居室後築息園，曰：「息之義，止也，生也。形貴止，神貴生。動而不止，形乃日敗；静而不撓，神乃日生。」内有載酒亭，以待問字者，東有小軒曰「促膝」。諸故人至，解帶密坐，茗椀爐香，談農圃醫藥事，恒移日晷。久之，文譽藉甚，四方士輻輳，户屨常滿。不三日，即張筵，令教坊樂工以箏簫佐觴，高論雄辯，音吐如鐘，四筵驚聽，莫不豁然，若披霧開雲。每發一談，樂聲中闋，談竟，樂輒復作，人以爲風流豪也。

丁酉再起，以副都御史撫湖廣。湖湘遐曠，提封數千里，撫臣尊重，受計坐理而已。公不躡故迹，每斥軺車巡省，不以藩臬守臣自隨。所部名山必爲登眺賦詩，薄供簡從，官不費而民不勞。疏請添差御史，分莅湖南北，藩府戚屬俱許推選内徙。凡數十事，皆切治理。行部所至，首試諸生。時張公居正方年十四，公擢之冠，錫以金帶，曰：「若他日圍玉不止此，第以我所服相贈，見我心耳。」又曰：「他日作相，無富貴心，無富貴氣，則賢相矣。」乃以白金數鋌周其父，曰：「善視此子。」己亥，升刑部右侍郎，尋改吏部。會顯陵肇工，改工部，進尚書。

公治方中，長於料簡，程省弗懈，調發有制，費不煩，而宏偉堅固，民不爲病。上亦知公留楚修承天大誌，將以宗伯處之。會公聘廢宦王廷陳、顔木、王格分任，三君皆闊視誕節，不能澤於理道。書成，上弗善，責其體例不合，事實差訛。會公復疏薦廷陳爲給事參駁，公稍屈。已還京，大學士嵩素慕公，設酒邀款，陳席中堂，自居北面左偏，公竟坐，不請主人相對。已行酒，公持杯曰：「太寒。」主人更進酒，公又曰：「太熱。」主人執禮愈恭，而公指顧揮霍自如。居旬日，嵩復延公，先於曲室小坐，中懸一畫，乃吴小仙所圖唐人月明千里。公曰：「此贋筆也，真迹藏我鄉倪某。」侍賓問：「可覓否？」公曰：「倪甚峻嶒，寧以珍玩媚貴人？」出登席，優劇滿廷，盛妝以待，公命從人勞金一鐶，即令麾之去，曰：「此輩喧聒可厭。」嵩父子太沮喪已。談次，復稱故給事陸燦詩文，陸曾劾嵩及薦公者，嵩不懌曰：「公屢齒陸，得非爲羽翼故耶？」公曰：「陸君志在國家，其所舉刺，無私好偏惡，但爾時淆衆議，未能深知門下耳。」嵩又言：「姑蘇文徵仲往自言未嘗一出河上，及途過蘇，特往造，亦竟不報謁。此待他人則可，待不肖則恐未安。」公曰：「此所以爲文徵仲，若他人不謁而獨謁門下，惡成其爲徵仲？」嵩默然。入未幾，改南京刑部尚書。公素拓落，喜延接，及臨桑梓，執三尺無所假，雖親昵，亦簡往來。人仕五十年，留都薦紳多非曹耦，公自處前輩，論議奮迅，顔色不下，衆甚不得。會嵩修舊恨，令其鄉人給事萬虞愷劾公，遂致仕。

公事親最孝，父愚逸公病疽，灑濯扶掖曾不委人，夜宿依父趾，未嘗離去。以親故一再解官，他所爲德親黨甚衆。高視緩步，遇時貴人，傲然不屑意。及遇素交後進，曲躬磬折，無不得其歡心。方左轄浙中，過姑蘇，修贄造楊儀部循吉。次日，楊出報謁，偶郡大夫邀公，楊坐談移晷不去。吏卒促公十餘巡，楊若不聞已。公蒼頭從傍言：「天殆黑，諸大夫方立候。」楊怒，不揖而出，竟登輿。公趨至輿前曰：「胡相棄如此？」楊竟不答。次日侵晨，使其子返幣，公謝曰：「昨隸也倉皇，非我故，尊公何以督過若斯？」揖其子進銘，亦不顧而去。公再造，楊則以一石支門，敲數百不爲應矣。公復書與郡守，言其高致，乞爲噓濡。其忠厚如此。

爲歌詩跕跋江左，與劉尚書元瑞、朱大參升之齊名，稱「三俊」。昔人謂其綿麗才情，紆徐規矩，又若春原盡花，荼蘼不少。年七十而卒。是日，端坐于堂，語侍者曰：「午見東南紫雲起，亟報我。」至午，侍者果見，即趨入，公瞑矣。公初官工侍，既得廕其役。江陵入内閣，念公疇昔，復請一廕。公弟瑮字英玉，正德甲戌進士，居官清嚴，以憲副致仕歸。家日落居臨街小樓，扁曰「寒松齋」，教授童子自給。霍公韜爲南大宗伯，憐其貧，以廢寺田百畝資之，拒不納。有時絶糧，公周以擔粟，亦堅不受。公日燕客，絶足不往候。公無客，過相雅談，飲茗終日，一出盤餐，變色而去，時稱雙璧。公著撰有四集，雜著曰國寶新編，曰近言，曰顧氏七記。

外史氏曰：先生以文名什九，以政名什五六，以品名僅十二三，何知希哉？然其抗逆賢，觸權相，謖謖巖巖，庶幾古人。至其敦倫睦族，罄折鄉黨，又何恂恂藹藹也。晚節持異，卒困飄風，豈爲國者堅，爲身者瑕與？仲君英英，譬之鶴羽鷺容，不羨龍章鳳德矣。

馮元成選集卷四十九 明刻本

顧尚書璘

錢謙益

璘字華玉，吴縣人。國初隸匠籍，徙居金陵。弘治丙辰進士，知廣平縣。徵入爲南京吏部驗封主事，知開封府，降全州知州。起知台州府，累遷至浙江左布政使。擢右副都御史，巡撫江西。乞終養，忤旨，落都御史，致仕。再起巡撫湖廣，顯陵工竣，加工部尚書。還朝，改南京刑部尚書，罷歸，卒年七十餘。有息園、浮湘、憑几、歸田諸集。

華玉少負才名，舉進士，即自免歸，與陳侍講沂、王太僕韋肆力爲詩文，時稱「金陵三俊」。官留曹六年，學益有聞，所與游若李獻吉、何大復、徐昌穀，相與頡頏上下，聲名籍甚。詩矩矱唐人，才情爛然，格不必盡古，而以風調勝，延接勝流，如恐不及。詔修承天大志，聘楚名士屏棄者王廷陳、王格、顔木分任之。書成，不稱旨，士論以此益附之。晚歲家居，文譽籍甚，又居都會之地，希風問業者，户屨恒滿。構息園，治幸舍數十間，以待四方之客。客至如歸，命觴染翰，留連浹歲無倦色。即寸長曲技，必與周旋款曲，意盡而後去。喜設客，每張宴，必用教坊樂工，以古箏琵佐觴。最喜小樂工楊彬，常詫客曰：「蔣南泠詩所謂『消得楊郎一曲歌』者也。」正奏樂時，每發一談，則樂聲中闋，談竟樂復作，議論英發，音吐如鐘，每一發，端聽者傾座，咸以爲一代之偉人。處承平全盛之世，享園林鐘鼓之樂，江左風流，迄今猶推爲領袖也。

金陵傳華玉二事：一在浙物色孫太初不可得，稍閑，輒道衣幅巾，放舟湖上，幾行求得之。月下有舟泊斷橋下，一僧一鶴，一童子煮茗，笑曰：「此必太初也。」移舟就之，遂往還無間；一在楚欲見王稚欽，稚欽固不肯見。稚欽有狎客二人，日共鬭雞走狗，不去左右，使人劫之曰：「若朝夕與王公游，而王公固不見撫公，若兩人死無日矣。」兩人大恐曰：「敢不如命。雖然，必以計掩之可也。」候稚欽狎遊時，趣報華玉，華玉疾趨而至，稚欽遑遽，將走匿，二人夾持之，不聽去，乃强留具賓主，自是遂定交。前輩之風流好士，良可書也。

華玉長子曰嶼，字懋涵，少年文譽騰踴。督學蕭鳴鳳試鳳台春眺詩、唐初四子贊，援筆立就。蕭嘆賞，謂東橋有子。累試弗利，遂自放于聲伎，以歲貢卒。懋涵白牡丹詩云：「玉妃罷醉春無暈，素女淩波夜有香。」天闕山云：「山深六月藏寒霧，地迥諸天散曉鐘。」懋涵之子秀才應祥，字孝符，過龍山别業詩云：「雲起移山色，風鳴亂鳥音。」江上曉行云：「曉行江路月，人語夜船燈。」送朱子價云：「人去天涯春草緑，望迷江上莫煙平。」遊棲霞寺云：「流泉激石常飛雨，靈草經寒不斷香。」除夕云：「今宵對雨娱殘歲，明日逢人説去年。」登樓云：「宫闕半從雲里出，山光多自雨餘來。」孝符父子之詩，宛然華玉家風。余游金陵，托與治求其家集，遍訪之不可得，可一喟也。

顧璘傳

何喬遠

顧璘，字華玉，上元人。體貌脩異，聲響清逸。舉進士，方弱冠。敏贍嗜學，多交名侶。遇士大夫，曲躬卑敬，人人得其歡。知廣平縣，臨斷如老吏。以年未三十，不與風憲，授南吏部主事，陞郎中。南曹無事，益肆學交友。

正德中，知開封。鎮守中官廖堂圉奪自恣，璘摧抑捍蔽，逆折萌芽。堂罷，中官王宏代之。堂語宏曰：「顧守與我輩抗，惟責守賄，責守拜，可以難之。」宏果以二事難璘。璘上記巡撫鄧璋，曰：「王宏非法索賄，逆並生之操；非禮責拜，損士大夫之體。願棄官去。」璋留不許。遇冬至，見宏長揖而已。宏誣璘怠慢敕書，欺侮鎮守。賄錦衣朱寧，矯詔繫錦衣獄。鎮撫張瑾責璘伏狀，璘曰：「禮迎敕不跽。且前有三司，後有諸屬，何獨責一守耶？冬至，拜鎮守，亦無其禮。上不見答，則下不致恭。蓋兩失之。」鎮撫曰：「然則誤逮君耶？今太監時也，君何多言。」璘曰：「錦衣，詔獄也。安得但言時勢，不論國法！」鎮撫以復。寧復遣校尉至開封，按其它事，無所得，惟裝池過多耳。竟文致慢敕罪，轉讁，鐫三階，知全州，擢知台州府。去台之日，巷哭不斷。

嘉靖中，歷浙江左布政，陞右副都御史，巡撫山西。乞終養，忤旨，落職，以布政使致仕。久之，再起爲右副都御史，巡撫湖廣。往時，巡撫爲尊重，坐治而已。即出巡歷，必藩臬隨之。璘輶軒四遍，謝遣藩臬，傔從簡約，偏邑下鄉，不知都御史來也。所至，劭農振業，平繇復税，摘伏省微，軌迹夷易。而憑軾誦讀，撰著亦復不少。陞刑部右侍郎，改吏部。上治顯陵、承天，改工部右侍郎，領山陵事，進工部尚書。璘治陵，程省調發，長於料簡，費少功倍。改南京刑部尚書，繩引三尺，不顧鄉舊。平生禮數簡率，任情進止，高視闊覽，侃侃奮迅。會一時同事者多新進，而璘猶前輩臨之。坐是怪謗並興，爲言官所醜指，竟鬱鬱没。

璘居恒言士大夫當以心術爲本根，以倫理爲植幹，以學問爲菑畬，以事業爲結實，以文章爲花萼。其詩篇清麗，文詞雅質，多傳于世。所居息園，袤五十武，廣半損之，中取纖徑通步，餘盡蒔植倐竹。後挺嘉木，前列芳卉美草，四時周除。曰：「疊山鬱林，負物性，損天趣，絶不爲也。」又名知人。巡撫湖廣時，見張居正毁齒中，呼爲小友。語諸公曰：「此子將才也。」解帶贈之曰：「表吕虔意也。子他日故不止此。」出其少子峻相託。後張居正當國，竟敍録獻陵功蔭峻。從弟英玉，官按察使，有廉名。

顧璘傳

張　岱

顧璘字華玉，上元人。弱冠舉進士，爲廣平令。陞南吏部主事，出知開封府。鎮守中官廖堂圉奪自恣，璘設意挫折之。堂罷中官，王宏代堂，語宏曰：「顧守素與我輩抗，惟責守賄，責守拜，可以難之。」宏果以二事難璘。璘上記巡撫鄧璋，曰：「王宏非法索賄，逆並生之操；非禮責拜，損士夫之體。願棄官去。」璋留，不許。過冬至見宏，長揖而已。宏誣璘慢敕書，侮鎮守，賄錦衣朱寧，矯詔逮繫錦衣獄。鎮撫張瑾責璘伏狀，璘曰：「禮迎敕不跽。且前有三司，後有諸屬，何獨責一守也？冬至拜鎮守，亦無其禮。上不見答，則下不致恭，蓋兩失之。」鎮撫曰：「然則誤逮君邪？今太監時也，君何多言？」璘曰：「錦衣，詔獄也。安得但言時勢，不論國法！」鎮撫以復寧，復遣校尉至開封，按其他事，無所得，惟裝池過多耳。竟文致慢敕罪，鐫三級，知全州，擢知台州。

嘉靖中，歷浙江左布政，陞右副都御史，巡撫山西。乞終養，忤旨，落職。尋再起巡撫湖廣。往時巡撫爲尊重，坐治而已，即出巡歷，必藩臬隨之。璘輶軒四遍，謝遣藩臬，傔從簡約，偏邑下鄉，不知都御史來也。所至劭農振業，平繇復税，摘決省微，軌迹夷易，而憑軾誦讀，撰著亦復不少。陞刑部右侍郎，改吏部，治顯陵、承天，改工部右侍郎，領山陵事。進尚書，改南京刑部尚書。尋落職，歸歿於家。璘居恒言士大夫當以心術爲本根，以倫理爲植幹，以學問爲菑畬，以事業爲結寔，以文章爲花萼。其詩篇清麗，文詞雅質，多傳於世。

石匱書卷二百六　稿本補配清抄本

明史稿本傳

萬斯同

顧璘字華玉，上元人。弘治九年進士，除廣平知縣。年少氣鋭，善摘發，有吏能。遷南京吏部主事，進郎中。璘負俊才，初與同里陳沂、王韋學爲詩古文。及是官閒無事，又宦於其鄉，益交海内名士李夢陽、何景明、朱應登、徐禎卿之徒，相與倡和，文日有名。

正德初，出爲開封知府。大盜趙燧等起，都御史彭澤來督師，知璘才，簡以自輔。不數月，賊平，璘籌畫爲多。鎮守中官王宏恣肆，璘入謁不拜，有所徵求又不應。宏怒，誣劾璘迎敕不跪，欺凌鎮守，而厚賄錦衣錢寧，令文致之，遂逮下詔獄。主者責璘對狀，璘言：「迎敕故無跪禮。且前有三司，後有諸屬，何獨責璘？長至拜，鎮守亦無著令，璘何罪？」主者曰：「然則誤逮汝耶？今何時也，無多言。」璘曰：「公主詔獄，安得但言時勢，不論國法！」主者以復寧，寧走人至開封，廉其他罪，無所得，竟坐慢敕，謫全州知州。十一年，遷台州知府。力祛叢弊，專惠養小民。

嘉靖二年，舉治行卓異，歷浙江左布政使。璘長於理劇，不踰年，蠹弊悉除，擢右副都御史，巡撫山西。過家乞養親，帝責吏部擢璘過驟，命璘以布政使致仕。十六年，用吏部薦，命以右副都御史巡撫湖廣。境内多蘆洲，延袤千里，與其他湖蕩率爲王府及豪家侵據，得利不貲，璘奏盡以賦民。湖廣地大事繁，前巡撫但高居受成事，璘獨省騶從，過歷下邑，咨民疾苦而蠲除之。居二年，拜吏部右侍郎。會章聖太后崩，命以工部左侍郎督山陵宮殿諸役。璘工程節財事集，而民不困。時湖廣、河南歲祲饑，民相率赴工就食，工竣，民不散。璘言：「民貧無所歸，宜急行賑救。」部方議行，而御史姚虞復以流民圖上，遂大獲賑貸。二十一年，論工進尚書，璘修興都志上焉，俄改莅南京刑部。

璘當官守法，親故有干請，拒不從，其罹於法者，亦不肯骫骳以徇。故怨謗易起，而璘故有才氣，高視緩步，任情進止。南都貴人多新進，璘持前輩體臨之，或傲然不爲意，而布衣文學士則引爲交友，談諧竟日。於是賓客日進，詩文流布四方，一時名士咸歸之，而忌者益側目。給事中甄成德遂上奏極詆，詔解官聽勘，明年卒。

明史稿卷二百七十一　清抄本

明史本傳

張廷玉

顧璘，字華玉，上元人。弘治九年進士。授廣平知縣，擢南京吏部主事，晉郎中。正德四年，出爲開封知府，數與鎮守太監廖堂、王宏忤，逮下錦衣獄，謫全州知州。秩滿，遷台州知府。歷浙江左布政使，山西、湖廣巡撫，右副都御史，所至有聲。遷吏部右侍郎，改工部。董顯陵工畢，遷南京刑部尚書。罷歸，年七十餘卒。

璘少負才名，與何、李相上下，虚己好士，如恐不及。在浙，慕孫太初一元不可得見。道衣幅巾，放舟湖上，月下見小舟泊斷橋，一僧、一鶴、一童子煮茗，笑曰：「此必太初也。」移舟就之，遂往還無間。撫湖廣時，愛王廷陳才，欲見之，廷陳不可。偵廷陳狎游，疾掩之，廷陳避不得，遂定交。既歸，構息園，大治幸舍居客，客常滿。

從弟璟，字英玉，以河南副使歸，居園側一小樓，教授自給。璘時時與客豪飲，伎樂雜作。呼璟，璟終不赴，其孤介如此。

初，璘與同里陳沂、王韋號「金陵三俊」。其後寶應朱應登繼起，稱「四大家」。璘詩矩矱唐人，以風調勝。韋婉麗多致，頗失纖弱。沂與韋同調。應登才思泉湧，落筆千言。然璘、應登羽翼李夢陽，而韋、沂則頗持異論。三人者，仕宦皆不及璘。

陳沂，字魯南，正德中進士。由庶吉士歷編修、侍講，出爲江西參議，量移山東參政。以不附張孚敬、桂萼，改行太僕卿致仕。

王韋，字欽佩。父徽，成化時給事中，直諫有聲。韋舉弘治中進士，由庶吉士歷官太僕少卿。子逢元，亦能詩。

朱應登，字升之，弘治中進士，歷雲南提學副使，遷參政。恃才傲物，中飛語，罷歸。子曰藩，嘉靖間進士，終九江知府。能文章，世其家。

南都自洪、永初，風雅未暢。徐霖、陳鐸、金琮、謝璿輩談藝正德時，稍稍振起。自璘主詞壇，士大夫希風附塵，厥道大彰。許穀，陳鳳，璿子少南，金大車、大輿，金鑾，盛時泰，陳芹之屬，並從之游。穀等皆里人，鑾僑居客也。儀真蔣山卿、江都趙鶴亦與璘遥相應和。沿及末造，風流未歇云。

明史卷二百八十六　清乾隆武英殿刻本

附録二　序跋

顧全州詩序

蔡　羽

辭無因，因乎情；情無異，感乎遇。遇有不同，情狀形焉。是故達人之情紆以縱，其辭喜；窮士之情隘以戚，其辭結；羈旅之情怨以孤，其辭慕；遠遊之情荒以懼，其辭亂；去國喪家者思以深，其辭曲。此無他，遇而已矣。

予讀顧子全州之詩，知其遇也全州。曩時詩格和平，讀之令人喜豁。自謫全，寄詩皆感慨愁壹。夫感慨愁壹，必有所不足也。顧子平日視富貴若浮雲，豈爲是哉？於是乎窺見忠臣烈士之操素也。疇昔哲人執人之政，思其居有故而去，憂其終不幸于當時，言于來世。故居東斷爻，反魯削史，去韓著蠹，即沅爲騷，以宣暢其話言，道其志慮。至于憑高望遠，撫時而動，殊方異域，靈山秘水，丘墟臺榭，一湊于目，言爲之變，時有適然，以爲非遇乎？夫王燦之江陵，庾信之關中，子美之成都，其地至今爲天下勝，非水山之間故有情而弗釋也，乃三子者之發爲文章，憂愁鬱結，一慨千載，讀之者未嘗不流涕，是去國懷鄉之情也。夫處興廢而無所寓其情，與有情而莫能言，凡庸也。

楊子雲曰：「君子得時則大行，不得時則龍蛇。」予以爲君子進則憂其民，退則憂其君。若夫取貴一時，權脅萬乘，去而邈邈，拉齒拆脅者之足爲也，豈忠臣志士之情哉？華玉忠義奮發，慷慨有大節，自開封尹左遷全州，全爲國家南夏之鄙，山川秀深，華玉有深思惻怛之情，其遇也，詩之鬱結固宜。

浮湘稿卷首　明嘉靖間刻本

浮湘稿後序

金大車

詩也者，志之徵也。志藴諸中，而言出焉，言之不足，形諸歌詠，而詩成焉。是故之其所樂而暢如也，之其所戚而悽如也，之其所思而悠如也，之其所激而憤如也，之其所困而鬱如也。雖言以材達，人以代更，而迹有顯晦，情有慘舒，各隨所之焉。君子遡辭以審音，揆衷以度德，作者之志可窺矣。

吾師東橋顧公，以直道忤權奸，謫刺全州。感時觸興，一寓於詩，題曰浮湘稿，紀其地也。

愚嘗受而卒業焉，其氣隱鬱而弗舒，其辭沖寂而弗華，其調悲楚而弗耀，其憂心之存乎？其抱濟世之志而弗獲伸矣乎？是故以恤民隱，以敦禮教，以尊遺經，以詠皇澤，以表懿風，其經綸之藴不得大行於天下，而思試於一方，有遺憂者矣。

夫君子之得志也，雍雍衎衎，如將有獲，非其達之謂也，幸其道之行焉爾。其不得志也，遑遑奕奕，如將不勝，非其窮之謂也，憂其道之廢焉爾。道行則澤溥，道廢則民殃，君子每用情焉。昔少陵之志，自比稷、契，而憂國憂民，雖一飯而不忘。託之聲詩，邈焉寡儔，匪辭則工，志所寓也。讀公之詩而不知其志，非知言者也。公今歷官御史中丞，階則崇矣，而卒不獲大伸其志，諸門下士乃請是集梓行之，其有感焉乎哉！烏乎！後之尚友於公，而求其志者，將於是乎有徵矣。

浮湘稿卷末　明嘉靖間刻本

山中集序

陳　束

束嘗讀書至于喜起之歌，詩至於考槃之什，然後見古昔之所以盛也。當是時，賢人君子散處于四方，皆有道德文章以悦澤其心而和其聲音。是以在草野則絃歌雅頌，而賁之丘園；在朝廷則賡歌諷詠，以宣之廊廟而被之黎庶。進有所休顯，而退無所憂戚，非以其本諸身者有此具哉？晚近世則不然，士或泱性以徇事，棄文而任法，其用之則躓，其不用則困，其施諸言也，蓄縮耗矣。

乃東橋先生，躬淵朗之上姿，具斧藻之休德，龍驤虎變，起聲于孝皇帝右文之朝，卓爾大雅，輝光邦家，弘振風騷，寇領儒喆，入内出外。凡三千餘年間，海内搢紳之士，飭廉隅者師其致，執簡書者問其政，懷鉛筆者習其詞，先生之風軌，斯已弘遠矣。爾其歸休山中，返吾初服，飲清流而澹思，卧菅茨以適性，混心齊物，與化游衍，豈知物外之囂滓哉？是以高情屬之天雲，英聲振之金石，興象既超，詞旨斯玅。譬則鳳泉激于幽牝，霞采散于層穹，無資意慮，聲色自神也。

嘉靖丁酉，有詔起公于山中，節鎮全楚之地。聲訓所流，湘湖振蕩，束與在觀德之末，既幸得祗承憲度，又盡得山中之作而觀之。讀以卒業，斂容而歎曰：「美哉，道德之言至矣！」先生方以華髮舊德爲時巨宗，行將光贊大猷，祓餙一代之典，後世有述焉。若乃睎沖邈之逸軌，表清和之正聲，用以理俗陶情，節度流競，則斯集之傳，又烏可已哉！

嘉靖十七年戊戌夏五月，湖廣按察司僉事鄞陳束序。

山中集卷首　明嘉靖間刻本

憑几集序

皇甫汸

大司空東橋顧公眎余憑几集五卷、續二卷，皆楚辭也。小子汸作而言曰：文有得於江山之助，不信然耶？是故易陳八卦，假觀察以成文；詩兼六義，託文物而起興。若夫大夫能賦，抒幽思於登高；公子贈言，綴離心於臨水。引而伸之，其致一也。司馬氏敍記，豈欺我哉？别有閉户湛思，下帷纂業，研討則邃，發揚殆未盡也。

歲在丁酉，月殷仲秋，公佩中丞之符，建全楚之節。于是乎浮江、漢，踰洞庭，眺昭丘，躡衡岳，遡雲澤而入武關，歷荆、豫而探春邑。銅梁峴首之墟，紫柏方城之坂，地控褒嫣之都，星分翼軫之野，靡不至而陟焉。矧聖哲之所棲息，故陵鬱以青葱，新廟肅而奕奕。斯時也，烟霞百形，波濤萬狀。幽蘭芳杜，襲我以馥郁；玄猿黄鵠，惠我以好音。準律則於騷經，感雄心於英烈。迺茹爲精華，吐爲藻績，夫安得才奇乎？公方載綵筆於巾車，藏錦囊於式板，褰帷而白雪立就，駐轍而青緗都滿，珍樹匪假，玉巵悉當。

嗟乎！昔賈生賦妙於浮湘，燕公詩神於岳牧，仲宣擅美於江樓，太白流聲於鄂渚，蓋自古有然矣。諸子者，特失意孤憤中耳，而公復舍屐就召，飛簡著勳，不尤於盛乎！公自弱冠發科解褐，談藝即與李、何之輩，高視上京，獨步江左，兹固上德之餘事，素業之外篇也。汸也謫楚無文，誦言增歎云爾。

嘉靖庚子首夏，郡中後學皇甫汸謹撰。

憑几集卷首　明嘉靖間刻本

息園存稿序

陳大壯

易理乘氣，元化範形，凡聲之起，由人心生也。性静情和，心體不失，淳顥既典，沖融汪濊，則宣之詩歌，抒之會逢，自然雅正有度，律吕諧應，非人協之也。蓋性情之懿，無假外鑠，依永之聲，所以言志。故聖人之教人，謂詩可以觀，而哲王之勤天下，必命太史陳之以觀風，言足徵也。是故於身觀德，於政觀治。商、周之盛，詩可知矣。後世作者相繼擬體襲裁，綴芳構靡，徇之交感，侈於性情，自謂專門名家，衍休傳馥。今觀之摹楷輕逸，馳軌閎健，祖迹沉鬱，競步工麗，修辭隱意，皆性情之外也。君子之學，含詩於聲，藴聲於氣，主氣於理，宅理於心，性情不回，理氣不貳，聲和律應，而詩之道備矣。政和民應，而詩之風正矣，非作意爲之也。

嘉靖癸未，真州蔣南泠先生刺鄉郡，壯蓋從之遊，聞其緒論，謂當代藝苑如東橋顧先生者，百世士也。後十六年，壯始以郡役獲示息園存稿凡十四卷，且重以校讎之委，迺昔之耳食者得遂酬飫。蓋先生本原淵静，知見肆核，益之以經獵堅凝，容與敦裕，以故怡性寄悰，遘賢會奇。自古賦樂府迄近體，體盡其變，法盡其通，用盡其神，罔不臻極。矧曰殷情以敍倫，搴勝以端好，悼往以申節，懷侶以崇比，咸性情之正者乎？先生揚歷中外蓋四十年，披棐宣愛，敷教永辭，言與行孚，政以風觀。今全楚殿毖，爲當佇倚毗者，固詩之緼也。蓋曰不徒言焉爾，詩者並考之，當自得矣。

嘉靖戊戌夏六月望日，湖廣漢陽府同知洛陽陳大壯謹序。

息園存稿卷首　明嘉靖間刻本

息園存稿序

鄧繼曾

曾自學于塾學爲文，知海内擅大家者有東橋先生矣，未見其所爲文也。及仕入瑣垣，或見一二什劄，則起敬三復，思欲盡見美富，而左于宦游，徒增饑渴。頃以議裁賦繇，備端書之役，獲睹息園存稿，偏取而讀之，歎曰：「此道藴之發也，此世教之一振也！」

夫今之君子之爲文也，孰不依道以衍辭？然昧道涯者其辭漫，叛道直者其辭誕，學道言者其辭拘。厭薄時制，上模六經，習其文不吮其味，譬之臨畫而亡神，其辭不亦拘乎？獵奇尚詭，步驟莊、列，譬之巫人談鬼，眩人聽聞，其辭不亦誕乎？綴合記誦，以漂涉爲工，如放帆江湖，罔有止泊，其辭不亦漫乎？夫漫也、誕也、拘也，皆文之病也。與其誕也寧漫，與其漫也寧拘，安得達于辭者與之論文哉？孔子論文，亦曰：「辭達而已矣。」蓋辭達者，唯發道藴者能之。孔子見當世之人習于辭，而教以反求其道，道于心則辭自達，辭達之外，無文已，此孔子意也，非如朱子之釋云云也。

方今文明達辭，君子固後先相望也，罔不心服先生，推爲宗工。先生之文，無意于學古，而立旨命辭，自與古合。序事記實、贈生志歿，卓具史裁；而箴、議、辯、解，近言之類，則互發經旨。是其賦于天旨，清粹醇一，充諸問學者，博洽正大，而又更歷于世態者，夷險起仆，靡曲不致。故其道之藴諸中者深，而其英華之發諸辭者達，有如此者。

曾又得縱觀其詩，如山中、憑几、息園諸集，又皆本諸性情，而中乎音律，要之皆達辭也。曾故曰：道藴之發也，使好誕者見之，必知所以反其真；好漫者見之，必知所以止于義；學道言者見之，必求明諸心而不徒拘于文。一話一言，皆可底于行。明良之會，孝友之政，仁讓之風，光明之業，班班乎因文而著矣。曾故曰：此世教之一振作也。

嘉靖十七年戊戌夏七月朔，湖廣寶慶府知府資中鄧繼曾謹序。

息園存稿卷首　明嘉靖間刻本

緩慟集跋

孫一元

緩慟何？東橋司空相公慟其女也。緩云者，慟之過而自慰也。夫父子天性，孰不爲慟？公之情，非尋常父子也，讀遺思、哀曲諸篇具見矣。貞孝大節，並美古人，淑德懿行，足爲内範而無忝，公念之殆有不能置者，此慟之過，不自知而自慰也。夫死生大矣，易簀之際，不悲不懼，仰贊親志，以退爲懇，皆人所不易，所謂得正者非耶？是足傳而垂之不朽矣。

緩慟集卷末　南京圖書館藏清烏格抄本

緩慟集跋

廖道南

玄素子曰：「予小子誦詩至柏舟，未嘗不廢書而歎也。」嗟乎！共姜之慟，通於天矣。曰「實維我儀」，貞以天其夫也；曰「母也天只」，孝以天其親也。弗天其親，女道闕矣；弗天其夫，婦道睽矣。而惡乎弗慟乎？乃今大司空東橋翁慟厥息之天奪之之速也，於是乎有哀曲，有詩，有銘，名曰緩慟。予誦其遺思諸言，爲顧氏女也者，爲璉也妻，於寡居，見天其夫之則焉；

爲俞氏婦也者，爲峴也母，與婦寧，見天其親之懿焉。

昔者季札氏瘞其子於嬴博，曰「魂無不之」；韓愈氏厝其女於河陽，曰「汝安歸之」。夫二賢者，其識達，其思遠，其情廣以淵，以故永有辭于世。東橋公智如札，忠如愈，而所適之時則又過之。時方有事顯陵，攀龍髯，籲鳳輴，而覽觀于丘陵墟墓間。其慟也，匪曰太上忘情，殆憂以天下云爾。詩有之：「無以我歸兮，無使我心悲兮。」此又楚人士頌歌于公與？公之所以對天下，毋徒諉曰「緩慟」已也。

緩慟集卷末　南京圖書館藏清烏格抄本

緩慟集跋

顧　木

緩慟者，今工部左侍郎東橋先生顧公爲其俞氏女静媛之所作也。静媛十四而醮，十九而寡，守志二十餘年，節行之懿，求之古高行之婦無愧焉。先生素鍾愛之，中道而殂，能已於慟乎？釋氏以無生滅爲度脱，以般涅槃爲降伏，故賈道儀誦法華而解脱，范超明究諸經而結集。設有之，則静媛熟誦金剛經，事佛素謹，其夫亡，守志之年復蚤於二氏，蓋其心自已降伏而度脱之。入手了證，非不幸也，兹殆未易與俗人言也。

緩慟集卷末　南京圖書館藏清烏格抄本

緩慟集跋

王紝

緩慟何作？東橋公作之。緩慟云何？女亡，公以慰之。兹公意乎？亦公廣之，至情弗遏。慟可緩乎？期恒情也，公見之矣。惟情曷極，顧惟其值，斯之弗權，其曷可長？公則有言，有傳不朽，不朽不死。是則緩慟乎？抑稽諸哀詩十三章、遺思十一則，縷弗殫述，述其大章。章者中冓懿德，可不曰賢？一之曰孝，二之曰節，至矣至矣！先意承歡，郊墅有待，孝哉非歟？廿載凝慮，矢靡其它，節哉非歟？其曷爾爾，可以觀矣。

惟公立朝匪躬，嶮巇弗渝，光昭先德，事死若存。刑于之化，身教之流，静媛貞則，固宜備之。由斯之道焉，而弗令以立民極，以樹天柱，以存坤維，以通神明，以貫金石。義齡而促，理疑畔經，意者于玄不昧，重憫苦操，畢之百年，淦焉完之大美，及公會昌，駿發遠祥者耶？惟公勳迹被區寰，聲稱耀策牘，海宇傾注，不啻名嶽。兹慟之播也，豈鮮知言？篇什詠歌，揚光闡幽，覬以紓公一慟，將不有之。觀風採之，史氏書之，郵典旌之，裒然諸大家，今昔並傳，而上下之，旁燭日星，培植元化，其不在兹乎？亡也者，有其存者也；速也者，全其久者也。是之有獲，何攸非所？矧惟死生旦昏耳，天壤逆旅耳，何慟何緩？

緩慟集卷末　南京圖書館藏清烏格抄本

緩慟集跋

禧

元老東橋翁之喪其愛女俞貞婦于行署也，禧從門下群吏晉弔喪次。翁出見客，其容戚，其詞悲，其情痛烈不自勝。退而竊憂，謂父子之情一至於此，殊非暮年所宜也，誰其慰諸？不旬日，而緩慟之作出矣，又竊喜達人君子之能以理制情也如此。捧誦終卷，喟然歎曰：「斯慟也，不惟可緩，而直可以無矣！」何也？以共姜之節，而父母不能諒其心；以東海孝婦之賢，而茹冤以死；以蔡琰之聰明絶世，而迺失身于異域。其他幽愁困苦、顛沛泯滅者何限？今貞婦志如柏舟，孝如東海，慧如蔡氏，雖不幸早嫠無所出，然生有養，死有歸，蒸嘗有主，懿範永永，有聞于世，求之古今，千百一見，九原有知，自當瞑目。翁復何慟哉？復何慟哉？

緩慟集卷末　南京圖書館藏清烏格抄本

國寶新編序

袁袠

蓋罕生逝而國子悲，惠施殁而莊叟歎，人之云亡，邦國殄瘁。昔魏文言：「文章，經國之大衮三業，不朽之盛事。年壽有時而盡，榮樂止乎其身，二者必至之常期，未若文章之無窮也。」上規復斯言，未嘗不流涕也。我明龍興，文章之美，特跨往代，鴻儒巧匠，川湧雲蒸。興文者，上規黄、虞，下獵秦、漢，晉、宋以還，未暇論也。草創之初，人文未開，雖氣存淳朴，而體沿卑陋。劉、宋諸公從容金馬，猶未能鋪張功烈，與謨、訓媲美，雅、頌同風，有識者未嘗不咨嗟恨惜也。

弘治間，君臣一德，夷夏清晏，奇英妙哲，方軌並驅，文體始變，力追元古。於時有關西李獻吉、姑蘇徐昌穀、信陽何仲默相與表裏，以鳴國家之盛。今中丞顧公華玉崛起金陵，頡頏其間，塤篪應，莫敢軒輊。又如希哲之宏博、伯虎之奇俊、繼之之古澹、升之之精工、太初之清曠、履吉之麗逸、玄敬之沖泊、伯時之醇邕、欽佩之雋質、叔鳴之新警，咸號名家，素稱國手，並與顧公敦道藝之交。

今諸子繼謝而顧公獨存，遠惟伯子絶弦之感，近念高生開篋之思。綴輯遺文，爰加壽梓，題曰國寶新編，委衮校而序之。夫文章與時高下，而變通之妙存乎其人。是以孔父云：「天之將喪斯文也，後死者不得與於斯文也。」今之作者，其無與於斯文者乎？衮於兹編，而有感於斯文之興廢也。編止所知，存者弗録，李子而下，總十三人：陝二人，河一人，閩一人，南畿九人。

嘉靖丙申季冬之閏望日，姑蘇袁衮撰。

國寶新編卷首　明嘉靖間刻本

國寶新編跋

袁褧

東橋顧公撰新編寄吴門，俾梓以傳。袁生讀而歎曰：「友道之不振也久矣。斯編之作，激偷薄以敦道義，重文華而彰化本，非空言也。」我明當孝皇朝，學士大夫詞章迴邁，其間雅醇和厚之文，與世治躋于極盛，談者比之唐開元、天寶。若何、李馳聲於關洛，唐、徐競秀於東吴，踰歷數紀，後先層疊，館閣山林，握文筆、贊皇猷者，不可勝數，誠休矣美矣，無以尚矣。

然於是竊有感焉，孔氏有言：「文質彬彬，謂之君子。」夫文之盛者，安知非質之衰乎？遡源沿流，究其止極，乃有空疏浮衍、聱牙險塞者，所視甚高，所趨則下，棄本根而務枝葉，其造領反不可望趙宋，觀之晚唐，可以思過半矣。橋公標數氏於遺帙，品藻咸真，中藴理妙，余謂實録。今之與斯文者，變通趣舍，賁我邦家，必有所折衷也夫，必有所折衷也夫！

丁酉歲穀旦，吴郡袁褧題於謝湖田舍。

國寶新編卷末　明嘉靖間刻本

跋國寶新編後

陳束

夫懷故之情，有生同抱；傷才之感，賢豪特深。徐君不還，蔡生已矣。延陵猶掛劍於壠木，文舉且引坐於虎賁。殆將以表著思存，庶幾刑典，況乎其人之遺言，爛然而有可述者哉！

蓋覩國寶新編，而見東橋先生篤舊之厚、取善之周也，然亦已悲矣。玄黄之精英，聚而爲材，非其所覆，必將培之。乃斯人並有黼黻之章，抱干將之器，竟轗軻淹没也。或拓落於四方，或棲遲乎再命，或蒙疑負恨於來日，或憂讒畏謗乎當年。迹其席珍藏寶，適以煩冤；摧奇揚芬，所繇賈禍。豈造化之玩才乎？抑斯人之不遇哉？三復斯編，泫然嘘欷，不知涕之無從也。

嘉靖戊戌夏五月，湖廣按察司僉事鄞陳束跋。

國寶新編卷末　明嘉靖間刻本

近言序

王廷相

載道之典，至文也。文不該於道，淺則俗，麗則俳矣，故君子鄙之。嘗觀唐、虞、三代之典，即事命辭而文生焉，蓋道爲主而文爲客也。魏、晉以降，緣辭撰事而文飾焉，蓋文爲主而道爲客也。是故華藻佻巧之爲務，而敦大淳正之氣傷矣；嵬瑣庸譾之是擬，而合道撰治之旨亡矣；雕辭刻語之工呈，而文從意順之妙塞矣。間有大心貞觀之士，探源返朴，以追古訓，然俗尚日趨，濤瀾滾滾，莫可遽止矣。

嗟呼，文之敝極矣哉！吴郡顧華玉氏達識往謨，游心治體，慨道紀之久湮，哀王政之弗續，乃作近言十三篇，以昭時範。蓋體道經世之典，不徒會於文者也。觀尊道，則知聖人之教法可以平民，而佛老流妄之害可殛；觀富生，則知風俗侈僭因之窮民，而天下之財力所當養；觀本法，則知先王治典爲不得已，而莊、老無爲之談亂世矣；觀治原，則知誠臣建太平之業，而矜小智、徇私邪者之足以病國矣；觀近民，則知大易之簡易爲政要；觀勖廉，則知君子之寡欲爲世防。觀夫學益、定志、别謙、内治、鄉正、與隱諸篇，無非示人執德守道，以爲立教崇化之本。

嗟乎！義關政紀，志存世師，厥旨雖約，厥用寔溥，何其言之貞而近聖如是邪？由之可以振民育物，可以建猷植範，可以協道宣化，可以平衡宰世。蓋堯、舜之卓擬，六籍之玄詣也。古謂文章與政通，斯文不其然乎？夫文之敝者，鰲於倡而圮於習者也。非所倡而倡之，則古訓離；非所習而習之，則大道隱。隱則迷，迷則失承，失承則支岐詭僻，與聖日遠。非有大賢達哲開示道真，以爲世準，夫奚能返而變之？然則斯文之作，不亦後學之指南乎哉？

近言卷首　明嘉靖間刻本

近言序

黄綰

意以命言，言以達意，意者本也，言者支也。夫曰文乃言意之紀也，故意真而言則，言則而文明，故文乃道之載也。君子以通天地，脩人紀，協鬼神，文可易爲哉？古之人非有意於文，意至而文成，如陰陽之必化，如日月之必明，如雨露之必滋，有不知其然而然者，此六經、四子所謂文也。下此雖閭巷婦女、田野鄙夫之言，亦可誦而感，可傳而法，其意真也。今日爲文，皆模擬爲工，或曰先秦，或曰六朝，惟欲形似，不求本真。譬之劇戲，飾冠帶，幻男女，易老幼，妍醜邪正悲歡，萬變皆非己有，而真意益荒。由文以究其心，由心以徵其事，所謂叛道害政，禍天下有不可勝言者矣。

東橋先生悼兹有作，爲近言十三篇，要皆寫其胸臆之真，就其所至而發，蓋積義以宣言，體物以達政，其乃取法於經，馳驟于史，庶幾不叛乎道。昔唐之文，承八代之衰，得韓退之而變之，其文遂昌；宋之文，因五季之弊，得歐陽永叔而返之，其文繇興。今世以文校士爲害，既極於此，得先生之言爲軌範，則先生乃今之韓、歐非邪？予故著之以俟知言者之有取也。

近言卷首　明嘉靖間刻本

書顧氏七記後

顧　璪

吾兄東橋先生作顧氏七記，璪拜觀而歎曰：嗟乎！顧氏自吾高、曾以上，積德累善，蓋莫可考，而餘慶所自，其源固亦遠矣。吾高、曾以來，積德累善蓋三世，至吾祖而家始興，又至於吾兄而始大也。以逮兹室廬生業之成，以遺其後之人，豈一日之積哉？吾兄自幼而入學，弱冠而仕，而學日益進。至歷郡縣藩臬，以其學施於有政，而功日益展。雖屢躓于進，而名日益起，蓋四十餘年於今。而飭躬澤物，志日益勵而不倦，以逮兹德業聞望之成，以光昭其先世，亦豈一日之積哉？

七記之作也，將昭先德以示後訓，述己志以翼世教也。是故其憂遠，其思深，其爲文也，言約而理該，義明而訓切。於瞻辰見教忠之道焉，於松塢見仁孝之道焉。忠孝，人之大節也，忠孝立而百行善矣。於義範曰昭世訓也，其教家而刑于國乎？王言胡爲而下逮哉？息園言樂也，其功之成乎？功成而後享其樂，非賢者其孰能有此。屏山小隱傷道之不行乎？肥遯無不利，君子有不得已焉爾。清曠尚其志乎？載酒勵其學乎？惟志易隳，惟學無止，將由是以終其身乎？是始終之義也。

嗚呼備矣，豈獨顧氏之訓哉！嶼將授梓以省傳録之煩，敬識其後。

東橋集卷首　浙江圖書館藏明抄本

顧司寇集序

俞　憲

東橋顧公詩隨事闡義，因物泄情，志希大方，當在陳石亭、王南原之上。名璘，字華玉，初吴人，家於金陵。弘治丙辰進士，歷官南京刑部尚書。嘉靖壬、癸間，予遊成均，與寶應朱子曰藩、公家嗣嶼往來息園，頗聞緒論。然已倦吟，故所贈遺僅一二，今亦不收集中。是歲乙丑春仲，無錫俞憲識。

顧司寇集卷首　明嘉靖、隆慶間刻萬曆增刻盛明百家詩本

文淵閣四庫提要

臣等謹案：顧華玉集，明顧璘撰，總四十五卷。璘有近言、國寶新編，别著録。是編凡分六集：一曰浮湘稿四卷，由開封府知府謫全州知州時作；二曰山中集十卷，移病家居時作；三曰憑几集五卷，四曰憑几續集二卷，皆官湖廣巡撫時作；五曰息園存稿文九卷、詩十四卷，

並刻於嘉靖戊戌；附録曰緩慟集一卷，官工部侍郎時傷其亡女之作。朱彝尊明詩綜稱其尚有歸田稿，今未見傳本，不知其佚否也。明史文苑傳稱璘與同里陳沂、王韋號「金陵三傑」，後寶應朱應登繼起，號「四大家」。然璘、應登羽翼李夢陽，而韋、沂則頗持異論。又稱璘「詩矩矱唐人，以風調勝」。今觀其集，遠挹晉安之波，近驂信陽之乘，在正、嘉間，固堪以之首舉者也。

乾隆四十六年十月恭校上。

顧華玉集卷首　清文淵閣四庫全書本

顧華玉集跋

蔣國榜

右華玉集四十卷，上元顧東橋先生撰。是編亦翁鐵梅丈借抄於杭州丁氏，與文淵閣四庫本同。又借得宗子戴丈所藏明嘉靖間刻本，脱浮湘集四卷、憑几集五卷，而有近言一卷，爲四庫與此本所無，今亦補入，合得四十卷。唯提要云朱彝尊明詩綜稱其尚有歸田集，今未見傳本，殆已佚矣。

方明中葉，李、何崛興，徐昌穀應之，海内稱詩者，莫不以三家爲魁杓。先生與三家並建旗鼓，而逌然自異，不爲三家所籠罩。集中有與人論詩書云：「李獻吉、何仲默、徐昌穀三賢皆予友，嘗共講習而商訂之者，知其淵源所自，未嘗不擇法於古人。李主杜，何主李，徐主盛唐王、岑諸公，皆因質就長，各勤陶鑄，足以立體成家，咸歸偉麗，夫豈苟然而已哉！」又云：「杜宗雅、頌而實其實，其蔽也樸，韓昌黎以及陳后山諸君是也；李尚國風而虚其虚，其蔽也浮，温庭筠以及馬子才諸君是也；王、岑諸君依稀風、雅，而以魏、晉爲歸，沖夷有餘均矣，其蔽也易而俚，王建、白樂天以及梅聖俞諸君是也。」

嗚呼！諸君並名代之才，而學詩之蔽猶至於此，詩可易言乎哉？持論如此，可知其指歸所在，其於三家質而不阿，亦皦然矣。又先生服官所至有聲，於國是利病、民生休戚，往往形諸篇什，非夫以流連文翰爲高致、放棄職務爲上理者比也。是編久無傳木，今據翁鈔本印行，而訛脱兹多，難於董理。嘉靖舊刻，又非足本，兩本互勘，擇善而從。亦有確爲形聲之譌，而兩本皆同，未敢臆改者，讀者諒之。

鄉後學蔣國榜跋。

顧華玉集卷末　　民國金陵叢書本

圖書在版編目(CIP)數據

顧璘集/湯志波,倪晨點校. --上海: 復旦大學出版社, 2025. 1. --(明人別集叢編/鄭利華,陳廣宏,錢振民主編). -- ISBN 978-7-309-17658-2

Ⅰ. I214. 82

中國國家版本館 CIP 數據核字第 2024P6W580 號

顧璘集

鄭利華　陳廣宏　錢振民　主編

湯志波　倪　晨　點校

責任編輯/杜怡順

裝幀設計/路　静

復旦大學出版社有限公司出版發行

上海市國權路 579 號　郵編: 200433

網址: fupnet@fudanpress. com　http://www. fudanpress. com

門市零售: 86-21-65102580　團體訂購: 86-21-65104505

出版部電話: 86-21-65642845

江陰市機關印刷服務有限公司

開本 890 毫米×1240 毫米　1/32　印張 39. 25　字數 659 千字

2025 年 1 月第 1 版

2025 年 1 月第 1 版第 1 次印刷

ISBN 978-7-309-17658-2/I · 1415

定價: 198. 00 元

明人别集叢編

鄭利華 陳廣宏 錢振民 主編

顧璘集

【上册】

湯志波 倪晨 點校

鄭利華 審定

復旦大學出版社

本書爲
二〇二一—二〇三五年國家古籍工作規劃重點出版項目，并獲國家古籍整理出版專項經費資助
國家社會科學基金項目「明人别集序跋輯録與研究」（項目批准號21BZW018）階段性成果
貴州省哲社國學單列課題「明别集編刻、傳播與整理研究」（課題編號22GZGX07）階段性成果

顾璘像

（南京市博物馆藏）

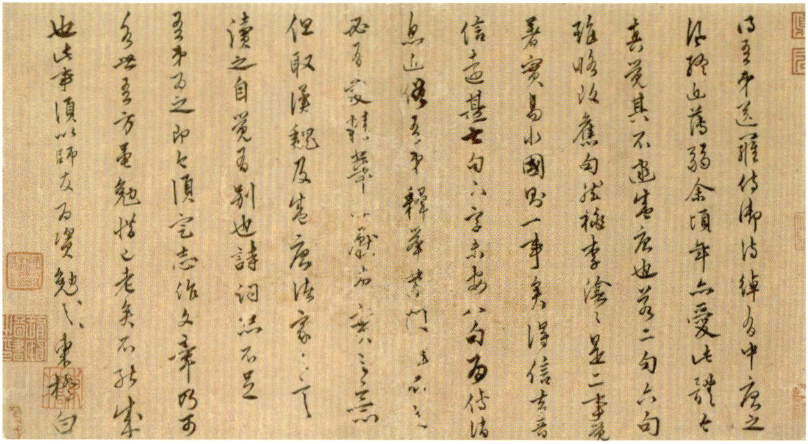

顧璘信札

（香港中文大學藏）

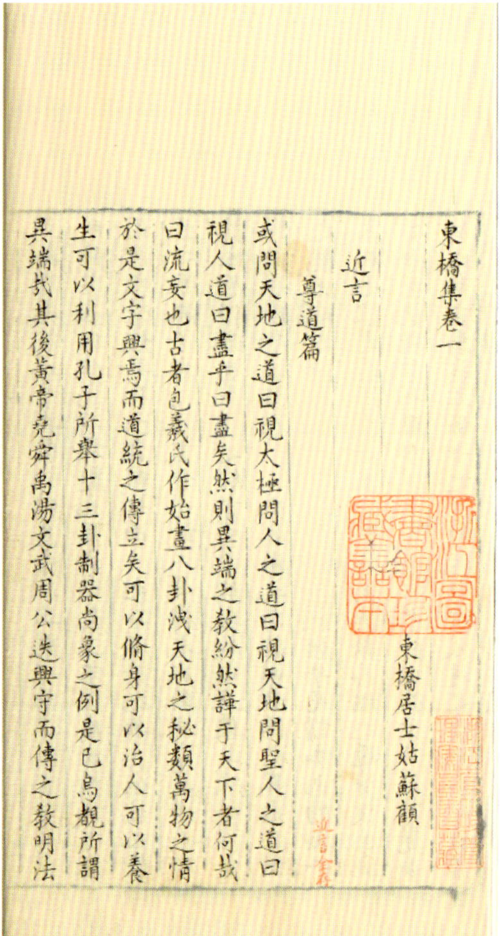
東橋集卷一

東橋居士姑蘇顧

近言

尊道篇

或問天地之道曰視太極問人之道曰視天地問聖人之道曰視人道曰盡乎曰盡矣然則異端之教紛然譁于天下者何哉曰流妄也古者包羲氏作始畫八卦洩天地之秘類萬物之情於是文字興焉而道統之傳立矣可以脩身可以治人可以養生可以利用孔子所舉十三卦制器尚象之例是已烏覩所謂異端哉其後黃帝堯舜禹湯文武周公迭興守而傳之教明法

明抄本《東橋集》卷首

（浙江圖書館藏）

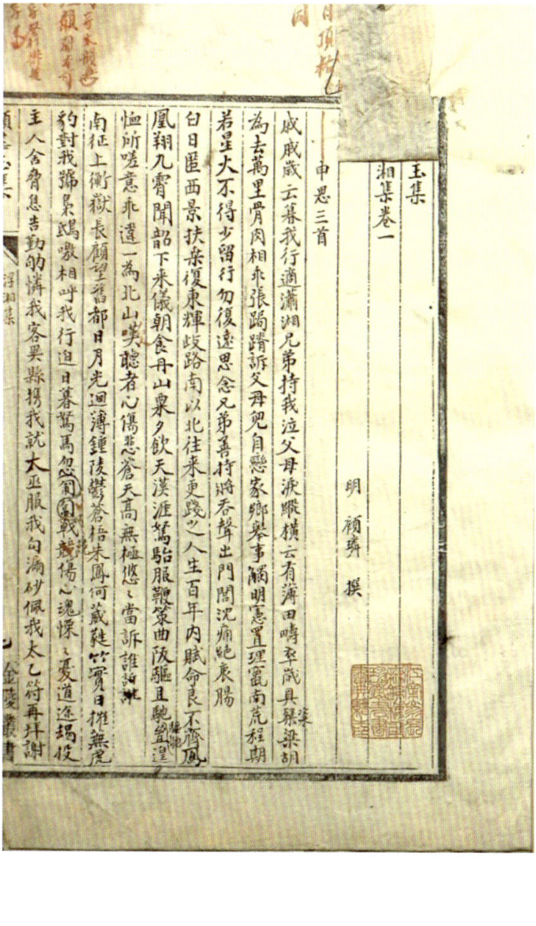

清翁氏茹古閣抄本《浮湘稿》卷首

（南京圖書館藏）

總序

中國的古籍文獻浩如煙海，這是先人留給我們的寶貴的文化資源和精神財富。明代是中國歷史發展演變的一個重要時期，成爲中國社會處於近世而具標誌性意義的一個時代。明代的文化不僅積累豐厚，重視與歷史傳統相對接，同時又善於創新立異，呈現時代異動的一系列特徵。而作爲這種文化積累與變異相交織的具體表徵之一，它也突出地反映在明代的著述領域。總體來看，明人撰作浩繁，論説紛出，由此構成一筆蔚爲可觀的文化思想之資産。與前代相比，其不但反映在文獻種類上的擴充，而且出現了一批卷帙龐大的著作。以後者而言，最爲典型的莫過於明代中後期文壇巨擘王世貞，他生平筆耕不輟，著述極爲繁富，僅其詩文別集弇州山人四部稿、弇州山人續稿及讀書後，加起來就將近四百卷，四庫館臣曾稱：「考自古文集之富，未有過於世貞者。」（四庫全書總目卷一百七十二集部弇州山人四部稿、續稿提要）儘管個人著述數量龐大的情況在有明一代不能説很普遍，但也並非絕無僅有。可以説，凡此自是明代學術和文化趨於繁盛的一個明顯標誌，而這一時期汗牛充棟的各類著述，也成爲後人研究明人思想形態和創作實踐的重要資源。

鑒於有明一代文人的著述數量繁夥，其中不乏富有文獻和研究之價值者，尤其是它們作爲中國近世文獻典籍的重要組成部分而流傳至今，這也受到學術界和出版界的關注和重視，相應的文獻整理和出版工作爲之展開，並有一批成果問世。首先是明人文集的影印。這其中始自二十世紀九十年代的四庫系列影印叢書的編纂出版，如四庫全書存目叢書（齊魯書社）、續修四庫全書（上海古籍出版社）、四庫禁燬書叢刊（北京出版社）、四庫未收書輯刊（北京出版社），就包括了相當數量的明集。除此之外，尚有明人文集的專題影印叢書，如明人文集叢刊（臺灣文海出版社）、明代論著叢刊（臺灣偉文圖書出版社）、四庫明人文集叢刊（上海古籍出版社）、明別集叢刊（黄山書社）、明人別集稿鈔本叢刊（國家圖書館出版社）、明代詩文集珍本叢刊（國家圖書館出版社）、日本所藏稀見明人別集彙刊（廣西師範大學出版社）等。這些影印叢書特別是明人文集專題影印叢書的相繼問世，爲明代文學、史學、哲學等不同領域研究工作的開展，提供了一批重要的文獻資源。其次是明人文集的點校。除了一些零散的點校本之外，叢書系列較有代表性的，如中國古典文學叢書（上海古籍出版社）、中國古典文學基本叢書（中華書局）、明清別集叢刊（人民文學出版社），包括了若干種類的明集；又具地方文獻性質的，如蘇州文獻叢書（上海古籍出版社）、浙江文叢（浙江古籍出版社）、湖湘文庫（岳麓書社）、陝西古代文獻集成（陝西人民出版社）等等，各自也收入了數種明集。這自然也爲學人的閲讀和研究提供了一定的便利。

衆所周知，作爲古籍整理的兩種重要形式，影印和點校具有彼此不同的功能和作用，如果説前者主要在於呈現文本的原始形態，這也是傳統保存和傳遞文獻資源所採取的一項有效措施，那麽後者則屬於針對文獻所進行的一種深度整理，其功能和作用並非影印所能代替。按照傳統的工序，點校整理需要經過底本的遴選、文本的標點，以及利用不同版本和相關文獻進行校勘及輯佚等過程，原則上要求形成相對完善和便於利用的新的版本，如此，當然也相應增加了此項工作的難度和强度。從這個意義上來説，開展明人文集的整理工作，借助影印的便捷手段，爲保存和利用古籍文獻創造條件，固然十分必要，而與此同時，通過點校這種深度整理的方式，爲學人提供較爲完善的文集版本，也是不可或缺的。從明人文集影印整理的情況來看，迄今爲止，特别是隨着若干大型明集影印叢書的出版，種類數量上已形成一定的規模。比較而言，明集的點校整理則相對滯後，尤其表現在文集覆蓋的範圍有限。一些零散的點校本，大多選擇整理的是明代若干代表人物之文集。即使是數部規格較大的點校整理叢書，或限於叢書的通代體例，或限於選録範圍的要求，其中明代部分所收録的，主要爲活躍在當時文壇的數位重要人物之文集。至於一些地方性的文獻整理叢書，自然要以人物的地域身份作爲選録的主要標準，所以選目的覆蓋面相當有限。這樣的情形，實與明人文集大量留傳的存書現狀和學人閱讀及研究的廣泛需求形成某種反差。以明集點校整理的質量而言，其中在標點、校勘、輯佚等方面，固然不乏質量上乘者，但在另一層面，受制於整理者自身的學術資質、工作態度以及各種客觀條件，整理質量有待於進一步提升者，亦並非偶見。應當説，有關明人文集的點校整理，既有擴大整理範圍的必要，又有提升質量的空間，需要做的工作還有很多。

有鑒於此，經過充分的醞釀和準備，我們現著手編纂這套大型文獻整理叢書明人别集叢編，以期能對學人的相關閱讀和研究發揮重要的裨助作用。該整理項目得到了復旦大學出版社的大力支持，從而也使得這套叢書的編纂和出版工作有了切實有力的保障。根據所制定的編纂總例以及相應的編纂宗旨，本編主要選取有明一代不同時期特别在文學乃至史學和哲學等領域較有代表性、尤其在上述領域有着獨特業績或顯著影響而鮮少受到學人充分關注或重視的文人之詩文别集，通過精選底本和校本、精審標點和校勘，爲學界提供一套較爲完善的明人詩文别集整理本。具體來説，一是選目要求具有較爲廣泛的覆蓋面，以體現文獻整理種類較强的系統性，並重點選取一批前人未曾點校整理的明人詩文别集，而這些别集作者又大多在明代不同時期文壇表現相對突出或較有影響，我們的目的是力圖通過對這些作者别集的整理，彌補明集整理上存在的空闕，凸顯本編的原創性之編纂特色。二是針對若干種已有整理本問世的明人詩文别集進行重新整理，因爲前人整理本的情況比較複雜，有的整理質量相對較高，也有的則仍存在很大的修正和補闕的空間。特别是有些早期的整理本，除了受制於整理者的主觀因素，也或多或少爲其時文獻查閱和檢索等條件不如現今便利的客觀因素所限制，出現這樣或那樣的問題在所難免。故而從糾補闕失、後出轉精的角度來説，有選擇性地開展重新整理工作又是非常必要的。但重新整理並不意味着重複整理，它的價值意義更多指向優於前人整理成果的彌補性和超越性，當然也要求整理者爲之付出更多的心力。三是在標點和校勘上盡力做到謹慎細緻、精益求精。底本方面，原則上要求選擇刊印較早、較全或經名家精校的善本；校本方面，原則上要求在充分理清版本源流的基礎上，重點選擇具有代表性及校勘價值的版本作爲主要校本。通過精校，存真復原，形成接近作者原本的新善本。四是在文本的輯佚上儘可能利用相關的資源拾遺補闕，即要求通過對作者詩文集各版本的細緻查閱和對相關文集、史志等各類文獻資料的廣泛搜羅，補録本集未收的詩文，同時爲避免誤收，要求對所輯篇翰嚴格加以辨察。

作爲古籍整理的一個大型學術工程，本編選録的明人别集數量和卷帙繁富，整理工作面臨的難度和强度不言而喻，特别是爲了充分保證整理的質量，需要我們秉持格外嚴謹的態度和付出十分艱巨的勞動，唯有全力以赴，一絲不苟，毫不懈怠，纔能實現理想的目標。衷心期望這套大型文獻整理叢書的編纂和出版，能爲明代文獻的整理和研究盡一份綿薄之力。

鄭利華　陳廣宏　錢振民

二〇二一年五月

總　例

一、宗旨

明人別集叢編係選編整理有明一代文人詩文集的大型叢書、古籍整理研究的一大工程。該叢書主要選擇明代不同時期特别在文學乃至史學、哲學等領域較有代表性，尤其在上述領域具有獨特業績或顯著影響而鮮少受人充分關注或重視的文人之詩文別集，通過精選底本、校本，精審標點、校勘，爲學界提供一套相對完善的明人詩文別集整理本。

二、版本

（一）底本，原則上以刊印較早、較全或經名家精校的善本作爲底本。

（二）校本，原則上在理清版本源流的基礎上，對於有多種版本系統者，選擇具有代表性的版本作爲主要校本，并參校他本及各類相關文獻資料。

各集采用的底本、校本及參校的相關文獻資料，均須在整理「前言」中加以説明。

三、校勘

通過精校，存真復原，即綜合運用對校、他校、本校、理校等方法進行校勘，提供接近作者原本的新善本。

四、標點

本編各集以國家新近頒佈的標點符號使用法爲依據，同時參照國務院古籍整理規劃小組制定的古籍點校通例進行標點整理，并按原書文意析分段落。

五、體例

（一）本編所收各集，其編排體例原則上不作改動，以存其原貌。

（二）依照原書正文篇名重新編製全集目録。

（三）文集前後序跋、傳記、軼事等文字，作爲附録置於全集之後。

（四）作者撰寫的已經單獨刊行並且前人未曾編入其詩文集中的學術類文字，一般不收入新整理本中。

（五）在完成點校整理的基礎上，各集整理者分别撰寫前言一篇，簡介作者生平、文集構成，説明版本概況、點校體例等。

六、輯佚

（一）通過作者詩文集各版本及有關文集、史志等文獻資料，搜羅集中未收之詩文，但爲避免誤收，補入時須注意對所輯佚文的作者歸屬或真僞情況加以仔細辨察。

（二）佚文不多者，直接補於相應體裁或文集正文之後； 數量較多者，按體裁編爲若干卷，列於文集之正文各卷之後。 佚文來源均須加以注明。

各集整理者根據本編上述總例之要求，分別製訂文集點校具體之體例。

顧璘集總目

前言

顧璘(一四七六—一五四五),字華玉,號東橋居士,明代蘇州府吴縣人,占籍上元。弘治九年(一四九六)進士,觀政户部,三年後授廣平縣知縣。期滿徵爲南京吏部驗封司主事,進稽勳郎中,陞爲河南開封府知府。正德八年(一五一三)謫授廣西全州知州,起知浙江台州府知府,陞浙江布政使司左參政。嘉靖元年(一五二二)任陝西按察使,陞浙江右布政使轉左布政使,召爲都察院右副都御史巡撫山西。上疏乞終養,忤旨,落都御史,以布政使致仕。嘉靖十六年(一五三七)再起爲都察院右副都御史巡撫湖廣,兼贊理軍務。陞刑部右侍郎,尋改吏部。會顯陵肇工,改工部左侍郎,領山陵事,進工部尚書。事竣還朝,以南京刑部尚書致仕。顧璘歷仕三朝,閲五十年,歷十九任,積階自文林郎歷十一資爲資政大夫、正治上卿。嘉靖二十四年(一五四五)以疾卒於金陵里第,享年七十歲。

顧璘工詩文,與同里陳沂、王韋初號「金陵三傑」,後朱應登繼起,同號「四大家」。無論官位之顯隆、聲望之高與詩文造詣，皆以璘爲最。顧璘著有國寶新編、近言、顧氏七記、浮湘稿、山中集、息園存稿、憑几集、登衡小記、緩慟集總若干卷，另有批點唐音十五卷、評點王摩詰詩集七卷、評點韋蘇州集十卷。其中顧氏七記、登衡小紀今已不存。諸集依次簡介如下：

浮湘稿四卷，作於正德八年（一五一三）至正德十一年（一五一六）顧璘由開封府知府謫全州知州之時。收詩二〇九首、詞六首。金大車浮湘稿後序云：「吾師東橋顧公以直道忤權奸，謫刺全州，感時觸興，一寓於詩。」顧璘因得罪中官而被貶，雖於僻遠之地，但心懷曠達，多泛舟遊弋，即景贈詩之作。

山中集四卷，作於嘉靖元年（一五二二）至嘉靖七年（一五二八）顧璘移病家居時。是書按題材分卷，卷一收閒適詩一〇七首，卷二遊覽詩八十四首，卷三贈答詩一〇八首，卷四賦詠詩一百二十二首、詞六首。顧璘陞陝西按察使後不久，便因病引退，自此出入山林寺廟，與友談藝論文，詩中多寫琴棋書畫、文人雅趣之樂。

憑几集五卷、續二卷，作於嘉靖十六年（一五三七）至嘉靖十七年（一五三八）顧璘巡撫湖廣時。卷一至卷三收詩二百三十六首，卷四收詞三十一首，卷五收文四十五篇；續集二卷，卷一收雜詩九十三首，卷二收雜文二十篇。時年六十二歲的顧璘再度被起用，以都察院右副都御史身份巡撫湖廣。顧氏自序云：「山川映發于目，時序變易於前，情感事觸，悲喜百狀。率口占爲詩詞，將以寓懷消日，不求體調，所謂猶賢乎已者也。止輒筆之，不覺成帙，題曰憑几集。」多題記遊拜、贈答思遠之作。

息園存稿文九卷、詩十四卷，作於顧璘退居南京「息園」時。詩、文均按體分類，文二百三十三篇，詩七百九十八首。此時顧璘詩風漸趨成熟，注重才情兼具、文質得中之「真詩」創作，如採樵歌效竹枝體，仿劉禹錫據民歌新作竹枝詞，質樸清新。此集還收有少量早年作品，如與金仁甫、答友人論文，可觀其文風變化。

緩慟集一卷，作於嘉靖十九年（一五四〇）顧璘長女靜媛卒後。收録俞介婦顧女墓志銘一篇、遺思十一則、哀曲十三章、琴操四曲。顧璘自序曰：「思無以緩吾慟，乃志其墓，以著明淑未已。又録其善言，且綴詩十三章哀之。吾聞後有傳者爲不朽，不朽者雖死不死也……吾女小善，豈敢希蹤於前美，使其片言單行，撰女史者或采焉，是亦可以不死矣，吾慟不其少緩乎！遂不避而梓之備焉。」其文記述其女病中情境，語言質樸，情感真切。

國寶新編一卷，作於嘉靖十五年（一五三六）前後。初録李夢陽、何景明、祝允明、徐禎卿、朱應登、趙鶴、鄭善夫、都穆、景暘、王韋、孫一元、王寵等十三位友人傳贊，後續録田汝耔、周廷用二人，共計十五人。顧璘自序曰：「逮今齒髮摧豁，索居林巖，指數交知，凋謝半盡。暇日檢誦遺文，潸然淚下，豈唯感子期、惠施之先我，實亦興嗟於邦國也。所不可存者，既已往矣，安得不求諸言乎？……乃録李子夢陽以下，或仕或隱，合若干人，敍其名字爵里及其行業，大都爲一卷，名亡友録。」袁褧國寶新編跋云：「橋公標數氏於遺帙，品藻咸真，中藴理妙，余謂實録。」是書爲顧璘感慨於知交凋謝半盡，故略綴數語寫其人品行與詩文成就，與唐柳宗元先友記相類。

近言一卷，收録尊道篇、富生篇、本法篇、學益篇、近民篇、勗廉篇、定志篇、別謙篇、内治篇、治原篇、鄉正篇、典隱篇、敍志篇共十三篇，末篇爲序志。黄綰近言序云：「東橋先生悼兹有作，爲近言十三篇，要皆寫其胸臆之真，就其所至而發，蓋積義以宣言，體物以達政，其乃取法於經，馳騦于史，庶幾不叛乎道。」近言體例仿揚雄法言、王符潛夫論，所論皆持身涉世之道，大致平正無疵。

顧璘終年七十，歷仕三朝，既爲南京士林之領袖，亦是復古運動的積極推動者。對於其詩文創作成就，文徵明稱：「爲文不事險刻，而鑄詞發藻，必古人爲師。見諸論著，雄深爾雅，足自名家。詩尤雋永，雖矩矱唐人，而剷除陳爛，時出奇峭。樂府歌詞，不失漢、魏風格。問學博深，既有資地，而才敏氣充，足以發之。」（明故資政大夫南京刑部尚書顧公墓志銘）錢謙益云：「詩矩矱唐人，才情爛然，格不必盡古，而以風調勝，延接勝流，如恐不及。」（列朝詩集小傳丙集）均切中肯綮。四庫館臣評曰：「今觀其集，遠挹晉安之波，近驂信陽之乘，在正、嘉間，固不失爲第二流之首也。」

本書依次收録浮湘稿、山中集、憑几集及續集、息園存稿、緩慟集、國寶新編與近言共八種。後兩種單行本雖不屬集部，但明嘉靖間彙刻本及中國國家圖書館、浙江圖書館所藏明抄本東橋集皆收，故本書循例亦存，評點諸作限於體例暫不收録。顧璘別集現存明嘉靖間彙刻本、明抄本、清抄本和民國鉛印本多種，具體可參見湯志波、倪晨明代顧璘別集版本考略（載古文獻整理與研究第六輯），此不贅述。今以原國立北平圖書館甲庫善本叢書影印嘉靖間刻本（簡稱「嘉靖本」）爲底本，校以浙江圖書館藏明抄本（簡稱「明抄本」）、影印文淵閣四庫全書本（簡稱「文淵閣本」）、影印文津閣四庫全書本（簡稱「文津閣本」）、影印文瀾閣四庫全書本（簡稱「文瀾閣本」）、南京圖書館藏清烏格抄本（簡稱「清烏格抄本」）、民國三年（一九一四）上元蔣氏金陵叢書鉛印本（簡稱「金陵叢書本」），中國國家圖書館藏明抄本因破損未能取閱，故無從校勘。浙江圖書館藏明抄本之詩文不見於底本者，輯爲東橋集，附於近言之後。清烏格抄本緩慟集卷末多陳洪謨等十餘人和詩及諸家序跋，爲底本所無，本書亦附於緩慟集後，正文不再另作説明。

顧璘集補遺詩二十三首、文十九篇，另録顧璘碑傳七篇、序跋二十篇，篇末皆注明出處。不同版本間由於刊刻或書寫習慣不同，字詞或有混用，在不影響意義情況下一仍底本。錯訛不當之處，敬請方家指正。

目録

浮湘稿卷四

山中集

山中集卷三……一三九

山中集卷四……一七一

憑几集

憑几集卷二……二三一

記

銘

祭文

憑几集續編卷二……三五五

雜文

息園存稿詩……三七九

息園存稿詩卷三

五言古詩

息園存稿詩卷四……四二七

息園存稿詩卷五

五言古詩

息園存稿詩卷六……四六一

息園存稿詩卷七

七言古詩

息園存稿詩卷九……五三九

五言律詩

息園存稿詩卷十三……六〇〇

七言律詩

息園存稿詩卷十四 …… 六二一

五言絶句

七言絶句

息園存稿文……六四七

息園存稿文卷一……六四九

息園存稿文卷二……六七三

息園存稿文卷三……六九七

序

息園存稿文卷六……七九二

息園存稿文卷七

息園存稿文卷八……八七三

息園存稿文卷九……九〇四

顧璘集補遺

詩

文

浮湘稿

浮湘稿卷一

申思三首

戚戚歲云暮，我行適瀟湘。兄弟持我泣，父母淚縱横。云有薄田疇，卒歲具粢粱。胡爲去萬里，骨肉相乖張。跼蹐訴父母，兒自戀家鄉。舉事觸明憲，置理竄南荒。程期若星火，不得少留行。勿復遠思念，兄弟善持將。吞聲出門閭，沉痛絶衷腸。

白日匿西景，扶桑復東輝。岐路南以北，往來更踐之。人生百年内，賦命良不齊。鳳凰翔九霄，聞韶下來儀。朝食丹山粟，夕飲天漢涯。駑駘服鞭策，曲阪驅且馳。驅馳豈遑恤，所嗟意乖違。一爲北山歎，聽者心傷悲。蒼天高無極，悠悠當訴誰？

南征上衡嶽，長顧望舊都。日月光迴薄，鍾陵鬱蒼梧。朱鳳何葳蕤，竹實日摧蕪。虎豹對我號，梟鵂嗷相呼。我行迫日暮，駑馬忽匍匐。戰兢傷心魂，慄慄憂道途。竭投主人舍，脅息告勤劬。憐我客異縣，攜我就大巫。服我勾漏砂，佩我太乙符。再拜謝主人，歸來始安居。棄置勿復道，多憂令人老。

自龍江發舟至京口江水如鏡呈陳大魯南

海門東下大江平，畫舸夷猶盡日程。緑樹倏過瓜步堰，青山背指石頭城。離筵醉酒堪高枕〔一〕，獨客辭家慰遠行。況有故人同晚泊，西津相引看潮生。

【校勘記】

〔一〕「堪」，文淵閣本作「思」。

金山寺

俯檻江心寺，濤聲兩帶分。天晴秋見海，山潤午生雲。短棹今重到，名泉昔有聞。西風吹別酒，斜日未成醺。

雲霧空江水，維舟陟翠岑。坤靈開別島，佛界浄空林。巖洞攀躋險，魚龍窟宅深。行逢黄葉下，秋思轉蕭森。

虎丘寺

遠遊訪名山，虎丘得初陟。溪門乍深隱，石徑轉崔嶪。陰壑注鳴泉，風林振疏葉。巖僧解將引，探古恣幽躡。波沉貞娘魂，灰冷生公業。傷哉劍池名，祇見寒流渫。酹酒呼干將，千秋激豪俠。

石湖同陳亨父汎飲

浩渺石湖水，泛舟宜素秋。群山倒波下，樹拂青天流。白日光蕩潏，蛟龍互沉浮。長風激簫鼓，放歌銷人愁。觴行金逶迤[一]，鸞刀薦群羞。請君但酣飲，歲月不我留。越城空黄土，范碑委榛丘。陵谷恒變易，顧之增煩憂。

【校勘記】

[一]「金」，金陵叢書本作「愈」。

吕翁南莊

漁樵三五户，恬淡自成村。亂竹深藏宅，平田近繞門。松高巢水鶴，花老過河豚。長醉豐年酒，還思零雨恩。

苕溪同劉西安元瑞話舊並棹至武林港别去

念子苕溪上，孤舟遠過從。去鄉身萬里，對酒意千重。歲計看秋稼，離心寄曉鐘。柴荆期白首，何日定行蹤。良晤殊方重，交情晚歲深。兩溪秋並棹，孤燭夜論心。謔浪輸肝膽，飄蓬變語音。因悲辭骨肉，轉憶向山林。

峴山浮碧亭呈黄湖州子和

平湖短棹鏡中來，翠岫紅亭罨畫開。霧樹散分洲渚斷，雲峰横帶海天迴。登高共續黄花節，藉草仍探白石杯。傳道使君多暇日，每攜賓從恣徘徊。

西湖

群山窈迴合，豁爾開洪區。澄波匯且廣，宛在都城隅。靈秀自天闢，臺觀絶世無。虹橋蔭芳樹，烟渚發紅蕖。蘭橈鬭轉捷，越女夸容姝。蓮歌蕩人心，揮金盛中廚。靡靡即歡宴，豈遑顧菑畬。但苦白日暮，西風吹水枯。

游静慈寺因訪孫山人一元

晨游招提境，愛此幽勝偏。南山峙其後，西湖漾其前。華標凌波起，邃閣承崖懸。倏竹挺寒翠，長松濯秋鮮。豈唯會禪悦，亦以招靈仙。吾生厭塵網，久懷奉真詮。刀圭脱相授，情愛亦易捐。攀援洪厓侶，翺翔凌紫煙。

孤山

孤山葱而鬱，仰止林逋宅。捨舟入荒蹊，森森蔭松柏。往代雲龍會，夫子戢鴻翮。皋夔道已沉，巢許心所獲。豈無桃李顔，寒梅自貞白。皎皎空谷遺，長愧纓冕客。西瞻岳王墳，悽其暮煙碧。

靈隱寺

水泛趣已綿，山行路仍窈。迤邐經層巒，花宮冠林杪。峭壁概微霄，下映樓觀小。崖傾樹孤撑，亭遠泉重繚。蕭條僧氣閒，肅穆人聲悄。來游屬秋暮，蕉葉青裊裊。入徑薰名香，憩澗狎幽鳥。顧瞻桃源幽，捐佩苦不早。寄言都城子，來者一何少。誅茆儻吾遂，庶離寰中擾。

飛來峰

靈峰自何來，嶔崟峙蒼鳳。羽翮不肯斂，時時欲飛動。海雲結輪菌，峆岈互勾控。虛房綴懸蜂，橫梁亘垂蝀。巨靈苦雕削，真宰資玩弄。初臨側躬入，稍深復軒洞。蹈危若浮槎，瞰空疑覆甕。窪深日影墜，谷轉風馭送。陰森絺衣寒，躑躅芒履重。班荊趺舊席，剜苔紀新頌。歸來眠不穩，一夜勞噩夢。

岳王墳

崔巍中興業，浩蕩英雄才。刺身誓日月，驅甲鳴風雷。艱哉朱仙鎮，天地劃再開。君王亦何意，自卷旌旗回。中原本吾土，夷狄胡爲來。家昏鬼蜮嘯，國破長城摧。宰木空南向，匡山益悲哀。舉觴酹宿莽〔一〕，歌罷魂俱頹。

【校勘記】

〔一〕「酹」，清烏格抄本、金陵叢書本作「酬」。

桐廬江行寄汪僉憲一夔

曉發富春渚，暮望桐廬宿。江空寒水浄，岸轉雲峰矗。孤帆緬逶迤，霽景聊寓目。渺渺沙際村，浮煙靄叢木。垂巖杞菊斑，覆壠禾黍熟。兹方静無虞，生理見耕牧。高賢莅行臺，敷政況清肅。睠爾鴻雁居，幸脱豺虎毒。沉憂正浩蕩，且用慰心曲。

嚴子陵祠

垂綸客去今千載，猶見高臺對碧流。幾户蓬茆餘鳳種，萬方戈甲一羊裘。天空大澤星辰動，露下秋山草木愁。豈料平生逃紱冕，却遺名姓在鄉州。

常山道中

旅况逢秋盡，山行歎路賒。旱來無野渡，亂後少人家。橘柚寒多實，夫容晚自花。愁雲黯無極，腸斷楚天涯。迢遞常山道，千巖落木風。客程憂患裏，秋色亂離中。問俗嗟生理，逢人説戰功。傷心烏桕葉，默默不禁紅。

泊弋陽溪

孤帆逗何處，殘月弋陽溪。晚水澹相照，寒鴉驚自啼。遠遊慚薄養，多病憶幽棲。豈是懷榮禄，來過楚水西。

寄廣信朱太守亨之

南州腰笏始經年，美政相傳過昔賢。洞寇買牛捐帶劍，野人無吏索租錢。霜前禾黍孤城雨，月下絃歌萬井煙。慚愧樗材亦何用，皇恩又遣到湘川。

雨中溪行雜詩

十日溪中舟，格格響溪石。孤蓬過鳴雨，忽失沙上脊。

暮雨寒溪急，秋煙遠岫微。扁舟衝浪去，何日順潮歸。

暮程投野鎮，逆旅戀鄉人。怕有金陵客，逢舟借問頻〔一〕。

懸薄者誰室？宛在水邊居。停舟試借問，高人或姓徐。

秋容殊可悦，客棹且須遲。霜葉飛紅雨，煙岑抹黛眉。

小舟亂如葉，沉雅深淵中。銜魚自飛起，不敢驚蛟龍。

盡知爲客惡，還見別家多。風雨空愁在，山林奈晚何。

楚天寒信遲，況入小春月。冉冉横山煙，青青綴林葉。

遠客經時節，孤舟積雨寒。無心争道路，贏得夢魂安。

滄波生暮靄，渺渺釣船歸。細雨寒蓑重，斜風並棹稀。
艱難傷物役，澹泊愛舟居。晚飯客遺酒，夜燈兒讀書。
雲斷雨聲歇，水清天影流。苦吟雙短鬢，高枕一扁舟。
山水行踪美，風霜歲序闌。高堂遥送喜，遊子且加餐。
日暮争渡喧，天陰野風急。孤客來何遲，蕭蕭荷鋤立。
晚雲横樹薄，寒雨入簾微。川浄魚堪數，人間鷺不飛。

【校勘記】

〔一〕「頻」，文淵閣本作「津」。

過餘干

古城雲暝草蕭蕭，廢井人稀晝寂寥。三户凋零傷舊楚，百年熙皞憶先朝。江頭白骨烏鳶噪，洞裏黄巾虎豹驕。聞道將軍饒戰略，不應多壘遍蒼郊。

獨吟

湘浦孤舟玉露寒，戍樓嗚鼓燭花殘。青雲悵望孫弘閣，白首飄零子夏冠。秋夢過家唯伏枕，月華臨水獨凭欄。參差欲就淮南隱，已見山中桂樹團。

平川渺渺客愁生，極浦丹楓映晚晴。江水正連揚子渡，離人何賴楚歌聲。天涯一郡空勞夢，雲裏千峰不辨名。長路棲遲陽月盡，繁霜搖落瘴煙清。

戎馬中原鬢已華，一麾迢遰向天涯。荒城白屋猶征税，故國青山更别家。秋夢南歸江漢闊，暮程西望斗牛斜。扁舟獨宿空灘冷，野戍悲風急夜笳。

章江留别李憲副獻吉屠少參文魁

惻惻傷遠别，睠此清江流。悲風激長薄，浮雲隱重洲。去家邈千里，惘然增百憂。弭棹適洪都，果諧心所求。良友始邂逅，道言互賡酬。感歎風波事，委曲舟車謀。傾觴遠餞送，畢景情未休。嘉晤殊慰悦，旅泊何淹留。

豫章江上逢方大參文玉

瓷罌酒湛碧玉漿，雕盤雞割黄金肪。故人停舟勸我飲，捲簾四座臨蒼茫。江山信美客抱豁，白日未午空罍觴。氣酣談劇增歎息，悲歌起舞江雲黄。憶昔先朝侍東署，冠簪濟濟朝明堂。芝蘭間館重交結，金玉藝苑騰文章。一朝風塵忽澒洞，故舊轉盼多凋傷。紛紜群盜亂中土，大夫負劍從戎行。與君相逢江水上，值予憔悴流南荒。贈予荊南玉練紙，相邀作賦廬山陽。羈懷齷齪那能爾，明朝拂曙下瀟湘。

臨江叢竹間虎

西林白日暮，溪上無村塢。牽夫倉皇啼入舟，幽叢虓虎幾噬汝。艤舟側望白額獰，雙睛爗電對人怒。吁嗟爾虎太不武，近渚黿鼉肉磈礧。巖穴豺狼飽而舞，爾何不往搏食之，顧來溪頭驚我小兒女。惜哉我無蛇弓鵰羽箭，一發斃爾腊爲脯。嗚呼豫章猛士千百群，安知無一李將軍。

暮泛秀江

桂嶺望何極，孤舟行轉迷。秀江斜景裏，衡嶽亂雲西。宿雁衝帆起，哀猿傍客啼。多愁厭鄉夢，夜坐聽鳴雞。

遊梁方失意，適楚更悠悠。寒野牛羊夕，空江雁鶩秋。腐儒悲末路，幽興狎扁舟。欲向桃花水，垂綸待白頭。

路轉清江外，舟移錦石中。爪香分緑橘，目豔對丹楓。檢藥防山瘴，陳詩敍國風。冒霜梳短髮，應愧鹿門翁。

石壁攢江狹，風檣逆浪飛。漸看湘國近，轉與客心違。芳桂臨波發，遥岑隔霧微。明妝浣紗女，妍笑競斜暉。

蓬舠依瀨轉，菀簟枕肱眠。急浪鳴舷過，危峰就幕懸。茭蒲時礙楫，魚鱉不論錢。自喜幽襟洽，渾忘物役牽。

嚴太史唯中東堂

新堂誅茆仍故墟，寒溪度郭鳴階除。春風入簾語巢燕，朝日映户坐看書。酒熟時來長者轍，山深何厭廛中居。詩筒獨驅一黄犬，塵壁宛挂雙銀魚。

贈嚴太史

皇風振休藻，夫子播清芬。興洽山水際，心將賈宋群。市朝思大隱，封域藉高文。講幄虚懷切，諸生待問頻。古稱兼善義，衆擬上公勳。莫學桐江叟，終身遠漢君。

宣風館題壁和王大伯安

候館哦詩銷燭痕，地爐煮茗惡溪渾。叩門乞火有鄰父，打鼓報更還近村。仲冬寂寂野霜落，殘夜凄凄山月昏。苦遭砧杵遠相聒，獨憶故園傷旅魂。

浯溪

繫舟浯溪下，策杖登崇臺。嶔崟石壁古，手撥蒼雲開。媧皇彩煙滅，遺此青瑶瑰。元公性奇崛，首發雕鏤災。靈光落台斗，照耀衡湘隈。白日映寒野，曠望江流迴。山僧指陳迹，故宅久已灰。汙尊依然好，飲者安在哉？感歎惜形役，長歌下崔嵬。

初至全州

跋涉既累月，始聞及清湘。長風卷舟幕，忽見湘山蒼。黄髮數老叟，迎予具壺漿。面色頗黧瘦，草際各蹌蹌。拜起問生理，輒言困兵荒。云望使君至，冀免溝壑殃。我聞老叟言，垂涕意彷徨。比歲牧梁宋，兵戈劇流亡。逮此越萬里，民瘼乃同方。憶昔始觀國，徒行不齎糧。皇輿非改轍，惠澤恒汪洋。閔兹豐儉故，所罪吏非良。噬膚遂及髓，割肉救瘡瘍。天高不能愬，仰失日月光。矧予既朽廢，豈有仁風揚。登途入城府，惻惻心自傷。

答孟望之侍御時謫桂林郡博

燕臺對酒感離群，麓口移舟更失君。萬里飄零同落葉，孤城惆悵各停雲。書迴桂水交情切，人對星巖藻思芬。遥想高齋長隱几，應憐案牘日紛紜。

積雪 湘南舊無積雪，是冬深尺。

楚水浮煙斂，湘山積雪晴。瑶華垂古木，素月滿寒城。吏散公庭静，溪喧客棹輕。僕夫早嚴駕，吾欲訪袁生。南雪舊希見，苦寒今乍逢。空林愁虎豹，積水喜魚龍。瘴癘全寬客，禎祥復慰農。千山如削玉，長望倚庭松。

再答孟侍御期予入桂林之作

春風桂嶺憶同遊，臘雪湘江獨倚樓。星漢依微天北極，歲華摇落水東流。山藏散吏衣冠懶，雲掩荒城鼓角愁。正月望君驄馬色，紉蘭搴芷共淹留。

除夕喜金曼甫至

天涯除夕倍凄然，客舍逢君轉自憐。瘴海風霜凋舊質，荒城雞黍對新年。來時閭井人多换，謫地音書雁少傳。華胄正須揚藻業，腐儒唯欲傍瓜田。

同金曼甫飲兒嶼呈詩乃和之

聖世思柔遠，孤臣敢愛身？中年爲客倦，寒夢到家頻。道廢傷新歲，顔衰愧故人。鄉園今萬里，梅蕊爲誰春？

杜陵飄泊日，驥子遠遊身。夜讀居家慣，羈吟對客頻。流年非孺子，鄉國有賢人。桃李無貞性，繁華衹競春。

上元十二夜飲蔣方伯誠之第觀燈

日色漸落天宇澄，月華灔灔東方升。錦堂鳴鐘集嘉客，玳筵珠履紛相承。飲君天台沆瀣之玉醴，觀君錢唐錯采之華燈。佳辰高會感人意，清歌繞梁樂何勝。君家貴盛不可言，於今海内稱德門。公居岳牧領全蜀，次公秉鈞調化元。英雄想望見顔色，愧我流落叨攀援。歌牛枉側桓公聽，棄馬虚傷田子魂。青雲轗軻甘垂翅〔一〕，白日留連且舉樽。公將整駕登西路，予亦懷鄉欲歸去。共惜相逢不可長，它年一笑知何處。

【校勘記】

〔一〕「甘」，文淵閣本作「徒」。

春日寄徐伯川兼柬孟侍御

尋花東郭傍殘曛，伐木空山動鳥群。高士難逢徐孺子，故人猶戀孟嘗君。虚疑鬢髮經年老，屢喜詩篇向客聞。已辦盤飧開竹徑，會須車馬駐江濆。

浮湘稿卷二

正月鄉飲賦一首

國典崇先訓，禮飲及元辰。鼓鍾閟宫間，樂兹黄髮賓。犧尊湛醇醴，肴核旅百陳。鹿鳴侑行爵，獻拜敷皇仁。緬彼虞周代，養老敘彝倫。執匕躬饋醬，天子屈其尊。四海漸美俗，負戴不及親。蹇予負明譴，具位牧斯民。顧慚唯風德，何能冀興仁。爰申孝弟義，庶以詔邦人。

湘山初遊

湘國湘山天下稀，青春幽覽歷巖扉。雲疏列岫攢空起，雨歇新泉出樹飛。石勢參差依酒案，佛香清浄繞人衣。南遷得就長歌地，不用憑高歎未歸。

春思

正月湘南春可憐，李花如雪柳垂煙。殊鄉剩借芳菲節，莫向東風惜酒錢。
粟家渡頭春草齊，柳侯祠下早鶯啼。傍人莫笑山公醉，請看城頭白日低。
來時江草帶霜華，忽往城南杏已花。把酒對花如建業，離人何事不思家。
庭前古松高百尺，屈幹迴姿如老龍。我欲據牀還散髮，簿書堆案不從容。

吊宋刺史柳仲塗書院廢址

昔賢政多暇，學道恒山居。遺構儼像設，流風激鄉閭。時代屢遷易，勝觀鞠爲墟。居人伐嘉樹，野火灰堂廬。有作不肯述，益歎今人疏。始聞慕芳躅，既來乃重歔。指顧亭臺迹，歎息經營初。林澗有餘憤，曲水但空渠。誓將理荒穢，心遠力不如。勖哉同官客，勿俾初願虚。

送鮓孟侍御孟有歌罷無魚之句因嘲之

廣文今在桂林居，徒壁曾無儋石儲。我擬封筒遥送鮓，君毋彈鋏更歌魚。

春日磐石江上

歷歷春山色，留人坐不歸。空園花自發，芳草雉争飛。多病懷鄉切，端居出郭稀。塵冠將白首，無乃負漁磯。

夜歸值雨

沉沉城郭近，咫尺路行難。静夜千山雨，長林二月寒。石泉驚馬住，野水濺衣殘。未覩明蟾色，何因厚土乾。

郡圃桃花爲風雨所敗

寂寞山城二月闌，桃花無數倚春寒。可堪綽約風吹急，更著離披雨打殘。

遊龍巖

龍飛何日起蒼岑，洞鑿蜿蜒窟宅深。玉乳垂花春不盡，石田承雨晝長陰。盤雲座古留仙迹，流水聲寒浄客心。擬約東風重載酒，碧桃迷路恐難尋。

題龍巖額有賦

蒼崖積鐵古，中空若天開。軒豁容萬夫，窈曲千丈迴。不知寒泉水，潺湲自何來。向非神龍力，山鬼空虺隤。石田莽重疊，上有仙人臺。淋漓濕元氣，玉黍長蓓蕾。青春始來遊，桃花映樽罍。主人邀痛飲，酣歌日西頹。獨揮菁茅帚，書破巖上苔。巨靈拍掌笑，大劫俱揚灰。吾意在山水，短長安計哉？

寄西蜀郭僉憲魯瞻

長歌寒女素絲詩，直道難逢郭泰機。白簡威名西蜀遠，青雲朝省故人非。身危獨灑瀟湘淚，道拙空懷草木衣。東望鄉關萬餘里，歸心江漢轉依依。

懷王車駕欽佩

落落王車駕，門庭不可私。官聯同故國，離別已多時。藝絶圍棋賦，情閒洗墨池。唯應謝太傅，風雨共幽期。

懷陳文學魯南

金馬文章署，斯人氣不群。玉堦今對策，吐論動明君。惜别錢唐水，懷鄉桂嶺雲。幾時書札到，踪迹慰相聞。

寄羅八廷尉質甫

萬里鄉園地，音書望不來。桃花三月暮，客思轉悠哉。江動盧龍樹，春深鳳鳥臺。時時一舟楫，遥向夢中回。

古意送蔣中丞撫贛州

峨峨衡山嶽，莫彼朱方尊。洪濛判清濁，屹與三光存。曠視眇六合，泰華相弟昆。培塿一拳石，瑣細安足論。蹇予竄南粵，始獲窺巑岏。窮高歷參井，大觀驚心魂。仰凌雲漢闊，俯厭匡廬繁。匪見東海若，詎慚河伯源。

其二

騶虞含利齒，噬肉不戕生。麒麟雖有足，罔躡春草莖。仁者貴物命，重德靡淫刑。中山放麑叟，乃獲秉鈞衡。斯鞅屠黔首，傷哉國同傾。茫茫楚粵會，圭組羅百城。春陽徹幽照，草木咸敷榮。但恐豺虎吼，鴻雁靡時寧。我願化咆哮，允諧鸞鳳鳴。毋遺溝壑下，惻惻吞悲聲。

其三

直道易摧折，烈士匪阿親。志義苟不達，抱關甘隱淪。往昔股肱宰，吐哺接賢人。所以風雲氣，長隨龍虎身。四岳舉明聖，天下稱堯仁。鮑公進仲父，齊桓霸圖新。聖朝理文化，群材登鳳麟。東方列城士，承風望車塵。願公廣末照，勿棄輿臺臣。

飲柳山上

白日空山静，青春結駟來。江横群水合，野闊萬峰開。柳子弦歌室，章公射飲臺。併餘芳草色，默默對銜杯。把酒高臺畔，青山落案前。飛花三月雨，垂柳萬株煙。勝地堪吾醉，清風愧昔賢。塵纓何處濯，深澗有寒泉。

春日湘江偶泛

春日湘江江水深，春風蕩槳一開襟。群山夾浦青無盡，芳樹摇波緑更沉。細雨忽來霑客鬢，啼鶯何事嚮前林。長歌漫倒清尊酒，獨坐終傷異域心。下馬江亭入畫船，緑波芳草媚陽天。娟娟秀石垂蘿上，泛泛輕鷗遠照前。勝賞併催幽興發，高辭空羡古人傳。驅馳已負深春月，潦倒空悲謫宦年。

首夏江上

萬里歸心倚釣絲，空舟無伴獨吟時。江涵遠樹沉沉浄，岸隱高帆默默移。白髮行藏愁對酒，黄塵悲喜笑觀棋。古來竹帛蒼天事，唯有陶公老不疑。

柴門舊對滄江迴，野服無如白苧涼。海内形容猶道路，天涯恩澤更農桑。何時挂却塵冠去，散髮行歌與世忘。

落日子規啼近林，空江愁坐獨霑襟。古人曠放豈復及，壯歲飄零違寸心。詔發金雞何日到，夢投朱鳥萬峰深。青魚白飯殊堪飽，去國辭家自不禁。

同海陽舒教諭登湘山絶頂因贈别

兀坐不快意，起登湘山頭。九疑峥嶸忽到眼，洞庭湘浦遥争流。盤空蒼磴路險絶，四月爽氣疑清秋。波濤微茫指南海，彷彿十二仙人樓。欲行更止魂惕慄，聲動河漢驚牽牛。舒君好奇更豪宕，攀援絶壁枝撑幽。拂拭苔花坐崖石，把酒長笑觀潮州。下窺城郭彈丸小，但聽兩耳風颼飀。西瞻蒼梧吊虞舜，滿江淚竹湘靈愁。尉佗孤墳竟誰是？紛紛白草埋荒丘。憶昔樓船下南粤，連天雪甲横戈矛。祇今陵谷已非昔，況乃楊僕諸王侯。古今成敗等翻掌，天地逆旅俱蜉蝣。與君且醉蒼玉甌，對面但喜莫復憂。明朝解纜靈川水，却望湘山思舊遊。

寄七弟英玉登科

愛爾能文早，吾家玉樹枝。年居三十下，名動九重知。禮樂開黃卷，衣冠上赤墀。泥金遥送喜，萬里慰流離。

兹晨金馬詔，復爾映蓬門。耕讀吾家業，蒐羅聖主恩。蜚騰才豈乏，盛滿戒俱存。莫向青雲上，徒慚簡册言。

答孟望之

長憶孟夫子，題詩過郡山。舟檣春不到，庭館晝長閒。瘴海身飄泊，雲溪夢往還。何時薜蘿月，雙照逐臣顔。

葡萄陰夏院，急雨響深更。醉裏忘鄉國，天涯戀友朋。高齋迴夜爽，虚閣殷灘聲。無限幽居意，懷君百感生。

夏季試諸生作

朱炎啓長夏，悦兹天宇新。公庭幸休暇，展席招儒紳。群材競崇術，揮毫各融神。摛文析疑義，吐氣干青旻。皇皇宣尼業，六籍秘道真。蠖伏繼删述，龍躍思經綸。窮達委大運，所貴在一身。曹劉惑初駕，竟汩班馬塵。斯意倘有獲，要我於迷津。

磐石崖下泛舟

磐石江頭景殊絶，放舟幽興幾人同。風飄鼓角晴波外，雨洗峰巒夕照中。狼藉椰樽浮酒白，清泠冰碗削瓜紅。尋僧更訪山腰閣，半醉題詩峭壁東。

群峰積翠水縈迴，仙舸分明畫裏來。百丈澄潭摇草樹，半空磐磴見樓臺。風流赤壁誰應繼，潦倒滄洲晚未回。聞道西疇秋稼好，不妨迂叟日銜杯。

送舒教諭赴海陽

憔悴行吟地，逢君意灑然。同歌湘水曲，何啻竹林邊。待月收銀燭，鳴簫轉畫船。莫言春色盡，長覺野情偏。荒郡少人事，清筵時對君。投壺驚澗鳥，題石掃山雲。暫喜羈愁減，俄聞去路分。轉嗟塵世短，離恨日紛紛。滄海潮陽郡，青山刺史祠。遺文真作者，直道更吾師。采藻懷明薦，歌芹託盛時。寥寥前聖統，無使後生疑。

次孟侍御酬何舍人仲默見寄之作

京洛何平叔，傳詩動我哀。同時座上侶，共向嶺南來。暮笛梅花落，秋醅竹葉開。相期不相見，悵望碧梧臺。

秋懷三首

久客懷骨肉，況爾臨秋風。公餘闢閒館，舉目驚衰桐。附書南飛雁，何時至江東。

秋風西北起，浮雲終日低。悲哉金天氣，萬物慘以凄。獨客對湘峽，中夜聞猿啼。

落葉隨去水，迴風或停之。風止且復流，赴海終有時。嗟我繫此鄉，鬱鬱無還期。

移疾

獨卧藜牀懶報衙，古槐啼鳥似山家。愁中不記秋深淺，起看東園桂子花。

山頭雨晴泉入池，黑牽牛花開滿籬。閉門三日簿書歇，恰直遠人來問奇。

藥裹蛛絲手自開，湘簾摇浪動高齋。吴僧獨在山中住，也著袈裟問疾來。

秋至一月暑仍酷，西風忽振庭梧飛。白雨連山雲匝地，滿城兒女覓秋衣。

柳山諸詩〔一〕

静觀亭

獨游秋山静，偃蹇群松蒼。田家穀新熟，平郊散牛羊。野草摇衆色，寒花浄孤芳。悠然忽終日，塵鞅聊相忘。

詠歸亭

愛此群石秀，披襟就清風。羽觴泛迴澗，不覺匏樽空。醉歌幽蘭曲，行穿疏竹叢。浴沂有遺叟，俯仰將無同。

杏壇

漁父譏仲尼，孤鳳遂辭楚。誰留壇樹枝，摇花映江渚。明明虞夏謨，白首困行旅。臨河歌猗蘭，千載復誰語？

熙熙亭

亭下澗水清，亭上高雲浮。魚鳥各有託，遂此巖居幽。慮澹已忘遣，境空復何求。相期碧草色，共對蒼山秋。

俟賢亭

古人不可作，高亭復誰俟。赭衣供井税，寂寞循良事。白日照閭閻，憑高墮清淚。春風雜花低，何因見馴雉。

登春臺

高臺倚青嶂，下顧城郭間。茅居散花竹，雨餘春意閒。相將理農務，朝畊暮來還。寄言長民者，勿使惠愛慳。

仰高亭

緣雲陟盤磴，俯見飛鳥脊。側身最高峰，去天不盈尺。星陳上皇宫，風舉神仙舄。長嘯落遺音，沉沉洞庭碧。

極高明亭

倚杖絶壁上，烈風從空來。蒼梧亘千里，萬壑秋陰哀。思將謁虞舜，上歷金銀臺。浮雲暗南極，爲我須臾開。

【校勘記】

〔一〕「柳山諸詩」，明抄本作「柳山雜詩」。

去年予謫湘源朱升之副使以二詩寄慰兹聞升之調按滇南凄然奉答

題詩慰我瀟湘謫，灑淚看君嶲外行。悵望故山俱萬里，苦吟秋月向孤城。風摧羽翼青雲隔，塵滿頭顱白髮生。世事近來無所愛，溪門春起欲歸耕。

曾摇彩筆歌天馬，更借單車訪碧雞。棧道西盤秦塞險，滇池東壓楚宫低。行臺日月無來信，世路風波少定棲。莫向空山求薏苡，馬援祠廟使人悽。

宿靈冢山僧居

夜宿招提舍，秋雲冷石堂。天河斜挂户，瀑水静依牀。疊嶺攀躋險，虚空夢寐涼。明朝登寶頂，期與玩神光。

遊覆釜山諸詩 乃無量主人成果地也

靈冢山

灌木攢雲猿嘯悲，崩崖截澗馬來遲。龐眉老衲忘人世，只取朝山記歲時。

苦煉庵

竹裏流泉殷地喧，古堂猶是給孤園。山厨筧水深龍穴，石嶺尋蹊聽鳥言。

七十二峰

七十二峰高下懸，天梯雲棧互勾連。芒鞋竹杖空林裏，一路行吟破暝烟。

大峰

城中遥望碧氤氳，擬是瑶空一片雲。來上峰頭看氣象，分明平對玉宸君。

小峰

天低石角雲長擁，風掠巖腰樹半摧。秋氣忽寒高隼避，午陰將合老龍回。

定心橋

石壁上接浮雲齊，下臨不測之迴谿。道人來往渾閒事，時有驚猿落樹啼。

掃堦竹

高巖短竹餘一尺，纖葉裊裊青鸞毛。空山無人月華冷，西風滿地秋蕭騷。

神燈　是夜散見諸峰，凡十二點。

雲間疏焰冷光凝，千古空門不盡燈。一宿林中驚乍見，却留殘語付山僧。

九日登柳山

佳節登臨感歲華，蒼梧雲影向秋賒。高空獨鶴翻風去，返照澄江抱郭斜。南國音書催白雁，東籬歸興倚黄花。衰遲自愛茱萸酒，瘴癘誰悲薏苡車。

湘山雜詩

古塔境

古塔已千載，白骨爲黄金。寒燈耿不滅，照見西來心。

雲歸庵

松林有茆宇，白雲往還來。山僧愛雲好，柴門夜長開。

飛來石

誰騎蒼鸞來，啄破苔花碧。經年不歸去，化作山頭石。

甲亭

不信湘中好，江山天下稀。如何萬里客，終歲澹忘歸。

卓錫泉

老禪卓錫處，石上泉猶清。紅塵不相染，唯有蒼苔生。

玉虹泉

一條寒泉色，迤邐穿石下。秋雨何處晴〔一〕，猶餘白虹挂。

法華泉

寂寂空山深，荒泉四時冷。唯餘月明夜，山猿弄孤影。

玄通洞

下窺杳無極，仰視白日微。山人把火入，照見石燕飛。

獅巖

緑草斷行迹，鍧然石門開。分明洞天裏，不遇仙人回。

露勝亭

高亭行處盡，遠岫望中微。日月開禪觀，雲霞護客衣。

【校勘記】

〔一〕「晴」，文淵閣本作「尋」。

寄大梁賈道誠兼簡王左諸賢

不見賈生久，天南空斷腸。雅文清廟瑟，儒術仲尼堂。心事疏鴻雁，賢羅失鳳凰。乾坤正澒洞，愁絶爾摧藏。秋至梁王苑，何人賦最多。傳書堪白首，欹枕即黄河。興憶登臺飲，悲憐擊筑歌。無端洞庭渚，終歲浩烟波。

寄賀長史王景暘乃子登科

董傳儒流重，韋郎世業新。陳詩閒白晝，學禮富青春。大府高槐色，皇都走馬塵。此時金殿上，直欲醉逡巡。

湘中送榮老還金陵永寧寺〔一〕

搖落三湘外，經年愛爾來。故人書總至，異域眼俱開。放逐憐親友，悲歡向酒杯。衲衣經雨暗，横笛伴秋哀。試與尋風洞，何如對鳳臺。寺幽詞客滿，松古老師栽。夢寐唯吾土，羈纍愧不才。江山孤興滅，瘴癘暮顔催。澧浦難捐佩，龍門異曝鰓。相看移去棹，轉見脱塵埃。煙水滔滔地，隨緣易往迴。

【校勘記】

〔一〕此詩復見於息園存稿詩集卷十。

奉答喬衡州

荒城聞繫馬，使者有題封。尺牘驚文古，綈袍感意濃。霜清楚澤水，雲霽祝融峰。咫尺神交地，經年阻過從。

甲戌除夕

南郡迎春律，東風罷雪花。毳衣辭冷節，蓬鬢受年華。性僻爲邦簡，身危去國賒。祗應與田父，歸種故園瓜。
堂吏封州印，家兒獻歲盤。春兼梅蕊淺，興落酒杯寬。瘴癘全生足，驅馳向晚難。不違將父母，何以慰承歡。
嶺雪初消臘，江泉已動春。兩年遷客地，萬里獨吟身。黄鵠長垂翅，蒼鷹不附人。山林無限好，猶自戀風塵。
細雨知冬盡，催花故媚春。瀟湘逢獻歲，幽獨正愁人。嶺海猶遷客，乾坤有戰塵。何時一尊酒，相對白頭親。

湘江行寄孟侍御

逐臣遠繫湘江上，散髮行歌日悲壯。郡門江水急東流，廨宇山雲作炎瘴。去年花發悲陽春，今歲花開更泥人。種瓜不及青門客，懷橘空思白髮親。少年意氣干雲起，中路摧藏乃如此。徒勞毆血走風塵，不救折腰臨督史。桂林夫子舊同心，獻玉君門共陸沉。千首楚歌猶跌宕，一瓢顔巷自蕭森。春風閉户意何如，遥遣嬌兒奉素書。倘蒙大府明公檄，莫惜荒城使者車。

寄蔣中丞

山擁羅浮萬仞青，水涵章貢混滄溟。春深烏府文書簡，白日垂簾誦五經。

浮湘稿卷三

春夜歌立春夜試燈同張陳二進士飲後作

東郊春旗平旦迴，泰壇燈光夜復開。太平天子運元極，佳辰令節參差來。湘南小臣復何有，陽和亦到寒城柳。巷陌羅旛挂玉釵，樓臺畫燭臨朱牖。家家夜坐吹笙竽，對此忘却居邊隅。千金斗酒不愛惜，五夜宴客同歡娱。陳孟公，張子房，兩枝玉樹臨中堂。高才八韻並傾座，少年百步能穿楊。駟馬初過桑梓里，雙星更度銀河水。日射金屏孔雀飛，池開錦浪鴛鴦喜。洗觥酌君君莫辭，人生難得似君時。且趁春花欲爛熳，與君終日醉如泥。

相憶行寄魯南欽佩

金陵帝城行樂多，荏苒獨奈春宵何。樓臺壓空雲構麗，通衢曲巷相盤佗。城頭月起光如日，萬户華燈映街出。風窗霧閣隱玲瓏，寶馬香車意非一。虎頭橋下是吾廬，清夜邀賓樂有餘。漏轉幾迴飄火樹，酒酣千遍倒硨磲。座中高客讓陳王，風雅紛紜翰墨場。學士争觀杜陵賦，尚書不怪孟公狂。嗟予中路忽分飛，戢羽湘江久未歸。明朝客舍逢元夕，獨坐思君淚滿衣。

元夜

明月滿千門，時清樂事繁。酒香浮夜市，花影裊春旛。漏静鳴簫遠，燈輝狹室温。苦吟酬節序，飄泊任乾坤。

春寒

燕寢文書静，春寒物候遲。滿庭猶宿草，何日且黄鸝。雲遠三華樹，江深二女祠。不須添細雨，愁緒已如絲。

柬陳宋卿

頗怪陳無己，尋詩日閉門。空庭疏繫馬，細雨負清尊。節序過梅萼，春陰積蘚痕。不嫌官舍冷，燒燭對黄昏。

東園分菊苗有作

解帶理荒圃，及兹春雨餘。叢菊被嘉澤，芳苗鬱以舒。伐根辨衆色，間植周前除。汲澗沃新壤，秉鋤芟故苴。匪惜悁勤意，愛爾氣清殊。秋華既幽靚，夏葉亦扶疏。靄靄軒楹側，頗慰陶潛居。

湘南二月大雪戲作春雪歌

桂嶺長年冬鬱蒸，湘江今歲積春冰。北人飲酒歌黄竹，愁殺桃花與葛藤。
二月雪花飛楚關，渾如李白對燕山。祇愁曉日融城濕，詎惜飛花罥鬢班。
山郭桃花且未紅，撲簷柳絮太匆匆。山公久醉渾顛倒，不記湘南二月中。
四野荒雲接地齊，雪花如掌下寒溪。招邀白鷺翩翩舞，孤負黄鸝恰恰啼。
繞郭千峰玉作臺，連林素纈盡妝梅。同誰跨馬腰弓箭，山口盤旋射鹿來。
南方食麥勝食土，瓦礫不救饑腸苦。今年春雪如隴西，蒸餌家家作端午。

雪霽登湘山露勝亭

勝地意何限，新晴還獨過。衆山殘雪滿，孤嶂烈風多。浪迹留巖壑，幽襟到薜蘿。俗塵休見染，欲此問維摩。

得徐伯雨太平書奉答

殘臘江門望使車，新春忽枉麗江書。嗟予已作三湘別，念爾那堪萬里餘。絶域風煙居暫定，深山官府事應疏。絶憐雅興耽詩律，滿紙瓊瑶愧不如。

贈周典膳

寧親西下馬蹄勞，文采驚人一鳳毛。南粤江山歸陸賈，梁王賓客羨枚皋。薇堂祝壽花明酒，風洞題詩月滿袍。異域逢君又傷别，離心春水共滔滔。

送張進士自全州成婚歸桂林

馬卿持節下江鄉，鸞鏡新歡得孟光。寶劍龍鱗横北斗，金屏雀影照東牀。九天禮樂周京盛，三月煙花粵徼香。采服即看宜壽酒，門楣還喜映巖廊。

清明病中作

萬里清明節，三年放逐臣。已無花共照，況有藥相親。嶺徼饒蒸霧，江湖一病身。聖朝容腐朽，歸去老垂綸。

偶題

道窮何歎拙，身病始知衰。座有青山對，門無俗客來。浮名消短鬢，雅興寄深杯。頗笑劉伶輩，沉冥負爾懷。

卧病四首寄諸兄弟

南州瘴霧三年客，西塞清江萬里家。春斷壺觴疏竹葉，病移衾枕失桃花。英雄自分填溝壑，魑魅空勞礪齒牙。獨有蒼天能料理，底須醫卜浪矜誇。

江漢滔滔繞上陽，五龍京闕拱高皇。輿圖四塞青山固，陵寢千秋翠柏長。綺麗春風開畫障，鬱葱佳氣護金湯。蒼苔白石青溪曲，愛有巢由舊草堂。

細雨濃花思不禁，春山何處獨登臨。高鴻實寄傳書淚，老馬虛馳伏櫪心。肺病閉門聊穩睡，窮愁抱膝且長吟。閒情已逐歸雲盡，獨奈人間枳棘林。

十日春陰槲葉齊，午窗吟坐到雞棲。歸期漫阻桃花水，客淚重霑薺子泥。萬里弟兄空夢寐，百年岐路尚東西。請看舍側垂楊樹，已映東橋舊釣溪。

病中憶魯南欽佩

空齋高卧動經旬，遠夢天涯憶故人。典禮近聞劉向起，草玄猶奈子雲貧。江樓積雨鳴長夜，山郭餘花墮晚春。人世幾何將白髮，年年離恨獨傷神。

寄文徵仲

儒林揮筆掩群賢，湖海傾心二十年。藻鑑塵埃無伯樂，規模鄉國有顔淵。黄花別淚臨湖水，白雁鄉書斷楚天。山館窮愁欹枕日，拭君圖畫轉凄然。

遣懷絶句

月落猿聲苦，風高虎氣腥。山雷春送雪，江霧夜藏星。

花豹金錢背，文鵰蜀錦毛〔一〕。廚泉山筧細，江稻水車高。

猺女招歌劇，蠻郎步射强。花環垂耳大，竹弩挂腰長。

澗冷菖蒲翠，山春躑躅紅。草驚秋盡火，樹厭夜深風。

夜静雲生室，春深水到門。松高多繡頂，蘭古自懸根。

野鮮蒼兕猛，山鮓鷓鴣香。市笋撏苞出，倉禾帶把藏。

不忌梟鵩暮，何悲杜宇春。蛩催三月織，雞報二更晨。

【校勘記】

〔一〕「蜀」，明抄本作「素」。

送陽春歌和陳宋卿

南風吹春辭九垓，百舌怨訴黄鸝哀。老夫卧病亦强起，把酒勸花俱一杯。我家舊住金陵曲，開門正對梁王臺。桃花盈蹊柳映地，年年愛見春風來。千金買鞍裝駿馬，山高堆粟成新醅。雲臺功名不足取，富貴於我如蒿萊。古人白骨穴螻蟻，亦知王喬安在哉？一從棄擲向湘水，轅駒局促慚非才。羈棲厭見春色至，教兒剗却東園梅。縱有韶華滿郊藪，弄花鬭草隨嬰孩。青春爾今去，勿爲吾徘徊。吾衰今久矣，吾視天地萬物真浮埃。

湘山寺同客作

一麾迢遞天南頭，名山頗愜平生遊。日飽窗中列岫色，更起策杖窮巖幽。窈曲煙霞入空翠，招邀不識神靈意。自從竄逐得逍遥，始歎風塵昔蒙昧。升堂笑問無量師，爾住青山今幾時。翻經願從弟子列，洗鉢愧乏頭陀姿。誅茆小乞巖前地，痛飲狂歌日來去。聽法閒看虎伏時，懷鄉莫近猿啼處。幽花細竹俱堪憐，燒丹服藥期長年。費公未啓王屋鼎，華老謬語天池泉。神仙渺茫竟難測，古往今來豈終極。

但願道路風波平，江上故園歸即得。

楚歌二首

侍御李君師文傷余遠放，爲楚歌二章，遥寄全州。予亦念君久廢，怛焉會懷，輒繼來響。

靈淼淼兮焉窮，下無極兮幽宫。登岷峨兮遠望，波龍鱗兮揚風。赤螭兮黄鼉，噴霧雨兮駢羅。望子之駕兮伊邇，交不締兮奈何。睠予心兮東歸，君不顧兮疇依。將以承兮巧笑，揆皇道兮慮非。蓀壁兮蘭堂，結桂枝兮芬芳。羌離合兮有期，聊容與兮徜徉。

右天吴

坎坎兮擊鼓，望君山兮屢舞。陳煩辭兮仰空，渺夫君兮何所。波四漫兮湯湯，會百川兮同量。津無梁兮不可以涉，測地彌廣兮度天愈長。駕蘭橈兮揚桂旗，飄風起兮又汩之。浮余瓠兮水際，理余佩兮川湄。衆紛紜兮磔肥牛，顧玄醴兮增余羞。陟虚壇兮佇立，徒終歲兮離憂。

右洞庭君

和英玉覽柳山圖見寄之作

昔人弦誦地，古木已如兹。惠澤宛猶在，池臺空爾爲。棠花依澗發，薜荔繞牆垂。更掃蒼厓石，新鐫水部詩。

聞英玉拜南京屯田主事戲寄

二月除書飛帝京，屯田新注省郎名。親庭鄉國總在眼，把酒賦詩無限情。三徑盤桓花歷亂，九關開闔虎縱橫。金門大隱無人識，方朔應傳笑賈生。

答喬衡州汝修

傳道衡山郡，棠花滿路春。寂寥循吏傳，將老見斯人。玄髮丹青地，孤標玉雪身。平生傾倒意，絶域爲誰親。鮑叔元知我，陶潛久悟非。身經畏途老，夢想故園歸。失路需青眼，餘生乞采衣。相過知不遠，長望岳雲飛。

寄内并示二兒

滿堂風雨燭花殘，獨客思歸坐夜寒。遥想故園當此夕，畫樓明月影團團。
小閣書聲夜漏稀，東歸潘岳奉慈闈。湘南山水雖云美，不及橋陰舊釣磯。

和英玉聞秋佳亭新移悵然作兼簡王禮部欽佩

秋佳亭子臨秋水，伐木新移向近陂。小徑有時迷客入，長楊無數遶簷垂。即看野鵲春來喜，莫怪群鷗晚下疑。寄語東鄰王禮部，好攜樽酒數追隨。

答李川甫

昔余牧大梁，庠序多俊民。峨冠列廣座，雅論何彬彬。思慕信陵義，密爾中交親。輸心誓白日，永懷越千春。驚風西北起，奄忽暗流塵。巾車一何迫，泣别長河濱。生死忽乖隔，淚下沾衣紳。
南遷度湘渚，湘渚阻且深。蛟魚凌波起，駭浪如高岑。巖巒仄無地，草木多毒淫。三歲棲絶域，長恐遂幽沈。鳴雁自北來，銜書置庭陰。開椷覽流藻，乃是瀟湘吟。薄俗昧交義，貴賤異中襟。與子絶會面，庶以明遠心。

楊儀賓東皐

路轉灘江曲，林間逸士家。避人成獨往，隱几坐無譁。舞鶴穿行徑，遊魚傍釣車。時聞蕭史輩，駐此共湌霞。

江上送馬錦衣按事迴

貞士不可見，凄涼飲冰言。徒慚金吾使，萬里馳輶軒。馬君伏波之子孫，西觀桐柱迹猶存。江上相逢多意氣，高歌一曲下湘沅。

其二

雅歌皇華詩，送行傾玉卮。薰風吹船下湘渚，回首誰憐班竹枝？君來安坐人莫窺，判如南山何可移。漢庭賢士雖無數，四海偏誇張釋之。

初聞望之量移汶上

逐客承優詔，寧親得近居。主恩天地大，臣節死生餘。魯邑雞初割，長沙鵩已祛。餘歡兼舊侶，應免葬江魚。

江上迎望之逆風舟不得進

兩年望君君不來，渴心捲水生黃埃。昨聞津吏報君至，秉燭傳更夜無寐。曉雨移樽江上迎，南風吹船船倒行。五里停篙十里泊，側聽鼓角前灣聲。君乘畫舫蕩雙檝，澗壑下瀉灘流平。眼中遲速亦復爾，何況出處關人生。萬事未須問，會面安可輕？與君月出共舟去，山水湘南無限情。

江上感秋呈望之

昨日梧葉落，今日蘋花開。秋光向人不相貸，客子感物令心哀。三湘水闊高雲凝，群峰雨餘游氣澄。豈無清歡待爾至，轉恐欲別愁難勝。我留絶域更誰依，君望家山只欲歸。若到襄陽騎馬處，閨人應理舊班衣。

共泛東潭餞望之

高人同野興，移棹水西東。岸仄垂蘿古，沙虚積蓼紅。哀箏悽斷壑，輕幘倚秋風。更有浮萍感，俱忘痛飲中。

贈别望之兼寄諸相知十首

五嶺炎蒸地，三年共謫居。送君東魯去，予意獨何如〔一〕。大舶依流水，歸心指故廬。江門今夜月，相對暫踟躕。

相逢殊不易，相别且從容。落日留羈鳥，驚雷起卧龍。獨吟江路永，多難故情濃。回首傷心地，無勞望桂峰。

白髮倚門久，清江催棹頻。榮枯知聖澤，瘴癘脱危津。烏鳥心偏苦，驊騮氣有神。風煙千萬里，愁殺未歸人。

何處瞻飛舄，秋風汶水波。黄塵清市井，明月照弦歌。宓子非凡吏，宣尼有四科。平生霄漢意，摧折未蹉跎。

直道臺端謫，清風嶺外還。諸生依日月，雅興發江山。痛飲神逾炯，哀歌鬢已班。看君置心迹，渾在古人間。昔別空同子，封書發豫章。君今還汝水，渠已客襄陽。苦別交親老，時名歲月長。斯人常坎坷，天意竟茫茫。不見邊丞久，于今更四年。衡湘悲雁絶，臺省賀鶯遷。屢夢攀嵇叔，無詩寄鄭虔。經過問消息，漂泊已華顛。舊遊紛雨散，京國祇崔何。東觀摛辭貴，南天灑淚多。雲深愁問信，月好憶聯珂。贈別留長句，時時發醉歌。汶陽臨大道，喜近趙東曹。竄地傳書數，它鄉念我勞。名高連泰嶽，心遠折江濤。擬共觀周禮，無因接譽髦。吾生堪太息，世路易浮沉。物色悲遊子，風波損壯心。同人桂林少，積水洞庭深。渺渺傷神極，還愁老欲侵。

【校勘記】

〔一〕「獨」，清烏格抄本作「猶」，金陵叢書本作「復」。

夏日雨中與客飲朱别駕宅

閒館投壺白晝長，榿林鳴雨送飛觴。千山濕翠雲垂地，萬壑平流水映堂。塵世幾回逢酩酊，瘴鄉三伏遂清涼。休辭櫪馬喧東道，愛對庭中短燭光。

贈靖江王孫

大雅詩書志，高情洞壑居。風流宜鶴氅，雲氣繞鸞輿。摛辭過梁宋，召客得應徐。投簪吾未老，猶可曳長裾。紫閣投朱紱，青山卧白雲。鳳笙流秘曲，鴻寶枕靈文。近得臨卭客，飄然思不群。時傳古詞賦，爲我洗塵氛。

快哉行　七月十六日殪二虎作

東方日出曉衙集，壯士衝關突然入。背負猛虎手强弩，短鏃稜稜血猶濕。班文白額委中庭，空閃金眸灑寒泣。我嘉壯士飲之酒，拔劍刲羊髮仍立。觀者如墻方笑呼，殺聲落日喧城隅。衆豪復提一虎至，洞胸直貫長蛇殳。垂頭狼藉類黄犬，猛物失勢堪嗟吁。快哉二害同日盡，何啻並殛凶饕徒。田家兒女開户寢，餘惠况及犬與猪。可憐爾虎何太愚，鷙害自古遭神誅。爾類好殺終亡軀，胡不早走深巖居。轉易猛性爲騶虞，爲民獻瑞登王都。

月

秋月光如洗，高臺夜轉寒。江流鋪雪去，松壁影龍蟠。玉兔棲難穩，蒼猿淚欲乾。楚天多霧雨，坐對判更闌。

題張東海草書後

絶代風流遠，名家草聖傳。龍蛇餘萬紙，鸞鳳眇孤騫。俊拔歸張旭，蕭條老鄭虔。天南看舊帖，三復歎前賢。

輓李將軍

早窮黄石略，遠佐伏波軍。入幕推英選，横戈策壯勳。驅馳仍白首，特達且青雲。逝水悲雄劍，長星落古墳。范增心未已，李廣命何屯。閥閲遺驃騎，文章起鳳群。將門收藻色，史閣播清芬。偃蹇蓬蒿子，那能百代聞。

寄上司馬白巖喬公

北斗樞衡控上都，南臺司馬握兵符。河山地正乾坤位，雨露春融造化鑪。分陝雅推周有道，戍江應笑晉非圖。朝廷白髮憂相倚，寰海蒼生望已蘇。幕府訏謨趨老將，錦堂觴詠列文儒。心當大任何曾動，身致昇平得自娛。謝墅賭棋花正好，秦淮吹笛月同孤。王風佇聽歌麟趾，公子振振見玉顱。

浮湘稿卷四

將赴灌陽

累歲倦行役，玆晨仍灌川。路危纏嶺脊，草盛隱人肩。逐客窮愁地，荒城大有年。不才寬罪譴，何以報皇天。

入金盆山訪唐孝子

舊聞封股事，今見結廬情。篤行關風俗，殘軀效死生。秋原雙淚苦，春草寸心傾。獨夜悲風切，偏聞宰樹聲。秋日觀風地，青山五馬莊。荒廬依大冢，烏鳥泣哀楊。孝子人倫重，高賢世緒昌。磨崖傳故事，林壑借餘光。

至灌陽平賦作

我聞黃虞民，罔識官師名。老翁被素髮，壤歌如孩嬰。季世廣法令，民心始忡懵。馬牛急租税，雞犬紛鬬争。兹邑苦窮僻，曾巘紓荒城。謂云華胥國，頗遂桃源畊。咨諏逮幽隱，轉痛閭閻情。山深吏治猛，里胥日縱横。執熱不以濯，煎膏難及明。府帖增新役，賦籍何由平。水枯網罟亂，孰使魚不驚。投筆坐長歎，淚下霑綏纓。

中秋日學宫試諸生

宴坐中秋日，雲晴灌水陽。玉麟横郭見，文筆映波長。隱几饒幽勝，登堂總俊良。英靈占萃聚，神采愛舒張。頗訝遺珠遠，誰云古道荒。多聞沾柳教，妙悟近周鄉。僻壤緣人勝，儒紳貴志强。嗟予牵世網，垂老覓亡羊。

學舍見紫薇花

學宫古苔滿陰壁，一株紫薇當户新。矜持幽意故遠俗，點綴秋光時近人。

中秋縣署值雨

此夕中秋月，它鄉兩度圓。孤雲生夜翳，萬象失秋妍。雨氣饒侵客，風期又隔年。誰能攬明鏡，爛熳挂青天。獨客佳辰思，空山積雨愁。縱能斟緑蟻，何處望瓊樓。巖桂蕭蕭落，江雲冉冉浮。願餘吴地影，聊破老親憂。

華山對雨寄陳魯南索畫

㠯釁行雲遞有無，灌潭秋影照人孤。題詩寄向王摩詰，乞寫華山對雨圖。

灌江見夫容因憶王禮部欽佩許予作此賦未至聊寄一首

兩度湘江見爾開，水清沙遠轉悠哉。池頭舊日西風面，正對東鄰作賦才。

聞灌人云有柳子厚遺迹因策馬往尋歷大源塘入仙源洞不得其處而返

柳侯昔放逐，頗好山水事。觀其著文詞，動以喻來世。逮今歲月改，陵谷莽遷異。我行徂灌川，聞有招隱地。懷賢慰遐想，吊古積幽思。廛館休吏衙，秋原散游騎。度嶺疲登頓，涉溪苦沾漬。空潭激哀流，古木墮餘翠。窮搜盡陽景，屢剔斷碑字。豈無會心觀，往往悖圖志。興盡且須返，聊以展同致。

尋山

曲坂凌虛度七盤，仙源何處問三韓。溪門古木蒼雲濕，澗道疏花白雪寒。短髮漫衝霜霰老，青山聊撥簿書看。須知野興秋難禁，莫怪巖陰日易殘。

華山舜祠

隱隱蒼梧映郭門，滔滔江水抱山根。群峰獨捧重華廟，大地誰言五嶽尊。雲暗九疑迷葬地，月明孤竹見啼痕。長將澗藻修寅祀，願就琴薰仰德温。

訪仙源洞得道人蔣馨故棲石題

水曲桃花暗，靈巖信有僊。蟲書留古洞，鶴駕去何年。白犬眠金竈，蒼龍飲玉泉。愧非嵇叔夜，來此竟空旋。

小泛得黄樓諸山之勝

不奈城中役，重尋水上游。秋光俱白舫，山翠忽黄樓。竹覆溪門浄，雲藏石洞幽。誅茆饒野意，留語報沙鷗。

遊通真巖與數子商作思柳亭

蕩舟緣西溪，風物始虚爽。忽得通真巖，衆喜得奇賞。石壁倒千仞，洪濤漱中廣。通天貫靈竅，雲氣恣來往。玉髓墮陰滴，蓮花抱煙長。居然神仙窟，所愧縶塵鞅。緬懷柳愚溪，千載寄幽想。其人雖已殁，精華尚星朗。願言作新亭，延此烟月黨。今古兩悠悠，江波日東響。

出灌江峽

群山高束灌江流，雪浪清秋灑客舟。古木倒垂雲上下，亂灘交瀉石沉浮。猖狂阮籍窮途哭，浩蕩王陽度坂愁。料乏雲臺酬馬革，願攜霜鬢老狐丘。

宿白水渡

積水吞寒瀨，孤舟宿暮煙。邀人壺蟻泛，作賦燭花懸。髮變風波境，神驚四十年。壯心空感激，夜起拂龍泉。

歸自灌陽望湘山口占

十日別湘山，見如故人面。何況石頭城，是儂舊鄉縣。

白露

乙亥登高作也。年穀既豐，朋游斯樂，覽物寄懷，仰詠皇澤。

白露凄凄，原草具腓。日月于邁，載授我衣。北山有堂，江注其麓。薄言出游，以寫心曲。山木斕班，江雲差池。樂以旨酒，委蛇委蛇。爾樵爾漁，來往無怒。爾農獲斯，黍稷如岵。戔戔守臣，實蹈百愆。何以逭之，曰維豐年。豐年伊何？維民之德。民之頌之，天子之澤。

寄葉澄

高士多異標，驊騮隱奇骨。拙匠昧玄理，紛紛寫毛髮。曹霸畫馬權奇高，裴公之面飄三毛。始知能事貴得意，恥與形相論纖毫。燕山葉子心目靈，少年刻意工丹青。閉門解衣日盤礴，興起落筆通幽冥。我謁南曹大司馬，五嶽峥嶸走堂下。煙霞熚目不敢前，熟視乃知是君寫。一謫瀟湘今幾秋，思君不見增煩憂。絶憐山水最奇處，苦乏妙筆移滄洲。覆釜峰，湘江水，世傳蓬壺無乃是。我有長綃寄向君，煩君寫入茅廬裏，欲訪形容問吾子。

磐石秋望

信美江山映郭西，清秋羈客思凄凄。黑波跳雨蛟龍鬭，蒼峽摧雲虎豹啼。萬里辭家饒白髮，一丘歸卧有黄虀。蠻煙毒霧傷心地，馬援何因到五溪。

酬王欽佩見懷之作

長憶西鄰海雪莊，主人從宦日徜徉。穿花跨馬趨東省，斸笋烹魚上北堂。静室幽蘭無限意，小山叢桂幾回芳。天涯逐客歸期遠，歲暮懷君枉斷腸。

酬陳魯南見寄青溪看月之作

青溪明月引長吟，湘浦寒雲滯客心。歸思不堪楓葉盡，故情俱向楚江深。荒城寂歷山當户，舊葉凋零鵲繞林。身世與君同未達，却憐霜鬢映疏襟。

酬劉元瑞黄州見寄之作

秋風旌節過黄州，杪歲椷書到嶺陬。交誼死生歸氣概，詞華今古接風流。江翻荆口天齊落，山轉滇南地半浮。聞道柏臺多暇日，况逢陶謝好同遊。

奉次司馬涇川張公打魚短歌

漁舟曉集澄江灣，設栅布網如重關。兩曹分張鼓齊發，風雷簸蕩波濤間。大魚踉蹌浮頟鼻，挺叉入水喧群蠻。小魚往往脱疏目，獲少不怪陽侯慳。割鮮猎稿總民力，地利在余焉敢匿。載登鼎俎享群公，退食庶幾無赧色。羡餘頗饜僕隸腹，細瑣亦任漁人得。堪歎結繩遺禍階，物命公然恣人食。南臺司馬初辭官，香秔細膾且加飧。儻聞涸轍遺枯鮒，更借西江萬頃寬。

對雪

山郭陰沉雪片稠，凍雲重疊傍城樓。風迴亂木飛花合，夜静寒窗素月流。北望自誰旋氣軸，南遷今始問冬裘。欲留蟻酒臨春賞，正恐鶉衣徹夜愁。

謝平樂張太守惠蓮花酒

暮冬雪寒風飄飄，湘城凍酒甜如蜜。傾杯欲飲復推去，空對江山坐終日。灕江太守神仙人，雙罌遠致蓮花春。開軒曉起試三爵，頓洗百斛胸中塵。高歌粱甫曲，脱却淵明巾。眼前萬事底須問，且從爛醉陶吾真。

丙子元日於郡齋作四十韻

南紀江潭遠，東風節序移。流年傷久客，多病負明時。稼穡功何補，鶯花興匪宜。嶺梅虛照眼，江柳莫摇絲。憶昔爲郎日，承親樂在兹。都城依斗極，畫省綴雲司。禄米供調膳，家園奉杖藜。閒情潘岳賦，燕喜魯人詩。棣萼連庭發，槐陰拂地垂。書編長枕藉，酒斝亦淋漓。契合多良友，招邀慰所思。聲華傾座重，精白寸心知。松檜寒逾勁，驊騮老不羈。已堪徵道義，況更得師資。西漢才方盛，東周夢豈衰。立談期化理，傾倒絶猜疑。中路罹多難，專城試一麾。梁陳高賊壘，河朔走征旗。苦乏勤王略，空懷報國私。援枹臨矢石，飲血撫鰥嫠。僅免投豺虎，方思伴鹿麋。愚蒙仍觸法，覆載本含慈。斧鑕逃輕典，丹青發朽姿。恩波猶五馬，竄地異三危。水鏡開城觀，星躔壓地支。國風饒比興，民俗重耕犂。桃水居人樂，華胥帝載熙。頗容山簡醉，未釋賈生悲。信美非吾土，浮名已後期。形容麟閣遠，羽翼鷃圖卑。即事驚華髮，無階叩赤墀。大歡惟菽水，野性一茅茨。納履思投足，談經得解頤。文章關不朽，氣格許誰追。能事輸前列〔一〕，洪鈞貴自持。陶鎔兼物類，渾樸斷人爲。郁郁希游夏，勞勞去管伊。行藏俱自得，筋力豈空疲。細雨衣襟浄，深山卧起遲。時尋老漁父，同釣楚江湄。

【校勘記】

〔一〕「列」，清烏格抄本、金陵叢書本作「烈」。

連陪諸公柳山春遊

湘州城北古堂幽，十日春晴兩度遊。山畔數亭俱可醉，林間孤澗亦銷憂。巖巒氣色迎車發，草樹風光繞郭浮。況與群公陪勝踐，豈輸山簡習池頭。

春雪初晴翔鳳樓，春煙已颺賞花眸。江山面面因亭勝，物色年年賴酒酬。異代風流如昨日，幾人遷放得滄洲。柳絲桃蕚參差暖，堂上疏簾漸可鈎。

贈陳宋卿

落落青雲器，天南一鳳麟。詩書過目得，孝友發情真。舊笏傳華胄，高詞見古人。腐儒遷謫地，幽抱爲誰新？

以奇石獻涇川公辱報長歌輒答一首

湘西石洞涵杳冥，濕雲倒結蓮花青。山童采斲送官舍，風雨黑夜號山靈。蟄龍驚雷聳頭角，怒豸蹲巖猶撲朔。峥嶸石柱高幾許，眼底分明瞻華嶽。簿書堆案烟霞愁，塵顔齷齪真可羞。碧山學士負仙骨，此物正合供幽求。緑蒲朱草映漣漪，净几疏簾日詠詩。不誇醒酒千金價，獨玩通靈五色芝。

悼李千騎

渭濱久寂莫，何人應非熊。不識一丁字，空持六鈞弓。桓桓李將軍，詩書浩填胸。草檄鞍馬畔，折衝樽俎中。雖孤雲臺畫，至今稱英雄。

贈别陳宋卿

把酒夭桃下，飛花逐浪流。湘江春二月，無奈别離愁。釣渚銜沙岸，書堂枕石丘。明朝懷舊賞，獨倚郡南樓。

柳山石壁凹深涇川公每至坐卧其中余遂表爲司馬巖併紀一詩

北山多幽踪，靈怪具兹石。窈曲壺峰房，巉巖老蛟脊。寒泉界遥青，煙蘿綴疏碧。雲構儼成居，神仙合來宅。司馬真天人，輔世應帝謫。税駕歸故鄉，徜徉此投迹。草樹徵文章，烟霞衛巾舄。俯仰皆有餘，動静隨所適。我願標嘉名，大刻示無易。盛美垂千秋，留光照山澤。

觀玉柱巖作 丙子歲，山民初發之。

列炬窺玄府，搴裳步紫壇。石田雲子白，龍井玉漿寒。巨棟垂千尺，幽房隱百盤。仙靈多幻化，造物自雕刊。異境今初闢，清遊午未還。爛柯如有遇，何用戀塵寰。

辯蛤和涇川公

漁海窮潏泬，獵山歷峆岈〔一〕。生人胡多勞，養此六六牙。聖哲著禮經，細不遺蟶蛙。食黿不染指，因以傾厥家。末俗貴珍異，載籍紛喧譁。美哉爾石蛤，奚免網與叉。黃鵠終見炙，安可矜高遐。修脛雪長荇，腴中剖團瓜。烹以實下豆，亦慰賓筵嘉。南荒盛蟲族，大者蛇與蟆。瑣細及百種，射影兼含沙。食者苦漚泄，傷者困瘡瘕。例舉混美惡，頗笑昌黎差。幸蒙匕筯賞，重以褒辭加。河豚自此賤，況復論魚蝦。

【校勘記】

〔一〕「谺」，文淵閣本作「岈」。

辱涇川公惠詩談止足之分奉答二章

汎覽前古志，蠹然增中酸。賢聖困胼胝，黠俠炙人肝。門雀歎貴賤，市犬驚悲歡。是非亂無定，千載勞鉛丹。徒令腐儒輩，怒髮時衝冠。璘也生最晚，履道慚孤寒。南遷濟湘水，始陟橫渠壇。玄功無棄物，朽質蒙雕刊。孤羈戀恩義，逆境知憂患。鷦鷯自云微，糞飽鼠壤殘。營營飛蛾翼，竟爲烈火燔。近枉大雅什，益聞達生言。如病居膏肓，得投俞扁丸。波濤息中境，魂夢寂以安。揭聞青春盡，期詣西園觀。遙攜林中奕，試洗花間盤。斯遊漫成阻，後約良匪難。蒲輪頗安穩，何必憂輕軒。

其二

涇公鼎鼐器，一德調鹹酸。委身奉明主，即事恒披肝。雲龍際嘉會，魚水投至歡。秉笏四十載，寸衷晚逾丹。班馬記言筆，房杜進賢冠。所至見挺直，凛凛奸諛寒。竭來守留京，建節上將壇。軍容一時肅，攻蠹隨手刊。遂令鴻雁居，悉遠豺狼患。翻然憶蓴鱸，匪謂傷秋殘。叩閽累十疏，纓冕先自燔。止足不殆辱，永懷伯陽言。迴駕太勇決，何啻如轉丸。至今四海心，忽忽憂危安。嗟予愧河伯，謬向東海觀。時雷勺水益，已足盈盂盤。曲士束小教，語大固所難。且願侍函丈，日聽歌虞軒。

其三

食桂亦足辛，食梅亦足酸。至味貴適口，安用珍龍肝。夸毗好怪異，旁觀損人歡。揚雄抱清静，車轂惡朱丹。杜欽事薄遊，齷齪簪小冠。有名映千古，何必論饑寒。赫赫衛與霍，巡遊扈祠壇。出師燕然北，功成竟鐫刊。高明鬼所瞰，竟致傾覆患。鵲巢豈不高，飄風自見殘。象齒徒云長，厥身因以燔。所貴儒者事，功德與立言。富貴真小物，一擲輕彈丸。賢哉大司馬，遺子獨以安。戒酒雖短章，齊物因大觀。巨細罔玷缺，完此白玉盤。高朗惟日月，自卑仰彌難。發蒙及小子，志意豁且軒。

晚庭納涼作五平詩呈涇川公

林風搖高梧，山雲飄秋霖。飛泉搖城西，聲垂湘江深。空庭當涼宵，端居清人心。齊紈停輕揮，絺衣開疏襟。遥鐘從何來？悠然流餘音。琴絲煩空彈，壺漿慵孤斟。檀煙生陶鑪，閒憂幾銷沉。高歌昌黎詩，千秋期追尋。

和涇川公納涼以五平屬上去入聲作三詩

煩心如枯魚，展轉想斗水。涼飇從西來，猛雨爽我耳。初臨前軒看，返灑已滿几。青松披鮮雲，野景晚轉美。庭花瑤簪長，韡韡擬縞李。誰懷逢秋悲，且展解暑喜。涇川神仙才，匪與朽腐比。新辭敷煙霞，縹緲起短紙。

其二

勞勞南州符，詎遂閉户卧。休衙經旬居，茂樹恣意坐。生涯嗟蓬飄，世事付甑破。民憂瘡彌深，歲序夢易過。江鷗邀東還，戲棹見萬箇。長風驅洪波，聚散互蕩簸。高人逃深巖，静嘯厭衆和。陽城何其愚，計駕奏下課。

其三

蓬萊從靈仙，絶粒食白石。何如臨清秋，忽釋觸熱厄。江雲翻鳴濤〔一〕，洑沫雪一尺。疏篁摇涼颸，隔屋葉摵摵。清泠留侯居，月閣闢七夕。陶情時開尊，博劇或設奕。伊余嬰離憂，契闊薄物役。公毋懷南征，卒乞别北客。

【校勘記】

〔一〕「雲」，清烏格抄本作「風」。

八月一日舟下灘江　時赴役場屋

雲間千壑瀉灘川，日下孤帆出曉煙。萬里行踪始安嶺，九秋晴望泬寥天。江山故作殊方色，道路今酬逐客緣。風洞星巖應可到，還家羸取故人憐。

興安陡江口號

江擘山頭出，舟騎石背行。問君緣箇事，辛苦作南征。

試院呈同事陶判府

歸心遥下楚江東，塵鞅猶牽粤徼中。興在山林如倦鳥，老持文墨愧雕蟲。流光坐數經簷日，秋思争隨落葉風。不有多情陶判府，雅吟高論與誰同。

夜遊韶音洞同徐蕭二君

重華昔南狩，乘雲蒼梧岑。玄德被千載，山川渺崇深。伊誰慕遺迹，號此空江潯。坤靈啓虚竇，孤嶂叢篁森。南風從中來，鏘然協韶音。上有孤鳳皇，揚采儀青林。游覽值初夜，盤桓劇幽尋。二子興不淺，高歌五絃吟。榜舟涉水府，秉燭躋嶔崟。依微歷石逕，寒露清人襟。照壁頌古文，蟲書黯銷沉。感之歎陵谷，濁酒聊共斟。賦詩亦何謂，祇以昭遐心。

北覲將歸呈涇川公

紫微高拱五雲端，清夜焚香正北看。幸履階墀瞻日月，敢辭舟楫犯波瀾。江湖自笑虞翻老，故舊誰憐范叔寒。卧病山城長閉閣，臨岐空惜歲華闌。

奉和總制陳公江西平賊詩

柏府勳名冠兩京，淮西還仗白旄行。登壇氣色無群盜，報國謨謀有太平。萬壑鼓鼙聲震疊，五營刁斗令分明。紛紛驕將皆兒戲，豈識轅門節制兵。

春風花發楚江西，犂鼻峰陰罷鼓鼙。已見妖狐青冢血，不辭歸馬錦障泥。東溟倒洗群方浄，北斗高懸萬象低。爲喜洪鈞開泰運，廟謨仍報定燕齊。

南國同歌時雨施，丈人威德稱行師。風雲氣勝旌旗轉，日月功高帶礪垂。金馬史臣争點筆，杜陵詞客莫憂時。衣冠不改先朝樂，長捧龍光集鳳池。

白扇閒麾野鬲翎，前軍佳氣貫台星。班超虎食元殊相，吕望鷹揚獨暮齡。忠藎向天迴太白，英雄於實勝空青。從來康濟關吾道，莫歎頻年轍未停。

海嶽分明屬吐吞，太阿聊爾試盤根。江湖盡轉澄清色，貔虎潛霑肅殺恩。凱奏金笳翻舊曲，功銘銅柱勒新痕。遥聞獻馘龍樓下，赤羽雕戈麗五門。

登石鼓書院合江亭

滚滚雙流合，稜稜獨渚高。亭臺含氣色，城郭俯波濤。望嶽川途迥，懷賢意緒勞。江風吹客鬢，秋思兩蕭騷〔一〕。

【校勘記】

〔一〕「騷」，文淵閣本作「條」。

長沙阻風呈陸郡伯良弼

五日長沙浦，顛風滯客舟。江神吁可怪，地主幸堪留。鄉夢摇燈影，閒情倚釣鈎。若無文酒樂，何以慰羈愁。

謁岳麓書院

瞻彼衡嶽麓，松柏何青青。蒼雲被曾阜，石室延空冥。朱張命世儒，潛兹考遺經。悠悠過化迹，仰止猶華星。蹇予泊湘渚，風濤限揚舲。挂帆決所濟，杖策臨幽扃。薰香謁虚位，周覽循階庭。物色信多美，山川鬱鍾靈。後賢力紹述，堂構遞經營。群植擬孔林，曲池方蘭亭。既云備遊息，亦以弘高明。兹方盛才彦，禮樂遵儀精修詣閫奥，庶續千秋盟。毋爲汨塵土，永以羞巖峒〔一〕。

【校勘記】

〔一〕「峒」，金陵叢書本作「垌」。

詩餘

一叢花　湘南見池上梅花作二首

東風花發小池邊，移種是何年。江南舊日看花處，更回首、多少山川。聊折一枝，瓦瓶斜插，惆悵早春天。

凌波何處見銖衣，池畔月明時。春風莫作顛狂態，好堪耐、璚雪葳蕤。樓上笛殘，隴頭書遠，人在楚雲西。

采桑子 甲戌正月十三夜風雨作

華燈光射銀屏影，鬬起春光。月轉迴廊。羅綺風飄滿路香。金陵自古豪華地，不似殊方。堪笑潘郎。流落天涯獨舉觴。

春城簫鼓無端鬧，説近元宵。華燭高燒。偏對良辰更寂寥。斜風細雨敲窗户，又送蕭條。愁病無聊。何日行歌白下橋。

摸魚兒 春寒作

向小園、花叢飛數蝶，懊惱又飄輕雪。倚畫欄、獨望湘山影，縹緲半峰殘月。風料峭，羅袂生寒，默默愁難説。家鄉萬里，想緑草池塘，碧桃院落，更自傷離別。柔情結。看湘娥舊恨，班班竹上難滅。問東皇、何日金烏撲帳春雲熱。扁舟獨自歸去，高堂菽水同歡悦。班衣笑舞，再莫道中朝，緋袍金印，門前建旌節。

訴衷情 桂林徐伯川屢約不至，有詞見寄，作此答之。

瑶箋新調寫烏絲，字字説相思。傳聞幾度來也，又盼過落花時。停畫舫，駐金羈，枉參差。干天何事，伏雨闌風，故誤佳期。

念奴嬌　湘山懷古

振衣嵂屼，洗長空初過，一天新雨。萬壑千峰爭聳秀，猶有微雲吞吐。撲地閭閻，横江城郭，總是閒塵土。寺前松檜，讓渠曾見今古。　漫説衡嶽巡遊，鬱林開拓，身後還誰主。淚竹斑斑空灑血，玉輦而今何處。水底靈均，江邊刺史，蔓草埋荒宇。舉觴浮白，竟須爛醉休語。

山中集

山中集卷一

閒適詩共一百七首

初至山中

揚子疲執戟，龐公息巖阿。所志既匪同，仕隱乃殊科。蹇余究墳素，弱冠挂賢羅。一往四十年，功鮮憂患多。朅來返初服，城郭困經過。睠茲空山曲，闃寂患微痾。喬松周四匡，嘉穀被前坡。鳴禽戲叢篠，遊魚泳清波。塵氛一以遠，形神稍相和。況有舊田廬，偃仰可婆娑。疏食苟無恙，永言憩烟蘿。

新理松塢草堂

家世本吴趨，明代徙東楚。服勤傳素業，展轉力田畝。逮余薄劣資，懷筆干斗釜。鷃翼希鵬圖，搶榆唯自苦。眇哉竹帛心，仰負三聖主。解龜返田園，荒涼舊茅宇。羸軀倦城邑，衰志慕林藪。伐木理榷楝〔一〕，荷杵築環堵。苟完棲故書，所重守先墓。巖崿倏生姿，卉木咸就序。流雲暢疏襟，清風待揮麈。但恐尼父譏，垂老學農圃。

【校勘記】

〔一〕「榷」，金陵叢書本作「榱」。

松塢草堂新成雜興十二首

空山卜築敢辭煩，城郭逢迎太近喧。老病移家唯藥物，野人乘興自丘樊。頻來白鶴如求友，舊種青松巧護垣。已辨鹿車供出入，竹林多類辟疆園。

野日遲遲陰更晴，山人睡起絮袍輕。松梢宿露因風墮，草際浮雲傍水生。一壑無多堪獨往，百年强半復何營。神仙服食長相誤，不及清尊對客傾。

山畔堂成祗自憐，憑高送目慰餘年。江橫木末風帆轉，寺隱峰西午磬傳。野興賁緣雙短屐，齋居顛倒一青氊。嘉賓莫爲憂岑寂，澗溜園禽盡管絃。

王氣何代新亭動客悲，皇都高拱控華夷。梁陳割據今誰數，王謝風流空爾爲。乾坤接連天北極，江流襟帶海東涯。平岡極目烟霄迴，鴻鵠冥冥信所之。地近古新亭。

投簪本意弄斑衣，痛哭郊原萬事非。玄壤遺封空石馬，白頭殘喘尚荆扉。六代有恨身同盡，五十無聞願已違。細雨山前新草長，寸心何以報春暉。堂在先墓側。

牛峰東南高觸天，大石小石西蒼然。疏簾對隱烏皮几，濁酒閒吟白雪篇。柴桑英雄埋野草，一川花柳媚江烟。無端人世升沉事，莫近山翁醉舞邊。

衰年多病自宜休，避地棲巖事事幽。風檻落花催釀酒，雨窗啼鳥喚梳頭。誰家剩著陶元亮，款段何孤馬少游。野衲村翁俱接近，茗杯香篆足淹留。

萬峰雲氣入高齋，谷口冥冥細雨來。實喜芳春能潤物，虛疑殘臘早聞雷。何顒健犢臨田出，無數寒鴉繞樹哀。已約新晴扶杖去，東風留綻野塘梅。

茅廬寂寂倚雙峰，懶散無心擬卧龍。階下水流分細澗，簷前雲宿擁高松。何顒獨有談禪癖，阮籍偏於作吏慵。早識人間行路惡，肯因書劍誤明農。

郭外新移野老家，舊書猶載兩牛車。樽空北海虛耽酒，地薄東陵漫種瓜。小徑衡門分野竹，短籬臨水透溪花。優游行樂元無盡，落魄浮生詎有涯。

五嶽殊方誰竟遊，誅茅吾自愛吾丘。林巒歷歷羅窗户，竹樹蕭蕭擁道周。梁燕每驚春夢破，野雲能伴醉鄉留。欲看明月生秋海，指點東巖架石樓。

手種桃花傍短牆，老人殊自愛年芳。風晴數蝶穿紅蕊，日出孤鶯囀緑楊。薄飯時兼芝菌味，春衣渾帶薜蘿香。前朝戴墅知何處？芳草還生麋鹿場。舊名戴墅村。

種柳

桓公居漢南，覩樹感摇落。而我瀕衰年，甫植數枝弱。來者方無窮，何必在身樂。

移松

小松擢新莖，春雨欣初移。從今逮何日，始見虯龍姿。峨峨棟梁具，念此乃知奇。

引澗

山澗雨新溢，黄流浩縱横。晨興事疏引，下滙方池清。物理各有因，匪人曷由成。

洗竹

林竹有佳色，蔽翳空山阿。一爲伐榛莽，遂露青瑶柯。幽懷寡相契，落目聊行歌。

落梅篇

金陵野老棲空山，肺病養恬長閉關。端居十日阻春雨，梅花零落溪山間。老幹横煙慘難訴，殘英覆地嗟誰數。蜂黏香粉下蒼苔，鳥啄璚瑶涴黄土。城中看花長恨遲，來時池水含冰澌。冷蕊猶封去年雪，韶華未動新春枝。準擬入山開病眼，一日遶花千百轉。釀酒期邀友朋至，插籬苦避兒童剪。丘壑蕭條還自愛，榮華飄落那相待。始知春厭衰病人，轉覺天厚雄豪輩。君不見，五侯七貴開名園，梅花當春如雪繁。和風麗日依期至，玉笛銀箏對酒喧。開時令鼓催青陽，飛處仙娥點靚妝。花將地主相矜盛，人助花神剩鬬狂。物性隨人異哀樂，我心與爾甘寂寞。且尋世外逍遥遊，開落榮枯付冥漠。

夜雨

夜雨卧山齋，山空百泉響。飛嵐度虛櫺，孤燈熌幽幌。餘花愁盡落，細草忻初長。春夢莽纏綿，獨繞丘原上。

晨起新霽

朝日出松際，幽禽語窗間。盥櫛事從緩，行坐意彌閒。方沼水新緑，曲欄苔舊斑。林風會人意，遠送孤雲還。

復雨

新晴動方起，復雨静更嘉。反關向幽室，焚香誦楞伽。白日隱重雲，青松坐群鴉。明晦齊一觀，嗒爾何咨嗟。

對雨

密密春林雨，沉沉晝日雲。陰陽隨氣序，膏澤自吾君。積水鷗鳬下，條風草木欣。殘軀勝耒耜，何敢廢耕耘。

山迴雷聲近，春深節氣殊。江天雲霧濕，林壑畫屏紆。鳥困投簷户，溪狂掠坐隅。老夫不出户，無意問泥塗。

春睡起何遲，茆廚濕未炊。竹梢欹拂水，花片舞過籬。老病消浮念，迂疏冷舊知。獨憐山郭雨，能與静相期。

宗伯嚴公枉駕草堂惠詩因謝

寂寞山人宅，能勞長者尋。烹葵同薄飯，刻竹動高吟。草藉星辰履，雲諧鸞鶴心。寄言泉石畔，曾見幾華簪。

遣興和三弟舜玉

三月餘寒散緼袍，夕陽行藥過東臯。金花抱雨松枝重，紫籜穿雲竹笋高。遠躡烟霞逃世網，細吟風月調朋曹。春來病骨殊輕健，盡日登山未覺勞。

幽居和徐禹亮

弱雲橫路颭遊絲，春去山花不自知。門巷草深玄鹿乳，池塘烟暝白鷗饑。風鳴竹嶼寒瀟灑，日照荷衣翠陸離。多病邇來人事減，深巖高卧復何爲。

苦瘍出息東郊田舍

東莊久不至，偃蹇廢田作。新桃堪繫馬，舊樹已巢鵲。兒童詑相問，黄犬吠頗惡。自緣容鬢改，敢怪爾輩錯。吾生知有涯，塵鞅苦自縛。每云遺冠裳，乃復戀城郭。瘡瘍非我災，相邀就林壑。心源儵以静，口味日應薄。循畦摘嘉蔬，披草采靈藥。患去四體輕，塵遠六根脱。溪流日洗耳，保此長寂寞。明月入我帷，照見牀頭書。攬之起坐讀，冥心向黄虞。君王既神聖，黎庶儼如愚。禮樂少虛文，法令頗寬舒。民力盡耕鑿，暇乃事畋漁。生無凍餒苦〔一〕，死也何羨餘。浩蕩宇宙間，聚散任所如。周公太多事，六典過爬梳。遂令斯鞅輩，展轉生蟲蛆。燎原日以甚，伊誰之過歟？

【校勘記】

〔一〕「餒」，文淵閣本作「饑」。

幽居十二詠和魯南

煮茗

爲有餘酲在，還牽睡思繁。汲泉敲石火，先試小龍團。

焚香

烟生沉水細，火宿博山温。鼻觀自相媚，無勞矜返魂。

洗硯

舊汙滌乃去，新美浄乃留。清清池水側，與爾勤交脩。

檢書

眼迷四庫籍，手倦三絶編。願尋橐駝傳，送此龍鍾年。

掃徑

清心唯素月，滿意衹蒼苔。落葉時相妒，那能不掃開。

捲幔

每報庭花發，煩余捲幔看。東風先會意，吹搭小闌干。

移榻

花開前後圃，月照東西簷。總爲憐花月，移牀不自嫌。

拭几

游塵彼何物，暗我浄几光。拂拭誠多勞，憎愛各有常。

養蒲

芳根惡浮塵，纖葉愛澄露。它生願化汝，濯濯居浄土。

灌花

衆芳植庭曲，地潤花自饒。物情苟相賴，可憚抱甕勞。

摘蔬

右丞齋露葵，拾遺飯蒼菒。朱門競肥穠，野老獨宜此。

種樹

種樹取柔條，人言老難待。所貴適目前，胡爲計身外。

喜雨柬東鄰陳叟

草閣平池細點分，柴門雜樹亂聲聞。游龍倒吸滄江水，舞鶴低翻紫阜雲。田舍病來懷稔歲，山瓶喜極判沉醺。莫欺老手扶犁怯，荷策驅牛未讓君。

復雨

松林雲氣拂人流，茅屋雨聲鳴不休。庭潦旋添鵝鴨喜，稻苗先慰雁鴻謀。疏簾寂静宜書卷，野壑蒼茫憶釣舟。寄語鄰翁多釀酒，放歌沉醉送清秋。

作亭後丘之上名清曠系之短吟

蓬萊微茫不可求，匡廬迢遞非易遊。堂中佳景任攬擷，不如後圃登吾丘。吾丘清曠招遠風，謝客妙語遺山翁。古今樂事留宇内，天地於我何終窮。天印蒼蒼鍾陵紫，左右倒影山杯裏。白鳥南穿楚岫雲，片帆東落吴江水。盧鴻草堂何處開，陶令柴車日往來。花間築室揞丹竈，石底穿池立釣臺。形勝隨心動生趣，謳吟觸口皆成句。無官迹已混樵漁，有家誓不關婚娶。高空鵰鶚横秋目，近舍流鶯鳴夏木。

但願豐年秫米熟，山翁爛醉死亦足。

午日

五月五日在田舍，城郭風光應自新。燕女綵絲纏蝎尾，吴兒畫楫鬬龍鱗。山中祇見榴無色，病後初知艾有神。落日一杯桑柘底，鄰翁相對野情真。

東郊田舍戲占

北望紫山横紫烟，南窺天印削青天。柴門古木行荒徑，柳堰迴溪抱野田。蕉葉舞牆凡幾處，藤根縈石自何年。穿巢烏鵲初將子，落簇紅蠶已上綿。行客賣茶微雨裏，農夫依餉古槐邊。身抛歲月何須記，地遠塵埃亦自憐。賣却異書多買犢，收將狂性且逃禪。中屠即樹成居屋，陶令逢人餽酒錢。雲至剩添閒伴侣，花開新得小嬋娟。眠鷺鶴啄彈琴石，坐愛魚吞洗墨泉。四大有生皆夢幻，一真無累即清玄。所希畏壘庚桑子，莫羨丹陽葛稚川。

憂旱二首

南國久無雨，皇皇六月交。池乾魚伏網，林熱鳥移巢。淬魃臨祠廟，迎龍就澗坳。祇愁秋稼盡，何以度衡茅。

野人遺世慮，水旱獨關渠。垤鸛鳴何驗，江龍飲亦虚。田疇堪一哭，禱祀竟何如。夜坐看星月，臨風益歎噓。

松塢答魯南對月見憶之作

良宵愛對空山月，赤旱愁侵獨坐人。江鸛不將時雨至，林烏還帶晚霞新。家依百畝心同切，地隔孤峰夢亦頻。野寺相隨又相别，人間離合本無因。

秋至亭上

關心唯碧樹，豁目更蒼岑。雨喜蜻蜓出，秋驚蟋蟀吟。狂歌穿竹響，瘦影照池深。豈好逃城市，喧囂自不禁。

屏山田舍

小溪風露帶漁舲，曲塢松杉接草亭。夜久野雲橫樹白，秋高山色過江青。長親拙政知農事，暫學清齋適性靈。獨笑吴中狂處士，强將身比少微星。

食菌

嵇康食石髓，安期棗如瓜。虚無不可致，想像生咨嗟。深谷隱松桂，雨露抽靈芽。名齊金光草，品異仙掌茶。采采供晨飡，色瑩味亦嘉。金膏溢齒頰，五内生雲霞。腥腐一以蕩，神明發精華。吾聞古靈僊，餌芝乃升遐。從兹謝厚味，服爾登雲車。

中秋山中夜起玩月

中秋萬古月，城闕玩每同。今年展奇觀，對此空山中。圓魄出東嶺，海氣開洪濛。長風掃浮翳，清輝蕩遥空。吴山翠千點，錯列指顧中。澄江動虚影，下徹黿鼉宫。天地同一色，蒼茫浩無窮。顧兔露其爪，冥冥避高鴻。把酒發商歌，聲激河漢東。古今一瞬息，過客猶轉蓬。而我寓宇内，薨薨侶微蟲〔一〕。生存不自樂，溘死徒忡忡。雞鳴且莫寢，坐遲初陽紅。

【校勘記】

〔一〕「薨薨」，文淵閣本作「薨薨」。

山夜

秋氣振庭枝，山空響易悲。草寒蛩語澀，樹老鵲巢危。古道因書得，衰顔賴酒持。未忘蟬蜕念，真笑虎頭癡。

積雨

積雨蓬門客過稀，野人吹火炙寒衣。禾疇乳鴨鳴相亂，柳徑愁鴉坐不飛。抱膝漫吟梁父曲，勞心真厭漢陰機。清泉白石從吾好，駟馬高車悟昨非。

秋思

露下風高燕雁斜，秋光平落楚江涯。霞綃墮樹飄楓葉，雪浪排溪漲葦花。愛酒雖貧多釀黍，避人無事遠移家。經旬積雨憐衰病，斷絶門前問字車。

野步

出郭病身健，還山秋日長。雲光漏疏木，嵐翠集虛堂。遠害愁防虎，全生擬牧羊。那知巖壑外，隨步有康莊。

野興三首

花巖控牛嶺，連峰碧嵯峨。秀色亘千古，我生能幾何。行游苦難屢，築室枕其阿。坐卧長對之，所獲庶可多。朝雲結丹綺，夕月流金波。采之鍊真液，永以蠲沉痾。

落日滿秋野，獨步登平丘。山經夜來雨，寒泉出溪流。緬懷古時人，開荒廣良疇。深山寡人力，勞此千歲謀。去者水長逝，存者纖雲浮。往來但瞬息，百慮徒煎憂。不如飲美酒，坐嘯空巖幽。

蒼隼摩天飛，黄鵠志千里。秋空莽寥闊，快爾南溟徙。浮雲東北生，風雨颯然至。六翮困霑濕，吹之墮寒水。南山松桂陰，西疇稻粱美。萬事難預期，不如早棲止。

夜坐

白露中夜寒，蟋蟀鳴牀下。簌簌葛衣裳，慘淡謝炎夏。閨人戒機杼，田畯課場稼。睠此歲載陰，蹇予日多暇。朱顔黯以蒼，短髮不盈把。商戰詎能肥，蘧年未知化。兀兀迷陳編，何以酬夙夜。

鄰叟見過

場雀驚且飛，籬犬隔樹嗥。開門見田父，餉我攜濁醪。寒暄甫及席，首陳入城勞。繼云太廟災，策免數大僚。京兆歲大比，薦拔多英豪。請君望泰階，清平在崇朝。聞言謝田父，野語胡大謬。我袖恨不長，無以掩君口。進退國大政，柄在相與后。揮霍如雲雷，小民但奔走。爾我服稼穡，所憂唯百畝。出位而妄言，它人恐相詬。山廚蒸藜熟，與君酌君酒。明月生東山，移牀就衰柳。

幽懷二首

文章經緯業，制作貴有程。六籍出元聖，道奧非華英。自從删述來，爾雅存西京。馬遷綴古史，筆力驅滄溟。蘇李起介胄，詩辭藹和平。今觀宇宙間，日月垂天明。小儒競綺麗，瑣屑如繁星。吾衰志未泯，願締諸賢盟。揚雄强模擬，何啻蒼蠅聲。

昌黎文章伯，後代罕儔匹。李杜雖云雄，氣格差甲乙。奈何賦長篇，退讓如自失。想像巨刃揚，魂魄生戰慄。乃知作者苦，窮探極幽密。譬對百戰場，動静慎師律。守正兼設奇，變化貴神出。左車井陘謀，淮陰幾見絀。多畏乃勝人，名家有深術。

散步

理生就田疇，辭喧出閭里。自歎乏高風，時歸念妻子。棲鴉迷夕嵐，浮雁唳寒水。散步數群峰，日從天闕始。

中秋對月和羅女文

高秋明月滿天涼，露坐風生薜荔裳。蟋蟀近牀還獨語，蟾蜍離海已深藏。人間忽敞清虛府，地上平鋪雪霰光。笑玩素娥敲藥杵，不勞銀漢問舟航。

雨後漫興柬羅女文

春花落盡垂楊低，竹林鳴鳩相應啼。夜來久旱得微雨，門前細草青萋萋。飲虹橋頭西日落，橋下水光摇草閣。莫嫌野客杖藜來，瀹茗攤書殊不惡。

東野

天印山如天斲方，秦淮水縈練帶長。夜坐船頭看明月，垂虹斜挂幾飛梁。
東山茅屋野人家，謝傅薔薇春著花。入市懶騎從事馬，開園時種故侯瓜。

新涼夜坐次彦明二首

獨鶴夜何事，松頭棲復還。樹涼占老態，禾熟受豐年。細竹枝枝裊，明星箇箇懸。年來知物化，無意更求仙。

殘暑金風改，中宵白露寒。秋期來朔雁，野服罷齊紈。蛩響喧陰壁，螢光點石欄。荷衰葉更起，留伴蓼花看。

八月四日熱

八月江南毒熱新，火雲鬱鬱尚蒸人。井梧葉落太傷早，庭户蚊喧難及晨。不見金天流素月，思霑玉露洗黃塵。重尋篋笥開紈扇，始笑西風誤認真。

許彦明過荒齋看菊

寂寂柴桑宅，黃花但滿園。相將秋意晚，無奈曉霜繁。珍重殊方種，艱危隔歲根。玩來終澹泊，莫向美人言。

雪中承劉司馬許顧二司徒見過

北風吹雪擁籬根，高駕翩翩午扣門。倒屣自憐庭户濕，圍爐同待酒瓶温。江山積素看松翠，閭井占年喜麥蕃。茆舍蕭條虛盛賞，殷勤燒燭伴黃昏。

憲府王公載卿命酒期過草堂阻雪不至奉簡一首

不誦清詩三十年，晚城佳會又虚傳。書來送酒春生户，興盡迴舟雪滿天。獨向瓊枝勞悵望，非干霜簡絶攀緣。江梅近暖參差發，還擬乘驄野水邊。

和陳魯南遂初齋漫興

投老書千卷，棲真屋數楹。放形依鳥宿，仰面看雲行。雪棹誰乘興，風瓢莫弄聲。歸來追往事，無味是浮名。

除夕二首和女文魯南

時序驚心獨倚闌，敝裘猶耐故年寒。餳餻餉節鄉風舊，秫米逢秋酒債寬。萱葉向陽鋪砌緑，茶花衝雪透林丹。青山已結登臨約，且喜籃輿老更安。

條風中夜轉東方，醉戀殘年更舉觴。白髮空添壽者相，朱衣曾玷大夫行。貪聞雪壠遺蝗隕，愛見春林舊柳長。閭里高人多典則，追隨何忝鄭公鄉。

除夕

桃茢驅儺畫蓽門，椒花頌壽瀉芳樽。生涯喜傍農夫老，社會慚登大父尊。長有蟹螯持左手，更添鶯舌弄前軒。天時代謝非吾事，莫爲增年意轉煩。

和徐子仁除夕

蓬鬢休嗟老不堪，餘生都已付沉酣。身旋蛙井元無幾，歲歷龍飛又十三。江草向人寒更緑，塞鴻何事早辭南。年來結念投禪寂，且喜維摩屢放參。

和舜玉春日偶題

小園泉石占清華，竹塢松堂静不譁。懸薄護寒藏橘實，曲池斢水灌蘭芽。緇衣老衲時求飯，紗帽幽人共煮茶。門外東風摇五柳，居鄰閒擬似陶家。

和魯南元夜雪

雪飛元夜玉盈除，燈射玻瓈燭影虚。林借月華疑宿鳥，池添冰力困遊魚。春愁正賴寒欺酒，老眼空勞夜照書。火樹銀花交映地，留歡休問五更初。

雪夜觀燈和彦明二首

春夜邀賓景物宜，雪華燈燄兩争奇。鶴翻玉羽迷僊駕，龍吐驪珠照酒池。樂劇不辭金管譟，坐寒頻唤畫屏移。祇緣郢曲高難和，豈是東君賞興疲。

雪花凝素照虚臺，薄暮誰披鶴氅來。酒熟似邀燈節至，梅開應被笛聲催。臨觴幸免當官累，投轄慚非勸客才。莫笑田家無所獻，火輪冰柱亦詩材。

和魯南新春

白雪釀寒仍送臘，紅燈窺暖巧偷春。神君綵杖鞭牛早，遊女羅旛綴燕新。泉石投交忘主客，齒牙垂老厭酸辛。閒門舊友皆星散，唯有陳雷晚更親。

閒居四首

太湖之石紫崔嵬，溪上茅齋對爾開。指點庭心分泰華，依稀巖背宿風雷。雙飛鵲鬬穿晴樹，百轉蟲書印古苔。明月不知吾懶散，夜深來照讀書臺。

黄閣朱樓概太清，江山襟帶舊神京。開園更擬閒居賦，近市非干大隱名。聊養孤豚供菽水，尚勞群雀戀柴荊。薫爐藥竈真餘物，合伴狂夫過此生。

城郭秋陰襲苧袍，林園稀到長蓬蒿。蠨蛸傍樹生羅網，野鶴臨池惜羽毛。年長漸驚朋輩少，形枯真悔簿書勞。追歡未斷清尊酒，左手猶堪擘蟹螯。

種柳今春拂地垂，黄鸝來挂最長絲。高城過水銜青嶂，古樹摇花照緑池。猿鶴忘機堪結侣，馬牛多病枉逢時。揚雄錯指玄經好，覆瓿他年總莫知。

答許彦明見夢二首

浪迹唯方外，勞生總夢中。遠公開浄社，玄度有高風。塵世閒難得，禪機病易通。所希情性合，何必往來同。

禪宫元寂静，況復雨連陰。座有僧同飯，門無客見臨。妙香團狹室，遠磬落高林。誰信城中夢，超然契此心。

和陳太僕生辰二首璘與太僕及惕庵總憲公同生時惕庵亡矣

天當流火生同日，人羡乘車貴一時。忍望列星悲傳説，愧聾衰貌對西施。山中學道丹誰授，花底聞歌酒莫辭。敢謂風雲隨變化，願從泉石盡交期。

秋來卧病懷山閣，老去逢生怯酒尊。拙政幸能追騎省，遠游初免怨王孫。亭亭野鶴閒過砌，寂寂雲峰對掩門。點檢交知還自惜，白頭今見幾人存。

雪中和王存約刑侍五首

杪歲呈三白，農談喜及時。麥傳全稔信，松挺後凋枝。海凍愁龍伯，沙寒泣雁兒〔一〕。唯有袁安舍，高眠竟不知。

積素明幽館，爲祥表盛時。風迴先帶霰，氣煖不封枝。被鶴無高士，懸鶉有凍兒。君王憂四海，多少自應知。

天地雲同色，江山皓一時。梅狂花覆野，柳困絮黏枝。魚蟄堅冰壑，鴉迷返哺兒。侯門炙朱火，寒透不曾知。

璚樓無盡地，玉樹不移時。地脉消氛祲，園容發故枝。裘輕飛獵騎，酒碧膩歌兒。灞涘許情好，唯應野客知。南國窮陰候，東樓獨坐時。興牽孤棹水，情遶野梅枝。愛酒閒中聖，慵書卧遣兒。衰年疏懶意，還賴故人知。

【校勘記】

〔一〕「雁」，底本原闕，據文淵閣本補。

春夜飲女文宅大醉翌日病眩負黄懷季之約詩以識過

東橋老人田野客，一生愛酒腸腹窄。春來忽到羅含家，銀甕盈盈摇琥珀。傾壺便飲不須勸，連舉兕觥過累百。據案狂歌驚四鄰，但笑諸公太拘迫。玉山欹仄夜方歸，不寐坐倚平泉石。天明始覺中聖人，眼花錯莫亂朱碧。地如車輪忽旋轉，欲立還驚足盤躃。黄公臨壚復召我，安得奮飛生羽翮。乃思旨酒古有戒，人生樂極終何益。

元夜奉諸公飲瞻辰草堂

老去風情異少年，元宵留客祇燈前。清筵素月宜觴詠，繡陌香塵隔管絃。火樹遠飄煙靄處，星河斜挂雪晴天。更闌不醉休辭去，回首歡娱易惘然。

山莊即事和周子庚

十年無夢到東周，坦腹高眠杜若洲。狂吐肺腸投甕盎，老持骸骨付菟裘。當樓月上山回畫，接畛風鳴麥弄秋。笑坐胡牀歌散調，不須吹笛也風流。

漫吟

萬事浮雲莫問天，髮毛元解記流年。春秋按節投花種，兒女分畦理芋田。闢地多方求怪石，買山初意爲流泉。城闉自古稱佳麗，獨笑先生野性偏。

柴門

翠蓋平遮松柏林，畫屏分映兩青岑。坐收秔稻三秋色，行踏垂楊一徑陰。雨突烟沈人卧穩，風簾花落燕巢深。幸無奇字藏書篋，不惹輶軒使者尋。

九日亭上獨酌六弟送盤飧至有懷

九日山亭獨舉杯，盤飧遠送白衣來。乾坤大夢堪高枕，林壑衰年切孔懷。近水脊令還自得，傍厓黄菊未全開。茱萸且莫迎霜落，後至還期插帽回。

九日喜何叔皮至山莊

山館際佳節，川原秋氣澄。白日照禾黍，頗適幽居情。曳杖登高丘，停車延友生。契闊良已展，歡悰亦交傾。濁酒寫情愫，三爵匪充盈。古處道所貴，澆漓安可徵。風凄碧草變，露濕黄花榮。感兹時物改，勖爾没齒盟。

夜觀陳鳴野畫草堂壁作歌謝之

草堂素壁燭影孤，照君夜作山水圖。墨華如雲生手底，高聳山嶽卑江湖。連林老樹根株古，蛟龍盤拏撑爪股。顛厓忽挂飛蘿莖，長繩繫日垂青冥。天台石梁宛在眼，武夷幔亭亦非遠。桃源可覓秦人家，竹林似近梁王苑。愛君胸次多崛奇，靈區勝概任爾移。荒村每恨少疊嶂，草堂特地生幽姿。猿驚隱隱號清夜，麋鹿依稀走階下。只恐城中好事知，天明户外喧車馬。我有窮愁愁不醒，感君遺我夫容城。年年釀酒三千斛，閉門獨醉雲中行。

望雪懷陳鳴野二首

野雪清如許，高人不見留。誰家金帳酒，能及剡溪舟。群木瑶華積，千山素影流。幽懷狂不定，孤嘯一登樓。

風急雪紛紛，樓高野望分。霏霏過樹遠，片片灑窗聞。林凍玄猿哭，雲迷白鶴群。正思陶隱士，漉酒共清醺。

飲女文宅冒雪夜歸

醉後那知雪片稠，瑶花千點集貂裘。清吟乍别梁園宴，豪興能欺剡曲舟。素羽風前迷鷺渚，玉鱗雲外見龍樓。顛狂欲上城西閣，坐玩寒江練影流。

閏十二月三日蒸燠其夜迅雷大雨同魯南紀變一首

季冬閏月忽暄燠，驚見蚊蝱當户飛。自緣雷雨好解作，誰道陰陽難範圍。四時吕覽有定令，五事箕疇無少違。爲檢金縢看故事，分明人道應天機。

元夜樓望

夜閣臨衢倚醉凭，江南佳麗尚堪稱。春光竟惜千門月，節序仍誇九市燈。香霧横街人似錦，歌鐘何處酒如澠。長吟秉燭星橋曙，猶記狂夫少日曾。

山中集卷二

遊覽詩共八十四首

登太崗慈善寺

野寺冠山椒，溪門下弘敞。荒蹊緣澗入，危磴躡雲上。松花風際飄，麥苗雨中長。高樹倚巖生，特立氣森爽。何年劫火餘，紺殿滅銀榜。徒聞佛道尊，胡乃失龍象。悠然憩前軒，雲峰矗相向。下有良田疇，平視如指掌。春鶯流遠音，脩竹愜幽賞。何必五臺山，始可資静養。斜陽且歸去，暇日期再往。

宿祝釐寺晚浴

山居少塵事，行吟步高春。連林不知遠，倏度雲間峰。寺門幽逕熟，婉孌撫長松〔一〕。禪老款虛室，情親色彌恭。玄論燼華燭，疏食臨暮鐘。浴我清浄水，形骸緬沖融。虛襟釋滯念，真炁生靈宫。蒲團結跏趺，宛坐青夫容。就枕忽成寐，夢覺忘所從。天明返蓬户，日出山烟濃。

【校勘記】

〔一〕「孌」，金陵叢書本作「變」。

游丘常侍山園二首

山皤大野翠堪憐，樹老深巖忘歲年。畫閣地清臨水見，紫泉聲遠隔花傳。前林別墅通三徑，暇日禪牀借半氈。叨際聖明空懶散，狂歌時復和薰絃。

采芝深谷賦歸休，幸有鄰莊水竹幽。畫障日開山九疊，素封秋倚橘千頭。長懸片月延僧住，滿放閑雲伴客游。桐葉已齊春去久，翻堦紅藥爲誰留。

與陳大魯南遊天寧寺二首

野寺青霄畔，攀厓扣法堂。山鋪平野闊，江繞大都長。鑿石開花塢，梯雲架竹房。城中車馬客，誰解就荒涼。

峻嶺香臺峭，高林夏氣清。山分龍阜色，澗別虎溪名。野酌臨歸鳥，昏鐘吼卧鯨。坐依雲霧窟，那有市朝情。

同魯南祝禧寺結夏八首

酷暑欺吾病，空林共爾尋。雲高群木爽，日落半巖陰。散髮忘賓禮，清心悦梵音。坐依禪榻畔，幽思自蕭森。

斷酒狂全減，拋書懶更成。山深人事息，僧老道心平。坐石分松影，横琴理澗聲。夜涼清不寐，披草月中行。

身住清涼界，那知有鬱蒸。蒲纖梳翠髮，瓜冷嚼紅冰。病退生爲我，家忘味近僧。老禪麈麈尾，時見落青蠅。

愛爾山中静，猶憎蟬噪繁。松杉氣無暑，賓主坐忘言。翰墨陶真性，瓜蔬點薄滄。悠然泉石味，難向貴人論。

翻經非有願，擊磬果何心。偶爾依蓮社，翛然近竹林。松風餘萬頃，蘿月抵千金。莫買深山隱，禪關日可尋。

金堂虛隱霧，石壁凍含霜。坐久收葵扇，吟多問豆漿。虎眠渾不猛，鶴舞暫爲狂。滿目無塵事，虛襟亦自涼。

祇園不盡景，留客易經時。野竹團寒翠，池蓮散素姿。茶香修夜供，杞菊訂秋期。吾已嗔吾擾，無勞大衆知。

浄社難求友，高人合在山。泉甘出石井，樹老映蒼顔。暑月誰偏爽，勞生今始閒。秋風何日至，疊巘擬重攀。

同諸客雨後登牛山絶頂

晴巒臨晚照，懸磴躡秋空。地勝群賢集，天清四望通。猱升攀仄石，鸞嘯激悲風。獨仰皇居近，彤雲護紫宮。

登牛首兩厓顛

雙闕峙天表，巨鼇戴雲浮。秋空氣先爽，預愜登高遊。攀緣千仞起，曲折百盤周。蒼林忽在下，手挹河漢流。纍纍揞機石，荒池飲牽牛。峥嶸羅衆山，俯視但微丘。北瞻黄金闕，五城十二樓。高帝聖圖遠，設險開皇州。鼎湖不可望，蒼梧雲影愁。長江渺一髪，孰與吾乘桴。舒嘯振鈴閣，諸天風颾颾。落日下西嶺，慘愴增人憂。

登華巖

花巖久不至，脩竹倏滿嶺。息駕大觀堂，塵目快秋騁。短衣陟中峰，仄見西日影。天低鷴鶚近，雲重松杉冷。列嶂難爲雄，長江不知永。牛山亦下對，樓觀綴佳景。莊嚴侈象教，喧卑薄人境。捫蘿步兢兢，憩石心耿耿。它生果無因，兹遊固何幸。風林忽暮鐘，謖謖動深省。

祖堂寺逢海天僧

古融始入道，開山此爲家。疏泉策兩虎，嚙洞驅神蛇。天龍作人象，獻供持巖花。一聞真空詮，振錫却諸邪。踋趺了無事，竟乘大牛車。影堂燈悠悠，白日長西斜。幽尋入山麓，庭宇忻静嘉。門深蔽古樹，澗冷生青霞。柿實寒少葉，桂枝蠹仍華。老僧餘道氣，款語談楞伽。自言非中孚，請餽仙掌茶。相送過溪别，歸路喧昏鴉。

寧海寺訪達公不遇

禪龕寄林杪，信是高僧居。蒲團間陶鉢，不置貝葉書。幻火惱維摩，飯蔬長晏如。誅茅輯佛宇，鑿地延僧廬。有金盡布地，隻衲不留餘。入林拾橡子，一室但空虚。侍者守松院，迎余駐柴車。焚香設清供，道念爲之舒。朱門厭腥腐，駟馬馳雙旗。豈不羨榮貴，反側多憂虞。頽年向短促，薄俗背迂疏。永願結蓮社，優游度桑榆。

弘濟寺江閣

北山高無極，江水下泫深。飛閣嵌虚無，宛挂垂蘿陰。危柱臬相拄，櫺軒控千尋。游目信絶奇，躡足懼弗任。旁臨得平坂，雲水際蕭森。參差羅高木，傾仄懸靈岑。洪波動其前，浩渺空人心。勞歌不自慰，濁酒時一斟。天長去鳥没，日落清猿吟。欲止神悚惕，踟躕下空林。

燕子磯

名山意自勝，臨水趣轉幽。況兹燕磯秀，復枕澄江流。孤根託何所，上抱雲中樓。空冥瞰水府，下見鼋鼍遊。衝濤蕩危石，翻恐地軸浮。元氣旋混茫，長風吹不休。西來疊浪色，發自岷峨陬。杳靄衆山影，依微行客舟。徙倚白日暮，極目令人愁。

關祠

漢季昔鼎沸，孫曹竊王疆。帝胄擁劍門，龍虎争奮張。桓桓萬人敵，東盼無荆襄。運移見傾覆，孰云謀匪臧。生爲吴國仇，死食吴人鄉。烈氣横四海，遺靈戴今王。江邊廟門古，松柏寒蒼蒼。英爽如有臨，風起旌旗翔。君看祠前水，萬古東流長。

崇化寺梅泉

昔游巖中寺，梅花覆寒泉。不到三十載，梅摧祇空巖。陵谷幸無改，豈嗟浮物遷。清源出細竇，淺草涵微涓。山僧誦經處，獨有龍蜿蜒。沖襟静相照，塵鞅忽已捐。漱齒敍幽事，洗鉢修净緣。古殿夕陰起，蒼林生遠煙。佳興不可盡，延佇情悠然。

嘉善寺觀石壁

蒼石斲蒼雲，誰遺空山裏。藤蘿覆細路，披烟得奇詭。巉巖負龍脊，岭岈露鼉齒。脩竹照人青，幽花傍泉紫。樹古走危根，欲斷不可止。金陵百名勝，無地可勝此。老禪墮貪癡，秘匿胡乃爾。天地終劫灰，況我二三子。取笏端下拜，託交自今始。

幕府山望江

昨夢江上遊，巨浪動枕前。今登山頭望，江色轉可憐。青峰幾千仞，倒卧中流天。人聲落浦溆，樹杪浮行舡。物理反相媚，樂意良已偏。因尋達磨室，仰叩西來禪。面壁恐心死，渡蘆事亦顛。不如結同好，嘯詠攀雲烟。一醉更一醒，明日還復然。

顧氏北麓草堂

谷口花冥冥，井上梧桐清。山人築巖户，避俗兼逃名。種黍牛犢長，養蠶桑柘成。野外無別儲，濁酒貯瓷罌。上以奉墳墓，下以延友生。客來款茆簷，山大了不驚。大兒富文史，楚楚解將迎。藥院共游衍，松林屢經行。三宿竟忘返，屐齒緬已平。乃知隱淪者，祇在王都城。

登茅山三峰四首

上界靈宫懸碧落，層巒飛步躡彤霞。塵身乍禮金銀闕，天路疑逢龍虎車。三洞南盤通海嶠，五雲西拱見京華。清游勝覽歡無極，却歎人間日易斜。

迢遞三峰得峻躋，到宫唯見衆山低。天池水碧蒼龍伏，巖樹風高白鵠棲。雲際瑶壇開日月，林間丹井隱虹霓。仙人只在華陽境，松葉桃花咫尺迷。

頭白遊山恨已遲，遍尋靈迹慰幽期。雲根變幻陰晴石，海眼潛通霹靂池。絶壁傳觴臨過鳥，深林炊黍茹生芝。踟躕陵谷傷今古，不見前朝宰相碑。

東南佳氣擁三山，臺殿參差指顧間。福地巖巒天下勝，神君笙鶴夜深還。林銜落照秋仍麗，人對寒雲意轉閒。晚下前峰明月起，更臨幽澗弄潺湲。

龍池

蛟龍宅大海，山椒非所藏。吾疑蝘蜓種，野語誰張皇。禱祠興雲雷，歷代紀禎祥。神物變乃爾，化理焉能詳。

喜客泉

嘉客入門笑，靈泉應之翻。豈應孟嘗死，化此山中魂。迸珠疑貫縷，羅星或按垣。喜余果何事，欲叩竟無言。

華陽洞

穹厓積銕古，下嵌仙人宫。流觀洞天記，渺與林屋通。把火驚石燕，吹簫動潭龍。微茫失歸路，返照秋林紅。

巧石

三茆奠神皋，靈概萃兹谷。怪石非一狀，蛟虎争起伏。苔花爛如繡，藤根走相束。殘醉吾未醒，曲肱枕雲宿。

左紐柏

仙翁鍊金鼎，化自秦漢前。祠樹歲月古，霜皮相糾纏。道家騁神怪，謾語誣人天。吾嗔雷君忍，一火無留煙。

隱居墓

薄俗昧上善，高賢葆清真。圖牛憚爲犧，古墓今猶珍。松風有餘聽，草露無長春。徒使輕舉士，依稀慕芳塵。

曲林歌贈曹君時範十首

華陽隱居空舊名，曲林精舍築新成。山頭一片青蒼石，領略高人萬古情。

大茅峰頭多白雲，誰能持取贈東君。高車駟馬當年事，海思霞情後代聞。

靈蹤古迹蓋江南，中館居中日可探。雲洞斜封埋壁地，石峰高插積金庵。

楚王澗前秋水生，泠泠遶舍玉琴鳴。道人獨愛林中静，瀉向圓池一鏡平。

山腰石樓風露新，桂枝蕉葉拂遊塵。幸無七貴傾高蓋，長禮三峰作大賓。

元符宫連秋樹林，烟巒霧壁晝陰陰。芝潭對飲斑文鹿，竹塢孤飛雪色禽。

凋盡山中宰相松，長風無地吼蛟龍。曹公種子蒼髯老，更引寒濤響後峰。

匡廬江濤不可經，武夷南天空自青。何似三茅近京國，纏聯王氣會仙靈。

曲林主人蹤迹奇，前身陶公安可知。脩殿靈官投化主，朝山香客拜生祠。

方瞳墨髮地行仙，誰信山翁七十年。興劇夜游輕猛虎，身輕朝陟俯飛鳶。

茅山步虚詞

太儀拓洪宇，靈山開福庭。洞天竅華陽，地肺浮金陵。展公始羽化，茅君遂遐升。王老發玄旨，上元授真經。乘風出埃壒，飡霞謝羶腥。三真登虚府，九錫冠仙卿。百神鎮侍衛，八極恣游行。金堂日星燿，玉洞煙雲冥。天地咸得一，萬古歌清寧。

還家同金士希諸君游牛首

金陵山水四方聞，天闕嵯峨更不群。臺殿散臨雲外起，岡巒遥向日邊分。幽人興發清虚界，正月春生錦繡文。莫怪還家先到此，他鄉魂夢每殷勤。

早秋過斌公山房和許彦明三首

鐘磬花臺寂，雲霞松塢深。石林秋不熱，水國晝多陰。結束非吾意，逍遥近佛心。莫言追往昔，聊喜悟來今。

青嶂白雲蒸，高臺野客登。鳥迷方外路，雲護定中僧。對酒狂何在，翻經老尚能。摩挲巖下石，坐語記吾曾。

濟勝無强足，幽尋亦據梧。僧門遠市井，秋色澹菰蒲。定息看香篆，逃禪托酒壺。浮名百年祟，遣盡莫重沽。

永興寺結夏

濯髮蓮花水，清風滿面吹。松高迎日早，僧老下牀遲。施食鳥頻至，翻經鶴静窺。物情渾不遠，幽興自相宜。

九日同太宰嚴公城西汎舟二首

九日江門蘆荻秋，登高何似汎蘭舟。城臨曲水天河轉，地接仙臺苑樹浮。佳節壺觴隨酩酊，上公軒蓋倍風流。迂疏獨笑陶彭澤，漫插茱萸亦滿頭。

蘭橈東蕩曙煙開，菊斝西銜落照迴。夾岸山嵐飄几席，遶城波色動樓臺。都人節序遺風舊，詞客秋吟發興哀。偃仰皇川多勝概，揮毫何以繼仙才。

同陳魯南雨飲永寧寺

南山飛雨滴殘巵，野寺鳴鐘客散遲。醉眼耐薰紅杏色，韶華催换緑楊絲。衰年感舊重重恨，故苑尋春步步宜。擬上花臺觀淑景，濕雲横路正低垂。

次趙克用游靈谷三首

禪宫寄在萬松深，紺殿陰陰入紫岑。古碣長留開士影，頹廊堪惜畫師心。嗟余卧病虚春色，愛爾清齋聽梵音。石室乘涼十年事，詩成幽興轉難禁。

入山飛翠滿衣襟，一逕松蘿曲隖深。龍寢雲高横王氣，鶴林風定浄禪心。開堂爲有真僧出，避地應無俗累侵。響石靈泉多勝迹，與君扶杖細相尋。

紫厓蒼巘隱雲房，春盡唯聞藥草香。風磴噴泉晴欲雨，石林含露午生涼。醉憐半落花辭樹，坐歎西飛日轉廊。回首碧城燈火亂，淡煙疏柳路微茫。

同魯南宿天界竹居

白首同歸桑梓日，舊游山水得重過。聊依僧飯炊菰米，更理漁蓑綴薜蘿。花老不知春事盡，竹深偏愛雨聲多。旁人莫訝追歡劇，歲月翩翩奈爾何。

同魯南天界方丈對雨

與子避俗祇園深，高閣雨鳴如洗心。芳草杜門無馬迹，墨雲纏樹有龍吟。堪憐把筆臨池水，況復銜杯對竹林。終歲驅馳城郭裏，幸於支遁此開襟。

祝禧寺群公游集二首

桐館延高駕，霞門集繡裳。山深寒隱日，松老翠含霜。共洽壺觴興，仍探翰墨場。臨風意披豁，飛鏑試穿楊。

舊國開今代，新亭異昔遊。江山銜日轉，宫闕抱雲浮。勝賞群公得，高情百世留。蹇余丘壑陋，觴詠托名流。

和徐子仁游虎丘四首

勝地遥相引，清川澹自臨。散懷盤石大，洗耳劍池深。僧氣饒雲月，巖居傍竹林。坐來神易愴，松籟莫哀吟。

溪門藏曲隖，入寺始知奇。石悟生公法，山傳白傅詩。浮雲催短世，裋褐傲清時。蓮社容吾酒，終當共爾期。

漫踏書臺路，那逢講席人。泉争惠山品，地避子城塵。幽林雲隱見，峭壁玉嶙峋。本性宜巖穴，勞生負此身。

詩書貧自得，雲水老何厭。世味僧邊減，山容雪後添。狂摩試劍石，醉眺大吴巖。莫笑歸期緩，名藍客易淹。

夕陽同王禮部陳太僕過東山僧房

落日過山寺，懷賢傷古今。謝公去已久，淥水歌聲沈。雲壑延高駕，風林浄夏襟。傾杯莫愁晚，明月在東岑。

和魯南永福禪房二首

支公本是禪林秀，更愛祇園在近鄉。問柳尋花唯竹杖，解衣支枕有山堂。雲浮世界知空寂，雪滿頭顱歎老蒼。聞説庵摩羅結果，燈前攀取一開嘗。

山人每爲看山出，唯有山雲不待期。草長乍經春雨後，江明偏近夕陽時。前林犬吠僧歸遠，古殿鐘鳴客散遲。除却陶潛貪酒盞，不知蓮社復容誰。

秋日尋城東諸山頗歷深險得詩八首

秋日端居愁不眠，出門騎馬踏蒼烟。衣霑濕翠經崖嶝，耳灑寒聲接澗泉。夢到桃源詢往代，疑逢石髓見靈僊。金陵豈獨稱佳麗，咫尺名山是洞天。

馬首遥隨碧澗東，人家多住白雲中。龍泉沸處還生虹，虎洞腥來自起風。向子正當婚嫁畢，阮生休歎路途窮。曾聞天漢支機石，肯信高巖不可通。

紫山東轉接江門，萬壑千峰擁孝園。遠結雲霞連海島，迴瞻日月蔽崑崙。牽蘿步入巖間寺，選樹來傾石上尊。猿嘯正堪淹白晝，鴉棲渾已報黄昏。

鼎邑元當萬方會，橋山今集百靈朝。宮城抱日雲常繞，陵樹擎霜葉後凋。衰晚空林從坐卧，太平深谷有歌謡。此中合共漁樵老，聚桂淮南莫更招。

盤空石路草纖纖，白鶴仙人尚有巖。松偃即披雲作蓋，瀑飛還挂水爲簾。采芝綺夏何須出，食蕨夷齊亦太廉。種黍滿田長釀酒，棲遲何歎歲年淹。

六代干戈龍戰殘，青山依舊繞江干。石麟不省玄堂改，漆閣徒傷翠柏寒。庾信歸來空有賦，陶弘老去竟何官。飛鴻欲避林間弋〔一〕，萬里冥冥振羽翰。

官路橋東錦石峰，平原開出玉夫容。高標雲霧天中積，遠勢波濤水上重。喜近魚梁堪把釣，擬修丹室預栽松。紫苔蒼蘚饒秋色，埋骨它年賴爾封。

竹杖逶迤躡紫霞，羊腸山徑莽橫斜。林深更隱彭城館，寺古猶傳謝尚家。陰洞閉雲飛石燕，寒藤懸樹墮風花。周顒去後移文在，此地何人領物華。

【校勘記】

〔一〕「弋」，原作「犬」，據明抄本改。

冬日同諸公飲憑虚閣

寺閣吟詩臘月中，擁裘行酒氣彌雄。江山過雪生新色，天地凝寒渺太空。獨去鷹鸇迷落日，後凋松柏倚高風。須知霜月光偏勝，莫道冰林賞易窮。

卜得彭城樂丘漫賦用魯南韻

買山初費賣文錢，預卜新丘古澗前。舊日高人招隱地，此生逆旅待終年。烟霞寄傲深成癖，去住忘情澹入禪。白髮光陰知幾許，紫泉丹壑且賓緣。

雪後歸自南郭

雪後帝京聊騁望，冰天懸影照人寰。遥瞻丹鳳分銀闕，周覽青龍展玉山。廣野漫鋪明月色，白波摇動大江灣。多情獨倚新亭樹，更愛長風灑醉顔。

祝禧寺望積雪

巖谷素華積，禪房朝倚闌。爲憐珠樹麗，宛坐雪山寒。白以空爲色，冰因凍作乾。太陽休見恐，生滅本同觀。

山中集卷三

贈答詩共一百八首

陳魯南學士自山東寄遁志十絶和之

門接登山徑，窗臨洗藥泉。草堂幽意足，況復近皇川。

眺迴蒼茫外，探奇紫翠中。忘機同海鳥，脱迹比雲鴻。

清玄非晉代，巖壑勝山陰。群從差强意，時來醉竹林。

攜樽登樹飲，抱被枕流眠。本性疏狂甚，非關慕昔賢。

真閒聊野服，至樂止人寰。肯爲神仙誤，虚尋度索山。

新亭高處望，今代異風雲。紫殿開京觀，龍成五采文。

星散南山寺，乘春取次登。封筒來往數，隨處得詩僧。
牛峰懸殿閣，對削獻花巖。感慨千年杏，摩挲十丈杉。
江動新林浦，天垂大石峰。四圍山萬點，雲海濯夫容。
舊路石岡僻，新堂松塢深。春風猿鶴侶，扶杖遠相尋。

寄答陳大藩參二首

官重今方伯，旬宣事獨賢。情飄五湖外，詩出萬人傳。玉署虚仙籍，春江夢釣船。
祇愁鳧舄影，難離紫宸天。
卧病春山裏，勞君省閣思。衰顔丹鼎笑，晚計白鷗知。應接才仍拙，漁樵興頗宜。
萬緣空欲盡，猶自未忘詩。

貽霷僧

埋頭不振蒼龍錫，合眼猶持白馬經。門外任教雙轂轉，堂中長對一燈青。

贈金山僧圓濟

山僧扣我門，秀發金山骨。相見了無言，空庭踏秋月。

送斌上人游杭州 有序

上人禪業清浄，解楞嚴、法華妙義。余與石亭陳公時往談説，輒移日不倦。今晨挑包荷錫，來扣山居，云將東游吴、越，訪諸名山，參大知識，以證圓覺，請余作偈導之。余不善偈，爲贈一詩。因憶杭州郎、沈諸君，陶、謝流亞也，往開蓮社，暢塵外之風，不愈於縛禪寂乎？爾行矣，請擇於斯二者。

斌公禪林秀，前身海潭龍。明珠濯清水，本性長玲瓏。少事大虚老，空門初發蒙。拜趨陳莊座，金篦刮雙瞳。低心達磨壁，捧鉢曹溪宗。天界大叢林，跏趺坐堂中。頭陀滿四座，發難如扣鐘。吾衰謝抖擻，卧疾維摩宫。與子强答問，而豈明真空。支許方外交，聊以息微躬。今晨告余別，遊方海之東。禮佛普陀島，參禪雪竇峰。青蓮被寒沼，白月懸秋穹。行色有佳景，歸雲無定蹤。我有振衣地，寄在杭萬松。浩渺湖海接，逶迤巖壑重。爾往結蓮社，陶謝將無同。長謡寫心曲，託寄東林風。

分題得秦淮壽龍致仁

秦人鑿淮古城磧，秦時流水今如昔。地下黄金空自深，天門紫氣逾輝赫。六代煙華漲錦雲，龍江鷺渚澄青碧。形勝今開天子都，風流更隱幽人宅。幽人抱藝入承明，能使四海傳高名。翻然解組歸淮水，笑弄漁舟自濯纓。聞道舍傍葛仙井，的爍丹砂徹夜明。與君共泥紫金鼎，手把霓旌遊太清。

壽姚孟恭七十

脩竹老翁何所求，紫芝歌動傲王侯。逃名豈羨金門貴，學禮仍看玉樹稠。大道長生唯藥鼎，清談終日有茶甌。堪誇世範傳儒素，已許鄉評占勝流。

壽易太守士美

清脩鄉國老文儒，後輩蹌蹌總不如。黄霸有才聊試郡，伏生從少已傳書。高才晚剖荆山玉，美政新還合浦珠。林壑光陰方灑落，莫教門外候安車。

答汪中丞見懷

雅望同歸天下賢，知心初附白頭年。擬將東海論交誼，幾向西湖費酒錢。石澗行臨三竺水，茅亭吟對萬松天。相望千里能相憶，滿紙高情護碧煙。

送林伯章

金陵帝城天下會，名勝從前特稱最。觀風季札自何來，巍冠峨峨垂緌帶。龍山虎阜翠煙浮，曲浦澄江素月流。唱罷驪歌向人别，城西一訪謫仙樓。

贈秋官葉敬之奏最北上

三年持法白雲司，直道人歌張釋之。竹簡下帷工舊學，桃花留縣有餘思。每緣正氣瞻台嶽，幸接交情老鬢絲。才俊爾來多近侍，看君摇佩入丹墀。

贈沈少剛

東浦清清連太湖，太湖水光秋可娱。美人乘舟明月底，戲引驪龍出弄珠。黄公壚頭沽酒醉，一曲吴趨天下無。請君早出濟黔首，歸來東浦隨吾徒。

贈胥大夫

洞庭水波混天色，君山嵯峨奠江國。岳陽樓頭一開眼，造化高深坐中得。紫綬若若方離腰，浮生萬事如雲飄。采服諸郎遞起舞，醽醁滿泛黄金瓢。醉醒不復問天地，日倚南窗詠松桂。仙老休傳九轉丹，大夫自度三千歲。

雛鳳行賀李少宰夢弼生子

雛鳳本出西崑崙，百鳥奉之巢帝閽。大聲鼓鳴震海水，羽毛焕爛光朝暾。銜書獻瑞，降神德門，乃爲少宰之子，司徒之孫。英物生來不嫌晚，秀骨墮地人傳喧。犀頂雙開日月角，公侯異種由根源。鄴侯萬卷行可展，立地便見乘華軒。家書飛鞚入東省，看君黄氣眉稜騫。兩鄉競作湯餅宴，莫惜爛醉雙金樽。

相士吴立

希夷漫讓麻衣術，禦寇元藏杜德機。燕頷紛紛食肉相，龍門寂寂釣魚磯。

贈謝應午

志士抗高節，末俗寡所諧。出門各有務，疇能喻中懷。契合將焉託，睠此庭中槐。孰謂爾無心，達性乃弗乖。榮謝委時義，强幹屹不摧。吾志苟如此，何必求形骸。

贈馬大承道超貢上禮部

金膏水碧不易得，馬生才華傾衆人。昂藏場屋每脱略，一躍便致青雲身。聖朝禮樂復元古，隋唐科目安足數。玉階獨對天人篇，舉頭思與夔龍伍。鄉國從來盛俊英，蹇予乖剌老無成。拂君寶劍出門去，早取千秋萬古名。

贈惲司勳器之

干將無留割，奇驥刷千里。磊落惲司勳，天才豁所委。研精綜天人，識微洞玄理。排蕩五行家，力破管郭壘。領郡懋循良，司農廣儲峙。策功龍飛鄉，天子知姓氏。三命登吏曹，士類鑑如水。古稱裴叔則，朗照宛相擬。奏績明光宮，履聲徹階戺。留之置左右，啓沃自兹始。

雲厓

匡廬蒼蒼五老峰，彭湖倒蘸青芙蓉。峰頭雲氣日五色，散落厓谷生春容。子晉吹笙紫宮裹，拄笏看雲時隱几。雲兮雲兮心共閒，不逐秋風渡江水。

贈黄仲實太常

嘉遯息巖壑，朋游寡諧親。匪兹慕狷獨，動静理自因。同人念蓬宇，惠然遠來臻。契闊既以展，觴豆亦間陳。沖襟共披豁，時卉況鮮新。神聖恢皇綱，朝有明哲臣。流惠及畎畝，粒食終垂綸。

贈馬督府

將軍美白晳，朗然玉山行。胸填六韜書，膽氣森縱横。往年鎮幽朔，軍令肅且明。彎弧插白羽，破的矜驍騰。設伏殺强虜，開邊廣屯營。犬羊悉敗北，咋指逃榛荆。太行竟爲險，巀嶪亘長城。千秋屏翰地，再見李樂生。時平納虎竹，袖手居留京。讀書不出户，緩帶含餘情。調笑射楊葉，猿猱屢號驚。雲間鶖鶬羽，往往落虚抨。把酒登鳳臺，北望煙雲平。醉拔龍劍舞，繡澀鬼血青。頗聞燕趙士，踴躍思雄名。竭來拜新詔，起握南府兵。驊騮試按轡，無乃枉其能。近者居延塞，烽火劇流星。天子日側席，籌策勞公卿。君今謁丹陛，嵩呼致忠誠。何不請長組，奮臂抗先旌。蛇矛耀白雪，直擣單于庭。丈夫貴許國，退遜非豪英。子儀伏回紇，充國制先零。豈必待擐甲，折衝由先聲。畸人卧山谷，十載懷相傾〔一〕。簪盍雖云樂，所希王國寧。

【校勘記】

〔一〕「十載懷相傾」，明抄本作「餞送懷先傾」。

於淮水東贈徽守王行之二首

王尊元直道，顧凱一狂生。解后風波地，相看義氣傾。雲消山自得，秋近水偏清。握手旗亭暮，那堪去住情。

新安江見底，擊楫興如何。日轉雙旌影，風傳五袴歌。名高翻借郡，道古拙催科。此地賢人衆，毋辭握髮多。

東金許二生下第歸卧病

二仲來疏榻滿塵，青青林竹映階新。還家頗恨垂高翼，閉户應憐養谷神。長路風雲難適意，故山薇蕨有餘春。聞君已斷窺園路，更注春秋紹獲麟。

和羅女文悼妾二首

斗帳紅羅雜組裯，陽臺雲散夢無由。靈飛月殿仙爲侣，鬼落星宫命見仇。金屋舊恩何處所，銀河秋望此生休。欲知清夜傷心地，畫燭燒殘獨倚樓。

水榭花臺失舊蹤，新秋風雨罷芙蓉。也知尤物終先壞，恨殺傾城不再逢。墮淚難禁團扇賦，埋愁空起若堂封。魂歸莫向家鄉去，楚水淮山一萬重。

送廣寧伯還京 代人作

江上樓船畫鷁飛，波搖采旄倍光輝。功高大室山河誓，令肅行營虎豹威。白露迎寒霑客旆，彤雲開霽引朝衣。獨憐南府多賓從，離恨依依望轉迷。

贈蔡別駕 復元

蘇臺對酒忽經年，淮水論文更別筵。麗藻流傳都下賦，甘棠歌頌召公賢。宫袍曉濕鍾陵雨，官舸秋迴震澤煙。臺内借籌均二税，願將周禮贊成宣。

短歌贈羅女文二首

鍾山嵯峨入紫冥，百靈獻秀開金庭。大江奔騰龍虎躍，千峰散落南天青。道人築室天印下，丘壑重重到茅舍。謝墅花驕羅綺春，秦淮舟泛星河夜。人生强健早歸來，日月持光送酒杯。麟閣功名有時命，何須長戀黄金臺。橋東曳杖隱淪客，抱琴來尋莫相絶。

世路羊腸莽荆棘，江上漁舟獨瀟灑。五湖何地非吾家，相逢並是同心者。北風起兮雪片飛，山川摇落鴻雁饑。地映吴天白如掃，唯見松柏青依依。大魚浪蹌飛不得，小魚僵死手可拾。妻孥白飯盡一飽，豈向朱門乞殘炙。黄天蕩深萬魚聚，我與老翁蕩舟去。

送楊督府還關中

林塘小隱帝城隅，時枉元戎問腐儒。傾蓋交情唯古道，填胸兵甲有陰符。廉頗去國仍强健，蕭相成名在轉輸。歸去灞陵秋獵晚，莫嗔醉尉夜喧呼。

送彭年

畫舸來自吴江水，皇州踏遍諸名山。天門表裏金銀闕，陸海東西虎豹關。横笛正逢秋月滿，題詩渾亂錦苔斑。柴門久待嵇康駕，願爾棲遲且勿還。

寄蔡九逵

縹緲峰高碧霧重，仙人樓閣隱玲瓏。新文出世諸生法，大道行天萬古同。未見江湖徵李泌，每勞卿相問王通。休誇林屋煙霞勝，霖雨蒼生望未窮。

寄王履吉

石湖東畔草堂低，日日乘舟泛越溪。鼎轉丹砂驅鶴守，匣封雄劍惱雞啼。林中餉客蒸黄獨，澗下褰裳弄紫霓。愛爾棣華情不淺，詩成强半憶征西。

送羅誠甫訪新安王太守

黟江水澄清見底，黄山棠發煖薰人。京華欲問新安政，十月聞君踏早春。

沈懋學游金陵歸杭 六首

王會車書一統尊，神京南北控乾坤。長江險作雷霆鬭，鍾阜高爲龍虎蹲。

吴越千山斷續青，西湖那似大江澄。東來歷歷看形勝，獨見彤雲護紫庭。

茱萸錦帶繫吴鉤，半醉來登太白樓。唤取美人歌白苧，任教明月下西洲。

君到金陵秋氣新，紫萸黄菊照江濱。崔嵬一片龍山石，又見荆南落帽賓。

青山一洗煙華色，徐庾空流怨曲長。才子來觀商邑盛，却歌殷武頌湯王。

詞鋒撇捩鮑參軍，畫法侵淩鄭廣文。長傍牛車歌白石，空傳鴒侶滿青雲。

賦陸如愚白谿上

倒注銀河水，潛通石澗泉。月寒鋪素練，雲浄濯青天。照影鬚眉見，澄心冰玉懸。時看氣五色，隱隱發龍淵。

送王子新游溧川

王生龍鳳姿，夙慕嵇阮蹤。舉目局四海，何心顧樊籠。詞標文苑秀，書擬絶代工。端居不出户，華譽溢金鏞。浩蕩五嶽懷，婚嫁猶未終。問訊罨畫溪，結想三茅峰。采芝共誰飧，石髓或可逢。顧予疲薾人，枯魚困泥中。望望紫煙駕，引領遡長風。

送許彦明往松江二首

結友不知心，履綦空累百。與君山林交，心迹兩無隔。不見輒相思，相見終昕夕。歲暮誠寡徒，繾綣荷三益。今晨叩蓬户，車馬有行色。匪恣山水游〔一〕，亦以衣食役。畬田間三泖，霜落事秋穫。言念四體勤，顧此十口迫。浮生寡歡悰，玄髮亦已白。天寒早返駕，勿作久游客。

東吴多勝友，遠念因君勞。累歲不一見，每慚平生交。扁舟過蘇臺，覽勝虎山橋。笠澤控海口，登丘望雲濤。高詞競摛錦，古意相投膠。水國早寒夜，霧盡霜月高。清宴出美酒，鱸魚解鸞刀。窈窕子夜歌，依稀白雲謡。因之發幽興，併令塵慮消。

【校勘記】

〔一〕「匪」，原作「臣」，據明抄本、金陵叢書本改。

贈汪生然水

愛爾温如玉，丁年即善詩。名從三辟重，身作五侯師。醉月淹京國，觀濤歷海涯。還家事幽討，長下讀書帷。

題濯足圖壽陳隱翁

尹山山下湖水浮，仙人高居湖上頭。歲取灌田供薄飯，時來濯足弄扁舟。塵埃濯盡玉體清，手攀瓊樹踏雲行。子孫學文兼學稼，咫尺不入夫差城。我心愛之恨莫從，蔦蘿空思附長松。遥持海上千年酒，寄向湖東七十峰。

贈雪舫君

北風天地肅，大雪何繽紛。長江夾萬山，千里同一雲。江水東北流，素光靄氤氳。恍如黄天蕩，歷亂鷗鷺群。又如海門口，白蜺駕龍君。道人發高興，放舟龍江濆。燕磯風飄飄，石帆浪沄沄。中流自鼓楫，前浦金焦分。手持一斗酒，坐玩波濤文。浩歌黄竹篇，十斗乃微醺。登艫指東海，蓬閬窮無垠。誓把安期袖，看曳飛瓊裙。迴風却返棹，未得通殷勤。下顧濁世士，塵網徒糾棼。歸來雪微止，西山帶殘曛。却笑剡溪上，杯水安足云。

贈朱子价

入洛新傳小陸才，通家能爲李膺來。清風坐發幽蘭詠，遠興春流曲水杯。舊樹閲人經兩世，啼鶯向客囀千迴。翩翩彩鳳雲中翼，徙倚高梧病眼開。

送王九之入京

澄江館前江水流，征帆五月下揚州。玉京臺省多知己，會聽常何薦馬周。

贈蘇州教授錢宏甫二首

傳道青鞋入舊京，亂山何處覓經行。因君却夢西湖色，一夜垂楊滿目生。

蘇湖教法胡安定，漢代醇儒董仲舒。組繡空文靡舊習，虚無高論大新書。

書畫上贈總憲王公

煙霞地隔青林遠，日月天迴紫殿深。浮世行藏非二道，達人憂樂本同心。

陳九皋將游五嶽過余贈詩輒答四韻

白鶴東來毛羽奇，翩躚上國振光儀〔一〕。雲隨五嶽仙人仗，錦爛三都才子辭。過眼江山皆有色，懸壺日月漫無期。嗟予老病蓬茅下，煙水逍遥劇夢思。

【校勘記】

〔一〕「躚」，金陵叢書本作「翩」。

與王佺

長安季主洞幽明，市肆談玄折賈生。抱病老人茆屋下，倚風欹枕聽江聲。

和答同年朱君佐邦伯二首

四方綱紀日，夫子耀龍光。小試闢民社，高才失廟廊。風嚴松力勁，草盛豆苗荒。耿耿循良傳，千秋數趙張。

驅馳空病骨，偃仰負清朝。獨采山中藥，期尋海上橋。懷賢歸水鏡，憂國望星杓。千里聞金奏，泠泠勝九韶。

贈王光禄克明遷北寺

燕山控華夏，中天開紫京。聖皇握宸極，萬國朝繁星。金陵舊豐鎬，庶府羅公卿。夫子光禄彦，雄才能發硎。討叛奮南楚，四海馳英名。五等未僭爵，三命詎爲榮。密勿紫泥詔，宵旰側席情。簡知由一德，而豈資割烹。五味濟其和，雍雍事調羹。高爵日以峻，泰階行且平。山人伏巖谷，永願歌德聲。

贈别張汝益還松江

金陵菊黄酒如乳，吴船繫在江亭樹。玉尊狼籍猶未收，浮雲已暗君行處。草堂索莫增離愁，羨君高義古人流。緼袍不恥狐貉立，千金一諾憐交游。愛而不可見，去亦何時來。明來挾策朝天去，遲君一醉鳳凰臺。

贈鄔户部佩之入賀元正

魏闕元正會萬方，鎬京奉使羨仙郎。旌旗過岱銜祥雪，冠佩朝天近御香。龍護衮衣當五位，鳳調蒼律應三陽。兩都擬就張衡賦，併獻丹墀薦壽觴。

哀歌行吊周封君

君不見，太阿錚錚豹虎雠，鉛刀繞指矜和柔。又不見，寒松蒼蒼澹無色，桃李榮華耀朝日。蕪陽封君不可起，前輩典刑今遂已。片言鄉黨倚泰山，千金散義如流水。蔡邕不愧有道碑，涇野傾心逸民史。嗚呼！故老凋喪人則哀，高門赫赫空成灰。

寄壽仲憲長與立

淮南小山真得地，洛下耆英最長年。入竹琴尊明繡服，倚雲蘭桂布芝田。門庭舊訓鄉人法，服食奇方海客傳。後圃種松今已長，稱觴應傍老龍邊。

寄壽方僉憲時鳴

清朝早脱惠文冠，石浦雲濤拂釣竿。伯仲大名天下重，行藏全節古人難。居山歲久松鱗老，閉户秋高桂樹團。青簡丹砂皆長物，酒杯花蕊足交歡。

和女文自壽二首

天印峰頭望太空，海天冥漠快高鴻。煙霞窟宅將儔侶，玉雪襟懷見始終。曳履那霑東郭雪，枕書長占北窗風。虚無大藥千年鼎，潦倒滄洲一釣翁。

風塵無路上漁蓑，林壑逍遥樂事多。花底笙歌傳酒賦，水邊臺榭散行窩。素心一任浮雲變，華髮其如大藥何。新買小山皆種桂，緑陰青子任婆娑。

送譚子羽歸真州

鄉國富才英，譚生最清發。衆中挺眉宇，開雲見華月。腹笥書峥嶸，罄折口恒訥。賢關三千士，讓爾名突兀。長江隔家林，定省暫歸謁。槐黄赴秋闈，一戰建奇伐。手持青瑶篇，騰踏獻金闕。

贈斌老

山僧無事睡方濃，夜半何人忽打鐘。背却松陰還露坐，月輪高照殿西峰。

送徐禹量遊溧陽

寶劍青驪照國門，飄飄豪氣識王孫。車前挂得椒漿去，瀨渚先澆烈女墳。

贈孫三

江左孫郎義士風，解披心膽結才雄。耕田帝力果何有，避地隱淪將爾同。淮水皛茫雲霧外，草堂疏散竹林中。更憐天印山頭月，長照樽前酒不空。

輓白巖太宰喬公

世業韋門盛，時名魏相優。銓曹標宿望，留鑰領諸侯。廟議山難轉，人才網盡收。金天高太華，滄海納群流。國有蓍龜在，人傳藻翰遒。江山饒賞詠，劍履獨行休。再擬經綸起，俄成汗漫遊。丹青歸大化，帷幄罷前籌。殄瘁邦家卹，風猷史閣脩。舊交紛雨泣，異域眇雲愁。一奠猶無所，相知豈盡酬。唯應晉川水，遥會海東陬。

送劉生承恩歸太原秋試

麟角鳳嘴見者奇，火齊木難光陸離。太原劉生氣殊衆，年甫二十高名馳。韋賢相業更三世，戴聖明經傳博士。白璧風儀不動塵，洪鐘扣答如流水。寶劍腰懸明月光，秋闈小捷何足當。看拖内殿青絲履，笑踏君家白玉堂。白玉堂，非難取，胸中家學貫伊吕，千秋萬歲奉明主。

清曠亭酌酒同許隱君贈别臧子明進士春試

卧病空山孤草亭，玉人高駕扣巖扃。開樽勝地臨千嶂，揮麈清風倒六經。三月杏園看走馬，幾年書閣照囊螢。丈夫事業須强健，羨爾登朝兩鬢青。

和趙克用自壽

高人定性謝韋弦，可怪臨書尚作顛。白髮交游多後輩，青山行樂有前緣。忘機盡散談棋社，好事仍抄種樹篇。塵海風波終日異，醉鄉泉石自年年。

壽華母

萊婦仍聞住帝城，班姑何必教宫庭。家規累世傳爲訓，子姓成行頷不名。舞鶴自能翻壽曲，萲花元解散憂情。瓊筵繡軸尋常事，總讓高門孝友聲。

壽徐禹量母

綺閣斑衣呈壽酒，玉山丹實走仙桃。傳詩令子人倫重，開國元功地望高。河鼓雙星争送巧，秋千百索遞分曹。相誇綵線清燈下，閒繡宫雲滿素袍。

贈仲庵鄔封君

俗士各有營，高人澹無欲。締構青霞居，吟諷紫芝曲。境空遺安排，形忘破羈束。莊生賦逍遥，老氏捐殆辱。杖屨金焦峰，夢寐江樹緑。有子奉滫瀡，無煩問缾粟。

贈顧生斯道

崑崙鮮頑璞，丹穴無凡禽。吾宗著東吴，挺拔皆秀森。羨爾甫弱冠，器宇遂澄深。神駒未展足，龍泉歛寒鐔。耽玄託雅志，和衆敞虚襟。古稱黄叔度，汪洋浩無潯。若翁信不忝，克肖生寧馨。竭來游建業，周覽龍虎岑。高歌臨長江，泠泠有餘音。顧我山中居，慰意良已深。彈琴對秋月，款語脩竹林。明朝動歸檝，遥懸天末心。

金元賓自吴赴山中商定王履吉遺稿臨别有贈

王子不可作，遺編重南金。珊瑚逸海底，鐵網勞行尋。元賓奮高義，搜羅逮幽沈。玉札聚緗帙，虹光耀詞林。玄經不覆瓿，侯芭名至今〔一〕。完此連城寶，重爾傳燈心。四海莽寥闊，誰應嗣知音。

【校勘記】

〔一〕「今」，底本原闕，據文淵閣本補。

送吴銑入楚

岳陽樓頭江月輝，洞庭湖邊燕雁飛。秋深獨客興方遠，天際孤帆風正微。九日他山萸菊酒，百年空谷芰荷衣。武昌沈約多詩興，聽賦蒹葭贈爾歸。

田舍聞柴京兆致仕

卧病空山秋草深，愁聞京兆謝朝簪。吾民薄分去慈母，野老獨吟傷寸心。茂樹清流從所好，朱絃瑶瑟有遺音。扁舟東下三江水，極目浮雲白日陰。

和嚴太宰生日

豐鎬幾年淹吏省，虞廷多士望朝衣。台衡地重公何晚，金玉文高世所稀。共識皇情優且渥，莫疑吾道是邪非。傳聞稷契頻推讓，黄閣風清正啓扉。

贈陸司諫浚明游金陵還吴

陸子入金陵，飄飄若神仙。足著遠游履，高詠名都篇〔一〕。朝攀虎踞石，夕弄湯池泉。窮搜六代迹，下拍靈運肩。它人安得近，相攜唯惠連。睠余卧江海，杖策枉茅簷。會面驚鬓改，吐心知性偏。問渠解綬故，舉眼睨青天。呼酒不停飲，竟醉眠花前。凌晨告别去，往就丹陽船。浩蕩震澤水，相望空雲烟。

【校勘記】

〔一〕「高」，明抄本作「口」。

山橋候送王道思

念與高人别，郊圻出餞遥。陽烏先羽節，夏葉暗河橋。鳳起文堪羡，鵬摶勢莫招。願專鄒魯化，終贊聖明朝。

壽楊山人

巾舄飄飄山澤臞，偶然游戲入皇都。花前絲竹堪陶寫，橘裏棋枰絶叫呼。舊説登仙多鶴骨，誰家生子盡龍駒。漢廷丞相張蒼老，羨爾能傳大藥鑪。

題印空卷贈楷僧

皎月天空那有影，寒潭風動始生鱗。心從定後離塵劫，眼在無中見法身。可信住山元是幻，也知荒殿不須新。須彌亦合俱推倒，臨濟曹溪若個親？

贈施子仁入汴二首

君上夷門瞰大河，遶城秋色起洪波。梁王賓客知誰在，莫唱蓬池阮籍歌。

熊轓皂蓋大梁游，回首金陵二十秋。聞道西關子城下，雁鴻飛盡水空流。

郊居寄陳九皋

高人棲道院，逸思滿秋山。鶴立天壇浄，梧飛露井斑。幽探行獨影，麗句動群顔。可信金陵勝，皇居紫翠環。

陸浚明再遊金陵

一片行旌去復來，名山千疊繫高懷。不辭淮水迎風棹，要縱秋臺玩月杯。李白綺裘人競看，謝安歌扇客重開。雄豪今古知誰識，玉笛胡牀漫自哀。

贈張濟民

長桑飲上池，能見垣一方。華陀得神授，爲人滌肝腸。豈不絶塵軌，終然稱譎狂。張生仲景後，起自秦越鄉。少年讀素問，淹貫靈樞章。執脉炳内照，先幾決存亡。聲名徹四海，豈獨傳維揚。訪余空山曲，相留但壺觴。形骸委大化，何心扣災祥。唯有好山癖，所願足力强。囊中有靈藥，請授一匕嘗。

送陳九皋還山陰

秦望山人草木衣，能令巖壑動光輝。遠遊吴楚詩名大，長揖公卿禮數稀。摩詰風流兼善畫，嵇康豪宕本忘機。都門不久留君住，手把幽蘭賦式微。

贈別張渠還真州

長江水如一匹練，與子隔江少相見。春來對酒花滿枝，冬去寒林積冰霰。人生萬事在少年，功名早奮三才前。舊穿楊葉有妙手，此飛便合沖青天。爾不見漢家文學稱揚雄，晚詆詞賦爲雕蟲。它時得路展經濟，後有韓范前夔龍。

哀攝泉居士三首

天意真難測，仁人竟不延。長辭淮水月，何賴攝山泉。尊滿仍餘酒，囊空豈剩錢。想應生滅際，已悟大乘禪。

玄度先朝露，逢時輒損歡。城春花月慘，江晚水雲寒。苦調悲鄰笛，清風憶素冠。山南多舊寺，那忍過長干。

感激投膠契，酸凄屬纊言。白頭餘積恨，黄壤誓酬恩。往事成今古，交情接子孫。獨憐孤鳳羽，能慰九泉魂。

答蔡九逵新春旅懷見投一首

把耒空山學治生，雪寒人静始歸城。倏驚江檻新梅色，猶記春梁乳燕聲。過眼歲華添老鬢，閉門交態任浮情。中郎好古翻多事，爨下仍聽朽木鳴。

壽張時琢 東海翁子也

海翁醇儒冠，文藝乃餘事。巋然英憲朝，海内勤仰企。天人騎箕歸，龍種發神驥。伯仲忝周旋，晚交屬其季。詩名動巖壑，家雞習書字。穆穆孝友姿，五常白眉異。庭階衍芝蘭，諸孫更嫵媚。西來乞我詞，獻壽爲遥致。既驚瑶環相，益歎箕裘世。大德享未終，後嗣宜爾熾。祝君壽千年，孫子據高位。源源餘慶流，乃盡天報意。

送楊晉卿赴桐鄉

飄飄黄綬早臨民，鄉國高才每羨君。官棹近連藩省水，縣齋長對甑山雲。蛟龍遇物多濡澤，奇驥追風自出群。世德循良應不忝，祇今臺省重求勳。

山中集卷四

賦詠詩共一百二十二首　詞六首

以鐵冠壽徐子仁

干將錬神劍，遺我鐵一丸。道逢洪厓公，爲製頭上冠。形模半月偃，金波錯微瀾。晶熒金天氣，照耀素髮寒。贈子介眉壽，綴之瑶華簪。偃蹇青林側，魑魅焉可干。

題叢篁白兔圖贈喬太宰公

千歲靈毛雪點乾，九秋仙杵玉聲寒。爲懷脩竹長洲苑，暫下天邊明月團。

詠幻住庵辛夷花寄袁尚之

野寺春風二月餘，辛夷著花紅錦舒。詩人夢把一采筆，佛海幻出秋夫蕖。芳菲宛入右丞塢，馨香凝載靈均車。明年欲棹酒船去，袁宏雅興終何如。

瓜

青門子母互勾連，五色如雲亦可憐。試問故侯提劍舞，何如高壠枕鋤眠。

題許經歷詞所藏雜畫册

畫山貴生氣，畫水如欲流。哲匠精思得神解，俗工乃向丹青求。僧繇以來到馬夏，一變精工入蕭灑。後來沿襲失本真，卷軸顛狂恣纚野。許君天機深，愛畫得玄理。收摭滿緗囊，筆力盡奇詭。層巖疊嶂通杳冥，草木生態俱含情。神游飄飄凌八極，紫芝宫闕芙蓉城。由來妙藝貴賞識，如君精鑒不易得。君不聞，中郎不向柯亭宿，龍枝終然作枯竹。

賦陳中丞家雜畫五首

駿馬在異骨，權奇插面高。人間那乏此，難遇九方皋。

牛可理百畝，書能知經綸。耕罷究千古，阿衡果何人。

作詩驚百代，何辭苦雕裁。方與元化冥，豈知軒車來。

山中千歲鹿，毛如白雪花。御爾恣來往，穩於蒲輪車。

海上鰲峰萬疊青，歸來鐵杖帶龍腥。黄塵世事如翻掌，都付仙公幾夢醒。

紅梅素帳

皎皎吴綾雪瑩，纍纍梅蕊紅殷。五夜瑶臺素月，千群玉女朱顔。

脩竹吟和鄔户曹佩之十二首

二月金陵桃李花，春風吹醉五侯家。脩脩畫省篔簹谷〔一〕，玉氣蒸雲化碧霞。

蓬水浮�路何許，月明共接飛仙語。雲邊青鳳去無聲，遶徧幽庭獨愁佇。

落花風雨逗餘寒，春恨詩成醉懶看。曉起前庭新竹長，墨華書滿翠琅玕。

出牆初見雨稍齊，拂石還憐露葉低。清影静摇明月苑，碧沙寒漾浣花溪。

攤書獨據烏皮几，洗硯時臨墨池水。日斜何處散幽情，散髮行吟脩竹裏。

纖纖細竹映虚廊，紫笋穿苔自布行。時有高人來嘯詠，他山十丈漫爲長。

空堂三伏轉清秋，滿院重陰瀉碧流。竿溜素霜寒挺挺，葉含輕吹晚飅飅。

荒雲漠漠荆江滸，霜霰蕭條殘野竿。堪羨仙臺尺五天，枝枝碧玉承春雨。

籊籊淇園青竹竿，移栽華省映朱欄。吟空鸞鳳清風遠，墮地龍蛇白晝寒。

靈女雙雙下紫霄，踏歌江渚采蘭苕。憑將嶰谷伶倫管，送入鈞天協鳳韶。

竹君不及花奴色，可惜相知眼中少。阮籍元非麯糵徒，王猷獨擅人倫表。

小徑中林宛轉通，薇花秋晚墮疏紅。三三五五含香侣，耐可婆娑退自公。

【校勘記】

〔一〕「脩脩」，明抄本作「翛翛」。

寄題文徵仲玉磬山房二首

曲房平向廣堂分，壁立端如禮器陳。拊瑟便應來鳳鳥，折腰那肯揖時人。詞華價並金聲賦，壽酒歡生玉樹春。法象泗濱真不忝，畫梁文藻翠光匀。

小構山房護竹垣〔一〕，道人行坐自云寬。湘簾散映圖書亂，石枕横揞夢寐安。世禄後先三曳綬，詩懷今古一憑闌。堪憐海月經簷白，正照前溪緑水寒。

【校勘記】

〔一〕「垣」，金陵叢書本作「園」。

題宜男便面寄朱銘甫二首

宜男照耀後庭春，笑雜蘭芽插鬢脣。良夜繡帷傳吉夢，雙雙抱送玉麒麟。

北堂靈草忘憂種，南省尚書積慶家。欲頌螽斯歌子姓，試開紈扇數叢葩。

丹泉歌贈顧生

葛翁煉藥吴山巔，丹砂入井流丹泉。洞門一閉緑苔滅，至今寶氣横青天。山人築室幽澗東，飛泉灑壁秋霞紅。飲之不饑復不渴，碧眼漸换爲方瞳。買藥金陵未歸去，月明猿鶴空延佇。束取陰符向白雲，燒丹直傍泉飛處。

宗伯嚴公御書樓三首

宗伯樓成氣概雄，賜書遥拜渥恩隆。千年聖澤傳金版，五夜文光貫玉虹。稽古桓榮元好學，談經劉向獨輸忠。欣承明主崇儒日，一體君臣志業同。

重樓高揭楚雲低，中有圖書護紫泥。子姓傳家開閥閲，山靈潛地守封題。芸箱積架無殘蠹，月案研朱有降藜。恩寵自天光價重，鄴侯遺事豈能齊。

樓上新藏萬卷餘，法筵元是舊陳書。虞廷際會風雲合，孔道光輝日月舒。未許旁人誇寵數，自憐家世得菑畬。遭逢却歎千年事，空使孫通起漢初。

嚴子寅小閣

幽棲易爲足，容膝豈願餘。日覽陶謝篇，時臨蘇黄書。樂此永昕夕，自顧無斗儲。往往賦佳句，馳聲滿鄉閭。

周臣爲余寫水墨山水大障徐子仁特賞其妙口占謝之

峥嶸華嶽三神峰，移置草堂雲霧濃。泉飛樹挺氣生動，羽人彷彿中林逢。周生作此特神妙，髯僊見之欲狂叫。眼中失却梅花翁，人間豈乏鍾期老。

刻絲梨花

素娥春舞翠綃衣，宴罷梁園月影微。水底靈鮫何處見，却偷嬌豔入仙機。

牧牛圖二首

牛背澤且適，牛肩高嶙峋。登之挽其角，歡如就文茵。原草被雨緑，芳樹夏葉新。行歌重陰外，何羨輶軒塵。

牧兒三尺箠，烏犍唯所使。吻渴不及泉，奔逸顧乃爾。大德在順情，民物同一理。馭衆有安危，毋謂悉由己。

施子仁湖山畫障歌

吴趨祇誇金閶麗，何如震澤東山美。夏后舊導三江流，范蠡初逃五湖水。波心羅列七十峰，蓬壺散插碧海中。塵寰斷絶煙島遠，靈橋上與銀河通。棲巖架壑多隱居，樓懸閣轉傍青虚。侯封共指千秋橘，飽飯仍兼萬頃魚。此中遺逸盛才傑，樂志披心任交結。春申賓客廣文詞，慶忌後人能射獵。人生有緣生福地，有酒長對包山醉。但持緑鬢傲林泉，何用青衫走城市。不到山中三十年，忽開圖畫興翻然。春來裹茗摇煙艇，與爾先嘗悟道泉。

鶴泉歌爲王偉純賦

白鶴夜啄飛霞峰，山頭泉飛如玉龍。泉鳴鶴唳天地肅，長風吼徹千巖松。泉上高人毛骨靈，十年洗心篡六經。文詞出口戛金石，已却煙火辭羶腥。當今聖人出，禮樂昭典刑，爾棲林泉胡自寧。巍巍阿閣五雲上，試展垂天彩鳳翎。

楝塘行贈李封君

山翁種楝野塘上，歲久根株如鄧林。高標上拂星漢迴，長枝下蓋千人陰。氣凌風雨力排盪，根盤厚地窮幽深。甬水迴波恣潤澤，龍山飛翠連蕭森。玄蟻移封不敢近，游龍挂影時興霖。白鶴生子於其上，露下青天揚遠音。山翁依之結茆屋，百里亭亭望喬木。手校詩書課子孫，身備人倫化鄉曲。萬石何慚古朴風，太丘善變澆漓俗。憩陰看山誰與語，投竿取魚非所欲。有子乘驄清四方，顧此謳吟意恒足。君不聞，陶令五柳垂清風，王氏植槐生上公。李翁之楝兼二美，家聲世澤何終窮。

陽湖曲贈王禮部直夫十首

陽湖在何許？乃在婁門西。雲水相澹泊，能令高士迷。
陽湖媚煙霏，不減欹湖道。宛轉子夜歌，賡酬有同好。
扁舟蕩雙槳，琴牀兼硯几。旖旎傍丹鉛，笑殺鴟夷子。
鸂鶒對人浴，鵁鶄夾船飛。物性各有適，幽懷澹忘機。
生事在湖水，與世了無陵。淺渚拾紫芡，深潭撏碧菱。

陽湖信自好，五月荷花鮮。移舟就楊柳，驚開遊女船。
震澤浩無涯，三江風浪惡。瀰瀰陽湖水，艇子隨住著。
長洲不復苑，齊雲那有樓。陽湖清淺水，千載長悠悠。
舟居無往來，端坐披白帢。閒釣季鷹鱸，戲牧龜蒙鴨。
明湖落天影，澹瀲古城邊。春風豔陽月，滿鏡百花然。

金陵八詠和湛宗伯

牛首山

天開雙闕定神京，羅立千峰拱衛成。形勝金湯誇百二，紫煙長抱日華生。

觀音巖

江横北郭水浮天，拔起靈巖紫翠懸。夜向空冥歌海唱，魚龍掀舞佛樓前。

靈谷寺

曾是前朝古佛壇，天皇留此侍金棺。松杉十里蒼雲暗，陵寢千秋玉露團。

雨花臺

古臺開士説金經，傳道天花落紫冥。廣舌不來塵海變，春風唯見草青青。

東山

相公遊時花滿蹊，盡道秦淮勝剡溪。回首洛陽輕一擲，江南花月使人迷。

梅花水

泉生石底無泥滓，復映梅花清可憐。山人濯纓明月下，一夜高詠蕊珠篇。

清涼寺

禪宮遠嵌碧山幽，亭榭凌風居上頭。舉酒天邊賒月色，振衣林表拂江流。

雞鳴山〔一〕

金陵佳麗四方聞，雞嶺平窺錦繡文。萬井煙花纏碧樹，九天樓閣護彤雲。

【校勘記】

〔一〕「山」，明抄本作「寺」。

謝許司徒惠金露酒

蓮城名醖美，走送荷情親。芳露承僊掌，清風近聖人。藥和宜老病，梅賞稱先春。野客慚空腹，陶然得醉醇。

和陳魯南遂初齋四首

地縈淮水曲，門枕市橋頭。城郭煙花遶，山川紫翠浮。開林通鶴徑，架檻弄魚鈎。興洽蓬壺外，飄飄賦遠游。

涉世齊諸妄，冥心近四禪。有言皆象外，無物勝尊前。古帖臨池搨，春酲枕石眠。懸車自吾志，何必問行年。
曠志高雲上，浮榮逝水東。狂歌隨楚老，力稼習豳風。道盛賓長滿，心清室屢空。揮毫多妙墨，誰謂晚疏慵。
灑落陶元亮，孤高管幼安。葛巾逢酒漉，木榻借書看。嘉樹光風轉，遥山積雪殘。苦吟近成癖，終日懶衣冠。

以紫珉瓜杯壽女文侑之以詩

東陵五色瓜，精彩化雲英。墮地結紫玉，流光燭巖扃。仙人夜采掇，剖之爲巨觥。神工謝雕琢，朴質疑生成。瀉以丹霞漿，日月炫晶熒。長跪獻翁壽，雄飲吞長鯨。五内忻灌沃，上藥資流行。三載换緑髓，十年骨盡輕。出入紫煙表，壽與天齊傾。

謝顧新之惠緑萼梅

閬苑仙人萼緑華，天風吹送蔡經家。煙紈夜透冰肌白，正映西牆素月斜。

題徐翁仙老障子

長松並立摩高空，深山何日無清風。倚樹不語者誰子，眉髮似是商山翁。白石可飯泉可飲，下視濁世飛塵紅。

水僊

翠羅裙帶玉搔頭，渺渺湘波素月流。莫遣紫簫吹斷續，碧天寒露不勝愁。

題畫

千峰流雲送鳴雨，萬壑長風戰高樹。擁蓋山人何處歸，林深野寒日將暮。日將暮，行路苦。天地陰晴倏忽殊，山人慎勿輕出户。

題徵仲雲山

江聲喧草閣，雨氣濕楓林。雲外青螺影，匡廬幾許深。

爲全老作世尊像偈

我聞大世尊，清淨心即是。若求莊嚴身，亦復墮諸妄。居士設此相，妙在無相界。有無悉歸空，佛寶咸具足。一切供養衆，當作如是觀。

以藤枕贈魯南辱謝四韻次答

石牀筠簟鬬清芬，把贈應知薄綺纁。虛質含風延爽氣，碧絲縈霧動波文。琅玕比德應無玷，瑪瑙論材漫有文。卧向北窗魂夢穩，海濤千里隔南雲。

夢中天子命詠玉覺後記

至寶終難璞裏藏，琢磨今始見蟾肪。連城共重千金價，陳器還增九廟光。獨秉珪璋勤對越，時摇珮璲動琳琅。願教聖主崇明德，大鼎神龜共久長。

汪中丞乃子子睿秀才持西湖圖索賦長句

同人昔汎西湖水，錦纜牽船鏡光裹。雲霧難窮夾岸山，樓臺亂擁前朝寺。吹簫夜登保叔樓，青林明月影倒浮。遠窺天竺西方景，近指蓬萊東海遊。當庭揮翰疾如雨，簿書不得妨歌舞。風流蘇白疑可招，意氣雷陳暗相許。鸞鵠分飛西復東，尊酒放歌難再同。汪生提畫忽示我，佇立感歎懷高風。看生豪意吞四方，轉眼便登冰玉堂。承家節操豈相忝，東人歌頌長洋洋。窮巖舊詩如可識，爲掬湖波洗苔壁。

題王鳳梅小畫

草閣柴扉映水開，雲松不着市朝埃。扁舟載得蒹葭興，何必溪山雪後來。

寄題張希孟都閫隱居四首

石出江門蹲玉龍，白雲横束括蒼峰。幽林坐嘯無人見，衹聽鸞音振萬松。

石門精舍

永嘉城北水心寺，寺下高人鑿石居。向老拈杯渾懶慢，滿牀抛散六韜書。水心別業

山夾迴溪抱日流，荷花百里錦雲浮。人間擲却黄金印，長破蒼煙弄釣舟。東溪

龍湫瀑水遠聞聲，鶴嶺仙雲變采呈。瑶草滿亭抽碧玉，道人趺坐學無生。逍遥亭

麗卿宅觀燈席上賦

美酒華燈樂此宵，詞人高會慶清朝。條風累日春初動，明月千門雪半消。未許峭寒欺鶴氅，且傳新曲度鸞簫。江南舊勝依稀在，羅綺塵香十二橋。

賦料絲燈

畫架高懸寶炬紅，文綃光透綵毬空。雲霞巧織天孫縷，水火潛輸鬼國功。珠箔玲瓏宜映月，玉屏虛薄自含風。殷勤萬里提攜意，消得詞林賦詠工。

簡亭爲殷奉常賦

山人苦多事，却走林中居。孤亭結疏竹，一榻了無餘。手撫陶公琴，口誦莊生書。赤足不裹襪，直鈎時釣魚。客來自傾壺，醉卧方蘧蘧。毋勞問名氏，葛天之民與。

寄題袁永之列岫樓

高樓隔金閶，乃瞰横塘水。畫棟切雲浮，雕題翼風起。曠望臨大荒，川原敞千里。洞庭七十峰，羅列窗户裏。矧兹靈巖近，松檜森可指。美人樓中居，懶慢謝冠履。輕舉希靈仙，高卧擬豪士〔一〕。支頤對青蒼，傲然薄城市。林烟潤琴絲，湖月漾書几。舉酒歌慨慷，神遊蕩無涘。玄暉儻可作，詎羨郡齋美。

【校勘記】

〔一〕「高」，原作「豪」，據文淵閣本改。

薛吏部君采園四詩

牡丹亭

朝下天老堂，夕歸卧丘樊。揮金買花種，長恨不滿園。牡丹花之王，千本豈厭繁。火齊大盈尺，錦障羅成藩。日張金谷宴，娙娥滿前軒。丹粉豔華色，含情各無言。但覺麝蘭薰，潛惱蜂蝶魂。此時對美酒，春風散微暄。高歌清平曲，竟坐空百尊。誰能逐駒隙，束帶游朱門。

瑩心亭

秋至金氣肅，池水日澄停〔一〕。游氛夜消盡，徹底青天明。道人心源寂，塵事了莫嬰。飯餘隱几坐，興起緣池行。鷗鳥飛相親，鯈魚樂無驚。群動各自得，生理澹且平。與爾兩無取，誰復思濯纓。

大寧齋

衆人皆棄我，我始有一身。百年握重寶，何事殉他人。伊尹樂兼善，引世以自任。阿衡雖達志，五就亦艱辛。列禦憂五饗，老聃西出秦。放形無何有，混混泯疏親。松柏中棟梁，丹雘損其真。樸樕山中樗，庶以全吾神。

退樂園

薛子蚤登朝，吐辭驚衆人。蛾眉遭衆妒，跼蹐長不伸。自從返初服，遂與漁樵鄰。心清故無累，迹遠乃遺塵。開園當近郭，樹藝招陽春。時卉循節改，親交敍情親。列席藉芳草，漉酒脱絺巾。醉來任聚散，豈復知主賓。寄言謝當世，結束非吾真。

【校勘記】

〔一〕「停」，明抄本作「渟」。

于按察泉莊雜詠

左山

青蒼萬古色，日日落吾几。吾已忘吾生，山乎爾誰氏。

上泉

錯落萬頃田，潺湲百丈泉。山人日秉耒，飽飯對山眠。

清流關

頗笑古函谷，曉出雞鳴客。四海今一家，巖關石門坼。

赤湖

古邑今爲田，城闉復何有。時見遺世人，長歌一回首。

雲屋

茅屋依青嶂，松枝拂户低。鶴來休便住，留著白雲棲。

月池

清池如半璧，下浸青天月。依稀玉兔邊，側露金銀闕。

院卉

園花滿百種，種種足春光。百年春盡醉，纔得九千場。

園蔬

盥口就晨飡，青菘間黄獨。還聞石家廚，啖乳薦豚肉。

遠嶂

窗中列遠岫，傲殺謝玄暉。地是烟霞窟，身仍薜荔衣。

平巒

翠屏高千尺，行坐日相對。宇内有紅塵，盡在巖巒背。

魚沼

衆魚聚淺水，誰謂鱗甲微。中有赤色鯉，雨即隨龍飛。

雁疇

昔飛遠塞外，映月落虚弦。今向仁人側，隨陽宿野田。

柳堤

手種春楊柳，盈盈緑滿堤。居人不自覺，過客竟須迷。

篁逕

竹下有幽逕，本爲裘羊開。清風滿庭户，時聞抱琴來。

對菊十首和魯南

群芳摇落候，生意獨欣欣。欲趁霜前賞，曾勞雨後分。黄金開正色，紫麝散奇薰。

願以蘭爲友，那知竹是君。幽蘘多傍砌，浄植故當軒。葉抱孤根起，花分五色繁。石湖方勒譜，栗里漫開園。

請看東籬下，成蹊豈待言。種來分小徑，護處插疏籬。鬱鬱凌霜葉，亭亭閣月枝。氣清渾絶俗，香遠更忘私。

本愛金風爽，誰云獨後時。漫爾稱花品，天然謝俗妝。金精應太白，土德正中黄。雅韻宜丘壑，貞心傲雪霜。

頹齡如可制，永願薦壺觴。丹桂香殘後，名花見亦稀。一枝零曉露，三徑總芬菲。飲水人多壽，飡英世已違。

唯餘黄染色，猶近内家衣。孤標霜莫祟，弱植露多恩。爲問重陽月，誰言芍藥尊。品奇千里致，根老隔年存。

千古知心地，蕭蕭五柳門。濁酒嗟何至，清吟幸可酬。獨憐盈把色，掇取一籬秋。製枕功偏永，緘書意更幽。騷人歌令德，蘭蕙本同流。

鬭種矜多葉，臨開愛獨枝。名高隱君行，情遠逐臣詞。慘冽神逾王，摧殘性豈移。不隨梅共落，玉笛任君吹。

直幹依孤竹，繁叢混衆蒿。幽香一散漫，秋意失蕭騷。落帽山人醉，移尊使者勞。郊居日相對，隨興坐亭皋。

黃菊真宜晚，霜寒色轉鮮。栽培元得地，服食擬登仙。丹粉休論色，笙歌別有天。杜陵憔悴客，相伴草堂前。

賦陳鶴飛來山房

何年泰嶽峰頭石，飛落東溟海上沙。雲氣摶成丈人影，霞標開出隱侯家。

題徐禹量畫上

山人學稼築郊居，已與人間萬事疏。走狗飛鷹身手倦，獨臨殘照看農書。

雪

白雪吹花散草堂，晚簷争舞北風狂。微陽力戰重陰候，素影潛回午夜光。高步即思行鶴氅，清酣無謝薦羔羊。郊原萬木皆揺落，獨見中林古柏蒼。

雪和魯南二首

雪積寒城曉，人眠野屋深。二儀元氣合，萬木早春臨。白掩群峰色，青含寸草心。潭冰知徹底，猶有凍龍吟。

雪飄何所似，玉樹落晴菲。雜霰融還凍，因風集更飛。糟牀催猛注，書幌借餘輝。灞上騎驢者，紅爐肯漫依。

繡毬花

不惜荆山玉，裝成素錦毬。春風解憐汝，抛擲與誰收？

白芍藥

繡幄千金種，朱門百寶闌。一枝烟月影，偏耐道人看。

和魯南後臘月六日對雪三首

歲暮風仍積，春臨雪併來。寒聲偏戀竹，陽信早傳梅。點樹疑花綴，迎風學絮迴。捲簾同客賞，還愛蟻浮杯。

向老年增臘，多情雪媚人。神京移白玉，絕調抗陽春。潤麥歡成澤，凝階幸滅塵。最憐豐稔瑞，先慰草萊臣。

地遠平能布，簾疏巧解尋。雲低圍素野，松勁擢青林。食盡烏難下，池融水漸深。閉門僵卧客，何有畏寒心。

夜雪

色換虛窗曙，寒侵陋室窮。雁迷天一色，雞唱夜方中。客棹帆應重，薰籠火不空。此時鍾嶽影，白晝宛疑同。

題蕃王閱馬圖

遼西胡兒好鞍馬，一生射獵長城下。權奇岳聳汗血溝，不惜千金鬭高價。蕃王雖老心未衰，沙場愛養蛟龍姿。日中牽出自閱視，剪騣刷尾調奚師。屏間美人誇眼力，能按馬身知馬德。就中選出千里蹄，左右相看俱動色。祇今朔漠浄風塵，良馬皆充上國珍。胡兒不敢向南牧，歲歲來稱獻馬臣。

竹泉詩爲邵正甫作

南山青青脩竹園，下有泉水流其根。雲中有源深且遠，澗底無泥清不渾。月明似見鸞鳳浴，風過忽聽笙竽喧。道人睡起自洗耳，散髮石上開清尊。

詞六首

木蘭花　答介溪禮書二首

望紫雲宫闕，曾出入，更行遊。向鳳閣揮毫，龍墀曳履，籍甚清幽。千感明良慶會〔一〕，天地德、獨把寸心酬。魯史專行筆削，虞廷迭和歌謳。　華旃日侍豈番休。殿東頭。朱扉黄閣，班行迴迴，歲月悠悠。遥想而今樂事，西苑畔、碧樹正清秋。玉醴長霑鳳罩，繡袍緊趁龍輈。

慨山人老矣，逃澗谷，息朋游。儘細竹成園，寒松夾塢，自古巖幽〔二〕。天與清風皓月，從受用、不費一錢酬。管領匡牀石枕，安排野調村謳。　餘生莫更賦行休。眼前頭。清閒滋味，無何境界，儘已悠悠。莫笑先生太尳，些箇物、相伴度春秋。濁酒新烹郭索，閒窗静聽鈎輈。

【校勘記】

〔一〕「感」，文淵閣本作「載」。

〔二〕「古」，金陵叢書本作「占」。

點絳唇 元日陰

殘雪明階，撲簾微雨東風峭。狐裘貂帽。可信春曾到。　令節神京，合遣陽光照。天公拗，煖顛寒倒。一任梅花惱。

意難忘 鷺洲宅賞燈

光爛紅燈。正珠簾盡下，玉罼高擎。銀屏烘夜影。火樹迸春星。人散誕歲豐，登對偉麗，神京雪尚凝。微風料峭，澹月疏明。　那堪主客多情。任銅壺漏水，報過三更。傳香添鴨鼎。選曲度鸞笙。連夜醉，不須醒。更告與良朋，儘元宵都無，十日莫揀陰晴。

玉連環 和石亭賞燈

綵棚燈障，千花簇。影摇紅燭。更闌客醉，且淹留月影，在闌干曲。滿座錦衣花幞。雅吟追逐。不須檀板共金釵，如此樂，今生足。

臨江仙 雨中柬譚子羽

抱病登樓無意緒，滿城寒雨濛濛。一樽何日與君同，捲簾芳草碧，呼酒夕陽紅。堪恨賞心多不偶，依然枉却東風。扁舟歸興莫匆匆。江梅他自落，别有海棠叢。

憑几集

憑几集卷一

出蒲圻飲廖學士山莊留贈

雲峰繚繞午橋莊，學士邀賓坐草堂。細指江山論氣概，久瞻星斗識文章〔一〕。青霞覆道干旄潤，丹桂飄庭語笑香。大石巖巖堪下拜，野人休訝米公狂。

【校勘記】

〔一〕「識」，文淵閣本作「焕」。

謝馬户曹飲別桃花山下

旗亭嘉樹露華清，征馬投南戀別鳴。十里壺觴勞曉餞，一川禾黍快秋成。桃峰路接烟霄色，石道風飄鼓角聲。老卧東山空再起，了無分寸答蒼生。

通城山中赴岳陽

本作觀風使，何辭度坂行。干旄唯帝命，田野有民情。石出泉争響，林幽樹漫生。那逢古召杜，羅列在連城。

初出岳陽期登嶽有賦

浮湘未了嶽峰緣，夢寐烟霄二十年。問俗再遊荆楚路，乘風須到祝融顛。神馳滄海看紅日，路指朱陵上碧天。赤帝肯分賓友席，莫教雲雨暗山川。

九日風雨同崑山張水部誠之飲岳陽行臺

霜臺對酌重陽酒，同在他鄉似故鄉。萬里江湖樓閣迴，百年家國鬢毛蒼。鴻飛豈爲秋田下，菊綻從知舊徑荒。霧雨君山登未得，西風休爲孟嘉狂。

雨中旅懷用前韻

南天九月披重褐，可信寒生自水鄉。多病怕逢秋雨積，小晴忻見暮山蒼。雲迷巴國行來遠，江漲吴田别後荒。自理行藏還自笑，接輿誰道是真狂。

觀湖二首

來爲荆楚使，愛覽洞庭湖。一水天高下，諸方地有無。行舟隨鳥盡，飛閣帶雲孤。憂樂平生志，陰晴任爾殊。

七澤名何辨，三湘水既同。影摇坤軸動，形鑿楚疆空。浩蕩吞南徼，平成賴禹功。中流操楫者，破浪慎長風。

觀洞庭張水軍

楚南洞庭天下險，寇盗不與潢池同。干城頗設諸將在，格鬭正賴三軍雄。秋高日晴水如掌，傳令千艘出湖上。畫鷁分張羽士林，青龍獨擁中軍帳。旌旗照水雲錦明〔一〕，魚龍下伏不敢驚。三步五步一齊止，左哨右哨連行營。健兒使船如使馬，變化風霆殊整暇。須臾一舸遠飛回，戲縛生俘獻麾下。船頭將軍紅繡袍，横弩坐射波間鼉。兩行金鼓震水府，萬夫大喝江雲高。吴王餘皇誠可嗟，黄蓋艨艟未足誇。若將遠較昆明水，定數威雄勝漢家。

【校勘記】

〔一〕「明」，明抄本作「月」。

自大荆驛往平江

霜重林木疏，日出山霧豁。襜帷發荒館，鳴雞亂相聒。豈不憚險艱，我職在咨度。窮巖蔽白日，幽隱難自達。吏鮮拔薤能，單羸困豪奪。赤子墮眢井，呼痛焉可遏。拔劍淬清水，爲爾試一割。

平江江邊馬上作

信馬微吟野水邊，水光人意静相憐。祇今吹角歸城府，何似持竿入釣船。

翠華嶺

疊嶺各殊狀，翠華雲靄霏。深溪魚下見，半壁鳥平飛。磴路客行少，野人生事微。林巒雖滿眼，佳處亦逢稀。

曉發有感

荒林昨夜試新霜，曉起桑榆一半黄。行子不知身是客，白頭猶自别家鄉。

瀏陽山中

老來重作宦游身，車馬空巖起路塵。日出寒雲猶戀岫，地偏幽鳥不疑人，行藏已被青山笑，税斂空悲白屋貧。安得簡書無一事，壤歌相伴葛天民。

山行有感

草徑緣山百折迴，霜臺旌旆幾人來。可憐萬丈幽巖外，白日無光凍餒哀。

漫興

勞生浮世已蒼顔，習静空門又出關。身被朱衣慚再命，手持黄紙歷千山。林廬乞火征徒飯，寺閣鳴鐘宿鳥還。莫怕塵纓無處濯，半厓懸澗碧潺潺。

喜山中幽概

楚山秋色滿熊轓，涉澗攀巖不憚煩。菊放那逢元亮酒，竹深空愛辟疆園。村墟盡理桑麻地，老稚稀聞市井言。雞犬數聲雲霧裏，祇應風景是桃源。

蕉溪嶺

蕉嶺何嵯峨，峻極侵漢聳。巖巒勢崚嶒，草樹影蒙茸。羊腸仄徑迴，螺髻尖峰擁。危訝天與摧，突疑地俄腫。曦輪僅平過，星緯翻下拱。罡風勁而衝，游氣蓊以壅。循厓必蹲躬，躡級難舉踵。聯升貫行蟻，疲卧縮僵蛹。高隼翮每搶，健馬息亦憁。韓愈豈虚哀，王尊乃真勇。輕輿苦陟降，牽掣資衆捧。雖謝胸腓勞〔一〕，屢動毛髮竦。昏黄履坦道，虩虩抱餘恐。

【校勘記】

〔一〕「胸」，文淵閣本作「脢」。

解嘲

三千道路内臺臣，六十光陰舊逸民。烟霧窟中行畫障，簡書叢裏布陽春。身將許國那堪老，性慣耕田豈厭貧。寄向鍾山猿鶴道，暫時相遠莫相嗔。

再過蕉溪嶺往長沙

雲梯石磴細盤旋，人蟻成行上九天。霜葉點林時五色，巖泉飛澗只孤懸。風烟百粤虚無裏，舟楫三湘指顧前。追憶舊游驚鬢雪，獨餘狂興似當年。

野飯

輕車度嶺歇，野飯趁墟烟。半席小茅舍，一杯幽澗泉。民情懷使節，露積喜豐年。寶劍冰三尺，豺狼爾莫前。

入長沙

巖城鼓角擁儲胥，郡將横戈導隼旟。漢國提封存萬户，楚騷哀怨起三閭。清朝禮樂無荒遠，内史巡行自古初。衡嶽動摇應愧爾，召南歌詠正愁予。

重到岳麓書院

不到書堂二十年，浮湘遷客已華顛。唯應岳麓山前樹，曾記哦詩曲水邊。

賈太傅宅

漢文亦令主，胡乃棄賢人。本志苟非合，多言徒累身。賈生八九策，絳灌固宜嗔。長沙一謫宦，舊宅遺千春。清泠井泉水，孰謂非公神。

長沙陶公祠

典午厄陽九，强臣犯京闕。匪懾勤王師，社稷幾淪没。桓桓長沙公，上游秉旄鉞。志雖屈掃除，功已安梲杌。舊邦仰遺靈，明祀耿無歇。

岳麓書院

大道隱浮華，稽疑在明哲。心交限千里，命駕勇所決。幽討向空山，三月語未輟。微言世非遠，横議今復烈。願因江漢流，一濯永清澈。

熊湘閣 宋忠臣李芾死節處

天運委胡虜，孤城安自全。家辱等身辱，十口同時捐。義士舞白刃，烈火揚朱烟。傷哉熊湘閣，浩氣横雲天。江山今中土，四望風凄然。

獨燎

冬巡仍野宿，獨燎向更深。報國將何事，臨民負此心。風燈摇短暈，霜角裊哀音。百感方無那，猿啼況近林。

荷塘館曉發

戍鼓沉沉漏短長，百年浮迹此荷塘。三更早報荒雞月，獨樹寒翻野鵲霜。人影候門排節鉞，郵程呼燭倒衣裳。此時天上朱門客，高卧方添燕寢香。

雜興六言六首

碧水澄溪日瑩，黄茆覆隴霜乾。鳥下平原片雪，人登峻嶺千盤。

古寺压懸疊閣，危橋澗架孤亭。泉水歸池始静，墟烟過樹猶凝。

路絶每稽廚傳，山深罕識行旌。人過荒村犬鬧，笳嘶遠岫雲驚。

軒冕煌煌獨貴，干旄孑孑誰賢。正恐五漿先饋，空令一榻長懸。

境向静餘生動，身從冗地求清。嘉樹陰邊聽訟，流泉聲裏傳更。

光陰逝者皆客，行藏寄也非吾。野宿身仍畎畝，鄉心夢失江湖。

懷學稼郊居

中歲抱微痾，乞骸返林下。衣食寡所營，因之學耕稼。披蓑唾老手〔一〕，鞭牛自芸耙。四體雖力勤〔二〕，豐稔苟天借。壅瓜復畦芋〔三〕，妻孥獲存藉。豈云偕隱淪，聊取禦冬夏。今春應詔起，楚臺策高駕。法家貴深嚴，迂疏匪流亞。黔黎苟無補，安用積罪罵。次且答皇情，歸與舊茆舍。

【校勘記】

〔一〕「唾老手」，原作「陲老年」，據明抄本、文淵閣本、清烏格抄本、金陵叢書本改。

〔二〕「雖」，原作「錐」，據明抄本、文淵閣本、清烏格抄本、金陵叢書本改。

〔三〕「壅」，金陵叢書本作「港」。

懷松塢草堂

先公埋玉山，種松千萬株。直幹老龍立，清陰高蓋敷。逶迤石岡南，秀色纏雲區〔一〕。肯堂僅數楹，養痾遂閒居。著書託遊息，種黍給朝餔。雖乏雞豚産，頗辨杞菊廚。嘉賓或至止，雅歌每傾壺。柴門鎖秋雨，菊徑將無蕪。

【校勘記】

〔一〕「雲」，文淵閣本、清烏格抄本、金陵叢書本作「靈」。

懷屏山小隱

愛山久成癖，築室依山阿。指山作屏障，日玩青嵯峨。春夏雲霞色，秋冬霜雪柯。榮悴雖殊觀，我心矢靡它。榮名果何物，委身任風波。纓冕困微官，無乃損天和。請辨主賓分，所得誰爲多。

懷息園

我非仲長統，樂志開家園。鄰人助幽勝，陂池廣無藩。魚鳥以類聚，花木逐年繁。種梅亦結子，種竹亦生孫。居家每涉趣，近市復辭喧。煌煌都城側，寂爾成丘樊。丘樊不自愛，乃從兼善言。兼善本大義，無施成素餐。孟軻去已久，此義當誰論。

六憶

羅印岡

憶昔觀光初，群龍起鄉國。駿馬聯華鑣，出入動生色。升沉四十年，風波轉傾仄。存者僅三人，華髮亦衰逼。劉公去吴興，獨幸奉君側。芝蘭晚逾馨，金玉久無忒。枵然野人腹，恒飽君子德。爲别甫踰時，言念靡終食。惠書竟長紙，在遠心益惻。諒哉歲寒交，終古不多得。

陳石亭

流觀文章苑，君才如錦機。觸手生萬象，五采騰清輝。神情既效能，理性亦洞微。蜚聲天壤内，調絶和益希。蹇余樸拙資，磨琢夙有依。瓦缶附黄鍾，巨細本相違。訢訢里中兒，謬許諧音徽。韓孟豈其伍，皮陸是邪非。所幸山水際，時從蘿薜衣。賦咏盡花竹，游衍遍巖扉。臨衰忽分散，夢想恒漁磯。微念早相遂，白首終同歸。

趙雪岩

年殊交匪僭，道合意自諧。吾慕淮陽公，抗俗敞高懷。山岳凝莫動，江海蕩無涯。不言與不笑，一静衆妙該。沖夷自爲寶，任取世嫌猜。鄉閭稱長者，翕爾歸于髱。蹇劣愧非偶，狂斐得所裁。温温瓊瑶澤，時獲霑尊罍。不見倏三月，鄙吝萌舊荄。安得一披對，青天雲霧開。可念不可即，展轉令心哀。

邵前川

邵公神仙人，中散或可偶。攀龍翔九霄，誤落風雲後。濁世糠粃目，何足識瓊玖。拂衣早歸來，萬事付杯酒。時過竹林園，兄弟共賓友。顧典千金裘，多多備瓶甒。激烈梁甫吟，爛醉時在口。好攜兩玉童，清歌擊秦缶。長使蛙黽腸，慷慨容十斗。别來念此樂，幾欲棄官走。賦詩遥寄之，請君試翹首。人生有真懷，捐佩當不久。

趙鷺洲

鷺洲情坦夷，與物澹無競。兩世早棄官，金緋一門映。蕭然就耕稼，素業樂清淨。生男真聖童，詩書發天性。我生寡徒侶，愛君豈面敬。弱女雖非才，絲蘿託嘉慶。匪祇終交期，實欲通子姓。形骸無爾汝，歲月有衰盛。願言慎眠食，永以娱壽命。

徐九峰

篆法久衰絶，中興有徐翁。鐵筆漬膏澤，屹爾纏蛟龍。李斯作者聖，後世安與同。得意且遺象，舉世乃歸工。商鼎款識古，孔碑額畫豐。邇來出新製，彷彿傳遺風。惜哉翁已老，無金鑄其躬。洞庭水之大，衡嶽山之崇。安得置其間，大書刻穹窿。東望乏鵬翼，浩歌意何窮。

寄内

與子爲夫婦，侵及五十春。糟糠逮鼎食，同事白髮親。兒女儼成行，孫枝復侁侁。顧瞻親交内，偕老幾何人。世短恩義長，千金當一晨。如何衰暮年，離别各艱辛。鐘鼎難自期，金石非我身。念之不自慰，將思解朝紳。

寄諸兒

居常理家教，怪爾遠詩書。對面起嗔恚，恩情乖本初。竭來遠離别，音耗閒居諸。豈無公家飯，念爾靡來胥。童孫及稚子，漸已分龍豬。苟能應門户，豈必乘軒車。天意難預識，多憂徒自拘。采衣但在目，至樂固無餘。

寄諸弟

我顧本著姓，家運遞衰榮。逮我封君行，隱德益休明。爰及昆季列，英英萃瑶璚。孝友篤同氣，文藻各馳聲。林竹交晚翠，池草競春生。今兹大江右，隱起王謝名。我衰復干禄，爾樂俱躬耕。願申止足義，終諧孔懷情。

至日雨坐

冬至野城逢沍陰，萬山雲隔雨聲深。吹葭谷底寒灰濕，校線宮中晝景沉。陽道願隨君子長，歲華愁向老人侵。閒情恐被蒼生誤，萬里烟波滯客心。

問訊全公

禪有大知識，圓明乃其奥。累劫脩性靈，凡士詎易造。早脱夢幻塵，期覓安樂道。南山逢全公，澹泊頗同好。招邀無礙子，結社恣高蹈。作佛無妄想，習静有真操。空巖小茆齋，旬月常一到。逍遥數年餘，已覺平競躁。揭來秉臺麾，静念每潛悼。行藏有機宜，勿謂吾已耄。

獨坐

家遠三千道，年衰六十秋。殘軀餘畎畝，榮望豈公侯。古昔觀風政，迂疏學道謀。倘輸分寸力，歸去老狐丘。

歲晏

宋玉長嗟秋氣悲，天寒歲晏益凄其。浮雲一望江湖遠，短日微明草木衰。實少陽春袪雪霰，虚令羸老拜旌麾。埋輪攬轡俱前哲，轉愧迂疏負盛時。

茶陵山行值雨

山行殊跋涉，急雨況紛紛。澗水横侵道，墟烟重積雲。馬羸鞭不起，雞遠聽微分。數問郵亭憩，應憐僕從勤。

雨中觀雲陽秀色

靈峰出雲晝濛濛，秀色不與他山同。望之紫翠拂天起，宛轉數疊青屏風。單車飄飄轉山麓，寒水盈盈帶冰緑。冠纓相傍塵自清，十里搴帷意難足。靈藥定隱韓伯康，白石或放初平羊。待余捐珮遊五嶽，此地願借開丹房。

賦雲陽絶句擬作靈光亭

玉琢雲陽練折溪，虚無靈氣隱虹霓。山川未許含光燄，化出天宫太乙藜。

嘉靖丁酉冬，行部入茶陵，經雲陽山，覩其秀潤特異，然則西涯挺生，龍湖繼起，信有地靈然哉。因賦絶句付郡吏，併命作靈光亭於巖阿，永標奇勝。

車中雜言十首

前魚棄龍陽，餘桃罪子瑕。請看恩易盡，毋矜色勝花。

虎背危可騎，龍鱗逆堪批〔一〕。宛轉母子間，亦掉茅焦舌。

西域開何益，雄哉漢武才。殷勤諭父老，書生非本懷。

耕莘起三聘，釣渭載後車。遇合非湯文，終然老農漁。

本無戒飲意，累月斷開壺。怪得阮嗣宗，祇念黄公壚。

山鳥啄山果，飛鳴高下叢。適性乃真樂，豈羡黄金籠。

事向動中至，思從静餘生。晝夜每遞代，内境何由清。
一日倏一事，王官森如林。逝矣運甓子，誰哉念分陰。
窮巖數椽屋，名姓繫王民。窮年辦租税，不見官府仁。
襘帷穩於榻，行鑪火微温。不知外寒暖，側聽輿人言。

【校勘記】

〔一〕「批」，文淵閣本作「折」。

新晴

積雨寒生凍，新晴令借春。日穿深樹白，雪點遠峰新。馬足偏宜道，狐裘不戀人。崔巍衡嶽上，堪禮祝融神。

自歎

自歎百年客，離塵復入塵。關山南徼路，風雨獨行身。向物情俱淡〔一〕，還家夢已頻。須知千白璧，難買一陽春。

【校勘記】

〔一〕「向物」，明抄本作「涉世」。

安仁曉發

揚旌伐鼓曉匆匆，三五明星碧漢東。寒日映霜浮白霧，長林穿谷起鳴風。舟車路遶天涯遍，簿領期催歲序終。苦竭衰羸元不惜，祇愁民社竟無功。

看山詞

生在江南地，始遊湖南山。江南看山山在地，湖南山在青天間。高者大嶽衡山靈，散爲諸山無盡青。天門玉帝窺彷彿，旌節導引龍鸞形。飛泉噴薄石齒齒，洞房窈窕雲冥冥。忽然浩蕩開巨壑，萬頃波濤摇洞庭。邈哉鬻熊開國年，昭平喪亂殊紛然。伍員申胥小豎子，國運興敗隨之遷。仲尼書社竟難就，白公豈知日月賢。接輿識威鳳乃歌，靈德衰河濱鳴犢。不相待却望，龜蒙歸去來。

謁嶽神廟〔一〕

萬山如馬赴湘沅，衡嶽超騰勢獨尊。派別崑崙蟠楚蜀，位均嵩岱奠乾坤。車書一統提封遠，雲雨諸方德澤存。七十二峰高屏翰，天皇元自重南藩。

九成臺殿神居迥，百里松杉石道賒。海内名山唯五嶽，天南星漢此孤槎。來隨使節脩禋祀，願祝威靈保帝家。主器皇儲新定位，千秋萬歲樂無涯。

【校勘記】

〔一〕「謁嶽神廟」，明抄本作「謁祭南嶽廟」。

宿雲開堂

難逢魏母彩鸞車，聊試彌明石鼎茶。翠羽金支雲縹緲，紫座丹洞石峆岈。五峰黛色消晴雪，萬木靈暉散晚霞。願借雙公玄鶴羽，月明騎上太清家。

半山亭

雲爲衣履石爲梯，白日青虛步可躋。天近衹疑三界合，烟開渾見四方低。寒松挂雪明前嶂，瀑水轟雷下別溪。早晚臺端捐佩去，誅茆來與道人棲。

登祝融峰宿上封寺

人間長望祝融峰，天上今登赤帝宫。山勢總朝星極北，海門遥見日華東。清嚴辛借千林雪，浩蕩真披萬里風。莫笑題名巖石畔，高情聊盡百年中。

芒屩桃笻踏紫岑，蔚藍天外快幽尋。烟霄逼近星臨大，海色微茫日出深。下界俯看唯一氣，浮名回首澹無心。神仙總謂非靈骨，巖穴真堪敞素襟。

冰雪高巖樹半殘，罡風侵夜不勝寒。齋臨老衲翻經石，步上仙人禮斗壇。望遠正須峰萬丈，探奇何憚路千盤。清歡竊荷皇天惠，强健衰年最所難。

上下諸峰間作

紫蓋峰頭弄白雲，朱陵洞口謁玄君。湘妃竹點蒼梧淚，神禹碑傳玉薤文。未遂著書藏石室，空嗟提劍傍人群。中林散髮何由得，徙倚西巖到日曛。

藍輿曉御八風輕，重疊青山接續迎。畫壁倚空看石勢，玉琴喧澗得泉聲。人疑天上重開地，峰向雲中自現名。試傍紫霄瞻絳闕，崔巍如見九重城。

巖松挺挺大夫身，石澗泠泠靜者神。雲蓋不迷韓刺史，書堂曾隱李山人。英賢舊迹風俱逝，旌節初遊雪正新。喚取鄒陽吹暖律，願教寒谷轉陽春。

丹山碧水傲仙真，絶澗荒途隔世塵。道學共尊胡父子，衣冠能避晉君臣。長鑱采藥知何日，白髮游峰有夙因。肯許移家分一壑，爲君當面解朝紳。

南嶽元居大火方〔一〕，霜寒松桂自青蒼。穿林馬踏烟霞色，煮澗茶分藥草香。天畔星纏窺翼軫，雪餘風景憶朱張。衰殘萬事皆慵懶，獨有登臨興尚狂。

玉書金籙紀先賢，野老都無一二傳。石上剜苔尋古刻，巖陰開雪引靈泉。銷沉盛事堪長歎，料理閒情只自憐。問訊鄴侯三萬軸，不知埋向若峰前。

【校勘記】

〔一〕「方」，文淵閣本作「功」。

方廣寺

寒溪十里帶殘暉，古木陰陰一徑微。僧飯汲泉和雪煮，客堂明燭見雲飛。田開白石分千疊，山擁青屏匝四圍。行盡衡峰多佛宇，無如此地好歸依。

一宿霞門便出山，泉聲雪色送君還。金書尚荷君王寵，石髓難醫俗士顔。洞府逍遥塵土外，冠裳慚愧去留間。武皇亦説捐妻子，何事吾人過爾慳。

往來道中漫興〔一〕

青山夾道引行輿，百疊屏風步步殊。霧窟儘容玄豹隱，風林時聽白猿呼。賦傳台嶺行仍遠，嘯比蘇門興更孤。安得龍眠李居士，寫余衡嶽訪真圖。

糝徑清霜午未消，背巖寒日照難交。天分福地藏朱鳥，地拔危峰出紫霄。虞舜巡來群后會，祝融居處百靈朝。江湖滿眼千山小，始信人間五嶽高。

壯觀平生屬此遊，快心真勝拜通侯。虚空秀嶺呈丹鳳，陸地仙人隱率牛〔二〕。

木食草衣那送老，酒瓢詩版暫忘憂。不知曲曲寒溪水，洗耳何人據上流。深溪

登山不自見奇峰，平地方憐紫翠重。石壁半含殘雪冷，烟林斜映夕陽濃。深溪

絶岸危橋接，古洞無僊亂草封。問法擬投藍若宿〔三〕，回風先報隔林鐘。

水木相牽野念興，草堂歸夢繞鍾陵。久知白石饑堪賴，況説青山盜不憎。老陟

烏臺真失計，生圖麟閣本非能。鋤瓜壅芋生涯在，底用求田向越僧。

晴峰早布雪迎人，歸路仍飄雨浥塵。地主莫言乘暇日，山靈真爲借佳辰。窮高

一覽乾坤小，志怪初驚耳目新。信道宣尼登泰嶽，吴門白馬望皆真。

【校勘記】

〔一〕「往來道中漫興」，明抄本作「往來衡山道中漫興」。

〔二〕「率」，金陵叢書本作「白」。

〔三〕「擬」，金陵叢書本作「幾」。

憑几集卷二

衡臺對雪有懷

衡山吹雪散瑶華，且喜湖南歲事嘉。雲暗高峰迴旅雁，水寒平野噪饑鵶。殊方臘盡仍爲客，好景情多倍憶家。江左故人金帳底，聽歌誰肯念天涯。

宿排山道院二首

苦厭塵纓縛，歡投道院清。不逢黄石異，惟見紫芝榮。澗水增茶品，山光冷宦情。寒宵得洗耳，金磬雜經聲。

動静不可執，山深生暗喧。霜寒警怨鶴，風遠嘯哀猿。供飯誇雲子，爲官號漆園。儒家衡斗政，莫與道人言。

排山曉發

五更吹角起征夫，百里傳餐戒晚廚。烏府自慚成忝竊，熊轓那敢惜馳驅。塵埃長遠雲生榻，瘴癘全消雪滿鬚。惠愛倘聞千里洽，江湖從遣一身孤。

冒雪往會錢邢二使君

良友遠在念，公家均有程。祇今湘水棹，何異剡溪情。瑞采千林雪，皇華萬里旌。天涯分袂意，留語記芝城〔一〕。

【校勘記】

〔一〕「記」，清烏格抄本、金陵叢書本作「寄」。

祁陽道中雪

南雪常傳到地消，湘東今見踏瓊瑶。水鋪練帶平争白，樹簇銀花静不摇。野色倍添梅萼寵，土膏先動草心驕。天涯莫自傷遲暮，早報豐穰慰寂寥。

瀟湘之景清且妍，雪中行吟更可憐。亂峰插地萬圭出，高鳥背雲孤鶴騫。連林古木各生意，一望江天彌素煙。惜哉相如未始見，作賦漫爲梁園傳。

熊羆嶺望雪

熊羆嶺頭望雪花，千林萬壑玉交加。若爲掃盡浮雲色，夜擁狐裘看月華。

夜至祁陽以録囚行

篝火熒熒夾道明，夜江寒浸百家城。天王不棄南荒遠，直布陽和及死生。

祁陽懷故通參程德和

特達千人俊，醇良萬石君。遺書留學閣，宿草滿荒雲。後輩推耆舊，南曹奉德薰。頗傷身後事，不愧墓前文。

題笑峴亭

浯山竊笑峴山碑，也自磨厓向水涯。陵谷變遷皆瞬息，不緣金石有名垂。

汙尊

元公古天民，汙尊表其德。堂堂刺史身，甘隱漫郎宅。

元顔書院用錢給事韻

元顔鷟代傑，精爽結靈雲。運屈英雄力，山垂琬琰文。皇圖天自遠，世變雪徒紛。倚杖看碑客，悽然仰德芬。

漫郎宅用邢侍御韻

炯炯舂陵作，丹心白日明。幾人能體國，遺愛在專城。使節臨湘楚，心香仰法程。看公流浪迹，寵辱底須驚。

辱奉錢邢二使君高山寺留别

别思憑高集，征途向粵遥。嶺梅春候轉，湘浦雪痕消。斧鉞隨王命，蠻夷拱聖朝。澄清聯轡去，雙璧聽新謡。

朝陽巖奉餞錢邢二使君

水府攀躋險，雲房結構重。晴筵移甕蟻，勝侣得人龍。古刻曾誰在，今遊不易逢。黄昏仍秉燭，明發有離蹤。

十二月念六日出永州值迎春新霽

江城鳴鼓曉迎春，霽日和風應候新。蒼帝早矜時令正，紫微元握斗樞均。梅花弄粉相將出，柳眼舒青太劇真。曝背老翁皆報罷，莫愁窮谷有懸鶉。

全州唐宗周文世範訪于芝城行臺

雪後扁舟撥棹來，湘江何減剡溪懷。燈前軟語濃於酒，庭下春光早報梅。棠樹尚留聽訟處，柳山長憶讀書臺。殷勤白首相逢地，不盡行臺五夜杯。

澹巖題石

玄雲結宇，白日迴光。神靈所闢，仙真斯藏。

游澹巖

楚南多名洞，澹巖絶幽奇。崇山豁中空，石壁支雲欹。匪伊神靈鑿，詎備房櫳施。夾徑周窈窕，盤折乃盡窺。天窗白日皎，百用宛相宜。初聞避世士，傾家樂兹移。世往祇虚宇，好事紛游嬉。森羅盡深刻，漫讀知爲誰。唯輸振代豪，屹爾高名垂。以兹歎物理，不朽由人爲。微生亦蛙黽，難與千古期。

瀟江泛舟入道州

瀟江清且駃，舍車泛輕舠。稍恬蕩漾趣，暫謝登頓勞。石脚插潭腹，危峰疊争高。牽夫不可度，孤猿攀樹號。灘水日傾瀉，觸石怒成濤。遊魚擲影過，尾赤憚所遭。絶流百具備，嗟爾將焉逃。信哉法網密，民生始嗷嗷。周公有令典，無取斯鞅曹。

丁酉除日道州作二首

驅馳驚道遠，衰白感年除。浮世皆爲客，他鄉亦可居。酒杯從僕進，風物向春舒。眷戀殘更漏，挑燈展舊書。

老來憐歲月，除夕每題詩。正自悲摇落，那堪怨别離。家園繁節物，耆舊儼光儀。賦就宜春帖，淋漓映户施。

戊戌元日道州作二首

聖壽岡陵固，蠻荒歲序新。熊轓隨使節，虎拜慶王春。禮樂周天洽，陽和播物均。

願明四門目，照爾萬方人。瀟水碧於玉，瀟山青滿天。褰帷臨勝地，駐節度新年。嶺近梅花盛，林和桂葉妍。空庭無訟牒，端坐詠詩篇。

春陵懷古二首

道喪餘千載，天南得異人。玄圖開太極，絶學指迷津。庭草長交翠，池蓮不斷春。

願因風月地，瀟灑挹公神。春陵賊退作，灑血示中襟。狼狽干戈際，勤惓禹稷心。溪清甘寄宅，運去阻爲霖。工部惟良語，仁賢痛至今。

全州蔣司空景明來會於道州白雞營

虎榜同袍舊，魚書隔歲盟。關山千里駕，雞黍百年情。容鬢非前少，勛名屬晚成。湘南謝安石，早出爲蒼生。

新晴

獻歲晴偏好，新晴暖即隨。樹憐遲旭映，草愛惠風吹。遠岫分青靄，平池蕩緑漪。緣原車馬健，偏與省方宜。

月巖

靈巖象唯月，盈昃巧爲妍。正揭團圓影，旁分上下弦。龍開厓畔石，日轉竅中天。雕琢須神力，伊誰測帝先。

人日寧遠山行三首

人日輕雲漏日華，高山晴景應吹笳。東皇挈取陽和氣，散滿衡湘十萬家。

萬嶺千峰蔽楚天，盤厓石路馬蹄穿。秦人住向桃源裏，猶想重華問俗年。

上下郵程祗在山，白雲蒼霧苦躋攀。閒情獨被梅花覺，引領春風破客顔。

穀日桂陽山行雨

穀日風兼雨，農家抱歲憂。占書期不驗，王政戒先脩。野色抽寒麥，春聲喚暝鳩。行人本田父，荷笠愛驅牛。

郴州十三夜試燈

今夕何夕春燈明，此鄉何鄉非我城。物華滿眼各殊態，月色映階無限情。梅花乍逢已爛熳，萱草欲發初分明。却憶故園諸酒伴，錦屏圍夜坐吹笙。

元夕

上元佳節在山城，逝水流年忽自驚。燈火殊方同節候，歌鐘何處起春聲。衰殘斷酒江梅笑，飄泊懷鄉鬢雪生。四海幸逢陽道泰，官曹端坐詠昇平。

郴臺官梅

郴州行臺風日妍，官梅兩株清可憐。衹緣老幹臨高榭，故著繁花媚遠天。遶院蜂聲喧不去，隔江魚素眇誰傳。倐篁怪石俱無賴，點綴幽情向客邊。

至郴訪司馬李貽教同年夜話二首

仄疊郴陽阪〔一〕，懷君夙駕過。風神清不減，著作老仍多。飲量開江海，幽棲脱網羅。素絲勞枉贈，疲薾奈吾何。

屈指分攜久，披心舊好諧。懸燈如夢裏，接席自天來。世變秋雲改，民窮澤雁哀。莫嗔無酒興，深語阻銜杯。

【校勘記】

〔一〕「仄」，金陵叢書本作「萬」。

乍暖

陰厓春令幾時回〔一〕，即有山花映路開。冰雪祇今無處著，柳絲桃萼莫疑猜。

【校勘記】

〔一〕「令」，明抄本作「冷」。

度嶺赴耒陽三首

斜日半巖陰，迴溪百丈深。蹬危元借石，葉老不辭林。

元夕村村鼓，春山處處花。韶光宜對酒，行客倍思家。

椒團黃粉膩，柳染翠絲勻。獻頌宜新歲，攀條愴遠人。

口占次鄭時明國學梅花詩韻二首

玉體珠衣豈洛神，前生姑射是元真。芳菲管領先天氣，風格依稀絶粒人。明月池臺横淺水，豔陽桃李隔紅塵。廣平見説心如鐵，别有調羹萬斛春。閒將標格品花神，獨許梅花自有真。雪裏清香無俗豔，水邊瀟散一高人。盟心特挺冰霜節，透骨那薰腦麝塵。招引東皇回淑氣，任教紅紫領餘春。

末江夜行

末江春浩蕩，蘭棹夜夷猶。風止燈花喜，天空角響愁。灘流嗽欹石，岸犬吠行舟。累月勞車騎，篷窗得暫休。

重到石鼓書院

石鼓靈蹤渺不存，朱陵仙洞已無門。洋洋弦誦歌鄒魯，只仰朱張道學尊。

花藥寺 宋徽出家處

古佛祇闍苑，前朝帝子居。龜龍纏石碣，虎豹守松廬。塵海波翻覆，人天事有無。想臨煩惱障，應悔就金輿。

春意三首

正月垂楊緑映堤，傍山新溜碧澄溪。暖風消盡寒巖雪，換得黄鸝向客啼。

日滿高原雲滿汀，天涯隨處草青青。山茶落盡櫻桃發，遥憶家園載酒亭。

郴南周覽幾山城，更向濱州問客程。春色平鋪三百里，梅花千樹伴經行。

遠筆鋪夜坐待藥

老境形神減，征途藥餌隨。長勤應損壽，多病漸通醫。公事誰能了，仙人不可期。憑將行止意，清夜叩靈龜。

大雲山

衡嶽有餘秀，大雲如削成。春烟濃染樹，晴嶂曲連城。採藥懷仙隱，經丘暢野情。飄飄霞外賞，真薄世間名。

高樓寺二首

静夜宿高雲，心清遠世氛。奇峰移座得，鳴澗下階聞。瓶注楊枝水，燈翻貝葉文。經年塵土面，借爾妙香薰。

蘿徑衝雲入，松房聽雨眠。佛旛摇殿吹，野火照鑾烟。院静那成夢，形勞不近禪。閶闔苟無補，空使負林泉。

晚投高樓寺讀石沙王侍御詩愛其奇戲擬四韻

乘春問俗行何遠，望寺停車興亦奇。激澗水喧高下石，晚林鴉競後先枝。巖藏峭閣鳴鍾隱，雨濕流雲出樹遲。一樣江南風景好，踏青難共美人期。

入寶慶

林稠廬落聚，壠斷路岐分。曠野迎遲日，長天失過雲。金湯城據險，斥堠野屯軍。長吏岑曦似，邊笳夜不聞。

寶慶府濱江之上有石磯焉當水之衝甚峭特舊固無名余偶登之題曰砥柱磯系四韻

崑崙一卷石，飛落碧江湣。盡日浮佳氣，中流立此身。樓臺懸峭景，桃李點芳春。閱盡狂瀾色，何須顧水神。

出寶慶四首

十日濱城未出門，登車芳草暗平原。深紅淺白花無賴，轉爲春光一斷魂。

過雨泉聲遶樹來，隔雲山色映花開。吏人若過橋東少，喚取村翁共酒杯。

樹樹桐花素雪披，行臺迎暖試羅衣。逢春到老能多少，一度韶華忽已違。

細雨霑衣不見飛，隔墻桃李霧中微。家園酒熟梅如豆，稚子應憐客未歸。

禽言

行不得哥哥

楚山造天，楚水揚波。輕舟良馬，敗亦孔多。二物不備，將奈楚何。行得不得，寄言爾哥。

不如歸去

置酒高堂，佳殽且庶。白日未晡，有狂者倨。我性亶愚，懼不我與。不我與，將必有處。不如俛首，及晝歸去。

姑惡

姑兮我母，胡寧我虐。弗慎于儀，釁自下作。母也爾容，姑迺義合。上行其義，怨者歸薄。是究是圖，誠匪姑惡。

泥滑滑

終風發發，周道如刷。零雨霑之，足不得劄。匪足不劄，覆車及轄。爾行弗時，勿謂泥滑。

婆餅焦

阿姥作餌，婦也燒之。承令弗虔，火則燎之。古有順婦，叱犬摽之。爾婆有餅，宜爾婦焦之。

看蠶看火

蠶生于原，匪温斯癉。火以煬之，烈則殺我。爾將祟利，毋貽我禍。既看我蠶，請看爾火。

武岡道中雨二首

界石記州名，旗亭報客程。山行頻陟降，春雨易陰晴。樹引荒塗直，花撩客眼明。

蠻方行欲倦，翻憶武昌城。風狂花片輕，春事惱閒情。急雨潛魚起，新雷乳鴨驚。浮生悲代謝，大造劇生成。笑斷杯中物，來干身後名。

宿蘭橋山館大雨

山雷劃輾長空過，簷雨平添積水深。去住總關神物筭，陰晴何與道人心。

雨度車輪嶺二首

野館三更雨，山谿一尺泥。王尊馳折阪，馬援下蠻溪。高舉羞鴻翮，長途厄馬啼。聖朝方用壯，冉冉獨龐眉。

山潑風前雨，人浮道上波。農家戒耕作，行者笞勞歌。雲暗遥峰少，春深緣樹多。行藏兩孤負，身世轉蹉跎。

宿西橋鋪聽雨舊有西橋月色之榜

西橋月色昔人游，南楚春光野客收。堪笑地靈多愛惜，一宵鳴雨送羈愁。

空山

空山行盡不逢人，三户曾傳舊楚貧。幽冀如山收貢税，丹砂仍備尚方珍。

至武岡望雲山可愛因憶金陵東郊武岡山甚動鄉思

楚國春花傷客情，臺居頻夢秣陵城。名山忽向殊方得，客路如從故里行。碧水護田生野興，黄鸝穿竹送歌聲。歸時若上崇岡望，正想南雲萬里横。

自武岡行邊往靖州

清晝行邊列校隨，貔貅十隊擁軍麾。青山得雲美如畫，駿馬當路平堪馳。泉明寶劍懸金甲，風引崇牙颺繡旗。老手十年椎鈍極，更來横槊一裁詩。

飯山口堡

平巒高捧百夫城，四野花開戰壘平。飯罷獨行觀戍卒，枕戈閒調凱歌聲。

度楓木嶺

初謂山拂天，飛鳥不可度。逡巡躡危磴，乃即我行路。百折頓攀援，十步九回顧。高林忽在下，衣襟有雲霧。倒景猶照人，平地黯將暮。方當日月過，似可捉烏兔。飛瀑如天河，所少鵲成渡。東北望故鄉，江流莽傾注。長風動萬里，獨立難久佇。

嶺傍深溪見花柳甚幽

孤峰天畔絶人家，山杏山桃夾路花。欲訪韓終求石髓，洞門深鎖一溪霞。

出武岡關

連嶺横天白日微，溪流下塹客行稀。山花照水開還落，野雉出林鳴且飛。萬里承恩虚仗鉞，九重柔遠正垂衣。巡行本欲輸筋力，敢謂乘春布德威。

度磨石嶺

磨石嶺頭春日晴，白雲如絮遶車生。前生似得丹砂力，長向青天掉臂行。

度火甲諸小嶺

大嶺何如小嶺多，車如鳥翼倏經過。千巖萬壑窮奇狀，閬水蓬山更若何。

度退田安樂諸坡三首

平巒絶頂路逶迤，飛蓋青霄引畫旗。只恐人從千里見，誤傳旌節降雲師。
千仞峰頭見日光，起揮袍袖拂青蒼。蠻天且喜浮雲盡，拭目長安紫極傍。
仰隨飛鳥起高天，俯逐遊魚墜九淵。若遣王陽經此地，定知中道即回鞭。

青靛山

望望青瑶柱，登登碧漢梯。石角垂高壁，泉流響暗溪。朱萍仍布沼，紫蕨乍生荑。好尋黄石約，相傍偓佺棲。

靖州吊宋義卿

皇天不吊顔公死，湘水無情屈子沈。强圉一身關國體，忠貞千古動人心。精魂白日濤猶怒，祠廟空山柏已森。宿草孤墳何處奠，只餘清淚灑衣襟。

靖州閲武

聖代輿圖廣，襟包及夜郎。連城嚴屏翰，萬旅肅封疆。星駕行春遠，霜臺校武强。六韜呈戰略，五善肅邊防。花暖鑾烟息，風雄士氣揚。戈鋋寒雪色，旗幟錦雲光。力羨争超距，材精許擅場。射雕飛迅鏑，走馬背長槍。本藉皇威大，還資國器良。轅門推轂重，帷幄運籌長。羽扇吾真忝，干城爾各當。紫宸宵旰慮，應免顧南荒。

登飛山

渠陽衆山内，飛山鬱岧嶤。平嶂蟠近郭，孤峰插層霄。仰攀萬丈梯，弱袂飛狂飇。股栗不能定，地軸如動摇。雲房妥明神，百靈儼相朝。風雷在左右，倏忽應招邀。豐凶唯所遺〔一〕，祈報争喧嘵。苗夷伏石陛，犦牲時獻膋。磴邊數小樹，野火不敢燒。誰云俗尚鬼，實以威靈昭。神道可設教，勿謂同昏妖。

【校勘記】

〔一〕「唯」，文淵閣本作「非」。

謁鶴山祠

魏公聖人徒，志比曾閔肩。講道振西蜀，學子從如烟。一朝動九重，黄紙飛傳宣。郡吏俛負弩，小夫争執鞭。持議或矛盾，風雲俄變遷。時相既側目，衆口森戈鋋。漢世錮黨人，唐賢投濁川。渠陽一掬水，豈縱蛟龍旋。所賴坦蕩懷，安土樂其天。福坡採秋薇，書堂酌星泉。教覃儒化遠，身老士節堅。啾啾鬼蜮輩，糞壤何足捐。空堂仰遺像，清風猶灑然。殘編等白璧，願爲浮世傳。

出靖州

黄鶴秋雲已隔年，五溪春色異風烟。池心濺墨生科斗，花血流紅綻杜鵑。孤負江南挑菜會，了還天外挂弓緣。比來濕病全抛酒，且喜家貧省秫田。

下雙厓嶺入會同

雙厓分劍門，石道中貫出。危如墜淵下，經過已非一。所荷皇天慈，惠我得晴日。翩翩轉輕輿，犖确千怵惕。嗟爾冰雪晨，行者慎其術。

下松厓嶺入黔陽

荒雲莽蒼石厓横，不見青松但有名。嗟爾誅求貧到骨，肯容材木遂生成。

石亭寄詩和答

休官獨向山中住，久厭疏狂學孟公。盤薄解衣時作畫，蹣跚臨水亦談空。松蘿野興宜明月，海嶽文光貫彩虹。愧我離君走塵土，高情徒寄夢魂中。

石亭避暑祝禧寺作曉夜午暮四詩寄予春深始達予適在五溪汎舟遂賦舟景答之真天上人間也爲之憮然

舟曉

溪流漲新緑，稍浣塵中衣。岸草媚春色，林霞開曙暉。檣燕驚忽去，水烟晴漸微。倚篷悟節改，輕風飛絮稀。

舟午

窗中日氣暖，杜若花微芬。舟輕後浪邁，野晴前嶂分。炊烟隔浦見，鶯聲臨岸聞。蘭橈兢利涉，界破波心雲。

舟晚

揚帆背落日，雲昏半溪陰。歸鴉已喧噪，游𩾏尚浮沈。奔程促櫓節，警戍悲笳音。龍標夕烟暗，悠悠傷客心。

舟夜

道人愛夜寂，習静虚舟中。開簾恐辜月，繫纜詎憂風。眼鷗戀暖渚，歸雁喧晴空。鄉心不及水，坐馳徒向東。

自沅溪擁小隊汎舟向辰

雙艫夾船鵝鸛鳴，五溪春日照行營。朱旗耀水翻風影，畫鼓憑厓殷谷聲。蠻洞卉裳趨使節，轅門花帽擁儒生。當年銅柱勞筋力，此日輕裘凛甲兵。

黔陽順流下灘

雲鏤嶺脚跨盤渦，怪石浮沈萬駱駝。一片輕舟飛箭過，却疑槎影渡天河。

寄壽陳石亭

夢裏鍾山萬仞青，江天東望少微星。當朝舊擅揚雄賦，有子新傳卜氏經。止酒先生逃浄社，焚魚學士住巖扃。遥憐耆舊稱觴會，獨少塵容在畫屏。

憑几集卷三

五溪曲六首

皇天辨下土，夷夏各有防。冠冕與椎裸，人獸本殊方。三五聖哲代，建國但中疆。有苗或侮予，干羽舞階隍。悠悠七旬内，卉服歌來王。

五溪何滔滔，夷落限窮岑。天王主嶽瀆，衡山屹南臨。秦皇苦多事，漢武志亦淫。樓船渡牂牁，銅柱開鬱林。輿圖自此廣，戈矛長見尋。

殷宗伐鬼方，三年始休兵。淮南諫南征，瘴癘哀群生。山多蛇虺毒，水有含沙腥。苟非蠻種類，白骨死榛荆。寄言兵家子，勿與絶域争。

白金如流水，丹砂血色殷。羌兒急衣食，闞市委丘山。珍異雖云貴，采掇良艱難。不見乳穴記，戕生猶等閒。所寶在五穀，遠物何足慳。

百里屯一軍，五十置一堡。春陵達酉溪，士卒聯部伍。財粟日轉輸，外禦苗夷侮。況復粤嶲間，歲益征戍苦。楚人今凋殘，請勿拓邊土。孤戍高山顛，嗚角夜嗚嗚。月明尚苦顔，況臨風雨途。主將位日貴，重帷錦模糊。李牧今去久，誰聞捐市租。哀哉古人言，一功萬骨枯。

出武溪

龍標遠在夜郎西，鼓楫揚歌下武溪。却笑伏波無猛氣，水鳶何事動悲啼。

見水上飛燕

辰溪燕子點波飛，恰似江南帶雨歸。對入畫梁相並語，滿庭紅豔發薔薇。

返辰州

生憎江草喚愁生，悶見垂陽暗古城。隔歲家山仍北望，五溪烟瘴返南征。閭閻未報寬租税，軒冕空嗟拂性情。歲歲深巖求大木，不知陵廟幾時成。滿江烟浪一官舟，直指巡行遍幾州。楚國封疆通塞徼，庾公江漢盛風流。飛鳶墮地還蒼水，瘴嶺愁人易白頭。五柳先生真傲吏，暫來彭澤即歸休。

石壁

一水迴流抱古原，兩山對起立江門。崩厓半出溪心渚，古木斜懸石背根。遠見虞羅傷翠鳥，時逢洞穴羨蒼猿。摐金伐鼓勞生地，不及漁竿弄曉昏。

風作

乘船休謂逸，便有阻風愁。且任鼋鼍勢，誰同鷗鷺謀。病多休對酒，岸近一登丘。滿目凄凄草，王孫怨薄游。

大風

白波飛舞雪山摧，蒼野喧轟萬壑雷。猛勢欲翻坤軸側，大聲遥向昊穹來。昆陽虎豹寒應慄，瀚海魚龍倒却迴。有客披襟還借問，此中噫氣爲誰哀？

辰沅之間

武陵西上西溪東，信有仙源不可窮。峭壁凌空欲飛起，淡烟臨午亦空濛。舟從鏡裏移丹鷁，水向雲邊挂白虹。何處招尋陶謝手，恣渠揮筆競才雄。

過壺頭山

伏波兵甲駐壺頭，南望蠻烟泣楚囚。馬革裹屍徒爾爾，獸心回面竟悠悠。愁聞鬼域憑巖隱，怕見蟲蛇出浪游。萬里枉開秦漢土，九圍元拱帝王州。

聞客談桃源諸仙

瞿桐石上千年樹，桃老川邊滿目花。鐘鼎誤人空老去，不如來此學飧霞。

武溪灘

亂石當流奮虎牙，扁舟飛出浪前花。瞿塘象馬何如此，猿聲休自怨三巴。

江上石峰

江上青巒映碧空，垂巖花葉颭春風。樓船蕩槳開簾去，忘却行人是客中。

次韻呈陳兵侍高吾楊太僕聞山二年丈兼自述三首

東山歸臥久，何日理安車。待月橋臨沼，吟風竹滿墟。道高公望屬，心遠俗塵祛。

白首樞衡地，經綸力有餘。

暫辟留侯穀，聊巾陶令車。清風高省閣，禮俗變鄉墟。庭曉鶴常報，座寒蠅自祛。

崢嶸康濟略，仍在笑談餘。

偶回驅犢手，來上畫熊車。問俗仍周史，揚旌漫楚墟。鳳麟忻並覩，豺虎歎何祛。

直道三王化，空懷百代餘。

次韻答聞山〔一〕

遠至逢今雨，相逢歎曙星。雲披瞻北斗，龍臥近南溟。醒酒無奇石，談玄只舊亭。

雷陳居接近，笑傲共巖扃。

實少匡時策，虚傳拙政聲。中臺慚寵命，倒困負鰥惸。訪舊春生座，論詩雨滿城。最忻高士側，下榻領深榮。

【校勘記】

〔一〕「次韻答聞山」，明抄本作「次韻答楊太僕介福」。

再次答高吾〔一〕

麟閣終當畫，鷗波此暫盟。冥鴻霄漢志，野鶴水雲情。按劍心長遠，傳經草漸成。丈夫隨出處，終不負平生。

不畏羊腸坂，遥尋雁塔盟。風波悲往事，雲月見高情。技笑飛鼯盡，名嫌畫虎成。還思萬松塢，種黍了餘生〔二〕。

【校勘記】

〔一〕「再次答高吾」，明抄本作「再答陳司馬宗禹」。

〔二〕「黍」，文淵閣本作「麥」。

避洞庭取道安鄉山行自嘲

宗慤破浪思長風，而我取道行山中。人間禍福豈自料，古人意氣真豪雄。何不高挂十幅篷，飛橈直渡馮夷宫。岳陽樓前望夏口，月明吹笛楚江東。

安鄉曉發

缺月尚中天，殘星落落懸。露寒蛙不噪，草暗蝶猶眠。病怯春衣減，行妨野水連。老農乘雨過，相並理畬田。

次韻寄答九峰徵君

道許心交密，詩傳醉墨温。鄉閭稱丈行，藝苑服專門。花月臺端瑟，江雲樹下尊。何時分一座，謔浪睨乾坤。

羅簡翁去秋夢余賦詩見寄經春始達次韻奉復

題封入手移春月，離别經心屬暮年。交誼擬同泉石老，宦情慚被簡書牽。山中耆舊詩誰健，江上形容夢獨懸。細捲瑶箋藏篋笥，子孫他日會相傳。

華容馬上

白馬朱幩不動塵，豸袍龍劍照青春。多憂敢謂先天下，拙用真慚對古人。萬事推移心匪石，百年衰病鬢如銀。經綸本屬當朝傑，懶慢終隨擊壤民。

岳州臨江驛見亡友凌谿子題壁愴然興懷倚韻追悼

滇海形容老瘴烟，文章驚代已徒然。讒多城市俄生虎，運去英雄莫問天。舊學傳家今有後，新詩題壁迥無前。顔回子夏元方駕，何處脩文作地仙。

鸚鵡才高失帝庭，人間窮達轉冥冥。久將塵土抛金紫，自博聲華付汗青。避地盟寒空卜築，招魂歌就或來聽。笛聲莫愴山陽舍，琴操期聞中散靈。

詞筆飄飄壓兩都，當年聲價許誰俱。争傳庾信雄江左，竟誤虞翻落海隅。友道金蘭三世合，詩篇陶冶萬人模。扁舟舊約江門路，千古傷心甓社湖。

哀按察華容八厓周公

海内詩家流，按察名不細。仰溯風雅源，俯拾文選例。詞鋒捷如神，學海蕩無際。灑翰迅風雨，旁視驚巨麗。士衡允如流，正平豈停綴。居諸幾何間，充棟積篇繫。奇葩燦繁英，野鶴抗孤唳。衆人惡其上，轉面生怒恚。矧兹豪士懷，高論激當世。萬乘猶可干，豈復避貴勢。鑠金每潛機，下石增毒厲。青雲竟塌翼，黄壤俄揮涕。褊心憤難平，幾欲愬上帝。觀風臨德鄉，感舊重悲逝。慘怛堂上容，酸悽草間祭。結念江漢靈，愁雲暗松桂。

自嘉魚挂帆歸武昌三月晦日也

蒲帆滿駕順流風，黄鶴樓臺在眼中。柳色已經春候盡，城闉何啻故鄉同。塵埃白髮空奔走，巖谷蒼生自困窮。萬事關心無料理，漫蕪瓜地國門東。

附録

登廬州鎮淮樓同項守飲後作

天畔飛樓誰構成，畫欄朱檻倚空明。江湖一片當窗瀉，雲霧千重對酒生。獨立淮淝雄舊國，俯聽弦誦藹新聲。夜深燈火同星散，不盡風流地主情。

坐蘄州西池驛作

衰年重作宦，入楚問民風。豈謂山川異，還嗟杼軸空。官常存國典，惠澤自皇躬。千里旬宣寄，安危仗數公。

贈鄭主事觀兑運還京

使君才調出群雄，來試蕭何餽餉功。坐運軍儲輕在掌，笑吞雲夢浩填胸。南征羽檄飛星過，西漲川波浲水同。聖主深宮憂萬里，歸朝何以獻民風。

贈馮巡按孟元得代還朝

君來衹見衡山動，君去猶聞漢水清。公輔眼中須屈指，别離江外獨關情。霜飛歸路秋仍肅，日麗高天道正行。宣室若承明主問，楚民皆喜罷南征。

黄鶴樓野望

黄鶴樓高玉笛哀，江聲長遶碧窗迴。孫劉去後空殘壘，夏鄂登來有壯懷。重鎮旌旄虚竊禄，荒洲詞賦獨憐才。鄉關只在烟波外，何日揚帆破浪回。

三弟舜玉六十

仲兄官未罷，愛弟壽仍高。白首違瓊樹，青山落布袍。鄉評元獨重，酒興近誰豪。却恨塤箎會，無因附爾曹。

喜雨二首

雨聲來夜璺，天惠洽秋成。自有神龍作，那同旱魃争。白波俄滿眼，黄稿盡回生。六事桑林責，君王本聖明。

兒童沉蜥蜴，道士召風雷。人事空多枉，天心自欲回。時非湯世運，地薄楚人哀〔一〕。雲漢憂方劇，聊輸笑口開。

【校勘記】

〔一〕「時非湯世運，地薄楚人哀」，明抄本作「楚田祈望歲，湯德竟禳災」。

新竹

犢角初穿地，龍稍倏過墻。孫枝高勝母，野色翠侵堂。林許清風入，人將俗抱忘。難逢嵇阮輩，終日弄壺觴。

午日以杏實榴花餽開府譚公

蜜脾已釀東林杏，腥血仍妝後苑榴。莫道端陽渾寂寞，也脩時令薦王侯。

寄賀李序庵相公新第次浚川公韻

天衢甲第丹霄迥，樓閣虛明望轉微。海日重光開冉冉，宫雲五采映霏霏。喜延賓客時分席，静玩琴書晝掩扉。退食從容無一事，願歌隆棟答垂衣。

寄賀夏桂洲相公新第次前人

天上神仙居有府，海中樓觀浄無塵。簷甍直捧丹霄日，竹樹長含碧苑春。夢兆麒麟生蕙閣，文裁鸞鳳贊楓宸。攸寧實荷周王寵，近市元非晏子真。

入園偶題

菜隴横斜竹徑成，海榴紅噴亞枝明。臺居理得山林景，不負衰翁入楚行。

贈李户部孟川 增

不識干將利，聊看試象犀。使君監楚餉，五月度淮齊。逸氣凌黄鶴，高才亞碧雞。襄陽閒點筆，傳滿白銅鞮。

旱

楚困那宜旱，雷藏不肯鳴。是年入夏猶無雷。蒼天乖歲令，赤土廢春耕。巢燕愁泥竭，池魚怕火生。不知從政者，何以格神明？

夜坐見螢火有懷故園

高城螢火夜深飛，帶雨中林轉細微。腐草餘光皆物化，乘風高舉亦天機。流年過眼催仍急，浮客懷鄉歎未歸。義範堂前兒女小，遶庭團扇撲簾衣。

過馮子和新亭次答

松筠手種待成陰，高士常懷出世心。正望蛟龍作霖雨，肯容麋鹿戀豐林。花烟拂座扶春醉，蘿月窺簾伴夜吟。慚愧西臺塵土客，偶來何解抱清琴。

池上有懷張水部 用前韻

江濤渺渺暮雲陰，南去輕帆悵客心。雀舫暫停開省閣，驪珠頻出動詞林。紫蘭並秀參差見，黄鳥相求上下吟。永日臨池空洗耳，迢遥難近子牙琴。

雨後池亭偶坐

雨過迴塘新水平，鏡輪圓印碧天明。貪魚屬玉渾忘去，抱葉蜻蜓忽自驚。吟處愛當芳樹立，興來思蕩小舟行。臺中飽食慚無補，不及垂綸稱野情。

六月六日大雨

六月六日雨如注，遶庭懸溜決清渠。不是太陽相避却，衹應知我腹無書。

古城寺山與東皋公晚酌

寺古仍臨水，燈明更泛巵。共懷臨海作，重對白頭時。往事浮雲變，生平皎日知。殷勤家國語，不記下山遲。

贈潤夫黄門

昔愛仁人政，今傳直諫名。采衣歸暫樂，青瑣貴非榮。門閥靈椿茂，才華漢水清。論交千載上，吾願取西京。

仰止吟爲黎師召兵侍作

眼中磥砢萬文峰，儼立大賢爲世宗。丈夫有靈塞天地，肯不拔地争寵從。朝亦一仰止，夕亦一仰止。平生積小以高大，巍乎山哉何愧爾。嗚呼！武公九十猶勉旃，願獻他日攻玉篇。

南江吟爲孫從一按察作

漢水東流散百湖，家家懸鏡寫菰蒲。錦袍獨坐扁舟去，月裏垂竿釣鰤鱸。
承天樓閣似京華，江上人烟簇錦花。直到東頭高柳裏，孤撑草閣伴漁家。
漢江龍起萬方清，舊渚何殊興慶名。使君家在新豐社，長沐枌榆雨露榮。
文武遺風江漢流，水濱游女絶思求。觀風今值黄虞世，唯見溪翁擊壤遊。

入郢雄心笑子胥，仲尼書社總成虚。不如載取中山酒，來就江心丙穴魚。
四面方城開楚都，憑將漢水壯雄圖。神靈一統歸今代，散與高人作五湖。
西上襄陽百里程，摇船買酒醉樊城。接羅墮却無心拾，杜預碑猶水底横。
我愛前賢太白豪，欲呼此水變春醪。四海清平身不老，與君終日醉蒲萄。
洪波吞却内方山，大别都來一掌間。伏臘移舟祠大禹，魚龍窟裏棹歌還。
我汎南江望漢陽，碧波千頃浩汪洋。使君度量元相似，何物艨艟不可藏。

江雨

江流愁太溢，更遣雨添波。氣逐陰陽變，天公奈爾何。

寄梁儉庵罷司徒歸鄉

詔下天門許罷官，明王親賜老臣安。十年大計黄金賤，六省清風白日寒。直道功名元自得，野人征税復誰寬。東門瓜地相鄰並，欲擬投簪續舊歡。

寄唐漁石司寇賜告歸養

横玉紆朱八座身，重闈列鼎百年親。君王孝理先三事，司寇高風動萬人。平法正資于定國，陳情偏奈范純仁。中堂問寢餘清夜，還向深山禮北辰。

漢江獨汎

水雲蒸日楚天浮，滿眼江湖伴客愁。三國雄豪何處問，捲簾猶自見荆州。
鄭生風骨豈超塵，水府能逢解珮人。青鳥去來烟漠漠，渚蘭汀芷自含顰。
三日樓船聽棹歌，江湖歸興滿漁蓑。功無銅柱長爲客，浪笑壺頭馬伏波。
郢城遥向武昌還，千里風帆三日間。直到漢陽聊艤棹，推篷先措八分山。

所見

襄河西潰水連天，禾黍翻成魚鼈淵。鬻却兒童脩網罟，移家江口就漁船。
賈客牽船入郢遥，泥行千里水齊腰。青樓錦瑟誰家子，一醉揮金太劇驕。
鬼薪白粲動成群，刀筆銛鋒自舞文。鄭國不緣誅鄧析，孫僑黑白詎能分。

憑几集卷四

詞

蝶戀花 巴陵山行

秋色那知行近遠。翠竹丹榆，遞換撩人眼。導騎纔隨山麓轉，漁舟又渡溪流淺。數過奇峰千萬點。野興疏狂，轉逗身輕健。懸崖絶澗皆平坦，寰中只奈人心險。

驀山溪 平江馬上

肩輿謝却，曠野獨鞭驄馬。縣令小家風似道，橋翁疏野，笑渠豈解瀟灑。念本來，舊面目，無虚假，不在官高下。當年庾亮，玩月荆州夜。釃酒向江樓，顧官屬、與之同把。而今遥想此，老興飄飄，風流儘堪模寫，莫對時人話。

瀟湘逢故人漫 過瀏陽石洞嶺

山城曉發，正初陽微暖，宿霧方消。林澗路迢遥。愛雲峰翠滴，霜葉紅燒。旌旗宛轉，又何知步入丹霄。回望處，江湖滿地，不禁烟浪滔滔。村墟遠，幾家烟火，道邇來閭閻，生計蕭條。試説向當朝，正海晏河清，雨順風調。知他甚事，掇薪火，漫燎鬢毛焦。且休談，觀風設教，煩公少損征徭。

望江南 離思

澄江水，别後幾回潮。黄鶴笛聲愁裏咽，青龍山色夢中遥。秋空正泬寥。記來時，楊柳暗河橋。簫鼓臨風喧祖帳，旌旗和月引征軺。離愁何日銷。

如夢令 曉行

紅日海東乍吐，消盡千山宿霧。無數暗棲鴉，歷亂林稍飛去〔一〕。安步，安步，錦石碧沙江路。

【校勘記】

〔一〕「稍」，文淵閣本作「梢」。

滿庭芳 見村社

黄菊摧殘，霜寒雲冷，村墟别有風情。白蘋紅蓼，相映水痕清，且喜時和盜息，是人家、倉廩豐盈。擊社鼓，迎神答願，兒女笑歌聲。　茅堂。開濁酒，橙苞剖蜜，芋乳堆璚。任相逢簡禮，爛醉呼名。愛殺人間真樂，休打算、憲府神京。推恩念，幾時酬却，歸伴草堂靈。

水龍吟 見水田樂之

潺潺碧澗歸田，山人自識山家趣。開春陽動，土膏融暖，便脩農務。黄犢翻泥，青秧刺水，愛逢時雨。但完官兩稅，供家八口，萬事何思何慮。細數古來豪傑，犁鋤邊、儘多樂處。伊尹深耕，孔明薄種，甚生出處。江左夷吾，終南捷徑，豈堪儔侣。判窮達由天，卷舒在我，證却此生公據。

燭影摇紅 攸縣山行遇雨

微雨空濛，青山一帶如烟隔。緑楊霜後正凋枯，特地蒙恩澤。野草何知喜悦。謂春轉江湘二月。凍雲覆水，朔吹鳴條，較來還别。仄徑游泥，馬蹄滑處頻蹉跌。天時人事好商量，合變峰頭雪。大地園林寒徹。盡飛起滕王蛺蝶。衡山南去，報箇豐年，臘前三白。

疏簾淡月 攸縣冬至風雨

深沉臺院，獨自在他鄉，怕逢佳節。春盡離家，忽地一陽時月。雁書不到衡陽外，盼關山、幾多重疊。滿城寒雨，一庭衰草，助人愁切。　想兒女、家園歡笑。道而翁擁旄，持節體國。勤民揭天，勳業吾衰，不似當年矣。對大川、悵無舟楫，竹籬茅舍，不如歸去，當家温熱。

如夢令 雨懷

夜静猛風將雨，落盡紫榆千樹。行客憶江南，渺渺碧天窮處。無緒，無緒，獨與寒燈賓主。

少年遊 念往

南山豆隴，東門瓜地，天與十年閒。傍水栽松，向風調鶴，俗事了無關。　東君送上觀風駕，逗留幾時還。薄暮浮雲，清宵明月，目斷過江山。

憶秦娥　旅思

王程迫，旌旗催度金陵陌。金陵陌，一番回首，一番頭白。　飛篷遠逐天涯客，江梅又報年華隔。年華隔，莫教孤負，舊京春色。

長相思　同前

山花香，水花香，宛轉湖南官路長。怕見早梅芳。　愁三湘，度三湘，烟水無邊是此方。登樓堪斷腸。

玉燭新　寄俞魯用

飄飄黄綬客。向溟海東邊，參陪鳧舃。從來短簿，非凡士、認取鳳凰毛翮。春秋滿腹。舌瀾翻、曾傾詞席。數斗後、豪氣淩雲，看舞玉龍三尺。　今棲枳棘叢中，且奔走風塵。奉行條格。丈夫舒卷。隨時耳、聊布蒼生膏澤。雞群野鶴。當自有、知音求索。從容展、經濟雄才，治安長策。

渡江雲 寄徐君敍

葛巾新折角，道衣儒履，誰識舊王孫。帝城高隱處，寂静槐庭，碧柳暗朱門。鴻儒上客，長不斷、載酒論文。盡永日、調琴對局，生怕鼓鐘喧。堪慚，一身潦倒，兩世攀援，但柴車每造。桂亭深、醉來自散，坐久忘言。春風一别江門路，劇相思、最是黄昏。更無奈，楚山暮雨啼猿。

過秦樓 寄王子新

虎卧天門，龍騰鳳闕，書法王家元妙。畫爛衣襟，磨乾池水，透得舊來關竅。更狂僧醉聖，探奇掇雋，縱横顛倒。愛青年方盛，高名欻起，萬人稱好。歎拙手、勉强挑戈。依稀撥鐙，那識就中天巧。欲取金丹，併攜洛賦，子細從君論討。只恐揮毫。遲留迅疾肘腕，不禁衰老。判千金買紙如山，倩渠長掃。

虞美人 自嘲

少日功名蹉跌過，老去還將那。楚臺風采竟如何，堪恨筆端，無力挽頹波。　澄清四海男兒事，李范今誰是。曾看舞袖笑郎當，請公當筵，自問短和長。

謁金門 雨聲

聲滴滴，似近小窗偏急。獨客羈懷正愁寂。謝君攙斷力。　夜静顛風寥歷。颯颯幾番如織。家遠長憑歸夢覓，此宵歸未得。

蘇幕遮 晚行

日西沉，寒又作。掠面斜風，欺負征袍薄。遠近村墟烟漠漠。宿鳥歸林，何事閒喧聒。　筭歸期，無定着。臘盡春回，客意偏寥落。向老重教名利縛，雪月風花，白地成擔閣。

摸魚兒 十二月十四日自衡入永

遠山低、半留殘雪，望中清景殊絶。寒雲漸逐西風散，村落午烟摇曳。行路客，被簿領、沉迷又度隆寒月。歲盡陽回，何日是春來，早梅花萼，看透幾分白。憶江左，多少關河分隔。異鄉空望明月。衡陽飛雁都回矣，欲寄音書那得。情如結，更斷酒、抛詩幽恨憑誰説。霜髯雪鬢，不奈老年華，禾畦麥壠，覓取舊生業。

倦尋芳慢 書懷

閒窮往古，萬變榮枯，總歸無有。樂善安常，本是自家操守。馬革功名，蕉覆鹿，麟臺畫像芻成狗。太虚中，看彩雲濁霧，誰工誰醜。堪笑殺、子蘭譖毁，廉藺交歡，枉多生受。坎止流行，物理本無紛糅。天日清和，聊散步，風波變動須回首。牢把定，此心中外、一生前後。

花犯　冒霧往郴

曉雞鳴，登車就道，殘星尚明滅。水霧山雲，偷曉弄陰晴，四望凝結。太陽高起青天上，有光難下徹。更莫論、奇峰佳樹，一概渾遮隔。陽回時候想南園，緑草意，欣欣思换春色。願净掃，昏霾滿地飛蝴蝶。喜行客、身軀麤拙。請毒瘴、蠻烟休見嚇。三飯外，清心寡欲，任爾天寒熱。

蘭陵王　武岡春晴

晴光好，正映李花穠縞。連朝怪，山雨林風，適與東皇助工巧。染垂楊野草。布滿，青青行道。昇平世，遍五嶺三湘，處處韶華動歡笑。誰家兒女鬧。競院落秋千，彩繩飛裊。江南此景知多少。輕風南陌上，寶馬穿花，金龜换酒恣顛倒。祇愁城閉早。煩惱。想當日，拉酒伴詩朋，着意尋討。青鞋踏遍閒亭沼。自背却鄉井，一齊都掃。商量出處，誰勝休，只戀旌纛。

白苧 浴起

浴蘭湯，起坐向，芝房桂室。薰蒸百體，頓覺形神和適。視盤銘、警戒安能及。且落得，清泉疏瀹，盡三冬垢積。聊抖擻、白袷單衣，更換著、飛雲舊舄。焚香靜憩，相與澄觀定息。量浴沂，此懷能幾人窺測。堪惜。靈均作賦，謝客傳圖，火風假合，妄比金身玉質。豈解識虛空，來去消息。神奇臭腐，從何生五藴，翻騰聲色〔一〕。古有形骸，土木嵇康，讓他知得。更羨莊生，直認身爲客。

【校勘記】

〔一〕「騰」，文淵閣本作「騰」。

減字木蘭花 春畫二首

緑陰亭沼，天南二月春歸早。起覓殘紅，萬點隨風西復東。　簷牙乳雀，啄破苔花新試角。柳外黄鸝，欲弄新聲不住飛。

柔萱如帶，輕風粉蝶狂無奈。院静人間，坐數行雲度遠山。　驚心節序，滿庭忽見吹飛絮。莫憶家鄉，碧水無情千里長。

瑞龍吟 辰溪舟行

辰溪水。想是銀漢分流，桃源舊沚。楚中勝概奇觀，瀟湘雲夢，參差難比。峰巒美，可信舟移天上，人行圖裏。稍經蕙浦蘭汀，忽惹閒鷗，一雙飛起。曾訪蘇公赤壁，柳侯黄廟，而今荒矣。豈似萬丈丹梯，千重雲壘。天翻地覆，紫翠無成毁。試捲起，疏簾危坐，游絲飛絮，亦爲春風喜。清明兩岸開桃李，戲作穿花士。笑伏波哀萋，向門生哀詠，自傷邊鄙。

眼兒媚 舟雨

逍遥老子怕閒愁，冒雨蕩孤舟。烟開柳岸，風生桃浪，人渡蘭洲。　青山萬點分濃淡，雲氣學波流。倚窗無事，吟殘飛燕，數遍眠鷗。

蝶戀花 同前

畫舫輕摇風外櫓。帶雨聲微，乍似新鶯語。午夢遥隨江燕去。醒來尚遶青楓浦。　羈游枉却流年度，故國桃花，落盡長松塢。載酒何人來扣户。殘紅踏遍亭前土。

菩薩蠻　二首同前

青山雨洗精神出，趁得簾開飛送入。鸂鶒浞毛衣，船來故不飛。　落絮生萍葉，水面留輕蝶，沿溪菜吐花。池塘鳴亂蛙。

溪行五日逢城郭。耳静愁聞喧鼓角。到岸喜新晴，登臺却趁情。　杜宇無幽緒，唤得春歸去，春歸了不關。花開元耐看。

憑几集卷五

賦

祝融峰觀日出賦

嘉靖丁酉仲冬，幾晦，姑蘇顧璘巡方至衡，謁嶽神訖，乃登祝融，宿上方。翌曉觀日出，景象特奇，遂述而賦焉。賦曰：

維南衡之崇嶽，標祝融之危峰。下蟠據乎厚地，上峻極於蒼穹。匪丈引之可度，盡他山其難比隆。睇四極而無蔽，又何限乎寰中。觀其嶔嵜崒嵂，直上莫止，捫歷參井，靡高弗至。躡浮履霄，帝居或指，足踠汗慄，不敢俯視。何其高也！若乃斗杓既仄，啓明未升，漏刻已盡，荒雞甫鳴。天莽蒼其一色，泯萬動猶無聲。謂日出其可覩，乃跂望於高亭。爾其游氛且凝，灝氣欲豁，萬里乍近，沕沕穆穆。睠彼陽輪，尚爾淵汨〔一〕，冥迷遼漠，恍不可度。

少焉，先景上燭，高漢舒白，如火將炎，太暗微晰。群望方勤，目不移盼，積靄儵裂，閃爍驚電。駭指失叫，乍見一綫，漂沈摇曳，湧出波面。燭籠外赤，皛卵中黄，上殷下闇，半吐半藏。依微滉瀁，如覿海色，水火交争，良久乃脱。於是金烏高舉，若木影離，羲和叱馭，八表馳暉。

所可疑者，視扶桑于咫尺，東曠望而無窮。日遲天於一度，何環周之莫同。參渾儀與宣夜，猶想像其若懜。大哉天之爲天也，固致詰而難終。

【校勘記】

〔一〕「汨」，清烏格抄本、金陵叢書本作「泊」。

巡方賦

烏臺大夫衣繡豸之服，乘畫熊之轓，環行下邑，周訪窮巖。軫民瘼之益劇，輸精思於已殫。方憑軾以省咎，忽不知涕泗之横潸。俄而，龐眉老人鞠躬次且而進言曰：「夫旱苗興於一溉，渴吻津於望梅。緊我山氓〔一〕，困極甚幸。夫使君斯來矣，今觀顰蹙無聊之狀，豈有不足於私懷乎？唯茲巡行，磔一豪則百夫展色，黜一貪則萬堵帖席。稂莠既拔，嘉穀乃粒，亂絲不棼，綱紀咸秩。釋滯格者若積汙蒙濯，服新令者若離羽就戢。公如不至，則懸者孰釋其縛，壓者孰發其石乎？今也柔良承風而趨先，兇慝望影而辟易。所謂曝寒簷以斯須之陽，濡涸轍以升斗之澤，斯亦蠲疾疢於什伯也。何厚責過望，不釋若此邪？」

大夫曰：「謝父老甚苦，奈何惠我，猶未忠與？吾聞王者立政，以道爲公，陰陽陶冶，雲雨帡幪。衣人帛者唯樹桑，飽人食者唯重農。何嘗分簞救餓，挾纊被寒，力瑣屑以爲功乎？楚雖一藩，幅員萬里，山澤綿曠，材篠脩美，白金丹砂，羽毛革觚，生之波興，積之山委，賢哲可以廣仁，吏才因而致理也。乃若荒問大野，隱隱鱗鱗，將不可使盡墾而舉趾乎？惰子游女，食非其力，將不可使條桑以治枲乎？長林巨浸，生息繁滋，將不可時取而阜利乎？秕政冗役，如穽斯布，將不可芟薙而更置乎？非仁非賢，其何能國，吏顧不可以訓法而歸廉〔二〕，士顧不可以迪教而廣志乎？古者成都之守俗化，太丘之令盜恥，節義之島由一夫，君子之鄉由一士。矧余總節度之權宜，爲天子之命使，顧且倚刑威以糾邪，繁科條而議制，其何以弘濟廣被也〔三〕。斯固鮮學寡聞，弗克自樹於當世，較然明矣。已已父老，吾誠不能應安民之命，請終返乎明農之事。」

【校勘記】

〔一〕「繄」，文淵閣本作「翳」。

〔二〕「訓」，明抄本作「順」。

〔三〕「被」，明抄本作「彼」。

序

常德府志序

按周禮，大行人掌四方邦國之志，説者曰：「即史也。」愚謂史者，左右史所紀，詳於人主言動志，則山川、食貨、刑法、禮樂之類皆是也。秦燔先王典籍，後世無傳焉。至漢滅秦入關，蕭何先入丞相府，收秦圖籍，賢者韙其意。豈不謂圖籍者，王制官政所關切乎？故司馬氏史記作八書，班固漢史作十志，皆王國之大政。譬之人身，手足耳目具而後成人，必不可闕也。是故觀其志可以知其政矣。近世乃不然，張皇形勝，藻飾藝文，徒以備方册之玩，率非其本實耳。嗚呼！志之設謂何，乃亡本實至以侈觀乎？不如無志。

愚行部至常德府，考問風俗，疇咨政理。諸生乃呈郡志一編，曰：「咸具是矣。」愚受而讀之，乃少司馬高吾陳公洪謨所著。志凡十目：曰地理，曰建設，曰食貨，曰學校，曰祠祀，曰官守，曰兵防，凡疆域之經緯、財賦之劑量、政教之綱維，灼如指畫，可備損益，志之體也；曰人品，則舉乎史矣；曰藝文，所以徵此者也；曰方外，蓋國典之所不廢，殆兼苞與。發凡舉例，必先其大，皆遷、固書、志之正法，一切非今人所主存也。

昔韓宣子適魯，見春秋，曰：「周禮盡在魯矣。」今愚見司馬公之志，將謂常德何哉？遂序而傳之，以爲四國式，庶幾乎繁文之損，自楚始矣。

高吾詩集序

兵部左侍郎武陵陳公，嘗築室高吾之山，讀書其中，自稱「高吾子」。東橋顧璘問俗其邑，往候之，接殷勤，道故舊，三日不能去。乃爲説高吾之義曰：「人唯不尊其身，故不知吾之高，斯終下矣。知尊其身者，非仁不廣愛，非義不立方，非禮不飭躬，非智不發慮，非信不固節，夫然後卓然爲萬夫之望。蓋以吾自高，乃能高吾於物也。」

公曰：「有是哉。吾有身，惴惴自牧，不敢狎孺子而矜芻蕘，猶恐有失於道，何知身之尊乎？」璘曰：「非是之謂也。君子之求道也，患不盡於物，故抑而下諸庶民。其待身也，患不貴於道，故舉而配諸天地。唯下下則盡其道，唯高高則尊其身。下下高高，並用而相成者也，公何讓乎哉？公自爲士，以至登公卿，莫不以古人自期待。故隨宦所成，輒出物表。以其樹功之顯，故必進，進諸巖廊之上，則士大夫宗之爲領袖；以其執節之峻，故必退，退諸丘壑之下，則蒼生望之爲霖雨。非公自高其身，而能巍巍若是乎哉？」

公笑而不答，乃出所作詩一編，授璘爲序。捧而讀之，聲律體裁，即所謂期古人而出物表焉者。雖作之殊地，要自高吾山所養發也，爲題曰高吾詩集云。公名洪謨，字宗禹，同璘舉弘治丙辰進士，方以兵部侍郎致仕居于家。

聞山詩集序

凡天下巍然隆起，皆山也，曷盡聞乎？得人而聞於世者衆矣，衆則不暇悉舉，請舉會稽之東山。璘嘗陟其顛，不大奇特，今與會稽、秦望諸山並聞天下，不以謝安石爲之標乎？安石初居是山，未起，與王逸少諸君盤桓泉石。天下望之者，以蒼生爲憂。及出，輔東晉中興，却苻堅，平王敦。之後復築吾江左土山，以寓舊好，亦號曰東山，至今佳名不泯。

嗚呼，人望所屬，乃能光重山水如此乎！吾榜太僕卿楊公，初自諸生舉進士，選入翰苑。時大司徒九峰孫公方居文選，領袖縉紳，乃以文章道義引爲忘年友，名翕翕動京國，隱然楚南一安石也。厥後歷諫垣，數進讜議；陟卿寺，益持大體。時方以公輔見待，公遽拂衣謝歸，築室聞山，耕樵自給，不求當世，其雅度沖夷，恬於巖壑，固若是遠乎！

方今民物凋瘵，廟堂求戮力共濟之賢，屬公甚切。願杖策一出，整頓康裕，就京圻，擇佳山，效安石土山故事，以移聞山於天上，復成宇宙嘉話，顧不偉也？公幸毋忘於蒼生。公爲詩有天趣，律調音節，不厭繩削，期於必合，蓋風雅之正音也。讀者當識其致，固無容於多言。公名虒，字介福，武陵人，舉弘治丙辰進士，號聞山山人。

題少傅桂洲夏公應制集後

自昔大人奇合，莫不本於問學。夫問學以養則深，以包則鉅，對揚施措，咸適機宜。故能使堂陛之間，驩欣交通，若魚水鹽梅之相得，復何間然之有，非是則倖矣。伊、傅最盛，見諸訓命，純粹爲精，秦、漢以下弗論。論諸本朝，高皇帝之於劉、宋，帷幄坐論，苑囿同遊，何其親密哉！今觀覆瓿、龍門之編，海藴日耀，乃知迓寵結知，胥此焉出。不然神聖首出，而豈他道可投合乎？

至今則少傅桂洲夏公再見矣，唯主上睿資淵性，同符高祖，一時臣下，莫能爲役。獨少傅公初在諫垣，言事露其芒穎。其後經略三晉兵事，具合廟謨。既而抒忠守正，持論朝省，陳禮樂之制，撰風雅之辭，無不大當上意，益委腹心，恩寵優渥，鮮克與儷，海内之士，疇能測其萬一哉！

曩辱不鄙示教，奏議若干卷，既覩器略之大，未暇序贊〔一〕，今再誦應制集，益仰天才超邁，譬之神龍天馬，絶出尋常萬萬矣。觀夫機神所屬，應答如響，訏謨仰濟，맫慊斯深，遂使都俞喜起之風，還在廊廟。至其圖回治理，贊決機務，以措天下於泰山磐石之安者，又非疏遠所能悉。斯殆宇宙間明良一大會，夫豈偶然之遇也乎？然非其問學淵閑〔二〕，左右逢原，則亦安能契合無間，若是其深也？古稱伊、傅，朝美劉、宋，於公後先比德矣。吁，盛矣哉！輒敢僭題緒言于末簡，使天下後世知大人奇合有本，非可倖焉者也。

【校勘記】

〔一〕「未暇序贊」，清烏格抄本作「未敢暇序贊」，金陵叢書本作「未敢序贊」。

〔二〕「閑」，清烏格抄本、金陵叢書本作「明」。

題靖陽沈生辨禹碑集前

余登衡山，陟祝融之顛，下尋方廣，經岣嶁之麓。未上，訪從行道士，云山無禹碑。雖巖間或有古刻，皆已磨滅，不可識矣。沈生所得碑本，乃嘉靖初長沙太守新安潘君鎰得於嶽麓書院後小山草莽間，剜苔剔土，搨傳人間，蓋宋人所模刻也。生誤傳以爲禹本刻，甘泉亦未之考。蓋禹去今數千年，衡山石質疏厲，當時無碑碣，必刻之巖間，風雨冰雪之所剥落，泯没久矣。計宋時亦已無迹，故歐陽諸公集古録等編皆無載。此又貴於宣王石鼓，使有之，豈皆或遺之哉？度宋人此刻，亦前古流傳搨本。

余初見，亦疑禹稱王，不宜稱帝，今乃知「帝禹刻」三字即宋人所題，偶誤耳。余昨經寧遠，搨九疑山蔡伯喈隸銘，亦出宋人所補，幸有題識可考。則漢刻山巖者，在宋已滅，況三代之初乎？泰山石堅，故秦刻猶存。昨觀衡山前代題名，唐唯「李義山」三字在祝融尖，六朝以前無存者，大抵山石易損故耳，豈前此一無題識邪？然上古書迹自是異寶，雖傳刻，固可貴也。

古者書法之興，皆取象山川、蟲魚、草木之類。禹精於水，今篆體皆有流水形，出禹無疑。獨幸沈生精思妙契，釋文見義，謂非神授，不可也。楊殿元用脩在滇南，釋之僅數字不同，尤可見人心之靈、聖迹之妙天然符合，有莫知其所以然者。否則，千載之下，萬里之外，安得不約而同若是乎？

嘉靖戊戌二月既望，東橋居士顧璘書于靖陽行臺。

題登衡小紀前

鄙人自入楚臺，旁皇案牘，屏絶文藝者，兩改火矣。比登衡嶽，在車者四日，宿道院僧寺者三夕，絶無公事，覽觀奇偉，託寄幽遐，隱括情景，綴而成篇，有若不能自已焉者。至郡，命吏人録出，凡文與詩至滿若干首。昔晦翁游此，與南軒倡和，得詩累帙，乃惕然警曰：「吾黨數日得無荒於詩乎？」遂禁不作。今鄙人既還視事，所謂鞭朴喧囂、牒訴倥偬者，已交至于前，應接不暇給矣。欲再取所録一諷詠之，竟未可得，尚何憂于荒哉？是無待禁，用藏巾笥，俟他日歸，呈諸泉石舊侶，知余膏肓痼疾，蓋若沾沾云爾。

書楚臺贅録前

余視楚臺浹歲，小史捧帙跽進曰：「臺政日萌而月蕃，今歲且周則壅矣，弗輯而檢之，必有遺忘複出之患，將爲法守憂。」余曰：「不已贅乎？善言，人斯誦之矣；善政，人斯循之矣。否，猶涕唾然，出則棄之，而何有於輯哉？祇贅耳。然性好忘，其曰檢之云者，或有取於爾勤矣。抑孔子曰：『三人行，必有我師焉。擇其善者而從之，其不善者而改之。』苟存其大都，儻亦少爲改者資乎？」於是芟其繁猥，存奏疏若干道，案驗若干通，批答若干條。

記

遊衡嶽前記

嘉靖丁酉，姑蘇顧璘以都察院右副都御史建節撫楚。維十有一月，巡方問俗，自長沙赴衡，期謁南嶽，屬雨雪沍寒，彌旬弗解。至安仁始見日，入衡乃霽，煦若春半。念七日厥明，同按察副使姜君儀謁奠于廟。訖事，乘笋輿由中嶺登山，過集賢峰麓，望胡文定書院，不及謁，訪鄴侯宅，皆無知者。

沿絡絲潭逶迤以上，水聲潨然盈耳。左右望天柱、紫蓋諸峰揭在雲表，諸崒屼崚嶒如它方名山者，支分疊出，不可指數，即所謂七十二峰也。問從行道士，多莫舉其名。從者持旌戟，前後列行，續續如行蟻。漸陟霄漢，人不自覺。午至半山亭飯，問所謂祝融峰者，尚不可望，再歷側刀峰，益峻絶。夾徑多竹樹，積雪披壓，撥塞履危，凡幾陟降，乃見祝融兩尖，猶未即至。盤旋半厓，度飛來船石，觀宋徽壽嶽大書。再經觀音巖，則巃嵸嵲峊，窮奇峭之狀，蓋山之勝處在是也。晡時至絶頂，見石上唐宋人刻名甚多，略知李義山、陳從古數公，餘不悉記。踏雪尋太陽泉，凍結不流，下循石壁題名。過會仙橋，立懸厓，小飲而返。宿上封寺，勁風終夜，震撼户牖。僧云：四時長然，雖盛夏亦擁衾。當晝無汗，豈所謂罡風者乎？其高可想。

翌日黎明，被貂裘，登望日臺觀日出，如火輪湧起水底，遲回摇曳，漸上高漢，奇莫能狀，凡此皆以晴霽得盡其勝。至二十九日，出方廣歸城，中途而雨，是後遂陰晦，雪霰連集矣。或曰：「使此行前後一二日，皆不獲遂，亦可謂甚幸矣哉。」

夫五嶽，名山也，歷人甚衆，相傳爲故事者特鮮，將難其稱然乎？泰山以孔子小天下傳，特出孟子寓言，固非其實。嵩山傳漢武三呼萬歲之事，頗涉虚誕，亦著爲典。蓋孔子大聖，漢武天王也，其尊大實重於嶽。苟有寄託，則交賴以爲勝，故傳不朽，何必事有無哉？若衡山所傳，乃韓昌黎開雲、朱張霽雪二事，其實亦偶然語耳。今書林藝圃，誇詡欣豔，張爲七十二峰之藻色，言必舉之，不亦係乎其人哉？璘今日之遊，較諸三公之迹，若猶有奇焉者，然過則泯矣，實以璘莫爲之地也。然則人士微眇，欲馳聲千載之下，事豈在大，要亦先脩其大者爲之本乎？因感兹事，遂書爲記以警。

遊衡嶽後記

夫登山者，貴知其情，不在勢也。衡嶽之遊，不至祝融，不足以知其高；不至方廣，不足以知其邃。余初至嶽下，道士指天柱、石廩、紫蓋、夫容四峰，導予望之，仰面極視，排漢礙日，若云可望而不可登，危乎高哉！既歷香爐道間，則四峰之椒，皆與身等，方詫步履在空外，及坐半山亭，乃下指諸頂，疑前舊見非是也。至登祝融之顛，俯視四極，蒼然一色，山川雜陳，瑣細莫辨，風自遠來，其力甚勁，候與地下絶殊。比曉，觀日出海，體象洞見，近若强中，東餘游氛，浩漫無際，限以扶桑，其外尚遠，乃歎寰宇所周，僅當天地之中耳。再尋天柱諸峰，皆培塿丘垤，隤乎其在地矣。記曰：

祝融去地二萬丈，豈其然乎？然靈巖怪石、僧寮佛宇深者，僅託澗阿林坳之間，可一覩而窮，未足言邃。明日乃下西嶺，歷南臺，出諸峰，至平地，迴望蒼鬱，始若不可量。復陟其嶺，入山尋方廣之道，峰迴澗折，徑盡復通，高下連嶂，陰晴異氣。有溪迢迢，夾厓而出，觸石澎湃，聲自遠至。中多菖蒲水草，青被石上，兩厓喬木挺生，陰若洞房，日照弗入，積雪縞地，間有山茶雜生，含萼未吐。

自午達昏，上下坡陀，幾二十里許，其狀如一。入寺復極幽奥，高山壁立，類城郭狀，有宋徽金書榜曰「天下名山」，懸正殿額。假榻閒房，夜静泉溜，益喧聒。寺僧云：「自此入西南，山益深，水益清，幾不可窮矣。」夫然後知衡山之邃乃若此也。

夫名山之在天地，猶聖賢之在人類也。匪高莫立其體，匪邃莫造其微。高而易踰，丘陵類也；邃而易盡，苑囿類也。故堯、舜樂民之治而揖讓，湯、武憂民之亂而放伐，皆舉古今未有之事，特立獨成，拔乎群倫之表，其高如何哉？至若精神心術之微，天理人倫之極，窮神盡性，愈深愈密，探之莫測其端，究之莫悉其奥，諸人固不易及，亦豈諸人所易窺乎？所謂邃已，此之謂聖人。是以樹置卑者衆易踰，蘊藉淺者衆易盡。易踰、易盡，山與人皆非其盛者也。作後記。

奇會亭記

會何云奇也？地非通道，期非王程，壤連楚、粤之交，人殊出處之迹，同心久離而暫合，同年多逝而僅存，不謂至奇也乎？嘉靖戊戌王正四日，璘以職事問俗道州，去全州百三十里，同年少司空竹塘蔣公曙，時謝政家居，聞之躍然，單車來會於白雞軍營。蓋自丙辰同登，至此四十三年，爲别亦二十年矣。一榜凋謝，存者無幾，吾兩人昔並壯顏，今已白首。

鄉國相去四千餘里，氣誼投合，每許膠漆，日以睽絶爲恨，庸詎知天作之合，乃有今會乎？秉燭銜杯，款語達旦，天壤間事，固莫樂於此，亦莫奇於此也。遂名假宿草舍曰「奇會亭」，刻記巖上。百世之下，必有得吾兩人之心於言外者，各賦詩四韻別去。副都御史姑蘇顧璘書。

養竹記

行臺隙壤植竹，不記年所矣。贄御弗戒，採竿食萌，索然就盡。丁酉余至，已夏仲，榮候過已，亟護其後，發者僅僅得數挺，除穢翦繁，稍存幽致。秋冬南巡，弗獲壅培。逮戊戌春晦，始返于臺，即申諭群小，視衛唯謹。時雨既沃，土膏乃融，銛萌微見，參錯競出。始求之，纍纍然如犢斯角。甫冒茆特生，再望之，林林然如矛斯卓，已森乎其前矣。由是籜籜爲筠，布條爲葉，不踰月而翠蔭蔽於軒序。嗚呼快哉！夫物無所戕乃生，其易如此，此天地之仁也，況得其所養者乎？古人論民，休養生息二十年，則可富可教，此義不可不熟，因刻于石，以告諸將來。苟戒其下之毋戕，則吾黨採竿食萌，固享其利無窮也。

銘

筆銘

言而不朽唯汝資。臧耶[一]？否邪[二]？

【校勘記】

〔一〕「臧」，明抄本作「醇」。

〔二〕「否」，明抄本作「疵」。

硯銘

澤者柔，砥者剛。用之所先，匪以陽。

墨銘

晦爲之體，明爲之用。君子法之，乃善其動。

紙銘

幽而顯者，子之功也；近而遠者，子之窮也〔一〕。一以貫之，與天齊終〔二〕。蓋存乎眇躬，吁其念哉。

【校勘記】

〔一〕「子」，明抄本作「惠」。

〔二〕「與天齊終」，明抄本作「同天有終」。

冠銘

成人有責，自束髮始。優游皤如，唯爾之恥。危且結纓，庶幾君子。

服銘

非法斯戾，不衷斯災。文質有度，唯義是裁。

帶銘

斯上帝之命，弗脩其職，則喪其重。

履銘

稱名曰禮，式表慎微，彼顛而蹶，動也或非。

舟銘

安危有幾，在備具而，審時君子，毋徒以流，連爲嬉也。

車銘

乘者大夫，負者厮徒，貴賤之別，唯爾其圖之。

牀銘

夜不夢，晝不寢，爾職維其人。

席銘

孔子曰：席不正不坐。偏倚箕踞，非過邪？

几銘

物也老，老而尊，尊者也。吾少也賤，則有司存。

鏡銘

匪平匪明，鑑則枉矣。而今而後，善自養矣。

櫛銘

朝理吾髮，神斯清兮。夕理吾髮，寢斯寧矣。理亂之懸，大象斯徵兮。

劍銘

殺一不辜，得天下不爲。不貴爾利，貴用之宜。

篋銘

其藏不可窺，心則知之。

祭文

告嶽神文

德有善惡，報有吉凶，天人一理，惟帝宰之。故官師執賞罰於有位，鬼神司禍福於冥冥，所以治幽明而安人鬼也。唯神雄峙大嶽，作鎮南維，膏澤下土，屹爲世望。璘不敏，猥秉節鉞，臨制兹方，幸獲與神相爲表裏。

國家奉神以禋祀，養璘以厚禄，所屬寔同。惟神聰明正大，無隱不燭，璘則塵濁蹇劣，易於蒙蔽。凡民之良暴，吏之廉汙，雖夙夜究心，無補闕漏，得無仰丐於靈慈乎？兹者行部至衡，敬謁祠下，陳牲奠漿，特申虔告。

伏惟神鑒其愚，不愛開翼，俾璘免罪於國，亦神所以效能於帝也。若璘怠於職任，枉於吏民，亦難遁於明聽，神其無廢至公，以咈帝命，璘不敢悔。

沅州修書院成告薛文清公文

維嘉靖戊戌月日，巡撫湖廣右副都御史後學顧璘問俗沅州，訪故大理卿文清河東薛公書院。堂廡就圮，時祀久湮，遂命知州周積僝工秩禮，用虔尊嚮，以風來學。謹具牲酒之奠，命積代祭，敬昭告曰：

聖人之學，躬行以爲之本，言非其所急也。行至焉而言不逮，固亦聖人之徒，多言而不能行，其去道也益遠矣。孟子曰：「行一不義，殺一不辜，而得天下，不爲。」是聖人之所同也，夫何繫於言哉？曾氏、顔氏學爲孔子〔一〕，固止乎克己於視聽言動，三省於人己師友之間而已，豈不的然其可見乎？宋儒周元公、二程夫子，上繼絶學於千載之前，誠敬踐履之外，何假多言爲也。季世淺儒，支離訓詁，馳騖玄遠，殆與異端横議之學無異。故曰：道喪於小成，言隱於浮華。不亦大可哀乎！

恭惟先生會際聖朝，崛起三晉，璘生也晚，不得親炙其道。夷考名臣録所載，公之嗜義如飲食，遠惡如探湯，去就辭受之節，確乎死生禍福之不可奪。玩繹所著讀書二録，有爲必思，有得必記，省察以慎幾微，體驗以固操執，知行之序，坦如堂階，義利之辯，較若黑白。其於所謂不行、不義、不殺、不辜之道，凜然不敢失其尺寸。故道明德立，卓然爲一代之傑，使聖人之道不墜於當今，聖人之學可傳於後世，非公其誰與歸？視諸行不由道，而恃言以爲教者，祇謬且贅，終亦何益於傳耳。

公監銀礦於沅，薄利緩征，衣被沅民至渥，則夫今日屋室之輯，俎豆之報，其孰曰不然，又孰曰不永？固非璘一人之私願也，謹告。

【校勘記】

〔一〕「顏氏」，清烏格抄本、金陵叢書本作「顏子」。

祭東山公文

維年月日，具官某，謹脩特羊斗酒之奠，遣訓導某，致祭于大司馬東山劉公之墓曰：維公輸忠契合之辰，峻節艱危之地，卓然一代之傑，人鮮企及矣。金石既隕，德流彌光。璘覩風楚藩，爰式仁里，瞻望靡由，涕泗横積，清醴寓忱，庶明仰止。尚饗。

祭大司馬遜齋李公文

大司馬遜齋李公之墓曰：公蚤奮高志，晚樹偉名，視爵位之崇，如鴻毛也。璘最不齒於俗，獨濫心賞。方璘在巖壑之幽，公獨言於廟堂之上。雖聞者不屑，受知則深，今之感念，抑豈以引薦之私也乎？璘今再出，公已先謝，爰經舊里，無任含情，不知淺薄所效，果有當於靈鑒否與？幽明匪殊，幸相開啓，以副初望，非特璘之幸也。

祭八厓周按察文

江西按察使八厓周公之墓曰：維璘奉公於官聯，得公於道軌，不可不稱知心。爲別幾何，存亡異路，所不昧於公者，見于序贊數辭。兹者入康成之里，撫彥昇之孤，亦既痛心而隕魄矣。乃録蕪辭，侑以清酒，專遣儒吏，焚之墓下，公不棄余，尚其昭鑒。

祭沈崇實文

維年月日，具官某，謹以牲醴之儀，致祭于陝西按察司副使年兄沈君之靈曰：

君昔奮奮，氣橫九區。比及晚退，言噤形枯。契闊來覿，既驚且吁。居幾何時，溘焉告殂。嗚呼痛哉！君强力足以任重，精察足以洞微，果決足以斷議，通敏足以應機。視公卿無難，致遭讒娼而中歸。又不使之偕仙人之難老〔一〕，竟疾苦而凋萎。豈才賢之多厄，抑幽漠之難稽。自往古而已然，又何歎於今兹。余獨傷同袍之寥落，酹清醑而增噦。尚饗。

【校勘記】

〔一〕「偕」，清烏格抄本作「爲」。

祭龔參政文

嗚呼龔君，德則璠璵，才則豫章。天下望之者，莫不曰將薦清廟而柱明堂。兹參湖藩之政，余獨幸其且展秕政之斤斧，遺瘵民之膏粱，目未轉盼，溘爾云亡。慨仁者之不壽，值天道之非常。嗚呼龔君，英爽不昧，必知幽明之故，余不得而詰其詳也。靈輀將返，奠此清觴，上以重王國之慟，下以導楚民之徬徨。

書

啓序庵公

山嶽出雲，小草亦潤，大賢廣度，微才必收。故秦誓表其休休，周詩頌其濟濟。忝惟門下[一]，首秉國鈞，風動海宇。恢大綱而羅細類，挽熱物而濯清風。士類彈冠，民庶帖席。璘久沉山澤之癯，遽秉節鉞之任，感恩知自，俯己懷慚。辯通國之匡章，罔疑衆口；起居家之蘇軾，獨斷一心。誓竭迂愚，期全晚末。苟無孤於任使，尚何計於驅馳。

【校勘記】

〔一〕「忝」，清烏格抄本、金陵叢書本作「恭」。

啓桂洲公

猥以畎畝之餘生，再臨節鉞之要地，敢忘所自，實懼難承。竊以以人事君，相臣大體；因才授任，政府平衡。若璘者，徒以綈袍之故歡，遂辱專茵之重薦。用馬識道，冀暮齒之或能；驅蚊負山，恐綿力之將敗。承恩鮑叔，願將致戒於巾車；觀行宣尼，期免貽譏於朽木。初任多冗，申謝不周，伏冀垂亮，微忱寬照，重罪。

啓松皋公

竊念無書乃薦，温公見取於元城；不請而言，祁老何恩於叔向。在古僅見，於璘實慚。恭審門下，世秉樞衡，兩朝之人才，由之進退；身當柱石，四海之公望，係其安危。乃於當軸之初，遂及同袍之賤。謂汲黯之戇直，或有取乎；愧顏駟之衰遲，無能爲已。飾之丹雘，幸再起於溝中；收於桑榆，冀弗玷於榜末。

啓浚川公

脱叔向之囚，入朝誰託；登山公之啓，在野奚堪。竊念璘少縈簪組，謬許同心；晚隔泥塗，倏云白首。詎意簿書之末技，尚勞衡鑑之兼收。老馬識途，幸見憐於管仲；舊劍出土，敢終負於張華。

啓介谿公

白駒空谷，久絶意於弓旌；彩鳳高岡，每遺音於草木。元城手劄，敢上温公；巨源私囊，不忘嵇老。自甘獨往，敢望同升。恭惟門下，以一身繫天下之安危，以片言定人士之輕重。方當入朝之始，遂援合志之儔。腐草生光，雖微蟲之莫數；柔蘿上漢，實高木之相憐。懷恩有由，刻骨無已。

與後渠書

契闊久疏懶，致罪何言。比歲起廢，幸從大賢後。入楚以來，謂左右旦夕入京，因循闕候狀，何乃至今絶聞邪？不足論，不足論。比來形神當復壯王如舊，璘則老矣，鬢盡白，鬚猶蒼然。三年前，與蔣子雲痛飲幾瘻，至今小飲，則濕病百出，豪興索然矣。公尚能百榼乎？六十後，恐宜少損之，勿謂璘衰也。文字仍工苦否？璘唯信手拈出，取適情達意而已。甚愛薛君采，苟以舊作名家〔一〕，今一切爲淺語，何其達邪！此亦外物，不足以博一生也。如何如何？璘已乞封，苟遂此念，秋冬當引去。過時果蓏自不適口，勿俟吐出也，輒因一笑。暑令，萬萬加愛是願。

【校勘記】

〔一〕「苟」，明抄本朱筆改作「向」。

寄薛君采

離家時，見盛价，云尊體未强，甚念。後來詢得的耗，無任忻忭。比静久，想泰宇益廣，小物何足以撓之，但國家於公，不當不早用耳。近得漁石書云：聞君采高人，聞近來專毁中庸。此論不知何由起？若中庸，則真不可毁，豈病其言神化太高，恐後學馳於玄遠邪？此乃子思傳道之書，不得不言吾道之極致，以破老、莊虚無之論，不可與論語教學之言一並觀也。冗甚，不及細談，新刻論語類抄，序亦略及，漫往一覽，高見幸垂示，荷荷。

寄王道思

入楚後，屢見齊使，不得公書，甚訝。問之陳僉憲約之，亦云往來有書，愈疑之。昨得手教，乃知少書之故云云，感慰無已。承榮擢，且釋考士之累，甚爲知友喜。然國家人才，近日甚敝，非公等賢者轉移其間，不知士風文體當何所極也。僕近上士習疏論此，當道竟不覆，是謂迂言，非是耳。勿論，勿論。

前承教聖人之學，別有授受，僕已於贈言略及之，不知高見謂然否？聖人之學，即小學、大學具已，所以聖狂異途，只在天理、人欲之別，至於爲賢、爲聖，亦只以勉然安然定之。如今時所言静功，乃禪家徑造直詣之旁門，切不可認爲篤恭之妙用也。公天資絶世，亦置疑其間，豈程子所謂今之人人也，因其高明乎？灼見如何，萬萬因便垂示，士林領袖所係非小，幸勿姑息是望。

憑几集續編

憑几集序

丁酉秋八月，余發武昌行臺，南歷諸郡殆遍。至明年戊戌夏四月始返，蓋八越月。在車之日幾半，凡行七千餘里。所乘帷車，前有一横板，下爲抽匱，藏書二三册，筆硯亦具，日憑而誦若几焉。山川映發於目，時序變易於前，情感事觸，悲喜百狀，率口占爲詩詞，將以寓懷消日，不求體調，所謂「猶賢乎已」者也。止輒筆之，不覺成帙，題曰「憑几集」，凡楚所得亦附焉，從多名也。昔張燕公出守岳州，後詩律精進，人謂得江山之助。今江山如故，而余所經復廣得不失，故吾足矣，安敢望進乎？則夫助云然者，蓋自内生，不專在外也。

東橋居士書。

憑几集續編卷一

雜詩

寄和三弟舜玉六十自壽

壺頭空老伏波公，款段鄉園羨爾雄。隱者風流高物外，誕辰家慶正天中。五月也。身强閲世初稱壽，詩好逢人不諱窮。俯仰乾坤俱白髮，趨庭猶記兩兒童。紫氣青牛遠度關，華陽近在秣陵間。久懷松塢同燒藥，且喜丹砂已駐顔。脩竹林深春酒緑，棠花樓晚布衾斑。優游群從追歡地，應笑衰翁獨未閒。閒身愛向醉鄉眠，百畝唯營種秫田。儘有鶯花娛勝日，不須牛酒賜高年。園開涉趣常攜客，志在逃名莫問天。王衍元憎阿堵物〔一〕，牀前聊免積餘錢。

鴻寶傳來石枕函，懸壺久矣脱塵凡。紫霞自釀山中酒，青鳥時通海上緘。萬事虚舟何解怒，一官腐鼠不生饞。吾今苦憶林泉好，爲剪秋荷製短衫。

【校勘記】

〔一〕「衍」，原作「導」，據文淵閣本改。

雨過

風雨秋隨至，園林氣一蘇。院涼蛩獨語，巢晚鵲相呼。客意疏團扇，山光近酒壺。滿庭飄落葉，能不憶蓴鱸。

寄七弟璪

士龍富文藪，子由蓄詞鋒。平生伯仲間，斂手讓精工。世人貴齒髮，恣口妄雌雄。矧兹盛德士，乃示外愚蒙。吾家惠連氏，馬群一蛟龍。浩氣騰虹霓，恥隨蛇與蟲。仕宦十五載，囊橐唯屢空。吐論忤當路，拂衣甘困窮。懸室無儋石，反關卧雪中。插架十萬軸，伊吟日填胸。下筆掩前古，隻字無雷同。金玉苦珍秘，四海虚承風。飯糗似黔婁，嗜酒非揚雄。太息天壤間，何人測深衷。

贈文徵仲

志士厲高節，夫君狷者流。舉足唯大道，邪徑焉肯由。田仁甫弱冠，却聘矜清脩。元城寡内慾，亦自既壯秋。掩面過行女，閉門拒王侯。天然冰玉操，不與思慮謀。師資快吾黨，少長咸低頭。五車聚腹笥，發詠崇温柔。鮮雲澹華澤，美玉辭雕鎪。待詔入金馬，玩世存薄游。脱冠挂神武，遂返蓴鱸舟。頤神擊磬室，放歌埋劍丘。掉筆弄圖畫，盡掩松雪儔。乃驚鐵石腸，遺韻仍綢繆。伯陽信龍物，變化不可求。

贈蔡九逵〔一〕

文章有神秀，譬彼造物宰。變發雲霞章，焕爲日星采。自非研精人，妙解詎能逮。糟粕莽成苴，瘡疣祇增痗。蔡君事鑽攻，搦管四十載。攀危屢登天，會極已歸海。謂兹燿爛間，乃有黠者在。玄珠得罔象，至味失鼎鼐。翻然恣揮灑，塗轍忽而改。天機互奔湊，神化絶需待。有靈軀萬象，無色備五彩。遂使郊島徒，總獲刻薄罪。蹇予離群久，索居益荒猥。日誦林屋編，充然慰饑餒。

【校勘記】

〔一〕「逵」，原作「達」，據明抄本改。

和答馮三石勸其此上二首

勿薄淮陽守，家居竟隔年。頗聞宣室召，將起賈生賢。郡政冰霜體，詞林錦繡篇。青雲公望遠，玄髮萬人憐。

金玉千鈞價，人間有至公。仁心多政拙，直道豈詩窮。入相需黄霸，推賢愧鄭崇。虞廷車服寵，明試待論功。

邵前川納妾

燦爛衾裯展洞房，雙星秋夜渡河梁。玉臺固是老奴物，金屋雅宜嬌女妝。雲髮繞鬟光可鑒，蚌珠歸夢兆應祥。華筵湯餅休偏我，已辦犀錢賀弄麞。

贈陳行人邦脩

末俗濫文詞，華盛本先撥。寧知昭蘇化，本自淵静達。二曜天地精，沈晦乃真括。向使恒照臨，光應有時奪。陳君起天南，理性早疏豁。探玄自太始，析微辨毫末。閻浮煩惱障，勇猛歸一喝。乃知英明人，靈根本來活。楚臺三日談，泠泠慰饑渴。情緣多糾纏，慧劍資剸割。學道豈在年，所貴知解脱。

諫議潤夫使君自應城數百里訪余武昌適值中秋風雨大作且公私見奪不克夜敍殊負良晤明日送於黄鶴樓匆匆别去意所難盡綴以短詩

隔面倏十載，枉尋適中秋。况臨江漢渚，聚兹黄鶴樓。明月好負人，光暗鸚鵡洲。凄然作風雨，翻爲離别謀〔一〕。攜樽曉出餞，挂帆且須留。繾綣故舊情，隱軫江湖憂。同心語難竟，何啻膠漆投。君行侍青瑣，獻替匡宸旒。雲霄樹鴻業，映楚諸前脩。吾衰憶林壑，旦夕歸狐丘。進酒莫拒滿，後會良悠悠。

【校勘記】

〔一〕「離別」，文淵閣本作「別離」。

贈沈君華甫赴常州別駕故南京人

武昌二沈推難弟，別駕毘陵豈足多。千里分符看製錦，萬言揮筆詫懸河。王畿密邇官仍貴，民力東南困若何。經過故都尋往迹，應招耆舊一長歌。

贈蘇州節推陳君天祐赴任

星文高執法，地望切專城。司馬家風峻，王畿宦籍榮。吴都包海闊，震澤際天清。此去懸霜月，偏臨萬户明。

秋日同總鎮二公飲黄鶴樓三首

虎帳同分聖主憂，時平聊共賦高秋。江經神禹多平土，山去仙人有故樓。風起魚龍還自駭，醉來絃管欲生愁。亭前石鏡知何在，明月依然照白頭。

高樓騁望楚天寬，千古閒情一倚闌。黄孟史家稱最孝，孫劉王業恨偏安。休憐往事成翻掌，且對秋風一正冠。説與幽人應愧殺，漁歌遥起蓼花灘。

樓前野色散秋容，樓下浮烟晚更濃。江漢水深龍窟宅，衡廬天遠楚提封。蒹葭白露愁歸客，禾黍黄雲慰老農。賓從滿筵笳鼓急，庾公那得任疏慵。

朱侍御子宜别山亭

高人厭囂鬨，結構臨幽深。井絡僅尺咫，窈然得山林。江清動城表，竹密羅庭陰。風籟浣塵聽，野容延賞心。上奉白髮歡，春酒時開襟。下偕連枝樂，塤篪和且湛。閉閣復晏坐，累遺慮已沉。漱齒誦玄書，焚香揮玉琴。冥鴻渺天末，悠悠遺我音。

漢川道中六言二首次郭雨山中丞屏間韻

空林殘照啼鴉，遠水寒煙飛鷺。春風何日歸來，吹煖野田茅屋。

緑橘霜寒已熟，黄花歲晚初香。可惜山人野興，不逢故里秋光。

應城曉發

秉燭通窗暗，披衣起漏殘。烏啼臺樹曉，蛩咽井蕪寒。向老嗟行役，爲官愧素餐。循良求不易，凍餒待誰安？

景陵五華山 道士言上有伏羲煉丹臺

五華山頂煉丹臺，方士虛傳太皞開。未悟先天真水火，却依爐鼎撥殘灰。

弔司成魯公振之已有園

郢水秋風入草堂，仙人歸去白雲鄉。莎衣芒履難重遇，唯有中林橘柚香。公號甦橘。

蒼皛散盡水盈洲，白鶴那因隴稻留。兩兩鳳雛毛五色，背人常自宿丹丘。兩郎進士不居城市，竟不獲相見。

野田見菊

陶令柴桑菊滿闌[一]，得錢呼酒每盤桓。熊轓虎節成何事，却引黄花道上看。

【校勘記】

[一]「滿」，明抄本作「未」。

沔陽湖濱

蒼葭暗湖雲，長楊夾徑分。風晴宜蝶性，水斷失鷗群。舉目堪垂釣，勞生漫學文。鍾山舊猿鶴，應笑老徵君。

贈北村路中丞赴晉陽

路公廊廟器，特達瑩珪璋。學道出鄒魯，雕文陋班揚。舉政必王道，豈隨俗士行。手挈萬黔首，盎然履虞唐。初提北門鑰，燕冀塵不揚。再擁南鄧麾，按堵清四疆。天子愛雄才，三命遷晉陽。譬如大旱雨，所至民悦康。韓范在邊重，何如立朝堂。謀國有深意，中外非公量。

議修沔陽堤垸覽童司成士疇河防志示官吏

漢沔古沃壤，凋殘慨今兹。禹書竟誰修，浲水仍堯時。鱗鱗烟火居，化爲魚鼈池。惰吏諉天運，素餐寂無施。我行踐淤澤，流亡痛仳𠍣〔一〕。興言乘檋績，永歎涕淚滋。載考太史編，河防炯然垂。偉哉維揚守，長疏列安危。屯膏罔終惠，徒勞叫天墀。感之起中夜，墨檄紛四馳。版鍤及冬舉，貴不病農時。丁寧戒群吏，開歲期耘耔。匪躬乃臣職，勿問災祥疑。

【校勘記】

〔一〕「𠍣」，金陵叢書本作「離」。

又别北村

結交三十載，會面苦不易。相逢郢楚間，復判三晉轡。昔見猶朱顔，今並黄髮次。唯公展經綸，麟鳳見靈異。神化俟丹青，台鼎有餘地。蹇余耕牧身，中臺本非位。倚玉聯旌麾，日抱鰥曠愧。終當乞骸歸，初服返荷芰。願公加餐飯，力任天下事。

垂淚一首

十月南湖水拍天，屋廬漂盡少人烟。河防不救柴林院，王賦誰蠲漢上田。疏排後代無神禹，生息何方有計然。衰老空垂憂國淚，幾曾恩惠及顛連。

行漢水隄上大似秦淮風景因念俞魯用之亡

漢江江上玩晴波，恰似秦淮月下過。歸去扁舟載簫管，誰人復唱采蓮歌。

望湖濱紅蓼甚麗

湖外秋容澹晚霞，桃源何處泛來花。西風也自嫌寥落，點綴芳菲付水涯。

湖濱作

霧渚烟汀散客愁，江南佳麗夢中遊。群飛白鷺渾翻雪，翠滴垂楊不受秋。凶歲蕭條傷稼穡，野情摇曳傍漁舟。年年負却蓴鱸約，豈爲人間斗米謀。

漢沔諸湖二首

神禹導江流，東歸入滄海。三澨阻大别，曠壤實瀦滙。鬻熊開荆疆，縱獵固斯在。坤輿獲所安，流峙各無改。云胡後代人，邑聚擅高塏。曲防破先制，魚鼈遭俎醢。履畝料租庸，妄言廣財賄。籍定牢弗刊，始重黔首痗。水至循故區，往往歸歲罪。豈知小智私，祇以增凍餒。何當鏟縱横，一洗謝真宰。

大哉雲夢澤，浩蕩吞荆襄。分爲百湖陂，委折各有防。水闊混雲日，魚多聚鶖鶬。天寒見洲渚，綱罟映地張。扁舟垂綸叟，楚歌樂洋洋。昔聞漢陰老，無乃斯人行。西伯苟不遇，六韜沉渭陽。

贈水部張誠之采木南楚有功擢山東憲副

聖王御六合，孝敬百禮崇。祠壇及寢殿，如天開法宫。大木出南楚，肅詔騰雷風。層厓伐梓楠，斧聲震高穹。萬牛痡肩領，巨筏亘長虹。山靈獻材異，波侯開道通。賢哉張使君，來秉玉節雄。豈不念王事，而哀切民窮。獻謀廣財用，厚直來商工。優優播慈令，蹇蹇竭匪躬。譬如求才俊，傑者必登庸。梁棟入内苑，巀嶪起天中。巍然覩巨麗，偉績歸司空。落成大慶賚，錫命先有功。曰君冰玉操，風紀責所隆。煌煌獬豸衣，執憲山之東。授官副雅望，萬口稱嘉同。青雲快翔翥，展翼隨鴛鴻。台斗豈足踐，令譽歌永終。

沙陽曉渡

水闊殘星小，汀寒宿霧沈。馬聲喧櫓亂，燈影照江深。漢沔非吾土，風霜滯客心。驅馳何敢憚，筋力爾須任。

馬上見霜

十月繁霜滿原草，漢南柳枝猶自青。長路獨憐塵滾滾，老人休怪鬢星星。從來沙苑皆奇驥，何處松根少茯苓。終歲簿書催物役，幾時還續太玄經。

小江口

漢水霜前落，微波一葦通。沙然紅蓼色，岸裊白茆風。興在烟霏際，年銷馬迹中。浮雲休蔽目，流盼送歸鴻。

落日過白鶴寺山僧邀讀元將破宋碑

慨息狂胡破宋詩，老僧邀請讀殘碑。山中竹院堪幽賞，無奈斜陽欲下時。

飯舊口

霜舟乍渡沙陽水，午飯仍趨舊口烟。楚國山川行欲遍，祇憑詩興送流年。

登陽春臺

楚客歌陽春，和者纔數人。調高少知己，絶德難爲鄰。荒臺滿碧草，四顧傷我神。不知當年士，果爲何國賓。慷慨三閭子，離騷風雅陳。明明君臣義，照耀天地新。斯人雖沉湘，萬古仰芳塵。荒哉高唐賦，淫哇何足珍。與君登高臺，瞻望郢城樹。龍飛登九天，故宫莽雲霧。日月相蔽虧，江湖各奔注。優游豐沛閒，父老日歌舞。先皇流仁風，橋陵萬神護。蛟龍纏穹碑，金字勒長賦。草木藉華滋，新冬豈寒沍。唯兹盤石崇，乾坤永同固。徘徊詠豐芑，日暮更延佇。

與王司禮熹馬司諫汝彰盧氏園讌坐言别

臺居倦文牒，野步愜園田。既偕金宮彦，復招青瑣賢。旅泛暫聚合，心賞相夤緣。疏羅罥高壁，密竹媚清漣。歲晏衆芳歇，時菊亦解顔。共傷節序改，況軫别念牽。去任殊道路，南北間山川。引觴競浮白，臨樂惡繁絃。感此羈游情，慨余薄暮年。終當解龜組，農圃安自然。

郢中對雪十月二十二日

我游郢中地，孟冬風凄凄。不聞白雪曲，徒見白雪飛。羈旅節忽改，自顧寒無衣。四境遭水潦，黔首況啼饑。帑廩率空匱，漂蕩靡託棲。政理屬舒卷，咎責果安歸。將反牛羊牧，俛焉歌式微。

哭陳石亭

吴楚天一方，書至每不易。哀鴻從東來，屬我墓問志。痛哭裂肝腸，天道乃乖戾。平生金石交，中心兩無異。公今棄我去，如喪左右臂。哀哉遂初堂，庭樹日憔悴。他時一杯酒，空灑林下淚。

哭徐九峰

宇宙同一寓，死者爲過客。公年豈不高，痛惜如夭折。鄉國信多才，雅道洞明哲。古篆今不存，高辭難再得。吾生有幽抱，出户誰與説？不聞子期亡，伯牙絃遂絶。知音古來重，日月增哽咽。

哭金子有

後來奇驥群，金生千里駒。雲衢雖未騁，剪剔毛骨殊。一經發鄉薦，俊氣蓋九區。穆穆孝友姿，允爲邦國模。造物常忌才，玉樹望秋枯。顔淵竟短命，黄憲乃先殂。異地空泣血，何由奠生芻。

黎司空山堂對雪

高筵對雪多清興，况復江天落草堂。漠漠凍雲低野樹，霏霏風絮過山牆。寒疑點綴侵簾影，坐判虚明映燭光。莫怪夜深吟不就，舊歌元讓郢人强。

過雲臺山聞山中有普門寺未至

雲臺路接短長亭，十里煙林不斷青。説有禪宫如海藏，山僧來現老龍形。

豐樂河

豐樂河邊楊柳疏，半黄渾似早春初。晴風不著行人面，欲問桃花開也無。

黄憲墓

爾年昔不永，爾墓今猶存。英英弱冠子，誰遽探清渾。廣哉郭有道，成美由片言。

淳于髡墓

籠鵠誠譎誕，斗酒亦顛狂。談言雖微中，滑稽令人傷。不如鬼谷子，默默能深藏。

馬上憶曩在全州送孟望之歸汝有襄陽騎馬之句今亡久矣長途獨暮凄然霑襟

湘國題詩贈使君，襄陽歸馬踏歸雲。垂鞭此日斜陽道，淚雨遥凝汝水墳。

入襄陽

黄龍山北樹含烟，白馬亭東水拍天。傳道樊城風景好，酒家樓閣鏡中懸。

龐公愛就鹿門居，孟子愁封北闕書。此地高人多隱德，青山應笑碧油車。

大堤曲

大堤多美女，顔色春花殊。逢人解巧笑，但笑秦羅敷。傳道楚王宫，細腰金屋中。自甘餒爲鬼，争效體如風。大賈千黄金，買面不買心。東家登牆者，繡履蹋羅衾。婀娜墮馬妝，誰言近不祥。客性喜逐臭，唯誇鮑最芳。白石映寒冰，徒矜漢水清。遊魚不肯住，空名何足榮。

羊侯祠

叔子不鴆人，敵國亦信之。赤心動金石，黔首豈相疑。千秋墮淚者，何必見墓碑。

習家池

山簡遊習池，長攜葛强兒。民牧多政理，倒載亦何爲。怪底强仕年，不爲家翁知。

襄陽鎮南樓

高樓特起鎮南邦，城郭飛雲度碧窗。東流漢水聲長繞，西踞鄖山勢總降。望裏封疆分汝鄧，古來耆舊有諸龐。吾衰不及秦公子，偉觀渾無健華扛。

十一月二日自襄陽赴穀城將游太嶽

曉出襄陽郭，暮投穀城徼。地勢益高衍，山形稍奔峭。風霽雲霧豁，殘陽露微照。天乎借良辰，人也諧宿好。明登崒嵂間，千里騁遐眺。

界山

山巘隔塵氛，入山皆碧雲。清澗飲猿父，白石起羊群。物華暄寒異，世界人天分。將邀東方子，同會上元君。

入山〔一〕

萬山西來高武當，靈區物物非尋常。溪邊石黛轉争碧，霜後草花猶自黄。棲巖人共鳥鼠穴，行空馬逐鵷鴻行。不知王烈在何許，明朝可逢石髓嘗。

【校勘記】

〔一〕「入山」，明抄本作「入武當」。

山行絶句十三首〔一〕

開户霜如雪，登車日勝春。舉目見千里，獨慰遊山人。

天如碧玉版，群山各寫形。高空無障翳，龍鳳互騫騰。

青山八百里，蟠結千蛟龍。頭角忽聳起，秀出雲間峰。

高低度嶺頻，清淺涉澗屢。恐已入天宫，山空無人語。

澗口架飛梁，山腰束微路。懸厓有茆屋，盡是齋糧户〔二〕。

開山種雲子，汲澗探乳泉。可羡巖穴民，得養龜鶴年。

山風一披拂，千林舞寒葉。恍如豔陽時，花叢鬧狂蝶。

蒼厓切雲高，深澗萬丈下。低頭聽泉聲，風雨號静夜。

徑踏雲邊石，衣飄樹杪風。繡鞍行一馬，玉管引雙童。

胡然掠雲起，忽爾落澗行。幽叢不見底，潏潏聞水聲。

澗道蒼杉林，雲寒白日陰。石壁相映起，肅穆愁人心。

槎枒半折樹，傾欹欲墜石。行人如飛僊，渺渺下青壁。

磈砢萬石底，滴瀝泉一泓。裹茗欲煮嘗，未有龍頭鐺。

【校勘記】

〔一〕「山行絶句」，明抄本作「武當山行」。

〔二〕「齋」，文淵閣本作「齎」。

遇真宫

唐皇禮果老，漢帝延河公。金門一遺步，玄圃渺烟鴻。冥冥三伴子，軒聖慕其風。使軺窮滄海，靈嶽虚瑶宫。青鳥竟不來，鼎湖恨何窮。

玉虚巖

九渡越清澗，七盤轉層厓。高樹落餘雪，陰壑青夏苔。雲龕舉步險，風穴流音哀。方隅問屢眩，昏旦候莫諧。路盡益岑寂，俗駕何因來。

題玉虚巖四句

蒼雲抉膚，碧玉琢肋。真宰運斤，成此仙宅。

紫霄太子巖

王子煉神鼎，乃逃高巖居。金銀結真氣，天人傳玉書。磨針悟志苦，插梅知化殊。千乘雖云貴，九霄樂有餘。長令電露子，悵望龍鸞車。

南巖雷神洞

雷神棲何所，巖洞深杳冥。幽林蔽日影，寒澗餘龍腥。經年尚留雪，當午仍見星。石奇出變相，境勝通神靈。譎怪山海事，流傳信前經。

五龍宫

日出雪仍積，林深路不分。行過千澗道，來謁五龍君。仙人餘故宅，玉簡空靈文。對此烟霧窟，徒然慚垢氛。

五龍隱仙巖

尋真極玄覽，訪古窮荒遐。載凌青虛界，遥扣洪厓家。往古列仙人，悉此煉丹砂。經臺照白日，石洞空桃花。何時遂辟穀，漱齒來滄霞。

登天柱峰次路北村院長舊韻〔一〕

天柱峰高白日晴，華嵩相對最分明。扶桑倒射東溟影，銀漢平流上界聲。空裏金宫陳帝座，雲邊鐵鎖度人行。不緣旌節巡方嶽，孤負塵埃過此生。

【校勘記】

〔一〕「登天柱峰次路北村院長舊韻」，明抄本作「登天柱峰次韻」。

進士蔣君養孚會余天柱峰下授宗伯公移

仙山高處幸逢君，縹緲宫袍五色雲。身到峰頭金殿裏，手持天上紫泥文。詩成似有神靈助，境勝休傳俗客聞。好取姓名深篆刻，長令巖壑借清芬。

贈蔣僉憲芝赴雲南

愛言干將器，利刃能吹毛。武昌盤錯地，斷割手不勞。盡令十萬家，同口興歌謡。我持行臺政，舒慘賴所操。豈唯逭罪咎，實已弘甄陶。每思四域内，安得皆君曹。如古元道州，獨重工部褒。天官論嘉績，奏授獬豸袍。乃不奠三楚，復秉滇南旄。遠人何足平，早願歸中朝。别我郢襄野，徵言意忉忉。行囊無所贈，獨解王祥刀。

郢洲曉發時已膺司寇之命二首

解纜郢洲霽，開窗漢水清。亂山舒野望，急浪快歸程。摇落歲華晚，馳驅使績成。東風何日至，弭棹石頭城。

天青江霧重，霜白石林疏。官滿拋公事，情閒悦道書〔一〕。試論麟節貴，何似鹿門居。再過襄陽去，羞逢龐老鋤。

【校勘記】

〔一〕「悦」，明抄本作「近」。

鄖江張帆

兩崖倚列障，一水中逶迤。挂帆沿流行，日影互遷移。石瀨揚飛湍，風潭蹙文漪。瞬息踰百里，長年豈知疲。導舸角鳴樂，悠悠轉朱旗。游目恬野趣，浩蕩忘前期。

登峴首

峴首瞰長江，高深屬遥睇。兩儀拓雄觀，況值風日霽。水殘别洲渚〔一〕，林寒出松桂。曠然洽今歡，遑以悼先逝。羊公經世人，興懷局千歲。立德竟長泯，長聞泣遺惠。

【校勘記】

〔一〕「殘」，文淵閣本、金陵叢書本作「淺」。

同路中丞登鹿門山顛

維舟訪嘉隱，凌嶮躋峻巔。遠水浮白日，疊嶺霾蒼煙。龐公去已久，詎識躬耕田。何功勒鐘鼎，卒使高名傳。赫赫劉荆州，遺安讓其賢。此道今豈有，流塵暗弓旃。

望隆中山

雲山如龍蟠，紫氣騰晴空。緬想諸葛賢，引領望隆中。間氣産王佐，弱冠稱英雄。白水真帝子，三顧屈其躬。摧曹發妙略〔一〕，復漢懸精忠。大業雖不就，兵圖傳無窮。君聽三峽水，哀響流長風。

【校勘記】

〔一〕「妙」，明抄本作「猛」。

渡襄江懷孟浩然

孟公本遠俗，垂釣漢江水。雅志豈在魚，玩弄雲烟美。沉浸顏謝場，唐風美新製〔一〕。右丞虚薦言，工部實知己。飄飄鹿門遊，何心慕金紫。

【校勘記】

〔一〕「沉浸顏謝場，唐風美新製」，明抄本作「平生爾雅辭，唐風發新例」。

宜城冬至

去年冬至攸城雨，今歲宜城曉日輝。暮景兩年愁作客，故山千里幸言歸。鶯花入夢撩春興，兒女承歡動舞衣。北闕簡書恩似海，老翁非欲羨輕肥。

至日往荆州一帶視水利

葭管陽生日，天門詔下年。未能辭簿領，何敢厭山川。禹鑿功非舊，民饑食最先。荆州喉舌地，撫字賴多賢。

荆州明月樓

樓中望明月，清光白如晝。寒江迴遠天，冥鴻掠高宿。對之逸興飛，翻然振長袖。豈無一樽酒，良友不可遘。緬懷庾征南，風流絶前後。

曲江樓

曲江黄閣老，滯此天南州。直道既爲釁，讒巧亦易投。載歌鑠金詩，明夷多隱憂。賢哲通塞地，天運非人謀。唯餘樓前水，佳名永同流。

仲宣樓

公子跌宕士，作賦窺才雄。劉表不解用，遺之歸曹公。君看大厦就，得無資衆工。慷慨從軍作，亦足揚魏風。登樓想高韻，木落寒山空。

反歸來行寄浚川公 承示高作，辭意迥絶，然非公分也，輒寄是篇。

歸來乎，公不可以遽歸。立君黄金殿，著君白鶴衣。朝中冠佩三千士，誰不仰面看恩輝。吐辭天下法，執憲萬人威。玉陛尋常賜顔色，腹心推置古來稀。願公奮雙臂，大厦力撑柱。願公噓元氣，四海廣陶鑄。旂常鍾鼎皆外物，所貴丹心報明主。五湖扁舟鹿門車，小丈夫事何足數。君不見南陽諸葛公，三十草廬稱卧龍。秉麾起去佐先主，志決身殲成大忠。又不見東山謝安石，高卧終爲蒼生出。折衝尊俎摧强胡，拔引英豪靖王室。不然則三代以上，公豈無心，披露酬答，視時淺深。桃林定後建齊社，傳野起處爲商霖。大人一身既許國，安危四海同其任。本非江海疏遠士，安能拂袖任升沈。

登黄鶴樓飲後作

黄鶴仙人身姓誰，空傳崔顥舊題詩。雲荒赤壁周瑜壘，江繞青山夏禹祠。浮世古今堪灑淚，高臺歌舞幾銜卮。天寒月白孤鴻遠，徙倚危欄送目遲。

憑几集續編卷二

雜文

登天柱峰謁玄帝金殿賦

吁嗟高哉，瞻望弗及矣。攀援躋陟，僡莫爲力矣。一重一峰，路不可窮。一峰一天，上乃穹窿。勾雲結霧，構接聯通。容足之外，悉爲虚空。乃若根蟠楚蜀，勢抗華嵩。奠北極之玄武，卑南天之祝融。滄海一勺，扶摇上風。俯視廬霍，坡陀迷濛。抑何如其雄哉！

唯我文皇之御宇内，宅中圖大，嚮離中華。謂此神君，宜鎮幽遐。非高弗位，非虚弗家。秩望妥靈，測圭崇庢。削危標而成砥，開紫極以布基。列萬冶以鎔金，範法宫而建儀。仡仡兵將，蓄猛山立。文蛇大黿，蟠糾脅息。揚光吐輝，閃爍燿熠〔一〕。日月經之，詭道相歷。雷車電鞭，來往辟易。故萬神讋其威靈，四方希其響肹也〔二〕。

璘塵質凡垢，忝分符節，雲和日明，來禮巖業。踰襄度轂，靡步非陟。天門沈沈，千盤萬級。鐵鎖仰攀，布絆前拽。望之愈遥，足重氣結。載奮載憩，乃至其極。望長安而莫覿，魂怵惕以長征。覽九州之浩蕩，感王道之平平。於是斂衽肅容，再拜陳謝，意愜形舒，翩然而下。

【校勘記】

〔一〕「燿熠」，明抄本作「燿燿」。

〔二〕「響肹」，金陵叢書本作「蠁肸」。

遊太和山前記

曩昔聞客談太和山高且奇，宫觀偉麗，皆天下所無有，竊疑未信。嘉靖戊戌冬，余以臺務巡方至襄，乃謀觀其勝。

十月二日出襄陽，信宿於穀城界山道中，見岡阜迤邐相屬，人曰：「此即山麓也。」蓋相去二百里已然矣。四日入山，將至遇真宫，則童冠羽人數十，提香鳴樂，持旛旆來導，悠悠然度灌木溪橋之間，恍陟仙界，自是凡過一宫觀皆然。是日宿玉虛。五日曉，循澗道往尋玉虛巖，凡三里始至。徑險，石益奇，靈草異木青葱，不類人境，平時人所不至也。宿紫霄。六日乃登天柱峰，謁真武君金殿。歷路門者四，皆金榜石蹬，曲折不可計，旁皆有石欄銕鎖，人攀援以升，或憊則引布推輓，凡數十憩，乃躋其巔。平臺設真君殿，殿可三咫許，冶銅爲質，鋈以黄金，棟柱門屏，題甍並具。其像與四天兵皆銅，精工踰土木，非竭天下之力不可作，誠盡勝矣哉。其上四望莽蒼，凡山皆下莫見，唯北見華山隱隱耳。拜禮贊歎，徘徊良久始下。

入南巖，石壁無古人題識，唯今少傅夏公大書「福壽康寧」四字，殊雄偉。其雷神洞、捨身巖皆險峭可駭。初七日，問山北僻道，訪五龍宫，景甚幽邃，澗泉清泠可聽。時從高厓低緣澗道，不啻千仞，如飛鳥翩然下青壁，愛且悚惕。荒茅密竹，聞往時多虎，今人盛亦不見也。蒼杉參天，有大十圍許者，時成林，亦它山所無。間訪巖居道士，問呴嘘吐納之方，頗指鍾、吕、孫、陳諸仙人居處相示，使古無仙則已，有則不居於斯，安往哉？八日，仍抵玉虛，得故人司法陳羽伯自南陽至，乃共再宿而别。入均州，遊浄樂宫，至紫霄亭，云是真君誕所，或有之云。

山遊凡五日，歷宫九，皆絶工麗堅壯。而南巖五龍多石，爲幽觀凡十一，多居巖阿。仁威觀前有白石特奇，余題曰「玉麟榔梅」。舊木已無，今乃後植者。廟凡三，因事而作，無幽概。巖名者五，玉虚太子，隱仙尤奇，澗不可數，九度磨針，特名重真君也。凡宫殿，皆擬天庭帝座之崇嚴，雖行寮寄寓，皆費中人百家之産，莫狀其勝。志云：「聚南五省之財，用人二十一萬。」不知作之若干歲，信有之乎？

按，真君，其書所傳，本清修得道士也。其後乃有大威力，所顯于宋、元及聖朝如此。唯我文皇大聖，首物垂訓，作事爲天下法，非真君有大功於國、大惠於民，報典奉祠烏能臻是哉？遽未可考。若客談，則固歎其未盡矣。

遊太嶽後記

夫險易者，地之理也；幽明者，物之情也。廣大尊崇，皆易也[一]，而人道宜之，故曰明。奇峭險邃皆幽也，而鬼道宜之，故曰幽。地形殊類，物用相成，莫知其然，而不能不然，此則天之道也。天且不違，况於人乎？况於鬼神乎？

今夫君王侯伯之居，必大都廣土，日月所照，人物萃之，否則舟車難通，政教難達，人道斯妨矣。神靈仙真之棲，必深巖幽林，雲霧所積，怪妖憑之，否則精氣莫潛，變幻莫作，鬼道斯詘矣。由此言之，兩間之内，凡山川之幽險，爲仙佛依，不爲吾人有，斷斷明矣。

夫五嶽，天下之名山也。其神壇壝，恒居坦明之地，其幽乃有異類託之，故曰五嶽視三公，不其然哉？今吾遊太嶽，觀靈峰峭壁，空巖陰谷，信天下之絶奇矣。然止於仙鬼所附〔二〕，清虛所脩，無禮樂政治之用，以達諸人事，卒歸陰道已矣。將希諸聚落井邑且不可得，敢望大都廣土類邪？易則大，險則小，固天道之不可易也。

客有聞而作者曰：「豈唯山哉！高明洞達，大人之度也，斯賢聖同域矣；卑塞險暗，小人之趣也，斯鬼蜮同流矣。請以子相山之道相人，可乎？」對曰：「吾烏能達。」於是其理或然，因書爲後記。

【校勘記】

〔一〕「易」，明抄本作「陽」。

〔二〕「仙」，明抄本作「山」。

王履吉集序

嗚呼，觀今滃然雲興，燦然星耀，豈不有羨于當世之士哉！然性緣情汩，志以習乖，考之溫仁成德，固已鮮儔矣，姑略言之。自視有餘者驕，視人有餘者妒，驕妒所終，敗于人國，烏用士爲也？得夭猶幸。若吾友王履吉氏，遹發鄉國，早聞四方，龍鳳爲章，山海爲蘊，不謂有餘既甚者乎？然逡巡若處女，俯詘若蒙士，自余所覯，未嘗失色於人。及其遇一善，覿一才，若饑渴之於飲食，不厭不止。故年殆强仕，而海内勝流，什五齒交矣。乃抱疴長終，玉毁牖下。嗚呼慟乎！

人皆曰：履吉之才不可再得也。余獨曰：履吉之德不可再得也。蓋傷人國焉。其兄太常履約氏刻其詩，余得而論曰：「古體五言，沉鬱有色，可憤可樂〔一〕，蓋類曹植、鮑照。七言跌宕瀏麗，號幽吹而靄春雲，蓋類杜甫、岑參。近體亦步驟杜、岑，而自攄神情。殆與盛唐諸家相雄長，可謂詩人也已，特非其致也，所取於履吉者非以此。

【校勘記】

〔一〕「憤」，明抄本作「駭」。

重刻劉蘆泉集序

余自弘治丙辰舉進士，觀政户部，獲與二泉邵公國賢、空同李君獻吉、蘆泉劉君用熙友。未幾，余謝病歸。用熙意古寡徒，遂絶問遺。然余甚愛其詩，藏其數篇，以爲有杜法。時獻吉名尚未盛，後用熙入吏部，守京口，謝歸，益聞其著書不逐世好，竟汩没長往矣。嗚呼，孰謂斯人而止斯任哉！

今年來莅楚臺，訪其子鄉進士箐，得所著易、禮諸傳疏，遂授諸屬刻之。其詩文嘗刻于元山席公，板惡且漫，因爲再刻以傳。

夫國朝之文，本取醇厚爲體，其敝也樸。弘治間，諸君飾以文藻，盛矣，所貴混沌猶存可也。然華不已則實日傷，雕不已則本日削，不幾於日鑿一竅已乎？吾用是益貴蘆泉之文。觀其與毛公書之論詩、思齋序之論文，豈無力以進斯技，蓋本志止於此。請讀所贈唐文載序云云，其要諸後來者如何哉？世毋淺乎蘆泉也。

損鑑序

易損之大象曰：「君子以懲忿窒欲。」嗚呼！身所當損止此乎？俛而思之，忿，勝氣也，凡意弗平，皆屬之忿，固不可勝計矣；欲，邪志也，凡意有愛，皆屬之欲，固不可勝計矣。君子苟志於克己復禮之功，以希静虛動直之域，其視外物之所交，内念之所作，孰非忿欲之類當損乎？用是益知方寸之多擾矣。璘不肖，竊亦勤志於此，損而復有，有而復損，猶未已焉。故於觀書之餘，取古人之言，資於損者，集之一編，題曰「損鑑」，蓋反覆誦味以自照焉。有涉二氏之教者，并録不棄。緣二氏以虛爲宗，於損爲近，譬之烏喙赤戟，取其攻病，姑略其性味也。先正東坡蘇子尤洞斯趣，今采其語居多。

題郭杏東作雙崖疏稿序後

嘉靖丁酉八月十九夜，翰林學士儀封杏東郭公卒于京師。是夕爲兵部侍郎雙厓樊公作雲中疏稿序成，朗誦數過，就枕而逝。今讀其文，明整慷慨，氣貫金石，不應倏忽殞滅也，人人疑之。璘則曰：死生之際，明者或亦先覺，故好言其平生。至於亂與不亂，則君子之所養固與人殊也。曾子曰：「人之將死，其言也善。」言反本也。夫雙厓保雲中之事，發乎忠義，天下所共仰。杏東道同軌，心同歸，欲爲文傳之，此豈尋常然諾之比乎？方即化歸真之際，援筆屬詞，精誠之所感發，鬼神之所開啓，有莫知其所以然而然者。要之其人與事，炯然於心素定矣，氣安得亂之乎？昔人有絶命辭、遺令等文，皆成于臨終之頃，彼非人而傑者尚然，況君子乎？璘於是見杏東所養之固，而歎雙厓忠義感人之深也。亂不亂，無足疑。

文端序

文始於六經，正學也。其大壞，乃有六朝綺麗之體、衰宋瑣弱之習。比見楚學諸生，爲文率務奥奇，而不知適入於壞。嘗教之讀西漢書矣，懼其學之無本，信之不篤也。至荆學，乃命教授楊奇逢取易傳、尚書、禮記各數篇以爲準的，次四書長篇，始及於西漢，其究至程、朱諸先生文而止。抄爲一編，付李守士翱刻之，用布於諸郡學宫，題曰「文端」。端，始也，正也。引其始以歸於正，將不由是乎？俟其自得，必知取全書優而游之，以臻大成，庶幾爲天下之正學，道固在其中矣。若夫文選、文苑諸書，正詞人雕蟲之小技，吾方悔其少習，乃所願諸生勿蹈吾後也。

明故山西行太僕寺卿石亭陳先生墓志銘

先生吾南都文人也，穎異蚤見，軀不甚長，神采朗秀，眸子可照。少好蘇氏之學，筆勢瀾溢，人謂其類東坡，亦自號曰小坡。中歲再變其格，詩宗盛唐，文出入史、漢，歸於簡古。晚益好著述，浸淫理奧，不以綺麗競能，厥趣遠哉。璘自登第後，相結爲文友，傾心四十餘年，切劘契許，日益膠固，真如兄弟骨肉。頃年，先生以山西行太僕卿、璘以浙江布政使，各請老居山中，與諸耆舊大夫脩淨社甚歡。丁酉，璘召起爲副都御史撫楚，與先生別，殊怏怏。戊戌秋，忽以訃聞，實卒于六月二十六日，璘哭之慟。其子時萬等致禮部主事許子穀狀來請爲墓銘。嗚呼！吾與先生交期止此邪？乃又不獲執手永訣，痛矣！夫天道負人每如此也，恨恨何有窮日，乃志曰：

先生名沂，姓陳氏，初字宗魯，後改魯南，號石亭居士。本宋丞相秀國公升之之裔，曰澤，以言青苗，謫四明爲鄞人。曰瑤，國朝以醫徵入太醫院，始家南都，其詳載長沙公傳中。長沙公諱鋼，稱遲宜子，即先生父。初爲黔陽令，再擢長沙通判，皆有遺愛，祀于土。母金安人，以成化己丑七月二日，遲宜公先夢釋氏奉明珠入室，旦生公。五歲能屬對，八歲能摹古人畫，十歲能詩，十二歲能舉業，率奇拔，驚動長者。總角著孔墨辯、赤竇山賦諸文，傳誦人口。自是行誼文學，日益隆茂。

辛酉始舉鄉試，暨丁丑始舉進士。雖久處韋布，時名煒然出人上。閣老野亭劉公、太宰白巖喬公、少宰柴墟儲公宦南都時皆海内具瞻，鄉定山莊先生負學行高望，皆引爲忘年友。既仕，改翰林院庶吉士，除編脩，與修武宗實録，推内館教書。癸未，禮部聘同考官。甲申，與編修鄒守益等及與修撰楊慎再論大禮。實録成，進侍講，賜白金、文綺，隨充經筵講官。撰講章，善寓諷勸，上問宰臣，知其名。丙戌，授册封楚王。踰年，出爲江西布政司參議。

先生素抱經濟，樂於惠民。於是備設科條，以杜奸完賦，同官驚服。進山東左參政，按沂、莒、滕、費諸郡邑，察其災荒，發官帑市牛百餘頭給民墾藝，且寬其稅，期年皆熟。又爲蠲除種馬、薪木、運布諸征，民獲甦息。嘗至鉅野，察有盜將發，調卒襲捕散之。即言於中丞，職兵者不謂然。已而，盜竟破縣去，衆許其略。嘗遇執政於德，勞之曰：「先生久外，將召矣。」對曰：「齊民困甚，苟行吾疏，勝吾受德意。」大忤吏部，舉河南、福建布政司，皆不遷，遂改山西行太僕卿。再上疏請老歸，築遂初齋於家園，杜門著書，絶意世事。乃今天不愛賢，遽爾見奪，蒼生已矣，又如鄉國何哉！

先生孝友忠信，出於天性。事二親死生，情文備極，人所難及。素廉於財，長沙公没後，營弟妹婚姻，貸以備禮。及貴，周卹南都與四明族屬，往往曲殫心力。嘗有大臣後流落不能歸葬，必圖爲之所。居京，凡鄉閭人急難，匍匐拯之，唯恐後。蓋平生舉事造念，率歸忠厚，固不可以數計也。所著書有皇明翰林志、金陵圖考、金陵世紀、畜德録、誨似録、花巖志、游名山録、晤言詩談總若干卷，詩文拘虚集若干卷，又金陵志、山東通志、南畿總志，皆出筆削狀。謂其清修厚德，文藻惠政，合而歸之有道仁人，吾鄉稱爲實録。初配楊，繼馬，婦德并茂，馬尤能文，贈封皆淑人。子男四：伯時萬，鄉進士；仲時億、叔時兆，皆才哲，方向進；季時□，尚幼。孫男幾女幾，其興蓋日熾云。卜己亥□月□日，合窆於楊淑人之墓，墓在岔山祖塋兆内。銘曰：

文以章物，唯道是則。發藻于才，立本于德。小儒偏長，下乃剽竊。於唯先生，秉德自天。企彼四科，庶幾閔顔。乃述乃作，是謂善言。達諸大業，僅試旬宣。乘雲御風，言返天門。有遺在壤，瘞玉彼岔。赫赫其光，燭于九原。匹躬斯已，百代攸聞。

前吏部侍郎燕泉先生何公墓碑

嘉靖甲申，國家用今少傅張公孚敬等言，更議大禮，固一代典則，内閣楊公廷和等各持論不合。時二家附和者甚衆，非必自能深考極論，以折衷禮制，甚者懷觀望圖，以國爲玩。唯吏部侍郎何公孟春前後三上疏，勸從初議，辭意明懇，實由其衷。問得張或問十三條，即夕具疏，辨析尤盡。復偕百官伏闕以請，且號泣于廷，豈蹇蹇匪躬、勿欺而犯者邪？上怒，奪俸一月，調南京工部，旋引疾歸。及明倫大典成，詔削籍。所謂求仁得仁，又何怨也，天下愈重其望。夫君子之事君也，有所見於道，則言之不隱；有所得於道，則行之不撓。曰：「吾求忠國家、利生民，以無負所學而已。窮達禍福，有天命存，吾何慮乎哉？」斯道也，聖賢之所共由，而世俗之所不及知也。嗚呼何公，真君子哉！既没之三年，璘以職事觀風于郴，拜其墓，未有碑，畫然傷之曰：「古者高行士皆有碑，況公大卿邪！」屬其子仲方爲碑，璘乃敍曰：

公字子元，先世廬陵人，遷于廣，元有爲都統鎮郴、桂者，因家郴。至公曾祖義堅，爲合州同知，後貴矣。祖俊，雲南按察僉事。父説，刑部郎中。以公貴，俱贈通議大夫吏部右侍郎。祖母廖，繼李，母李，俱贈淑人。公少穎異，稱奇童，長遊李文正公之門。文正嘗稱曰：「子當表吾楚。」登弘治癸丑進士第，任兵部主事、員外郎、郎中。大司馬馬端肅公、劉忠簡公大見器重，曹無滯政。嘗使山、陝清馬政，條目畢舉。還，上五事，併劾撫臣不職，朝論韙之。爲河南參政，稱仁明。擢太僕少卿，究極馬政利害，兵部著爲例。武宗朝，嘗欲取馬價他用，公力言不可，竟止。晉正卿，拜都察院右副都御史，巡撫雲南，多所興革，詳見撫滇條約。討十八寨叛夷，立永昌府，增伍長官司、五守禦所，歲增賦若干石。陞俸、蔭子，皆辭不受。召爲南京兵部右侍郎，尋改吏部。以引拔人才爲己任，與喬太宰宇、林司寇俊、彭司馬澤、汪少宰俊同心謀議，時望治平焉。

天性至孝，父卒，扶櫬舟還，遇飄風，人各奔免，公誓與櫬存亡，獨守不去，竟全。母病瘘，不能言，公色養，必得其欲〔一〕。嘗扶母避寇，臨急棄櫝以脱母。比還，則櫝猶在，人以爲神庇。公神充于貌，臨事敢言，人信其剛直，然仁厚儉約，著長者風。博究經史〔二〕，雖曆數、兵法皆精。其學詩文，少騁莊、騷，後一歸於義理，所著書有餘冬序録六十五卷、閒日分義百卷，皆討論今古，參訂是非，爲學士矜式。政事所紀，則又有撫滇條約、軍中耳學、平夷録、備荒書、恤刑書、奏議稿通數十卷，注孔子家語、陶靖節集、易疑初筮、西涯擬古樂府行于世。所居有泉，以燕來去時消長，故學者稱燕泉先生。子二：長仲方，已舉于鄉，有節操；次仲平，方力學向上。公以丙申年五月一日卒，春秋六十有三，葬永寧鄉祖墓兆内。嘗語方曰：「吾於忠孝大節幸無失，雖以士禮葬，密邇先墓，奚憾哉！」璘爲贊曰：

烈烈何公，氣貫日星。靡言不直，矧切國經。白刃可蹈，朱紱何榮。於道無枉，生順没寧。孝德唯風，學澤唯海。鼓之潤之，百世攸在。前作有基，後述無改。乃復乃昌，佇焉斯待。

【校勘記】

〔一〕「欲」，文淵閣本作「心」。

〔二〕「究經史」，文淵閣本作「訪師友」。

祭陳石亭文

維年月日，具官某，謹致香帛牲醴於南都，命子嶼敬祭于山西行太僕寺卿契兄石亭陳先生之靈，曰：

兄生吾國，文如麗錦，行如美玉，德如慶雲，量如虛谷。蓋四海之特見，非一方之可局。璘何人斯，敢與追逐？所幸年隨雁行而生同日，居並仁里而志同道，交脩麗澤〔一〕，獲偕終好，窮通出處，無替毫眊。忽四十餘年，同臻於蒼皓矣。雖司馬之於純夫，每許以異姓骨肉，而東野之望昌黎，實效瞶以貽笑也。璘昨適楚，別兄甚强，唯衰晚之睽違，各衷臆之隕傷，豈浹歲之不覿，遂永隔於幽明。令子來告，將卜永藏。屬以不朽，志在玄堂。淚盡于辭，實摧肺腸。薄奠附陳，物豈馨香。唯兄昭格，無間存亡。

【校勘記】

〔一〕「所幸年隨雁行而生同日，居並仁里而志同道，交脩麗澤」，文淵閣本作「所幸年隨雁行而生，得以志同切磋以老。故爾長資麗澤」。

啓桂洲公論顯陵形勝書

比拜手教，感切至深。念公上應顧問贊萬機，下酬四方咨啓神用，固無停，乃復念鄙人如此邪，何云希闊耳，不敢望，不敢望。璘輒有獻，頃者奉命告謝純德山〔一〕，得縱觀我獻皇陵寢之盛。

其山東自京山、中盤諸大山發脉而來，再起於聊屈，蜿蜒而西，屏聯障疊，至今純德山而止，乃幹龍之盡處。以其過北更無山，前界漢江，是以知之。所謂界水而止，亦曰勢如萬馬從天而下也。或言主山太小，兩沙太直，其理殊未切〔二〕。凡言主山，非指葬地之山，乃泝其龍脉所起之處，正不貴其逼近。如中盤〔三〕、五泉、聊屈等山，皆崔巍秀拔，接於百里、數十里之間，何謂小乎？楚地山多，正嫌其偪仄阨塞，而難於寬廣。此地自陵山以北，龐厚寬舒，四望千里，儼有京都之象，光嶽所聚，非偶然也。兩沙爲脩築牆宇，欲成制度，稍去坡陀，今望若直然，大勢則青龍回而作岸，極得環抱，何可謂直乎？其南五泉之野，古有曰「天子墓」，在今俗呼「天子岡」。舊志載其靈變，蓋異兆也。古者天子所興之地，必有符讖物象之祥，豈可不信乎？

璘又謂天下之地，各有極貴之處。今都城與天壽山諸陵，據燕、冀督亢之勝〔四〕，不俟言矣。古稱芒碭有天子氣，則我高祖奮起，又祖陵據爲宅兆。金陵曰龍蟠虎踞，真帝王都，高祖既定鼎於此，又爲鼎湖升遐之區。杭州曰龍飛鳳舞，至於臨安，我太皇邵太后適出其地，鍾靈之所，固已湊合於皇家矣。今荆、郢之間，亦海内一大都會，自春秋楚莊稱霸以來，代有竊據而偏安者，亦其地氣素貴也。國朝郢梁祚薄而不能承，乃大發于聖宗。自獻皇埋玉以來，我主上當陽御極，聖躬康强，皇嗣疊降，景福嘉祥，可謂極天下之美善無加矣。

久聞道路之言云，皇上孝思誠切，若有遷陵之議。璘遠臣疏賤，不敢與聞，欲言中止者屢矣，竊比富貴之家，葬地得吉，尚不敢輕動，況萬年之宗社乎？左右乃國之親臣，位在輔佐，不可不極言。雖少違主上之孝，而實臣子之至忠也。且商、周遷都，未聞遷陵，況我高祖不遷祖陵，太宗不遷孝陵，此數聖人必有深意，不可不慎，無俟後日，稍有慮悔，噬臍難及。

昨鎮守張太監謁顯陵，至省見璘，亦曰：「美哉陵山之盛，長陵可以頡頏，諸陵皆不能比。」渠乃内臣，熟見國家規模，其言亦如此，可以占人心之同。今諸臣不敢言者，恐未見之耳。若再奉此議執事宜，請遣大臣稍知堪輿學者，來此遍觀熟視，庶知璘言不妄。不勝拳拳及此，幸勿以爲愚也。

【校勘記】

〔一〕「頃」，金陵叢書本作「頌」。

〔二〕「理」，清烏格抄本作「言」。

〔三〕「中盤」上，明抄本有「大洪」二字。

〔四〕「據」，金陵叢書本作「處」。

啓介谿公

吏還，辱示賀二相新第詩，語格精嚴，正燕、許的派，海内風雅當爲一變。若諸硬語麤氣，强附杜門牆者，烏可云被金石哉？禪宗必正法眼，方具大知識，難與衆人言也。尊仰尊仰。茲上拙疏，爲九峰司徒公請謚。前輩典刑，安可缺此，諒門下必有處，不敢多言。顯陵祭祀儀注，既以謹禮，亦以省財，此方民力竭矣，伏乞照察。秋暑方闌，瞻望遐邈，萬萬爲天下加愛是願。

啓浚川公

吏還，辱示新得二目，思深義精，益仰晚節研究之力。周公所謂繼日待旦者，想皆此類也。尊仰尊仰。尊官大人任天下之重，皆能力此以爲權衡之本，何患泛應之不當哉？宗社所賴，欽仰欽仰。近得蘇州所刻有涯集，沖夷爽朗，絶類其人，孰謂言不可知人？大抵藝文苟涉其界，不須深求，亦占精力。若君采近來著作，盡去從前脂澤，似爲得之。空同、後渠之詩文，璘嫌其老而益工，不知此義是否？或賤性偏著耳，望有以示教。高子業集附覽，可惜此人夭去。臨政處世，甚覺寬闊，今不得已，重其遺文，其實非所重耳。難盡難盡。秋暑方闌，萬萬爲國加愛是願。

與呂涇野

久不奉問，多罪，時於過客承道履安勝爲慰。近浚川書至，示僕中庸「喜怒哀樂」一節，謂未發之中、已發之和，皆由君子存養省察，乃始有之，非謂人皆然也，璘竊以爲不然。蓋此節正子思明「率性之道不可離」之意，專言凡人性情，皆具道之體用，未有不中不和者也。唯君子存養省察，馴致聖域，乃有位育之效，其存而不中、發不中節者，皆衆人私欲之害，非道之本然如此。則前後發明，義始完足，而於道無病。若如浚川之論，則人必由學乃能仁義，亦成何義哉？此於學甚切，萬萬因便教示，以定取舍，幸甚。

寄後渠

郵使還，得奉手書，甚慰。久絶同心之言，奚翅如蘭，把玩不忍釋。公果悔嗜酒攻文之癖，則萬年之慶。然結習極難除，恐見獵復動耳。如何如何？文序詮古人之文，死者自當心服。璘精神衰耗，祇見此道非用力可盡。所謂得之於心，應之於手，雖陳言，然至理實不出此。譬之聖人之道，動容周旋中禮者，安有點檢其間？必至耳順從心，乃神化之域也。作者其始病于有意，其終病於有迹。

自曹丕立意爲宗，一言啓六代雕鏤無窮之禍。孟子曰：「始作俑者，其無後乎。」五經、四子姑勿論，歷代文人，吾所深服者，屈原、莊生、荀況、賈誼、太史公。其人皆直吐胸次，無所鑽研粉藻於筆墨谿徑。故文詞明直，意味深永，可續諸經傳，視左傳、國語，猶夷、惠也。其後韓愈氏獨得其宗，當觀其原道諸作爲的，若進學解諸文，必其少作，未可論定。宋歐、王、蘇氏父子所見甚確，老蘇得矣。王傷刻，歐、蘇傷易，乃其天性使然，猶師、商之過不及，不可深病也。六朝之非，不俟更談。若揚雄、王通與柳宗元諸君，皆見其末，未見其本。柳氏晚年覺之，故柳永之作，極可誦，惜乎不久而遽没也。詩則風、雅之後，唯漢十九首及建安得其傳，兩晉若阮、陸、左、郭、靖節諸公猶有存者。可怪宋謝氏一出，倡爲刻畫，鑿死混沌，即它日西崑之義山，學者靡然從之，而末流遂至陳、隋之靡麗，古風盡滅，可爲痛哭。至唐，陳、李崛起，蘇州繼之，真可謂大雅。工部及王、岑諸公，格律雄健，當孟氏泰山之巖巖，謂非聖人之徒哉？高氏品彙概題李、杜曰「大家」，而別于「正宗」，未盡是也。僕衰矣，無力供簿書矣，得遂贈典後，將請歸去，計與足下相對無時，因貴鄉馬司諫便輒奉此書，望賜教訂，以代面談，餘唯加愛是願。

書甘泉贈路北村文後

誦甘泉「東西南北皆可至道」之論，惘然若失。然則楊朱之泣岐，真異端邪，而後世翕然許之，何也？它日至南都相見，甘泉當與細究之。

跋王陽明與路北村書卷

陽明嘗與余講學，力主「行即是知」之説，其言具載其傳習録，余以爲偶出奇論耳。今觀與北村書，取子路「何必讀書然後爲學」之言，乃知其學亦不必專信孔氏也。此其獨往之勇，何必馳險寇虜降王類邪？

左警辭

言行擬之古人，則德進；功名付之天命，則心閒；報應念及子孫，則事平；受享慮及疾病，則用儉。

右警辭

好辯以招尤，不若訒默以怡性；廣交以延譽，不若索居以自全；厚費以多營，不若省事以守儉；逞能以誨妒，不若韜精以示拙。

息園存稿詩

息園存稿詩卷一

賦

述征賦

嘉靖元載，天子册皇后於中宫。朝儀載闢，坤德斯貞，帝宗乃昌，萬方胥慶。臣璘列職東藩，與觀察臣廷用，祗奉懿典，以朝京師。際大禮之光榮，欣斯役之有適〔一〕。乃各作賦，以攄義展懷焉。若履險樂平，倦勤圖逸，則衰臣之私衷，故見諸卒章云爾。

睠龍德之玄穆兮，衍皇胤之蟬聯。釋屏翰而履紫微兮，維義鈞而卜賢。恢明烈以丕承兮，踵遐軌於周宣。赫於變於既期兮，暢聲靈乎八埏。緬内則之正位兮，亶王化之斯由。詠關雎之風始兮，曰窈窕之好仇。虞令德之不易兮，壓寤寐之殷憂。俔天妹於魏墟兮，協任姒之徽柔。仰乾坤之合德兮，儲萬國之嘉福。紹宗承於罔極兮，溥臣工之歡祝。顧薄質之靡靡兮，叨東藩之下牧。修大禮以奉職兮，抑何憚於匍匐。曰獻歲以揚舲兮，遂歷覽乎故吴。慨艅艎之漂没兮，哂夫差之左圖。櫝鬱挺于國門兮，哀莫返夫伍胥。雖范蠡之遠害兮，終貨殖於陶朱。越大江之天塹兮，山崖巘巇以中峙。割南北以界分兮，壯地險而争利。吴蜀日尋於戈鋋兮，五胡擾而未既。苟厥德之弗修兮，胡金湯之足恃。涉海陵與淮壖兮，禹書固卑厥壤。覩今兹之庶富兮，乃究夫地利之升降。信戮力而卒禽兮，舒守道而出相。

夫既弗諶於文武兮，兹西都之日喪。徐方膴膴其疆理兮，引黄河之洪流。王偃么而興峙兮，速周穆之見囚。悲重瞳之暴戾兮，冀裂鼎於鴻溝。天道錯輔于善人兮，奚介心於恩讎。邈泰山之不可登兮，指曲阜曰聖里。儼金石之遺聲兮，若洋洋其盈耳。將擔簦以裹糧兮，從諸生以觀禮。六藝殽亂而莫徵兮，願折衷於夫子。迄孤城以扞河北兮，回突騎於奔風。遡易水以歷平原之故郡兮，吊尚書之精忠。豈劍術之或疏兮，悵雄圖之不終窮？潞渚而登塗兮，適燕兮，壯士嘘氣兮猶成虹。

肅四鑾之鏘鏘。望閶闔以祇入兮，靈宫矗其雲翔。嗚委佩以便旋兮，綴鵷鷺之末行。捧玉函以跽進兮，覲咫尺之龍光。覗微忱之不足呈兮，荷綸言之下逮。霑既醉之恩醻兮，如湛露之汪濊。瞻商邑之翼翼兮，森舊章之具在。集咎夔以德輔兮，頌天保於昭代。

亂曰：天清地醇兮範我形，蠖屈跧伏兮壯乃行。馳騖道路兮轍靡停，老服斯役兮王化成。兩疏宦達兮去國城，馬生薄遊兮全令名。造化啬施兮誰與并，舍動即静兮庶娱我生。

【校勘記】

〔一〕「欣斯役」句下，文淵閣本有「自慚譾陋，敢效賡颺。而躬逢盛典，欣忭之私，有不能已於言者」句。

楚頌亭賦

黄門史君從道種橘後園，亭其中，名曰「楚頌」。上泝騷人之懷，下終蘇子之樂，意亦廣矣。南都顧璘乃揆而賦之，其辭曰：

粤后土之磅礴兮，遺偏美於東南。衍澤壤之膏沃兮，發群植之茂繁。唯四氣有所私兮，羌獨殺其隆寒。日月交以煦育兮，雨露下以霑涵。陽離宛其蒸蒸兮，固物性之所安。有嘉木之秀出兮，后皇名之曰橘。既受性之芳馨兮，又秉志之專一。乘青春以敷榮兮，殆杪秋而成實。爛黄章以外文兮，内實含乎精白。森剡棘以穎利兮，示剛以爲衛也。不順遷而苟生兮，寧從枳吾不悔也。充包實以致貢兮，將以報吾所生也。備五藥以利用兮，匪自伐以干名也。唯嘉木之備此衆美兮，固后祇之攸珍。豐隆庇其枝葉兮，玄武守其靈根。鳳皇下啄其蠹兮，麒麟擇蔭而來馴。苟非靈仙之與幽逸兮，夫孰得而長親〔一〕。

唯靈均之抗行兮，迺密契於南楚。願寄情而申頌兮，節交固而心苦。牽菌桂以儷美兮，綴椒蘭以爲伍。植堯舜之明庭兮，藝夷齊之芳圃。唯盛善之得善兮，高名抗而不下。嗟末俗之瞶瞶兮，徹醇醨而漓之。登菉葹而要蕭艾兮，桃李默而成蹊。擯芳潔而好穢兮，咸色豔之從嬉。豈予性之澹泊兮，固知者之益希。嗟海南之遷臣兮，紹靈均以自涓。指陽羨而問舍兮，既與予而成言。慨美要之多敗兮，情耿耿而莫宣。飄風逝而迹滅兮，眇虚名之耳傳。曠宇宙之寥廓兮，俟成敗之有期。亦孰知靈均之同志兮，閲今兹而得之。

唯金淵之奥區兮，實美人之所降。靈昭融以内辯兮，外沈抑而憂章。琢良珵以充佩兮，畏行聲之遠揚。研精義以正行兮，蹈規武於先良。鳳鳥之具文兮，豈巖穴之噎藏。排金扉而入瑶室兮，思謣謣以展忠也。處雌伏而獨昂兮，衆方惡其雄也。豻虎跳梁於中林兮，取所憎以實爪牙。雁銜莽以高舉兮，固知辟乎網羅。望故鄉而遄征兮，返初服以爲華。豈富貴之不可樂兮，視性命其孰多。欲娱心而揚志兮，信莫美于衆芳。

矧嘉橘之異秀兮，非百卉之能方。汎洞庭以致之兮，又南踰乎荆湘。萃嘉植而列樹兮，紛蓊鬱而縱横。飾欄檻以增觀兮，日偃蹇乎林薄。覽芳菲以永慰兮，羌獨美其後落。心隱忍其有託兮，豈時俗之所知。世流從以多變兮，又孰若兹芳之能祇。掇遺實以三緘兮，固將貽乎遠人。恐中道之多故兮，又物微而招嗔。思蹇産而内遏兮，仰曠閬而莫陳。卒懷美以狷處兮，用申娱於所珍。

重曰：物失時而無當兮，吾既獲情於前修。道不可以衆説兮，姑容與而獨游。睇兹壤以託足兮，又何吾生之足憂。

【校勘記】

〔一〕「親」，文淵閣本作「新」。

宜禄堂賦

夫自棟宇以來，至於輪奐之代，堂觀之盛極矣。宣輔神明，囿養德藝，咸資厥用，匪徒肆安云爾。稽古春秋賢哲之令式，或闢野表逸，或樹槐兆興，莫不事以號彰，地由人勝。雖顯晦殊致，其要同軌焉。淮南朱先生，履道用賓，三令鉅邑，上德緩刑，遹昭休聞。繼軫讀禮之戚，遂尚挂冠之志。長子應登，握蘭省局。仲子應辰，給廩學官。褎然競爽，實豐鼎養，迺有棲息之堂，號曰「宜禄」。揆德考言，厥旨懿哉。大易曰：「積善之家，必有餘慶。」雅、頌之報德，恒祈爵禄。子孫之昌，若斯堂者，可謂事紹前美，名應典義者矣。東吴顧璘竊辱游從之末，未展誦禱之願，爰因誕慶，乃遥賦焉。賦曰：

唯茲堂之閎啓，迺明哲之攸居。據吴楚之名會，應斗牛之奥區。究環材以總萃，紛磊砢其相扶。桂棟棼糾以揭孽，杏梁偃蹇而横舒。鬱穹窿以静穆，豁顯敞而通虚。準奢儉以合度，咸協正於垂輪。觀其面衢背市，趨陽舍陰，風氣匝合，日月代臨。飛粱屹其相翼，迴川繚以泫深。居鱗次以駢列，實義里而儒林。於外則有嘉樹交植，叢篠縈迴，盤鬱冬檜，敷披夏槐。璚蕊當庭，芍藥翻堦，揚榮布蔭，異色同荄。欄楯掩翳，紆直迭見，步櫚重迴，物采殊變。周隅靡廣，日不窮盼，發志怡神，居者忘倦。其中則屏風藻繢，堊壁含光，刻方連絡，玲瓏夜明。簾薄重匝，內不見陽，隆冬煦燠，盛夏清涼。備物有容，分陳按方，左圖右書，充溢兩廂。亦有琴瑟，間設于旁，沉沉肅肅，煜煜煌煌。蓋埃堨所不近，而幽貞之宜藏者焉。

唯夫先生解組而居之也，釋喧囂之煩慮，澹清虛之沖襟。泝玄風於邃古，騁逸駕於來今。悼湘纍之徒化，慕柴桑之可欽。惻行道之多露，寧閉門以陸沈。於是斂塵容，修靜理，整員幘，納方履。褒衣半結，蘭佩雙委。延蒙莊之隱流，究老氏之玄旨。或彈琴以永歌，或選辭而遐詣，或據梧以坐忘，或玩芳以徙倚。雖偃仰於一區，固神游於萬里。窮四序以愉樂，蓋不可以殫紀。

至若玄冬將半，潛陽始萌，霜融日出，天朗雲澄，乃届初度，百體和平。則有龐眉故老，峨冠友生，威儀且閑，三揖而升，賓筵既秩，壽斝徐行。酌金莖之靈液，誦大雅之遺聲。殆既醉以宴息，覺神超而體輕。于時伯子，馳函獻賦，仲氏雍雍，奉履于户。覩孫子之繩繩，樂兄弟之無故。垂正則於有家，蠲群憂於內顧。睇重楹以舒顏，履中庭而安步。調醇氣以長存，同斯堂而永固。引百禄乎蟺延，庶嘉名之無負。

送遠賦贈陳侍御琳赴謫所

出國門之莽蒼兮，渺長路之悠悠。泝江潭以遄征兮，將從役乎炎洲。伐菌桂以爲檝兮，刳貞松而爲舟。驅湘漁以方之兮，要尼父與之同浮。獲予心之所安兮，雖顛隮其何悔。苟調劑之中製兮，啖荼堇以爲美。緬脩名之有則兮，非矯飾之可希。指九皇以矢心兮，百神下而察之。冀皇路之無頗兮，何顧乎予之中私。遺綿力以它效兮，奚芥蔕于崇卑。嗟青春之凝沍兮，屬戒行而淫雨。風披離而慓怒兮，雲觸石而游宇。潢潦滉瀁以彌望兮，泥淖縱横而淤沮。心一日而九馳兮，車欲發而齟齬。友生瞻望而野泣兮，歷桂醑而留連〔一〕。青衿遮道而攀轅兮，足頓地而呼天。懷德義之滲漉兮，固去而不能舍也。蘭蕙遠而逾馨兮，豈惜夫知者之寡也。鳳皇跱乎丹丘兮，餘音嘹唳而振八極。賢哲耿介而抗行兮，四海尚其明式。衆增羡而侈美兮，予獨潸悲而於邑。俾余躬之昭昭兮，寧均戴乎白日。

亂曰：桂棹夷猶，越南荒兮。滈滈江流，經舊邦兮。登甘獻醇，承北堂兮。善以爲寶，樂何央兮。抉幽展屈，惠彼方兮。皇鑑其昭，道將昌兮。鴻名駿烈，允無疆兮。

【校勘記】

〔一〕「歷」，明抄本、文淵閣本作「瀝」。

雪村賦

彭城之野，有高士焉，隱居衡門，履道抱藝。厥聲四聞，乃有名達之流款焉，過存載瞻，其廬榜曰「雪村」。冬官大夫歎曰：「子誠吾徒也。夫人孰不知春林之娱也？陽氣奮盈，華葉紛敷。條風煦日，煖人體膚。蕩心冶游，挈榼提壺。樂而忘歸，與時俱徂。子不慕此，其志誠殊。豈不謂夫朔風且陰，上天雨雪。飛璚積瑶，高下同白。雲龍削素，吕梁冰立。郊居閴寂，車馬斷絶。古木既僵，脩竹緑色。凍鹿饑烏，來就人食。子於是時，擁爐支膝。稚子舉觴，老妻行炙。哦詩寫圖，逮夜未息。俛仰古人，宛其在席。旁視俗子，天壤懸隔。」高士唯唯，未出言説。

觀化老人進曰：「淺哉大夫之言，豈足論于高明者哉！夫雪以至潔爲體，善化爲靈，弗累于物，乃全其清。高士之居彭城也，抗志霞表，善鑒物情，稽偃王之委國，厭羶德之喪精，撫魋生之石槨〔一〕，悟朽骨之無成。劉、項之迹湮焉泯矣，何異乎觸蠻氏之争，剗蕭、曹之與絳、灌，誠附驥尾而效蒼蠅。是以韞玉圖史之林，脱屣王侯之庭。雪哉雪哉，固將從其變化，豈徒效其清泠邪[二]？」

高士𩦣然而笑，愕然而驚，非有惠子，孰知莊生？於是虚白先生抗肘而上曰：「高士之志，受抑於大夫，故快心於老人，抑猶末也。願撤藩籬，以揚道真。唯天多恩，何貴霜雪，斂於不用，乃歸藏之澤。唯地多方，何貴邨野，處于不争，乃順受之所。多恩多方，厥道乃張。不用不争，厥道乃凝。可以養德，可以養生，庶曰皓首，覯子于成。」高士再拜再謝[三]，然後二子豁然自釋，咸知雪村之所由名。

【校勘記】

〔一〕「魋」，明抄本作「魁」。

〔二〕「泠」，清烏格抄本、金陵叢書本作「泠」。

〔三〕「再謝」，明抄本作「以謝」。

鳴蛙賦

嗟余病之眩瞶，閴虚館而澄神。何汙池之湫隘，聚群蛙以爲鄰。遭暑雨之淫溽，鳴聲沸其聒人。增予懷之煩瞀，竟長夜而達晨。

嘗觀夫蛙之爲狀也。蠕動沮澤，化始科斗，匪鱗匪介，形質甚陋。脩脛何趨，怒目何訴，囊氣于腹，鼓聲于口。呱呱閣閣，不中音奏。群喧衆噪，不辯誰某。幽人掩耳，羈旅疾首。矧予卧病，無所避走，將垂餌以斃之，又不足以充君豆。

少焉，陰曀既澄，皎日初出，鳥鳴嚶嚶，蛙聲盡息。予乃策杖臨水，倚嘉木而歎曰：「吁嗟！萬物隨氣陶鎔，音量異度，莫可齊同。乾鵲何吉，鴟梟何凶，鳴雁何拙，鸜鵒何工？故唐虞受禪，舜禹雍和。湯武放伐，伊吕攫拏。七雄虎鬭，頗牧横戈。稷下濫説，百氏諠譁。大化斡以軒輊，雖天地其奈何？星何塞而滅景，雷何侈而轟車。彼衆籟之噭嘯，一唯噫氣之所加。萬化誠莫逃於天倪，吾又何怪乎鳴蛙？」

誚沙燕賦

河朔之野，川厓壁起。有鳥曰沙燕，穴居鷇化，以陋見全。厥類日夥〔一〕，人舟過鶩，則飛噪憑怒。余與八厓子惡其驕也，並作賦誚焉。

嗤彼沙燕，翾翾川湄。不巢而穴，託體何卑。族類冗瑣，毛羽襹褷。大不盈握，弱靡自持。象恧玉釵，棲惴華榱。祥乖玄卵，貴失烏衣。堁塊葦户，鼠壤資饑。朗日弗照，清風鮮吹。童稚攸害，蹂轢横施。莫假矰繳，矧乎罔罝。

嗚呼！是淫譟而雜處、惡濕而居下者邪？是獺以爲魚、鳶以爲鼠者邪？是泥啄而風舉者邪？是旅猜羊以爲厲藪者邪？羽不飾旌旄，肉不登鼎俎，狡伏而惡寒，躁動而附暑，譬之人倫，穿窬是伍，請付之鬵釜。

【校勘記】

〔一〕「類」，明抄本作「數」。

息園存稿詩卷二

樂府雜詩

將進酒

今日何日，景媚辰良。嘉客四五，雜坐高堂。主人羅廣宴，炮兔炙肥羊。金壺注清酒，放歌笑千場。安能坐愁鬱，徒使鬚髮蒼。君不見，阿房崢嶸高入天，楚兵入關三月煙。又不見，柞宮桂館通滄海，茂陵孤墳竟何在。不如劉伯倫，杯行到手不肯停。天地且以爲席幕，睨視貴介如螟蛉。今日樂相樂，急管交繁絲〔一〕。對酒不痛飲，孤負夭桃枝。拔劍自起舞，向君肝膽披。黄金去還來，國士難與期。男兒墮地抱意氣，何用碌碌錢刀爲。

【校勘記】

〔一〕「急管」句下，文淵閣本有「清歌聲宛轉，華燭光參差」句。

扶風豪士歌

蛟龍一勺水，四海觀滂沱。舉頭笑鳳皇，空鳴岐山阿。扶風賢士昂藏身，中隱磊落之經綸。時來仗策謁明主，襟期直與夔龍親。世事悠悠不自保，反覆浮雲變昏曉。丈夫有志不得伸，抱關老却夷門道。君不見，長沙賈傅稱少年，口吐禮樂翻雲煙。堂中絳灌一側目，枉殺吴公推轂賢。又不見，漢家舊日李將軍，百戰孤軍陷塞垣。可憐獄吏摇空筆，遂令妻子俱煩冤。焚却頭上冠，且製夫容衣。君看避矰雁，直入青冥飛。魯連竟蹈東海水，夷齊獨采西山薇。生乏功名映麟閣，何用失路長依依。對君解却腰間劍，歸覓磻溪舊釣磯。

傷歌行

青春欲去不可留，白日欲落花含愁。銀鞍白馬分明别，故苑夫容傷素秋。不惜紅顔坐凋歇，可憐君恩難再得。夜簟香銷巫峽雲，寒衣淚落秦關雪。掩却青銅鏡，不忍生塵埃。且留蘭膏燭，有心莫成灰。風吹蓬枝往復回，去年團扇今年開。小物無情尚如此，何獨君恩無去來。買賦無黄金，挑絲不成錦。欲因魂夢逐車輪，願君莫惡珊瑚枕。

春日行

漢家三十六離宫，桃花樹樹摇春風。武皇當年正好武，天馬七尺如飛龍。清晨蹋踘過新市，薄暮鳴鞘入禁中。中人盡戴鵕鸃冠，猛士半坐黄金鞍〔一〕。彎弓向雲仰射雁，一發兩禽皆道難。大官賜酒磚磔甌，一春擊盡千肥牛。撞鐘伐鼓獻奇舞，燈前變幻魚龍浮。宫門沉沉金鑰收，明月挂在城西樓，東方漸高復來遊。

【校勘記】

〔一〕「坐」，文淵閣本、金陵叢書本作「跨」。

羽林郎

胡姬酒家女，年紀十五强。白日自當壚，肌膚雪色光。兩鬢垂過耳，美目汎清揚。窈窕衣紈素，珍珠綴香囊。盈盈曳絲履，紅羅雙鴛鴦。自持耿介性，不解閨中藏。使君且莫近，況復羽林郎。自有蒲菀席〔一〕，何用黃金牀。自有清樽酒，何必玉壺漿。富貴徒旦夕，禮義古所防。作女苟無體，不如犬與羊。寄謝道上露，慎勿霑我裳。

【校勘記】

〔一〕「菀」，金陵叢書本作「莞」。

登高丘而望遠海

登高而望遠，不見天地端。日月互上下，東西如跳丸。長風自何起，瀛海翻波瀾。六鰲正抃舞，五岳無時安。恍惚青天中，仙人跨飛鸞。邀我謁帝室，金門鬱盤桓。青龍對人怒，玉女傾笑歡。彷徨返故路，北斗方闌干。坐地仰天歎，三日不能飡。

東門行

出東門，拔劍擊門關。嗟我獨何鬱鬱，嗟它人駕駟馬，富貴遨遊王侯卿相間。中夜憂晨飧。生不得五鼎食，死當長逝不願還。少婦牽衣悲啼，聽妾致一言。舜禹疾走以避位，謳歌頌其賢。黄頭櫂郎鑄山而餓死，卒不得懷一錢。伯夷食薇蕨，盜跖乃炙人肝。惡來高位，紂殺比干。萬族各各有生命，上懸滄浪之天。富貴與貧賤，自計誠獨難。

怨歌行

白日何皎皎，浮雲變重陰。忠義雖云烈，讒巧間君心。子椒毀屈平，宰嚭惡子胥。懷沙沈湘浦，鴟夷棄五湖。大義貫金石，何能顧微軀。居高忽下議，卒受傍人愚。楚王終俘虜，吴國竟丘墟。杳杳九泉暮，銜恨當何如。我欲竟此曲，此曲傷君神。往者勿復道，寄謝後代人。

公無渡河

願公渡滄海，不願公渡河。海水有定性，河水多迴波。金隄失上策，瓠子遺悲歌。山陵且震蕩，將奈公身何。白骨葬黄流，化爲黿與鼉。不信妾言苦，請觀龍門津。自古斷舟檝，公今徒殺身。殺身亦不易，竟使傍人嗤。妾言公不聽，公心妾不知，箜篌之曲令人悲。

善哉行

前有江水，東注其流。日月出没，直與年讎。高車駟馬，其憂孔多。握金而泣，孰與行歌。夷齊抗首，枵腹泉下。伯陽和光，均謂賢者。炰羔膾鯉，速我親交。以何解憂，唯有遊遨。遊遨四方，金門玉堂。不如羸馬，蹴蹐故鄉。

獨漉篇

獨漉獨漉，水多泥滑。泥滑道阻，傷我車轂。持膏作燭，將以照夜。虚花掩光，不逮檠下。猛虎在山，百獸畏威。陷穽三日，垂首訴饑。鐵生礦中，入冶爲器。劍負威神，錘則委地。男兒生身，萬事綱紀。突梯無施，不如女子。

長歌行

神龍躍溟海，天地生雲雷。猛虎嘯深谷，大風山木摧。靈物固有象，烈士自有懷。經綸萬物理，上與聖哲偕。三光鑒丹府，百神司形骸。舉手奠山嶽，揮霍雲霧開。功成不受賞，長揖歸草萊。嗤彼鼎彝業，瑣瑣何爲哉。

獨不見

憶妾嫁君日，雲髮未成鬟。飄摇紅羅帶，窈窕秦珠環。薰香閉綺閣，對坐春風間。許妾心不移，長指門前山。詎意青樓女，巧笑矜朱顔。春風忽飄轉，一往不可還。君如雲間月，舉手杳莫攀。妾如歸海水，日夜空潺湲。

秦女卷衣

拂拭君王衣，宛轉五龍文。光華動寶席，恐是瑶臺雲。貴人金屏側，天語杳莫聞。願持小星義，誓以奉朝曛。

上之回

回中道，何逶迤。千乘霧，列萬騎。雲馳北，歷蕭關。戍東謁，汾陰祠。金幣四方至，牛馬盡爲犧。君王勞玉體，侍從敢言疲？

戰城南

嚴秋朔氣至，虜騎寇邊城。軍符星流急，中夜起徵兵。魚麗按圖列，龍韜應機呈。前軍白刃交，格鬭聲鏦錚。控弦若滿月，飛鏑競先鳴。流血原草赤，填尸坑谷平。洗兵下隴水，獻捷奏承明。天威赫神武，戎狄震且驚。孰知折衝略，乃由一書生。伐謀貴廟算，匪在多戰爭。

塞下曲

千里驊騮丈八矛，男兒晝地取封侯。黄昏塞上傳烽火，一夜吹笳坐戍樓。
百戰摧胡未許强，馬前生縛左賢王。麟符鵲印須臾事，只博凌烟字一行。
黄河冰厚馬横行，朔氣稜稜古鐵明。恨殺夜來風雪緊，匈奴逃出受降城。

破産潛收古湛盧，願馳西域斬休屠。十年未拜千夫長，聊試邊城牧馬奴。

古壯士歌

山西壯士何才雄，虬鬚燕頷生英風。青春挾槊三邊外，白晝探丸九市中。一身列侍麒麟殿，跨出龍駒萬人羡。狐腋朝裁趙客裘，鵜膏夜淬吴王劍。生年十五事横行，肯學操觚記姓名。當衢賈勇萬乘避，臨危重義一身輕。田文雞狗真餘子，有足不曳春申履。眼前國士稍傾心，慷慨橋陰爲君死。

長相思曲

長相思，在何處，吴岫雲深隔江樹。江樹臨春花正榮，人今已向天涯去。璚樓綉户横蘭烟，中有緑鬟金骨僊。星河隱約秋期杳，坐捲朱簾望月圓。

明妃怨

掩抑哀絃别上都，玉顔那遣嫁匈奴。人生敵面猶相忽〔一〕，何況君王隔畫圖。

翠娥颦雪度龍沙，欲悔還愁却自嗟。争似後宫無履迹，此生長擬見中華。

【校勘記】

〔一〕「敵」，文淵閣本作「覿」。

白苧辭

玉房圍冰夏氣清，黄金作柱横鳴箏。風紈霧縠麗且輕，君王近前嬌不迎。牽儔顧侣若有情，情有餘，言不足。團扇掩唇揚妙曲，五花繡茵坐相促。

春江詞

荏苒際韶景，纏綿結芳情。蕩舟清江曲，雲物麗波明。夾岸花齊發，間渚草新生。喓喋游魚散，差池飛燕輕。名都勝侣集，終宴衆歡并。衣香襲芳芷，酒影含飛英。陳詞擬吴趨，選樂雜秦聲。詎羨鏡湖隱，匪矜龍池榮。樂莫斯會樂，白日且徐傾。

懊惱曲效齊梁體

小時聞長沙，說在天盡處。人言見郎船，已過長沙去。

家雞各有塒，海燕各有窠。郎家撲天屋，作底愛風波。

玉刻蓮花斝，碧酒湛若空。與郎雙杯送，出門耐霜風。

春風上燕京，秋風下湘渚。黃鵠有六翮〔一〕，定自不及汝。

【校勘記】

〔一〕「黃」，明抄本作「鴻」。

粤南曲

白豕兮黄羊，竹挺挺兮莖方，顧異物兮心潛傷。我何爲兮客殊方，北風吹衣兮思故鄉。

夜雨歎

朔風吹雨西北來，南山晝晦夜不開。寒聲悲凄雜霰落，暮色黯慘兼雲回。仰窺箕斗不辨影，俯眺八極彌黄埃。群雞啁啾登樹語，城角斷續餘音哀。此時野人正愁鬱，短漏頗奈銅龍催。殘燈微明鼠上下，兀坐自畫爐中灰。北漠群胡踐邊壘，西江狂賊生禍胎。主上動色念溝壑，何況司馬諸行臺。長星流天火墮地，熒惑擾紀何爲哉。去年三吴遭赤旱，萬户鬻子無遺孩。今年州司索官帑，肉瘠不捄瘡痍災。空田蒼茫飛鳥盡，野水震蕩驚鱗摧。備民誰繼子産智，足國正望夷吾才。龍鳴劍匣壯士老，黄金臺古空崔嵬。海内故人掩關坐，尺書累歲誰爲裁？陽春何時動群蟄，九域浩蕩揚風雷。江河倒洗皇路浄，臺省洞達無嫌猜。花明草媚日杲杲，男耕女織天恢恢。野人多病有歸處，養雞牧豕王城隈。

霖雨歌 有敘

聖皇御天，大曆踰紀，明德布昭，利氣攸洽〔一〕，木饑水毁之災，絶書史氏。邇者驕陽厄於南國，麥不入土，汲井見鮒。爰有股肱元僚，暨諸承事，齋禋露禱，蜚鑾潛達，玄雲宵興，解澤下施，欣欣然咸嘉天人之符也。畎畝末臣，守痼蓬室，譬諸草木，咸荷生遂。於是按義作歌，諧諸巷頌，若曰協以宫徵，承之宗廟，豈不悖謬乎？歌曰：

乾樞尊，坤極静。人之靈，感斯應。於皇德，歆帝心。愍下土，施甘霖。霖之絶，土膏歇。物以殘，民益懾。霖之來，天睠回。物既蘇，民乃懷。霖之沛，汪且濊。海靈翔，潢澤潰。霖之足，靈爽伏。沃八埏，蕃百穀。人已悦，神益和。精禋舉，戩福多。昉天邑，流海宇。國祚隆，永無圮。

其一。凡三十二句，句三字。

赫赫皇邑，戢戢王基。亢陽肆烈，下民其咨。天子有德，百僚師師。奏假且嚴，受於神祇。霖雨既降，百物咸熙。鞠哉之詠，媲美周詩。

其二。凡十二句，句四字。

帝里驕陽三月外，神車靈雨萬家中。爲歡解澤周窮壤，共喜皇情達上穹。

其三。凡四句，句七字。

東隅氣舉，屏翳乘風奔。龍騰鯨掉，横飛厲天門。玄澤滂沱，飛湍激崑崙。如繩如麻，下注廣且繁。

其四。凡八句，四句句四字，四句句五字。

玉宇垂玄液，瑶圖紀上祥。堯雲方薈蔚，舜海轉汪洋。氣合晨樓暗，聲兼夕漏長。桑林奚用禱，明德邁前王。

其五。凡八句，句五字。

帝載協天應，王仁同化游。冬原偃赤魃，春畝茁來麰。汎舟川可濟，濡綆井堪汲。元功布黔黎，休徵順皇極。

其六。凡八句，句五字。

招靈師兮海之滸，來無從兮去無所。溥神功兮被下土，四民阜兮永安堵。

其七。凡四句，句七字。

【校勘記】

〔一〕「利」，明抄本作「和」。

武皇南巡舊京歌

紫蓋黄旗擁六軍，金陵王氣日氤氲。龍君涉海移三島，鳳女排空結五雲。
北固江濤控海門，南都山勢疊崑崙。金宫暫啓雙龍見，玉帳遥臨萬馬屯。
狂鯨吹霧暗江潭，聖主仁恩似海涵。聊唱大風過泗上，即飛霖雨洗淮南。
緑水朱樓佳麗城，君王行處彩雲生。烟花一望三千里，遥送春風入鎬京。

趙國新裁短後服，漢王遥嗔側注冠。且揮神劍清方嶽，莫著褒衣聚將壇。

千年寶曆自南開，八葉神孫暫北來。日月更臨龍虎阜，雲霞重抱鳳凰臺。

朝閃龍旂入建康，暮收飛檄定吴疆。會稽勒石羞秦帝，滄海歌雲笑穆王。

青龍山北接飛猱，白鷺洲東射海鰲。不爲芳春浪行幸，寢園聊待薦含桃。

金陵千古帝王州，高廟衣冠月出游。傳語三邊貔虎士，莫須喧近鳳凰樓。

舊都何讓古新豐，父老稱觴拜舞同。金馬詞臣休候直，獨宣京兆問民風。

射虎南山黑霧摧，斬鯨東海白波迴。吾皇一出清天下，豈爲揚州花月來。

白髮梨園老樂師，錦胸花帽對彈絲。行宫只奏中和調，解厭南朝玉樹詞。

石壁斜臨玄武湖，中開天府貯民圖。文魚在藻承皇澤，來傍龍舟夜吐珠。

幕府山根江接天，昭明樓下月横烟。六韶自可銷長夏，不蕩蘭舟唱采蓮。

朱雀橋連翠柳衢，銀鞍絲鞚錦模糊。君王行樂千人出，遥認飛龍天馬駒。

六代繁華何足跨〔二〕，而今四海共爲家。暫看吴苑環城水，終憶燕臺夾路花。

燕京地圖天下吭，乾樞高運整群方。南巡浄掃風烟色，北上長懸日月光。

【校勘記】

〔一〕「跨」，文淵閣本、清烏格抄本作「誇」。

張侍御平海凱歌

將軍受脈廟謨同，御史臨戎使節雄。早向海濱銷白刃，却歸天上拜彤弓。

繡服南行草樹榮，樓船南下海波平。儒生舊負勤王略，天子新聞破虜名。

閶門晴日射金戈，馬上常麾白羽過。貔虎曉屯雲作陣，鯨鯢夜斬血成波〔一〕。

南郡冰霜肅憲威，東吴山水拱皇畿。青春冉冉江花發，白日遲遲海燕飛。

【校勘記】

〔一〕「成」，明抄本作「流」。

宫中詞

太液紅雲重，昭陽素月斜。龍香浮蕙草，鳳輦過桃花。翠扇摇歌席，銀屏隱卧車。雙雙紫鸞羽，飛上玉皇家。

複道通瀛海，周垣隱洞天。雲隨珠珮女，霞覆羽衣僊。秀豔疏丹粉，潛悲咽管絃。春風閒永巷，愁坐惜流年。詔省長楊獵，虞人夜啓關。霜鷹騰紫籞，天馬躍朱閑。寶劍秋蓮色，琱弓朔月彎。非熊誰協兆，看載後車還。綺閣延朱夏，花陰晝漏長。研砂養蜥蜴，刺繡學鴛鴦。細字中官扇，奇熏外國香。午窗蘭玉夢，驚起謝君王。

擬宮怨

水殿夫容隱暗霜，夜臨新月自焚香。窗間畫扇含秋思，帳裏華燈隔御光。四壁椒塗花靄散，六宮蓮漏水聲長。君恩未必緣歌舞，無那昭陽掌上狂。紫殿繁華夢已沉，掖庭苔色晚陰陰。浮雲變態隨君意，朗月流輝鑒妾心。屈戌横門金鏁冷，轆轤牽井玉瓶深。空將錦瑟傳哀怨，寂寞誰聽空外音。翠靨金蟬入帝家，擬將新寵屬鉛華。君王自信圖中貌，静女虚迎夢裏車。帳殿秋陰生角枕，屧廊空響應琵琶。含情獨倚朱闌暮，滿院微風動落花。漢皇宫殿月明時，曾侍宸游百子池。舞馬登牀春進酒，盤龍銜燭夜觀棋。御前却輦言無忌，衆裏當熊死不辭。舊恨飄零同落葉，春風空遶萬年枝。
咫尺長門萬里遥，恥將裙綬曳纖腰。盈盈璧月沉鸞鏡，渺渺銀河斷鵲橋。上苑
旌旗迴夜獵，建章鐘鼓散晨朝。此身不及雙棲鳳，處處隨君聽九韶。蓮花
流蘇帳冷璅窗虚，雲月差差度玉除。百歲精靈悲故劍，九重恩寵附前魚。
有恨凝芳履，竹葉無光引屬車。人意已疏言更淺，莫將詞賦倩相如。
不見彤墀日月旂，庭隅草木掩清輝。金輿到處無新故，玉貌從來有是非。暮雨
樓臺雙燕入，春寒池館百花稀。監宮一去無人語，獨自含顰詠緑衣。

擬夏日宮中行樂詞

紫霄不與下方同，秋爽常迴六月中。風羽對摇雲母榻，冰池全浸水晶宮。
玉面朱唇映月明，影娥池畔繞花行。夫容不耐凋殘色，祇恐新涼一夜生。
霧縠雲綃細欲無，倚風臨水弱須扶。玉魚療渴辭盤露，紈扇傷秋對井梧。
天子宮中調五絃，南薰新曲萬方傳。嚮離一一遵堯典，解愠人人頌舜年。
九成臺殿碧山陲，雲霧寒交玉樹枝。金輿歸晚宵鐘徹，和就岐王避暑詩。

唧唧曲慰友喪女

唧唧復唧唧，問君何所憶。生女長不成，門楣待誰立？
容色比桃花，持將結貴家。東風不作惡，作底委泥沙。
拜月甫離懷，咏雪可憐才。鵷雛墮逝水，一去難重迴。
阿爺仰天號，阿母踴地哭。不忍舁黄土，脉脉蓋汝骨。

採樵歌效竹枝體

萬嶺千山春日晴，女郎逐伴采樵行。歌中暗恨無人識，惟聽雲邊裊娜聲。
利斧樵山得大枝，良媒結好有佳期。十八女兒空谷裏，玉面花顔誰得知？
儂家兄弟舌翻瀾，百丈清潭一瀉乾。深山黑夜獨歸去，肯信儂心鐵石般。
阿母朝饑待早糜，還家常怪得薪遲。快刀留惜不將用，空手攀枝那得施。
松柏留栽作楝梁，安排桃李引春光。荒榛亂棘唯須剪，刺手鈎衣不易量。
腰鐮空出負薪還，上嶺身輕下嶺艱。東方黑雲將雨至，培塿險過太行山。
近林蕭條無可薪，遠山猛虎嚙生人。寄言城市游盤子，何地生涯不苦辛。

息園存稿詩卷三

五言古詩

擬古十一首

四方多岐路，出門難與期。遊子適萬里，三歲間音徽。不惜離别苦，但恐中心乖。人情非山嶽，感物易遷移。釋我金挑脱，緘書寄君側。願視故人心，勿視新人色。

高樓臨大路，中有傾城姝。夭夭若桃李，的的如明珠。款款理機杼，洋洋誦詩書。蕩子久從征，歲歲空牀居。借問女何名，云是古羅敷。

日月經天流，四時相代序。青青園中草，奄忽殞霜露。富貴始爲娱，死者恒不具。陽春扇萬物，倉庚振其羽。翩翩春羅裳，冶遊經鄠杜。郊圻多暱親，速我諸舅父。華樽芬狄香，烹魚割肥羶。繾綣歌王風，靈鍾間鼉鼓。爲樂貴及時，多憂徒自苦。

良時置高會，四座羅嘉賓。珮玉雍雍至，天子解威神。羽爵交上下，犧尊絡繹陳。主垂彤弓惠，賓沐湛露仁。工歌贊令德，何忌讒諛人。感激千載會，爽然傾一身。豈無父母恩，王國如至親。

高樓在何所，乃在驪山隈。復道通天行，華旗揭軒堦。趙女理長瑟，朱絃一何哀。流響入青雲，飛鳥盡低迴。顧瞻邯鄲道，白露霑蒿萊。昔日繁華處，但聞狼與豺。安得周周羽，銜爾棲叢臺。

涉江采芳桂，日暮且徒還。豈無葳蕤色，所往固迷端。人生多憂患，白露凋朱顏。盛年失道路，皓首空長歎。

烈風吹西園，繁霜中夜落。彼美三春花，顏色盡銷鑠。蟪蛄潛空野，潦水息大壑。鷹隼厲羽飛，商氣日以廓。古人重交歡，大義良不薄。臨命沉黃壚，永不負然諾。野鳥多采章，檀園亦生籜。貴盛非云美，貧賤詎云惡。瓶罍各有量，貴子善斟酌。

河洲雙鴛鴦，比翼乘春飛。嘉禽非好合，天道有雄雌。賤妾充君室，婉孌希光儀。十載絶音耗，六禮靡時施。容華豈不惜，禮義焉可虧。嗷嗷鳴雁翔，悠悠感我思。

青青山上松，下有千載苓。采之遺君子，願以延遐齡。人賤物亦鄙，陋質難爲呈。棄捐勿復道，歎息此微誠。昊天何皎皎，列宿舒榮光。經緯備萬象，乃是太陽英。精爽一相失，殞落隨塵揚。文豹澤以霧，神龍俟雲翔〔一〕。物理資化遷，誰能越其方？玄機苟不會，百爾慎所將。

桃李生東園，開花倏垂實。狂風動地起，榮落間欣戚。人生苦多故，通塞會所值。百年復幾時，玄髮忽已白。嘉會苟參差，吕望老漁澤。時乘風雲會，木石生羽翮。所貴崇令名，高爵非所恤。

【校勘記】

〔一〕「俟」，明抄本作「侯」。

勖志二首貽沐君

貧賤憂不足，富貴思有餘。刀錐競蠅睫，憤鬱諒何舒。彼美函關叟，冉冉驅牛車。賢哉顔氏子，簞瓢恒晏如。沐侯本雄達，紈綺夙所居。戰勝願爲勇，道積生膏腴。邁心絶浮豔，遊目閲冥虚。俟彼天光發，永以謝昏衢。

大易重居豫，如石乃稱良。五子憂國亂，興歌戒淫荒。富盛難爲居，德薄固生殃。桓桓簪纓裔，秉麾鎮南疆。朱門迥且深，列鼎坐華堂。況乃寶玉窟，四海矜兹鄉。願言砥清操，爲國揚休光。先民四知訓，懷哉安可忘。

贈别劉元瑞因懷都下諸君子六首

矯矯雙飛龍，蟠彼洪川陽。歘乘風雲會，羽翼周天翔。與子生南國，丱角兩顒昂。弱冠改初服，謁帝升金堂。聯翩就下列，茝佩曳蘭襀。皎潔中懷曲，持以比珪璋。

帝城何巍巍，九門十二衢。飛觀凌雲表，王侯夾巷居。它人盛馳逐，白日恣驩娱。流塵汎高蓋，輕風振華裾。索居寡儔侣，曠志眇相疏。低心弄柔翰，散帙覽賢書。永諧金石交，此樂良已紓。

飄飄遊宦子，岐路多離歎。栝矢戀急弦，大義難久安。雙鵠遊河沚，飛鳴樂且閒。風波一乖別，悵望傷心顏。

顏傷有時懌，心傷何亡寬。迢迢滯西北，默默限東南。無舟濟江海，會面誠獨難。嚴風切肌骨，大壑層冰堅。

百草悴中野，繁霜下青天。念子涉長道，過家藐以綿。孝義隆所願，匪以親交然。清晨策駑馬，攜手此河壖。上問王國事，下以敍鄉園。信宿不能寐，宛轉展離言。置酒東城曲，廣讌羅衆賓。

玉樽湛清醑，鱠鯉辦廚珍。獻酬一以濆，見子各諧親。既來不旬日，又不履城闉。道遠別日促，百念未及伸。哀歌激齊瑟，慷慨傷心神。

民生信多故，天道廣且慈。白日燭下土，迴光徹幽微。秉節歷皇甸，四牡騑以馳。孟春陽氣應，萬物發華滋。周行布嘉會，綏獄憲天施。先民有遺軌，慎刑釋其疑。鄙哉夸毗子，察察於淵魚。

送程通參歸黔陽展墓

楚水不可極，東南煙浪深。孤舟日千里，渺渺浮鄉心。清世逢孝理，賜歸展丘林。風木九原淚，蘋蘩二南音。黔陽八月交，霜露增蕭森。烏哺就衰草，獺祭臨寒潯。時物各生態，周覽傷中襟。義範式閭井，薄俗歸所欽。嗤彼季子歸，獨謂多黃金。

梧竹亭雅集 得樹字

朱明啓初節，朝日麗芳圃。清風起蘋末，高林泫零露。嘉梧既繁蔚，修竹亦交互。浩浩清淮流，交交鳥音度。真賞方在兹，豈謂春物暮。達士守閒寂，塵鞅寡所務。高堂良宴會，斗酒集親故。炰羔間蒸猳，膾鯉炙麠脯。酬酢展光儀，情親見童孺。既醉無庸歸，染翰極歡趣。蘭亭絶絲竹〔一〕，金谷盛文賦。匪矜千秋名，聊以慰良晤。顧慚蒹葭姿，何能倚璚樹。

【校勘記】

〔一〕「絶絲竹」，文淵閣本作「緑□竹」。

送儲司徒入京三首

紫微耀中天，列宿馳清輝。巍巍四門闢，群賢欻來儀。明公秉淳懿，皎皎金玉姿。北起既鳳翥，南遷亦鵬飛。止水鑒群類，凝霜肅臺威。抗志秋漢迴，振藻春林菲。於今迺獨秀，視古允同徽。

煌煌整嚴駕，肅肅赴明召。矯迹登中臺，於兹輔邦教。九賦正王度，六禮率先道。防淫廣同風，訓物釋異好。小人思惠澤，君子仰華照。願言王國楨，永爲神所勞。

瞻彼冶城曲，風物何融明。嘉樹參差發，谷鳥下上鳴。理棹及兹逝，踟躕鬱離情。列筵總髦士，陳詩並朝英。眷眷依蘭思，欣欣拔茅榮。嗟予抱陋質，亦得奉休聲。雖蒙略年義，投報愧身輕。

試院獨坐感懷

浹旬限清禁，勞形理賢羅。南簷白日影，入室漸已多。輕葛不可御，秋風振庭柯。蹇予寡籌策，五馬臨大河。仰懷保釐憂，俯慚來暮歌。生身匪金石，歲月猶驚波。悠悠閲晨夕，鬱鬱將奈何。

費少傅書樓

高樓渺何許，宛在横林深。龍溪既縈帶，珠峰亦前臨。先公植嘉樹，蒼蔚敷重陰。神靈蘊從昔，天造開方今。太傅卧東山，雄構結叢森。竇書數千卷，縹囊疊璆琳。探玄閲道論，墜緒窮幽尋。管樂莽荆棘，伊傅漫爲霖。害馬苦捶策，朱絃間希音。曠然華胥遊，獨契黄虞心。杲日鑒緹幕，清風蕩絺襟。烟光澤幽卉，氣序喧鳴禽。傾杯稍醺洽，覽物自謳吟。不復知有我，此樂當誰任？

玉輝堂成有作

朔風吹日夜，雪霰正飛揚。太陰天氣肅，積素明瑶光。蔓草總蕪没，青松鬱蒼蒼。騁馳臨幘峰，閶闔皓迷茫。興懷屬凍餒，悲歌慨以慷。被褐者誰子，英英登我堂。鄭君閩南彦，應黄秀兹鄉。宛彼三白鳳，矯首雲中翔。聿瞻璠璵色，載攄追琢章。玄言極太始，雅意遺巖廊。俯論九州事，浩氣不可量。清輝被棟宇，隱隱回晶芒。枯槁藉華澤，忻如兆農祥。勝事宜昭垂，嘉名允相將。願言誓貞白，千載傳芬芳。

董子祠

周道昔云季，王風蕩無章。宣尼輯麟史，誅賞慎天常。秦灰詎終泯，漢教方再昌。夫子隱龍德，下帷正迷方。發憤綴道論，述聖冀升堂。統真建禮樂，稽疑質災祥。斗酒礙吞舟，魚目妒夜光。迢迢江都相，鬱鬱東南行。王澤永凋歇，明略不獲張。作賦悼遲暮，空文竟誰償？蹇予緬遐代，祇役邁維揚。弭棹訊幽逸，憑軾仰堂隍。朱軒覆重城，瓊棲妥靈相。禮崇祀彌肅，迹往德愈芳。懷賢軫遥眷，悠悠聖謨長。雲龍古難際，惻惋令神傷。

漂母祠

步自城西門，古祠蔽荒垣。借問道傍子，云是漂母魂。慨昔逐鹿代，英俊殢丘樊。桓桓淮陰侯，韜鈐富心源。龍蟄厄叢蟻，豹隱翳霾昏。少年恣凌侮，列卒同趨奔。范睢身屢辱，張儀舌徒存。流離伏河涘，狼籍蒙壺飡。草具固云鮮，居窮易爲恩。獻塊獲晉賞，羹頡列漢藩。矧茲賢嫗惠，興哀逮王孫。既啓萬户封，竟踐千金言。

答謝生

夫六籍攸始，標道立經，游、夏以還，摛章宣義，古今殊致，可略而觀。然朴質鮮青黄之飾，華滋乖情性之源，揆之文質，咸乖厥宜。故達藝者，折衷於屈、馬，蹈軌於曹、劉，斯云至矣。俗學滋弊，雅音嚮絶，晚遇吾子，振頽沃凋，抑亦二董漢始、雙韓唐季者乎？奇之羨之，曷其有極。適荷大篇見投，濯塵刊腐，敷其精英。可謂沉重淵而出玄珠，剖荆璞而呈夜璧。斯世斯才，誠不易得，所稱賤子云云，心實慚之，不敢引謝。久游吏局，少業悉荒，兼迫衰途，藻思日塞，無以承麗澤之惠，聊述鄙辭，用攄愛助，幸吾子教之而已。

楚南有奇士，毓秀自荆衡。氣涵百川潤，才苞群彙英。操觚涉詞苑，仰蹈作者程。粼瑞蘊玉藻〔一〕，㔩沓騰金聲。落羽詎云失，登龍咸爾榮。遇我齊魯郊，瀉心類平生。繼枉瓊瑶作，侈價溢連城。大雅喪久矣，顧兹心震驚。矧聞偉麗士，矜氣靡和平。具美鮮疵德，群彦嘉令名。吾衰伏巖壑，願爾充國楨。

【校勘記】

〔一〕「粼」，文淵閣本作「璘」，金陵叢書本作「瞵」。

張處士園葵

逸士逃江海，息影卧丘園。育物蒔嘉植，冥心觀化原。百卉各爾媚，乃睠傾陽根。丹蘤耀朱夏，翠莖承露繁。衛足智以周，凌寒道彌存。衆美既有合，貞性固宜敦。撰德擬松柏，襲芳偕蘭蓀。永懷慎勿伐〔一〕，玄契眇忘言。

【校勘記】

〔一〕「勿伐」，明抄本作「終始」。

上職方叔父封君壽詩

葛仙隱方庢，陶公棲曲林。邦圻聚靈藪，往哲寄幽尋。季父慕嘉遯，卜築東山岑。丹榆夾門徑，平疇間清潯。勞形理耕織，曠望悦高深。親交集近局，濁酒時共斟。豈必絲與竹，俯聆清澗音。機事一以息，宴坐但沖襟。醇和會玄理，愷悌契神心。渥顔永無改，萬壽樂且湛。愛子解組歸，娱采蘭堂陰。列鼎力豈逮，苦節播休音。簞瓢進菽水，俯仰展歡忱。内盛匪外備，物理徵在今。

東郊田園四首

璘本江東腐儒，無廊廟之骨，從宦三十年，濩落不就。謝歸耒耒，遂與野人相親，養雞牧豕，能任蓑笠，擊缶醉歌，禮法俱廢。或肅容對客，如猱狙御衣冠，隨即褫去。聞談官政，如爰居聽鐘鼓，目掉心眩。乃知情質烟霞，不可以强變也。新營田園，輒賦此篇。

陶公歸桑里，謝客營石門。於世既無競，努力事田園。春還理荒穢，良苗應時繁。豈不念歲豐，天道難預論。列槿藩草屋，藝蔬備晨飧。郊居漸成趣，益厭城市喧。菽水苟無闕，萬事奚足言。

出門見青山，幽意日瀟灑。修竹遶舍東，流水在田下。衣冠不須着，犁鋤亦時把。日與山翁游，禮貌樂疏野。風俗重時令，相邀作鄉社。濁醪滿浮蟻，蛙魚剖新鮓。交酬各酩酊，至樂絕無假。長笑宇宙間，誰是忘形者？

刈麥思時暘，分苗望時雨。彼蒼於農人，還就亦良苦。好雨從東來，原田白膴膴。老穉荷蓑出，緑縟紛可覩。引耜驟且鳴，餘歡及家秥。連歲荒負租，頗遭官長怒。今幸占有年，且願給公賦。絜酒兼炙雞，殷勤祝貓虎。

散步龍山麓，石馬高嶙峋。蕪没野田側，行列不復陳。不知何代墓，感歎爲沾巾。慨昔六代交，紫宮架天津。虎鬬盡英辟，鷹揚皆貴臣。回眸耀白日，吐氣貫青旻。見者恒辟易，況敢托交親。詎知百世下，骨肉化飛塵。樵牧無人禁，姓名亦已湮。念此返田舍，秫酒正芳醇。傾壺且一醉，兀兀忘吾身。

陸如崑紫芝亭

彤雲垂靈液，瑶丘孕芳根。曄曄粲三秀，粼粼含五文。云何兆嘉祥，允兹昭德門。柱史秉貞性，忠諫排帝閽。雲衢一失路，六翮斂不騫。天道往斯復，物理輕乃軒。盲風鬱前美，慶源開後昆。一發産祥麟，再發翔文鵷。眷言食舊德，爲園樹崇勳。聊歌瑞芝曲，用以喻蘭蓀。

贈黄秀才省曾見訪

養痾伏園廬，秉耒顧微養。藝苑慨荒落，賓階緬虚曠。黄生大雅流，金玉振高響。念我來何遥〔一〕，澄江進吴舫。霞裾汎秋塵，羽爵洽朝餉。披襟神偕暢，析疑道彌廣。繾綣淹旬留，契合終古賞。臨岐重解攜，佇立增惋悵。

【校勘記】

〔一〕「何」，文淵閣本、金陵叢書本作「飄」。

四皓

高士遺世網，一往豈再招。飛鴻絶四海，弋者徒爲勞。已輕高祖業，況顧惠儲邀。留侯一何詭，皓首忽來朝。物色果誰識，國本竟不摇。歎息紫芝曲，空令來者嘲。

高司寇盤谷宗祠詩

永嘉闢靈壤，茗嶼啓神鑿。公孫兆南遊，開荒此棲託。蘭蓀日以滋，瓜瓞蔦綿絡。仁人重同本，親義懼疏薄。蟬聯大宗祠，巨榜照寥廓。崇祠象雲構，盤谷緬逶迤。巖巒倚欞檻，松梧蔭堦墀。宗祧肅天序，烝嘗展時思。既覃親睦恩，亦慎長少儀。昭昭世家體，懿則良可規。司寇國楨幹，履道先厥躬。繩武念有始，貽謀逮無窮。族惠廣晏子，祖德述謝公。禮容邇既洽，義烈遠彌隆。唯兹教家理，協彼調元功。

息園存稿詩卷四

五言古詩

客居雜言七首

睠睠都城隅，流雲泛春陌。餘寒散林莽，群芳展佳色。賴此清尊酒，慰我遠游客。獨酌臨高堂，清吟遲華月。

客思何悠悠，堂深澹孤燭。遥情續更漏，流光變春服。道拙幸逢時，名微耻懷禄。青雲有脩程，所向貴知足。不讀老氏書，何以蠲殆辱。

遲陽照東軒，淑景媚清曉。暖吹蕩輕花，晴光悦幽鳥。披衣俯前楹，茸茸見新草。感時思故鄉，懷人傷遠道。南望登高臺，長河波浩浩。

端居忽成月，頗協幽求盟。探書仰聖藴，染翰輸芳情。開軒枉儔侣，促膝敘平生。所樂幸有諧，虚名何足營。草生不擇野，雨落不選池。曠哉天地心，含弘本無私。楚弓昧得失，魏寶恣夸毗。秉心戾大道，菑害良由兹。閉門散書帙，覽古復觀心。卓彼聖哲徒，逢時善升沉。在野道爲土，登朝身即霖。垂輝照千古，耿耿流華音。象弟慕琴觝，蓋井入舜宫。管蔡騰流言，周公安得忠。利害苟相軋，骨肉且莫容。海深舟可濟，山險梯可通。梯山畏天雨，濟海憂天風。風雨固弗測，我行焉不窮。願言剷高深，坦坦四域中。

夏日觀畫障作二首

端居抱煩鬱，赤日懸庭央。展圖挂素壁，暗爽生虚堂。潏潏水鳴瀨，蕭蕭樹含霜。道人多浩思，坐閱群山蒼。把筆念明哲，空令毛髮涼。

秋容曠千里，冉冉入丹墨。山靄朝夕雲，湖明滿堂色。林聲隱瀟颯，崖勢宛傾仄。扁舟鼓枻翁，圖史昭隱德。深衷諒有在，沉冥詎能測。

植竹

山人抱沖襟，幽居植修竹。靈籟間風雨，疏陰静炎燠。至性苟相成，浮生澹無欲。聊持一樽酒，長歌片雲緑。

晤言

抱道思避喧，結茅在空谷。忽枉同心人，來共山中宿。落落泉挂巖，蕭蕭葉辭木。林寒物態減，歲晚天氣肅。幸有盈樽酒，可以慰幽獨。

知山堂雅集二首

嘉會終夕景，初星映寒池。寂歷山水思，聯翩風雅辭。清夜方向永，舊歡良未移。無爲坐乖别，忽復懷今兹。

晏坐清觴疏，苦吟寒燼落。幸遠絲竹喧，轉羨幽抱廓。留歡就閒軒，延望倚虚閣。寄謝招隱篇，居然得丘壑。

有贈

寶劍千黄金，相逢託相贈。千金良已多，誼氣乃足稱。匠石不虚斲，子牙輕衆聽。鳳凰鳴青梧，恥與群雞應。勖爾抗高風，相將謝卑佞。

行藥至溪南偶成

抱痾掩荆扉，出户已寒節。新晴步南溪，草際見殘雪。仰視日光微，始驚天氣冽。敝裘有餘温，濁酒堪獨啜。羸軀尚能存，暄月會當别。

碧溪

落落高梧陰，俯瞰寒流碧。微雲過疏雨，秋容澹無迹。魚遊緑藻晴，鳥下青蕪夕。興至每垂綸，歌罷還岸幘。漁父兩三人，時來共争席。

清風

幽居屏群慮，散髪坐虚宇。清風卷帷入，偶爾成賓主。歌諧衆籟鳴，醉散長襟舞。列仙眇何之，神遊越千古。

築室

蚤懷嘉遯志，築室山之偏。室中何所有，古書且千篇。飛雲流空浄，皎月當户懸。獨覽高士傳，遥心兩悠然。

贈孫思和

東林一片石，緑蘚生秋痕。時招葛巾客，對坐傾匏尊。俯愛澗下水，仰觀枝上猿。誰能策羸馬，日夕依朱門。

燕臺夜贈人

寒宵漏方永，華月生高林。道人有幽抱，起步東巖陰。悽惻海内事，浩蕩平生心。高歌燕臺下，曲盡意彌深。

古意

青青琅玕葉，粲粲黄金花。枝葉相糾結，不殊松與蘿。雅操歷霜霰，幽意諧巖阿。豈無衆草色，不久當奈何。

湖上

舟聚湖水渾，舟散湖水清。潛鱗畏夜冷，浴羽驕冬晴。潮回沙篆合，風過波文生。片帆挂暝色，乘月中流行。弱艫泛浪怯，長篙觸石驚。艱難渡前浦，寂寞泊孤城。冒險諒知悔，所志功與名。何如澤畔漁，扁舟寄身輕。揄竿踞谿石，長歌對滄溟。

春日奉懷邊庭實期游道院

思君昔去遠，迢迢千里程。見君今且邇，峨峨限嚴城。遠別心尚緩，近別苦牽縈。弱柳布芳景，流鶯變新聲。羈棲獨成感，荏苒空含情。願攜同心侶，共恣中林行。行歌踏瑶草，遠眺春烟生。

遊道院一首倚前韻

青春客京國，王事靡見程。佳辰結儔侶，覽彼夫容城。高興如遊絲，縹緲雲中縈。花嶼列棋局，松林聽經聲。偶然謝塵鞅，亦慰烟霞情。俯瞰碧草出，仰視白日行。乘時不娛樂，偃蹇虚吾生。

對燈次金大仁甫

西軒夜深沉，燃燈坐相對。丹虹卧騰光，朱虫聚成輩。雨焰拂檠低，風輝裊窗碎。燭幽犀角靈，投炎蛾腹潰。堂深望轉孤，漏永剪還再。紅燼墮寒灰，蒼烟浮夕靄。凌寒氣彌和，待旦心非昧。隨君照逋亡，仁功起殘廢。

贈半隱老人

南山秀中野，山氣秋逾清。雲高碧松偃，月冷丹楓明。猿鶴對巢語，烟霞遶林生。中有緑髮人，石上吹玉笙。尋丹勾漏井，醉酒維揚城。錦韉飾白馬，豪俠類横行。誰知守雌意，默默解天刑。

贈吴山人

昔遊洞庭麓，蘿陰覆君堂。開窗湖水緑，舉酒橙花香。别來嬰時網，欲濟苦無梁。東風送君至，烟霞滿衣裳。冷冷泉石談，洗我塵土腸。山僧忽已化，階樹今漸長。歎息浮世事，因之念滄浪。

贈姚山人

我愛震澤水，浮烟陷人寰。房櫳間草樹，風景如蓬山。問君果何爲，來遊京華間。賣藥御風出，買書乘月還。青春忽已暮，石上桃花斑。相思眇難見，極目高雲閒。

不寐

虛堂生夜寒，殘燭照孤寢。自撫平生心，輾轉不安枕。浮雲久彌煩，往事静堪哂。立德既已違，催科詎能忍。悠悠古循良，空令念相軫。

發縣東門道

縣職苦煩促，出郊始悠然。油油野田黍，嘒嘒高枝蟬。物情固匪異，客感自增妍。新雨夜來霽，游雲尚浮天。靈曜隱喬樹，清流溢廣川。覽兹會佳賞，勞役非所牽。長恐坐衰歇，戚戚悲華年。

東鄭生

圖史聊足娱，胡爲苦多營。經旬謝賓客，春草當門生。白髮午未櫛，青山時獨行。蕭蕭樹上瓢，莫與風俱鳴。

賦得霞觴壽吴翁

金母釀玄醴，日採扶桑霞。靈光化浮蟻，片片揚榴花。神仙善幻相，陰陽注精華。酌以美顔色，炯如三春葩。真氣固元命，令人壽無涯。願啓長指爪，獻之山翁家。

雜言送延平朱使君十三首

京華季冬月，雪滿十二街。飲馬鑿堅冰，王程指天涯。雲鵠下遼海，霜鴻渡長淮。形影望不極，歷亂平生懷。

使君金閨彦，英氣横四海。鐘懸抱洪音，劍動發殊采。文林千秋契，宦轍一朝改。風江波鱗鱗，行舟何處在。

北風吹河水，晚溜明寒澌。舟師理長纜，指直不得維。感時抱虚警，惜别呈苦辭。君今在江湖，遺我千里思。

燦燦青雲器，振藻耀詞場。衆中每揮翰，吐氣炯虹長。縱横敵枚宋，調笑卑曹王。腐儒苦齷齪，低眉詎能揚。

曉出石城門，古道映寒日。昔人經此地，離別已非一。江迴舊市改，水淺新洲出。君當樹榮名，契闊非所恤。

朱輪何煌煌，樹羽擁朝俊。心將秋水澄，氣帶春林潤。古道映青編，來勛倚玄鬢。豁達廊廟姿，馳驅試侯印。

金陵四方會，皇都六代陳。留歡歌子夜，行樂賦陽春。遊軒方結駟，離舟忽在津。更向攜手地，獨憶同心人。

殘月照虛牖，饑烏起前林。物色豈殊昔，今晨傷我心。攬衣出庭户，載酒候城陰。贈子涉遠道，何以比南金。

天馬逐流電，善御得其良。丈夫負烈氣，所貴慎王章。群黎愛膏澤，衆草惡嚴霜。赫赫學錦士，徒爲知者傷。

郡城何巍巍，畫閣映空起。展旗散群峰，化劍餘寒水。帶臘茗舒黄，迎秋荔垂紫。遙謝列岫篇，清吟會當擬。

江左金蘭社，憐君最英妙。平生冰玉心，皎皎兩相照。銜羽附孤騫，顰額蒙群笑。叨承大賢容，誰云本同調。

寒江澹無影，孤帆穩如停。淮南雪初霽，遠見群山青。芳樹集烏鳥，高原飛鶻鴒。故鄉本伊邇，之子不得寧。紫絲約金勒，五馬如錦新。雲開海色霽，雪盡林芳春。褰帷省殊俗，憑軾禮嘉賓。寂寂揚子業，非君誰見珍？

野亭公雜咏六首

野堂

晉公歸緑野，開堂近林丘。遂掃車馬迹，時招麋鹿遊。群盜近方息，高卧吾何憂。白雲宿簷際，來自商山頭。

野閣

小閣何亭亭，臨郊俯清樾。虚棟駐山雲，開窗納林月。浮烟坐來消，飛鳥望中滅。沖襟寂如水，那知有炎熱。

野山

誰鏟太嵩角，置向莘野前。相看僅尋丈，宛若萬仞然。清華發草樹，秀色生雲烟。下有謝安石，閉户方高眠。

野泉

蒼郊雨新過，清流泛平池。渟泓鑒萬象，應物初無私。禾黍漬餘潤，萍藻含華滋。本來絶機事，桔槔爾何施。

野圃

植蔬既展甲，種荳復引苗。主人久不來，蔓草忽齊腰。微雨曉初霽，園丁載芟穮。剪草自剪草，慎勿傷良條。

野籬

插竹遶荒畹，扶疏亦成藩。牛羊絶來往，養此幽蘭根。芳菲與衆賞，何用高重垣。況對南山色，可以傾吾樽。

宗伯邵公壽藏詩四首

彗山一片石，萬古沉荒烟。雖留蝌斗字，精光暗當年。邵公命世佐，埋玉封高阡。移爾置道左，佳名永相傳。

二松何代物，挺峙干青冥。長風度萬里，吹散波濤聲。天意庇明德，宛遺衛佳城。行人過山麓，仰止餘陰清。

前山石盤紆，後嶺秀不如。龜龍奠經緯，松柏守門閭。丘中曠以奥，結構千載居。下置青玉几，上覆白雲廬。

公昔構齋居，泉源益清洌。公今作生墓，泉溜互環折。諸方仰灌溉，萬類鑑澄澈。乾坤第二泉，彷彿爲公設。

贈别周别駕王司理入京十四首

湛湛靈江水，東注滄溟深。不知結交義，詎明離别心。匣藏青萍劍，囊韜緑綺琴。

因君罷拂拭，緘愁謝知音。知音日以遠，離恨方自今〔一〕。

訪古遊天台，八極神飄飖。笑逢兩仙人〔二〕，把袂申久要。饗我白玉醴，侑之紫鸞簫。清歡意何極，冉冉暮復朝。流萍忽飄散，悵望空魂銷。

高人難邂逅，齷齪徒爲衆。百鳥漫喧啾，何如一孤鳳。與君結兄弟，胸次兩空洞。咫尺每相見，倏爲千里夢。長亭一杯酒，惻惻不忍送。

海風吹洪濤，高浪遠明滅。飛流濺林莽，散作巾峰雪。青松抱寒蒼，梅花寄愁絶。郡齋敞疏帷，濁酒正堪啜。如何同心人，苦欲話離别。

周子觀定海，下窺東極深。王君誇雁宕，歷遍青瑶岑。我有山水癖，聞之熱中襟。短屐蠟已屢，長笻鏘有音。今將别我去，何時共登臨？

剖符守東海，所職在黔黎。才疏寡惠愛，莫救饑寒啼。多君美無度，三益開我迷。常恐膠漆解，詎意參商睽。君行樹鴻名，余當還故溪。

歲華不可留，日月去如水。蹉跎風塵間，奄忽將暮齒。丈夫參三才，萬物聽綱紀。時來值嘉會，乘雲附龍起。公等非凡才，騰踏自兹始。

青青陵上柏，歲寒無改柯。四海爲兄弟，所貴心靡他〔三〕。管鮑白頭交，蕭朱晚節訛。貞心如砥石，反覆任風波。願因折麻地，載申伐木歌。

行行及辰良〔四〕，律轉寒序畢。東風來幾時，江草忽青出。幽鷺濯輕澌，疏梅耀遲日。蘭棹從此逝，佳興諒非一。倘賦清水篇，貽我慰蕭瑟。

周瑜擅風雅，王粲多文章。皎皎冰雪心，熒熒金玉相。近愛莫爲助，遠别令心傷。贈君青桂枝，物微意徬徨。憑誰報天子，並置黄金堂。

赤城山水窟，勝觀標靈奇。鰲峰控東海，瞥見扶桑枝。窈窕桃李園，慘淡蛟龍池。前遊忻共賞，後會杳莫期。風景宛如昨，默默勞相思。

聖皇御六合，神武由天開。按劍清朔方，萬里無飛埃。猛士若虓虎，超乘四方來。期門賦羽獵，正乏相如才。行行入幽冀，莫羨燕昭臺。

斯人多瘡疣，君門嗟萬里。先民喻安危，即事指舟水。銀章挂君腰，承宣職所委。奏功赤墀下，願言報天子。不聞四郊亂，無乃大夫恥。

霜風撼庭户，夜坐披貂裘。離心似江水，宛轉隨君流。忍寒作悲吟，一吟四五休。此夕復何夕，令我成白頭。短篇本非苦，長别增煩憂。

【校勘記】

〔一〕「方」，明抄本作「當」。

〔二〕「仙」，明抄本作「三」。

〔三〕「貴」，明抄本作「向」。

〔四〕「辰良」，明抄本作「良辰」。

徐學士子容薜荔園十二首

思樂堂

久家湖山上，解攬湖山奇。先君嘉遯地，堂構開洪基。慨昔未窮樂，貽今無盡思。傷心夜臺日，不照春園枝。

水鑑樓

清池若明鏡，照見池上樓。開簾對秋月，影動青狐裘。崚嶒金銀闕，毛骨寒疑秋。莫教彈劍舞，夜久驚潛虯。

風竹軒

幽軒繞叢竹，四壁風凄清。端居不出户，日夕聞秋聲。炎暑永難至，塵氛何自生。倏然覽元化，默契千古情。

蕉石亭

怪石如筆格，上植蕉葉青。蒼然太古色，得爾增娉婷。欲攜一斗墨，葉底書黄庭。拂拭坐盤薄，風雨秋冥冥。

觀耕臺

微雨開青春，田家事東作。早起臨平臺，間與僮僕約。鞭牛莫鞭腹，束草莫解縛。腹潰傷神明，草散滋蔓惡。

薔薇洞

百丈薔薇枝，繚繞成洞房。密葉翠帷重，穠花紅錦張。對著玉局棋，遣此朱夏長。香雲落衣袂，一月留餘芳。

荷池

紅蓮日相鮮，白蓮色如故。穠華多改移，澹泊無外慕。衆人愛顔色，君子樂貞素。蕩舟方池陰，日暮獨延佇。

柏屏

壁立青玉屏，下見古柏根。相憐歲寒葉，鬱作蒼雲屯。貞姿洗霜雪，老氣横乾坤。名園非此種，誰可當君門？

留月軒

明月出海底，挂向珊瑚枝。玉鏡飛不去，中夜光離離。滿持洞庭酒，長歌謫仙辭。西風吹桂影，瀲灎翻金巵。

通泠橋

横溪斷山麓，危梁架雲徑。飛雨鳴寒泉，泠泠發清聽。莊生濠上遊，孫公天台興。無勞千里遊，即此託相贈。

花源

靈源出山遠，曲溜通溪斜。春風自何來，片片浮桃花。我聞林屋巖，中隱神仙家。遡流一相見，共爾希飡霞。

釣磯

子陵隱嚴瀨，呂望棲磻溪。龍潛息雲雨，虎變揚虹霓。徐君一片石，乃在震澤西。功成拂衣去，名與二公齊。

林廷尉以吉四詠

先菊庵

嘉華耀令節，歲寒羨孤芳。君子先時降，貞素乃含章。馥馥掩蘭芷，亭亭凌雪霜。嗤彼桃李花，徒然驕豔陽。

莫庭

鮑魚相與化，下流難爲居。肅肅義方訓，永懷猶厥初。既揭座右銘，復置懷中書。彷彿聆謦欬，陟降臨庭除。

石厓讀書臺

峨峨崖上臺，萬卷此俱積。玄聖閟其神，幽討悉肝膈。吐之經四方，廊廟行旦奭。輪扁愚蒙人，何足語心迹。

瞻紫亭

朝瞻紫峰明，暮瞻紫峰晦。華表白鶴歸，雲端見冠佩。天地無終窮，日月互謝代。血淚如流泉，迸注難自愛。

息園存稿詩卷五

五言古詩

觀郡守胡公所開虎丘新迹

胡公絶代才，宰物有精識。剖符鎮全吴，揮霍破餘力。公庭寂無事，惠化浹疆域。虎丘古名阜，標榜歷千億。豈乏巖壑姿，往往厭偪仄。公來登層巔，四顧生壯色。海嶽氣蒼茫，曠然吐胸臆。剖垣發蒙蔽，芟穢出嘉植。洞庭七十峰，歷歷移坐側。古人總含愧，神鬼難秘嗇。華構嵌青巘，面勢各有得。匪唯拓形勝，實以表名德。奇文掞精靈，光映斗南北。古篆蛟龍蟠，穹厓示深刻。裁成演心神，丕變昭政式。燁燁千載名，永以重吾國。

子魚南軒看菊

新霜下庭除，寒氣薄叢菊。幽花汎餘馨，殘葉抱枝緑。佳人惜流序，玩此竟昏旭。開筵敍同心，漏轉更秉燭。飛觴不停手，既醉情益屬。憶余别君堂，三歲始再復。前時笑歌人，今日半成哭。君顏漸非朱，我髮素將禿。悠悠百年期，流轉亦何速。功名有天造，升高易顛覆。不如丘園中，放浪展心曲。月出但高歌，無用太拘束。

與王氏履約履吉文氏壽承休承袁氏補之永之六賢上方山玩月

幽懷洽清夜，興言陟穹窿。寒景自憭慄，况兹山澗中。明月出海嵎，浮雲净遥空。二八輪正滿，桂影虚玲瓏。河漢近人瀉，衣袂多烈風。俯窺震澤外，一氣涵鴻濛。憑虚意懺恍，酒酣興彌雄。浩歌楞伽巖，嚮振馮夷宫。山川閲今昔，代謝焉可窮。今兹歡樂趣，往者誰復同？吴越且黄土，安問陶朱公。不如林壑間，偃仰息微躬。神超形無閡，道合契有終。彷彿絶塵境，高舉凌烟虹。

和何司空委心亭題壁四首

司空夙穎脱，五車富詩書。摛文南宫選，老師謝弗如。兵曹執樞要，策足躍天衢。道腴篤真想，聲利誠闊疏。矩步匪蹢躅，義路豈迴紆。所志在忠亮，而遑顧其餘。以兹三十載，中外恒迭居。朅來謝帷幄，南食建業魚。君子重求己，匪以外牽拘。皎皎金玉心，不殊在蓬廬。

仕止辯時義，豈徒決歸休。措意非中和，亦復乖天遊。陽至百物熙，商清火西流。一爲機心間，徒愧海上鷗。所以魯東門，遲遲出尼丘。陶公會末造，矩矱難與儔。山林豈不美，堂陛貴獻酬。仰懷海嶽恩，吾力詎承不。古人當齟齬，遥情屬沉憂。道有均休戚，貞則宜黽求。

高名耀寰宇，白日行青冥。大旱思爲霖，睠焉繫群情。胡爲念獨善，渺渺懷南荆。安石昔巖棲，幡然慰蒼生。昭烈廑三顧，永懷遺孔明。堯舜兹御天，泰階既已平。海鵬負風力，九萬將南征。君子歡在朝，小人樂深耕〔一〕。後圖良未艾，宿好詎可縈。豈不見伊叟，匪忻竹帛名〔二〕。

蹇余抱孤劣，戢羽還故山。愓然覺昨非，奄及知命年。爲山念覆簣，結綱薄臨淵。先春曠蓖蓑〔三〕，而敢效穰田。司空憫弱質，引蓬置麻間。獵道六籍内，論世千古前。延頸矚霄漢，藐爾披雲烟。出幽喜遷喬，敢希泰華顛。但恐筋血枯，夙夜多餘閑。離群復索處，白首徒紛然。

【校勘記】

〔一〕「深」，明抄本作「潛」。

〔二〕「匪忻竹帛名」，明抄本作「五就匪矜名」。

〔三〕「蓖」，當作「蓖」。金陵叢書本作「穮」。

桂洲詩代夏公謹給事述

夏子情悠悠，遮我賦桂洲。桂洲亦有始，請從先世起。雙溪何滔滔，中洲坦如砥。群峰互環帶，錯落奠屏几。琵琶特奇峭，西迴蹙高趾〔一〕。其陰倚靈象，儒先託仁里。其陽抱龍虎，仙真夙攸止。桂樹紛蘢蔥，盤據固根柢。華葉揚芳馨，林壑被餘美。吾宗聚廬居，瓜瓞既多祀。兹洲昔知名，爰且因夏氏。家運值陵歇，洪濤忽淪氾。皇曾僅一綫，伶仃迫它徙。延綿桑梓區，顛倒鳩鵲壘。孤墳没寒莽，吊望增頽洮。皇考役四方，歸櫬獲所委。桐櫝漸可材，町疃日荒圮。賈宅空廢井，孔壁漫殘史。凄涼首丘念，蹉跎歲華靡。顧攀桂樹榮，沉憂卒難理。儻云返柴荆，永懷釣溪水。

【校勘記】

〔一〕「趾」，明抄本作「址」。

答談舜耕卧病池館見懷之作

朋游苦星散，君今復多虞。抱痾忽經年，寄我空中書。青鳥翔雲間，翩翩來舊都。豈不限江海，辛苦爲誰踰。書言久契闊，欲往阻舟輿。芳尊湛桂醑，美人安可俱。明月遥相望，眷此兩踟躕。君昔戰藝苑，有才敵相如。王門棄白璧，空谷生秋蕪。唯餘東園石，不廢高人娱。幽懷日已遠，世綱日已疏。天運諒有復，委心隨卷舒。

别攝泉

今晨對君飲，庭樹慘已黄。燕齊十月交，北風凛難當。黄金不須惜，盛辦貂狐裝。郵亭選健馬，去路生輝光。令子鳳凰羽，天衢定高翔。蘭臺清華地，氣骨自可量。江南故人少，願君早還鄉。共指紅藥叢，花開日相望。

與田司封雅論呈王考功

世路多曲徑，人命有定録。野鳥亂雌雄，塞馬分倚伏。徒馳烈士心，詎厭小人腹。頹顔感秋蒲，逆境傷暮鵩。采藥懷名山，棲衡念空谷。曄曄紫芝餌，飄飄緑荷服。桃花夾門生，蘭葉依井覆。焚香諷靈言，酌醴延静福。遥迎老君牛，永辟留侯穀。玄契屬君啓，雅志匪予獨。爲訊王子喬，何年謝微禄？

贈葉原静遊雁蕩歸金陵兼呈大司馬喬公

汎覽名山圖，雁蕩天下奇。天吴舉蓬島，亂擲滄海湄。巉巖老蛟脊，詰曲盤桃枝。攢峰蔽青冥，星斗晝陸離。靈湫倒銀漢，六月飛寒澌。仙人隱洞府，玉簡靈文垂。白石充餱饘，紫芝可療饑。鳳笙乍縹緲，鶴駕時逶迤。綠髓苟未變，丹梯詎能窺。葉子道者流，夙稟烟霞姿。去冬游武夷，未愜心所期。今春策短杖，直往了無疑。天台逢李生，拍手欣相持。遡流問桃水，探穴尋仇池。俯瞰不測淵，仰凌萬仞危。端坐天柱峰，要觀日出時。扶桑射東影，瞥見蒼龍鬐。太湖僅一勺，匡廬忽平夷。呼酒酹蒼梧，鳳鳥來何遲。浩浩浙江濤，伍胥今謂誰？桃花落已盡，芳草含碧滋。啼鶯勸客飲，正與烟花宜。滿舉白玉斗，吞却東南陲。坐覺方寸間，雲嶠相撐揩。歸來回風亭，目光如玻璃。魄磊作奇畫，琳瑯吐新辭。顛倒雷電走，蒼茫神怪悲。十日說不輟，齒頰生涼颸。四座煩鬱散，聽者俱忘疲。靈秘自此洩，海若安能私。還拜大司馬，請陳賤子詩。定知巑岏勢，縱橫列階墀。迢遞金銀闕，夢寐如見之。謝客休挂席，孫公應解頤。何必舉五嶽，高下論等差。至樂有同好，難與俗子知。

贈別同年王大參唯忠

孝皇丙辰歲，臨軒策賢良。嘉運屬休暢，群才兢騰驤。搖筆演明略，堦墀殷琳瑯。天顏豁開納，宰輔勤明揚。蕞爾泥塗身，並遂雲霄翔。服官列庶位，展義各均當。述作備文物，論思補遺忘。彬彬慎六職，肅肅司群方。小大雖異適，風烈互成章。王度凜繩直，而誰越官常。公曹幸暇豫，朋從藹相將。郊圻陽春候，出入儼顒昂。朱樓上客座，賦咏飛羽觴。通家披露驩，膠漆難比量。綢繆誓靡隔，没齒奉軒黄。匪若蕭朱儔，晚節竟參商。中路厄陽九，昏陰暗巖廊。明明聖哲姿，垂拱示貞藏。青霄走罔兩，妖彗擾天綱。誅求竭井里，流竄連冠裳。赤眉稱亂首，萬姓疲拒攘。翠華無時出，六軍行裹粮。衆人貴附和，直士死路傍。吾儕嬰禍網，駢首投豺狼。窮途莽星散，音耗眇相望。壯者半投竄，耆宿多喪亡。時觀禮闈籍，涕淚空徬徨。皇天眷周曆，中興啓宣王。四凶潤齊斧，元愷森朝行。宿霧一朝豁，賜環皆老蒼。春風洗顔色，仍餘舊冰霜。武林大藩岳，與君忝同堂。生涯百憂後，感激意彌長。努力奮末路，願收桑榆光。相期舉反側，置彼席與牀。提攜雙玉龍，永夜歌慨慷。長嘯登吴山，引首望八荒。至哉虞舜德，威鳳來何鄉。逢時樂無度，陳義規太康。清秋萬壽節，獻表合四方。當君整冠佩，告别兩倉皇。始餞出國門，再餞臨河隍。持袂累成泫，沉痛咽中腸。匪以私暱故，重爲同袍傷。君才久外屈，清廟需珪璋。我官已踰分，敞笥思魚梁。祇恐遂乖隔，薰身失蘭房。所願崇一德，安國繫苞桑。仰歌天保什，用抵伐木章。

周氏世壽堂詩

神堯御宇宙，舉志法三王。政始重養老，下詔聞萬方。崑丘壽誼翁，德儷四皓行。年紀百十六，眉鬢若秋霜。召之上殿見，作步甚康强。清問得孝理，賜歸教其鄉。郡有魏太守，治行尚循良。老老率先訓，賓主體相當。降階奉几杖，親滌豆與觴。臨郊再拜送，觀者盡稱揚。闔郡感兹化，斑白不自將。老翁既仙去，孫子皆淳龐。明智誦詩書，强壯力耕桑。三世並上壽，爲國增休祥。四世産玄孫，俊拔如鳳凰。三命作觀察，肅肅振王綱。信哉仁者後，終然柱巖廊。鄉里表厥宅，名曰世壽堂。遐邇傳盛美，作頌比絲篁。蹇予附末響，樸拙匪成章。太史倘有述，終始差較詳。

寄朱升之

少小負奇氣，唾視豪俠流。腰懸蒼龍劍，未肯干王侯。挾策遊京師，天子忽見收。濩落風塵中，傾蓋罕相投。逢君東華省，金蘭結綢繆。陳義比皋契，摛詞狎曹劉。虚名附驥尾，隱然横九州。中路忽分散，風波起離憂。天南瘴癘地，鬢髮各已年饑水瀰漫，鴻雁不自秋。黄鵠畏彈射，蒼鷹恥隨鞲。買田西郭門，將以備瀡滫。鬱鬱斗釜間，撫膺發長謳。借問五湖水，何處容吾鈎？

送梁子材入京

撫軍磊落器，英妙稱髻髦。曠志局文史，投筆誦龍韜。蒼隼立臂鞲，側目望丹霄。驊騮伏芻秣，志在千里遥。扙策謁司馬，氣吞四海豪。對衆彎彫弧，百步猿先號。名亞虎榜列，價重龍門高。還鄉拜慈母，走馬昇仙橋。寶玦珊瑚鞭，錦帶雙飄飖。天子調薰絃，海晏無淫濤。蠻夷一蟣虱，邊鄙聞繹騷。雄劍鳴夜匣，怒髮如揚翹。報國指天日，奮身豈蓬蒿。翻然赴京闕，六月方炎熇。揮汗宛成雨，驅馳甚煩勞。伐謀負多算，賈勇挺奇標。南征慕馬援，北游希班超。峥嶸雲臺業，慷慨誓所遭。烈士執高義，顧盼輕兒曹。

贈徐一之

質如荆山玉，辯如巴江流。清言析玄理，晏坐消人憂。挾策獻南宫，五上未見收。精深田何易，爛熳東南州。今王好儒學，賢羅姿旁搜。小者待金馬，大者封公侯。君行叩閶闔，吐論鏘琳球。天顔一顧笑，朝省皆回頭。快哉風雲會，密爾膠漆投。伊吕草澤人，功成與天流。古來盡如此，乖合非人謀。

書張大夫事

張氏大王父，高皇之故人。執殳從前驅，赳赳稱虎臣。請老解冠劍，歸耕長淮濱。擊壤歌神堯，何心瞻紫宸。一朝召上殿，慰諭展情親。手持黄紙符，授爾職宣旬。衡鄂大岳牧，藩翰廣敷仁。淮陽勞長孺，河内借寇恂。殊恩報思稱，臣節實致身。全歸保終始，天造良無垠。賢孫述兹事，奕世寵如新。大哉神聖謨，求賢本因民。文武唯所用，功成任洪鈞。請著大史策，垂訓詔千春。

密止堂貽王錦夫方伯

良賈貴深藏，上德戒睢盱。金人三緘口，内葆恒有餘。緊君景前哲，履道抱冥虚。遠彼市朝喧，闇然林中居。叢木既蔭蔚，巖壑亦迴紆。素琴不安絃，對之萬慮除。寄謝車馬客，毋來駭吾廬。

贈丁温州敬夫

秋草悽以黄，鴻雁銜哀思。赭衣供井税，寂寞循良事。穆穆丁温州，愷悌自天懿。製錦輪良材，展驥控遥轡。薙拔少强宗，風清無黠吏。環海數縣侯，奔走敷德施。露冕循郊圻，戢戢馴野雉。頗聞溝塍畔，狼籍廣遺穗。天南百萬象，庇覆罔不至。輿人興長謡，聊以存國志。

息園存稿詩卷六

七言古詩

送按察周仲鳴赴雲南

東風滿目悲春草，使君遠涉滇南道。萬磧千山路眇綿，車煩馬頓人愁倒。陰洞生獰白象牙，古崖錯落檳榔花。西隅漠漠窺天際，北極低低見月華。烏蠻號令歸王制，繡服威儀尊漢吏。共言俗遠要人和，却嫌才大爲身累。東門別酒玉杯深，上客離歌拭淚吟。翻然上馬揚鑣去，不似尋常兒女心。

送陸良弼赴雲南

東吴陸氏古稱雄，今日君家邁古風。父子弟兄紆紫綬，麒麟偏在一門中。與君作宦漢西京，十載追遊暢性靈。飛觴謝傅圍棋墅，彈劍周郎灑淚亭。春來秋去歡無歇，星流雨散從今别。君提侯印赴滇南，浩蕩青冥動雙節。雄才健筆人不如，況乃腹内多詩書。盛年黄霸初爲郡，紫閣歸來日有餘。

答徐昌穀博士

前年共飲燕京酒，高樓雪花三尺厚。酣歌徹夜驚四鄰，世事浮沉果何有。一爲法吏少書來，心結愁雲慘不開。昨傳學省移新籍，坐嘯空齋日幾回。

君莫悲歌慰許侍御喪子

玉顱雙角磽磽起，圓碧凝光射眸子。鸞刀鏤馬竹尾長，翩翩入花如鳳凰。妖魑潛釀星垣厄，愁雲壓空空夜白。仙媛飄裾挾玉童，調龍御鶴三山東。桂樹光銷蘭甲脆，繡裓褵褷濕秋淚。飲君酒，君莫悲，人間百事會有時。君不見，漢庭獄吏高朱門，司徒何得無良孫。

賦得落星穴送李師文宰將樂

海風吹星落天地〔一〕，寒芒燭地光參差。金精不向土中死，龜山劍水含靈姿。世代悠悠挺人傑，一卷遺書字難滅。神騎箕尾軼浮埃，道煥奎文照餘雪。李侯墨綬飛雙舄，仙槎夜挽郎星孤。餘杭舊惠有殘碣，莫惜吊古過平蕪。

【校勘記】

〔一〕「地」，明抄本作「池」。

贈周子庚太僕行邊

寒沙射日明衣鐵，蒼巘擘雲千丈裂。關河南北氣全殊，八月陰山即飛雪。丈夫勳名在遠道，玉關銅柱非徒老。鵬搏九萬迴天風，下視燕然一丸小。

石峰歌贈陳侍郎玉疇

高哉烏石之青峰，天梯挂地騰蛟龍。星辰照耀翠光發，雲霧吐吞嵐氣重。寒泉古木絶塵滓，菖蒲芝草秋蒙茸。東南名山亦無數，愛此奇峭多靈踪。紫薇大夫有道者，清標秀骨神所鍾。十年讀書住峰下，攬結丘壑歸心胸。乘風一上赤霄迥，步武稷契矜遭逢。蒼生洗濯足霖雨，學士仰瞻稱岱宗。祇今台鼎逼掌握，洪波砥柱殊從容。功成拂衣豈難事，仙人有待巢雲松。武夷神君幔亭女，金枝翠蓋期追從。須君峰頂荔枝熟，來借江心桃竹笻。

李大夫壽歌

李大夫，真天人，骨青髮黑善養真。昂藏野鶴七尺身，中隱磊落之經綸。獻策早充觀國賓，豸冠直諫驚群臣。低回郡縣豈塌翼，霖雨一灑甦疲民。石梁雪竇古名勝，東風坐玩桃花春。珠璣往往落揮翰，五言破的如有神。翻身岳牧已騰踏，轉盼台輔非逡巡。大夫高義超風塵，長歌拂袖辭要津。敬亭天柱吾故物，青霞倒映蓮花巾。空厓燒藥紫金鼎，白日飲牛青澗濱。千秋萬歲樂無極，人間富貴安足珍。

夏山歌贈張常州大輪

夏山高，山高入雲杳莫攀。乃在東海之畔，金華之間。攢峰抱壑飛瀑白，古木礙日垂蘿斑。張侯昔未遇，結茆連翠微。胸蟠五千卷，落筆蛟龍飛。時隨牧羊子，湌霞療朝饑。乘興歷參井，誤觸織女機。獻策明光直紫微，專城畿輔擁朱衣。萬家凍餒今何有，十郡諸侯似者稀。公庭晝閒無鳥雀，燕寢香清拂羅幕。夢魂千里長周旋，一片青蒼枕前落。祇今當宁愛賢才，君侯且勿思草萊。待得功成銘鼎鼐，却逐山雲歸去來。

劍池歌送李司法赴蘇州

干將乃是金天精，爪髮墮爐神劍成。龜文縵理蹋高價，駿馬千匹三都城。盤魚騰光壯士死，闔閭恥作吳公子。梟雁長埋白虎峰，蛟龍竟化寒池水。池水泠泠百丈深，春花覆水紅香沉。池頭歌舞日歡賞，地下誰識君王心？君王已去河山改，千年符竹紛光彩。畫戟紅旌綺句飛，韋白風流至今在。使君才俊傾梁園，登朝執法臨吳門。秦鏡光明照人膽，漢網疏闊流餘恩。青春多暇應出遊，劍池正對齊雲樓。

不厭橋東老居士，時來散髮共扁舟。

東原行贈金士希

蓬萊近在都城限，高原如掌風塵開。長江疊送波濤色，鍾嶽横分紫翠堆。疏林曠望豁心目，四時花豔紛相催。皇居咫尺接靈氣，雲霞繚繞金銀臺。橘洲桃水竟恍惚，終南太華空崔嵬。先生泉石性所好，紫綬裹體心潛哀。專城虎竹弃如土，夢想此鄉歸去來。挂冠散髮對高木，閒門白日生蒼苔。手提長鑱斸春雨，東陵瓜田身自栽。興起高歌拂衫袖，虬髯仰將何毰毸。江山開闢幾千古，孫郎突來生禍胎。干戈六代鬭白骨，四十二帝翻雲雷。黄旗紫蓋轉滅没，瓊樓綺閣俱飛灰。當時豈無攀龍附鳳侶，功成運去多嫌猜。良弓已隨高鳥盡，至今空泣英雄才。不如有田盡種秫〔一〕，當春潑作葡萄醅。磚礫爲甌玉爲杯，買金便鑄十石罍。上藥浸之可養性，爛醉勿論西日頹。儻予出郭來相訪，莫遣醒醒騎馬回。

【校勘記】

〔一〕「種」，文淵閣本作「成」。

松谷歌贈戚侍御

金華之山峭而突，巖壑空冥含大谷。長松落落蔭其中，連林直上蒼雲矗。蒼雲拂天不可干，白日漠漠生秋寒。棟梁森立鬼神守，琥珀下閟蛟龍蟠。誰其居者戚夫子，茅齋高棲青壁起。雙溪泠泠三洞幽，靈峰下瞰芙蓉水。閉户著書三十餘，翻然載筆登公車。澄清天下獨攬轡，素心不啻山中居。青鞋草衣日在手，富貴浮雲亦何有。致君堯舜却歸來，谷口青松兩無負。爲憐向日牧羊徒，空然叱石何爲乎。

相逢行贈何司空子元

去年見君丹禁中，今年逢君舊京道。問君南來亦何事，笑而不答顔自好。朝廷禮樂非等閑，大臣執論安如山。師丹祇知正廟議，朱雲非好犯龍顔。龍顔轉變分怒喜，臣節堅貞等生死。只今義烈貫雲霄，大爵高官安用爾。蹇予結交三十年，一見知君是謫仙。文章落筆波濤湧，風骨當朝玉雪妍。司馬分曹力有餘，兩河藩翰亦區區。天閑駃牝三千頌，柏府風霆萬里車。台衡虚位需調燮，太史濡毫敍功業。霖雨方諧天上歡，浮雲忽作江南别。江南佳氣鬱蘢蓯，洛邑秦關未可蹤。滚滚江流傳渡馬，蒼蒼山色號蟠龍。謝傅東山幾落花，荆公精舍自啼鴉。由來勝概歸高品，再喜斯文得大家。我家住在清溪曲，終日閒持一竿竹。不怕宫袍混草衣，時來共詠春波緑。

谿壑高閒歌贈史巽仲

句曲之東，陽羨之西，屯雲疊霧，鬱爲靈谿。洞天三十六，杳莫窺端倪，天皇秘金簡，敕授仙人棲。仙人舊居青瑣密，躡足星漢攀虹霓。胸填百萬經濟略，沛作霖雨滋黔黎。鈞樞侯印立可握，忽然長嘯辭金閨。金閨雖云貴，榮華易銷落。何如中園移取蓬萊山，雕斲烟霞置樓閣。玉女成行備灑掃，靈君對坐燒丹藥。丹藥功深九轉成，羽翰身變八風生。時朝天上黄金闕，那顧人間白玉京。

異風行

季春之月日應柳，野客維舟汶川口。此方赤旱罹百憂，復爾顛風示災咎。黑雲勃鬱西北生，輪囷直上掩太清。嘘烟噫氣塕然至，白日不得爲光明。沙飄石走檣柱折，雞犬竄匿皆狂鳴。草茅半捲向空落，大麥小麥揚枯莖。陰霾沈沈血色赤，赫如伯益烈火焚榛荆。萬竅雷呼動天地，又如真宰下與群妖争。宋郊六鷁飛且退，昆陽虎豹骨戰驚〔一〕。蓬窗孤坐不敢寐，旅魂慘怛傷和平。憶昔壬申群盜起，梁宋災徵每如此。十年白骨撑亂麻，父老悲號未云已。祇今堯舜居明堂，辟除凶慝登賢良。璿璣方調七政理，此事乖刺誠何祥。世無瞽史知天道，獨立沉吟向蒼昊。

【校勘記】

〔一〕「骨」，文淵閣本作「各」。

重別行送李川甫還汚南兼訊李獻吉

長安道上春雪飛，薄暮逢君疑是非。摇鞭駐馬一相問，雪花亂點白鷳衣。江海茫茫重相見，客舍張燈促清宴。愁兼别淚墮金尊，漏轉寒更澀銀箭。君今三十方少年，秋鷹刷羽摶雲天。簪裾色動麒麟殿，詞賦聲傾玳瑁筵。汚南作牧殊辛苦，抱哺黔黎一萬户。近聞四岳舉循良，須知黄霸先台輔。樓船吹簫漢江流，乘月經過黄鶴樓。往時崔顥題詩處，復見新句淩高秋。嗟予垂老氣凋朽，天台峥嶸亦何有。寂寞桃花何處吟，縱横豺虎空奔走。送君將歸舊思翻，悵望南雲迴白首。倘過夷門見李白，問渠詩興春多否。

張司徒所畫山國圖歌

滇南一道盤雲上，永昌巍巍更西望[一]。水流直下洱海深，陸地夫容矗相向。小石紛磊磊，大石高盤陀。連空互撐疊，仰睇青嵯峨。攢峰插牛斗，飛澗懸天河。崩崖傾斷下無地，但見猿猱挂罥號烟蘿。丹砂空青，的皪巖阿。寶玉夜炯，靈光盪摩。天門洞開，紫宮逶迤。玉女對侍，星官駢羅。至高之極始見此，遼絶下奈諸方何。馬蹄緘鐵尚不得度，行人跛鼈焉能過。我生水國多見水，不圖山高乃如此。畫家山水貴相半，吁嗟誰悉寰區理。南園大老司徒公，維山降神爲世雄。晚張能事發新格，盡吐磈礧之心胸。引縑迅掃鳴長風，顛林倒壑貌不同。蒼雲黯慘喧霹靂，白日照耀開鴻濛。蛟龍盤拏古木死，蝀蝃漂疾飛梁通。千巒萬嶂堆墨華，忽然平曠披風沙。棌榆開鑿嶲君國[二]，桃源點綴秦人家。孤城四面削玄壁，危樓仄立明丹霞。時清頗知官府静，化遠亦愛蠻夷嘉。老翁戲獵逐黄犬，嬌女明妝簪素花。形勝分明在指顧，風俗想像增咨嗟。騰衝靡莫餘千里，部落微茫分遠邇。更揮淡墨灑餘姿，遂使天涯窮尺紙。昨逢伯子示此圖，瞠目驚歎從前無。乃知山嶽氣磅礴，不用濫漫談江湖。今之好山有二老，太原司馬吳門都。見此寄書定相索，公乎公乎，須寫數本，萬里絡繹傳吾徒。

【校勘記】

〔一〕「西」，文淵閣本、金陵叢書本作「相」。

〔二〕「楪」，文淵閣本、金陵叢書本作「飛」，清烏格抄本作「褋」。

昭君寫真圖引

漢宫九重類天居，宫中美人粲璚琚。姱容淑態意非一，網户文窗煙霧虚。就中絶代稱明君，錦江波浪巫山雲。素月嫦娥獨光彩，明星玉女徒繽紛。君王行幸恣歡暱，蛾眉短長難具悉。可憐睇盼隔重霄，竟使畫圖欺白日。金珠不操静女手，丹青更甚讒夫口。妍媸反覆在錙銖，移愛爲憎忍相負。明珠萬里沈胡沙，哀歌一曲留琵琶。今看青塚千年草，豈是夭桃三月花。君不見，無鹽入宫粉黛羞，齊宣美譽雄諸侯。樊姬進女虞丘罷，楚莊持麾霸天下。君王重色后隱賢，吁嗟畫史欺嬋娟。古來治亂各有始，爲君三復關雎篇。

陽羡山歌贈吴隱君

東臨具區水，西見峨眉青。誰將陽羡山，倒景浮重溟。此山上應須女星，雕琢雲霧開仙庭。桃花洞户列千室，夫容旌旗朝百靈。神人種藥留巖崖，化爲苦草黄金芽。水品流傳逸士譜，月團飛上天皇家。山南今有樵漁客，八十鬚眉未全白。日飲茶漿茹紫芝，塵胎暗脱雙瞳碧。鶴鹿呼名任驅使，龍鸞整駕當朝夕。曾聞至人言此翁，千秋自會生毛翮。我厭塵寰思玉舄，名山相去况咫尺。鼓楫何時罨畫溪，稱觴一訪烟霞宅。

范氏娱永堂歌

草堂宛在淮之陽，周除萬頃清湖光。鳧鷖鸂鶒走階下，青蒲碧柳摇瀟湘。傳家矗矗列圖史，宴客稍稍鳴絲篁。堂中老翁八十强，龐眉皓首神揚揚。萬事唯知道古昔，一生不省干侯王。河上仙公道書就，漢陰丈人機事忘。翻匙紅稻美且足，出水白魚鮮可嘗。頗矜清世得笑傲，况有令子傳芬芳。我知老翁應壽昌，膝前簪組歡稱觴。雖無磻水非熊載，且拜天門彩鳳章。

午谷歌贈周别駕仲仁

終南之陰子午谷，秦關襟帶紛迴復。渭水斜連紫閣峰，石脚插入黄河腹。雲霞勃鬱非人寰，靈仙往往遊其間。青牛流沙去不返，洞門白日苔花斑。周子倜儻士，致身青雲裏。不肯忘巖棲，呼此爲宅里。只今插笏領蒼生，片言折獄稱神明。台衡要路在轉盼，丈夫大業終崢嶸。種松日長虬龍枝，白髮還山應未遲。江南杜老有高興，待爾相邀遊渼陂。

五馬圖歌贈鄭紹興

畫圖五馬雲錦文，誰其有者鄭使君。房星降靈渥洼裂，龍種邁出駑駘群。金河蹴踏精爽振，玉珂脱落權奇分。使君人異馬亦異，氣概萬里含風雲。四明美政那可狀，閭井小兒知禮讓。風化渾期太古前，功名特出諸侯上。昨乘此馬朝王正，錦韉光照長安城。天閑騄駬盈萬匹，此馬一過人皆驚。鄭君五馬真絶奇，鹽車局促將何爲。穆王正要追風足，報爾王良伯樂知。

砥柱歌上陳留劉相國

黄河之源出崑崙，萬里震蕩排中原。行雲翻空日月鬬，急雨倒海雷霆喧。下民咨嗟上帝怒，乃遣神禹清乾坤。手握巨斧開龍門，中標砥柱氣勢尊。白波一道永深穩，青山兩岸無崩奔。從此平成歌帝載，休氣榮光應清代。效靈已見出圖書，論功不用誇嵩岱。柱乎柱乎安無頗，狂風惡浪奈爾何。

五老圖歌壽祝封君

天地乃萬化之門，陰陽乃五行之根。太始逮今幾萬載，一氣不息綿綿存。瞻彼五老，靄若雲屯。降神玄漠，凝質胚渾。眉垂暮雪，顔映朝暾。玄冠朱紱，素旄青幡。履彼黄道，出入氤氲。非五行之變化，果孰得而究言。靈風結駟馬，迅雷走駢車。列缺叱右御，須臾周太虚。上帝洞天三十六，敕守互代群仙居。息駕廣漠野，晞髮扶桑津。西覿蟠桃樹，一花三千春。曾同二龍父，下應宣尼辰。六經始爛熳，照耀垂生民。不須神鼎煉大藥，盡使壽域回清淳。祇今皇帝軒轅身，山林父老華胥賓。邇聞牛渚生至人，長生寶訣傳更真。飡霞服玉好顔色，坐玩風揚東海塵。

西江漁父歌

西江老漁父，舉步隘九州。遠尋鑪峰踞廬阜，釣竿直拂番湖流。脩綸巨餌知幾許，長鯨一掣皆吞舟。楚人分膏更飽肉，魴鱮瑣屑休深愁。興來杖策謁明主，禮樂縱横邁三五。拾遺補過列明光，盡使蒼生獲安堵。旬宣暫爾下錢塘，翻旆春風覆旆雨。閑探禹穴上會稽，望極海天無盡處。歸來向予言，拍手笑無已。君來海濱遊，未知海中事。海上三山時動摇，其下負戴六巨鰲。我欲釣鰲置山穩，長風未至心徒勞。君不見，磻溪玉璜事幽眇，太公望子今將老。又不見，澤瀨羊裘傳者訛，故人待我知如何。不然便可拂衣去，莫負西江萬頃波。

文仙石歌送田景瞻

高平仙人棲穩處，長林疊嶂含風露。仙人一去不復還，山中白石長如故。蒼龍時上石牀眠，老鶴猶窺丹竈烟。金枝翠蓋知何所，洞門月色長娟娟。南州太守有仙骨，分符亦得煙霞窟。平郊微雨動朱輪，多少高情坐超忽。春城春物好融神，捫蘿曳履上嶙峋。倘逢石髓歸來日，好憶東曹抱病人。

松居歌贈金元美

帝城飛甍接青虚，道人獨在松巖居。金花飄庭野風細，翠葉拂檻涼陰疏。身披鹿裘皎如雪，日把一卷神農書。斸芩採子煉大藥，玉杵夜搗銀蟾蜍。偶然懸壺秣陵市，手活小兒千萬餘。五大夫封等塵土，十八公夢今何如。徂徠峰頭絶人路，列仙同遊駕雲車。

廣成仙人歌贈秦隱君

崆峒嵯峨入紫冥，中有至人云廣成。呼吁元化爲氣母，偃仰天地同長生。昔日軒皇御八荒，謂言得仙貴可忘。萬乘親過巖穴下，頫首不敢窺藜牀。洪言如鐘剖玄旨，金液融光化塵滓。白日騎龍登絳霄，下視六宫如敝屣。海變陵遷春復秋，瑶臺金闕漫悠悠。云誰象外得真悟，東海隱君秦少游。隱君顔色少如童，八表冥冥睇遠鴻。桃花洞口人烟静，橘樹州邊歲事豐。廣成仙，今安在，青山拂石長相待。何時招手一歸來，鶴駕飄飄度雲海。

遠招十五疊

按察陳君亮之沉命嶺南，年纔不惑。璘忝知心，傷其旅殁，乃作遠招十五疊，歌之靈筵。幽明不遠，庶見悃愊云爾。

歲云莫兮風蕭蕭，索居遠想心無聊。旅魂歸來江水迢，撫膺泣血歌遠招。歌始倡兮天地愁，英靈秀骨當王侯。二十操觚見天子，三十馳名蓋九州。四十金章方熠熠，長松忽萎天南頭。蓍龜無靈相失驗，古來賢遠爲神仇。魂兮莫嗟當自尤。

歌再疊兮憶疇昔，川岳含精孕雙璧。太丘之名風雅宗，元方季方俱籍籍。盲飈震蕩滄溟翻，棣萼凋傷鶺鴒隻。愁生閭里慘無光，閉户哀號失朝夕。魂兮飄飄粤天碧〔一〕。

歌三疊兮思舊恩，明公遇我如弟昆。三年驅雞走下邑，手挈駑劣還君門。風塵折腰半失墜，如我在枳何宜存。誓填溝壑無死所，地軸倒陷摧崑崙。仰天痛絶聲長吞。

歌四疊兮憶將離，孤舟理檝江之湄。臨觴醉語共被宿，滿口王事捐中私。壯年分攜各慷慨，詎意永隔存亡岐。魂兮遺我長相思。

歌五疊兮去路長，嶺南迢遞通炎荒。窮崖少人嵐氣惡，草間跳蝮如龍驤。不見漢時征戰苦，極諫乃有淮南王。聖朝職貢化平土，君胡爲乎獨罹殃。魂兮慎勿留其鄉。

歌六疊兮歸路遠，水懼波濤陸愁坂。山魈木魅鬬生獰〔二〕，林薄陰幽竄狐鼲。公有陰功載金籙，煒煒神光燭諸巘。皇都旖旎飄雲霞，寶幢玉節開行幰。魂兮亟歸莫遲晚。

歌七疊兮氣難平，天心倒錯無權衡。八荒納納恣群動，禄壽乃與高才争。萬金璚玖易缺折，礦石匝地頑然生。布衣白髮騎款段，何用鄉里稱賢明。魂兮謬致生前名。

歌八疊兮心欲絶，野哭江頭淚雙血。蘭枯蕙死薦筵空，衰草酸風燭明滅。空冥精爽獨歸來，凛冽平凝萬山雪。冰滄水飲御清虚，回厭南中毒炎熱〔三〕。魂兮歸來皎而澈。

歌九疊兮君有家，桂楣蘭櫋芳且華。圖書充筵賓客美，豆籩圓方肴核佳。願君亟歸棲故處，鬼神呵護無龍蛇。魂兮歸來樂無涯。

歌十疊兮君有親，胸蟠藻繡含真淳。七十狂歌顔美好，禄米頓減憂其貧。願君亟歸在左右，庇護杖履延長春。玉山有禾瑶水液，何爲默致資元神。魂兮歸來孝且仁。

十一疊兮君有兒，儒林騰踏揚鴻名。三千文學滿鄒魯，拱立階下觀儀刑。願君亟歸相出入，纍纍百福資和平。魂兮歸來友愛成。

十二疊兮悼君婦，今年孀居去年娶。迢遥萬里好將歸，故山年年哭君墓。知君身後百不憂，闕里清風被裙布。魂兮歸來慰朝暮。

十三疊兮悼君子，總角煢煢尚兒齒。眉稜削玉骨插犀，一匹龍駒躍秋水。冥漠知君愛不殊，祛除災難通文史。魂兮歸來歆世祀。

十四疊兮傷同心，蚤年種樹晚思陰。誓輸筋力康濟畢，懸車息馬還中林。柴荆不遠數來往，兒孫更抱開長襟。虞淵白日忽捨去，使我無意於冠簪。魂兮託夢時相尋。

十五疊兮歌已終，聲微淚盡心難窮。九原鍾逢不可作，高山流水悲枯桐。英雄去矣餘浩氣，萬古潺潺江漢東。魂兮爲我流長風。

【校勘記】

〔一〕「颻」，文淵閣本作「飄」。

〔二〕「生」，文淵閣本作「峥」。

〔三〕「毒」，文淵閣本作「獨」。

挂劍圖

延陵公子有道者，義氣千秋動華夏。去時寶劍心許君，死後仍來懸墓下。白日青天一片心，豈因生死惜千金。寄言反覆輕薄子，三步腹痛休哀吟。

秋浦歌贈觀察汪德聲

高堂誰張秋浦圖，秋浦佳麗天下無。長江西來一迴薄，齊山秀結真蓬壺。千峰夾水遞隱見，峰削蓮花水明練。巨靈鬼斧力雕搜，羽仙翠蓋長游衍。山山時見白猿行，樹樹倒挂朱花明。疑從瀑布觀廬阜，似拂霞標過赤城。敬亭銅陵相對起，玄暉太白多稱美。地靈必有傑人生，于今特出汪夫子。汪夫子，非等閒，眉宇朗朗行玉山。豸冠中外二十載，繡衣鐵斧誅讒姦。天子書名御榻上，轉眼黄樞拜卿相。勳業争期郭令公，田園晚憶陶元亮。我今歸去弄煙霞，秋浦相望一水賒。何日共君蒼玉峽，提攜日月煉精華。

息園存稿詩卷七

七言古詩

醉歌贈别劉希尹

江湖之情廊廟器，歷城劉郎無乃是。高雲塌翼墮泥塗，青衫來醉金陵市。金陵市上少人知，擊筑正遇高漸離。十年閉户淮水畔，雄劍繡澀長低眉。喜君下馬握君手，但説家饒步兵酒。眼前肝膽向誰傾，身後功名果何有。龍蟠虎踞古名都，走馬背槍多壯夫。陳編爛簡不足數，英雄快意無時無。新亭灑淚河山愁，北山移文林澗羞。謝公坦蕩稱達者，美人一去空江流。君昔提衡當吏曹，龍門拔地吹波濤。一朝謫宦歸江海，雀羅挂户生蓬蒿。此去朝元謁金殿，世情冷煖應自見。翻身臺閣雖等閑，著足林壑須輕健。泰山巍巍五嶽尊，上有日觀通天門。與君共坐東巖下，静玩桑田海水翻。

贈劉欽執

劉君十五攻文章，胸次隱隱含星芒。射策甲科屢摧挫，上書太學空昂藏。落魄塵埃少相識，日抱陰符事黄石。嚴生賣卜不論錢，匡子傳經徒鑿壁。生平顧我長開顔，相思來過天台山。入門正值新酒熱，爛醉共話烟雲間。夜長風狂銀燭冷，雪花灑面衣爛斑。勸君且莫求神仙，武陵桃花迷歲年。勸君且莫學劍術，五侯驕貴輕才賢。詩書滿腹不餓死，古來豪傑盡如此。君不見，商王圖畫求宰臣，直是窮巖版築人。

送陳子魚往霅溪訪劉南坦

故人歸耕霅溪上，白日閉門無客往。扁舟乘興吴門來，一片高情落烟槳。越王臺西春雨深，震澤波濤方泱漭。楊花幾時飛已空，碧草青蒲抱隄長。草堂相逢將奈何，但云酒熟來經過。傾壺一醉便歸去，莫問門前張雀羅。不見劉君幽恨積，憑君附書報衷憶。人生强壯豈長得，何用驅車逐南北。

周别駕宅看花

周侯方庭大如案，四敍種花香不斷。日高散衙一事無，手汲清池自澆灌。鮮英的皪赤瑛珠，密萼紛披紫絲幔。芳根異種多難識，粉蝶黄蜂暗相唤。西鄰迂叟饒閑情，叩户時來索花看。一來一醉酒千鍾，月俸依稀費多半。君侯莫厭頻來過，人生樂少憂患多。與君聚散同落葉，不醉花前將奈何。

平寧藩後上喬司馬

太行西横天下脊，降神昭代生喬公。突如大嶽起中域，培塿瑣細安能同。又如巨壑動千頃，澄鑑品類含光融。今之留都古豐鎬，九廟翼翼崇玄宫。周南節鉞帝所授，文武韜略雄江東。羊祜綏懷亘千里，蕭何填撫熙群工。石城鍾阜倍生色，龍虎吐氣長葱葱。去年劉濞逞兇獷，烏合群盜持刀弓。出門北望色沮喪，髑髏已屬提攜中。亞夫高卧足不動，兵符飛羽須臾通。上游屹張掎角勢，諸道競奮勤王功。舳艫百艘竟崩潰，烈焰一舉鯨波紅。我皇英年孝且武，金戈鐵甲臨元戎。喬公泣血扣馬首，小醜詎足勞皇躬。獻俘受馘大禮畢，跪捧翠華迴六龍。三軍凱還伐金鼓，聲動海宇連穹窿。明堂奏頌朝貢入，解澤下沛蘇疲癃。勒功且立會稽石，鑄鼎直盡荆山銅。雲臺功臣誰第一，國論共聞歸發蹤。侯王圭璧行照耀，山河帶礪何終窮。璘也都門老賓客，十年江海嗟飄蓬。喜聞鄉國再安堵，遥逐父老歌清風。但願天子壽考億萬歲，置公左右開宸聰。芻蕘之言無少蒙，永絶前日憂忡忡。

己巳十二月十四日夜雷

歲暮月望夜云午，南山殷雷夾鳴雨。蟄虫驚詫雞走藏，青帝玄冥果誰主。巫咸上天瞽史亡，空臺無人識妖祥。披衣起坐殘燭下，一夜不眠愁思長。

寄高州太守陳洪載

雪霽寒雁高，登樓見明月。故人在南海，幽思坐飛越。憶昔南宫羅衆賓，感君遇我最相親。解襪誤承王子重，推金偏念管生貧。青春縱酒長干道，白日行歌淮水濱。高涼迢遞别經年，美政紛紛過客傳。海畔明珠還夜浦，花間馴雉滿春田。平生萬卷不虚用，坐見古人歸席前。男兒立身貴磊落，安得瑟縮推誰先。爲報田郎近爲郡，可無書札問湘川。

送陳漳州宗禹

九龍山前春草生，麥苗覆壠雊雉鳴。使君五馬齊雪色，錦韉左右垂朱纓。玄髮清揚負才局，兩都豪士傾心腹。山人聞君佩印來，兩兩賣劍牽黄犢。炎海風清不起波，滿城明月照絃歌。想應露冕經行處，把酒題詩奈樂何。

送劉養和入臺

四月江南路，積雨開新晴。省郎躍驄馬，健作青雲行。看君皎皎揚英姿，迴山倒海自有時。匣中龍劍皎如雪，那肯繡澀空藏爲。玳筵酒盡雙金樽，仰天烈氣不可吞。男兒奮臂報知己，豈顧一飯哀王孫。

李少參宅林良花鳥圖

寫生之家不易得，崔白以後稱黄筌。國朝林良亦神妙，意會物象皆天然。何年畫此雙孔雀，尾上金錢猶爍爍。疑從五嶺翻然來，飛入君家翠綃幕。衆鳥瑣屑未辨名，鳧鷖燕雀各有情。白晝如喧杜陵宅，青春忽近長安城。攀條啄粒相頡頏，時和自見萬物昌。新蒲淺水雲淡淡，落花飛絮風茫茫。高堂展圖感我私，却憶先皇臨御時。朝廷無事友朋樂，日聽春鳥吟芳辭。一從群盜亂中土，萬姓倉皇執金鼓。東村西落少人家，燕子那尋舊門户。虬髯將軍才且武，一洗群盜無死所。見畫還思熙皞時，題詩却訴流離苦。春來百物倘如舊，勸君有錢多釀酒。

題柯行人所藏秋水纖鱗圖

伊誰掇取瀟湘水，鋪向長縑光瀰瀰。碧牽文藻舞風柔，黄落衰荷抱霜死。中添淡墨爲群魚，魴鱮瑣細各自殊。纖毫尾鬣空明見，萬里江湖氣勢舒。姑蘇野老困奔走，震澤扁舟落誰手？展圖漠漠雲水生，便欲垂鈎挂魚口。君失此圖何許年，完璧再返非徒然。請君袖取入京國，天邊時一賞林泉。

安平鎮

安平鎮前石岸高，飛甍夾水壓巨鼇。千門碧柳起春色，安居豈知排難勞。昔日孝皇君萬方，河水忽決黄陵岡。洪濤蕩汩失齊魯，神禹不降蛟龍狂。此地崩頽運道改，巨舸連翩落東海。下民昏墊軫堯心，朝廷經濟需元宰。司徒劉公社稷臣，一心報國攄精神。胼胝身任四載苦，版鍤淚墮千夫貧。沈船墜埽黄泉下，鐵石如山不論價。五丁叱咤驅風雷，功成遂絶奔湍瀉。宣防竹楗何足多，野哭一夜回謳歌〔一〕。司徒哀痛轉謙抑，中官武將碑嵯峨。碑嵯峨，廟赫奕，廟中牲牢今絡繹，嗚呼誰人獨慚色。

【校勘記】

〔一〕「夜」，明抄本作「旦」。

送沐將軍兄弟歸滇二首

將軍白皙美青年，滇南世世操兵權。君王重是攀龍裔，推轂親呼玉案前。摇旌擊鼓歸荒服，駐鉞張油向宗國。五鼎陳牲入舊祠，萬燭迎鑾出華屋。城頭日出征馬鳴，五侯供帳花連營。紫衣官妓呈瑶瑟，錦帶家奴抱玉瓶。曲罷揚鞭凌遠道，萬里長風動秋草。土吏椎牛勞後車，山氓驅象迎前纛。諸蕃叩地當行軒，世世樂受君家恩。古來却轂稱儒將，誰似風流在一門。

樓船倚江揚大旗，迴風簸日光離離。百夫轉舵櫓如翼，千里只作終朝期。金吾將軍年絶少，牙弩射潮閒調笑。釃酒金陵王濬城，焚香赤壁周瑜廟。愛君文雅真特奇，大兄金印鎮西夷。府中寶券山河誓，閫外丹心草木知。君到滇南春物美，鷸鴒飛處棠花紫。未開姜被説家園，先降韓壇問天子。青萍切玉能成灰，奔塵絶電須龍媒。上將用才多爲國，它年看薦謝玄來。

宗伯毛公宅畫菜

貴家金屏寫生者，競取纖穠鬬高下。獨憐意匠非世情，戲點嘉蔬氣蕭灑。琅玕作葉璚瑶根，筆底畦徑移西園。菁華荏苒過雨濕，紫翠歷亂凌風翻。黄花丹縝各未吐，胡蝶蜜蜂俱已喧。南宫宰相白玉堂，挂之素壁生清涼。誰爲灌溉劇抱甕，我欲采擷盈傾筐。豈無犀盤象筯大官肉，肥腴不快水雪腸。對此薄飯每易飽，疏簾欹枕青春長，虀鹽之味安能忘。嗚呼，虀鹽之味安能忘。

碧雲寺

山中樓臺一何麗，路人告是碧雲寺。入門莫問造者誰，建寺以來初見此。黄金爲中門，白玉爲四墻。檀心及桂枝，斲作棟與梁。班倕督工墨，顛倒窮肺腸。但令偉麗後莫比，不用局束循王章。主人退思坐中堂，精神動天天爲忙。山靈擘洞石開裂，海若驅水龍彷徨。眼中諸寺失顔色，可憐草木俱輝光。吁嗟爾山何幸哉，昔聞磽确彌蒿萊。牛眠應兆亦偶爾，綺繡雜沓從天來。爾不見，列侯金印何纍纍，城踰百雉聖所裁。又不見，閶闔流冗多餓死，溝溪白骨無人埋。攬衣上馬不忍顧，臨風長歎令心哀。

沈生來天台示予董子繁露

沈君布衣人，藏書滿千卷。開口談黄虞，何心恥貧賤。我生與世多乖張，交誼向君偏繾綣。九月山城桂花白，塵飛郡齋無過客。蹇驢箬帽雲中來，忽若炎天墮松雪。解囊乍讀繁露書，舉觴新薦望潮魚。生逢奇事即快意，何必歌舞爲歡娱。我亦未得樂，君亦不肯留。仰視天台路，坐負桃源遊。會須共釣石湖去，莫遣歲月空悠悠。

哭馬原思

斯人不可見，荒臺空暮雲。素琴漫發子牙指，狂書豈及羊欣裙。騎鯨上天歸玉堂，後來英俊日凄涼。空餘故宅高槐在，清陰滿院斷人腸。

寄題俞魯用分緑軒

江南五月百草長，芭蕉遶簷十尺强。疏櫺曲檻静相映，坐覺幽緑生虚堂。波文隱約微風動，紅塵不到蒼雲重。榴花照眼徒爲繁，葵枝孑孑將何用？太湖靈石高突兀，此外唯須數竿竹。名園廣宅非君心，一詠一觴殊脱俗。我欲入軒分半主，獨恨終年走塵土。郡齋秉燭爲君吟，蕭蕭一夜聞秋雨。

送京兆聞君移順天

巍巍京兆古所雄，民之父母稱聞公。昔傳趙張不易得，今見德政將無同。去年饑饉多流亡，溝壑白骨寒秋霜。今年甘雨起枯槁，禾穗滿田如帚長。南車北駕情悠悠，風吹甘棠馴雉愁。寇恂河内竟難借，汲黯淮陽誰見留。折楊枝，插江路，楊枝他年作高樹。萬歲千秋憶我公，香火常來乞晴雨。

題王元章梅花和韻

墨池五夜飛玄霜，素靈幻出梅花芳。草堂忽爾見春色，氣序不得由勾芒。空山慘凜層崖裂，千枝萬枝綴瓊雪。水晶屏風疏影寒，舉頭却見黄昏月。江笛横飄黄鶴韻，遷人莫報長沙信。欲取寒芳寄遠書，轉愁旅思催蓬鬢。簾外清香撲酒缸，千金莫惜日飛觴。解道明珠交玉體，風流獨羨陳思王。狐裘蒙茸不知冷，醉卧花前不須醒。夢來直上羅浮巔，占却梅林千萬頃。

題唐子畏山水圖

赤城霞氣連東海，九嶷綿綿舜陵在。曾遊兩地縱奇觀，疊嶂填胸何礧磈。洞庭波濤拍雲天，吴江長橋絶可憐。扁舟夜攜二三子，高歌月下招靈仙。歸來草堂老無力，山水迢遥苦難得。蘇臺居士好畫手，一幅盡寫蒼茫色。林壑高深氣杳冥，空潭颯颯水風生。開簾對此坐清晝，彷彿邀余萬里行。

題王元章梅竹卷次祝鳴和

畫家妙品古亦稀，高人每號無聲詩。淺夫拈筆率信意，豈解盤薄凝深思。聊希形似即滿意，難與神化論等差。子喬老仙烟霞骨，劂出心肝洗塵俗。身化西湖一樹冰，氣吞湘岸千竿玉。映縑姿態鬭纖穠，轉手枝柯分直曲。山空自喜野人同，歲寒敢謂吾曹獨。補之墨梅稱絶倫，與可寫竹恒逼真。今之畫圖兼二妙，始信苦學能通神。草堂六月氣凄爽，彷彿坐我清江濱。白頭豈知老將至，對爾真足忘冬春。憶昨青陽迴緑草，横斜桃李長安道。一夜飄風歷亂生，可憐花葉紛顛倒。塵世繁華有盛衰，朱門一閉無人掃。與君開卷玩高標，絶勝對客談虛藻。

賦煮茶圖

朱門酒肉如山海，沉湎徒云性靈改。松關冥坐真天人，朗如玉樹生華采。澗阿霽雪新泉清，風吹石鼎茶烟横。悠然對語白日晚，俯聽萬井蒼蠅聲。

秦翁

江南賊來萬室驚，太守倉卒呼鄉兵。翁持黄金募壯士，長殳短劍如堅城。猛勢憑陵賊遠徙，衆欲論功報天子。老翁掉頭不相顧，獨弄魚竿下烟水。君不見，古時魯仲連，一書飛矢聊城全。功成却賞蹈東海，慷慨長爲人所憐。翁今持此廉退節，何慚青史共稱賢。

鄒平王畫竹爲羅子文賦

寫竹貴神不貴色，畫師俗筆難爲力。古來能事自天成，蕭郎文老何由得。國朝作者夏奉常，祇今僅見鄒平王。金殿晝閒一揮灑，遂令縑素移瀟湘。兖州太守得真迹，草堂白日寒雲積。風葉當軒簌簌鳴，霜柯倚座森森碧。清泉怪石映帶成，即恐春笋驚雷生。炎天對坐毛骨爽，便欲掉臂林中行。嗚呼絶藝不可遇，千金競買珊瑚樹。君不見，寒士瀟條土木形，遮道時逢貴人怒。

送劉方伯赴河南

梁宋繁華古無比，凋殘近自丙寅始。私門剖刻盡錙銖，群盜誅屠及妻子。我分虎竹當亂離，膏肓之疾安可爲。公爲方岳會昌運，撥亂扶傷又一時。春風病草回青未，一望傷心墮清淚。

同祝鳴和賦長歌贈方思道

詩人雅尚唯林麓，脱略功名輕汗竹。有時大隱入金門，瞥視浮雲立幽獨。棠陵山人少工詩，風雲萬變含精思。東南名勝不可數，悉化肺腑生神奇。狂遊狹小四百寺，醉醒只在西湖裏。瀾翻筆勢雄萬人，觀者如墻盡稱美。昨宵醉後抱膝歌，佹詞怪語何其多。旌旗繽紛躍天馬，鐘鼓颯沓騰江鼉。看君工詩已成癖，把筆千言不須迫。恥裁舊體駕曹劉，直舒豪氣吞元白。横絶四海如冥鴻，伯勞飛燕徒西東。今年泰岳登日觀，巨篇失却東蒙峰。歸來過杭留小草〔一〕，頓覺風花動流藻。吾衰愧乏倚馬能，嘔血破研長枯槁。

【校勘記】

〔一〕「小」，明抄本作「心」。

送潘方伯歸衛水

桂酒蘭舟湖水傍，西湖六月似探湯。衆賓赤汗灑成雨，羨君道服南薰涼。高歌返棹日將暮，青山倒映浮雲黄。荷花絶勝美人面，勸客留連各盡觴。白璧青蠅豈堪數，富貴何如道傍土。君不見，二疏脱略東門歸，赫奕高名照千古。

紅拂圖

紅拂蕭稍紫麟尾，夜半蒙羞見君子。佳人絶代失相知，越國麤豪一何鄙。天造草昧兮臣擇君，幽憤結遏兮女求士。卷衣杖策趨軍門，末路英雄儻如此。蘭心夭矯含風雲，莫歌行露嘲文君。

賦夫蓉小畫送羅汝文赴鎮遠

錢塘十月交，清霜落江水。夫容蘸澄波，顔色勝桃李。可憐桃李三月花，紅雲碧霧競繁華。亦知霜霰饒寒苦，素心所好何咨嗟。君今五十已有餘，南嶲猶乘郡守車。强賦幽花贈君別，臨觴三歎意踟躕。

送歷下陳生因柬華泉子

齊城七十何彬彬，國風闊達多才人。田横海島五百士，孟嘗門下三千賓。當年義氣振四海，至今作者猶殊倫。陳生遇我燕臺下，鴻翔鳳舉驚青春。迴鞭走馬復東去，落花飛絮悲行塵。我欲因之向歷下，華峰一訪平生親。笑騎天門雙紫麟，周攬豪傑同逡巡。上朝玉帝泰嶽頂，下見群仙滄海濱。丹砂入口生羽翼，呼吸日月存元神。惜哉此志未易遂，送君佇立空霑巾。

京師三月謝張愈光惠料絲燈

客從滇南來京師，遺我采燈光陸離。伊誰鬼物欻作此，玉縷細滑明玻瓈。媧皇煉石結靈液，織女擿錦盤文絲。蒼龍拔髯老蛟泣，畢獻技巧争神奇。空齋秉燭試張設，五色炫爛驚妖魑。東方月出相映射，還似鼇禁元宵時。便呼斗酒縱春興，忘却江南歸已遲。丁寧篋笥好珍襲，明年相對還相思。

贈錢實夫

君不見，蒼龍鬐風雷，未遇藏深池。又不見，丹鳳毛失路，慘淡依蓬蒿。乘雲忽起沛霖雨，向日長鳴沖紫霄。錢君磊落方少年，立地可以升青天。高堂白髮須斗禄，黌宫墨檄來翩翩。世人相見莫漫憐，寶劍腰下懸秋蓮。丈夫勳業在反掌，應侯蔡澤非徒然。

沈金吾東麓

鍾陵之山天下無，東麓佳麗傾南都。五雲宫闕抱龍虎，萬井煙花張畫圖。金吾將軍連梓里，甲第高起臨方壺。錦觴醉月調鸚鵡，玉硯吟春教鳳鄒。日領皇恩承雨露，時餘飛夢繞江湖。

送南豐曹明府

曹侯若孤鳳，不與群雞同。揮毫振風雅，岸幘輕王公。見余燕京市，把袂披心胸。放歌登樓飲，擊筑意氣雄。新持縣印南豐裏，墨綬翩翩映秋水。鸞刀瑩雪初發硎，得君亂絲爲君理。西江赤子罹罔羅，頻年婦女持干戈。願施單父彈琴手，聽取廉公五袴歌。

贈謝少南

江左才華紛秩秩，中間小謝最清出。逢人咳唾吐雲霞，況復填胸富經術。今年攀桂登南宫，大鵬擊水乘天風。璠璵聲價吹噓裏，鍾鼎功名指顧中。東橋野叟病且老，每望長安絶西笑。致君堯舜在英年，殷勤送子龍江道。

贈許仲貽春試

淮河冰壯不可涉，徐方走馬蹄凍裂。念子苦寒當北征，到京恰換陽春月。南宫柳絲摇緑烟，曲江杏花紅欲然。三三五五少年侶，半醉題名雁塔邊。

雲泉歌

蒼厓積銕蒼雲鮮，中有百丈之飛泉。銀河西傾鵲橋斷，玉龍下挂天梯連。仙人愛向山中住，日玩雲泉不知去。清涼一濯毛骨寒，紅塵飛來無著處。

許彥明白蓮詩卷沈石田畫金赤松題

珍圖白蓮何皎然，盈縑風露臨秋鮮。丹青豈同俗匠伍，貞素獨與幽情便。璚瑶滿池琢不碎，翠葉雨重欹仍顛。盛開欲落比雲散，乍疏復密如星聯。何不放筆鋪十頃，中間蕩漾吴姬船。嬌歌豔曲互酬答，冰肌玉面矜嬋娟。風流領袖自石田，好事遺之歸攝泉。赤松郢倡復絶世，後來和者難爲前。我欲西湖招勝侶，金樽美酒斗十千。林逋宅前放舟去，六橋曲曲相迴旋。古人今人盡如此，安得壽命金石堅。人間富貴草頭露，不須錦瑟調朱絃。與君雪藕擘蓮子，共唱新詩湖上眠。

題楊司徒古松障子〔一〕

昨從山中還草堂，入門雲霧迷日光。問之驚怪胡致此，司徒畫障懸東墻。幾株古樹形突兀，老龍怒立當我屋。泰山東巖五大夫，參天氣勢無卷曲。雪柯霜幹當夏清，耳邊謖謖風濤聲。儼然丘壑在左右，始信妙畫通神明。司徒應詔天上來，捲簾清晝坐高齋。不須把玩山林趣，正爾相資梁棟材。

【校勘記】

〔一〕「楊」，明抄本作「王」。

夜飲西麓道院得秋字

天壇露下叢梧秋，故人置酒消我憂。清歡不知白日晚，明月忽照城西樓。道人横笛試一叫，寒龍水底聲啾啾。何不高張二十五瑶柱，邀取湘妃弄月遊。

題羅侍御所藏周必都古松障

昔年我登柱史堂，古松畫障何昂藏。樛枝崢嶸豸角勁，霜皮錯落龍鱗蒼。不知墨幹凡幾尺，氣勢直欲凌雲長。移牀盤桓坐其下，六月不熱迴清涼。畢宏韋偃骨已朽，乃有周老傳芬芳。衹疑畫手太奇崛，人間無此真棟梁。昨經南湘湘水曲，夾道萬株俱突兀。根老居人忘歲年，陰深過客逃炎燠。郡齋正當蒼翠中，三歲捲簾看不足。鸛鶴秋棲不敢定，猿猱夜度愁還哭。有時枕書相對眠，宛在君家畫圖宿。君今作牧向東魯，泰山大夫更奇古。我詩恐未盡君意，請君自作喬松譜。

息園存稿詩卷八

五言律詩

山中晚興二首

古原浮夕照，灌木轉晴風。人影梅苔上，雞聲竹樹中。炊烟通壑暝，積黍驗年豐。長吏無苛政，農家樂事同。

野曠少人煙，雲霞起暮天。飲牛臨古澗，射雉出平田。林屋松然火，山醪穀筭錢。班荆有遺老，高論上皇前。

秋居雜詩六首

披襟臨莽蒼，覽物玩芳華。庭宇清風滿，琴尊逸興賒。梁空歸社燕，林煖綴秋花。却歎居年久，西飛白日斜。

翠篠縈三徑，金飈肅九秋。蛩聲依廢井，雁序落平洲。竹靄寒浮水，嵐光曉近樓。蹇予幽興遠，踪迹轉淹留。

自謂浮生晚，何嗟末路新。驅車登古道，斂衽向時人。夢覺求衣早，愁深攬鏡頻。永言周道盛，誰見泣祥麟？

冉冉舊林泉，風光滿四筵。鳥啼連樹響，魚戲點波圓。方域文明晝，郊圻大有年。聊歌擊壤曲，共和慶雲篇。

病怯林塘爽〔一〕，園扉盡日封。寒聲連蟋蟀，秋色罷芙容。土木形偏野，雲霞思頗濃。茅齋殊不惡，窗户引群峰。

落景掩衡門，虛簷蚊亂喧。天空涼露早，月淡小星繁。簾晃蘭膏燭，庭薰桂醑尊。悠然歌古調，何厭處山樊。

【校勘記】

〔一〕「怯」，文淵閣本作「却」。

送高介夫入京

歲令初迴斗，河流已過冰。風煙春岸草，兒女夜船燈。驛路緣雲上，離心對月增。憑君語朋舊，多病苦騫騰。

送鄭信卿春試

元正初吉日，游子北征時。馬色經山疾，鶯聲過水遲。忍能江上别，如與杏花期。何處袍堪染，南宫柳萬絲。

秋興和金大仁甫二首

物候催巢燕，秋聲報野蟬。樹深全隱屋，池小恰迴船。白鳥梳晴羽，丹榆綴古錢。故園棲遁樂，留語記兹年。

葵老初辭蝶，槐疏不翳蟬。卧涼收簟竹，飲減怯觥船。自蠟登山屐，長賒對菊錢。浮生最難得，丘壑度豐年。

客舍聞李侍御師文至未獲晤對悵然有懷

乘驄來日下，聚梗及春邊。擬得論心喜，猶遲見面緣。夢魂懸此夕，容鬢憶當年。迢遞嚴城隔，燈花望不圓。

鳧塘

瀰瀰平塘水，寒鳧静自群。日斜雙影下，沙遠數聲聞。菰米飄香雪，夫容護錦雲。主人機事息，長對閱朝曛。

經鍾山

鹿飲紅泉細，猿啼翠壁重。仙雲凝舜冢，王氣拂秦松。地接金椎道，山藏玉檢封。鼎湖長在望，何處仰宸容。

送趙生

白馬飾朱幩，迴鞭駐華門。國風吴季札，家世趙平原。鬬飲投壺捷，停歌説劍喧。歸途多緑草，默默望王孫。

弔程公子

書劍早從軍，南征誓策勳。弓刀争白日，圖畫失青雲。地迴魂長往，天高語不聞。英雄長扼腕，揮淚灑孤墳。

送陳斷事

宦轍紅塵畔，時名白髮前。星移驃騎幕，江動孝廉船。祖席橙分蟹，離亭樹罷蟬。秋風將别思，天外兩凄然。

觀音閣望江

塵服乍辭鞍，花臺共倚闌。林端憑樹短，閣上見江寬。地拔千尋險，山藏四月寒。東流爲誰逝，終日浩漫漫。

卜居

爲愛紅塵遠，何嗟白屋貧。琴書唯舊物，花竹有新鄰。偃仰堪吾寄，蕭條免盜嗔。攜壺顔巷口，半是問奇人。

秋葵小畫

慘淡生綃色，秋花擢露森。黄匀塗粉額，赤抱向陽心。節序誰云暮，風霜爾獨禁。草堂披拂處，默坐寄情深。

贈李副使獻吉江西視學

輶軒分羽節，高義豈爲榮。南省文儒化，中朝國士名。嵩雲兼雨動，楚月出江明。莫道風塵暗，君行自有情。

贈侯員外入秦册封

皇澤開新國，文星出上都。河流經雨漲，山館帶雲孤。下榻淹高駕，開襟接壯圖。炎天正煩鬱，何幸對冰壺。

寄潘侍御宗節

兵甲縱橫地，音書久不來。豺狼當道吼，鴻雁向人哀。奔走成何事，沉淪惜異才。團山南望迥，千里漫黄埃。

祭敬甫墓下凄然作〔一〕

故國秋風至，高墳宿草生。獨脩蘋藻薦，何限死生情。水浄孤潭影，風流宰樹聲。重臨石苔路，空憶舊經行。

【校勘記】

〔一〕「祭」，明抄本作「蔡」。

八月十三夜與文濟時範質甫城西泛舟達秦淮三首

落日清川裏，輕風已自涼。秋懷生白舫，山翠撲胡牀。問路疑天上，停杯待月光。何人横鐵笛，吹過斗牛傍。

六代烟華地，狂歌得夜遊。山河横王氣，水月弄清秋。木落長干寺，雲殘太白樓。共君須痛飲，沉醉傍滄洲。

浩蕩平橋飲，留連落月西。衣冠洛陽社，風物武陵溪。遠泛移龍窟，高吟振鳥棲。不知今夜景，能使幾人迷。

贈張徵伯 求昏江南未遂，詩以贈還。

俊逸張平子，才名動地傳。文章侵大雅，騰踏正華年。未射金屏雀，仍還雪夜船。離尊不相送，愁夢隔江烟。

吴都臺東湖書屋八首

夢想嘉魚里，東湖有釣磯。遥聞精舍勝，似向故園歸。禮樂攤黄卷，亭臺坐翠微。曾經遊息地，草木自光輝。

水匯蒼梧郭，天開緑野堂。雲山秋滴翠，冰井夏生涼。藥滿尋詩徑〔一〕，花垂點易牀。少須康濟罷，散髮任徜徉。

滿目潯灘水，涵虚浄客心。塵埃飛不到，絃誦有餘音。坐傍梅根瘦，行臨竹塢深。湖頭鳬鴨隊，來往自浮沉。

拂座松枝古，填門石壁青。聊垂馬融帳，獨坐子雲亭。問字諸方集，談經弟子聽。人傳南斗畔，光彩應文星。

五嶺精靈聚，當朝更曲江。大名千古敵，直節萬夫降。化俗身爲度，摛文筆似扛。如聞鄒魯教，今日在南邦。

曲曲開幽徑，迢迢接故丘。蒼雲深洞壑，白露滿梧楸。莪老詩篇廢，蘋香祀事修。慈烏千萬箇，啼斷北林秋。

山林元自僻，棲息易爲安。鄴架書千卷，嚴灘釣一竿。桄榔披露重，薜荔挂雲寒。門外無車馬，時時岸鶡冠。

市遠寂無譁〔二〕，身閒樂更賖。静中全道氣，物外送年華。避暑探孤洞，尋春聚百花。高歌紫芝曲，餘響落青霞。

【校勘記】

〔一〕「詩」，文淵閣本作「山」。

〔二〕「寂」，金陵叢書本作「絶」。

崔司成後渠精舍八首

汩汩寒渠水，迢迢落太行。震雷崩斷石，懸溜别清漳。灌注分林麓，棲遲得草堂。頗傳崔子玉，新有浣花莊。

清渠横舍後，碧色動城隅。寒掠垂簷幕，光摇插架書。斜風飄白鳥，落日倚紅藂。渺渺江湖興，投竿豈羨魚。

司城捐佩日，歸去濯清流。雲水傳青眼，雞豚共白頭。雨添雙棹興，花動四鄰游。欲看西山色，林間更起樓。

幽棲臨水瀨，野興洽春郊。帖石成魚笱，分泥上燕巢。琴尊宜暇日，農圃得新交。已識玄仍白，無勞客獻嘲。

聞道銅臺下，鸕鷀舊有陂。新渠自誰鑿，春水亦漣漪。枕席心愈静，園林物自私。相望淇澳近，移種竹千枝。

開園非洛下，抱膝且隆中。出處關吾道，文章有至公。祇今瞻嶽立，誰與歎途窮？一息圖南翮，仍摶九萬風。

學士還書屋，銀魚向壁懸。王通才不小，劉向論何偏。抱甕開蔬圃，披裘弄釣船。那知升斗水，中隱蟄龍眠。

小築家林接，幽尋野興通。雨麻翻徑緑，風棗墮堦紅。地僻衣冠懶，心閒著述工。渠頭秋水至，東望意無窮。

贈何司空子元

白日難迴照，丹心盡此生。司空官豈左，集議禮多名。國是歸牽引，皇衷自聖明。玉階霑泣日，真見老臣情。

贈徐堂

小阮龍駒子，長途拂劍歸。毘陵三尺雪，寒滿黑貂衣。骨肉行踪散，風塵客鬢稀。平原招不起，豪士竟誰依。

哭李師文憲副二首

激烈先朝疏，沉淪積歲年。初聞登憲府，倏爾掩黄泉。伯道終無子，馮唐豈乏賢。彼蒼猶忌刻，那望世人憐。

誰奪千金璧，俄崩萬丈松。羈魂逢鵩鳥，直氣化蛟龍。吏道循良傳，人倫孝友容。長號呼不起，淚滿若堂封。

哭景伯時中允

中允璠璵器，臨年失廟廊。江山空爾秀，科第竟誰光。志屈經綸略，名蜚翰墨場。石渠劉向隕，徒使漢庭傷。

寄顏唯喬

顛頷淮陽別，歸田近若何。應知閉户後，衹是注書多。龍去逃江海，鴻飛挂罔羅。雪深僵卧夜，縣令莫相過。

贈别劉元瑞還寄苕溪四首

出處意誰測，去家今幾年。病辭烏府節，歸泛太湖船。琴鶴居何定，蓴鱸味獨偏。長歌自南下，不問買山錢。

仗鉞臨雄鎮，輸忠翊大廷。紫霄搏鶚隼，白日走雷霆。即擬參元化，何因賦獨醒。風塵聞望眼，歷歷太行青。

不築江東宅，仍尋苕上廬。乾坤俱傳舍，丘壑且樵漁。托迹龐公隱，陶情逸少書。終泥紫金鼎，安坐講玄虛。
郊居塵事息，嗒爾寄禪房。菜甲供晨夕，松林傍雪霜。客來幽興起，官罷病身
强。頗笑陶彭澤，醺醺混道場。

寺宿再别元瑞四首

寺閣懸燈宿，幽期記昔年。風煙幾分手，湖海各迴船。疏廣辭官切，嵇康習性
偏。相逢多貰酒，囊罄莫論錢。
余病隱吴市，君歸辭漢廷。鶴棲宜獨樹，龍卧惡驚霆。江月維舟久，風泉喚酒
醒。南山多舊意，相贈十松青。
世業劉公幹，仙才漢子房。翻身下霄漢，礪齒漱冰霜。閉户詩書遠，還山步履
强。時應振餘韻，爛熳壓詞場。
赫赫中丞貴，歸與一草廬。委心同野馬，垂釣即溪漁。節映冰壺立，名遭汗竹
書。平生行己意，披豁對青虛。

東園分韻

竹塢紅亭隱，松巖碧磴懸。雲光浮蟻爵，秋律應鵾絃。緩坐延明月，高吟對暮天。不因開洞府，何以狎群仙。

雨再遊

細雨秋塵浄，林亭異昔觀。清遊吾屢得，密坐客齊歡。草樹春無盡，池塘暮轉寒。殷勤巖桂色，已謝兩迴看。

飲振之館限韻

高館臨槐柏，清筵引桂觴。淮南秋望迥，江左故歡長。氣色瓊枝映，詞華翰墨香。只應今夕會，星聚比陳鄉。

寄吴縣楊尹

滿目循良事，賢侯即古人。彈琴變民俗，飛舄離風塵。棠樹千家頌，桃花百歲春。枳棲難久滯，天上待持鈞。

寄沐參將崧

異姓王孫貴，偏裨將帥雄。威行蠻部落，名並古元戎。緩帶辭兵印，長歌綴國風。不須傷薏苡，天聽自多聰〔一〕。

【校勘記】

〔一〕「多」，明抄本作「然」。

喜鄭老至

鄭老交親久，新詩近見多。好奇遊泰嶽，爲客傍黄河。故里餘松菊，幽尋更薜蘿。養痾茆屋下，愛爾此經過。

寄水南田勤甫

耿耿綈袍贈，頻經灑淚深。相看萬里別，獨抱古人心。岐路俄星散，高才竟陸沈。辭官真得計，怡老乏黄金。

宴守溪相國園亭二首

黄閣辭榮早，丹丘托興遥。蓉池窺海島，芝館踏烟霄。卧處蒼生望，憂餘素髮飄。當筵心盡醉，秋爽詎能銷。

窈窕平泉宅，清華獨樂園。烟霞深晚景，花竹藹春温。招隱臨叢桂，懷仙倚洞門。自慚塵土質，聊爾奉琴尊。

遊虎丘二首

畫舫疏簾雨，溪門落木秋。黄花仍對酒，白髮兩登樓。古井泉香發，荒池劍氣浮。驅馳吾已懶，誰共老兹丘。

故園初入望，嘉客且同盟。倚檻觀秋稼，吟詩對晚晴。浦寒鴻雁起，天暝水雲横。急管休催發，悲歌正有情。

贈子魚

與子三年別，重來鬢已蒼。論心風雨夕，下榻水雲鄉。畫閣燈花煖，秋杯竹葉涼。匆匆行止意，相對兩彷徨。

贈吳醫

更入壺中市，新林種杏多。閉門看古典，汲井起沈痾。愛酒狂方朔，能醫老華陀。茂陵方病渴，愛爾數經過。

將往吳下成少子婚羅質甫徐一之俞魯用泛舟送至令橋二首

千古秦淮水，離觴我輩來。山河形勝出，舟楫畫圖開。秋色丹楓映，羈懷片雨催。吟詩別親友，重發謝公哀。

婚嫁人間累，猶然及老夫。未成遊五嶽，先遣入三吳。戀別停孤棹，留歡倒百壺。摩挲葛仙鼎，相向歎迷途。

十三夜質甫諸君別去乘月行舟

霜月明如畫，沙溪見底清。客疑燈下坐，舟向鏡中行。讀易無昏字，看山辨遠名。祇應歸棹上，翻遣別懷生。

溧水道中值雨

旅次番番雨，山行活活泥。長途添馬病，午飯迫雞棲。作客歡應少，勞生晚尚迷。誤辭賢宰約，忍聽僕夫啼。

野店

急雨官塘道，篝燈野店門。茅茨連霧靄，車馬帶泥痕。男子四方志，王孫一飯恩。年來乍安穩，無乃咤心魂。

遊光禄史巽仲宅溪山不值光禄

咫尺千峰聚，周迴一水通。壺懸蓬閬界，槎犯斗牛宫。野竹排雲碧，溪花傍雪紅。無勞見安道，幽興自難窮。

夜渡九里湖

烟波東郡闊，此水亦無垠。風起摇坤軸，雲生抱月輪。蒹葭秋後思，江海病中身。夜舫迷茫去，逢誰可問津？

暮雨登上方山

暮踏孤峰雨，蒼茫下界分。平湖鋪大野，高閣挂行雲。霜氣明楓葉，天寒叫雁群。擬投僧舍宿，清梵夜堪聞。

陸子潛子遠攜酒過宿贈一首

二陸吾邦秀，攜壺問草亭。醇醪雨中醉，寒燭夜深青。寶氣騰雙璧，人倫贍六經。坐餘玄論洽，傾耳爲君聽。

壽太守姚大章

耆舊襄陽滿，耽吟復此翁。名躋作者列，身有古人風。避寵辭朱紱，含精守絳宫。誰云眉覆雪，轉覺面如童。

除夕和邊太常庭實

守歲椒盤宴，歡然傍老親。誦詩從稚子，分肉遍鄰人。菽水慚三釜，柴荆寄一身。青燈能送喜，金蕊夜開頻。

正旦

乾坤仍獻歲，車騎正歸休。禮樂今王作，門庭舊客留。老餘耽酒癖，貧有買書謀。所願皇輿正，吾生豈浪愁。

宿宜興東坡祠下

先生聊一念，遺廟竟千年。不返遼東鶴，長悲陽羨田。月高群木影，人語一溪烟。世事皆春夢，吾今且醉眠。

瓜洲江眺二首

把酒臨江閣，洪波滿目來。却看浮玉樹，青壁轉崔嵬。水鳥孤飛下，風帆萬葉開。古人輸郭老，賦味盡雄才。

日嶠攢紅樹，雲湍擁碧沙〔一〕。春生江有色，地盡水無涯。虚閣歸晴望，深杯領物華。亂山西去好，隔岸認吾家。

【校勘記】

〔一〕「湍」，金陵叢書本作「湍」。

望焦山莫至

石闘東溟起，雲含北固青。江山分氣概，風雨走精靈。處士輕龍詔，仙巖秘鶴銘。由來玄圃路，少許俗人經。

飲仲氏山池二首

鳳葉摇新竹，虬枝結古松。宛臨三畝宅，翻上九華峰。池浄深深見，花繁處處逢。愛君多美酒，留賞興從容。

池月銜樓影，巖雲沁酒香。扣門無俗駕，開宴有韶光。暗水鳴軒砌，幽花近石牀。淮南招隱地，叢桂更芬芳。

舟次對月二首

穆穆春宵月，沄沄春水流。直窺千尺下，寒影動瓊樓。烟草迷晴渚，風花入夜舟。關山吹玉笛，遺韻渺生愁。

孤舟明月好，春思結川雲。岸煖桃花近，洲香杜若芬。良辰空作客，薄宦未離群。不分清輝隔，鈎簾過夜分。

舟膠

川涸唯泥滓，舟膠不可過。安山一步地，千里渺銀河。雨澤經春斷，風霾徹夜多。欲尋滄水使，長楫請餘波。

暮春四首

旅次移春色，沙暄碧草深。遊絲橫渡水，飛絮巧穿林。物態催年序，風光攪客心。不禁蒼鬢短，衰白忍爲侵。

故國春殘日，暄風綻牡丹。詩成傳綺席，人醉倚朱闌。久種能多蕚，無言獨耐看。十年虛此會，何用繫微官。

煖覺春衣重，閒知晝漏長。蛙聲今日有，花片晚來狂。懶性憎書札，衰顏信藥方。絶交非達論，那敢學嵇康。

齊魯春全旱，焦原麥不肥。幸逢天子聖，端怪雨師非。世難占農務，吾生指釣磯。懸鶉行滿眼，空著大夫衣。

答邊太常華泉二首

遠別書盈篋，相逢淚滿襟。年均誰黑髮，交久各傾心。並棹清川永，開樽短漏沉。與君論舊迹，轉覺愛光陰。

坐挹松筠氣，追憐玉雪姿。先朝名獨盛，直道宦猶遲。骨肉交情老，風波世路危。蒼生方切望，天意更誰疑。

贈唐員外雲卿二首

特達青雲器，蹉跎白首郎。行藏身自得，今古意何長。秋日饒詩卷，江天一草堂。空憐賈太傅，流涕弔沉湘。

京口通鄉井，台南接宦遊。誼先傾蓋密，詩及倒囊收。黑綬真微物，清談足勝流。新裁芰衣就，應許並漁舟。

夏日桐巖道中二首

野日正矜午，嶺雲難自涼。祇愁山石裂，漸覺黍苗黄。物役煎衰鬢，吾生習瘴鄉。

眼中多茂樹，安得置藜牀。居人猶灑汗，行子獨何堪。鳥翼垂難戢，龍鱗渴未安。只疑臨火井，誰暇乞冰盤。稍待涼秋至，蕭蕭見爾殘。

飲定公竹院分韻

片雨飄庭竹，微涼泛坐隅。不須千畝盛，且喜一塵無。避俗逃金界，忘情倒玉壺。眼中清供滿，餘賞及盆蒲。

舟次呈林郡牧楊司理二首

昔結蕭朱綬，今登李郭舟。秋隨人共爽，晚覺意俱投。古樹分隄緑，迴川抱市流。疏簾同慰藉，無酒亦銷憂。

十日仙舟並，三秋逸興多。天空披積霧，河潤飽餘波。星斗連檣宿，風烟舞劍歌。百年饒意緒，傾倒奈君何。

經賊處復聞警

舉目堪流涕，蕭條戰伐塵。野花摇白屋，江燕啄青蘋。將帥恩私厚，朝廷法令新。連城憂盜賊，嗟爾異方人。

蔡林屋舉酒愛日亭玩月

露下碧天涼，空庭明月光。幽人愛叢桂，舉酒近池塘。河影填烏鵲，簫聲下鳳凰。莫教秋興淺，不盡夜歌長。

同諸君遊碧峰寺

浄域秋如昔，佳賓勝在兹。壺觴牽野興，歌詠發巖姿。殿古高雲積，林深落照遲。莫留殘醉去，他日怨睽離。

宿達公房

舊地人重宿，勞生夢一醒。亂峰明積雪，虚殿納疏星。僧髮老逾白，佛燈寒更青。悠然生道念，對坐閱金經。

送同年王奉常赴闕四首

鵬運方南海，鶯遷更上林。禮容恢國步，人望簡天心。朱紱群公列，彤墀委佩音。台衡應不遠，四海望商霖。

王氏名流衆，韋家相業優。滿牀亂簪笏，奪目見琳璆。一卧留丹壑，崇班尚黑頭。鼎彝千古業，晚節會須收。

虎榜論交後，差池有歲年。相逢俱暮矣，懷抱各依然。余釣東南水，君還尺五天。離愁將去棹，冉冉隔江烟。

觀風來幾日，覽勝有餘情。漢闕留關右，周王重鎬京。乾坤纏水府，龍虎抱山城。紙價休驚重，班生兩賦成。

張參戎園十首

時物易代謝，名園偏較遲。松杉無改色，花卉遞生姿。托興雙樽酒，澄心一鏡池。
請看新種竹，取次發孫枝。鬱鬱吳山色，居然隱几看。巖巒排闥至，風雨捲簾寒。盡日開圖畫，伊誰振羽翰。
差差龍鳳嶺，飛舞繞朱欄。兀坐華軒下，相邀待月生。未看離大海，先喜照前楹。庾老情非淺，陳王賦欲成。
繞池多少樹，蕭索送秋聲。遲日散花影，離離幽意新。美人嬌寫照，狂客醉留春。醒酒宜眠石，搴芳莫動塵。
年來空色相，已悟浄爲真。東風吹玉蕊，晴雪謾離披。石逕寒香積，蒼苔晚色宜。多情沾短屐，故作泛殘卮。
無限相思恨，君聽横笛詞。一春長病酒，小啜向寒塘。掬得梅花影，添留齒頰香。填胸無俗物，吐論發餘芳。
悟取清泠味，何須列鼎嘗。月痕如半璧，下印碧池深。光動虛無境，寒龍不敢吟。空林垂露采，清夜浄人心。坐盡西巖影，悠然萬籟沉。

石洞夜何扃，雲歸宿杳冥。海天藏蜃氣，山雨帶龍腥。大隱聊同憩，高飛本自靈。翻然看出岫，萬里震風霆。

怪石崯岈立，雄姿對吐吞。平泉三品貴，泰嶽丈人尊。總謂雲根秀，誰當砥柱存？定教狂老米，袍笏拜轅門。

將軍池下水，洗硯變成玄。地覺風流勝，人疑造化偏。龍蟠雲共黑，鵝戲雪矜妍。報爾山陰縣，王家舊事傳。

送柴光禄入賀嘉禮二首

十年天禄閣，白首老揚雄。直諫名猶讜，新詩語太工。遥瞻温室樹，緩步禁墀風。應傍爐烟裹，還過青瑣東。

禮正群心協，恩覃萬國歡。月輪重合璧，雲鑑更翔鸞。露草沾行珮，風花撲去鞍。新箋文爾雅，傳得九重看〔一〕。

【校勘記】

〔一〕「得」，文淵閣本、金陵叢書本作「書」。

永寧寺春遊和殷文濟二首

勝侶皆靈運，名僧有道林。行歌穿竹徑，醉舞占花陰。寺好偏宜古，山幽不厭深。春城無限酒，愛向野間斟。

有懷思痛飲，無病愛春遊。地主全雙美，禪心破百憂。鳥啼連樹響，花落照溪流。莫怪城闉隔，山中醉可留。

宿祝釐寺值雨

名山堪避俗，好雨更宜人。塵净竹林翠，堂虛金氣新。焚香殘夜火，薦粥煮秋蓴。轉覺空門趣，能令客意親。

答攝泉見壽

迹忝緋衣後，心疏白髮前。常時來古寺，獨坐聽鳴泉。露榭臨花飲，星牀傍鶴眠。有書渾懶讀，將欲廢丹鉛。

内官墳祠

寂寞近臣祠，天恩不再滋。冢寒長作燐，樹蠹半流脂。未覩銘功鼎，空傳護敕碑。遭逢固應有，王制恐非宜。

秋日與諸文士息園宴集各賦一首

上客東吴彦，芳樽脩竹林。飛觴催染翰，列炬耀華簪。蕉葉暮陰合，薇花秋序深。清言藹群玉，雅義重兼金。

孟中丞後園

客有丹霞想，官居洞壑隨。松雲需散帙，竹月照銜巵。吏隱誰兼遂，風流衆所推。時邀二三子，高咏習家池。

張郎中宅晚集同孟中丞

曲榭臨秋水，芳筵及暮鐘。嵇康真野鶴，郭泰總人龍。賦接風襟爽，杯浮露醑濃。霜威方豫悦，玉漏合從容。

秋日郊游同劉希尹祭陳中丞墓

翠壁含纖雨，丹榆醉晚秋。幽尋今雅社，勝概舊皇州。時序登臨興，江山浩蕩愁。侯芭情不極〔一〕，腸斷子雲丘。

【校勘記】

〔一〕「芭」，原作「巴」，據金陵叢書本改。

同劉子登雨花臺

登臺秋色遠，對酒暮雲生。海氣浮金闕，人烟接錦城。佇談王霸迹，轉見古今情。江水東流急，滔滔無盡聲。

送盛箴

博學蘇明允，多才盛孝章。計偕隨漢薦，賓發自周鄉。雄劍照秋水，青袍含御香。遺珠君莫歎，天子重明揚。

朱氏園對月

清秋多逸興，月出更相宜。城郭滄洲迥，園林白露滋。竹深邀送酒，魚躍喜鳴絲。忍向寒光底，徒歸不詠詩。

送袁經歷歸信陽

舊業申臺下，歸心汝水東。人皆干厚禄，君獨有高風。學圃家園側，逃禪野寺中。青天雲霧豁，流目送冥鴻。

吕太史仲木舍對菊三首

客心驚日月，對爾惜年芳。取醉開金盞，流馨滿玉堂。不辭霜霰苦，聊伴鬢毛蒼。寂寂青宵半，含情傍燭光。

幽貞移楚澤，摇落對吴天。采采三秋後，依依獨客邊。深杯摇素月，孤燭耿寒烟。一别陶彭澤，何人更爾憐？

飄蓬俱異域，聚面復都城。幽興關時物，衰年戀友生。黄花堪一醉，白髮苦多情。坐久渾忘去，鄰雞且莫鳴。

許彦明過息園同作

永日青林静，來過賦采薇。琴尊留晚興，泉石借清輝。翠篠經年密，丹榴過夏稀。秋風知尚早，梁燕遽先歸。

保叔寺

閣飲雲相對，鐘鳴客倒聽。林風兼夏爽，山靄過湖青。濟勝身俱健，逃禪意已冥。詩成多秀句，轉益道心靈。

和劉光禄觀潮

把酒驚潮至，鳴絲且罷彈。錢王莫漫射，枚客正須觀。濤捲日争白，鯤騰天讓寬。當筵疑濺雪，醉舞不知寒。

九月八日飲振衣亭歸有懷三首　亭，余作也。

勝地湖山概，浮生嘯咏情。崖傾松徑仄，亭遠石門横。暇日衣堪振，秋天酒共清。城昏合歸去，林月向誰明。

落日山亭飲，含情遲月華。高秋何負我，遠客正思家。桓老開萸酒，陶公把菊花。匏尊空野興，菽水自天涯。

主客臨高賞，江湖近座流〔一〕。長筵欺短日，濁酒傲清秋。亭榭開新迹，風烟愜壯游。不知千載上，誰醉此山頭？

【校勘記】

〔一〕「座」，明抄本作「坐」。

贈樞使李竹坡四首〔一〕

台郡論交日，青雲屬望勞。韜鈐顧榮扇，契合呂虔刀。王事輸肝膽，軍容肅羽旄。每從公退處，杯酒接風騷。

薇垣參下列，樞府喜同升。迹忝雙龍起，才看一鶚騰。諸侯趨紫綬，直道引朱繩。獨立將軍樹，謙光衆口稱。

憶逐樓船後，朝天上赤墀。衣冠同拜舞，殿陛借光儀。擊楫春江穩，投壺夜漏遲。往來行樂意，披豁慰支離。

垂老東藩長，官聯復對君。交親方有數，勳業更超群。氣壓麒麟閣，春生虎豹軍。吾方思退舍，端坐羨風雲。

【校勘記】

〔一〕「竹坡」，明抄本作「一之」。